Christine Lehmann wurde 1958 in Genf geboren, studierte Kunstgeschichte und Literaturwissenschaft, war Redakteurin bei literarischen und feministischen Zeitschriften und nach dem Studium Nachrichtenredakteurin bim SWR. Seit Mitte der 90er Jahre veröffentlicht sie Krimis mit ihrer Genderkriegerin Lisa Nerz, mit denen sie auch immer wieder auf der Krimibestenliste stand. Außerdem hat sie Jugendromane, Hörspiele für den Radiotatort und Theaterstücke verfasst.

CHRISTINE LEHMANN

Und jetzt ist Schluss

ROMAN

KRÖNER EDITION KLÖPFER

Christine Lehmann
Und jetzt ist Schluss
Roman

1. Auflage
in der Edition Klöpfer
Stuttgart, Kröner 2022
ISBN: 978-3-520-76701-1

Umschlaggestaltung: Denis Krnjaić
unter Verwendung eines Motivs von Annie Spratt, shutterstock.com

Gesamtherstellung: Friedrich Pustet Regensburg

»Ich möchte am liebsten die Augen geschlossen halten, damit ich euch besser sehen kann.«

Ruth an ihrem Todestag am 28. Juni 2020

Personen

Familie

Ruth: soeben gestorben

Markus Winkler: Ruths Mann, vor neun Jahren gestorben

Hanna: Ruths erste Tochter

Eva: Ruths zweite Tochter

Oma (Luise Engelberg): Ruths Großmutter väterlicherseits

Opa (Friedrich Engelberg): Ruths Großvater väterlicherseits

Mutti (Grete, geb. Sundberg): Ruths Mutter

Onkel Erich (Erich Telle): Ruths Stiefvater (zweiter Mann ihrer Mutter)

Vati (Wilhelm Engelberg): Ruths Vater

Uschi (Ursula): Ruths Stiefmutter (zweite Frau ihres Vaters)

Heiner: Ruths Halbbruder

Henrike (verheiratete Vollmer): Ruths Halbschwester

Frida u. Nicole: Henrikes Töchter

Altvater, Paps (Paul Winkler): Ruths Schwiegervater, Vater von Markus

Trundel: Ruths Schwiegermutter, Mutter von Markus

Silas: Markus' jüngerer Bruder, der mittlere

Astrid: Silas' Frau

Magdalena, Caecilia, Elena: Töchter von Silas und Astrid

Natan: Markus' jüngster Bruder

Bella: Natans Frau

Isabelle, Simon, Hermine: Kinder von Natan und Bella

Georg (Müller): Hannas Mann

Nash: Evas Freund (Amerikaner)

Jake: Evas Freund (Engländer)

Hawi: Evas Freund, Vater von Sophie (Eritreer)

Robert: Evas Freund, Vater von Leona

Björn: Evas Freund

Sophie: Evas erste Tochter, Ruths Enkelin
Leona: Evas zweite Tochter, Ruths Enkelin
Bennet: Ruths Urenkel, Sophies Sohn

Ruths Freundinnen und Freunde

Alfred Zimmermann: Hallenser Freund, der sie liebte und verraten hat
Bettina Bengel u. Helena Mailand: bei denen Ruth in Halle in der Bibliothek hospitierte
Lotte: Schulfreundin
Horst Pillau: in den Ruth in Berlin mal verliebt war (Drehbuchautor)
Detlef Girrmann: Hallenser und Berliner Studienkollege (Fluchthelfer)
Elisabeth Löckenhoff, geb. Herrmann: Hallenser und Berliner Studienfreundin (Professorin)

Markus' Freundinnen und Freunde

Schneewittchen (Ilse): Markus' erste Liebe
Marie: Ilses Schwester
Edi: Schulfreund u. Nachbar, experimentierten in Edis Garage
Lux (Wilhelm Fritz Licht): Dresdner Jugendfreund
Hagen Eff (Hagen F. Nussbaum): Berliner Freund (Theaterwissenschaftler u. Schauspieler)

Freund:innen des Ehepaars Winkler

Vroni u. Otto Wollschläger: Genfer Freunde (leben dann in Darmstadt)
Schorsch u. Pips: Wollschlägers Söhne
Bertha u. Günther Fichtentaler: Genfer Freunde (Österreicher, leben in der Schweiz)
Jutta u. Rainer Goldner: Hamburger Freunde (leben in Mainz),
Wibke u. Gabriele: Goldners Kinder
Alida u. Victor Berthel: Stuttgarter Freunde, Eltern von Hannas Freundin Andrea
Familie Anhut: Stuttgarter Freunde
Tanja u. Luis: Kinder der Anhuts
Herr und Frau Bekendorp: Reisebekanntschaft, leben in Hamburg

Freund:innen der Töchter

Andrea Berthel: Freundin von Hanna (Malerin)

Antonia: Studienfreundin von Hanna (lebt in Spanien)

Stefan Heucke: Freund von Hanna (Komponist)

Irene: Freundin von Eva (Griechin, lebt in Athen)

Franziska Anger: Klassenkameradin

Margarita Böttcher: Klassenkameradin

Daphne: Klassenkameradin

Kapitel 1

Ich bin noch warm, als meine Tochter zusammen mit ihrem Mann und meiner Enkelin kommt. Ich habe anderthalb Stunden vorher aufgehört zu atmen. Hanna legt die Hand auf meinen Arm und sagt: Sie ist ja noch warm. Sophie tut es ihr nach. Ja, sie ist noch warm.

Als mein Mann vor neun Jahren in demselben Heim starb, war er schnell kalt geworden. Ich werde nicht so schnell kalt. Mir ist unverständlich, warum das den beiden eine Bemerkung wert ist. Sophie beugt sich über mich, streichelt mein Gesicht und küsst mich auf die Stirn. Zu dieser Geste kann Hanna sich nicht durchringen. Bei ihrem Vater hat Hanna verstohlen seinen kalten Arm angehoben und wieder fallen lassen. Sie dachte wohl, ich sehe das nicht.

Sie schreibt Krimis, aber eine Leiche hatte sie noch nicht gesehen. Ich denke mir, sie hätte gern, wie das ihre ordinäre hermaphroditische Ermittlerin zu tun pflegt, wenn sie tote Väter sieht, an den Lidern ausprobiert, wie weit die Leichenstarre schon gediehen ist. Sie haben sich nicht gut verstanden, Hanna und ihr Vater. Sie hat ihn in der Woche, die er im Heim war, kein einziges Mal besucht. Sie war nur dabei, als man ihn brachte, und als sie hinausging, sagte er: Da geht sie hin, meine arrogante Tochter. Ich bin die zweite Leiche, die sie zu sehen bekommt. Das ist ja gar nicht so leicht, heutzutage. Die Alten sterben nicht mehr zu Hause, sie werden abgeholt, in Krankenhäuser gebracht, oder sie sterben in Altenheimen, und niemand schließt das Fenster, hält die Uhr an, verdeckt die Spiegel, hält die Totenwache. Meine Mutti starb Ende der 80er in der Poliklinik Halle. Ihr Mann saß daheim und schaute fern. Warum nur hat er meine Mutti auf ihre letzten Stunden noch von Sanitätern aus dem Haus tragen lassen? Sie hat bestimmt mitbekommen, wie man sie fortriss und aus der Wohnung trug, die sie sich so gemütlich gemacht hatten. Keinen letzten Blick hat sie rundherum werfen und sich verabschieden können.

Ich weiß, wie das ist. Wenn die Sanitäter kommen, denkt man nicht daran, dass man nie wieder in die Wohnung zurückkehren wird. Sie sind so groß und jung und laut, sie verlangen die uneingeschränkte Aufmerksamkeit. Das gehabte Leben, das in jeder Ecke der Wohnung liegt, das nicht geleerte Teesieb in der Spüle, das aufgeklappte Buch auf dem Nachttisch, ist vergessen in dem Moment, wo sie uns in den Krankenwagen schieben. Die Handgriffe, die ich gerade eben noch getan habe, der Griff vom Bett zur Uhr auf dem Nachttisch, das Abdrehen des Wasserhahns, das Schließen der Klotür, sind die letzten gewesen, aber ich habe es nicht gewusst. Von meinem schönen Mahagonischreibtisch bin ich irgendwann zum letzten Mal aufgestanden, habe nach den Holmen des Rollators gegriffen, weil die Blase drückte, und meinen letzten Blick auf meine Sammlung von Zwergen auf dem Fensterbrett geworfen, ohne ihnen Adieu zu sagen, macht es gut, ich werde nicht mehr wiederkommen.

Vom Krankenhaus hat man mich ins Heim gebracht. Hanna hat mich gefragt, ob sie mich noch einmal im Rollstuhl hinüber in die Wohnung schieben soll, es ist ja nicht weit. Wozu, was soll ich da? Soll ich einen letzten Blick in Markus' Arbeitszimmer werfen mit dem indischen Kitsch seines Vaters und dem seit neun Jahren ungenutzten Schreibtisch? Was tue ich dort? Heulen, weil ich weiß, dass es das letzte Mal ist? Oder lachen, weil die Zwerge lachen? Oder mich schämen, weil nicht aufgeräumt ist? Oder der Tochter Anordnungen geben: Das gibst du Sophie und das bekommt Leona, und schmeißt mir die Briefe von Trundel und Altvater und Markus' Brüdern nicht unbesehen weg! Und das da sind die Briefe, die Markus und ich uns in der Genfer Zeit geschrieben haben. Und mich dann umdrehen oder von der Tochter im Rollstuhl umgedreht werden und nun bewusst zum allerletzten Mal an den Bücherwänden und den Fotos von Griechenland und der Wüste Sinai vorbei den Flur entlang zur Haustür hinaus geschoben werden, dem Tod entgegen, der im Heim auf mich wartet?

Am liebsten wäre es mir gewesen, ich hätte mich am Abend in meinem Schlafzimmer ins Bett gelegt und wäre eingeschlafen und nicht wieder aufgewacht. Ohne das Elend der letzten Tage, ohne die Schmerzen in den Beinen, die nicht aufhören wollten zu zappeln. Es dauerte zu lang. Ich hatte es satt, aber immer wieder flackerte es in mir noch hoch, das Denken, das Leben, das Wollen, das Wünschen, wie ein Stehaufmännchen. Bei Markus hat es eine Woche gedauert. Ich hätte ihn wirklich nicht zu Hause pflegen können, damals ging es los mit meinem Knie. Von mir ließ er sich ja auch gar nicht anfassen, ohne Aua zu schreien. Und dass die Kinder kommen und das übernehmen, damit die alten Eltern zu Hause sterben können, die Zeiten sind vorbei. Die haben ihre Arbeit, ihre Termine. Ich kann es ihnen nicht verdenken. Wir haben es ihnen so vorgemacht, unsere Verwandtschaft lebte ja hinter der Mauer in der DDR. Als meine Oma im Sterben lag, konnte ich nicht einfach mal schnell nach Halle fahren, ohne Einreiseantrag ging das nicht. Mein Opa konnte uns nicht einmal anrufen. Telefongespräche mussten angemeldet werden, und dann wartete man stundenlang. Und ein Telefon besaßen meine Großeltern und meine Mutti sowieso nie. Als mein Opa starb, befanden wir uns gerade auf Griechenlandreise. Das Telegramm, das meine Mutti geschickt hatte, lief ins Leere. Der Telegrammbote hinterließ eine Benachrichtigung, die wir bei unserer Rückkehr in der Briefpost fanden. Markus stritt sich am Telefon mit dem Postbeamten herum, weil er ihm nicht sagen wollte, was in dem Telegramm stand. Da könne ja jeder anrufen. Was wird drinstehen?, fragte Markus, Opa tot. Und da saß ich und heulte. Für die Beerdigung war es zu spät. Mutti hatte sein Haus schon ausgeräumt und alles zerkloppt, all die Möbel und meine Puppenstube, die mein Opa selbst gebaut hatte. Nur zu meinem

Vater nach Marl konnte ich fahren, als von Uschi der Anruf kam, dass es zu Ende gehe. Aber ich habe nicht lange an seinem Krankenhausbett gesessen, denn kaum war ich zur Tür eingetreten, beschimpfte er mich. Ja, wenn er sterbe, komme sie, die undankbare Tochter. Ich bin sofort wieder abgefahren.

Beinahe wäre auch ich alleine gestorben. Nur drei Wochen früher, und sie hätten niemanden zu mir gelassen, weil wegen des Virus Besuche im Altenheim verboten waren. Vor drei Tagen rief Hanna an. Es geht dir schlecht, sagte sie, das Heim hat gerade angerufen. Sie haben lange gewartet, bis sie Hanna angerufen haben. Wenigstens haben sie sie dann zu mir heraufgelassen, ganz und gar in Plastik gehüllt, mit Maske und einer Duschhaube auf den Haaren. Eigentlich mussten die Kinder sich Tage vorher zu einem der Besuchstermine anmelden, weil sie eine ungeheure Angst hatten, das Virus könnte ins Heim getragen werden. Als ob es darauf noch angekommen wäre. Das war doch albern. Drei Mal saß ich den Kindern unten im Foyer an einem langen Tisch mit Trennscheibe eine halbe Stunde lang gegenüber. Wegen der Maske habe ich kaum verstanden, was sie sagten. Ob die Kinder lächelten, konnte ich nicht erkennen. Auch von den Pflegerinnen habe ich keine Gesichter mehr gesehen. Alle Gesichter sind verschwunden. Nur mit geschlossenen Augen kann ich sie noch sehen.

Ich habe mein Gesicht zur Wand gedreht. Meine Lippen sind aufgesprungen, die Augen geschlossen. Ich bin mir sicher, Hanna hätte gern gewusst, ob ich gemerkt habe, dass ich sterbe. Ob das Leben an mir vorbeizieht, das Schöne und das Furchtbare. Ob ich aus mir herausgetreten bin und das Zimmer von oben sehe, mich, wie ich daliege mit dem Gesicht zur Wand, ein Bein gestreckt, das andere angewinkelt, wie mitten in der Bewegung meiner rastlosen Beine jäh vom Herzstillstand überrascht und in die ewige Ruhe geschickt, in diesem Heimzimmer mit der Uhr und dem Telefon auf dem Nachttisch und mit dem lachenden Zwerg, den Hanna mir bei ihrem letzten

Besuch, den ich noch erlebt habe, mitgebracht hat. Wo sie die nur immer aufgetrieben hat, die Zwerge?

Als Markus starb, habe ich es nicht bemerkt. Es war auch ein Sonntagabend. Ich habe zu ihm gesagt: Es ist alles in Ordnung, du darfst gehen. Und plötzlich stellte ich fest, seine Hand ist ganz kalt und er atmet nicht mehr. Die Sterbebegleiterin hatte schon einige Zeit vorher auf die Uhr geschaut und sagte: Er ist noch da. Ich habe nicht gewusst, wie ich mich verhalten sollte. Angeblich schwebte sein Geist noch im Raum. Woran merkte die Sterbehelferin das? Und wo ist er denn, habe ich mich gefragt, etwa dort, wo wir einige Tage vorher das merkwürdige Licht gesehen hatten, ein welliges Flackern zwischen Zimmerdecke und Wand? Obwohl Markus die Augen nur für eine Sekunde aufmachte, das hat er gesehen, er hat die Hand gehoben, dorthin gedeutet und guck mal gesagt. Wie ein Winken aus dem Jenseits kam es mir vor, so als hätten sein Vater oder sein Bruder versucht, sich zu zeigen und zu sagen: Keine Sorge, wir warten auf dich, wir halten dir dein Plätzchen frei. Seine Mutter war es bestimmt nicht, in ihre Fänge hätte er nicht zurückgewollt. Es könnte aber auch nur der Reflex von Sonnenlicht auf der Scheibe eines Autos gewesen sein, das auf der Straße unterm Fenster vorbeifuhr, wer kann das heute noch sagen? Bei mir gab es keine Lichterscheinung in der Zimmerecke. Aber Markus wartet doch auf mich? So lange sehne ich mich schon danach, ihn wiederzusehen, neun Jahre lang!

In meiner Familie gab es diese Zeichen und Ahnungen nicht, auch wenn meine Oma recht abergläubisch war. Als ich klein war, hat sie mich mit Zwergen geängstigt, die uns beobachteten und Dinge stahlen, die wir dann vergeblich suchten. Aber das waren Kindereien. Etwas anderes ist es, wenn Markus' jüngster Bruder plötzlich jetzt sagt, während über 100 Kilometer entfernt in Halle seine Mutter stirbt. Ich habe nichts gespürt, als meine Oma, mein Opa, meine Mutti oder mein Vati starben. Aber in Markus' frommer Familie, da herrschte das Übersinnliche. So verkündete meine Schwiegermutter Trundel, die Kinder von Silas hätten gehaltene Augen, weil er als junger Mann einem Totenschädel eine Brille vor die Augenhöhlen gehängt hatte. Deswegen waren seine nun Töchter kurzsichtig wie die Frösche. Eigentlich war es Markus' Totenkopf gewesen, den er Theophil getauft hatte. Er hatte ihn drei Jahre nach dem Krieg aus einer Gruft im Harz geholt, wo er mit einer Theatergruppe tingelte. Immer schon hatte er als angehender Dichter einen Totenschädel besitzen wollen, wie Faust oder Hamlet. Seine Eltern waren entsetzt. Als Markus nach dem ernsten Gespräch in sein Dachzimmer zurückkehrte, gruselte es ihn vor dem Geist Theophils. Er schloss den Totenkopf weg und las bis nachts um zwei Sartres *Schmutzige Hände*. Am anderen Morgen schüttelte er den Kopf über sich, denn nach der Bombardierung Dresdens hatte er Hunderte von Leichen gesehen, hatte einen toten alten Mann angefasst und auf den Leichenwagen gelegt. Silas nahm den Schädel an sich, nachdem Markus das Elternhaus verlassen hatte, und für jegliches Missgeschick machte Trundel nun Theophil verantwortlich.

Der Professor für Theologie Dr. Dr. h. c. Paul Winkler, der seine Karriere als Missionar in Indien begonnen hatte, war zeitlebens stolz darauf, den Hitler nicht gewählt zu haben, weil er erst 1934 nach Deutschland zurückgekehrt war. An Trundels Rockzipfel hing Markus, der Erstgeborene, und in ihrem Bauch reifte Silas. Der zweite Sohn war gestorben. In ihrem Gepäck hatten sie die Hälfte des Sonnensegels, unter dem Mahatma Gandhi gesessen hatte, und viel indisches Messing. Von Altvater Paul kam das Übersinnliche nicht, er war ein großer, lachender Mann mit Pferdegebiss, der sich in Gottes Hand ruhend fühlte. Es kam von der rastlosen Trundel, die indische Tänzerinnen auf Seidenbänder malte und Büchlein mit süßlichen Novellen über ihr Leben in Indien veröffentlichte. Indien war ihr großes Lebenswagnis gewesen, von dem sie zehrte. Auf Heimaturlaub war bei ihr ein Herzklappenfehler entdeckt worden, und Altvater hatte seinen Lebenstraum begraben müssen. Der lange Rest von Trundels Leben war Dienst an ihrem Mann und ihren drei Söhnen, den sie sich mit nervtötenden Streitereien teuer entgelten ließ. Sie gab ihren Söhnen bis in die Generation meiner Kinder Worte wie Mondscheinbemme für eine hauchdünne Nachkriegsbrotscheibe mit und verstarb mit 64 Jahren. Altvater verteilte seine Lebenserinnerungen auf 200 Seiten in Durchschlägen an seine Söhne. Kopierer gab es in der DDR ja nicht. Man legte Kohlepapier zwischen die Blätter und zog alles zusammen in die Walze der Schreibmaschine ein. Auf dem sechsten Durchschlag ist die Schrift nur noch Brei. Die jungen Leute heute können sich das gar nicht mehr vorstellen.

Es war Ende der 20er Jahre bestimmt ein strapaziöses Leben in der dänisch-hallischen Mission in Tranquebar in der Nähe von Madras, dem heutigen Chennai, gewesen. Trundel hatte sich in Dresden in den artigen jungen Paul verliebt und ihm einen Brief geschrieben. Die biblischen sieben Jahre waren die beiden verlobt und schrieben sich Briefe, die sie, ins Nazideutschland zurückgekehrt, allesamt verbrannten. Trundel musste, bevor man sie zu ihrem Missionar reisen ließ, in Leipzig eine Schule für Ehefrauen von Missionaren besuchen, dann schipperte sie um Afrika herum nach Sri Lanka und von dort nach Madras. Mit dem Zug ging es die Küste abwärts zur Mission nach Tranquebar. Dort musste sie noch einmal ein Jahr lang Tamilisch lernen, bevor sie ihren Paul ehelichen durfte. Während dieser Zeit wohnte sie bei einer Lehrerin, eine halbe Stunde Fußmarsch von der Missionsstation entfernt. Nach Hause bringen durfte der Bräutigam sie nur in Begleitung von indischen Jungs. Und jeder Tag war gefährlich. Morgens musste man in die Schuhe gucken, ob sich ein tödlicher Skorpion darin versteckte. Einmal wurde Trundel von einer Schlange gebissen und Altvater stellte sich in der Nacht alle halbe Stunde den Wecker, um zu schauen, ob sie noch lebte. Als Trundel ihre Laute aus dem Kasten nehmen wollte, zerfiel sie zu Staub, die Termiten hatten das Holz unterm Lack weggefressen. Mit Markus im Bauch fuhr Trundel einen Monat vor dem Geburtstermin nach Madras und wartete bei einer Freundin. Markus' Bruder Christoph wurde irgendwo in den Bergen geboren, man brachte Trundel, als die Wehen einsetzten, mit einer Rikscha in eine primitive Klinik. Ein Jahr nach Christophs Geburt erlitt sie am frühen Morgen, allein mit den zwei kleinen Kindern, eine Fehlgeburt. Der Missionar befand sich gerade weit weg und musste per Telegramm gerufen werden, eine Ärztin organisieren und kam erst am Spätnachmittag nach Hause. Einen Monat später, vor Weihnachten, starb Christoph an einer Hirnhautentzündung. Weil er keinen Tropenhelm getragen hatte, hieß es immer. Auf den Fotos sieht man alle unter diesen albernen Tropenhelmen. Paul fuhr mit einem Schallplattenspieler und Chorälen über Land, zuerst mit dem Eselskarren, später mit einem Auto, um indische Kinder vom Christentum zu überzeugen, solange dort noch die Briten herrschten.

In Trundels letzten Jahren befand Altvater sich in beständiger Sorge, sie nicht mehr lebend vorzufinden, wenn er nach Hause kam. Er fuhr viel Taxi, um die Reisezeit zu verkürzen. Leisten konnte er es sich. Sie wohnten in Halle-Kröllwitz im Kirschbergweg in einer weißen Holzvilla auf einem Anwesen mit Tennisplatz und Schwimmbecken. Den hinteren Garten habe er damals verwildern lassen, schrieb er in seinen Erinnerungen, weil er sich nicht vom Haus wegtraute. Den Pfingstgottesdienst ließ er ausfallen, aber zum Theologenball ging er zwei Tage vor Trundels Tod zusammen mit seinem mittleren Sohn Silas und dessen Frau. Sie verabschiedete Sohn und Schwiegertochter am anderen Morgen wie immer in der Tür stehend. Sie fuhren eine steile Auffahrt hinauf, die nie asphaltiert wurde, und winkten nochmal, bevor sie zum Tor hinaus in den Kirschbergweg einbogen. Silas und Astrid nahmen Altvater in ihrem Auto mit, weil er in der Stadt Besorgungen machen wollte. Das Mittagessen an ihrem letzten Tag, die Winkler'sche

Leibspeise, Rice and Curry, hat Trundel eigenhändig gekocht. Es wusste ja niemand, dass am Abend ihr Sterben beginnen würde, ausgenommen vielleicht sie selbst. Denn als Altvater von seinen Besorgungen zurückkam, erzählte sie ihm, sie habe furchtbar geweint und laut geschrien vor Schmerz. Er glaubte, sie habe etwas geahnt und daher das Abschiedsessen mit viel Können und Liebe zubereitet. Auch den Nachmittagskaffee auf der Terrasse in der Juniwärme mit Blick auf die drei Birken hat sie gebrüht und aufgetragen, bestimmt ging sie langsam und musste wegen der Atemnot immer wieder innehalten. Ich weiß, wie strapaziös es ist, in der Küche zu stehen, wenn man bei der geringsten Anstrengung außer Atem gerät. Altvater las auf der Wiese Zweige auf und lockte sie noch einmal auf die weiße Bank unter der Trauerweide.

Am Abend schaute man sich etwas im Fernsehen an, eine Komödie des Hamburger Ohnsorg-Theaters und danach einen englischen Krimi. Mit viel List hatte Altvater schon 1964 einen Fernseher ergattert, da hatten wir selbst im Westen noch keinen. Als der Film zu Ende war, nahm Trundel die Fernsehbrille ab und sagte: Wie ist mir denn, ich sehe ja all die Männer doppelt? Altvater eilte zur Verandatür, um sie zu öffnen, damit sie frische Luft bekam. Da hörte er hinter sich einen Schnarchton und sie lag zusammengesackt mit dem Kopf vornüber im Stuhl. *Gottlob*, so schrieb er uns, *hatte sie die Augen geschlossen.* Er schob den Tisch weg und legte sie auf das Sofa. Und was nun? Bei ihr bleiben oder ans Telefon gehen? Weil an diesem Sonnabend der Ärzteball stattfand, war kein Arzt ans Telefon zu bekommen. Aber die Kinder des benachbarten Obermedizinalrats kamen herüber, riefen in der Poliklinik an und aktivierten einen ungarischen Arzt. Viertel vor zwei holte sie der Krankenwagen. Paul fuhr mit dem Taxi hinterher. Man hatte sie in ein Zimmer mit vielen anderen gelegt, aber er kämpfte so lange um ein Einzelzimmer, bis man sie in ein Zimmer mit Medizinschränken schob. Man riet ihm, nicht zu bleiben, das gehe über seine Kräfte, denn man habe mit drei bis zehn Tagen dieses Zustands zu rechnen und er müsse sich noch auf viele schwere Stunden gefasst machen. So entschloss er sich dazu, sie zurückzulassen. Selbstverständlich war er als Pastor keinen Augenblick verlegen um die richtigen Worte und Gesten. Er sagte ihr liebevolle Worte, denn das Gehör stirbt zuletzt, glaubten die Winklers, segnete sie mit dem kleinen Kreuz auf der Stirn und küsste sie. Darauf reagiert hat sie nicht. Die Ärztin sagte, es sei wohl eine Embolie. Die Nacht verbrachte Altvater auf einem Deckenlager in seinem verrauchten Arbeitszimmer, weil dort das Telefon stand. Am Morgen fuhr er mit dem Taxi wieder in die Klinik. Trundel lag auf der rechten Seite und atmete in Stößen. Er konnte ihr nur ab und zu mal den Speichel abwischen. Da saß er nun Stunde um Stunde am Bett, so wie man da eben sitzt, wie auch ich an Markus' Bett gesessen und seinem Röcheln zugehört habe, damit man nur ja nicht abwesend ist, wenn der letzte Atemzug getan wird, während Gedanken ohne Anfang und Ende im Kopf entstehen und vergehen, tröstende Erinnerungen und trostlose Banalitäten: die große Liebe, das reiche Leben, die gnädige Gottesführung, dankbar muss ich sein, und nun geht es zu Ende, jetzt schon. Das leere Haus daheim, die Tür, die sie nicht mehr zugezogen hat und die noch offensteht, und wer wird nun für mich das Essen kochen? Als Pfarrer habe ich so vielen Eheleuten Trost gespendet, denen Frau oder Mann weggestorben sind, aber ich hatte ja keine Ahnung, wie unvorstellbar schwer das ist, ich muss irgendwas zu Mittag essen, ich komme später wieder und bleibe dann bis zum Abend. Paul fuhr nach Hause und nahm ein kaltes Mahl zu sich.

Der Nachbar, der Arzt, kam zu ihm herüber, um ihm beizustehen. Paul fragte ihn, ob er Gott bitten solle, Trundels Leben zu erhalten. Doch der Arzt riet ihm ab. Ihr hätte ein hilfloses Leben bevorgestanden. Sie, die so eigen war, sollte sich die Nase von fremder Hand putzen und noch andere Dinge tun lassen?

Das mochte Altvater sich nicht vorstellen, also betete er nicht. Das ist doch unfassbar! Hätte er mit dem Arzt besprochen, die Geräte abstellen zu lassen – wir haben ja heutzutage alle Patientenverfügungen unterschrieben, damit unser Sterben nicht aufwändig verlängert wird –, dann hätte es mich nicht weiter aufgeregt. Aber dass er glaubte, sein Gebet werde allen Ernstes über Leben und Tod seiner Frau entscheiden und er hätte es darum in der Hand gehabt, sie gnädig sterben zu lassen oder eben nicht, das hat mich sprachlos gemacht. Markus hat meine Entrüstung nie verstanden.

Silas kam mit seiner Frau aus Karl-Marx-Stadt, und beide bekamen noch eine Stärkung. Und als er nicht bei ihr war, tat Trundel ihren letzten Atemzug. Es muss still sein, wenn man sterben will, es darf kein Geflüster geben, kein Händestreicheln, keine atmende und raschelnde menschliche Gegenwart, die uns aus dem Todesdämmer weckt. Ich denke mir, es sterben viele leichter alleine. Und der jüngste Sohn Natan stand im Garten in Jena, schaute auf die Uhr und sagte: So, jetzt. Und in Halle traten Altvater, Silas und Astrid eine halbe Stunde zu spät zu einer Leiche ins Zimmer. Trundel lag auf dem Rücken, der Kiefer war hochgebunden, so machte man das damals, damit der Mund nicht offensteht, wenn die Leichenstarre eintritt. Bei Markus hat man das nicht gemacht, bei mir auch nicht. Ich liege immer noch mit halboffenem Mund da.

Trundel hatte keine andere Wahl, behauptete Markus immer, als einen Herzfehler zu entwickeln, weil sie nicht mehr nach Indien zurückwollte. Altvater hörte ja nie zu. Nur die Fingerzeige Gottes, die verstand er genau. Krankheiten haben Gründe, sagte Markus, solange er gesund war. Insgeheim hielt er sich für immun gegen die großen Krankheiten. Auch ich bin mir ziemlich sicher, dass Krankheiten seelische Ursachen haben. Ich habe mich in den letzten Jahren viel mit Psychosomatik beschäftigt. Wem das Knie Probleme bereitet, der schafft es nicht mehr, sein Leben auszubalancieren. Aber wie hätte ich denn mein Leben ausbalancieren sollen, wenn Kinder und Haushalt und Mann am einen Arm hängen und am anderen nichts? Altvater starb an Leberkrebs. War er übervoll von Ärger und Wut, die zu äußern er sich nie erlaubt hatte in seinem tapferen Streberleben vom Halbwaisen zum Dekan mit Villa im Park? Oder war er es müde geworden, den tadellosen Pastor vorzuspielen? Als man vom Fernsehen noch nichts ahnte, hatte er sich ein Heimkino gewünscht, denn als Pfarrer hatte er es sich verboten, ins Kino zu gehen und Heinz-Rühmann-Filme zu schauen. Was würden die Leute denken, wenn der Pastor sich vergnügen ging und zusammen mit dem Pöbel lauthals lachte? Nie trug er braune Schuhe, immer nur schwarze. Darum hat Markus immer nur braune Schuhe gekauft, niemals schwarze.

Als wir Altvater sechs Wochen vor seinem Tod zum letzten Mal besuchten, stand auch er in der Tür und winkte, während wir die steile Einfahrt hinauffuhren. Er durfte zu Hause sterben, umsorgt von seiner zweiten Frau. Silas war zufällig oder ahnungsvoll zu Besuch in Halle und saß an seinem Bett. *Am Nachmittag versuchte Altvater noch allerlei Dinge ausführlich zu besprechen, war aber schon weg,* schrieb uns Silas. *Ich habe ihm gesagt, dass er sterben wird und ihm aus Römer 8 vorgelesen: Es gibt nun keine Verdammnis für die, die in Christus sind.* Auf Altvaters Backe erschien ein Tick, dann verschied er. Und in Cappelroda kniete sich Natan im Pfarrbüro ans Fenster und betete.

Die Winklers glaubten sich entweder in der Hand Gottes oder aufgehoben im Shakespeare'schen Mehr zwischen Himmel und Erde. In Berlin saßen Markus und ich stundenlang mit Freunden zusammen und versuchten durch Telepathie zu erraten, welche Karte das Gegenüber in der Hand hielt. Eigentlich hat es nie geklappt. Beim Tischrücken meldete sich ein Geist namens Theophil und Markus konnte wieder eine Nacht nicht schlafen. Zweimal rettete sein zweites Gesicht ihm das Leben, behauptete er immer. Als 10-Jähriger pflegte er auf Rollschuhen auf der Straße zum Dresdner Bahnhof zu sausen, Autos fuhren ja kaum. Wenn ein Lastwagen ihn überholte, scherte er zur Straßenmitte aus und ließ sich vom Sog mitziehen. Nur einmal nicht. Da blockierte etwas in ihm, und siehe da, der Lastwagen hatte noch einen Anhänger, der ihn zermalmt hätte. Du wirst den Anhänger gehört haben, sagte ich zu ihm. Ein andermal, nach dem Krieg bei der Erntehilfe im Harz, stand er auf einem Mähdrescher und nahm die Garben entgegen. Plötzlich trat er grundlos beiseite und störte alle anderen auf dem Wagen. In diesem Moment flogen die Holzplanken in die Luft, genau dort, wo er eben noch gestanden hatte. Der lederne Transmissionsriemen war gerissen und Markus wäre unweigerlich ins Schwungrad gefallen. In seinen Lebenserinnerungen behauptete er sogar, er könne mit einer Wünschelrute Wasseradern finden. Nur, hast du jemals gegraben und nachgeschaut, ob da unten auch wirklich eine Wasserader ist?

Bei ihm fing es mit der Prostata an, dann wurde Knochenkrebs daraus. Er versuchte, ihn zu ignorieren. Ich denke mich gesund. Sein Leben lang hat es Markus gewurmt, dass er kein gefeierter Literat geworden ist, dem man andächtig zuhörte, ein Goethe oder Thomas Mann, weshalb er an diesen beiden kein gutes Haar ließ. Ihm hat niemand unwidersprochen zugehört, am wenigsten seine Töchter oder ich. Wenn ich schreibe, kann mir wenigstens niemand widersprechen, sagte er. Ein Buch muss so gelesen werden, wie es ist, oder man lässt es ganz.

Er habe beschlossen, dass er 84 Jahre alt werde, eröffnete er seinen Töchtern und mir, als er schon sterbenskrank war. Tatsächlich starb er mit 81. Der Tod tut eben nicht, was man will. Sonst hätte ich schon viel früher tot sein müssen, wenn ich mal wieder alles satthatte. Aber ich starb und starb nicht. Mein Opa ist 93 geworden. Das steckt eben in den Genen.

Macht mit mir, was ihr wollt!, sagte Markus, als die Sanitäter ihn holen kamen und ich hätte wissen müssen, dass er sich nie wieder an seinen Schreibtisch setzen und neben mich ins Bett legen würde, nachdem die Sanitäter ihn auf der Liege aus der Wohnung hinausgerollt hatten, von der er sich nicht verabschiedete, weil man sich nie verabschiedet, wenn die Sanitäter einen holen. Im Krankenhaus fiel er aus dem Bett. Heilung gab es nicht mehr. Hanna suchte eilig ein Pflegeheim, dort kam er hin und nach einer Woche war er tot. Natan, der Jüngste, lebte da auch schon nicht mehr, aber Silas überlebt uns alle.

Alle drei Winkler-Söhne haben Theologie studiert, obgleich Altvater sich rühmte, seine Söhne zu nichts gedrängt zu haben. Alle drei haben ihren Doktor gemacht. Die beiden, die in der DDR blieben, sind Pastoren geworden. Natan malte auf dem Dachboden seines Pfarrhauses nackte Grazien, die er an den FKK-Ostseestränden sah, oder Mondlicht-Landschaften, viel in Grau und Ocker, denn er war rotgrünblind. Als seine letzte Ausstellungseröffnung sich dem Ende zuneigte, trugen Natan seine Beine nicht mehr. Das dokumentarische Foto mit Freunden wurde im Sitzen auf der Außentreppe gemacht. Schon vorher hatte er uns von der Schaufensterkrankheit erzählt, von Durchblutungsstörungen in den Beinen, die ihn zwangen, immer wieder stehen zu bleiben. Kein Wunder, er rauchte ununterbrochen eine kleine schwärzliche Pfeife, deren Glut er mit dem bloßen Daumen nachstopfte. Im Pfarrhaus war es immer verraucht, sie heizten mit Braunkohle und Holz. Obwohl seine Frau Bella selbst nicht rauchte, war sie es, die den Lungenkrebs bekam, während sie ihre Doktorarbeit in Kunstgeschichte schrieb. Er konnte noch zehn Jahre lang gut behandelt werden. Wo immer ein See oder Schwimmbad in der Nähe war, ging sie im Morgengrauen schwimmen – sie nannte es atmen –, auch wenn Natan murrte, weil sie morgens nicht bei ihm im Bett lag. Bella war eine pralle Frau mit großen Augäpfeln, roten Backen und spitzem Mund. Mir kam sie immer vor wie eine barocke Ausprägung von Raffaels *Fornarina*. Kurz nach ihrem 50. Geburtstag, zwei Jahre nach dem Mauerfall, wurde sie gallengelb im Gesicht, kam ins Krankenhaus und starb innerhalb einer Woche. Ob jemand bei ihr war, ist mir nicht bekannt.

Aber man war ziemlich brutal in den Polikliniken. Als Natan acht Jahre später am Tag nach seiner letzten Vernissage mit Leberzirrhose ins Krankenhaus eingeliefert wurde, sagte der Arzt den besorgten Kindern am Abend, einen Sarg müssten sie noch nicht bestellen. Ein Zimmer gab es nicht und so stand sein Bett auf dem Gang, wo er noch in derselben Nacht am eigenen Speichel erstickte.

Vom mittleren Bruder Silas hätte man nie gedacht, dass er uns überlebt, denn schon, als er 40 war und ein gesuchter und viel beschäftigter Manager Gottes, erlitt er seinen ersten Herzinfarkt. Er war sein Leben lang dünn, trotzdem hat er vier Bypässe und wäre vor einem Jahr fast an einer Sepsis gestorben. Ein bisschen muss ich mich schon wundern, dass ausgerechnet derjenige, der am lautesten Gottvertrauen predigt, nicht sterben und seinem Schöpfer partout nicht entgegentreten will. Nun hat aber auch er mit 86 in ein Heim umziehen müssen. Er war anhänglich in meinen letzten Jahren, ich habe nur nicht mehr gewusst, was ich mit ihm am Telefon reden sollte, denn er behauptete allen Ernstes, gerade finde die größte Christenverfolgung in der Geschichte statt, weshalb er diese Neonazis wähle, denn die wollten das christliche Abendland retten. Wenn er sich da nicht mal gewaltig irrt! Er rief auch an dem Tag an, als ich meine Wohnung für immer verließ und die Sanitäter schon warteten. Hanna nahm ab, redete ein paar Worte mit ihm und gab mir das Telefon.

Ich habe die Augen kaum noch aufgemacht, die letzten Tage. Man ließ sie nur nacheinander rein. Meine Tochter Eva und ihre Jüngste Leona kamen nach Hanna. Leona umarmte mich, streichelte die ganze Zeit meine Hand und redete. Sie ist die Einzige, die in dieser Familie herzlich sein kann. Am Nachmittag kam Evas älteste Tochter Sophie mit ihrem Mann. Sie sind extra aus Leipzig angereist, man hat sie in Plastikkitteln mit Masken und Haarhauben hoch gelassen, wenn auch ohne den Kleinen. Da wusste ich, dass sie denken, dass ich sterbe.

Dann war Hanna wieder da, wahrscheinlich war es ein anderer Tag. Sie ging mit dem Versprechen, dass am Nachmittag Sophie mit meinem Urenkel zu mir gelassen wird. Der kleine Wonneproppen! So ein heiteres Kind, mein Ur-Ur-Uuuur-Enkel, scherzten wir, immer fröhlich, was haben wir gelacht! Endlich mal ein Junge. Die Winkler-Brüder haben bis auf einen Jungen ja nur Mädchen bekommen und auch Eva hat nur Töchter bekommen. In Kriegszeiten, sagt man, bekommen die Frauen Söhne, in Friedenszeiten Töchter.

Dann waren alle weg. Die törichten Pflegerinnen haben es nicht geschafft, mir ein Schmerzmittel zu geben, das wirkt. Und wie soll man Ruhe finden, wenn die Beine beißen und zucken? Wie soll man da bloß sterben? Ich war ganz verzweifelt. Eine Pflegerin ist noch da gewesen und wieder weggelaufen, statt mir was zu geben. Ärzte kommen ja nicht in diese Heime, und selber entscheiden dürfen die Pflegerinnen nichts. Händevoll Medikamente habe ich geschluckt, immer war mir speiübel. Ist das normal, diese Übelkeit, habe ich gefragt? Ich muss doch was essen. Immer nur Achselzucken. Es war sinnlos. Sie behandeln einen, als wäre man bockig. Werdet ihr mal so alt! Alt sein ist kein Vergnügen. Man wird reduziert auf die Körperausscheidungen, junge Männer wischen einem den Hintern ab. Hat man nicht ein Recht auf Menschenwürde? Steht das nicht im Grundgesetz? Wozu habe ich eine Patientenverfügung unterschrieben?

Sollen sie denn die Medikamente weglassen?, fragte Hanna, immer so herzlos logisch. Wo sie das her hat? Von mir bestimmt nicht. Das ist das Winkler'sche Erbe. Die Frauen der Winklers sind alle früh gestorben, nur ich nicht. Sie haben es nicht ausgehalten an der Seite ihrer selbstsüchtigen Männer. Weiß Gott, ich wäre auch lieber vor Markus gestorben. Nie habe ich ihn überleben wollen. Einmal habe ich in einer langen Nacht, in der ich wieder nicht schlafen konnte, weil ich zu Markus wollte, die Telefonseelsorge angerufen. Wann hat mir denn in den neun Jahren jemand zugehört, wahrhaftig an mir interessiert und nicht nur darauf aus, eigene Geschichten zu erzählen, oder unangenehm berührt abwiegelnd, wie die Kinder? Die Nachbarn nicht, nicht Vroni oder Alida, die ich angerufen habe, um mal eine Stimme zu hören. Sie hatten selbst so viel zu klagen über Krankheiten und Ärgernisse, und jedes Mal dieselben. Nein, übrig bleiben ist nicht schön.

Die Töchter kamen auch nur einmal die Woche, mehr kann man nicht verlangen. Es war strapaziös. Sie erzählten Dinge, die ich kaum verstand. Und mal anrufen? Daran dachten sie nicht. Sie anzurufen, habe ich mich nicht getraut, man störte nur, sie aßen entweder gerade oder waren auf dem Sprung oder unterwegs. Und wenn sie da waren, waren sie innerlich nicht dabei und saßen wie auf Kohlen. Sie dachten wohl, ich merke das nicht. Von Hanna kamen nur Ratschläge. Ich hätte alles anders machen müssen, dann hätte ich keine Schmerzen gehabt, so hörte sich das an. Als ob ich nur nicht gewollt hätte. Aber ich will mich gar nicht beschweren. Hanna hat die Polin besorgt, sie hat den Heimplatz gesucht, als das mit der Polin nicht mehr ging. Immer diese Wassersuppen! Ich habe mich auch nicht daran gewöhnen können, dass immer jemand Fremdes in der Wohnung war, ich hatte gar keine Privatsphäre mehr. Hanna hat mir auch das iPhone besorgt und eingerichtet, damit ich Sophies Videos von meinem Urenkel Bennet anschauen konnte. Nachts, wenn ich nicht schlafen konnte, ließ ich ihn lachen und juchzen und lachte mit.

Wir haben es ja so gewollt. Die Wohnung haben wir uns gekauft fürs Altwerden. Gott sei Dank hat Markus darauf bestanden, dass wir die Etagenwohnung im Hochhaus kauften, mit Fahrstuhl und Hausmeister, denn wer weiß, wie lange wir noch gut zu Fuß sind. Ich wäre aufgeschmissen gewesen mit meinem kaputten Knie in einem Haus mit Treppen. Vroni Wollschläger ist in ihrer Villa auf den drei Stufen vom Wohnzimmer zum Flur gestürzt und hat sich den Fuß gebrochen. Sie musste das Haus verkaufen und sitzt nun auch im Heim. Das wollten wir nicht. Alles aufgeben, alles rauswerfen, verscherbeln. Solange man das noch kann, ist man zu jung fürs Altersheim, und ist man alt, hat man die Energie dafür nicht mehr. Bis vor ein paar Jahren lebten die Alten in den Wohnungen rundherum noch, wir haben uns nach Markus' Tod gegenseitig zum Kaffee besucht und Kontrollanrufe organisiert. Markus mochte die Alten nicht, aber ich bin zu jedem nett. Man kann es sich nicht aussuchen, man muss mit allen auskommen. Sie sind eine nach der anderen gestorben, zuletzt Frau Balk, die noch Auto fuhr. Dann plötzlich Kopfschmerzen und umgekippt und tot. Seit zwei Jahren bin ich so gut wie nicht mehr aus meiner Wohnung herausgekommen. Die Post holte die Putzfrau, die Einkäufe bestellte ich im Cap-Markt gegenüber. Nur Geld mussten mir die Kinder bringen. Man ist schon eine Last als alte Mutter, die kaum vom Bett oder Schreibtisch zur Toilette kommt, aber ständig muss wegen der Entwässerungspillen. Und bloß nicht stürzen! Einmal bin ich früh um sechs vom Bett auf den Boden gerutscht. Da saß ich nun. Zwei Stunden habe ich gewartet, bis ich Hanna anrufen konnte, damit sie kam und mich hochhob. Danach hatte ich den Notruf der Johanniter. Aber ehe die kommen, wird man schwarz! Nein, alt sein ist nicht schön. Gegen die unruhigen Beine, die mich zwangen, nachts zu strampeln, ist niemandem etwas eingefallen. Nur mit einer Globuli-Kur hatte ich für eine Weile Ruhe, ausgerechnet dieses Zuckerzeug, händeweise, das half. Und ausgerechnet das kam nun zum Schluss wieder, die rastlosen Beine, es tat fürchterlich weh. Niemand soll in Schmerzen sterben. Niemand soll alleine sterben. Aber sie haben es nicht gepackt im Heim. Und niemand war da.

Und nun bin ich tot. Fragt mich, bald könnt ihr mich nicht mehr fragen, habe ich in den letzten Jahren oft zu Hanna gesagt.

Schreib doch deine Erinnerungen auf!, antwortete sie.

Gott bewahre! Was soll ich denn da schreiben? Diese grässlichen Lebenserinnerungen von Altvater, von Trundel oder meinem Vati sind doch alle geschönt und voller Lücken. Autobiographien sind wie diese Masken, die die Pflegerinnen jetzt alle tragen, man sieht nur die Hälfte des Gesichts. Und wer weiß, was bei mir hochgekommen wäre, was ich lieber gar nicht mehr wissen will.

Kapitel 2

Warum hat Vater eigentlich keine Autobiographie geschrieben?, fragt Hanna.

Was denkst du denn, natürlich hat Markus das getan, er ist nur nicht damit fertig geworden. Nicht einmal bis zu unserer Genfer Zeit ist er gekommen, kein Wort über unsere Verlobung oder über Schneewittchen, seine erste große Liebe. Stattdessen Kindheitsgedusel, Indien, ichichich. Weil schon sein Vater Tagebuch führte und Zeitungsschnipsel, Ausweise und Zeugnisse sammelte, wie später auch Markus, konnte er auf eine gewaltige Datensammlung zurückgreifen. Dennoch hat er vom Tod seines Bruders Christoph nicht erzählt. Dafür erzählte er, was sein Vater notiert hat, als man den 5-Jährigen bei der Rückkehr aus Indien in Deutschland im Tropengenesungsheim in Tübingen für fünf Tage von den Eltern trennte, in ein Kinderheim steckte und er sich in die Hosen machte. Bei seinen eigenen Töchtern hat Markus das auch angefangen: erste Träne bei Hanna, erstes Lächeln bei Eva. Kinder spielen mit Kacke. Für wen? Sollen denn die Kinder im Alter voller Scham lesen, was sie als Kleinkinder alles angestellt haben? Jeden Furz hat Markus festgehalten, im wahrsten Sinn des Wortes, im zweiten Kriegsjahr notierte er 3283 akustische Verdauungsvorgänge und hütete die Liste bis zu seinem Tod neben der Liste der Bücher, die er als Kind und Jugendlicher gelesen hatte, 112 im Hungerjahr des Kriegsendes. Schon Altvater hatte festgehalten, dass Trundel ihm in den sieben Verlobungsjahren 418 Briefe schrieb und er ihr 515. Markus konnte ganz genau sagen, wo er wann gewesen war, angedickt mit Ironie und Rührung über sich selbst und Hass auf seine Eltern, aber kein Wort über mich.

Schon seine bigotte und neurotische Mutter hat ihre Kindheit in einem Heft niedergeschrieben, alles in der dritten Person: *Da weinte Trundel ganz bitterlich.* Sie war die Tochter eines Kunstmalers, der den Nachnamen seiner Frau angenommen hatte, denn sie stammte aus einem alten Adelsgeschlecht aus Poppenbüttel. Ihm fehlten die Aufträge, für Leinwände hatte er selten Geld, deswegen bemalte er Wände. Von einer Dresdner Elendswohnung im vierten Stock zogen sie in die nächste, immer in der Hoffnung, für das Mietshaus Aufträge zu bekommen. In seiner Not kopierte er in der Dresdner Gemäldegalerie alte Meister. Deshalb hing in Altvaters Wohnung in Dresden groß und wie gestohlen Correggios *Anbetung der Hirten*, bis es beim Angriff auf Dresden verbrannte, weil man es gerade zum Rahmen in die Stadt gegeben hatte. Und natürlich Altvater selbst, der sein Leben mit selbstgefälliger Dankbarkeit für alles erzählte, was er mit Gottes Hilfe erreicht hatte, eine Anhäufung von Berufen, Gebeten, Treffen mit Leuten und eigenen Titeln. An die Armseligkeit seiner Jugend mochte er sich nicht erinnern. Als Halbwaise und Balljunge auf Tennisplätzen hatte er schließlich seinem Leben die richtige Wendung gegeben und war auf die Missionsschule nach Leipzig gegangen, wo er, geplagt von fürchterlichen und medizinisch völlig unerklärlichen Rücken- und Leibschmerzen, studierte. Sogar mein Vati hat kurz vor seinem Tod noch sein Leben auf das Diktafon meines Halbbruders gesprochen. Er hat aber alles, was ihm später vermutlich peinlich war, einfach ausgelassen. Er war ja ein Nazi gewesen.

Markus fing Mitte der 90er Jahre an, nachdem er pensioniert worden war, darauf erpicht, alles zu erfassen, und zweifelnd, ob es Sinn hatte oder ihm nützte. Er schrieb:

Selbst, wenn ich mehr über meine Eltern wüsste, hätte irgendetwas davon erklärt, warum ich so bin, wie ich bin? Hat die Erinnerung an Altvaters Rückenschmerzen mein Leben verändert? Wir lebten nicht anders als die anderen, wir hatten die gute Stube, die nie benutzt wurde, kauften Harzer Käse, in dünne Fünferröllchen verpackt, sogenannte Leichenfinger, die Schlagsahne am Sonntag wurde mit der Gabel aus Eiweiß, Zucker und Apfelsaft geschlagen.

Er gab es mir zu lesen, aber ich konnte mir die Bemerkung nicht verkneifen, dass ich es kitschig fand. Und wieso ich da überhaupt nicht vorkomme? Wann er denn von uns zu erzählen gedenke? Womöglich in einem Extrakapitel zwischen seinen Reisen nach Amerika und Schweden: mein Weib, mein Harem? Die Tage, an denen wir mit Wollschlägers Skat spielten, finden sich in seinen Listen, aber er hat nicht notiert, wann ich ihm mitteilte, dass wir ein Kind erwarteten. In seinen letzten Jahren kramte er in alten Tagebüchern und schrieb über seine erste Liebe und seine Mutter und wurde darüber fast wahnsinnig, so viel alter Groll kam in ihm hoch.

Nein, so etwas will ich nicht. Hinterher sind ja auch bloß alle gekränkt. Und was habe ich schon zu erzählen? Mit beruflichen Erfolgen kann ich nichts übertünchen. Altvater und Markus konnten unbekümmert ihre Lebenserinnerungen aufschreiben, ohne ihren Frauen eine bedeutende Rolle darin zu geben. Wir waren nur die Mitläuferinnen und, wenn wir krank wurden, die Hemmschuhe. Nein, ich habe kein eigenes Leben zu erzählen, meines ist ein angehängtes Leben. So ist das nun mal bei Ehefrauen meiner Generation. Meine eigene Geschichte hat schon bald aufgehört, vielleicht schon in Berlin, in Genf oder in Hamburg, bestimmt aber in Stuttgart. Und wer will das schon hören? Mich aufdrängen, das kann ich nicht. Die Schriftsteller in der Familie sind Markus und Hanna. Sie hat 30 Bücher veröffentlicht, wenn auch mit mäßigem Erfolg, und unser Keller ist voll mit Verlagsexemplaren von Markus' Büchern. Fast 60 Jahre lang saß er mit krummem Rücken beim Dichten und Denken an der Schreibmaschine, frühmorgens oder am Wochenende. Familienleben fand am Abend nach der *Tagesschau* statt, denn ich wollte keinen Mann haben, der nicht mehr mit mir redet. Dann lag er auf dem Bauch auf dem Teppich oder saß wie die Inder im Schneidersitz und wartete darauf, dass wir ins Bett gingen und er sich an den Schreibtisch setzen konnte.

Mir fiel das Schreiben nie so leicht. Mit meinem Buch über Zwerge bin ich auch nicht fertig geworden. Niemand wird lesen, was ich mir erarbeitet habe, nachdem ich festgestellt hatte, dass Zwerge überall sind, in ägyptischen Hieroglyphen, auf griechischen Vasen, auf Gemälden.

> Schon im alten Ägypten dienten Kleinwüchsige an den Höfen der Pharaonen. In der römischen Antike waren sie begehrt als Hofpersonal, als Spielzeug für Kinder und als Spaßmacher. Es gab sogar einen regelrechten Handel mit ihnen. Geschäftstüchtige Eltern oder Zwergenmacher banden Kindern die Glieder ab, spannten die Körper ein und gaben ihnen wenig Nahrhaftes zu essen, damit sie klein blieben und sich gut verkaufen ließen. Der uns bekannteste Zwergentyp ist der mit dem alten freundlichen Gesicht, langem weißen Bart und roter Zipfelmütze. Als Heinzelmännchen oder Wichtelmänner sind die Zwerge in Sagen und Erzählungen bienenfleißig und den Menschen wohlgesinnt. Nachts verrichten sie alle Arbeiten, so dass die Menschen faulenzen können. Die Neugierde der Menschen allerdings vertreibt sie. Zwerge lassen sich nicht gern von Menschen sehen und schon gar nicht bei der Arbeit beobachten. Heute kann man in manchen Vorgärten und Schrebergärten Zwerge noch rudimentär und erstarrt bei Arbeiten sehen, die sie ganz früher einmal für Menschen

verrichtet haben. Um sie vorzutäuschen, halten sie Geräte in den Händen, wie Rechen, Spaten, Gießkannen, Beile, Schubkarren für Garten- und Handwerksarbeiten, oder sie tragen Bergmannstracht. Manchmal befinden sie sich auch in einträchtiger, friedlicher Gemeinschaft mit menschenscheuen Rehen oder Hasen.

Die Kapitel meiner *Kulturgeschichte der Zwerge* liegen mit offenen Enden auf der Festplatte meines Laptops, der, während ich gestorben bin, aufgeklappt mit schwarzem Bildschirm auf dem Tisch neben dem Bett zwischen den Medikamenten steht. Hanna stöpselt ihn aus, klappt ihn zusammen und legt ihn bereit, um ihn mitzunehmen, wenn sie nachher mein Sterbezimmer verlässt, damit der Arzt die Leichenschau vornehmen kann. Eilig hat er es nicht zu kommen. Es ist Sonntagnacht und toter werde ich ja nicht.

Hanna wird zurechtkommen mit dem Laptop. Bei mir hat er in den letzten Wochen nicht mehr gemacht, was ich wollte, immer wieder war alles verschwunden oder verschoben. Auf Facebook konnte ich die Fotos nicht mehr finden, die Hanna täglich für mich hineinstellte, damit sie wusste, die Mami ist aufgestanden und klickt noch. Am Telefon hat Hanna versucht, mich durch die Menüs zu lotsen. Der Cursor war wie ein Floh auf dem Bildschirm, das soll eine alte Frau noch erkennen können! Ich habe den Grauen Star. Zur Staroperation muss ich nun nicht mehr. Ob sie daran denken, den Termin beim Augenarzt abzusagen? Aber das kann mir ja nun wurscht sein.

Einmal kam Hanna sogar her, hat sich meinen Laptop herausgeben lassen und unter meinem Fenster in meinem W-LAN irgendwas gemacht, damit ich wieder reinkomme. Ich wollte doch noch weiterschreiben an meinen Zwergen, meine Bücher hatte Hanna mir schon gebracht. Auch Leona kam einmal und rief mich von unten an, so dass wir uns auch zuwinken konnten. Das musste wohl sein. Meine Oma hat mir noch von der Spanischen Grippe erzählt, die im Oktober zum Ende des Ersten Weltkriegs in Halle ankam. Ganze Familien starben innerhalb von Tagen. Ich beschwere mich nicht, ich habe den Krieg erlebt, da beklagt man sich nicht darüber, dass die Kinder mal nicht kommen können, Hauptsache, sie kommen, wenn man stirbt.

Dass ich meine *Kulturgeschichte der Zwerge* nicht fertigstellen konnte, wurmt mich aber schon.

> Ich denke, dass das, was ich über die Zwerge herausgefunden habe, auch andere interessieren könnte. Die meisten von uns sind im Laufe des Lebens Zwergen begegnet und haben sie lustig oder grässlich gefunden. Einem Zwerg kann man nämlich nicht neutral begegnen. Ich habe sie nie so recht gemocht. Nur die sieben Zwerge, die das obdachlose und von der Stiefmutter bedrohte Schneewittchen aufnahmen, waren mir als Kind sympathisch. Aber da war dann auch noch in meinem Märchenbuch dieser bösartige und undankbare Giftzwerg, den Schneeweißchen und Rosenrot ein paarmal aus größter Not gerettet hatten. Und bei Rumpelstilzchen fand ich es nicht fair, dass es für die Hilfe, die ihm ganz leichtfiel, von der Königin das so große Opfer verlangte, ihr neugeborenes Kind herzugeben. Seine Wut, als er überlistet war, ging mir dann auch viel zu weit. Man muss bei einer Wette auch verlieren können, das ist doch kein Grund, sich im Zorn in der Mitte durchzureißen. Wie man das macht, war mir nie klar. Zu meiner Abneigung kam noch hinzu, dass Zwerge auf Bildern und als Gartenzwerge ziemlich hässlich sind mit ihren alten bärtigen und grimmigen Gesichtern. Abstoßend finde ich auch die Zwerge mit kindlich-albernen Kulleraugen im töricht-grinsenden Gesicht.

Sie haben mich aber eben leider nicht in Ruhe gelassen. Ich bin ja auch selbst mit meinen 1,60 ziemlich klein.

Kapitel 3

Nachdem meine Mutter alles ihr Mögliche unternommen hatte, um mich abzutreiben, kam ich am Montag, dem 6. Januar 1930, in Halle an der Saale im ersten Stock des Passendorfer Wegs 84 zur Welt, sechs Monate, nachdem mein Vater Wilhelm Engelberg meine Mutter Grete Sundberg geheiratet hatte. Die Hebamme betreute gleichzeitig in der Nachbarschaft die Geburt von Lotte, einer späteren Klassenkameradin von mir, die am selben Tag zur Welt kam.

Meine Mutter war eine eitle und lebenslustige Frau mit vorstehenden Zähnen und dunkelblonden Locken. Ihrer Mutter war der Mann davongelaufen, sie brachte Grete zusammen mit zwei Brüdern und einer Schwester allein als Wasch- und Toilettenfrau durch. Die Sundbergs waren eine gesellige und fröhliche Familie, bei ihnen fühlte mein Vati sich wohl. Er kam nämlich aus einem strengen Elternhaus, meine Großeltern wollten, dass er es mal besser hatte als sie: Er sollte nicht mit den Händen arbeiten müssen, sondern Lehrer werden. Darum schickten sie ihn auf die Mittelschule. Er sei aber zu kränklich für die schulischen Anstrengungen gewesen, behauptete Oma. Als Kind fiel mir beim Kramen in den Kommodenschubladen einmal ein Zeugnis von ihm in die Hände und ich war erstaunt über die vielen schlechten Noten. Von mir verlangten die Großeltern nämlich immer gute Noten und mein Opa konnte sehr ungemütlich werden. Als schlechter Schüler muss sein Sohn es ziemlich schwer gehabt und viele Ängste ausgestanden haben, und Angst macht bekanntlich dumm. Mit 14 brach er die Schule ab und begann eine kaufmännische Lehre. Vielleicht hatte Oma das auch so entschieden, denn Opa war noch im Krieg, als Soldat mit Kaiser-Wilhelm-Schnauzbart. Den habe ich natürlich nicht selbst gesehen, ich war ja noch gar nicht geboren, aber es gibt ein Foto, das mein Vati mit einem Fotoapparat aufgenommen hat, den er sich selbst als 12-Jähriger aus einer Zigarrenkiste gebastelt hatte.

Sie wohnten in Halle-Glaucha in einer Mietskaserne aus roten Ziegeln. Die Wohnung im Vorderhaus konnte sich Opa als Tischler wohl nur leisten, weil Oma als Schneiderin etwas zum Haushaltsgeld beisteuern konnte. Für ein Klavier reichte der Platz nicht, aber mein Vati lernte Geige spielen. Ich denke mir, er war zu Hause nicht glücklich und setzte deswegen alles daran, sich so weit wie möglich von diesem Milieu zu entfernen. Ohne Schulabschluss, nur mit einer kaufmännischen Lehre in der Tasche, gelang es ihm, als Journalist Fuß zu fassen. Meine Oma erzählte mir, dass er SPD-Mitglied gewesen war, aber schon bald in die NSDAP eintrat. Bei den Nazis sah er wohl mehr Chancen für sich, etwas zu werden. Als ich geboren wurde, verdiente Vati schon gut, als Rundfunkschriftsteller, wie er es ausdrückte. Er nannte sich selbst Gaupropagandaleiter und war direkt Goebbels unterstellt. Vier Jahre vor meiner Geburt hatte er seine Eltern davon überzeugt, das Reihenhaus im Passendorfer Weg zu bauen. Mein Vati war Aufsichtsratsvorsitzender der Siedlungsgemeinschaft Eigene Scholle, die mit Krediten half. Das meiste wurde in Eigenleistung und mit Nachbarschaftshilfe gebaut, mein Opa machte als Tischler die Holzarbeiten. Das Haus hatte unten zwei Zimmer, nach hinten hinaus eine Küche und im ersten Stock, wo meine Eltern einzogen, auch drei Zimmer. Ein Raum war oben als Küche eingerichtet. Unten gab es die gute Stube mit dunklen Tapeten, Kamin und hölzernem Bord, die wir kaum benutzten. Die Toilette befand sich im ersten Stock. Ein Badezimmer war bei der Planung der Reihenhäuser nicht vorgesehen, aber Opa trennte im Keller eines ab. Der Ofen für das Badewasser wurde einmal in der Woche am Sonnabend angefeuert. Sonst hatten wir unsere Waschschüsseln. Oma und Opa zogen im Sommer, zwei Jahre vor meiner Geburt, ein. Es kam ein sehr kalter Winter und Oma erzählte gern, wie die Außenwände in dem noch feuchten Haus gefroren seien und der Putz und die Tapeten geglitzert hätten. Die Wasserrohre an den Außenwänden habe sie mit dem Bügeleisen aufgewärmt, damit sie nicht einfrören.

Dreieinhalb Jahre lebte ich mit meinen Eltern im oberen Stockwerk des Passendorfer Wegs, dann, im Sommer, ganz früh am Morgen, weckte Mutti mich, zog mich an und verließ mit mir an der Hand die eheliche Wohnung. Eine Erklärung gab sie nicht ab. So früh war es, dass die Geschäfte noch geschlossen waren. Wir gingen zum Haus meines Onkels, dem Bruder meiner Mutti. Nach einiger Zeit – es war noch im Sommer – kamen Männer in braunen Uniformen mit roter Armbinde durch den Garten auf das Haus zugelaufen. Schnell, versteck dich!, rief meine Mutter. Aber ich war zu langsam. Sie drangen ins Haus ein, ein Mann nahm mich auf den Arm und trug mich aus dem Haus. Ich hörte Mutti, Onkel und Tante lamentieren, aber es half alles nichts. Die Männer gaben mich in einem Kinderheim ab. Nach einem oder zwei Tagen kamen Vati und Opa und holten mich in den Passendorfer Weg. Das hatte ohne Zweifel mein Vati eingefädelt. Die Wohnung meiner Eltern im ersten Stock war nun ziemlich leer, meine Mutter hatte einen Teil der Möbel abholen lassen. Ich fühlte mich befreit und fröhlich. Heimweh nach meiner Mutter hatte ich nicht. Es wurde auch nie von jemandem ein gutes Wort für sie eingelegt, sie wurde einfach totgeschwiegen. Ich hatte meinen Vati ganz für mich alleine. Er alberte viel mit mir herum, doch schon nach kurzer Zeit wurde es für mich bitter. Vatis neue Frau tauchte auf, Uschi, seine Sekretärin in der Landesstelle für Volksaufklärung und Propaganda. Sie war eine gescheitelte, dunkelhaarige Frau mit stolzer Haltung, Schultern zurück, Brust raus, die niemals den Nacken beugte, schon gar nicht zu mir herab. Sobald sie zu Vati kam, wurde ich zu Oma und Opa weggeschickt. Meine Eltern wurden zwei Jahre später geschieden, und mein

Vater kaufte für Uschi und sich ein eigenes Reihenhaus im Schkopauer Weg, nicht weit weg von uns. Geheiratet hat er in der braunen Uniform unterm Hitlergruß. Ich sollte Blumen streuen und bekam ein Körbchen mit Blüten. Ich weigerte mich aber, als ich sah, dass die Leute mit ihren Füßen auf die schönen Blumen traten.

Neun Monate nach der Hochzeit wurde mein Halbbruder Heiner geboren und mein Vati beschloss, seine Familie zu komplettieren. Ich sollte bei ihm und seiner neuen Frau leben. Das wollte ich durchaus, denn die Zeit allein mit meinem Vater war doch so schön gewesen. Ich wurde aber bitter enttäuscht. Uschi war engherzig und bösartig und nicht imstande, einem 6-jährigen Kind ein behütetes Zuhause zu geben. Ich war ohnehin schon verstört, hatte ich doch bereits einige Verluste hinnehmen müssen, erst die Mutti, dann den Vati, im Kinderheim war ich gelandet, und nun hatte ich mich von Oma und Opa trennen müssen. Ich fühlte mich völlig verloren, und überall lauerten Schrecknisse. Mein Vater hatte sich einen Hund angeschafft, Bobby, einen Boxer mit Schlappohren. Aber er gehorchte ihm nicht, es gab wüste Raufereien, speziell mit Schäferhunden. Vor jedem Spaziergang hatte ich Angst. Nachts wachte ich häufig auf, wenn ich hörte, dass Vati mit dem Hund noch einmal rausging. Neben dem Haus war eine Baustelle, wo ein Nachtwächter mit einem Schäferhund patrouillierte, und die beiden Hunde verbissen sich regelmäßig mit grauenvollem Geheul ineinander, während mein Vater und der Nachtwächter mit Peitschen auf sie eindroschen. Bobby muss auch als Welpe verdroschen und dabei als Schwein beschimpft worden sein, denn wenn bei uns zu Hause das Wort Schwein fiel, kniff er den Schwanz ein und lief davon. Einmal sprang er sogar durch die Glasscheibe der geschlossenen Verandatür und kam erst nach Tagen ausgehungert zurück. Überhaupt bestand die Erziehung von Hunden und Kindern hauptsächlich im Prügeln.

Einmal haute ich mit einer Schulfreundin nach der Schule zur Oma ab. Sie brachte mich natürlich sofort nach Hause. Wegen einer kleinen Missetat, die ich vergessen habe, musste ich einmal eine Nacht mit der Hundepeitsche auf meinem Bett schlafen, mit der Uschi mich am anderen Morgen verdreschen würde. Da schläft man nicht gut. Ich lief wieder zur Oma fort. Sie zeigte meinen Rücken der Nachbarin, er war voller roter und blauer Striemen. Danach durfte ich erst einmal wieder bei meinen Großeltern leben. Zu meiner Einschulung bekam ich zwei Zuckertüten, eine große von Vati und eine kleine von meinen Großeltern.

Vati war damals sehr angespannt. Er sei gewissen Leuten nicht mehr genehm. Nun wollte er eine leitende Stelle beim Rundfunk haben. Er schrieb an Goebbels, von dem er einmal nach Hause eingeladen worden war. Ins Diktafon von Heiner erzählte er Jahrzehnte später, Goebbels habe schlechte Witze gerissen, über die alle pflichtschuldig gelacht hätten. Er habe aber dessen schöne Frau und schöne Kinder bewundert, die Goebbels zum Kriegsende im Bunker der Reichskanzlei vergiften ließ, bevor er und seine Frau selbst Zyankali schluckten. Goebbels sei ein Mann von Intellekt, aber beißender Ironie, und ein Demagoge gewesen, dessen stechende Augen vielen Frauen den Kopf verdreht hätten. Eine Zeit lang bekam unsere Familie sogar Weihnachtsgeschenke von Goebbels. Mein Opa nannte ihn Humpelstilzchen, denn Goebbels hatte einen Klumpfuß und war ziemlich klein.

Eine Weile war Vati stellvertretender Sendeleiter beim Reichsrundfunk in Berlin und Uschi war mit Heiner alleine zu Hause. Aber Vati behauptete, beim Rundfunk habe er nichts zu tun und er sei ein Mensch, der arbeiten müsse. Deswegen bewarb er sich auf Bürgermeisterstellen, obgleich die schlechter bezahlt waren. Als ich acht Jahre alt war, wurde er Bürgermeister in Dommitzsch an der Elbe. Zu meinem Unglück wollte er erneut seine Familie zusammenführen und bestand darauf, dass ich die Schule in Halle verließ, in die ich sehr gern ging, und mit Uschi, Heiner und ihm nach Dommitzsch zog. Das war für meine Begriffe unvorstellbar weit weg. Telefon hatten meine Großeltern nicht, ich konnte deswegen nicht einfach mal bei ihnen anrufen und mich ausweinen.

Wir bezogen eine Wohnung in der Leipziger Straße im ersten Stock eines Hauses mit Garten, den wir Kinder aber nicht betreten durften. Der Sparkassendirektor und seine Familie unter uns vereinnahmten die Toilette im Haus. Wir mussten ein Stockwerk hinunter zu unserem Plumpsklo in einen Anbau gehen. Für die Nacht gab es Nachttöpfe. Aber im Winter überlegte man es sich gründlich, ob man unter dem Federbett hervorkroch, denn die Schlafzimmer waren nicht beheizt. In Dommitzsch gab es keine Kanalisation, darum gab es im ganzen Haus auch keinen einzigen Wasseranschluss. Die Wasserpumpe stand unten im Hof. Eimer für Eimer musste man das Wasser in die Wohnung hinauftragen. Zwei Eimer Wasser standen immer in der Küche. Einen Ausguss gab es in der Wohnung auch nicht, er befand sich im Treppenhaus.

Das Schlimmste war, dass ich dort in die Volksschule gehen musste. Es war eine große Klasse, Jungen und Mädchen in einem Raum, aber streng getrennt in Blöcken sitzend. Die Jungen saßen auf der Seite des Klassenzimmers, wo der Eingang war. Wir Mädchen mussten an dem ganzen Jungenblock vorbei zu unseren Plätzen gehen. Die Jungs versuchten, uns ein Bein zu stellen. Dazu kam, dass Uschi in einem Büro Geld verdiente und nicht zu Hause war, wenn ich aus der Schule kam. Deshalb bekam ich den Hausschlüssel an einem Strick um den Hals gehängt, und man rief mir Schlüsselkind und Borjermeesters Tochter hinterher. Es war ein wahrer Spießrutenlauf zur Schule und wieder nach Hause. Auf die Idee, den Schlüssel unter das Kleidchen zu stecken, bin ich natürlich nicht gekommen. Angst macht eben dumm. Ich verblödete auch in der Schule. Mein Vater lief schimpfend durch die Wohnung und schrie:

Dann gehst du eben auf die Hilfsschule! Er schrieb Oma und Opa in einem Brief, sie hätten mich dumm werden lassen, worüber mein Opa so empört war, dass er in seinem Antwortbrief ein Schreiben meiner alten Klassenlehrerin mitschickte, in dem sie bestätigte, dass ich nicht auf eine Hilfsschule gehörte. Dann tauchte Opa selbst in Dommitzsch auf. Dass er kommen würde, hatten alle gewusst, nur ich nicht. Mein Vati hatte sich nämlich darauf vorbereitet, er unternahm einiges mit mir und schenkte mir einen Puppenwagen. Und nun wurde ich gerufen und mir wurde von meinem Vater eröffnet, dass ich selbst entscheiden sollte, wo ich leben wollte. Ich war so eingeschüchtert, dass ich meine Chance nicht wahrnahm und erklärte, ich wolle bei meinem Vati leben. Ich Kamel! Mein Opa war über meine Torheit völlig verzweifelt. Ich wurde rausgeschickt und Vati und Opa stritten sich, bis Opa mitten in der Nacht aus dem Haus rannte. Vati fuhr mit dem Auto los, um ihn zu suchen und nach Halle zurückzubringen.

Der Sommer wurde dann doch noch ganz schön, es waren Ferien. Wir hatten uns mit der Familie Klosen angefreundet, er war Direktor einer Margarinefabrik und hatte in seinem Garten ein kleines Schwimmbad, wo wir uns viel aufhielten. Mein Vater brachte mir das Schwimmen bei. Er hielt mich eine Weile im Tiefen über Wasser und ließ mich die Schwimmbewegungen üben, dann ließ er plötzlich los. Mir blieb nichts anderes übrig, als weiter die Schwimmbewegungen zu machen, wenn ich nicht untergehen wollte. Damit war für ihn die Sache erledigt, auch wenn ich mich eigentlich nur über Wasser halten konnte. Aber das Schwimmen machte mir schnell viel Freude. Ich konnte gar nicht verstehen, warum Heiner so wasserscheu war. Als ich mir einmal die damaligen Fotos von ihm anschaute, fiel mir auf, wie verschreckt er in die Welt blickte. Ich weiß nicht, wie Uschi und Vati mit Heiner umgegangen sind, aber eines ist sicher, sie wollten einen richtigen Jungen haben, kein verweichlichtes Bürschchen. Ich sollte ihm das Schwimmen beibringen und wie man auf Bäume klettert und im Freien herumtollt.

Heiner ist nun auch schon gut zwölf Jahre tot. Wie er gestorben ist, weiß ich nicht. Er war Psychiater geworden und an einer Klinik tätig und zum Schluss wohl alkohol- und medikamentenabhängig. Die Psychoanalyse lehnte er Zeit seines Lebens ab. Er heiratete zwei Mal und hatte fünf Kinder. Schließlich war er bankrott. Bei seinem Tod hinterließ er nur Schulden, so dass wir uns alle gegenseitig ermahnten, das Erbe nur ja auszuschlagen. Das musste man den Behörden gegenüber schriftlich erklären.

Mit der Schule begann für mich wieder die Tortur. Ich verbrachte viele Stunden damit, mir ein Zwergenleben auszumalen, wie ich es als kleines Kind im Bilderbuch gesehen hatte. Da lebten die Zwerge unter den Dielen der Wohnung zwischen Sammlungen von Socken, Sicherheitsnadeln und Knöpfen. Von dort aus konnte ich die Menschen heimlich beobachten, während sie mir nichts mehr anhaben konnten. Außerdem konnte ich sie ärgern und ihnen Dinge wegnehmen, zum Beispiel Uschi ihre Armbanduhr oder Vati seine Manschettenknöpfe mit dem Hakenkreuz.

Ich weiß nicht, wie lange ich in Dommitzsch gelebt habe. Vermutlich bin ich in den Weihnachtsferien zu meinen Großeltern gefahren, denn ich weiß noch, dass Oma mir erzählte, dass die Synagoge in der Kleinen Brauhausstraße abgebrannt war und die Feuerwehr nicht habe löschen dürfen, und das muss ja am 9. November gewesen sein. Ich wurde krank, ich bekam die Windpocken und durfte erst einmal wieder bei meinen Großeltern bleiben. Ich musste nur regelmäßig Briefe an Vati schreiben. Das empfand ich als ausgesprochen lästig, aber ich muss es zur allgemeinen Zufriedenheit erledigt haben, denn Klagen kamen keine. In Dommitzsch war ich nicht mehr. Als meine Halbschwester Henrike geboren wurde, war ich zehn Jahre alt, aber ich sah sie zum ersten Mal, als sie schon zwei

Jahre alt war. Obwohl mein Vater ein Auto hatte, kam er nicht zu uns nach Halle, weder alleine noch mit Familie. Nach der Wende haben Markus und ich Dommitzsch besucht. Ein alter Mann sprach uns an, als wir das Haus fotografierten, in dem Vati mit uns gewohnt hatte. Mit einem bisschen Bammel sagte ich, ich sei die Tochter des früheren Bürgermeisters Engelberg. Es kamen aber keine Schmähungen, wie ich befürchtet hatte. Der Alte erinnerte sich sogar an ihn, mein Vati habe ihn getraut, er ließ ihn grüßen. Daraus schließe ich, dass er nicht unbeliebt war.

Als mit dem Überfall auf Polen der Weltkrieg begann, war Oma sehr besorgt, denn mein Vati musste zur Musterung und erhielt das Urteil KV, kriegsverwendungsfähig. Seine Briefe kamen aus Sachsen, Luxemburg, Frankreich und schließlich aus Polen. An der Front war er wohl nicht. Bei uns zu Hause herrschte keine Kriegsbegeisterung. Oma und Opa erinnerten sich noch zu gut an den Ersten Weltkrieg, an Hunger und Kohlemangel, an die Spanische Grippe und an die Inflation. Sobald man Geld in der Hand hatte, ging man los, etwas einkaufen, denn eine Stunde später war es nur noch die Hälfte wert, erzählte meine Oma häufig. Opa hatte sogar Tabak angebaut, den er auf dem Dachboden trocknete, nicht für sich selbst, denn er hat nie geraucht, sondern um ihn einzutauschen. Den Gewaltfrieden und den Versailler Vertrag empfand man natürlich als Demütigung. Vati hatte meinen Opa sogar dazu gebracht, die braune Uniform anzuziehen, aber ein glühender Nazi war Opa nicht. Zu Hause am Küchentisch sangen wir *Brüder zur Sonne, zur Freiheit* und *Die Gedanken sind frei.* Wenn andere das erfahren hätten, wäre es gefährlich für uns geworden. Opa konnte gut Mundharmonika spielen und Oma sehr schön singen. Sie brachte mir das Blockflöte Spielen bei. Das habe ich sehr gern gemacht.

Opa war ein kleiner Mann, der großen Wert darauf legte, als Familienoberhaupt zu gelten, und sehr zornig werden konnte. Ich hatte vor ihm großen Respekt, aber keine Angst. Ich wusste, was ihn ärgerte und was ihm gleichgültig war. Oma gehorchte ihm auch nicht immer. Er musste ja nicht alles wissen. Sie kam aus Lettewitz aus einer Familie mit neun Geschwistern, eigentlich dreizehn, aber vier waren als Kleinkinder gestorben. Sie hat nie darüber gesprochen, wie sie lebten, und ich habe nie gefragt. Oma hatte unter den Geschwistern als Einzige so viel Ansehen, dass sie eine Lehre machen durfte. Soweit ich weiß, führte das unter den Geschwistern zu Eifersüchteleien. Sie musste deshalb sogar die Lehre abbrechen. Aber was sie gelernt hatte, reichte aus, um Hausschneiderin auf dem Rittergut Merbitz in der Nähe von Wettin im Saalekreis zu werden. Sie gehörte dort zwar zum Personal, hatte aber doch Umgang mit den Gelernten und auch mit der Herrschaft, und damit entkam sie dem Milieu, in dem sie aufgewachsen war. Opa kam als Zimmermann auf der Wanderschaft durch den Saalekreis und lernte Oma Luise als Hausschneiderin auf dem Rittergut Merbitz kennen. Ich vermute, er hatte auf dem Gut Arbeit bekommen. In Halle fand er dann eine Anstellung als Tischler bei einer Baufirma. So konnten sie nach einer längeren Verlobungszeit heiraten. Die Hochzeit fand am 13. April 1903 in Lettewitz-Wettin statt, da war mein Opa 24 und meine Oma schon 30 Jahre alt. Sie zogen nach Halle-Glaucha, wo im März im Jahr darauf mein Vati geboren wurde. Von Omas Geschwistern lernte ich nur eine Schwester, ich nannte sie Tante Brömme, kennen. Sie besuchte Oma einmal im Jahr. Sie kam stets unangemeldet und blieb einen ganzen Tag. Mir brachte sie immer Sahnebonbons in einer Verpackung mit, die die ungewöhnliche Form eines Rhombus hatte. Wenn sie kam, knallte sie mir einen Kuss auf die Backe, und Oma stöhnte heimlich, weil Tante Brömme laut und stundenlang ununterbrochen redete. Sie musste gut mit einem Mittagessen versorgt werden und verschwand erst wieder, kurz bevor Opa abends nach Hause kam.

Vom Krieg merkten wir zunächst nicht viel. Mein Opa war zu alt, um eingezogen zu werden. Aber die Väter meiner Mitschülerinnen verschwanden an die Front, dafür kamen Zwangsarbeiter. Kaffee gab es gleich nicht mehr, was meine Oma sehr schmerzte, und es wurden sofort Lebensmittelmarken eingeführt. Auf sie musste man besser aufpassen als auf Geld. Zu Essen hatten wir genug, denn wir hatten unseren Gemüsegarten, einen Apfelbaum, Rhabarber, Kaninchen und Hühner. Die Sommerferien verbrachte ich in Heudeber im Harz, wo mein Opa herkam, bei Tante Anna, der Cousine meines Vatis. Sie und ihr Mann hatten eine Mühle und eine Bäckerei. Tante Anna ließ mich immer das Heimweh vergessen, weil sie sehr gutmütig mit mir umging. Es war auch immer viel los, mit ihrer Tochter Gerda tobte ich viel herum und genoss das Landleben.

Mit zehn wechselte ich auf die Torschule, wo neben der Mittelschule für Jungen auch eine für Mädchen untergebracht war. In der Schule fand ich mich gut zurecht. Eines Tages kam ein Brief von Vati aus Polen. Er war Stadtkommandant in Hermannsbad geworden, das eigentlich Ciechocinek heißt. Als ich zusammen mit Opa in den Sommerferien 1942 nach Hermannsbad fuhr, war er aber schon nicht mehr Stadtkommandant, sondern in Lüneburg bei einer Zeitung beschäftigt und kam nur am Wochenende. Uschi und die Kinder wohnten weiterhin in einer Villa in der Goethestraße, die längst wieder Świętego Brata Alberta heißt, mit sieben Zimmern und einem Eingangssaal, von dem neun Türen abgingen. Es gab im Ort ein großes Café, das auch Tanzveranstaltungen abhielt. Es wirkte alles wie im Frieden. Ich sah aber im Kurbad die vielen deutschen Soldaten, die sich dort erholten. Die Verpflegung war gut, allerdings nicht für die Polen, doch um die, so behauptete Vati, habe er sich ja nicht recht kümmern dürfen, weil die Gestapo aufpasste, dass es ihnen nicht zu gut ging. Das ist eine üble Beschönigung. Allerdings war er dort nur bis 1941 verantwortlich. Uns erzählte er, Intrigen hätten seine Laufbahn beendet, er sei entlassen worden, ohne den Grund zu erfahren. Aber meine Oma konnte mir nicht verheimlichen, dass er wegen Untreue zu drei Monaten Haft verurteilt worden war, obwohl er seine Zeugen gekauft hatte. Sie war darüber sehr unglücklich.

Erst 60 Jahre später fand eine der Töchter meiner Halbschwester im Bundesarchiv einen Brief, den mein Vater im Februar 1942 an den Reichsminister für Volksaufklärung und Propaganda Dr. Goebbels geschrieben hatte und in dem er um eine Stelle als Propagandist bittet. Er habe sich in seinem Leben stets anständig geführt und bisher keine Strafe erhalten. Zu seinen Gunsten führt er an, dass er beim Ulmer Reichswehrprozess drei Jahre vor der Machtergreifung als Verdächtiger vernommen worden sei, weil er den Reichswehrsoldaten laufend nationalsozialistische Literatur und Zeitungen zugeschickt habe. Den Offizieren aus Ulm wurde damals vorgeworfen, mit der NSDAP konspiriert und durch Verteilung von Flugblättern zu einer nationalen Volkserhebung aufgerufen zu haben.

> *Ich habe in der Partei immer meine Pflicht erfüllt*, schrieb mein Vater. *Warum soll ich jetzt vor die Hunde gehen? Nur weil ich an falscher Stelle eingesetzt worden bin? Die Bürgermeisterstelle in Dommitzsch habe ich doch ohne profunde Kenntnisse der Verwaltungsarbeit nur deshalb angenommen, weil in meinem Beruf als Propagandist keine Stelle zu haben war.*

Es kam der Krieg, seine Beamten im Rathaus wurden eingezogen, die Polizeiverwaltung wurde vergrößert, der Inspekteur der Kriminalpolizei verlangte, dass eine Polizeiwache mit Vernehmungsraum im Rathaus eingerichtet würde. Dafür musste der Trauungsraum hergegeben werden:

> *Ich richtete ein provisorisches Trauzimmer in einem kleineren Raum ein. Doch für dieses Zimmer war der Haargarnteppich von 3,5 auf 4,5 Meter zu groß. Abschneiden wollten wir ihn nicht, das hätte das Muster verunstaltet. Weil im Krieg keine billigen Teppiche zu kaufen waren, sind der erste Beigeordnete und ich übereingekommen, diesen Haargarnteppich gegen einen kleineren*

Plüschteppich einzutauschen, der in meiner Wohnung lag. Ich habe den ersten Beigeordneten gefragt, welchen Wertunterschied ich denn nun an die Stadt zu zahlen habe. Darauf antwortete er, es bestehe kein wesentlicher Unterschied.

Man setzte also einen Tauschvertrag auf, in dem Vati der Stadt gegenüber als Privatmann auftrat. Beim Tausch und der Tauschverhandlung sei auch eine Aushilfsangestellte zugegen gewesen. Sie und der erste Beigeordnete waren seine beiden Zeugen. Bald wurde Vati, so schilderte er es in dem Brief an Goebbels, zum Heeresdienst an der Westfront eingezogen. Seine Abwesenheit nutzten der Beigeordnete und ein aus dem Krieg zurückgekehrter Beamter, der UK, also unabkömmlich, gestellt worden war, um gegen meinen Vati zu wühlen. Sie suchten alles durch und fanden elf Sachen, die sie dem Landrat zeigten. Nur eine blieb übrig: die Sache mit dem Teppich. *Ich darf dazu bemerken*, schrieb Vati, *dass der erste Beigeordnete erbkrank und der Beamte Trinker ist.* Auf Drängen dieser beiden habe nun der Landrat die Teppich-Sache dem Staatsanwalt übergeben. Der Oberstaatsanwalt stellte die Sache aber ein, weil es eine Bagatelle gewesen sei und weil der Vertrag keine Gültigkeit habe, denn es hätten ihn zwei Beigeordnete unterschreiben müssen. Doch der Landrat legte beim Generalstaatsanwalt Widerspruch ein, und Vati wurde Ende 41 zu drei Monaten auf Bewährung verurteilt. Eine Revision wurde nicht zugelassen. Vati strengte eine Nichtigkeitsklage an und stellte ein Gnadengesuch. Seine Zeugen, so beschwerte er sich in seinem Brief an Goebbels, seien als *unwahr* hingestellt worden, das Urteil gegen ihn habe bereits vorher festgestanden. Erfolg hatte er damit nicht.

Von alldem bekam ich als 12-Jährige kaum etwas mit. Vati war nur immer mal hier, mal dort, und nichts hatte Bestand. Meine Mutti hatte längst wieder geheiratet, einen Erich Telle, der bei der Bahn arbeitete und dessen Brüder Kommunisten waren und bald ins KZ kamen. Er hatte eine Tochter aus erster

Ehe, die ich aber niemals kennengelernt habe. Mutti traf ich nur selten und wenn, dann hatte sie etwas an mir auszusetzen und schimpfte über meine Großeltern.

Die Mittelschule machte mir Freude. Meine Noten kommen mir aber heute eher mittelmäßig vor, es waren hauptsächlich Dreien. Ein Gut bekam ich nur in Chemie zugestanden. Zu Hause hatte ich mich um das Grünzeug für die Kaninchen zu kümmern und leichte Hausarbeiten zu erledigen. Die große Wäsche war immer ein harter Tag. Wenn ich aus der Schule kam, war Oma im Keller am Kessel schon beim Stampfen der Kochwäsche. Mein Opa hat immer Wert darauf gelegt, dass seine Frau nicht zu schwer schuften musste, deswegen schrubbten wir nicht mit Kernseife, sondern wuschen mit Fewa. Schlimm war aber das Auswringen der Bettwäsche. Nach dem Waschtag waren die Hände kaputt, Fingernägel, Arme und Rücken taten noch am nächsten Tag weh. Ich war aber auch viel mit meinen Freundinnen unterwegs. Im Sommer trafen wir uns zum Schwimmen an der Saale. Mit 14 machte ich bei der Deutschen Lebensrettungs-Gesellschaft den Grundschein für den Rettungsschwimmer. Dafür mussten wir mit Kleidern schwimmen können – nur die Schuhe zogen wir aus – und bestimmte Rettungsgriffe beherrschen. In dieser Zeit musste ich auch beim BDM, dem Bund deutscher Mädel, antreten und den blauen Rock und die weiße Bluse mit dem schwarzen Halstuch anziehen. Wir strickten und machten Wanderungen mit Rucksäcken, Lagerfeuer und Gesang. Das fand ich so albern, dass ich einen Brief schrieb und austrat. Böse Folgen hatte es für mich nicht.

Im Frühjahr 1944 stand Vati eines Tages überraschend mit Heiner und Henrike vor unserer Haustür. Ich sah im Hintergrund Oma Rinke, Uschis Mutter, weinen. Was die Erwachsenen besprachen, hat mir niemand erklärt. Heiner, Henrike und ich haben später darüber gesprochen, weshalb Vati die Kinder von Uschi weggebracht haben könnte. Heiner erinnerte sich, dass im Haus in Hermannsbad viele flotte Offiziere ein- und ausgingen und häufig feucht-fröhliche Feste gefeiert wurden, wenn Vati in Lüneburg arbeitete.

Heiner wurde in Halle eingeschult. An den Wochenenden kam Vati und unternahm etwas mit uns Kindern. Für Oma bedeutete das alles viel Arbeit. Mit ihren 72 Jahren musste sie für drei Enkelkinder und einen Ehemann und am Wochenende auch noch für ihren Sohn Nahrung beschaffen. Das Einkaufen war bestimmt eine Strapaze, immer mit der dreieinhalbjährigen Henrike an der Hand Schlange stehen, um auf die Lebensmittelkarten etwas zu bekommen. Im fünften Kriegsjahr war die Lebensmittelversorgung sehr schlecht. Eine Familie satt zu kriegen, war kaum möglich. Aber meine Oma hat es hinbekommen, beklagt hat sie sich nie über die viele Arbeit. Opa hatte zwar das Rentenalter erreicht, aber es war Krieg, da musste er weiterarbeiten. Deshalb konnte vormittags keiner Henrike beaufsichtigen, Heiner und ich waren ja in der Schule. Ich denke mir, dass Henrike in dieser Zeit entsetzliches Heimweh gehabt haben muss. Niemand hatte richtig Zeit für sie, und sie kannte weder die Großeltern noch mich. Eines Tages zog sie sich mehrere Kleidchen übereinander und machte sich tapfer zu Fuß auf den Weg nach Hermannsbad. Oma kam mir aufgeregt entgegen, als ich aus der Schule kam. Aber die Nachbarn hatten Henrike gesehen, und ich konnte sie einholen und wieder nach Hause bringen.

Im Oktober musste mein Vater wieder in den Krieg. Als Grund nannte er, dass er in Ungnade gefallen war, weil er den Schauspieler Gustav Fröhlich interviewt und fotografiert hatte, der als Soldat in der Lüneburger Garnison aufgetaucht war. Der war auch in Ungnade gefallen und hatte seinen UK-Vermerk verloren. Er soll Goebbels geohrfeigt haben, weil der ihm seine Verlobte ausspannen wollte. Fröhlich war damals so bekannt und beliebt wie Hans Albers oder Gustaf Gründgens. Die kennen die Jungen aber sicher auch nicht mehr, was wirklich kein Verlust ist. Widerstandskämpfer waren die alle nicht.

Natürlich haben wir von den Konzentrationslagern gewusst. Mein Opa sagte einmal: Die werden alle vergast. Wer Söhne an der Front hatte, wusste auch, dass sie Zivilisten niedermetzelten. Der Sohn einer Nachbarin erschoss sich auf Heimaturlaub, nur um nicht wieder zurück an die Front und weiter morden zu müssen.

Bevor er wieder eingezogen wurde, versöhnte sich Vati mit Uschi, und Heiner und Henrike wurden wieder nach Hermannsbad gebracht. Das war völlig sinnlos, denn schon im Sommer waren alle Kurgäste weggeschickt worden, um Platz für die verwundeten Soldaten zu schaffen, die von der zusammenbrechenden Ostfront kamen. Wer damals noch glaubte, die Ostgebiete seien zu halten, muss völlig indoktriniert gewesen sein. Im Januar 1945 verließen alle Deutschen Hermannsbad und Uschi und die Kinder kamen zurück nach Halle. Vati schrieb aus Hamburg und dann aus Tondern in Dänemark. Sie saßen tagelang in Zügen, manchmal rannten sie, weil sie bombardiert wurden. Es war ein eiskalter Winter. Die Nordsee fror an der Küste zu. Der Bataillonschef, dem Vati die Reden schrieb, wollte, dass Vati sich für die Offizierslaufbahn bewarb, aber die Bewerbung wäre mit einer Frontbewährung verbunden gewesen und das hielt Vati für Selbstmord. Ein Abmarschbefehl rettete ihn. Diesmal ging es über Österreich und die Slowakei nach Ungarn, nach Pressburg.

Fast jede Nacht gab es nun in Halle Fliegeralarm. Verdunkeln mussten wir schon lange. Die Fenster wurden mit Vorhängen, Zeitungen und Decken abgehängt, damit die Bombenpiloten die Stadt von oben nicht erkennen konnten. Wenn sie kamen, wurden wir von den Sirenen geweckt und mussten in den Keller gehen. Zum Glück für Oma war ich alt genug, um Henrike anziehen und danach wieder ins Bett bringen zu können. Heiner konnte sich alleine an- und ausziehen. Meistens überflogen sie Halle nur, und wir warteten, bis die Sirenen Entwarnung gaben. Ende Februar wurde Halle nach vier

Jahren aber doch einmal wieder bombardiert. Sie kamen am Mittag. Den Lärm vergisst man nie, das Rauschen, wenn die Bomben weit weg fallen – es klingt wie eine Schneelawine, die vom Dach rutscht –, das Pfeifen, wenn sie in die Nähe fallen, und wenn es nur kracht, ist man selbst dran. Unser Dach wurde getroffen. Opa lief hinauf, um zu löschen, ich rannte ihm hinterher. Durch das Loch im Dach sah ich den Tiefflieger. Ich konnte dem Piloten in die Augen schauen, der auf uns schoss, und zog Opa weg.

Markus' Jugend- und Kriegsgeschichten waren für die Kinder immer interessanter gewesen, aber die schlimmen Dinge erzählte er erst 55 Jahre nach der Bombardierung Dresdens der erwachsenen Hanna, weil sie einen Kurzkrimi über den Einsturz der Frauenkirche schreiben wollte.

Markus' Schulfreund Edi, mit dem er nachmittags bastelte und chemische Experimente durchführte, hatte in seiner Garage einen Apparat gebaut, mit dem man den Flakfunk abhören konnte. Edi schloss die Erdung des Telefons ans Radio an und musste dann nur noch die Wellenlänge finden. Die Kennung war das Ticken eines Weckers. Hatte man das gefunden, konnte man alle feindlichen Flugbewegungen über Deutschland, das in Planquadrate eingeteilt war, verfolgen. Wenn sich Dragoner meldete, wurde es ernst: *Hier Dragoner, feindliche Kampfverbände im Anflug auf Martha Heinrich acht*. Das war Dresden. Aber gehört hat er diese Warnung in der entscheidenden Nacht nicht, denn als sie kam, war es kurz nach halb zehn. Es war der 13. Februar 1945, ein Faschingsdienstag. Auf der Dorfstraße von Leubnitz sprangen am Nachmittag noch Cowboys, Indianer und Rotkäppchen herum. Nun lagen die Kinder erschöpft in den Betten, als die Sirenen heulten. Die drei Winkler'schen Jungs suchten schlaftrunken auf den Bettkanten sitzend noch die Kleider zusammen, als auch schon die ersten Bomben einschlugen. Blitzschnell waren sie mit Trundel zusammen im Keller. Altvater war nicht zu Hause, er hatte Bibelstunde außer

Haus. Bei den anderen Alarmen hatten Markus und seine Brüder das Ganze eher spielerisch gesehen und waren rausgegangen, um zu gucken, wie die Flakscheinwerfer die Flugzeuge suchten. In dieser Nacht aber saßen sie 40 Minuten lang in Todesangst im Keller. Das Licht war gleich weg. Im Stockfinstern hörten sie die Bomber in Wellen herankommen, das durchdringende Orgeln der Propellermaschinen, das Rauschen, das Pfeifen, das Krachen und das Schlagen der Kellertür unter den Druckwellen. Einmal flog die Tür auf, es gab einen Blitz, es krachte, die Schornsteinklappe flog aus der Wand in den Keller und es roch nach Ruß. Das war die einzige Sprengbombe, die im Eigenheimweg einschlug. Der 7-jährige Natan hatte gleich am Anfang Panik bekommen und rausgewollt, aber Markus hielt ihn am Bein fest und rettete ihm so das Leben. Daran erinnerte sich Natan noch als Erwachsener, Markus aber nicht.

Irgendwann war Ruhe. Aber es gab keine Entwarnung mehr. Die Sirenen schwiegen. Man fasste Mut, ging aus dem Luftschutzraum ins Kellerzimmer nebenan und dann auf die Straße hinaus. Der Himmel war blutrot und Markus wurde klar, warum keine Sirene mehr heulte und nirgendwo mehr Strom war. Dresden unten im Tal brannte. Aber sie hatten eigene Sorgen. Wo war Altvater? Wo war das Dach beschädigt, welche Fenster waren kaputt? Silas, elf Jahre alt, seufzte erleichtert: Nu ist sicher auch der Klavierlehrer tot. Altvater kam angerannt. Sie lebten alle noch. Markus lief mit seinem Vater wieder los, nach den Schäfchen in der Gemeinde gucken. Da kam der zweite Angriff, ohne Sirenen. Die Bomben pfiffen, und Altvater und Markus suchten im Bunker des Gemeindehauses Schutz. Als es wieder ruhig wurde, rannten sie zurück in den Eigenheimweg. Mittlerweile war es drei Uhr in der Nacht. Sie legten sich in die Betten, während unten im Dresdner Tal der Feuersturm wütete. Auf den hatten es die Briten angelegt. Mit dem ersten Angriff wurde die Innenstadt in Brand gesetzt, mit dem zweiten das Feuer noch einmal angefacht, die heiße Luft stieg nach oben, so dass unten ein Luftsog entstand, der dem Feuer zusätzlichen Sauerstoff verschaffte.

Das Pfarrhaus füllte sich am anderen Tag mit Ausgebombten aus der Nachbarschaft. Es gab kein Wasser, kein Gas, kein Telefon, es ging kein Radio, denn der Strom war weg. Zwei Eimer Wasser hatten sie noch, die mussten als Löschwasser immer bereitstehen. Durfte man damit kochen? Den alten Kohleherd hatten sie auch noch. Wo bekam man Bretter oder Pappe her, um die kaputten Fenster zu vernageln? Wo Essen? Wo Wasser? Als Markus aufs Dach stieg, um die verschobenen Ziegel zurechtzurücken, sah er die Kuppel der Frauenkirche nicht mehr. Silas zog gegen Mittag los, um den Bombenkrater hinter dem Nachbarhaus zu besichtigen, und fand das Nachbarmädchen und den Vater tot in den Telegrafendrähten hängen. Und schon fielen ohne Vorwarnung die nächsten Bomben auf die zerstörte Stadt. Wie sollte das in der Nacht werden, wenn die Sirenen nicht mehr warnten? Die Leute vom Eigenheimweg richteten eine Wache mit Töpfen und Kochlöffeln ein. Und mit ihnen machten das Tausende in anderen Straßen genauso, ohne dass man sich abgesprochen hatte. Da standen sie dann flüsternd auf der Straße, schauten in die Sterne und lauschten, ob in Pirna oder Freital Sirenen heulten, während von der Stadt her der Brandgeruch heraufstrich. Hörte man Sirenen oder Flugzeuge, schlug man mit den Löffeln auf Topfdeckel. Ein bis zwei Mal pro Nacht ging das so. Vorsichtshalber richtete man auch Tagwachen ein, und der kleine Natan löste einen gigantischen Alarm aus, weil er den Motorenlärm von Flugzeugen zu hören meinte. Vom Eigenheimweg ausgehend rollte die Welle des Topfschlagens rund um Dresden und versickerte im Norden, während sich das Flugzeug als die Dreiradkarre des Gemüsemanns entpuppte, der die Straße hochkam.

Im Ort gab es einen Bauern mit einem Brunnen, wo man Wasser holen konnte, das per Leiterwagen den Berg hinauf gezogen werden musste. Beim ersten Mal war die Hälfte aus den

Eimern geschwappt. Jemand wusste, dass man Holzstückchen auf die Wasserfläche legen musste, um die große Welle im Eimer zu brechen. Markus zog mit dem Leiterwagen los, um in ausgebombten Häusern besserer Villengegenden Essbares zu finden, und brachte teuren Wein mit. Erst eine gute Woche nach dem Angriff ging er mit Altvater hinunter in die tote Stadt. Auf den Straßen lagen zwischen eingestürzten Fassaden überall Leichen und einzelne Körperteile, braun zusammengeschrumpelt. An den Wänden standen, mit Kreide geschrieben, Nachrichten: *Wir leben, Erich, wo bist du?* Auf der Prager Straße, der Hauptstraße Dresdens, dann bizarre Ruinen und Leichenstapel, sorgsam geschichtet, eine Lage Leichen längs, eine Lage quer wie ein Holzstoß im Wald, mannshoch und einer hinter dem anderen. Kleider, Gesichter, Hände, alles war braun geräuchert, weiß waren nur hier und dort entblößte Zähne. Der Altmarkt war abgesperrt, es roch nach verbranntem Fleisch, dort wurden im Brunnentrog des Germania-Denkmals Leichen mit Flammenwerfern verbrannt. Altvater und Markus standen vor dem umgestürzten Luther-Denkmal hinter der Ruine der Frauenkirche, Luther war aufs Gesicht gefallen. Auf dem Rückweg dann, mitten auf einer leeren Kreuzung zwischen Steinen und Trümmern, sahen sie auf einer Trage ein Kind mit Luftschutzhelm auf dem Kopf, braungegerbt, das Gesicht aufgequollen und entstellt, die beiden Arme ragten seitwärts starr in die Luft, die kleinen Finger waren gespreizt und fast bis zur Handfläche runtergebrannt, zehn kleine lilablaue Stummel. Es war die einzige Leiche, die Markus sich ansah, weil er nicht anders konnte.

Ich fürchte, wir haben unseren Kindern, als sie klein waren, zu viel vom Krieg erzählt. Immer noch stand ein ausgebombtes Haus an ihrem Schulweg, das bei Regen nach Ruß roch. Wenn sie im Essen herumstocherten, sagte ich: Iss deinen Teller leer, im Krieg haben wir gehungert! Und immer gab es einen Nachbarn, der die Kinder am 20. April todsicher fragte: Na, wisst ihr, welcher Tag heute ist? Hitlers Geburtstag hatten wir ja immer groß feiern müssen.

Eva behauptet, sie habe als Kind große Angst vor dem Krieg gehabt: Ich hatte Angst, aus dem Keller Kartoffeln zu holen, weil da könnten Soldaten sitzen. Wenn wir wegen der Zahnspangen zum Zahnarzt nach Vaihingen gingen, fuhren Panzer durch die Heerstraße zu den Patch Barracks, da habe ich panische Angst gehabt. Letztlich habe sie das zu einer aktiven Pazifistin gemacht, deshalb habe sie in England eine Ortsgruppe der Anti-Atomwaffen-Bewegung gegründet.

Hanna behauptet, wir hätten unsere Ängste an sie vererbt.

Wir wollten unseren Kindern natürlich keine Angst machen. Wir wollten aber auch nichts vertuschen, wie das in so vielen Familien damals gemacht wurde. Aber müssen wir das tatsächlich alles heute noch einmal durchkauen? Bald 80 Jahre ist der Krieg her, mehr als zwei Generationen. Müssen meine Enkelinnen das alles noch haarklein wissen? Als Warnung kann es ihnen nicht dienen, Kriegsbilder bekommen sie aus allen Weltgegenden geliefert, und niemand möchte sich vorstellen, wie es ist, dort leben zu müssen. Was man dagegen macht, wenn das eigene Land in Richtung eines Kriegs umkippt, das erklären unsere Kriegserinnerungen ihnen auch nicht.

Pressburg war in den letzten Kriegswochen eine trubelige Stadt, in der man den Krieg vergaß. Die Menschen flanierten auf der Hauptstraße und saßen in Cafés. Mein Vati deckte sich in der Stollwerck-Schokoladenfabrik ein und schickte Schokoladen- und Tabakpakete an seine Cousine Anna nach Heudeber im Nordharz. Er hatte mit uns ausgemacht, dass wir uns dort alle treffen wollten, falls wir aus Halle fliehen müssten. In Bratislava leistete er Kriegsdienst in der Rückwärtsbewegung. Er reiste dem flüchtenden Trupp voraus und bereitete das Kasino, die Essstube der Offiziere, vor. Nach dem Essen baute er sie wieder ab, bevor die Russen kamen. Die Offiziere machten sich nach und nach dünne, Vati war bald mit dem Fahrer allein und fuhr eigenmächtig gen Westen. Im Drei-Länder-Eck Bayern, Böhmen, Österreich gerieten sie in amerikanische Gefangenschaft. Das Gefangenenlager befand sich auf einem Feld an der Moldau. Als die Lebensmittel aufgebraucht waren, pflückten sie Kräuter und schlachteten die Pferde. Es war heiß, die Leute kippten vor Durst um, aber die Amerikaner verboten ihnen, aus der Moldau Wasser zu schöpfen. Eines Tages befahl man ihnen, sich auf der Wiese aufzustellen. Alle mussten die Arme in die Höhe strecken, und die Amerikaner schauten, ob jemand die Blutgruppe auf den Oberarm tätowiert hatte. Daran erkannte man die Leute der Waffen-SS. Die wurden aussortiert und in ein anderes Lager gebracht. Nach nur sechs Wochen Gefangenschaft wurde Vati mit anderen auf einen Lastwagen verladen und nach Hannover gebracht. Er fand es bemerkenswert, dass der Fahrer ein Schwarzer war und dass auf einem anderen Wagen des Konvois ein Soldat von einem Ast erschlagen wurde. Es ist der einzige Tote, den er je erwähnte.

Bei mir stand nach fünf Jahren in der Torschule zu Ostern das Ende meiner Schulzeit an, aber ich wollte unbedingt das Abitur machen und dafür musste ich auf die Helene-Lange-Schule wechseln. Meine Lehrerin gab mir Papiere mit, die mein Großvater unterschreiben sollte. Ich sagte meinen Großeltern aber nichts und fälschte die Unterschrift meines Opas. Es hätte nämlich bestimmt eine Diskussion gegeben und ein Nein wollte ich nicht riskieren.

Am Karsonnabend morgens um neun gab es Fliegeralarm. Wir hörten in einem fort die Flugzeuge, das Rauschen der Bomben und die Detonationen. Und der Bahnhof war doch voller Flüchtlinge! Am Nachmittag waren alle Gebäude am Riebeckplatz kaputt, die Hotels und die Franckesche Stiftung, die von oben wie eine Kaserne aussah. Auch das Rathaus war zerstört. Mitte April hieß es dann: Die Amerikaner kommen, aber Rathke will bis zum letzten Mann kämpfen. Rathke war der Militärkommandant von Halle. Die neun Saalebrücken hatte er sprengen lassen. So ein Unfug, sagte mein Opa, wenn wir uns nicht ergeben, werden sie uns in Schutt und Asche bomben. Sie werden einen Feuersturm erzeugen wie in Köln oder Dresden. Man erzählte sich, dass die SS in der Innenstadt herumging und in die Fenster schoss, aus denen weiße Tücher hingen. Am frühen Morgen hörten wir Gefechtslärm von der Burg Giebichenstein her. Und auf einmal war die Luft voller Flugblätter, die von Flugzeugen abgeworfen wurden. Die Amerikaner teilten uns auf Deutsch mit, dass ihre Streitkräfte vor Halle stünden. Amerikanische Geschütze seien auf die Stadt gerichtet, amerikanische Jabos und Schwerkampfflugzeuge stünden bereit, um Halle dem Erdboden gleichzumachen. Der Krieg stehe kurz vor dem Ende, die Entscheidung sei gefallen, Amerikanische Einheiten hätten die Elbe überschritten, die Front sei zusammengebrochen. Am anderen Morgen sollten wir bombardiert werden, wenn wir uns nicht ergaben.

Ich las die Sagen des klassischen Altertums. Zum Abendbrot, das vielleicht unser letztes war, aßen wir dünne Scheiben Brot, die Oma mit Speckschwarte abgerieben hatte, damit sie nach etwas schmeckten. Natürlich hatte ich Angst. Vielleicht zum letzten Mal kroch ich unter mein Federbett. Wie soll man schlafen, wenn es das letzte Mal sein konnte? Ich hätte braver sein müssen, ich hätte nicht manchmal so bockig zu Oma sein dürfen. Ich will ein besserer Mensch werden, wenn ich das überlebe, ich will mich nie mehr beklagen, wenn ich etwas nicht bekomme, wenn ich nur am Leben bleiben darf und Oma und Opa auch.

Als ich aufwachte, war es grau und bewölkt. Wir durften also noch frühstücken und den heißen Muckefuck trinken, Oma hatte ein Glas schwarze Johannisbeermarmelade aus dem Vorratskeller geholt. In der Straße hingen überall weiße Tücher aus den Fenstern. Es hieß, Rathke habe sich das Leben genommen, nein, das sei der Gauleiter gewesen, er habe sich auf der Moritzburg erschossen, Berlin habe ihm die Kapitulation verboten. Aber Berlin brennt doch. Lebt da überhaupt noch jemand? Am Mittag kam Opa vom Arbeiten nach Hause, wir aßen Kartoffelstückchen und den ersten Rhabarber, aber ohne Zucker, den hatten wir nicht mehr. Dann ein Knall. Ich rannte hinaus und sah über der Innenstadt Rauch aufsteigen. Als Opa am Abend von der Arbeit wiederkam, erzählte er, die Spitze des Roten Turms und die Glocken seien auf den Markt gefallen. Als am Abend immer noch keine Bombergeschwader gekommen waren, schöpfte ich Hoffnung. Sie verhandeln, dachte ich. Man muss doch auch verhandeln, man kann doch nicht Zehntausende Frauen und Kinder opfern, nicht, wo alles schon fast vorbei ist. Das bringen nicht einmal die Nazis fertig. Zwei Tage lang hörten wir noch Schießereien und Explosionen. Dann endlich verließ Rathke mit seinen Soldaten die Stadt und es war still.

Nun hatten andere Angst. Sie vergruben Hitlerbilder und Nazisymbole im Garten, verbrannten Parteiausweise und Uniformen oder kratzten sich die Blutgruppenzeichen der SS vom Arm. Doch es nützte nichts, an den Wunden wurden sie erkannt. Der Kolonialwarenhändler erschoss seine Familie und sich hinter dem Haus. Um den 8. Mai herum kapitulierte Deutschland. Ein amerikanischer Soldat schenkte Lotte und mir Kaugummi. Aber im Juni zogen zu unserem Entsetzen die Amerikaner ab und die Rote Armee rückte mit ihren kleinen Pferden und Panjewagen in Halle ein und belegte die noch intakten Villen und Stadthäuser. Im Gefängnis Roter Ochse richteten sich die Sicherheitsdienste ein, die entweder Nazis oder aber Gegner ihrer Besatzung verhörten und quälten. Viele Häuser standen leer, ganze Familien flüchteten Richtung Westen. Andere wurden abgeholt und verschwanden nach Sibirien. Wir Mädchen und Frauen lebten in beständiger Angst vor Vergewaltigungen.

Von Uschi, die mit Heiner und Henrike bei ihrer Mutter in einem Schollenhaus im Kollenbeyer Weg untergekrochen war, erfuhren wir, dass Vati sich in Heudeber bei Tante Anna befand.

Uschi weigerte sich aber, ihn dort zu besuchen. Doch herkommen durfte er auf keinen Fall. Also setzte ich mich in den Zug und fuhr in den Nordharz wie so oft als Kind in die Sommerferien. Vati machte sich auf den Feldern nützlich. Anna betrieb die Bäckerei ihres verstorbenen Mannes weiter und wirkte verschreckt. Mir war sofort klar, dass sie meinen Vati so schnell wie möglich loswerden wollte, niemand beherbergte gern jemanden, der sofort von den Russen verhaftet werden würde, wenn bekannt wurde, wer er war. Aber ich konnte Anna nicht helfen. Ich beschwor Vati, auf keinen Fall nach Halle zurückzukommen. Wir wussten inzwischen nur zu gut, wie mit prominenten Nazis verfahren wurde. Aber dann tauchte er doch plötzlich in Halle auf, und es dauerte nicht lange und er wurde verpfiffen. Ausgerechnet meiner Mutti, die er so mies behandelt hatte, hat er es zu verdanken, dass er nicht auf Nimmerwiedersehen in Sibirien verschwand. Die kommunistischen Brüder von Onkel Erich hatten das Lager überlebt und einer von ihnen war Kriminalbeamter der Abteilung K5 geworden, aus der später die Stasi hervorging. Und der sollte nun meinen Vati nun verhaften. Er hatte aber Skrupel und sagte Mutti, dass er die Sache verzögern wolle. Sie kam zu mir, und ich ging sofort zu Vati, um ihn zu warnen. Er fragte nicht, woher ich das wusste. Ich habe mich auch später nie getraut, es ihm zu sagen, denn er wurde immer sehr ausfallend, wenn die Rede auf Mutti kam. Henrike kann sich noch gut daran erinnern, wie die Polizei die Wohnung zurichtete, als sie kam, um ihn zu verhaften, ihn aber nicht mehr antraf.

Lange kannten wir seine Adresse nicht. Unsere Briefe schickten wir nach Wattenscheid zu einer befreundeten Familie. Mal war er in Hamburg, dann wieder in Hüls bei Duisburg, wo ein chemisches Werk demontiert wurde, dann lag er mit einem Darmverschluss im Krankenhaus und musste operiert werden. Er fuhr auf Hamstertour an die Nordsee, Fischöl kaufen, und landete schließlich in Marl im Ruhrgebiet, wo er mit einem kleinen Sparkassenkredit begann, ein Haus zu bauen, und seine Familie nachkommen ließ, obgleich sie zunächst in einer Baracke hausen mussten, wo es nur ein Plumpsklo ohne Tür gab. Oma Rinke, Uschis Mutter, hatte den Moment verpasst, wo es noch möglich war, legal über die Sektorengrenze zu reisen. Sie löste so unauffällig wie möglich ihre Wohnung auf. Die Nachbarn durften nichts mitbekommen, sonst hätten sie sie angezeigt. Mitnehmen konnte sie nur so viel, wie sie tragen konnte. Sie entschied sich für die Nähmaschine. Nähmaschinen waren damals ein Möbelstück. Auf einem gusseisernen Gestell mit Schwungrad und Trittbrett war ein Holztisch für die Maschine montiert, die aus Eisen war. Oma Rinke zerlegte alles in Einzelteile und schleppte es in einem Rucksack über die grüne Grenze. Die Nähmaschine war das Kapital, das Uschis Mutter in die Familie einbrachte, viele Jahre lang nähte sie damit die Anziehsachen für Henrike und Heiner. Uschi und Vati schlossen einen Ehevertrag ab, in dem Gütertrennung vereinbart wurde. Es war eine Vorsichtsmaßnahme, für den Fall, dass er für seine NS-Vergangenheit zur Verantwortung gezogen werden würde. Das ist jedoch niemals geschehen. In der britischen Besatzungszone ging es wohl nicht so streng zu wie in der amerikanischen. Er hat sich keinem Entnazifizierungsverfahren gestellt. Deswegen vermute ich, dass er etwas zu Schwerwiegendes zu verbergen hatte. Er arbeitete als Vertreter für unzerbrechliche, biegbare und kochbare Kämme der Marke Coco und klapperte erst in öffentlichen Verkehrsmitteln, dann mit dem Motorroller und ab Anfang der 50er Jahre mit einem Fiat die Friseure und Drogerien ab. Sein Aufstieg zum achtbaren Bürger begann in den 60er Jahren, als er für die SPD in den Gemeinderat von Hamm gewählt wurde, das später nach Marl eingemeindet wurde. Er organisierte Kredite und gründete eine Siedlung mit 38 Häusern, die wie in Halle den Namen Eigene Scholle erhielt, wurde in den Vorstand des Wilhelm-Reuter-Hauses für die Jugend gewählt und war über 25 Jahre lang Friedensrichter.

Pensioniert wurde er als Geschäftsführer der Provinzial-Versicherungen.

Ich habe wahrhaftig keinen Grund, auf meinen Vater stolz zu sein. Von Hundepeitschen und meiner Angst und Scham erzählte ich meinen Kindern natürlich nicht gern. Sie mochten ihren Opa, denn er konnte wirklich wunderbar mit Kindern umgehen. Doch sie haben ihn nur selten gesehen. Als in der neunten Klasse in Geschichte zum ersten Mal die Nazizeit besprochen wurde, habe ich ihnen gesagt, dass ihr Marler Opa Nazi war. Ob er jemanden getötet hatte, konnte ich nicht sagen, aber einmal hatte ich als Kind auf seinem Schreibtisch eine Pistole liegen sehen, nachdem ein Besuch gegangen war. Eva und Hanna waren erschrocken. Hätte ich ihm den Kontakt mit ihnen verbieten müssen?

Und das Schlimme ist, ich habe von meinem Vater den Jähzorn geerbt. Eva behauptet, ich hätte sie als kleines Kind einmal im Zorn auf den Rücken geschlagen, weil sie herumkreischte, sie habe sich beim Töpfchengehen nicht aufs Hemd gemacht, es sei nicht nass, nur kalt. Dabei hätte ich den Kindern strengstens verboten, einander auf den Rücken zu schlagen, da könne einem die Luft wegbleiben.

Ja, sagt Hanna, du konntest zuschlagen, wenn man aufmüpfige Antworten gab, mir hast du mal das Trommelfell zerschlagen.

Das mag ich nicht glauben. Wir haben doch wirklich nicht zu denen gehört, die ihre Kinder verprügelten! Mal ein Klaps, das ja. Markus hat Eva auch mal übers Knie gelegt, aber er hat doch nicht ernsthaft zugeschlagen, auch wenn sie wie am Spieß schrie. Vieles wussten wir damals einfach nicht besser. Unser Kinderarzt war ein erklärter Befürworter der Prügelstrafe. Es waren die 60er Jahre. Der Grundschullehrer der vierten Klasse, Herr Schneider, den wir nur das tapfere Schneiderlein nannten, zog unartige Schüler an den Schläfenhaaren, auch die Mädchen verschonte er nicht. Das tut immer so weh, gestanden mir meine Töchter eines Tages beim Mittagessen. So bekam ich heraus, was er den Kindern antat. Markus, der Elternvertreter war, ging sofort zum Direktor. Das tat er auch, nachdem der Schönschreiblehrer einen Schüler mit einer Ohrfeige am Kiefer verletzt hatte. Der Lehrer wurde immerhin entfernt. Dann schlug die Religionslehrerin Eva mit dem Ellbogen ein blaues Auge. Ich denke aber, das geschah aus Versehen, bei dem Versuch, rabiat zwei Schülerinnen, die Unsinn machten, auseinanderzuziehen. Das war ein Schrecken, als meine beiden nach Hause kamen, Eva mit einem zugeschwollenen Auge und Hanna in heller Aufregung. Dass in der Schule körperliche Gewalt angewendet wurde, konnten wir nicht hinnehmen. Aber bei zwei kleinen Kindern, die nur elf Monate auseinander sind, konnte einem schon mal die Hand ausrutschen.

Kapitel 4

Als nach Ostern die Schule wieder anfing, eröffnete ich meinen Großeltern, dass ich jetzt in die Helene-Lange-Schule gehen würde, und sie fragten nicht nach. Das Abitur machte ich drei Jahre nach Kriegsende. In meiner Klasse war auch Elisabeth Herrmann, die mit ihren Brüdern und ihrer Mutter aus Ostpreußen nach Halle geflüchtet war. Sie wollte studieren. Das bewunderte ich sehr. Bei unserem Abiball drangen russische Soldaten in den Ballsaal ein und holten uns junge Frauen heraus. Ich hatte Glück, ich hatte ein Silberkettchen um den Hals hängen, das einem der Soldaten gefiel, und als ich es ihm schenkte, ließen sie mich laufen.

Da lebte Markus schon ein Jahr in Halle, um Theologie zu studieren. Auf etwas anderes war er nicht gekommen. Man kannte bestenfalls Ärzte, weshalb Markus mit seinem Freund Lux, dem Sohn des Krankenhausarztes Prof. Dr. Licht, einen Anatomiekurs belegte. Sie schauten zu, wie ein 12-jähriges

Mädchen seziert wurde. Aber Markus fühlte sich zum Schreiben berufen. Da er keine proletarische Herkunft hatte, wäre er zum Studium nicht zugelassen worden. Zum Theologiestudium aber wurde man zugelassen, und Altvater sagte, er solle doch erst einmal anfangen, dann könne man ja immer noch sehen. Hinzu kam, dass sich abzeichnete, dass Altvater in Halle eine Professur für Missionsgeschichte erhalten würde. Seine Doktorarbeit über *Die sivatische Frömmigkeit der tamulischen Erbauungsliteratur* hatte er am Küchentisch ohne Tabak, Kaffee und Essen auf der Innenseite von auseinandergefalteten Briefumschlägen geschrieben. Das hinderte ihn und seine Familie letzten Endes daran, in den Westen zu gehen. Die Kirche hatte ihm eine Gemeinde in einem winzigen Dorf in Norddeutschland angeboten, Natan und Silas wollten unbedingt, dass er sie annahm, Hauptsache erst mal raus, dann sehen wir weiter. Aber dieses Argument ließ Altvater bei sich selbst nicht gelten. Er und Trundel wollten die Kulturstadt Dresden nicht für ein Nest hinterm Deich verlassen. Die Russen werden ja nicht ewig bleiben. Sie nahmen die Aussicht auf eine Professur in Halle als Fingerzeig, beugten sich Gottes Willen und blieben.

Halle fand Markus zwar schwarz und hässlich, aber das Mensaessen war markenfrei und es gab markenfreie Lebensmittel zu kaufen, wie Hefepaste mit Rauchfleischgeschmack, ein Produkt der Chemiewerke Leuna. Nach anderthalb Jahren stellte er fest, dass er nicht Pfarrer werden wollte, und gestand es seinen Eltern. Doch sein Vater hatte mit viel List im Hintergrund gewirkt und erreicht, dass sein Sohn ein Stipendium in Edinburgh bekommen sollte. Aber es war Markus so ernst, dass er sogar auf das Stipendium verzichtet hätte. Sein Vater schlug ihm vor, doch erst einmal hinzufahren, dann wäre er schon mal im Ausland und könnte Englisch lernen. Um Pass und Visa für so eine Reise zu bekommen, musste Markus ein Vierteljahr in Westberlin gemeldet sein, sich eine Bude suchen und umsiedeln. Dort war er in einer Gruppe Mitglied, die den *Freien*

Studenten herausgab und in die Zone schmuggelte. Das war riskant, denn auch wenn man ohne Probleme von Westberlin nach Hause fahren konnte, kontrollierten Volkspolizisten die Züge. Unter eisigem Schweigen durchwühlten sie Koffer und Taschen nach Westzeitungen und zersetzenden Schriften. Markus fuhr regelmäßig nach Dresden, bis Altvater seine Professorenstelle in Halle bekam. Auf seiner letzten Heimfahrt nahm er Abschied von Leubnitz, wo er zwölf Jahre lang gelebt hatte. Auf den Trümmern der Frauenkirche fand er noch Knochen. Aber er schied auch mit Überdruss. Er hatte den Osten satt, überall verbiesterte Gesichter, Abzeichen, Plakate, Transparente mit Sprüchen wie: *Schlacht für den ewigen Frieden.* Das Radio sendete Nachrichten über Kriegsbrandstifterpläne der Dollarimperialisten.

Im Spätsommer 1950 bestieg Markus mit einem Pappkoffer und drei Dollar für die Wegzehrung ein Flugzeug Richtung Hannover. Anders kam man aus dem Freiheitskäfig nicht hinaus. Es war sein erster Flug in einer lauten Propeller-Maschine. Man sah unten die Autos und Menschen und sackte immer wieder in Luftlöcher. Von Hannover ging es mit der Eisenbahn nach Hoek van Holland. Die Grenzkontrolle vollzog sich beiläufig ohne eisige Mienen. Er rollte durch intakte Bahnhöfe voller Licht und Farben. Das war Frieden! Von Holland ging es mit dem Schiff hinüber nach England, in die feine und freie Welt der Sieger. In London gab es keine Sperren und eine beeindruckende U-Bahn. Markus fand sich schnell zurecht. Er ging in die National Gallery und sah Tizian, Rembrandt, Murillo und Leonardos *Felsgrottenmadonna*, die er bislang nur auf blassen Ablichtungen in Büchern gesehen hatte. Um Mitternacht setzte er sich in den Zug nach Edinburgh. Er lernte das englische Frühstück lieben, den Porridge, die Würste und Spiegeleier. Richtig fett bin ich geworden, sagte er immer. Ein Ehepaar spendierte ihm einen warmen Tweed-Anzug. Zeit seines Lebens hat Markus sich den Briten verbunden gefühlt so wie sein Vater den Indern. Wenn *God Save the Queen* gespielt wurde, stand er feierlich auf, was ich ziemlich albern fand. In seinen letzten Wochen hat er fast nur noch Englisch gesprochen.

Es war eine internationale Truppe, die in Edinburgh Theologie studierte, Amerikaner, Iren, ein paar Deutsche, unter ihnen ein gewisser Ludolf Althaus, ein unangenehmer Bursche, der seine Zuhörer durch grässliche Geschichten entsetzte, wie er als Soldat in Italien mit dem Revolver auf die Weinfässer geschossen hatte, so dass der Wein in hellen Bögen herausspritze, während die Bauern verzweifelten. Markus kam bis nach Iona, eine kleine Insel der inneren Hebriden, wo Macbeth beerdigt sein soll. Dort half er mit, die verfallenen Gebäude rund um die Abtei wieder aufzubauen, und schleppte Steine. Nach einem Dreivierteljahr fuhr er über Holland zurück nach Westberlin, wo er am 18. Juli 1951 ankam. Am Flugplatz erwarteten ihn Lisa und Hagen Eff und übergaben ihm einen alarmierenden Brief, den seine ehemalige Zimmerwirtin vom Sekretariat der FU bekommen hatte. Er lautete:

> *Ich bitte Sie hierdurch dringend, den früher bei Ihnen wohnenden Studenten Markus Winkler (aus Sachsen?), falls er, aus England kommend, Sie besucht, zu warnen, in die Ostzone zu fahren. Ein Kommilitone, der mit ihm in Edinburgh war (Ludolf), konnte sich seiner Verhaftung gerade noch durch einen Sprung aus dem fahrenden D-Zug entziehen. Auf jeden Fall möchte Herr Winkler vor einer Weiterfahrt sich bei Günther Furch, Berlin, Reinickendorf-Ost, Becherweg 8 oder bei mir telefonisch (495565) melden. Hochachtungsvoll! gez. Ingeborg Haacker.*

Man hörte auf solche Warnungen. Das weiß heute alles niemand mehr, und wir sind tot, die wir noch davon erzählen können.

Seinem Vater, der am Abend nach Westberlin kam, um den Sohn feierlich nach Halle zu holen, musste Markus mitteilen, dass er unwiderruflich Westberliner geworden war und die

Ostzone ihm verschlossen war. Leute wie er wurden nämlich durchaus zum Tode verurteilt und in Russland erschossen. Traurig fuhr Altvater alleine zurück. Markus bezog eine Bude in Zehlendorf, in der Argentinischen Allee, die erste von vielen. Zwei Jahre später traf er Ludolf zufällig in Westberlin wieder und erfuhr, dass der Unglücksrabe ein paar Tage vor ihm nach Westberlin zurückgekehrt war, sich mit allen verbotenen westlichen Papieren, Devisen und Stempeln in der Tasche in der Nacht in den Zug nach Dresden gesetzt hatte, in eine Kontrolle der Volkspolizei geraten und in seiner Angst unter dem gellenden Ruf: Warnt Winkler! aus dem fahrenden Zug gesprungen war.

Markus hielt es immer für ein Wunder, dass diese Warnung ihn erreicht hatte. Ich denke mir, dass es so verwunderlich nicht war. Ludolf wird im Zugabteil vertrauensselig erzählt haben, woher er kam und wen er kennengelernt hatte, und ein Insasse in demselben Abteil rief am anderen Morgen das Dekanat der FU an, bereit, ein Menschenleben zu retten.

Nach seinem Sprung aus dem Zug war Ludolf unverletzt den Bahndamm hinunter gerollt, während droben der Zug zum Stehen kam. Da er seine Brille verloren hatte, fehlte ihm die Orientierung. Er lief vom Bahndamm weg auf das Licht eines Hauses zu, wie er meinte, stand aber auf einmal im Licht einer Taschenlampe. Er war in einen der ausgeschwärmten Volkspolizisten hineingerannt, der aber verwunderlicherweise nun selbst Reißaus nahm. Danach hatte Ludolf Monate auf dem Dachboden seines Elternhauses zugebracht. Während beide ein Stück zusammen gingen und Ludolf Markus erzählte, er habe nach seiner Flucht unter Verfolgungswahn gelitten, sei aber jetzt geheilt, zielte er mit Zeigefinger und erhobenem Daumen auf die andere Straßenseite, machte Peng, Peng und schoss mehrere Verfolger nieder. Wenige Tage später stieß Markus in der Zeitung auf eine Meldung von einem Tobenden, der in Notwehr angeschossen worden war:

> Gestern gegen 18 Uhr wollte in der Garystraße 82, Dahlem, der 29-jährige Theologiestudent Ludolf A. aus Zehlendorf, der erst am 6. Januar aus dem Wittenauer Heilstätten entlassen worden ist, in ein von Amerikanern bewohntes Haus eindringen, angeblich um zu telefonieren. Ein Wachpolizist ließ ihn nicht hinein. Beide gerieten in ein Handgemenge. Dem Wachpolizisten entfiel dabei der Gummiknüppel. Der Student griff ihn und schlug auf den Polizisten ein, der daraufhin seine Pistole zog, vier Mal schoss und A. verletzte. Acht Feuerwehrleute waren nötig, um A. auf eine Trage zu zwingen.

Hätte Ludolfs Warnung ihn nicht von der Heimreise abgehalten, wäre Markus in Halle bestimmt verhaftet worden. Sein Name war nämlich während seiner Schottlandreise bei der Staatssicherheit gelandet. Jemand hatte die Gruppe verraten, die Schriften in den Osten schmuggelte. Und das hing mit mir zusammen.

Ich wollte eigentlich gar nicht studieren, ich wollte Bibliothekarin werden. Aber Oskar, der kommunistische Bruder von Onkel Erich, arbeitete gegen mich und verhinderte, dass ich eine Ausbildungsstelle bekam. Also musste ich eben Elisabeth Herrmanns Vorbild folgen und studieren. Zum Wintersemester 1949 schrieb ich mich an der Martin-Luther-Universität Halle-Wittenberg für Psychologie und Philosophie ein und bekam die Lebensmittelkarte für Schwerarbeiter. Nebenher verdiente ich etwas Geld in der Universitätsbibliothek. Von den Bibliothekarinnen Carmen und Bettina lernte ich viel, was mir später beim Bibliographieren für wissenschaftliche Arbeiten sehr geholfen hat. Bettina war Existentialistin, sie las Sartre und Simone de Beauvoir und wollte niemals heiraten. Bei Professor Adolf Möbius hörte ich Völkerpsychologie, Psychologie der frühen Kindheit und seelische Abartigkeiten bei Kindern. Ein grausames Verhältnis von Eltern zu ihren Kindern war aber nie Thema, die Abartigen schienen immer nur die Kinder zu sein.

Möbius war Mitglied der Reiter-SS gewesen. Die Amerikaner hatten ihn aussortiert, die Sowjets aber wieder zugelassen. Im Sommer belegte ich mit Elisabeth zusammen eine kunsthistorische Vorlesung von Wilhelm Worringer über Albrecht Dürer und seine Zeit. Worringer trug Fliege, war mit einer Malerin verheiratet und hatte während der Nazizeit absichtlich nichts publiziert. Bei den Sowjets hielt er es zu guter Letzt auch nicht aus und ging in den Westen. Auch Elisabeth verschwand nach Westberlin, um dort Publizistik zu studieren. Im Wintersemester saß ich bei Professor Paul Winkler in einer Vorlesung über den Hinduismus. Wie sich später herausstellte, hatte ich in dieser Zeit auch schon eine Begegnung mit Markus. Eine Studententruppe führte das Theaterstück *Im Zeichen des Jona* auf, und das schaute ich mir mit Bettina an. Es ging um den biblischen Jonas, der im Walfischbauch überlebt, gespiegelt in das Leben in einem U-Boot. Im Publikum stand plötzlich ein rüpelhafter Mensch auf, der die Schauspieler beschimpfte und die Bühne stürmte. Ich fand es ungehörig, bis ich kapierte, dass es zum Stück gehörte. Natürlich ahnte ich nicht, dass dieser Rüpel einmal mein Mann sein würde.

In einem Seminar über den dialektischen und historischen Materialismus und die Philosophie im Zeitalter des Imperialismus lernte ich den Philosophiestudenten Alfred Zimmermann kennen, einen sanften blonden Burschen mit hellen Augen. Wir fanden es durchaus richtig, dass die Universität für Kinder von Bauern und Arbeitern geöffnet wurde, aber wir durchschauten nicht, warum die einen ehemaligen Nazis gehen mussten, die anderen aber nicht. Und es verschwanden Studenten, andere, wie Hans-Dietrich Genscher, mussten fliehen. Die Älteren erinnern sich noch, dass er lange Zeit unser Außenminister war und fast auf den Tag genau 40 Jahre nach seiner eigenen Flucht auf dem Balkon der deutschen Botschaft in Prag den vielen, die sich dorthin geflüchtet hatten, verkündete, dass die DDR ihre Ausreise bewilligt habe.

Im Februar 1950 sollten Studentenratswahlen abgehalten werden. Gegenkandidaten wurden nicht zugelassen. Das fand ich empörend. Ich weiß nicht, woher meine demokratische Gesinnung kam, denn erlebt hatte ich Demokratie nie. Aber der Wunsch mitzubestimmen, ist wohl ein menschliches Grundbedürfnis, für das die Demokratie eben die Verfahren entwickelt hat. Andere dachten genauso wie ich. Carmen, Bettina und ich steckten Zettel und Flugblätter zwischen die Seiten der Bücher in unserer Bibliothek. Wir ließen auch aus dem Westen eingeschmuggelte Ausgaben von Orwells *1984*, mit unverfänglichen Titeln wie *Es lebe der Weltfrieden* versehen, auf den Tischen liegen. Meinetwegen gehörte auch Alfred Zimmermann zu uns, er war mir wegen meiner warmen Art zärtlich zugetan. Bis zu meinem Tod hat er sich mir innig verbunden gefühlt. Er ist nur drei Tage älter als ich und überlebt mich nun.

Einige aus meiner Gruppe misstrauten ihm, denn er dachte laut darüber nach, ob die Herrschaft der Arbeiterklassen der in der Nazizeit gescheiterten bürgerlich-kapitalistischen Demokratie nicht doch vorzuziehen sei. Im März wurden in Halle die Mitglieder einer Widerstandstruppe verhaftet, einige mussten nach Sibirien oder wurden hingerichtet. Alfred ging in den Westen. Dort traf ihn Markus wieder, er kannte ihn aus Halle, er hatte ihn einmal mit seiner Freundin – das war ich – gesehen. Markus kam gar nicht auf die Idee, Alfred zu misstrauen, man setzte unter den Geflüchteten voraus, dass der Widerwille gegen die Diktatur ein Grundkonsens war, und nahm ihn in den Widerstandszirkel auf. Aber Alfred konnte sich eben nicht entscheiden. Markus reiste nach Edinburgh ab, und Alfred erschien im Wintersemester wieder in Halle. Vielleicht war ich sogar der Grund für seine Rückkehr. Am Abend vor seiner Verhaftung schauten wir uns im Kino Eisensteins *Panzerkreuzer Potemkin* an.

Hanna behauptet, ich hätte ihnen erzählt, ein junger Mann habe sich in mich verliebt, ich hätte ihn aber abgewiesen und darum sei er hingegangen und habe die ganze Gruppe an die Stasi verpfiffen. Aber so war es nicht.

Meinen Namen, das ist richtig, haben sie während der Vernehmung von Alfred gehört, genauso wie den von Markus und vielen anderen. Es war Alfred arg, sein Leben lang hat er die Schuld empfunden, so tief in mein Leben eingegriffen zu haben.

Ich saß zu Hause beim Mittagessen, als es an der Tür klingelte. Es gab Tote Oma, ein Mengenge aus Blutwurst, gehackten Zwiebeln und Kartoffeln mit Sauerkraut, was ich nicht besonders mochte. Vor der Tür standen zwei Männer in Mänteln mit Hüten, ein schwarzes Auto parkte an der Straßenecke. Ich sollte mitkommen. Meinen Großeltern sagte ich, dass ich schnell zu einer Freundin müsse, nahm Mantel und Handtasche und verließ das Haus. Ich dachte nicht daran, dass ich mein Zuhause nicht mehr betreten würde, mit keinem Blick habe ich mich von Opas Möbeln, Omas Nähmaschine, vom Garten, von der Straße, wo ich jeden Zaun kannte, von meinem Leben in Halle Südstadt verabschiedet. Ich war nur unendlich erleichtert, als wir am Roten Ochsen, dem Stasi-Untersuchungsgefängnis, vorbeifuhren. Gott sei Dank, dachte ich, sie bringen mich zur Polizei in die Stadt.

Hanna und Eva behaupten, jedes Mal, aber auch wirklich jedes Mal, wenn wir in den 70er und 80er Jahren im Auto in Halle eine bestimmte Straße entlangfuhren, hätte ich erzählt, wie erleichtert ich damals war, dass wir an der Stasizentrale vorbeifuhren und man mich erst einmal zur Polizei schaffte.

Gleich zu Beginn brachte ich die beiden Vernehmer zum Lachen. Das hat mich wohl gerettet. Was ich gesagt habe, weiß ich aber beim besten Willen nicht mehr. Danach habe ich nur die Leute verraten, von denen ich wusste, dass sie im Westen waren. Sie fragten mich auch nach Markus Winkler. Den Namen hörte ich zum ersten Mal, aber ich hatte ja bei einem Professor Winkler in einer Vorlesung gesessen. Nach drei Stunden ließen sie mich laufen. Das war bestimmt ein Irrtum. Wieder nach Hause gehen durfte ich unter keinen Umständen. Ich ging zu meiner Freundin Lotte und verbrachte die Nacht in eisiger Kälte auf dem Dachboden. Lotte ging am Abend noch zu meinen Großeltern, teilte ihnen mit, was passiert war, und holte mein Adressbuch, etwas Geld, Handschuhe, eine Mütze und Wäsche, die ich über die zog, die ich anhatte. Wenn im Zug an der Zonengrenze die Kontrolle kam, durfte es nicht so aussehen, als wollte ich im Westen bleiben. Wenn sie Wäsche und Zahnbürste fanden, dann hieß es: Gomm'se mal mit! Am Morgen setzte mich in den Zug nach Berlin. Ich war natürlich in keiner guten Verfassung. Ich hatte nie von zu Hause weggewollt. Die Unruhe, die andere in den Westen zog, hatte ich nie verstanden. Sie redeten von Freiheit, schwärmten aber nur von Apfelsinen, amerikanischen Zigaretten, Kaffee und Kondensmilch. Natürlich wollte ich Freiheit, aber nicht nur für mich, sondern eben für alle. Man durfte doch nicht weglaufen. Aber nun musste ich schon deshalb nach Westberlin fahren, damit ich alle warnen konnte, deren Namen bei der Vernehmung gefallen waren.

Ausgerechnet an meine Kinderängste vor den Zwergen dachte ich. In meinem Vorwort für die *Kulturgeschichte der Zwerge* habe ich 50 Jahre später geschrieben:

> Die meisten Märchengestalten halten sich ja in Wäldern und Wiesen auf, leben in fernen Schlössern, kleinen, abgelegenen Häuschen oder in tiefen Höhlen und erwachen erst nachts zu ihren geheimnisvollen Aktivitäten. Sie leben in sicherer Entfernung von Kindern. Nur Zwerge nisten sich manchmal bei den Menschen ein.
>
> Mir war als Kind nie wohl gewesen bei der Vorstellung, in meinem Zimmer könnten in irgendeiner Ecke ein paar Zwerge hausen und mich beobachten. Diesem Gesindel war nicht recht zu trauen. Welches Kind macht nicht immer wieder die Erfahrung, wenn es etwas gerade ganz

dringend braucht, lässt es sich einfach nicht finden, als hätte es jemand versteckt. Ich hatte immer boshafte Kobolde im Verdacht, die sich überall herumtrieben. Heute noch denke ich manchmal insgeheim, wenn ich etwas verzweifelt Gesuchtes an einem ganz ungewöhnlichen Platz wiederfinde, da hat mal wieder ein Kobold mit mir seinen Schabernack getrieben. Die bienenfleißigen und äußerst hilfsbereiten Heinzelmännchen, von denen in der Sage aus Köln berichtet wird, gab es in Halle offensichtlich nicht. Mir hat kein Zwerg je beim Aufräumen geholfen oder über Nacht die Hausaufgaben gemacht. Wir, heute und jetzt, müssen immer alles selber machen, von freundlicher Hilfsbereitschaft keine Spur. In meinem Bilderbuch hausten die Zwerge unter den Fußböden der Wohnung einer Familie. Sie hatten alles gesammelt, was nicht mehr auffindbar war, heruntergefallene Nadeln, die alle wie Stalaktiten an der Zimmerdecke der Zwerge hingen, einzelne Handschuhe und Socken, sogar Schuhe hatten die Zwerge aufgestapelt und in anderen Ecken Radiergummis, Bleistifte und Puppenschuhe. Für mich waren Zwerge deswegen eine ausgesprochen diebische Bande, und ich mochte sie überhaupt nicht.

Ich wusste, dass ich am Alexanderplatz in die U-Bahn der Linie D steigen musste, das waren nur zwei Haltestellen bis in den Westsektor und das Fahrpersonal wurde vom Westen gestellt. Und auf einmal war ich drüben und stand auf der Straße. Es fuhren furchtbar viele Autos. Ich fragte mich zur Gartenstraße 3 in Zehlendorf durch, wo Lisa wohnte, die ich aus Halle kannte, und wanderte durch Straßenzüge in Ruinen. Lisa nahm mich erst einmal auf und schrieb alles an Markus nach Edinburgh. Im Grunde genommen war er auf diese Weise schon gewarnt und wusste, dass sein Name der Stasi bekannt war und er nicht mehr in den Osten zurückkehren konnte. Das hat er aber natürlich nie so erzählt. Es wäre ja langweilig gewesen.

In der Notaufnahmestelle in Charlottenburg bekam ich etwas Geld und am 2. Dezember 1950 erhielt ich meinen Ausweis für Vertriebene und Flüchtlinge und bezog in Zehlendorf in einer Reihensiedlung in der Sven-Hedin-Straße 64 ein Zimmer bei Frau Krauss. Meine Oma schickte mir Anziehsachen und meine Bücher. Es waren die trostlosesten Weihnachten, die ich erlebt habe. Ich heulte den ganzen Abend.

Frau Krauss wühlte in meinen Sachen, deswegen klingelte ich rund um die U-Bahn-Haltestelle Onkel Toms Hütte an den Türen und fragte nach einem anderen Zimmer. Mehr als 25 Mark durfte es nicht kosten, denn ich musste von ungefähr 60 Mark im Monat leben. Einmal im Monat durften wir Studenten aus dem Osten Geld von zu Hause eins zu eins in D-Mark umtauschen. Auf dem Schwarzmarkt konnte man es zu einem Kurs von eins zu zehn zurücktauschen und so in Ostberlin billig einkaufen, aber eben auch nicht alles. Nur im Westen gab es keine Lebensmittelkarten mehr. Zum Glück kostete das Essen in der Mensa nichts. Törichterweise fing ich mit dem Rauchen an. Nach vier Monaten zog ich in den Waldhüterpfad 81 in Zehlendorf um. Für das Sommersemester schrieb ich mich an der Freien Universität in der Philosophischen Fakultät für Psychologie im dritten Semester und für Publizistik im ersten Semester ein.

Lisa war mit Hagen F. Nussbaum, mit dem Markus Theater gespielt hatte, befreundet und beide zusammen stellten mich Markus vor. Ich erkannte ihn als den rüpelhaften Zuschauer des Theaterstücks in Halle wieder. Man siezte sich und war recht formell. Verliebt war ich überhaupt nicht gleich. Markus hatte ein schmales Gesicht und braune Augen, ich habe aber immer helle Augen lieber gemocht. Er machte gerne Witze auf Kosten anderer und kommentierte alles und häufig auf verletzende Art und Weise, besonders, wenn er angeheitert war. Das hielt er dann für Wahrheit. Er zeigte auch keine Gefühle, sondern ging lax und lässig über alles hinweg. Lisa warf ihm einmal vor, das sei Komplexverdrängung, weil er eigentlich sehr gefühlvoll sei. Er behauptete, er sei eigentlich schüchtern und fürchte, andere könnten ihm etwas falsch auslegen. Das sei der Punkt, der ihn Psychologie studieren lasse, da habe er einen Knacks weg. Interessant war er durchaus. Er war in Indien geboren, hatte ein Semester in Edinburgh studiert, einmal Ferien auf Schloss Lüttich-Bärenstein gemacht, ein Grab geplündert und einen Totenschädel besessen, bei einer Radtour mit seinem Freund Lux im Erzgebirge für unerhörte 10 Mark ein Aquarell gekauft, das bei ihm in der Bude hing, er kannte London und Amsterdam, hatte viel gelesen, wirkte weltgewandt, erzählte gern und sehr witzig und schrieb jeden Abend Tagebuch, das war ihm heilig. Wir hatten bald einen vertrauteren Umgang miteinander und duzten uns und ich lud ihn Sonntagmittag zu Kartoffeln mit Quark in meine Bude ein. Wir diskutierten über den subjektiven Realismus Fichtes. Da war ich vielleicht schon etwas verliebt.

Leider war Markus' Mutter ziemlich närrisch. Sie kam häufig, um ihm die Wäsche, die er nach Halle schickte, gewaschen zurückzubringen. Einmal besuchte ich ihn in seiner Bude, nicht am Abend, sondern am helllichten Tag, um mich der Frau Mama vorzustellen. Aber das war grundverkehrt. Sie war entsetzt und verkündete hinterher: Das ist sicher nicht die Richtige. Kennenlernen wollte sie mich nicht. Markus war verstört, er habe mich doch gar nicht als seine Künftige vorgestellt. Ich war schon etwas beleidigt. Befand ich mich als Scheidungskind derartig unter dem Niveau, das seine Familie für ihren Sohn als Umgang annehmen konnte? So ein hochnäsiges Verhalten kannte ich von anderen Eltern nicht. Als Markus seiner Mutter bei ihrem Geburtstagsbesuch mit den beiden anderen Söhnen am 7. September erzählte, dass ich ihm den blauen samtenen Russenkittel, den er trug, zum Geburtstag genäht hatte – mit Stehkragen und einer schwarzen Kordel um die Taille –, war sie hellauf entrüstet, denn ich musste ihren Sohn ja angefasst haben, um Maß zu nehmen. Ihrem verzweifelten und tränenreichen Abschied folgten Kaskaden von Briefen, wie dieser:

> *Ich laufe schon den ganzen Tag herum mit einem großen Weinen. Und ich habe eben auch Grund zum Bekümmertsein. Es war so schön bei dir, und Natan und ich waren richtig dankbar über deine Güte und Freundlichkeit und Liebe. Nur das eine ist es eben immer wieder, was das Herz einer Mutter bedrückt. Ich frage mich immer wieder, warum meine Söhne mir diesen großen Kummer machen, der mich bestimmt eher ins Grab bringt. Warum müsst ihr ein Mädchen auf eurer Bude empfangen, und warum müsst ihr zu einem Mädchen aufs Zimmer gehen? Diese Ruth ist für mich erledigt, und ich hoffe sehr, dass du sie nicht einmal als Braut anbringst. Diese Stelle kannst du ihr meinetwegen gleich vorlesen. All diese Tändeleien vor der Ehe, die du ja nun schon etliche hinter dir hast, sind in meinen Augen nichts anderes als Ehebruch, nämlich mit der Frau, die einmal wirklich deine Geliebte und Frau sein wird. Man möchte ja als Mutter Tag und Nacht euch anflehen, zur Vernunft zu kommen! Wir werden ja auch einmal zur Verantwortung gezogen, und dann soll Gott nicht sagen, ihr habt eure Kinder laufen lassen, wie sie wollten, bis sie in Unglück und Schande gerieten.*

Markus antwortete ihr, dass ich ein Mädchen mit reiner, unverdorbener Seele sei, und im nächsten Brief ließ sie mir Grüße ausrichten und fügte an: *Es würde mich aber interessieren, ob ihre Mutter diese Budenbesuche recht findet.* Diese Frau neigte schlichtweg zu maßlosen Übertreibungen und fixen Ideen. Hagen Eff war für sie ein schlechter Mensch, weil er Künstler war, und Lisa war für sie eine babylonische Hure.

Weihnachten verbrachten Markus und ich erst bei mir, dann bei ihm. Ich schenkte ihm einen spanischen Rosenstock und er mir ein Buch von Eugen Roth. Eigentlich hatte er allein sein und schreiben wollen, aber um meinetwillen leistete er mir Gesellschaft. Als ich zwei Tage später die Tür meines Kachelofens öffnete, um nachzulegen, explodierte er, der Ruß stob aus allen Ritzen. In meinem Schrecken lief ich mit schwarzem Gesicht zu Markus. Er hatte in den Semesterferien für die studentische Arbeitsvermittlung Heinzelmann bei einem Ofensetzer ausgeholfen und fand, die Kacheln säßen ja nun alle wieder richtig aufeinander. Ich zog aber schnell zu Frau Krause im Fuchspass 4 um, wieder in eine Reihensiedlung.

Unser Studium lässt sich nicht mit heute vergleichen. Für Bücher hatten wir kein Geld und die Institutsbibliotheken waren dürftig bestückt. Die Seminare fanden in verstreuten Villen der FU statt, die als westliches Gegenstück zur Humboldt-Universität gegründet worden war. Dafür redeten wir nächtelang und kochten auf Heizspiralen Tee. Dabei lernte ich auch Lux kennen, Markus' Dresdner Freund Wilhelm Fritz Licht. Er war ein linkischer Mensch, der seinen Tee kalt trank und gerne lange Reden in langen Sätzen hielt. Er verschwand schon bald nach Tübingen, wo er Politikwissenschaft studierte und eine Operation wegen eines Gehirntumors durchmachen musste.

Mit der Psychologie hatte ich bald meine Probleme. Freuds Psychoanalyse war verpönt, er war ja Jude gewesen, die Nazis hatten eine eigene Lehre vom Unterbewusstsein entwickelt und die Psychotherapie wurde als Hilfe zur Leistungssteigerung angesehen. Ordinarius für Psychologie war Oswald Kroh, ein freundlicher Mann, der wie ein Bauer wirkte. Mit seiner Sozialpädagogik und seinen Ideen von einer kindgemäßen Erziehung konnte ich mich schon anfreunden, aber er benutzte Vorlesungstexte aus den 40er Jahren und war in der Nazizeit sehr einflussreich gewesen. Über kindliche Entwicklungsphasen habe ich viel gehört und die schienen mir zu schematisch zu sein. Dem Kind wurden viele Projektionen aufgebürdet, aber im Grunde genommen waren uns die Kindheiten völlig unzugänglich. Wenn ein Kind schrie und protestierte, lief es schnell Gefahr, als abartig angesehen zu werden. In der Literatur fand ich Beispiele liebender Hingebung der Eltern an die

Kinder, aber über die wirklichen Gefühle von Kindern fand ich nichts. Wenn jemand eine Kindheit erzählte, tat er es mit den Einsichten und Denkformen eines Erwachsenen. Erinnerte Kinder erfuhren Kränkungen oder Freundlichkeiten durch Erwachsene, sie führten auch selbst Handlungen aus, derer sie sich im Alter schämten oder rühmten, aber immer reagierten in solchen Erinnerungen Kinder wie fertige Personen. Die Antwort auf meine Frage, warum meine Eltern mich im Stich gelassen hatten, bekam ich nirgendwo.

Ich wandte mich der Publizistik zu. Das Institut für Publizistik in Berlin war nach Kriegsende von Emil Dovifat gegründet worden. Elisabeth Herrmann, die mit mir Abitur gemacht und ein Jahr studiert hatte, war dort studentische Hilfskraft geworden, und man hielt große Stücke auf sie. Anfang der 70er Jahre – da war sie schon mit Helmut Löckenhoff verheiratet – erhielt sie sogar eine Professur für Publizistik an der FU und wurde berühmt mit ihren Forschungen über DDR-Medien. Dovifat war ein hünenhafter Rheinländer um die 60 mit steifem Bein wegen eines Unfalls, den er kürzlich erlitten hatte. Sein *ABC der Publizistik* war als hektografierte Kurzfassung im Umlauf. Nach seiner Definition war Propaganda eine Kombination aus geistiger Vereinfachung, gefühlsmäßiger Steigerung und hämmernder Wiederholung. Genau das, was wir aus der Ostzone kannten. Man munkelte, er habe wie mein Vati für das Propagandaministerium von Goebbels gearbeitet, aber die Amerikaner hätten ihn nur als Mitläufer eingestuft. Er verlangte einen sachlichen Journalismus, Schmähungen und Verrisse hielt er für falsch. Im Hörsaal saßen viele junge Männer, die zur Elite der Publizisten gehören wollten, deren Meinung die Masse folgte. Auch Markus war fasziniert von der Idee der publizistischen Persönlichkeit. Ich geriet mit ihm in einen ernsten Streit, weil ich meinte, der Journalist müsse doch hinter dem, was er schreibt und berichtet, als Person zurücktreten. Personenkult hätten wir lange genug betrieben, und nicht zu unserem Wohl.

Es dürfe nicht darum gehen, die Leser mit Sprachgewalt zu erziehen, sondern es müsse darum gehen, dass wir die Wahrheit erfahren und selbst entscheiden können, was wir tun.

Urkomisch war Dovifats Vorlesung übers Fernsehen. Er war der Meinung, dass Beispiele am besten wirken. Darum ließ er im Hörsaal Fernsehgeräte aufstellen und Antennen montieren, und wir fragten uns, was da gesendet werden sollte, denn das Fernsehen sendete damals nur von 20 bis 22 Uhr. Als wir im Hörsaal saßen, erschien Dovifat auf den Fernsehbildschirmen. Er war ins Studio gefahren. Es wird die erste Fernsehvorlesung in Deutschland gewesen sein. Aber sie trug nichts zum Verständnis des Einsatzes von Bildern im Fernsehen bei, denn wir sahen nur seine große Nase mit den Knopfaugen links und rechts und das große Kinn sich rauf und runter bewegen, während er redete.

Zwei Tage vor Weihnachten ging ich mit Markus ins KaDeWe. Er hatte 50 Mark von seinen Eltern und etwas gespart und wollte für 150 Mark seinen ersten Anzug kaufen. Der braune aus glattem Kammgarn, den er haben wollte, kostete 188 Mark. Danach war er pleite. Ich wurde erst Heiligabend mit dem Nähen meiner roten Samtjacke fertig. Er schenkte mir eine Tischlampe und eine Teemütze, ich ihm einen kleinen Leuchter und einen Aschenbecher. Wir aßen, was seine Eltern ihm geschickt hatten. Zum 1. Januar zog ich in die Reiherbeize 22 um.

Kapitel 5

Anfang März 1953 hörten wir, dass Stalin an einem Schlaganfall gestorben war. Die Briefe aus Halle klangen schon seit einigen Monaten gar nicht gut. Opa schrieb, dass Oma viel Mühe hatte, auf die Lebensmittelkarten das zu bekommen, was ihnen an Fleisch, Fett und Zucker zustand. Meine Mutti schrieb, alles werde immer teuer, die Marmelade könne man sich gar nicht mehr leisten. Das kam mir nun wieder sehr übertrieben vor. Markus' Vater schrieb:

> *Abends wird der Strom abgestellt und die Segnungen der Enteignung von Bauern, Gastwirten und Spediteuren sind nun, dass Trundel stundenlang für Obst und Gemüse ansteht, und jetzt geht es auch noch gegen die Kirche.*

Pfarrer wurden verhaftet, christliche Schüler und Studenten relegiert, Institutionen beschlagnahmt. Viele flüchteten nach Westberlin. Dann sollten die Arbeitsnormen erhöht werden, so dass die Arbeiter weniger Lohn bekommen würden. Die, die jetzt in Russland das Sagen hatten, befürchteten wegen der Massenflucht einen Zusammenbruch. Am Freitag, dem 11. Juni, hörten wir im Radio, dass die DDR-Führung einen Kurswechsel eingeleitet habe. Markus war beschwingt und hoffnungsvoll. Am späten Montagabend meldete der Rias – *eine freie Stimme der freien Welt* –, dass die Arbeiter in der Stalinallee in den Streik getreten seien. Sie forderten die Rücknahme der Arbeitsnormen. Unter den Linden seien Fahnen abgerissen und die schwarz-rot-goldene Fahne gehisst worden. Markus sagte, er glaube wieder an die Deutschen, sie hätten Mut, sie seien doch nicht feige. Ich war weniger gutgläubig. Am Dienstagnachmittag platzte in unser Seminar Dovifats Assistent herein und erzählte aufgeregt, der Rias habe gemeldet, in der Zone gebe es Unruhen, die Arbeiter würden morgen zu Streiks zusammenkommen, am Potsdamer Platz sei jetzt schon etwas los, ob wir nicht alle hinfahren sollten. Dovifat winkte ungnädig ab: Ach was, die Kommunisten! Wir diskutierten die halbe Nacht. Ist das der Beginn der Befreiung?

Am anderen Morgen meldete Rias wieder Demonstrationen. Sowjetsoldaten und Vopos mit Karabinergewehren hätten den Potsdamer Platz besetzt. Berlin-Ost meldete Meinungsverschiedenheiten örtlichen Charakters in Berlin, hervorgerufen von westlichen Provokateuren, die den an sich berechtigten Normenstreik auszuweiten suchten. Sie setzten Arbeiter unter Alkohol, um sie gefügig zu machen. Wir schwänzten die Vorlesungen und fuhren zum Potsdamer Platz. Schon von Weitem sahen wir Rauch aufsteigen, der HO-Kiosk im Columbushaus brannte, das Aufklärungslokal war nur noch ein rauchender Trümmerhaufen. Wir mischten uns an der Ecke, die noch im Westen lag, unter die Leute. Der Platz war voller Menschen, die schweigend herumstanden. Von den Ruinen rundherum schauten Leute in den Osten hinein. Auf der Leipziger Straße brannten die Propagandasäulen. Lautsprecherwagen der Westpolizei baten, die Fahrbahnen freizuhalten. Von den Russen oder Volkspolizisten war nichts zu sehen. Markus und ich kletterten auf einen Kiosk, auf dem schon drei andere standen. Er knipste wie wild. Wir sahen eine schwarz-rot-goldene Fahne in der Menge. Dabei war alles ganz still. Niemand rief Parolen. Wir konnten kaum glauben, dass endlich die Revolution stattfand, auf die wir so gewartet hatten.

Doch dann knallten Schüsse, wir hörten Maschinengewehrfeuer. Aber die Leute bewegten sich nicht. Wir stiegen vorsichtshalber von unserer Bude und zogen uns Richtung Westen zurück. Das Geknalle nahm zu, und wir rannten über Trümmer weg, kehrten aber in einer Schleife wieder zu derselben Stelle zurück. Am Columbushaus wurden die Scheiben eingeschlagen. Markus wollte wieder auf die Bude steigen, aber die war inzwischen eingestürzt. Dutzende von Presse- und Rundfunkleuten waren gekommen, die Wochenschauen drehten, andere fotografierten mit Teleobjektiven. Und dann hörten wir es, das dröhnende Mahlen: Panzer fuhren auf den Potsdamer Platz, die Rohre waren in den Westen gerichtet. Menschen riefen: Wer hat noch eine Panzerfaust da? Ich dachte an die Szene aus *Panzerkreuzer Potemkin*, den ich an meinem letzten Abend mit Alfred in Halle gesehen hatte, in der die zaristischen Soldaten die Menschen niederschießen und der Kinderwagen die Treppe hinunterrollt. Diesmal fielen Schüsse ganz in unserer Nähe, und wir rannten wieder weg. Aber dann sagte Markus, man solle nicht vor Ereignissen weglaufen, die so großartig seien, und wir gingen hinüber zur Post mit dem freien Trümmerfeld dahinter, wo die Wechselstube war. Zusammen mit anderen standen wir in der Deckung einer Mauer. Eine junge Frau zeigte uns, wo die Vopos auf dem Dach des Columbushauses lagen und schossen, sobald sich jemand näherte. Ich sah ihre Helme als kleine weiße Punkte im offenen Dachstuhl. Und auf allen Trümmern standen Menschen völlig ungeschützt den hinterhältigen Schützen ausgeliefert. Schon kamen die ersten Krankenwagen. Auf einem offenen Polizeiwagen sah ich einen Westpolizisten und eine junge Frau, die sich über einen Verwundeten beugten. Die Lautsprecherwagen forderten uns auf, in unserem eigenen Interesse den Platz zu räumen. Markus hatte es nun satt. Um halb zwei fuhren wir nach Hause. Da galt schon der Ausnahmezustand in der Zone. Ansammlungen von mehr als drei Personen waren verboten. Die West-Polizei ließ niemanden mehr zum Potsdamer Platz.

Den Nachmittag verbrachten wir bei Freunden am Radio. Berlin Ost meldete, die Rädelsführer sollten strengstens bestraft werden. Eduard von Schnitzler kommentierte, der ganze Aufstand sei von Adenauer inszeniert, um den friedlichen Aufbau der DDR zu stören. In der Nacht hörten wir, dass in der Zone alle großen Städte gleichzeitig angefangen hatten, auch Dresden und Halle. Jede Stadt sei im Belagerungszustand, seit 21 Uhr herrsche völlige Ruhe im Ostsektor, Sowjetpanzer stünden an allen wichtigen Plätzen. Später kam heraus, dass in Berlin sieben Menschen ums Leben gekommen waren. Ein Publizist unseres Instituts, Dr. Pohl, ein blonder junger Mann mit italienischem Akzent, war unter den Toten, am Potsdamer Platz erschossen, 100 Meter im Westgebiet, Kopfschuss.

Wir waren natürlich in Sorge um unsere Familien. Von Altvater kam als Lebenszeichen ein Brief mit einem völlig nichtssagenden Zeitungsartikel, über den er *18. Juni* geschrieben hatte. Später schrieb er, er habe sich am 17. früh noch in Jena befunden, wo es ebenfalls Aufstand gegeben hatte, sei am Mittag mit dem letzten Zug nach Halle zurückgefahren und mitten in den Trubel mit Panzern, Menschenmengen und Toten geraten. Meine Schulfreundin Lotte schrieb, vor dem Roten Ochsen hätten die Menschen gerufen: Wir wollen freie Wahlen, statt Zuchthausqualen. Die Polizei schoss in die Menge. Dabei wurde ein Student durch einen Querschläger in der Lunge getroffen und starb. Silas hatte in Leipzig vom Fenster des Missionshauses aus die Arbeiter einmarschieren sehen, war vom Seminar abgehauen, durch die Stadt gelaufen und hatte gebrüllt: Wir fordern freie Wahlen und Rücktritt der Regierung! Auch Natan hatte heftig mitgemacht, einem Freund, der neben ihm gestanden hatte, wurden durch einen Querschläger die Zehen weggeschossen. Am Spätnachmittag kamen die Panzer und die Freiheit war zu Ende. Den Untersuchungsbericht der Hallenser Universität zu den Vorgängen des 17. Juni, die sie als westgesteuerte Umtriebe verurteilte, unterschrieb übrigens eine einzige Fakultät nicht, und zwar die theologische, geführt vom Dekan, Prof. Dr. Paul Winkler.

Meine törichte Hoffnung, in den Semesterferien mit Markus nach Halle fahren zu können, hatte sich zerschlagen. Markus destillierte die Geschichte dieses Tages zu einer Anekdote, um den Kindern zu erklären, warum wir den 17. Juni als Feiertag begingen, bis er nach dem Mauerfall abgeschafft wurde. Dabei wurde die Geschichte unter dem abwinkendem Geschrei der Kinder von Jahr zu Jahr immer kürzer, und am Ende war er auf einen Kiosk geklettert, der unter Schüssen zusammenstürzte, dann kamen die Panzer. Dass ich mit dabei gewesen war, erwähnte er nie.

Markus wollte ein Radio kaufen, und wir gingen zu Radio-Tornow. Das Jotha-Radio Mercedes mit magischem Auge gefiel ihm, aber es kostete 299 Mark. Wir durften es zur Probe mitnehmen und schleppten den schweren Kasten zu mir. Markus hörte am Abend hundert Sender, bezahlte es am anderen Tag und bekam es wegen Weihnachtsrabatts für 222 Mark. So hatten wir endlich Musik an Heiligabend. Ich überraschte ihn mit einem echten Weihnachtsbaum mit Kugeln und Kerzen. Er schenkte mir ein blaues Tee-Service und ich ihm das Gesamtwerk seines geliebten Borchert.

Zum Jahrestag des 17. Juni wiederholten sie im Sender Freies Berlin eine Reportage, in der gesagt wurde: Die Demonstranten fluteten in den Westsektor zurück. Darüber regte Markus sich fürchterlich auf. Es waren ja nicht die Demonstranten gewesen, sondern Westberliner, die zurückgekehrt waren. So klang das, als sei alles vom Westen arrangiert worden. Das schrieb er dem Sender. Im Herbst bekamen wir Gelegenheit, für drei Monate ein Volontariat für 125 Mark im Monat bei eben diesem Sender anzutreten. Mich steckten sie sofort ins Kinder- und Jugendprogramm. Markus, der kein hartes K, T und P aussprechen konnte, landete im Zeitfunk, weil er da nicht sprechen musste. Als Markus bei einem Redaktionsgespräch zur Berichterstattung über den Jahrestag des 17. Juni anmerkte, es klinge, als sei alles vom Westen aus arrangiert worden, sagte der Redaktionsleiter: Ach, Sie sind das mit dem Brief! Er flog aus der Abteilung, wurde in die Kultur und Sozialpolitik gesteckt, zu der auch der Jugendfunk gehörte, und dort einem Herrn zugeordnet, der Hörfolgen oder Features machte. Der hatte aber seinen Etat schon aufgebraucht, also gab es für Markus nichts zu tun. Doch mein Jugendfunkchef suchte Leute für Reportagen.

Eigentlich waren Markus und ich schüchterne Menschen, aber mit dem Mikrofon in der Hand kam auch der Mut, wildfremde Menschen anzusprechen. Wir stellten uns mit dem Ü-Wagen vor den Bahnhof Zoo und befragten Leute zu irgendwelchen Themen. Die Antworten schnitten wir zusammen und machten daraus eine Text- und Tonmontage. Markus' Sächsisch musste immer rausgeschnitten werden. Mit meinem Hallensisch hatte ich weniger Schwierigkeiten. Das ist nicht so ein Singsang. Außerdem gab es Tante Will. Sie stellte uns einmal in der Woche an eine Wand und gab uns kostenlosen Sprechunterricht: Lala-lale-lali-lalo-lalu, td-td-td. Markus nahm zum Schluss noch ein paar Privatstunden bei ihr. So ganz ist er die weichen Konsonanten aber nie losgeworden. Und immer hat er zu schnell gesprochen, was später im Schwäbischen auffällig war. Er kam auch im Fahrstuhl mit jedem ins Gespräch. Sachsen kommentieren nämlich alles, und meistens nicht besonders freundlich, diggschen nennt man das, von tückisch.

Nach dem Volontariat arbeiteten wir als freie Journalisten weiter und ich ließ mich vom Studium beurlauben. Wir erfanden die Sendereihe *Ruth und Mark unterwegs*. Jeden Monat hatten wir eine halbe Stunde, die wir mit Theater, Filmen und Büchern füllten. Das schönste Interview, das wir machten, ohne selbst ein einziges Wort zu sagen, war das mit Erich Kästner, der in der Buchstube Schoeller am Kurfürstendamm Autogramme gab. Ich holte eine Horde Rundfunkkinder zusammen und wir ließen sie die Fragen stellen: Wie lange brauchen Sie? In wie viele Sprachen sind die Bücher übersetzt? Haben Sie auch Mäuse, Herr Kästner? Haben Sie viel Geld? Sie wohnen doch sicher in einer Villa. Nein in einem halben Haus, antwortete er, aber eine Wiese ist dran. Ist die Wiese auch bloß halb? Als ein Knirps sagte: Ich habe auch schon oft Gedichte gedichtet, konnte Kästner nicht mehr ernst bleiben. Das Interview wurde in ganz Deutschland gesendet. Für mich war der Rundfunk eine aufregende Zeit, auch wenn mir die Herren manchmal unheimlich waren, die da lauthals miteinander diskutierten und sich erbittert über Programmbeiträge stritten. Der Ton war rau, das muss ich schon sagen. Einmal warf Thilo Koch vor Wut eine Lampe quer durch den Sitzungsraum. Ich kannte ihn aus Halle, später gründete er den *Weltspiegel* und war lange in Washington Korrespondent. Dass man so unbeherrscht miteinander umgehen durfte, war mir neu.

So große Aussichten, seufzt Hanna, und dann brichst du alles ab und heiratest Markus.

Ach Kind, eigentlich wollte ich doch immer nur eine ordentliche Familie haben. Und auch Ehefrauen sind besser klug als dumm. Bildungshungrig war ich immer. Ich wollte nicht sein wie meine Mutti oder mein Vati, die alles nur ungenau wussten, aber viel behaupteten. Ich wollte verstehen, worüber ich redete. Markus war ja auch zweifellos eine gute Partie, er kam aus geordneten Familienverhältnissen, nicht aus so einem Mengenge wie ich. Doch ich war gerade an dem Punkt, wo ich ihn vergessen musste. Ich entsprach nicht seinem Ideal. Er bewunderte dunkle Augen, ich bin aber nun einmal blond und blauäugig und noch dazu sehr klein. Im Übrigen entsprach er auch nicht meinem Ideal. Es war zwar eine große Vertrautheit da, aber ich machte mir keine Illusionen, er war doch recht unverbindlich. Ich kannte auch genügend andere, die mich mochten und nett zu mir waren, zum Beispiel Detlef Girrmann aus Halle, der auch 1950 hatte fliehen müssen, Jura studierte und beim Studentenwerk für die Unterstützung von Flüchtlings- und Grenzgängerstudenten zuständig war. Nach dem Mauerbau verhalf er 500 Menschen aus der DDR zur Flucht in den Westen. Oder Horst Pillau, der Publizistik und Germanistik studierte, Kabaretttexte für die Stachelschweine schrieb, ein Auto besaß und sich freier Schriftsteller nannte. Er war in Wien geboren, aber in Berlin aufgewachsen. Bei ihm meinte ich, finden zu können, was ich bei Markus nie bekommen würde, das Fremde, das Aufregende, eben das Prickelnde, nicht wissen, woran man ist, und trotzdem das Gefühl haben, ich werde heftig geliebt. Ich ahnte zwar, dass sich mit ihm wohl keine Ehe aufbauen ließ, aber es war eben so schön. Horst wurde später ein sehr erfolgreicher Drehbuchautor. Er ist zwei Jahre jünger als ich und überlebt mich um ein Jahr.

Gegen Markus' Affenliebe für sein Schneewittchen kam ich sowieso nicht an. Als er ihr als Schüler den Satz des Pythagoras erklärt hatte, hatte sie dankbar seine Hand ergriffen und die großen dunklen Augen zu ihm aufgeschlagen. Sie hatte sich bald in einen anderen verliebt, er hätte sie dennoch jederzeit genommen, wenn er nicht in Westberlin gewesen und sie mit Eltern und Schwester nach Trier gegangen wäre. Wozu das hormonell bedingte Irresein, wie er es immer nannte, geführt hatte, erfuhr ich erst, als er mir kurz vor seinem Tod in rührseliger Stimmung die Briefe von damals zeigte. Darunter war einer, den er nie abgeschickt hatte:

Liebe Ilse, wenn du diese Zeilen liest, bin ich schon tot und begraben. Und dies soll dir ein letzter Gruß von mir sein, der dir sagt, dass ich dich immer treu und von ganzem Herzen geliebt habe. Ehe wir uns kennenlernten, habe ich immer zu Gott gefleht, mir ein Mädchen zu zeigen, das ich in edler Liebe lieben könnte, und vielleicht kannst du verstehen, was in mir vorging, als ich dich an jenem kalten, dunklen Wintertag kennenlernte. Ich war wie im Traum und erst nach einiger Zeit wurde mir klar, dass ich dich liebe mit meiner ganzen Kraft, bis zu meinem letzten Atemzug. Du weißt, was für schöne Stunden wir miteinander erlebt haben, du weißt, was mir miteinander gesprochen haben. Aus dieser Liebe heraus gebe ich dir hiermit meinen Segen, wenn du dein Herz noch einmal einem anderen schenken kannst. Dein Mark.

Diesen Segen brauchte sie ganz und gar nicht. Sie verlobte sich Anfang 1954 in Trier mit einem älteren Mann, der an der Bergakademie studierte und in einer Zeche angestellt war. Altvater schickte Markus die Verlobungsanzeige und Trundel schrieb hinterher:

Traurige Repunsion wegen deiner Grimmigkeit über Ilses Verlobung. Ich habe gleich zu Paps gesagt, schicke diese Anzeige nicht so ohne jedes tröstende Wort. Aber Paps wollte es so, ich hätte sie dir vielleicht mitgebracht und mit passenden besprechenden Worten begleitet. Nun ja, wir müssen alles noch mündlich repunsieren. Aber das muss ich auch sagen, dass das gute Kind ein etwas sonderbares Mädchen ist. Du wirst schon auch noch die Richtige finden. Das kann manchmal ganz unerwartet und unvermutet gehen. Ich lese gerade von Tolstoi Anna Karenina, da finden ja auch die tollsten und plötzlichen Verliebungen statt. Die Dinge sind allerdings ziemlich tragisch. Ruthchen soll nur den Freund nehmen, der neulich mit uns am Tisch saß, der passt ganz gut zu ihr, und sie hat ihn auch gern wie mir scheint. Um eine wirklich Geliebte und Ehegenossin muss man beten.

Hanna hat übrigens gegoogelt und herausgefunden, dass repunsieren vor dem Krieg bei einem Herrenbesäufnis, bei dem Kurt Tucholsky dabei gewesen sein soll, erfunden wurde, um sich über den sinnlosen Gebrauch von Fremdwörtern lustig zu machen. Tucholsky hat es häufig verwendet.

Ilses Verlobter ließ sich alsbald aus einem unverschlossenen Spind 800 Mark stehlen, die ihm nicht gehörten. Das wollte er vertuschen, aber alles kam heraus, er flog aus der Bergakademie und der Zeche und wurde vor Gericht gestellt. Schneewittchen war kreuzunglücklich und fing wieder an, Markus Briefe zu schreiben. Es sei wohl besser, wenn sie die Verlobung löse. Das fand Markus auch. Er schrieb:

Von einem persönlichen Verhältnis zwischen dir und mir kann man ja kaum sprechen. Wir haben uns mit sehr jungen Jahren kennengelernt und sind bald auseinandergekommen, ehe wir Zeit fanden, uns richtig kennenzulernen. Und doch ist aus jener Zeit ein Zauber übriggeblieben, der mich nie verlassen hat. Du warst meine erste Liebe, und das wird immer so bleiben, mit all ihrem Zauber. Dass du damals mit Hans andere Wege gegangen bist, hat mir sehr wehgetan, und ich habe alles vergessen wollen. Wir waren durch Hans getrennt und später auch durch die Entfernung und durch verschiedene Grenzen. Du warst mir eine liebe Erinnerung, aber unerreichbar weit weg. So ist es bis heute, denn jeder andere Gedanke wäre unsinnige Träumerei gewesen. Verstehst du das? Auch heute trennen uns Entfernung, Grenze und ein

Verlobter. Es mag für mich also gar keine Möglichkeit geben, zu dir irgendwie sinnvoll von Liebe zu sprechen. Du musst also nicht denken, wenn du das Folgende liest, dass ich es aus Eifersucht oder selbstsüchtigen Gründen schreibe: Also, meine liebe Ilse, es kann nur eines für dich geben: die Verlobung zu lösen.

Man beschloss, wieder Briefe auszutauschen, und Markus benahm sich unausstehlich. Für mich war das eine schreckliche Zeit, denn ich wusste nicht, warum er sich zurückgezogen hatte. Das habe ich alles erst nachträglich erfahren. Natürlich erfüllte Ilse seine Hoffnungen nicht, und im August schrieb er ihr:

Liebe Ilse! Ich sehe keinen Grund, warum du sechs Wochen lang nicht geschrieben hast, außer in der Absicht, unsere Verbindung absichtlich und in unverbindlicher Art zu lösen. Ich bin über die Jahre hinaus, wo ich selig war, Lückenbüßer deiner unbeständigen Zuneigungen zu sein. Ich lasse nicht mehr mit mir spielen. Entweder oder. Wenn du inzwischen zu der Erkenntnis gekommen bist, dass du den aufgenommenen Kontakt wieder lösen solltest, dann wäre es nur nett und anständig gewesen, dies offen und klar zu schreiben. Derartig unverbindliche Geschichten sind nicht nach meinem Geschmack. Irgendwann musst du dir ja mal über deine Gefühle im Klaren sein. Ich war stets glücklich, dich zu sehen oder mich mit dir zu schreiben. So war es auch diesen Sommer, als du als erste wieder die Verbindung aufnahmst. Dass aber nach sieben biblischen Jahren der Dürre dein Briefwechsel vor ein paar Wochen genau so schnell verebbte, wie er gekommen war, hat mich sehr enttäuscht und ernüchtert. Aber das war vielleicht nicht das schlechteste Resultat dabei. Dein Vergleich, dass ich dir treu und ergeben wie ein Schäferhund nachtrotte, hat in vielem seine Richtigkeit. Mit diesem Brief aber verliert dieser Vergleich ein für alle Mal seine Berechtigung. Ich pflege in solchen Dingen meine Überzeugungen und Entschlüsse nicht alle naselang zu ändern. Dieser Entschluss ist mir sehr schwer gefallen. Für lange Jahre hatte ich – bis zu diesem Herbst – die Hoffnung, dich einmal fragen zu dürfen, ob du meine Frau werden willst. Aber ich sehe jetzt, dass dein Verhältnis zu mir so geblieben ist wie immer: sporadisch und von deinen Gefühlsimpulsen abhängig. Ich hatte geglaubt, du habest dich geändert. Da dies nach vielen Jahren doch nicht der Fall ist, habe ich es satt. Ich schreibe dir das, damit Klarheit zwischen uns herrscht, und damit du dir auch in den nächsten sieben Jahren keine falschen Hoffnungen machst. Trotzdem: von Herzen alles Gute für dich und deine Zukunft! Und hab Dank für alle deine Liebe, die ich nie vergessen werde. Nur eben: es war einmal, dein Mark.

Trundel schrieb, dass Ilse eine Krankheit auf dem Land auskurieren musste, und vermutete eine Abtreibung dahinter. Ilse antwortete Markus im Oktober:

Lieber Mark, obwohl ich schon nettere Briefe bekommen habe, habe ich mich über deinen letzten Brief gefreut, denn du hast ja in allem Recht, was du schreibst. Aber ich glaube kaum, dass ich mich trotz vieler Mühen bedeutend ändere, bevor ich eine innere Ruhe gefunden habe und weiß, warum ich lebe. Falls es dich interessieren sollte: In zehn bis vierzehn Tagen reise ich nach Portugal. Es fällt mir schwer, von Trier wegzugehen, aber was ich in Portugal lernen kann, ist unbezahlbar.

Weihnachten feierten wir zu dritt, zusammen mit der aufreizenden Mischi. Mein Einfall war das nicht gewesen. Es herrschte fürchterliches Föhnwetter. Mischi half mir beim Kochen – es gab Leber –, Markus kam zum Essen und ging dann, sich umziehen, während wir abwuschen und ich den Weihnachtsbaum schmückte. Er brachte das Radio mit. Später gingen wir in die Dahlemer Kirche zum Gottesdienst, der Markus grimmig machte: Welch eine Ansammlung von Phrasen über Tod und Auferstehung! Danach feierten wir alle bei mir. Ich schenkte Markus sechs moderne Schnapsgläschen aus dem Dürerhaus. Als wir sie im KaDeWe sahen, hatte Markus sich welche kaufen wollen, mir aber angesehen, wie entsetzt ich war, und es gelassen. Er schenkte mir die Wandlampe, die ich mir gewünscht hatte, und ein Schlagerbuch.

Im neuen Jahr war er wie ausgewechselt. Das fiel auch Horst auf, der sich mit dem Gedanken trug, sein Studium in Innsbruck abzuschließen. Ich musste mich entscheiden. Eigentlich stellte ich mir die Liebe ja aufregender vor, mit Jasminduft und zartem Händchenhalten, und wenn ich Markus heiratete, würde ich das ein für alle Mal verpassen. Aber Markus ließ nicht locker, obwohl ich ihn ganz schön tyrannisierte und auf die Probe stellte. Vielleicht wurde ich deswegen um so interessanter. Bei einem Sonntagsspaziergang im März an der Krummen Lanke eröffnete er mir, dass er verblendet gewesen sei, indem er mich von sich gestoßen habe, und nun müsse er reuig zurückkehren und mich bitten, ihn zu erhören. Er habe seine Freiheit wieder und erkannt, was für eine liebe gute Seele ich sei, dass wir zueinander passten und er mich sehr lieb habe. Ich sagte ihm aber, dass ich erst als Ehefrau seine Frau werden wolle.

In Portugal war Ilse als Kindermädchen sehr unglücklich, schrieb Markus wieder und wollte ein Foto haben. Bei dieser Gelegenheit teilte er ihr mit, dass er sich mit mir verloben wolle. Darauf antworte sie:

> *Du kannst dir nicht denken, welche Freude dein Brief auslöste, das heißt mehr noch das Bild. Tausend Dank. Nun weiß ich doch endlich wieder, wie du aussiehst, eigentlich wusste ich es ja immer, ich sah dich vor mir, wie ich dich in Erinnerung hatte, und das deckt sich völlig mit dem neuen Bild von dir. Ich soll möglicherweise einen Groll gegen dich haben, weil du mir erzählt hast, dass du dich bald verloben willst? Wie kommst du nur auf solche Gedanken? Wohl verbindet uns seit acht Jahren eine innere Freundschaft, aber durch meine Schreibfaulheit ist doch der äußere Kontakt immer sehr locker gewesen. Welche Berechtigung hätte ich nun, dir eine solche Entscheidung übel zu nehmen? Und wenn ich es doch täte, dann würde ich es dir todsicher nicht sagen.*

Verzeih, das war nicht sehr höflich, bitte erlass es mir, mich zu diesem Thema zu äußern, bis es Wirklichkeit geworden ist. Ich wünsche so sehr, dass du glücklicher und zufriedener wirst als ich.

An Karin, mit der er in Edinburgh studiert hatte, schrieb Markus, dass er sich bei der BBC beworben habe:

Hinzu kommt eine Neuigkeit mehr lyrischer Natur. Ich weiß nicht, ob mein keusches Herz es über sich gebracht hat, schon früher von einem Mädchen namens Ruth zu sprechen. Drei Jahre lang habe ich ihr eingeredet, wir passten überhaupt nicht zueinander und die Frau meines Lebens sei total anders. Drei Jahre lang hat sie dem, ohne zu widersprechen, zuwidergehandelt. Schließlich hatte ich meine geliebte Freiheit wieder. Sie ist davongegangen mit einem anderen und ich konnte mir die Frau meines Lebens suchen. Und als ich suchen ging, fiel mir auf, dass ich das, was ich suchte, mir drei Jahre lang vom Halse geekelt hatte. Eifersucht, Reue, Erkenntnis. Meinen Nebenbuhler stach ich daraufhin wieder aus, und reuig und blamiert und sehr lächerlich im Gemüte erinnerte ich mich an die alte Weisheit, dass das Gute oft so nah ist. Sie ist nämlich süüüüüüüüß, aber das habe ich erst gemerkt, als ich sie verblendet von mir gestoßen hatte. Ich habe mich ihr wieder inniglich genaht, und siehe da, sie erhörte mein Flehen, triumphierte über die Dummheit der Männer und hat sich vorgenommen, mich zu einem fügsamen Menschen zu erziehen. Sie sagte zwar, sie würde mich natürlich nicht erziehen, aber ich traue den Damen der Schöpfung nicht. Ich könnte mir denken, dass sich kolossale Änderungen in meinem Familienstand ergeben könnten, sofern die Sache mit London klappt.

Er hatte sich nämlich unter Hunderten bei der BBC für eine Stelle beworben, wo er für deutsche Pressestimmen und Nachrichten aus dem Englischen übersetzen sollte. Sie wollten aber nur für einen Junggesellen das Gehalt bezahlen: 800 Mark. Gleichzeitig hatte jedoch Altvater seine Kontakte zu einem

Herrn Lund-Quist ausgenutzt, der in der Exekutive des Lutherischen Weltbunds in Genf das Sagen hatte. Was soll ich in Genf, im Französischen?, beschwerte sich Markus. Für die Kirche hatte er auch nie arbeiten wollen. Doch Lund-Quist suchte schon für den 1. September einen Pressemann, eine Reise zur Hauptversammlung in die USA inbegriffen. Dafür bist du doch als Theologiestudent und Journalist mit Englischkenntnissen prädestiniert, sagte ich. Markus schrieb an seinen Vater, der an Lund-Quist schrieb, der an Markus schrieb, er sei in den nächsten Tagen in Berlin. Dieser Brief kam zu Markus' 26. Geburtstag am 7. September. Wir gingen auf dem Kurfürstendamm essen, was wir uns noch nie geleistet hatten, und feierten am Abend mit Freunden und einer Bowle. Trundel beschwerte sich, dass Markus zum Geburtstag nicht nach Hause gekommen war, und nannte das eine Angstpsychose und hysterisch, er habe wohl eigentlich Angst vor der Gemeinschaft und der Familie.

Drei Tage später traf sich Markus mit Lund-Quist, der Amerikaner zu sein schien. Er sagte, Markus solle Nachrichten sammeln, Artikel schreiben und Verbindungen knüpfen. Das Gehalt solle 800 Mark oder 200 Dollar betragen, was bei den hohen Lebenshaltungskosten in Genf auch nicht viel war. Er könne doch mal schnell nach Genf kommen, um sich den Laden anzuschauen. Markus war fassungslos. Einfach mal so für vier Tage mit einer Aktentasche ins Ausland fliegen! Laut singend knatterte er auf seiner NSU-Quick durch Berlin direkt zu mir. Anfang Oktober flog er nach Frankfurt und fuhr mit dem Zug weiter nach Genf. Auf der Rückreise schaute er sich Heidelberg an. Dovifat jubelte und sagte, er solle sein Vordiplom seinlassen und gleich eine Dissertation über die Pressearbeit des Lutherischen Weltbunds schreiben. Auch Markus hatte nämlich keinen Abschluss, als er nach Genf ging.

Aus Trier kam die Nachricht, dass Schneewittchen heiraten würde, einen Sardinenhändler, wie Markus vermutete, der aber eigentlich als Vertreter für Bayer-Leverkusen arbeitete, ohne

Verlobung, schon Mitte Oktober, man werde in Portugal leben. Soll ich ihr gleich eine gute Niederkunft wünschen?, fragte Markus. Ich riet ihm davon ab.

Angesichts seiner beruflichen Aussichten beschlossen wir, uns offiziell zu verloben. An meine Großeltern schrieb Markus einen Brief, in dem er sie, die mich großgezogen hatten, um die Hand ihrer Enkelin bat:

Die Trennung von zu Hause, die gleichen Sorgen eines Studentendaseins und der Gleichklang in Denken und Fühlen haben uns zusammengeführt. Wir lieben uns, nachdem wir durch lange Zeit die Beständigkeit unserer gegenseitigen Zuneigung geprüft haben, wollen wir heiraten.

Kapitel 6

Am Sonnabend, dem 22. Oktober 1955, tauschten wir die Verlobungsringe. Ich hatte mir extra ein Kleid genäht und Markus einen VW gemietet, und damit fuhren wir zum Wannsee. Auf der Pfaueninsel promenierten wir im strömenden Regen und aßen chinesisch zu Mittag. Am Abend gingen wir ins Theater und sahen *Die chinesische Mauer* von Max Frisch. Eigentlich hatten wir mit Freunden feiern wollen, aber Markus hatte sich mit Lux zerstritten, der tief gekränkt war, dass ich Mischi von unserer Verlobung erzählt hatte, aber nicht ihm. Mischi war ein verlogenes und intrigantes Weib, das alle gegeneinander ausspielte und Unfrieden säte. Wir hatten ihn natürlich eingeladen, aber ohne ihm den Anlass zu verraten. Nun beschwerte er sich, dass er den Anlass aber hätte kennen müssen, um seine lange geplante Reise zu seiner Mutter nach Dresden abzusagen.

Markus' Eltern reisten am Sonntag feierlich aus Halle an und brachten Unmengen von Geschenken mit, einen Rock und eine Bluse für mich, Hemden für Markus, Löffel, eine

Giraffe und eine Schale aus Holz. Auf einmal herrschte eitel Freude bei Markus' Eltern. Allerdings sagte Trundel zu mir, ich würde einen Mann heiraten, der auf der schiefen Bahn sei. Das fand ich wieder völlig abwegig. Als sie abfuhren, war Markus ganz wehmütig, dass er schon wieder ins Ausland musste: Wer weiß, wann man die Alteltern wiedersieht. Kaum wieder in Halle, schrieb Trundel: *Im Übrigen ist Paps von Ruthchen ganz hin. Ja siehst du, so laufen die Dinge. Es wäre also eine Schwiegertochter nach seinem Sinn.* Und Paps hatte darunter geschrieben: *Indessen, man hatte sie mir falsch geschildert.*

Ich musste mich nun daran gewöhnen, dass ich Schwiegereltern hatte und plötzlich zu einer Familie gehörte. Das fiel mir durchaus nicht leicht. Ich fragte sie, wie ich sie anreden sollte, und versprach ihnen in einem Brief leichtsinnig, dass ich immer eine brave Schwiegertochter sein wolle. Altvater antwortete:

> *Meine Liebe Ruth, da wir durch die Anweibung unseres Ältesten nicht ein Kind zu verlieren, sondern ein neues zu gewinnen hoffen, so muss du gleichschalten und genauso ausdruckskräftig werden wie die Söhne. Es empfiehlt sich von daher, die nicht ungewöhnliche Anrede vom Altvater oder vom Paps, wenn dir dies nicht zu absonderlich vorkommen sollte. Wir können ja nur wünschen, dass du dich ganz und gar in unsere zweifellos sympathische Familie hinein entwickelst und dir die Art gefallen lässt, in der wir zu leben probat gefunden haben. Daheim wollen wir alle zusammen recht natürlich und herzlich zu sein versuchen. Und je mehr du dich bei uns und unter uns wohlfühlst, um so besser soll es sein. Wir Alten jedenfalls wünschen uns recht von Herzen, dass ihr, die jungen Leute, eine glückliche und gottgesegnete Solo-Existenz für euch führt, dass ihr aber auch gern ins Elternhaus kommt und immer wisst, dass ihr dahin gehört und erwartet seid, sooft das Leben das zulässt.*

Eine Woche später reiste Markus nach Genf ab, um sich einarbeiten zu lassen. Einmal kam er noch nach Berlin, um notwendige Papiere zu besorgen, und brachte Schweizer Schokolade mit. Wir machten aus, dass ich ihn zu Weihnachten in Genf besuchen sollte. Ich war eine Woche krank und lag mit Fieber im Bett, dann konnte ich mir das nicht mehr leisten. Krankenpflege ließ sich meine Wirtin extra bezahlen, eine echte Berlinerin, sehr geschäftstüchtig. Ich musste ständig aufpassen, dass sie sich nicht zu ihren Gunsten verrechnete. Aber meine Krankheit war recht nützlich, ich hatte Muße, um Entscheidungen zu fassen. So gab ich meinen Plan, eine Doktorarbeit zu schreiben, auf. Da mir an Ehre wenig lag, fiel mir dieser Entschluss leicht, denn mit dem Doktor konnte ich im Notfall kein Geld verdienen, wohl aber mit dem Abschlussexamen in meinem Hauptfach. Deshalb beschloss ich, mich mit meinen Examensvorbereitungen auf den Psychologieabschluss zu konzentrieren. Das Examen kostete 100 Mark, der Doktor 1000, auch das war entscheidend. Als ich wieder aufstehen konnte, ging ich zu Dovifat und besprach mit ihm meine Entscheidung. Er war erst entsetzt, er wollte doch sehr gerne eine Dissertation von mir, aber nachdem wir eine Stunde lang alles miteinander besprochen hatten, sah er ein, dass er mir eigentlich zu meinem Entschluss zuraten müsse. Nun wollte ich im Frühjahr Praktika machen und mich unter die Verwahrlosten, Asozialen, Kriminellen, Psychopathen und Geisteskranken begeben. Ich freute mich darauf, ich arbeitete ja doch lieber praktisch. Hauptsächlich schreiben, das war auf die Dauer nichts für mich. Ich würde mich viel nützlicher fühlen, wenn ich täglich um verwahrloste Seelen ringen müsste.

Markus wollte bis Weihnachten jeden Tag einen Brief von mir haben, der 20 Gramm wog, also dreieinhalb Blätter. Die erste Zeit schrieb ich 20 Gramm Luftpost, bis der Block aufgebraucht war. Einen neuen bekam nicht. All diese Briefe habe ich nach Markus' Tod wiedergelesen, um mich zu trösten. Jeden Einzelnen habe ich aus dem Umschlag gezogen und aufgefaltet, die meisten sind auf knisterndem Luftpostpapier geschrieben, die von Markus in Kurrent, das können meine Kinder gar nicht mehr lesen. Ich wünschte mir immer, dass er mit der Hand schrieb, auch wenn er behauptete, mit der Maschine gehe es schneller. Aber Briefe müssen ja nicht schnell geschrieben werden, habe ich gesagt:

Du sollst dir auch ein wenig Zeit für mich nehmen, Häschen. Ach war das schön, als du da warst! Warum haben wir das nicht öfter? Findest du nicht auch, das Leben wäre viel schöner, wenn wir nicht so getrennt wären? Ich lebe jetzt nur fürs Wiedersehen. Und mir wird dabei immer klarer, wie lieb ich dich habe. Eine Trennung macht offenbar viel aus. Früher warst du mir viel zu selbstverständlich, so eine alltägliche Angelegenheit, jetzt bist du mir eine Sonn- und Feiertagsfreude. Und da merke ich eben, dass ich dich noch viel lieber habe, als ich erst annahm. Wir werden es uns Weihnachten so schön machen. Und was soll ich bloß kochen? Du siehst so elend aus, ich muss dich tüchtig füttern und noch mehr verwöhnen, Filzschuhe wärmen und bereitstellen, wenn du kommst, den Tisch schön gedeckt haben, damit du gleich essen kannst. Mal sehen, ob du dann nicht etwas wohler aussiehst, wenn ich wieder reise. Ich kann mir auch vorstellen, dass deine Arbeit im Beruf und zu Hause dir zu viel wird. Und ich bin froh, dass ich mich mal eine Weile um dich kümmern kann.

Mein liebstes Äffchen, antwortete er, *Dank für deinen Brief, der früh ankam. Heute bin ich wieder in meiner Bude, höre Radio, trinke ein Käffchen, das ist doch das Gemütlichste.*

Mein geliebter Hase, schrieb ich, *heute hatte ich große Wäsche, meine Hände bluten an zwei Stellen, mein Rücken tut weh und in den Armen habe ich Muskelkater. Außerdem habe ich mein Feuerzeug repariert, der Docht war abgebrannt. Also die ganze Watte rausgepult, Docht gezogen, dann Docht mit Nähnadel und Zwirn an einem Ende umstochen und den Faden dran gelassen, in Nadel eingefädelt, am Faden dann durchgezogen, Watte wieder reingestopft, mit Benzin gefüllt, jetzt ist das Feuerzeug ein Flammenwerfer.*

Im Funk machte ich unsere gemeinsame Arbeit alleine weiter, es war etwas schwerer, aber es ging auch. Über die üblichen Bosheiten regte ich mich nicht mehr auf, denn ich hatte das beruhigende Gefühl, es sei nicht für ewig. Und eigenartig, seit ich mich nicht mehr aufregte, erreichte ich auch viel mehr. Ich konnte jetzt all meine Kritik und all meine Wünsche in ganz liebenswürdigem Ton anbringen, und das entwaffnete. Kein Mensch versuchte jetzt mehr, mich zu ärgern. Es lag eben doch immer zum Teil auch an einem selbst, wenn man Ärger hatte.

Lieber Hase, dein Brief vom 9. ist heute angekommen. Danke herzlichst. Bin entsetzt über eure Ausschweifungen. Du entwickelst dich in Genf zu einem Lebemann, das macht sicher die pastörliche Umgebung. Und die arme Trundel dachte, nun bist du in guten Händen. Soll ich ihr diese Gewissheit nehmen? Kann man das einer Mutter antun? Nein, ich werde den Schmerz über diese Enttäuschung in meinem Herzen vergraben. Ich werde schweigen, schweigen und leiden. Das ist doch mal wieder echte Größe, die ich an mir so schätze. Fondue darf ich kennenlernen, aber nicht die dürftig gekleideten Damen. Ich werde mich eben ins Berliner Nachtleben stürzen. Ring zu Hause lassen und einen meiner Zehlendorfer Verehrer engagieren, Horst oder Detlef oder andere, die du nicht kennst. Eine Sonnabendnacht bleibt mir ja noch. In Berlin gibt es bestimmt mehr Nachtleben als in Genf.

Ich nähte mir einen Rock und eine Bluse, mit der Hand, weil meine Nähmaschine kaputt war. Meine Mutti bewunderte mich sehr für meine Geduld. Ich kannte diese Tugend auch nicht an mir. Außerdem schrieb ich an dem Manuskript für die Weihnachtssendung über den Weihnachtsrummel: Weihnachten soll kein sentimentales Familienfest sein, sondern ein Fest, an dem wir uns auf die Liebe Gottes besinnen. Ich befürchtete aber, dass sie daraus Fest der Liebe machten. Die Leute hatten doch ständig Angst vor Weltanschauung, weil sie keinen verletzen wollten, und im Endeffekt waren sie dann so schön unverbindlich, dass es keinem mehr nützte. Lieber mal jemandem auf den Schlips treten und überhaupt etwas sagen, als so verwaschenes Zeug, wie man es jeden Tag hören kann. Den Weihnachtsmarkt fand ich grässlich, die Geschäftsleute überboten sich an Geschmacklosigkeiten, alle Menschen waren in Hetze und Aufregung. Ich weiß nicht, lag es daran, dass es hier so viel zu kaufen gab, oder war das in der Großstadt überhaupt so? Ich kannte es von zu Hause ganz anders, auch zu Zeiten, wo es allen gut ging, war es zu Weihnachten still und friedlich.

So, ein Tag meiner letzten Woche in Berlin ist rum! In einer Woche bin ich schon eine halbe Stunde in Hannover. Häschen, kannst du denn schlafen, wenn ich dir heute in einer Woche mit jeder Minute ein Stück näherkomme? Ich glaube, ich werde die letzten Tage vor Freude verrückt. Ich denke nur noch an Reise und Wiedersehen, zu etwas anderem bin ich kaum noch fähig. Trundel war heute bei mir. Wir haben schrecklich viel geredet. Sie hat so viel Verständnis für unsere Briefeschreiberei. Trundel und Altvater haben sich während der Zeit ihrer Trennung auch jeden Tag geschrieben. Ich bin beruhigt, wir sind nicht unnormal. Trundel hat mir eine Menge Weihnachtsgeschenke mitgebracht. Du wirst sie sehen. Ich habe ihr Apfelsinen, Milchdosen und zwei Tafeln von deiner Schokolade mitgegeben. Sie hat sich sehr gefreut, obgleich es heftige Kämpfe gegeben hat, sie wollte alles bezahlen. Wenn ich schon gewusst hätte, dass wir so unheimlich viel Honorar kriegen, dann hätte ich ihr noch mehr mitgeben können. Stell dir vor, Reschke sagte mir heute, dass jeder von uns 90 Mark für die Weihnachtssendung bekommt, zusammen 180 Mark. Morgen kriege ich das Geld. Daraufhin habe ich meine Weihnachtsgeschenke für Mutti und Oma gekauft. Ich habe das Geld genommen, das ich mir für Notfälle aufgehoben habe. Ich habe mir dafür gekauft: ein Paar Handschuhe, eine Baskenmütze, ein Paar Strümpfe, ein Paar knallrote Lederhausschuhe. Du wirst alles sehen. Ich bin ganz selig! Besonders über die knallroten Hausschuhe.

Die Handschuhe haben genau, aber auch ganz genau dieselbe Farbe wie meine braune Handtasche. Da ich dann in der Aufregung nun doch vergessen hatte, dir die 20 Mark wieder zurückzugeben, die du eventuell gar nicht genommen hättest, habe ich mich an dir so gerächt, indem ich dir einige Weihnachtsgeschenke gekauft habe. So, nun ärgere dich auch schön! Aber mehr darf ich nun wirklich nicht kaufen, weil ich sonst Zoll zahlen muss. Dabei fallen mir täglich tausend Sachen ein, die ich dir schenken könnte. Hoffentlich freust du dich über alles. Habe schon Trundel alles begutachten lassen, sie ist sehr begeistert, aber dir gefällt es bestimmt nicht. Ach Häschen, du bist so widerlich in Geschmacksfragen. Habe solche Angst vor dir. Und Engelchen, mach dir keine Sorgen wegen Kaffee. Sie haben für Weihnachten welchen. Wenn deiner nach Weihnachten ankommt, ist das nicht so schlimm, ich habe welchen von dir angekündigt. Mein rechter Arm klimpert übrigens beim Schreiben immer so, Trundel hat mir zwei silberne Armreifen mitgebracht. Bin ganz stolz auf meinen Schmuck. Das Klimpern klingt so niedlich silbern-zart. Häschen, bin schon total konfus: Ich habe meine Fahrkarten und meine Flugkarten. Muss sie dauernd lesen. Morgen schreibe ich meinen letzten Brief an dich. Vielleicht bin ich aber auch zu aufgeregt dafür.

Markus eroberte die vom Lutherischen Weltbund im Flug. Der Konkurrent, von dem er gehört hatte, fand gar keine Erwähnung mehr. Markus war so unwahrscheinlich aktiv und er schaffte auch so viel, dass er alle in Erstaunen versetzte. Er fragte sich immer wieder, was die eigentlich von ihm erwartet hatten. Ich freute mich, dass er sich endlich, nach all dem Ärger, den er in Berlin bekommen hatte, richtig entfalten konnte. Es musste ihm Spaß machen, wenn er nicht dauernd von irgendwelchen komischen Chefs gehemmt wurde.

Engelchen, ich bin nicht schreibfaul geworden, sondern aufgeregt. Außerdem muss ich dauernd meine Sachen zum Einpacken ordnen, damit ich nichts vergesse. Heute läuft unsere Weihnachts-

sendung. Schade, dass du sie nicht hören kannst. Bin gespannt, ob sie mir heute noch gefällt. Nachher hole ich unser Geld ab. Das ist mein letzter Gang ins Funkhaus vor der Abreise. Der Brief geht zu Ende. Es wird wohl mein letzter vor der Abreise sein. Er kommt bestimmt erst am Dienstag an. Also bis Dienstag, 15:34 Uhr, nicht vergessen! Frau Ackermann lässt dich tausend Mal grüßen. Sie ist plötzlich ganz begeistert von dir, seit sie weiß, dass du etwas bist und das noch dazu in Genf. Bis nachher also auf dem Bahnhof. Alles Liebe, deine Ruth.

Fünf Jahre war ich aus Berlin nicht herausgekommen, und nun flog ich zum ersten Mal in meinem Leben mit einem Flugzeug. Der Flug nach Hannover dauerte statt einer Stunde fast zwei, weil wir Gegenwind hatten. Am Flugplatz holten mich die Schwester meiner Mutti und ihr Mann ab. Sie hatten schon mit dem Schlimmsten gerechnet. Dann fuhr ich eine Nacht und einen Tag mit dem Zug nach Genf. Ich saß mit zwei Schweizer Pferdehändlern im Abteil und musste tausend Fragen beantworten, obwohl ich sie nicht verstand, Schwyzerdeutsch war nämlich kaum zu verstehen. Ab Basel war ich lange mit mir allein im Abteil. Das war sehr schön, ich konnte in Ruhe die Gegend genießen. Dann stiegen zwei völlig zerlumpte Italiener zu. Da ging es wieder mit den Sprachschwierigkeiten los. Das Einzige, was ich verstand, war Bella Signora. In Bern musste ich umsteigen. Ich kriegte auch glücklich meinen Fensterplatz. Es war herrlicher Sonnenschein, und ich konnte über dem Genfer See viele ganz hohe Berge sehen. Es war so überwältigend, dass ich beinahe losgeheult hätte. Hinterher stellte ich fest, dass ich das Matterhorn und den Mont Blanc gesehen hatte. Als der Zug in Genf einfuhr, war es trübe und fing an zu regnen. Markus stand am Bahnhof und hatte Angst, dass ich nicht ankomme. Wir fuhren mit der Tram in die Route de Chêne. Er hatte alles ganz lieb vorbereitet, ich war ganz gerührt. Er hatte so viel Schokolade gekauft, dass ich davon noch welche mit nach Berlin mitnehmen würde. Am Abend brachte er mich zu Wollschlägers, wo ich wohnen sollte. Otto war Pfarrer und ein Kollege beim Lutherischen Weltbund, ein lauter, fahriger und lachender Mann. Vroni war eine Herbe, die am Abend Zigarren rauchte. Sie hatten Wein für die Begrüßung kalt gestellt. Wir plauderten bis tief in die Nacht. Und ich war doch so müde.

Am anderen Tag war die Weihnachtsfeier vom LWB, zu der ich eine hochoffizielle Einladung von Dr. Lund-Quist vorfand. Beim Dinner saß ich zwischen den Bürklis. Sie erkundigten sich nach Altvater. Ich konnte aber nicht erklären, warum aus der Indienreise nichts geworden war. Sein Antrag war, wie Altvater kurz darauf schrieb, vom Staatssekretär abgelehnt worden, weil man in der Mission die Ausbreitung der Kirche als Werkzeug der Aggression und der Unterdrückung der farbigen Völker ansah. Bürklis waren nett, aber sie tranken Selters, wenn alle anderen Wein tranken, das gefiel mir nicht. Wenn Zigaretten herumgereicht wurden, bestellten sie sich noch eine Ice Cream. Auf diesen Abend folgten noch eine Menge Einladungen. Markus erzählte mir, er solle den Büroleiterposten bekommen und den Laden in Schwung bringen. Und für den Fall, dass wir heirateten, habe Lund-Quist ihm sogar eine Gehaltserhöhung angeboten. So schnell hatte ich das nicht erwartet. Markus wollte nun bald heiraten, im Februar oder März. Ich war für Mai.

Ottos Predigt am Heiligen Abend imponierte uns. Sie war so unkonventionell und ohne jede unechte Weihnachtssentimentalität. Wir beschlossen, uns von Otto trauen zu lassen. Weihnachten feierten wir allein. Wir hatten sogar einen Weihnachtsbaum. Es war schön still und beschaulich. Markus freute sich über das Feuerzeug, die braunen Lederpantoffeln und den gestreiften Schal. Mir schenkte er einen Flakon Chanel No. 5. Meine Handschuhe hatte ich umsonst dabei. Wir gingen unter strahlend blauem Himmel am Genfer See spazieren und erinnerten uns dauernd gegenseitig daran, dass Weihnachten und nicht Pfingsten war. Wir kamen uns in der reformierten Schweiz aber ziemlich verloren vor. Da war nur am ersten Feiertag Weihnachten. Dafür hatten sie zwei Tage lang Neujahr. Zwischen den Feiertagen waren wir mit einigen Leuten vom World Council und dem Lutherischen Weltbund Fondue essen. Es schmeckte ganz verrückt. Wir unterhielten uns in einem Gemisch aus Englisch, Deutsch und Französisch. Auf der Straße war es viel lauter als bei uns, die Leute schrien so, dass ich dachte, sie streiten sich, aber Markus sagte, sie unterhalten sich nur.

Am Tag danach bestiegen wir in Frankreich den Mont Salève. Rauf ging es ziemlich schnell mit dem Téléphérique, für den Abstieg brauchten wir viele Stunden. Es war sehr schön. Wir konnten über den See bis Lausanne und hinüber bis zu den Alpen mit dem Mont Blanc schauen. Bei der Rückkehr über die Grenze verdächtigte man uns der Schmuggelei. Markus hatte seine Handschuhe in der Manteltasche und die Zöllner glaubten, er hätte eine Flasche Schnaps versteckt. Am nächsten Tag konnten wir uns vor Muskelkater kaum bewegen. Zu meinem 26. Geburtstag hatten wir eine Menge Gäste. Wir wollten die Kerzen am Weihnachtsbaum herunterbrennen lassen, aber leider warf ihn Otto Wollschläger um, als er mit der Katze von Markus' Vermieter spielte.

Zwei Tage später hörte mein Urlaub mit dem Abrollen des Zugs auf. Ich hätte am liebsten nur noch geheult, aber meinen Kummer musste ich verdrängen. Bis Basel las ich fleißig, begriff aber leider nicht viel. In Lausanne stiegen lauter arrogante Oxfordleute mit Lehrer ins Abteil. Sie machten einen Höllenspektakel, dafür mussten sie mir meinen Koffer aus dem Gepäckfach holen. In Basel musste ich umsteigen, es war schrecklich langer Zug, ich stieg in den falschen Kurswagen, weil mir der Zug zu lang war und der Aufenthalt zu kurz. Ich wollte im Gang entlanglaufen zum richtigen Kurswagen, aber der Gepäckwagen war dazwischen. Ich landete ausgerechnet im Wagen aus Rom, stand dann bis zum Grenzbahnhof Basel hilflos zwischen Italienern, die sich mir auf Englisch verständlich machen wollten.

Dass ich verlobt und aus Berlin sei, aus Genf käme, mein Verlobter schön sei, haben sie aus mir herausgekriegt. In Basel SBB stieg ich aus, obgleich ich nicht durfte, aber die Zollbeamten drückten ein Auge zu und trugen mir sogar den Koffer. Auf diese Weise kam ich um den Zoll herum. Schade, dass ich wirklich nichts zu verzollen hatte. Mein Schlafwagenschaffner kam mir schon entgegen. Ich war das Einzige seiner Schäflein, das ihm noch fehlte. Ich zog mich gleich aus und stieg ins Bett. Zwischendurch wachte ich auf und hatte Angst, dass der Zug entgleiste, weil es so schwankte. Morgens im Speisewagen trank ich einen Kaffee, weil ich ganz schlimme Kopfschmerzen hatte von dem Schwanken. Der Flug war eine Katastrophe. Die Tage vorher hatte Windstille geherrscht, aber nun gab es Sturm. Es ging ständig rauf und runter, die Städte sah ich abwechselnd unter und über mir. Ein Kind im Flugzeug hatte sein helles Vergnügen daran, es jubelte und lachte laut, deswegen wurde keinem schlecht. Sie waren alle über das Kind amüsiert. Trotzdem landeten wir pünktlich in Berlin. Es war alles vertraut, nichts neu. In meinem Zimmer war es ungemütlich, Frau Dröger hatte sauber gemacht, alles stand am falschen Fleck, alle Bilder hingen schief, die Bücher standen wellenförmig. Berlin gefiel mir gar nicht mehr.

Du mein Engel, ich war so glücklich in Genève, mérci beaucoup. Ich bin froh, dass wir nicht noch mehr unternommen haben, sonst wären wir kaum zu uns selber gekommen. Mir war das einzige Wichtige, dass ich bei dir bin. Ich hätte mich viel mehr um dich kümmern sollen, aber ich war doch immer so müde, verzeih! Wann sehen wir uns wieder? Hannover war scheußlich, meine Tante langweilig und stur. Ich sehne mich zurück nach Genf, ich will wieder ins St Germain, ich habe Heimweh. Ich liebe Genf und am meisten dich.

Es stellte sich heraus, dass ich, wenn ich mein Vordiplom in Psychologie machen wollte, noch zwei Jahre in Berlin bleiben musste. Außerdem fand ich schlimme Zustände bei meinem Brötchengeber vor. Er hatte seinen Etat bis April schon aufgebraucht. Ohne Arbeit hätte ich schon leben können, aber nicht ohne Verdienst. So würde ich nicht zu meinem Examen kommen. Das war bitter. Ich konnte es jetzt nur noch auf unbestimmte Zeit verschieben. Leider gab es so selten nur eine wirklich reine Freude. Immer lag sofort wieder eine Enttäuschung bereit. Auch für Markus gab es einen Rückschlag, sein Chef wollte nämlich nicht klar sagen, ob man ihn nun fest anstellen oder doch lieber den Konkurrenten haben wollte.

Als ich einer Kollegin im Funk, die schon drei Jahre verheiratet war, erzählte, dass Markus und ich bisher brav gewesen waren, verriet sie mir, dass sie sich eine Spirale hatte einsetzen lassen. Und ich hatte mich schon gewundert, warum sie noch keine Kinder hatte. Sie riet mir, mich vor der Hochzeit von einem Arzt untersuchen zu lassen. Ich befürchtete, dass Markus das nicht recht sein könnte, weil ich dann nicht mehr unberührt wäre, und schrieb es ihm. Er antwortete:

Liebster Hase, ich bin ja manchmal hilflos vor deiner Naivität. Was hattest du denn gedacht, weshalb Sehnerts keine Kinder kriegen? Ich von mir aus hätte doch nicht die Sache so wenig beredet, wenn du nicht immer wieder kategorisch erklärt hättest, dass du erst als Ehefrau meine Frau werden willst. Da haben wir nun tausende von Mitteln, und da bist du durch die Untersuchung doch nicht mehr unberührt, worauf ich sowieso nie Wert gelegt hatte, weil das ein Sparren der Natur ist, den die Tiere zum Beispiel nicht haben, und der die erste Zeit eben doch nicht zur Freude verhilft, weil es dir Schmerzen macht, voilà. Ich bin dir doch nicht im Mindesten böse, dass du zum Arzt gehst und dich untersuchen lässt. Ich schrieb ja im letzten Brief, der sich mit deinem hier kreuzt, du solltest dir ein Schutzmittel geben lassen. Selbst wenn wir gleich hätten Kinder kriegen wollen, dann hättest du im Lauf des Lebens doch ein Mittel gebraucht, also das ist gar keine Alternative, sondern bloß eine Frage, wann. Oder willst du alle Jahre ein Kind haben? Ich bin doch ständig und egal bereit, diese Sachen zu besprechen. Aber wann hätte ich es bisher machen sollen, wenn du auf dem anderen Standpunkte warst? Dass du dich aufklärst, ist doch ideal. Dass du Hildegard über unsere Bravheit berichtetest, ist ein Faktum, das mich wieder ärgert. Sowas wollen Männer nicht erzählt haben, dass sie brav sind. Aber du lernst es wohl auch noch. Ich bin nicht böse, sondern nur wieder der Hampelmann. Wir werden alles besprechen, wenn ich wieder da bin. Mein Gott, ich rede seit Jahren von Schutzmitteln, das ist doch selbstverständlich. Wir sind doch nicht katholisch! Was Hildegard und Helmut gemacht haben, ist natürlich auch sehr vernünftig. Bitteschön. Wann sollen wir zusammen mal zum Arzt gehen? Ob es in Berlin klappt? Geh du jedenfalls für dich, was deine Sachen anbetrifft. Lass dir dann auch gleich alles erklären, wie man unfruchtbare Zeiten genau ausrechnen kann und wann die Kinder kommen und das Zeug, davon habe ich keine Ahnung. Aber darüber alles nächste Woche mündlich. Ich komme am 14. früh.

Der Arzt beruhigte mich, ich bliebe bei der Untersuchung unberührt, es werde nichts beschädigt. Er erklärte mir, eigentlich seien die Männer für die Verhütung verantwortlich, sie könnten den Coitus interruptus praktizieren oder Frommser verwenden, die natürlich teuer seien, aber ich könne auch selbst etwas tun. Obwohl Markus lieber nicht als brav gegolten hätte, hatten wir beide keine Erfahrungen. Ich glaubte der intriganten Mischi kein Wort, als sie zu mir kam und mich trösten wollte: Ich solle mannhaft seine wahrscheinlichen Seitensprünge ertragen, denn Markus habe zu ihr gesagt, man solle nicht heiraten, ehe man nicht auch woanders konkrete Erfahrungen gemacht habe. Als ich es Markus erzählte, sagte er, es sei genau umgekehrt gewesen, Mischi habe zu ihm gesagt, er solle vorher noch mit anderen gehen.

Oma hat mir nie von ihrer Verlobungszeit erzählt. Nur einmal deutete sie an, sie sei bei der Geburt ihres Sohnes – da war sie ja schon über 30 – beinahe gestorben, eine zweite Schwangerschaft habe Opa nicht riskieren wollen. Aufgeklärt hat sie mich nicht. Als meine Zeit kam, nähte sie, die selbst nicht mehr unpässlich war, aus Stoffresten Binden zusammen, die ich mit Bändern vorn und hinten an ein Gummiband knüpfte, das ich um die Hüfte zog. Bequem war das nicht. Die gebrauchten Binden kamen im Keller in einen Bottich mit Wasser, wo sie einweichten, bis sie gewaschen wurden. Man kippte Essig dazu, damit es nicht so stank. Die Stofflappen wurden beim Waschen nie ganz sauber und hingen dann fleckig an der Wäscheleine. Das war mir immer peinlich. Wir waren in den 50er Jahren aber auch nicht so uninformiert und verklemmt, wie man immer behauptet. Wir hatten alle die Kinsey-Reports gelesen.

Hanna behauptet, Markus habe sich immer über die Eltern lustig gemacht, die rot würden, wenn sie ihre Kinder aufklären sollten: Aber aufgeklärt habt ihr uns auch nicht. Es herrschte eine angespannte Atmosphäre, wenn es um sexuelle Fragen ging. Und nachdem du und ich das Theaterstück *Was heißt'n hier Liebe* angeschaut hatten, war es dir irre wichtig, mir zu sagen, dass nicht alle Mädchen onanieren.

Ilse war inzwischen verheiratet und schrieb an Markus:

Ich muss dir zuerst sagen, dass wir beide sehr, sehr glücklich sind. Ich glaube, ich kann das von Ulrich getrost behaupten, ohne ihn erst um Erlaubnis gefragt zu haben, er hat es mir oft bestätigt und macht auch sonst einen vergnügten Eindruck. Weißt du, er ist genau das, was ich immer suchte, aber nie zu finden glaubte. Wir verstehen uns ganz prächtig, haben uns schrecklich lieb, haben sehr großes Vertrauen zueinander und können alles miteinander besprechen, so dass Spannungen und Reibereien gar nicht erst aufkommen können. Wir sind der Meinung, wenn es so wei-

ter geht mit unserer Harmonie, dann werden wir ein schreckenerregend ideales Ehepaar.

Markus kam für wenige Tage nach Berlin, wegen einer Tagung, auf der er seinen Konkurrenten traf. Weil er auch seine ehemalige Zimmerwirtin besuchte, bekam er einen Brief von der BBC in die Hand, in dem stand, dass man ihn nehmen wolle. Wir berieten, ob er annehmen sollte. Markus ging aufs Postamt und meldete ein Ferngespräch nach Genf an, das ihm das Fräulein vermitteln musste. Er fragte seinen Chef, ob man ihn nun dauerhaft nehmen wolle oder seinen Konkurrenten vorzöge, und erhielt zur Antwort: Betrachten Sie sich als angestellt. Danach wollte er sofort den Hochzeitstermin ausmachen: Pfingstsonnabend. Wir stritten uns ein bisschen. Was ist mit mir? Ich muss doch erst einmal Geld verdienen, sagte ich.

Markus wurde beim Lutherischen Weltbund angestellt und begann, seine Doktorarbeit zu schreiben. Bis Jahresende musste er sie fertig haben, weil dann eine neue Promotionsordnung in Kraft trat und er mit seinen Fächern nicht mehr antreten konnte. Er schrieb:

Mein liebes Engelchen, da schreibe ich doch wieder heute an dich, es wird aber ein kurzer Gruß. Meine Dissertationsarbeit sah heute so aus: 20 Uhr mit Abendbrot und Abwaschen fertig, 20 bis 21 Uhr drei Hemden und Schlafanzüge bügeln, dann Kaffeepaket nach Hause packen, Begleitbrief schreiben, und jetzt ist es 22:25 Uhr, da will ich doch an dich schreiben dürfen!

Altvater beschwerte sich bei ihm darüber, dass ich noch kein Examen hatte. Ob wir denn unbedingt jetzt schon heiraten müssten, bevor er seinen Doktor und ich mein Examen hätte? Ich erklärte es Trundel:

Markus sollte sich nicht so viel mit dem ganzen Haushaltskram belasten. Die Wäsche ist es ja nicht allein, die ihm so viel Zeit raubt, es ist das Einkaufen, das Zimmer sauber Halten, das Ge-

schirr Spülen. Selbst wenn Paps vorschlägt, dass Markus jetzt erst einmal nicht sparen soll, auch sein Gehalt reicht in der Schweiz nicht aus, sich alles machen zu lassen. Wir haben sogar beschlossen, dass er mir nur noch einmal in der Woche schreibt, damit er mehr Zeit für die Diss hat. Es ist natürlich vollkommen richtig, was Paps schreibt, erst das eine beenden, dann das andere beginnen. Aber konsequenterweise hätte Markus dann nicht vor dem Examen eine Anstellung annehmen dürfen. Und wenn wir davon geredet haben, bald zu heiraten, dann ist das nicht leichtfertig, sondern, ich möchte sagen, wohl überlegt und eben gerade im Hinblick auf das Examen. Ich könnte ihm dann den ganzen Haushaltskram abnehmen.

Ich fing an, Stenografie und Schreibmaschine zu lernen, denn ich konnte mich nicht darauf verlassen, dass ich im Rundfunk Aufträge bekam.

Mein lieber Hase, ich lebe nur noch fürs wieder Zusammensein. Das darf nicht mehr so lange dauern. Keine Sorge, ich will nicht mehr noch zwei Jahre warten. Ich bin bin eben manchmal eine ganz blöde Gans. Aber du musst verstehen, meine ganze Situation hier bedrückt mich. Ich möchte so gern Geld verdienen, damit ich auch etwas einbringen kann und wir bald heiraten können. Es ist alles arrangiert, eine Anwaltskanzlei würde mich nehmen.

Meine Mutti kam zu Besuch nach Berlin und gab mir in ihrer Bösartigkeit in mein Leben mit, wie wenig sie mich gewollt und wie viel sie unternommen hatte, damit ich nicht lebendig auf die Welt käme. Für eine Abtreibung auf dem Land hatte man nicht das Geld gehabt, darum hatte sie es mit Mutterzäpfchen und Mutterkorn versucht. Selbst mit einer Stricknadel in sich herumzustechen, hatte sie nicht den Mumm gehabt. Sie erzählte mir von zwei weiteren Abtreibungen, die geglückt waren. Deshalb habe ich niemals Brüder oder Schwestern von ihr bekommen. Ich konnte überhaupt nichts erwidern. Nun wusste ich es: Ich bin ein missglückter Abtreibungsversuch. Ich dachte, ich könnte nicht weiterleben. Ich kannte meine Mutti, deswegen wusste ich, sie würde niemals begreifen, was sie angerichtet hatte. Jahrelang hatte ich versucht, ihre Sticheleien und Vorwürfe auszuhalten, aber es war mir nicht gelungen, und nun, das wurde mir klar, durfte ich es aufgeben. Ich musste sie nicht lieben. Und eines war gewiss, ich würde von Gott Verzeihung erbitten dürfen dafür, dass ich meine Mutter nicht liebte.

Komisch, als ich vorhin gestorben bin, habe ich gar nicht mehr daran gedacht.

Eva behauptet, ich hätte auch sie nicht haben wollen, denn ich hätte einmal erzählt, dass sie ungeplant war. Aber doch nicht ungewollt! Wir haben uns doch sehr gefreut, dass sie kam. Hanna und Eva glauben beide, dass ich im Grunde nie Kinder wollte. Sie denken, dass sie mich von meinem Studium abgehalten hätten. Eva sagt: Nie hast du mich geknuddelt und umarmt. Es gab keine Zärtlichkeit und Herzlichkeit in dieser Familie. Hanna glaubt, ich hätte sie körperlich abgelehnt und auf Distanz gehalten. Auch sie habe irgendwann erkannt, dass sie mich nicht lieben müsse.

Ich las Stifters *Nachsommer*. Für mich war dieser langweilige Stifter unwahrscheinlich fesselnd. Etwa so wie Eichendorff, obgleich sein Stil längst nicht so elegant ist, aber seine Welt ist eben so schön. Wenn es mir im Zimmer zu kalt wurde, machte ich lange Spaziergänge. Sie halfen mir aus meinem Kummer heraus und taten mir gut. Es schneite wie verrückt. Über Stunden musste Schnee gefegt werden, und wir befürchteten, dass wir am anderen Morgen den Schornstein als Hauseingang benutzen müssten. Die Welt sah wunderschön aus. An der Krummen Lanke fiel der Schnee so heftig, dass man nicht ans andere Seeufer schauen konnte.

Markus schrieb, dass er an den einsamen Abenden wie blöd an seiner Dissertation arbeitete. Otto Wollschläger war auch alleine, denn Vroni war verreist. Markus überlegte, ob er zu ihm ziehen sollte, damit er auch einmal am Abend etwas zu Essen bekam, denn Otto konnte gut kochen. Wann immer er auf Reisen war, telefonierte er nach Hause und nannte Vroni die Zutaten, die sie einkaufen musste, damit er zu Hause sofort nachkochen konnte, was er gegessen hatte. Markus befürchtete aber, dass er bei Otto nicht genug Zeit zum Schreiben hätte, doch ich riet ihm, zu ihm zu ziehen:

> *Bitte tu mir den Gefallen und richte dein Leben nicht nur nach dem Nützlichkeitsstandpunkt aus. Freunde halten ist viel wichtiger. Wir wollen uns nicht mitreißen lassen vom Zeitgeist und alles nur vom äußeren Erfolg her beurteilen. Bitte, nur das nicht! Der Standpunkt deiner Eltern hat mich beinahe bockig gemacht. Nur Erfolg haben, ist eigentlich so unwichtig und macht uns bestimmt nicht glücklich. Die anderen Menschen ja auch nicht, aber die wissen eigentlich auch nicht, was ihnen fehlt. Wir würden es aber wissen. Und soll man gegen diese Einsicht handeln? Bitte mach dir das Leben angenehm, und wenn es dir Spaß macht, an deiner Diss zu arbeiten, dann tue es. Aber zwing dich nicht zu etwas, das dir widerstrebt. Das Leben ist viel zu kurz, als dass man sich auch nur eine bestimmte Zeit absichtlich quälen sollte für ein zweifelhaftes Ziel.*

Auf meinen Wanderungen wurde ich mir darüber klar, dass ich das Examen endgültig aufgeben wollte. Ich brauchte einen Beruf, auch im Blick auf meine Zukunft. Mit einem abgeschlossenen Studium hatte man eben heute keinen sicheren Beruf, und den brauchte man doch zum eigenen inneren und äußeren Wohlbefinden. Und noch eines wurde mir klar: Meine Beurlaubungen und Aufschübe waren wohl letzten Endes nichts weiter als der Ausdruck meines immensen Widerwillens gegen die Beschäftigung mit Dingen, die mich nicht interessierten. Mir wurde klar, dass das der einzige Grund war, weshalb ich nie ernsthaft ins Examen gegangen war, ich hatte es mir nur nicht eingestanden. Warum sollte ich wissenschaftliche Methoden lernen, die ich im Leben nie anwenden würde?

Mein Hase, ich bin froh, dass ich nun diesen Entschluss gefasst habe, und bin so erleichtert. Kannst du dir das vorstellen? Das war doch alles Krampf. Aber mach das mal jemandem klar, der mich nicht so gut kennt wie du mich. Die Zeit meines Studiums ist wichtig für mich gewesen, aber weil ich die Wissenschaft nicht mehr ernstnehme, war alles Krampf, was ich noch in dieser Richtung getan habe. Ich werde jetzt endlich ein gebildeter Mensch werden können. Jetzt kann ich lesen und mich mit Kunst und Sprachen beschäftigen, ohne ein schlechtes Gewissen zu haben. Du glaubst gar nicht, wie froh ich bin. Das alles entspricht doch meinem Wesen viel mehr.

Vielleicht konnte ich sogar unter günstigeren Umständen später einmal mein Examen machen. Aber wir konnten nicht beides zusammen haben, Markus seinen Doktor und ich mein Vordiplom, was ja immer noch kein Examen war. Das Normalste war, dass ich Markus als gute Hausfrau den Alltag abnahm und er sich abends hinsetzen und an seiner Diss schreiben konnte, ohne selbst die Hosenknöpfe annähen und die Wäsche weggeben zu müssen. Die Studienzeit sah ich ohnehin als großen Gewinn an, sie hatte mir innerlich weiter geholfen als irgendetwas sonst. Um überhaupt Aussicht zu haben, im Fall der Fälle mein eigenes Geld verdienen zu können, übte ich weiter fleißig Steno und Schreibmaschine. Markus schickte mir zwar 400 Mark, aber ich wollte auch etwas verdienen. Seinen Eltern erklärte er, dass es kein Fehler war, wenn ich mein Examen nicht machte, sondern stattdessen Steno und Tippen lernte:

Ich möchte für Ruth, die unter der unglücklichen Ehe ihrer Eltern so gelitten hat, alles so einfach und schön wie möglich machen und ihr auch den letzten Rest von Unglücksrabe nehmen, indem der reiche Prinz mit 800 Fränkli sie heiratet und sie ihm alles verdankt. Versteht ihr das? Sie würde mir so etwas nie vorwerfen oder auch nur denken, aber sie wäre glücklich bei dem Gedanken, durch ihrer eigenen Hände Arbeit etwas beizusteuern, nachdem sie ihr Leben lang auf Unterstützung angewiesen war. Das ist so ein Punkt, wo die Kinder einen eigenen Kopf und eine eigene Ansicht haben.

Ich schrieb Markus:

Mein Hase, jetzt ist es entschieden, Detlef hat mich bei einer Anwaltskanzlei untergebracht. Die Berliner Rechtsanwälte suchen verzweifelt Sekretärinnen. Die, die sie bekommen, sind in den meisten Fällen zu dämlich. Ich glaube, ich könnte mich schnell einarbeiten. Jedenfalls will ich mich anstellen lassen, am liebsten halbtags, damit ich wieder versichert bin, denn ich muss mich im April exmatrikulieren lassen. Aber wenn Otto wirklich die Bibliothek im LBW aufbauen will, dann komme ich natürlich lieber nach Genf. Häschen, wenn ich richtig rechne, dann kann ich von den Sendungen nun Silber und ein Tafelservice kaufen. Aber man weiß nie, ob wieder etwas dazwischenkommt. Und eines fällt mir noch ein, wenn du in Stuttgart bist, solltest du dir gleich deinen Anzug und die dazugehörigen Schuhe kaufen. In Stuttgart gibt es gute Textilien, und außerdem ist nicht sicher, ob du noch mal vorher nach Stuttgart kommst. Ich würde es dir dringend raten, denn du weißt, wie teuer alles bei euch ist, und schließlich bist du dann gezwungen, deinen Anzug in Genf zu kaufen, das wäre doch bitter. Ich habe ganz kranke Arme vom vielen Maschine Üben. Ich setze schon seit Freitag aus, damit sie sich mal wieder richtig erholen. Es geht dann sicher auch gleich viel besser, wenn ich mal Pause mache. Keine Sorge, ich gebe nicht auf, denn es macht mir Spaß, und die Notwendigkeit leuchtet mir ein.

Dem Winterschlussverkauf konnte ich dann doch nicht widerstehen. Ich kaufte mir eine Bluse. Sie war von 24 auf 14 Mark heruntergesetzt und bildschön, himmelblau wie mein Pullover und ganz weicher Wollstoff, wie mit ganz feinen Nadeln gestrickt. Man konnte sie über den Rock ziehen oder hineinstecken. Die Ärmel waren dreiviertellang, und sie hatte einen Stehkragen. Die Farbe passte gut zu meinen blauen Augen.

In Stuttgart, wo Markus im Entwicklungswerk des LWB mit Karl Nagengast sprach, traf er auch seine Eltern, die ihm allerlei Papiere für die Hochzeit übergaben. Sie verschwätzten sich so, dass er auf den Zug rennen musste und ihn gerade noch bekam. Von Schneewittchen kam die Kunde, dass sie ein Kind erwartete. Markus hatte ihr ja schon bei der Gratulation zu ihrer Hochzeit eine gute Geburt wünschen wollen. Sie bekam eine Tochter, die in einer deutschen Klinik in Lissabon per Kaiserschnitt geholt werden musste. Ihre Mutter schrieb an Markus aus Trier:

Ihr Zimmer gleicht einem Blumenladen. Auch sonst wird Ilse vielfach verwöhnt und ist glückstrahlend über ihre Tochter. Auch hinterher wird sie es gut haben, da sie außer dem portugiesischen Tagesmädchen für eine Weile auch noch ihre Freundin, eine deutsche Säuglingsschwester, bei sich hat. Welcher jungen Mutter in Deutschland geht es so gut?

Ilses Schwester Marie heiratete einen Pastor und wurde Gemeindeschwester. Wir besuchten sie später mit unseren Kindern. Mit Marie habe ich noch bis zuletzt Kontakt gehabt. Ihr Mann ist schon lange tot, aber sie überlebt mich.

Im März schrieb Markus mir:

Scheneff, Sonnabend. Liebster, bester Hase! Und gestatte ich mir, dir beigefaltete Formulare zu überreichen, ohne welche du mich nicht ehelichen kannst. Ich mach's mit der Maschine, das ist schwer dienstlich. War also heute auf dem Konsulat (sehr enttäuschende Leute da, gar nicht vornehm), wo man mir einen Zettel aushändigte, auf dem steht, was man an Papieren zur Eheschließung von Deutschen in der Schweiz braucht. Dies sind: 1. Ein Nachweis des Wohnsitzes oder des letzten gewöhnlichen Aufenthalts in Deutschland, 2. Ledigkeitsbescheinigung des Melde-

amtes, 3. Geburtsurkunde, 4. Heiratsurkunde der Eltern, 5. Bescheinigung des Schweizerischen Zivilstandsbeamten, dass ihm ein Staatsangehörigkeitsausweis (Heimatschein, Einbürgerungsurkunde oder Pass) vorgelegen hat. Punkt 1 und 2 musst du selbst auf dem Meldeamt erledigen. Ich ahne nicht, wie das vor sich geht, bitte erkundige dich, Konsulat weiß auch nichts. Punkt 3 und 4 habe ich hier, kann ich erledigen (kostet mich nur die Kleinigkeit einiger Fotokopien und einer amtlich gestempelten und mit guten Fränkli bezahlten Übersetzung meiner Geburtsurkunde). Punkt 5 soll Beweis sein, dass man nicht seit Geburt die Nationalität gewechselt hat. Ich habe vergessen, ob die da einen Heimatschein oder einen Staatsangehörigkeitsausweis wollen. Ist das nicht entsetzlich? Ich habe keine Ahnung, wer mein Großvater ist, weiß weder Namen noch Beruf noch Geburtstag, hab den Herrn ja nie kennengelernt. Wie ist das bei dir? Bittschön, brauchst du dazu deine Geburtsurkunde? Ich schicke sie erst mal mit, geh zur Polente und frage, inzwischen forsche ich hier weiter, ich gehe Montag wieder hin. Ich schicke außerdem mit den Antrag auf Ausstellung eines Ehefähigkeitszeugnisses, wozu du deine Teile ausfüllen musst. Ebenfalls bittschön: Wie ist das mit der Unterschrift? Kannst du in Berlin in Gegenwart eines Beamten deine werte Unterschrift unter das Ding setzen? Je eher wir das Zeug alles wieder hier haben, desto schneller wickelt sich der Zimt ab. Am Ende müssen wir sonst noch die Hochzeit verschieben, weil ich nicht weiß, wie mein Opa heißt, und weil ein Papier noch nicht gestempelt ist. Ich war heute etwas verblüfft, weil ich nämlich mitnichten die Sachen auf dem Konsulat, sondern beim Genfer Standesamt machen muss. Ich habe mir die Frage nicht getraut, ob wir nun auch unser Ja auf Schwytzerdütsch lispeln müssen, d. h., ob wir im Genfer Standesamt getraut werden oder wie. Mir wimmelten heute tausende Bräute und neue Ehemänner dort um die Beine. Ich kam mir witzig vor dabei. Bei der Gelegenheit: Rufe doch mal im Schweizer Konsulat in Berlin an: Die liebe Braut braucht ein Eheversprechungszeugnis oder so ein Ding (verstehe einer einen Schwytzer, der deutsch redet!) Sicherlich notwendig wegen Einreise in die Schweiz, zu welchem Zweck, weshalb etc., wegen Schweizer Aufenthaltsgenehmigung. In Bälde mehr Klarheit in diesen Dingen. Man muss ja erst Übung bekommen in solchen Sachen. Ich schreibe heute Abend einen anständigen Brief mit der Hand, nicht so dienstlich. Ich bin tieftraurig, dass ich kein Heinzelmännchen mehr bin, denn heute Abend mache ich Baby-Sitting und bewache einen kleinen Staatenlosen. Was ich da machen soll, weiß ich nicht, ich kann ihn weder füttern noch trockenlegen, und wenn er brüllt, kann ich's auch nicht ändern. Elstons wollen in ein Konzert gehen, und da werde ich eben sitten und an dich schreiben. Sehnsuchtsvoll, Markus.

Darunter eine kleine, komische Zeichnung.

Markus bezog die Wohnung in der Rue Maunoir 19, nur ein paar Minuten vom See entfernt. Er schleppte alles in Koffern dorthin. Ich hatte viele Rennereien in Berlin, bis ich alle Papiere und Stempel beisammen hatte. Zum 1. April fing ich in der Anwaltskanzlei halbtags als Sekretärin an, aber das erste Gehalt sollte ich erst Ende April bekommen. Deswegen konnte ich mir kein Brautkleid leisten. *Wir müssen die Hochzeit verschieben*, schrieb ich Markus. Er antwortete beflissen:

Deine Geldrechnung ist tatsächlich des Nachdenkens wert, aber das eine sage ich dir, wir heiraten deswegen keine Sekunde später. Entweder wir nehmen das Geld von Altvater erstmal oder ich besorge mir hier irgendwo Geld. Wollschläger ist sofort bereit, wenn er nicht gerade ein Kind erwartete, aber helfen würde er sofort, wie er sagt. Mach dir keine Sorgen, ich mach das schon. Ich bin jetzt zu müde, um was dazu zu schreiben, es ist Mitternacht. Morgen mehr und in Ruhe. Mir tut es ja so leid, dass du so mit deinem Brautkleid knausern musst. Ich kaufe mir was für 200 Mark und du für so wenig. Häschen, sowas tut mir von Herzen leid, aber sei nicht traurig deswegen. Kauf lieber was anderes nicht, aber du musst ein schönes Brautkleid haben, bitte, bitte! Unweigerlich

Schluss, todmüde. Dir alles Gute, nicht kribbelig sein, es geht alles! Ich bin auch kribbelig, aber es geht vorbei. Solche Sehnsucht nach dir, das muss anders werden, ach, was freu ich mich, wie treibt mich das Verlangen. Kopf hoch, keine Verzweiflung, wir machen das schon!

Darunter handschriftlich der Gruß und eine Zeichnung, wie er an der Schreibmaschine sitzt und in sie hinein hackt.

So richtig begreifen konnte ich es noch nicht: Ich ziehe nach Genf, ich heirate Markus, das weiß ich ganz genau, ich bereite ja alles vor. Aber gefühlsmäßig war mir das noch nicht ganz klar, sonst wäre ich vielleicht auch zu aufgeregt gewesen. Es war vielleicht ganz gut so, dass bisher nur mein Verstand es wusste. Das Brautkleid nähte ich mir selbst. Der Stoff sah sehr edel aus, wie er zu beiden Seiten der Schere auf den Tisch fiel. Am Montag setzte ich mich an die Nähmaschine. Einen Schleier fand ich in einem Spezialgeschäft für Brautschleier. Aber das, was ich eigentlich wollte, hatten sie nicht. Einen Kranz wollte ich mir in Genf von einem Gärtner machen lassen, falls ich dort einen fand, der Deutsch konnte. Wie sollte ich einem Blumenbinder auf Französisch klarmachen, was ich haben wollte? Ich fühlte mich, als bekäme ich Fieber.

Hanna hat meinen Umzug nach Genf immer für Torschlusspanik gehalten, schließlich war ich schon 26. Und Eva behauptet, ich hätte, als sie ihr Studium schmiss, gesagt, ich hätte wegen der Kinder mein Studium aufgegeben und das ewig bereut. Aber was hätte ich bereuen sollen? Ich habe zwei gesunde und kluge Kinder, wir sind viel gereist, wir vererben unseren Töchtern sogar eine Wohnung. Ich habe mich keine Minute gelangweilt in meinem Leben. Und am liebsten habe ich doch eigentlich immer gelesen. Charles Dickens schickte mir Trundel Band für Band zu Weihnachten aus Halle. Keiner hat so anrührend wie er die Ängste, Hoffnungen und Gefühle von Kindern beschrieben. Und am Ende geht alles gut aus.

Kapitel 7

Am Pfingstsonnabend, dem 19. Mai 1956, wurden Markus und ich zuerst auf dem Standesamt und dann kirchlich in der Chapelle St Leger in Genf von Otto Wollschläger getraut. Leider war es kein sonniger Maientag. Für die standesamtliche Trauung gingen wir um zehn Uhr mit Otto und Vroni, bei denen ich bis dahin gewohnt hatte, ins Office und holten unsere Trauzeugen, Paul und Jean, ab. Zufällig regnete es nicht, als wir zum Standesamt gingen. Dort saßen wir in einem Wartezimmer, bis man uns hineinrief. Die Zeremonie ging nicht auf Schwyzerdütsch vor sich, wie Markus befürchtet hatte, sondern, noch schlimmer, auf Französisch. Der einzige deutsche Satz, den man uns sagte, lautete: Stehen Sie auf! Wir hatten auf die französische Aufforderung nicht reagiert. Dann ging es auf Französisch weiter, und als der Standesbeamte jeweils unsere Namen nannte und eine Pause machte, sagten wir nacheinander Oui und unterschrieben, was man uns vorlegte. Markus war erleichtert, dass er als Ehemann nicht das Einspruchsrecht in allen Fragen verlor und als kleiner, verscheuchter Mann nur noch den Abwasch machen musste, denn wir bekamen es schriftlich, dass er der Chef der Familie war.

Danach luden uns unsere Trauzeugen in ein altes Genfer Lokal zum Essen ein. Es gab Vorspeisen, Fleisch, Eis und Wein. Mit dem Taxi fuhren wir nach Hause, und ich zog mein Brautkleid an. Ein Kollege von Markus holte uns mit einem riesigen schwarzen amerikanischen Auto ab und fuhr uns zur Kirche. Es goss in Strömen. Wir begaben uns in die Sakristei, von wo aus wir mit Otto und den Trauzeugen in die Kapelle einmarschierten. Das ganze Office war da, die Kapelle war voll. Ich war eine schöne Braut, wie man mir hinterher sagte. Mein Brautkleid wurde sehr bewundert. Leider war der Fotograf ein Idiot, kein einziges schönes Foto hat er gemacht. Am Spätnachmittag feierten wir eine Party bei uns in der Wohnung mit Häppchen auf großen Platten. Die Sekretärinnen sangen, es wurden Reden gehalten. Gegen 20 Uhr war alles vorüber, die Leute bestanden darauf, nach Hause zu gehen, nur Wollschlägers blieben noch ein bisschen. Sie wohnten im zweiten Stock, wir im vierten.

Dann wurde ich Frau. Markus war so aufgeregt wie ich. Einfach war es nicht, es lief nicht wie von selbst. Ich hatte es mir zärtlicher vorgestellt. Die reine Beglückung war es wirklich nicht. Vielleicht wäre es doch besser gewesen, wenn der Mann vorher Erfahrungen gesammelt hätte, überlegte ich. Aber darüber mochte Markus nicht reden. Er verkündete, sein Ideal von Freundschaft und Ehe sei, einander ohne Worte zu verstehen, so wie Old Shatterhand und Winnetou. Das war nur leider nicht mein Ideal. Ich wollte doch nicht stumm leben. Von intellektuellem Austausch hielt er auch nichts. Man heirate doch nicht, weil man die gleiche Einstellung zu Kants kategorischem Imperativ, sondern weil man die gleiche Wellenlänge habe. Intellektuelle Übereinstimmung, fand er, sei kein Band, das die Menschen zusammenhalte. Aber wenigstens mussten es die gleichen Interessen sein, fand ich. Wenigstens wollten wir beide reisen und viel sehen.

Und auf eines war ich überhaupt nicht vorbereitet gewesen: Markus schnarchte. Wie soll man da schlafen? Ich saß neben unserem Ehebett auf dem Stuhl und heulte. Vroni riet mir, ich solle die Bettdecke wegziehen oder ihn kneifen, Otto schnarchte auch. Unzählige Male bin ich in meinem Leben, wenn gar nichts half, ins Wohnzimmer auf die Couch umgezogen.

Am Sonntag machte ich meinen ersten Braten im Ofen und musste ständig aufstehen und nachschauen. Ich buk meinen ersten Kuchen. Er wurde sehr bewundert. In mir schienen eine Menge hausfraulicher Fähigkeiten zu schlummern. Markus gedieh, während ich anfing, meine Kochkünste zu entwickeln.

Genf und unsere Wohnung fand ich herrlich, ich hatte mich noch nie in meinem Leben so wohlgefühlt. Wir badeten jeden Tag, denn wenn man einen der vielen Wasserhähne aufdrehte, kam 90 Grad heißes Wasser heraus. Wir lebten unglaublich luxuriös, für Deutschland waren wir bald völlig verdorben. Die Wohnung befand sich in einem Neubau im vierten Stock mit Fahrstuhl, Müllschlucker und Eisschrank direkt neben einer BP-Tankstelle, die abends ein magisches grünes Licht auf die Hauswand warf. Im Mietvertrag war zwar von drei Zimmern die Rede, aber wir konnten nur einen Flur und ein Zimmer entdecken. In der Wohnung gab es nämlich nur eine Tür zum Flur, eine zum Bad und eine zur Küche. Was dazwischen lag, war ein großes Zimmer, das um die Ecke ging. Zum Balkon gab es keine Wand, es war alles aus Glas, von oben bis unten.

Ich bekam eine neue Nähmaschine, eine grüne Elna Supermatic für 300 Franken, die man im Koffer transportieren konnte und die einen Freiarm hatte, den ich mit dem Knie betätigte. Damit nähte ich Vorhänge für zwei Fenster und Decken für die beiden Couchen. Wir hatten ganz moderne Stoffe gekauft, beige mit großen Karrees für die Vorhänge, satt rot mit schwarzen Punkten für die Couchen, und vor die Tür hängten wir einen Vorhang, beige mit roten Streifen und blauen und grünen Dreiecken. Nach dem Teppich suchten wir lange und fanden schließlich einen beigefarbenen Läufer. Leider stieß Otto mit dem Fuß unseren dreieckigen Couchtisch um, so dass sich sämtliche Rotweingläser samt Flasche darüber ergossen. Von dem Geldgeschenk des LWB in Höhe von 100 Franken kauften wir uns einen Hocker und einen bequemen Stuhl, den Markus den Fläzstuhl nannte. Lehne und Beine waren aus einer Holzlatte gebogen, der Sitz war hellgrün bezogen, mit schwarzen Streifen und Kringeln. Meine Sachen aus Berlin kamen schließlich auch an, und wir hatten Besteck und Geschirr.

Schon zwei Wochen nach unserer Hochzeit musste Markus für eine Woche zu einer Tagung nach Hannover.

Mein werter und ach so geliebter Gemahl, schrieb ich, *langsam wird es mir klar, ich heiße Winkler. Heute kriegte ich drei Briefe, an Madame Ruth Winkler, an Misses Ruth Winkler und an Frau Ruth Winkler. Letzterer Brief war von dir, wofür ich Gott und dir danke, denn ich habe gerade beschlossen, vor Trennungsschmerz verrückt zu werden.*

Ich brachte Wollschlägers Canasta bei und wir kloppten die ganze Nacht Karten. Weil ich immer gewann und Glück im Spiel hatte, fantasierten Otto und Vroni nun über Markus' Untreue, und ich geriet in eine böse Stimmung. Ich fragte mich, was ich war, und fand, man hatte mich viel zu sehr in die Rolle des biederen Mädchens hineingedrängt und etwas zu sehr mit den Anlagen zur soliden Hausfrau versehen. Ich konnte mir nicht vorstellen, dass ein richtiger Mann – und für einen solchen hielt ich Markus – glücklich sein konnte mit einer Frau, die er nur für lieb und brav hielt, für eine gute Seele.

Mein liebes, gutes Häschen! Ich finde, Wollschlägers nehmen mich zu sehr unter ihre Fittiche. Es ist ja lieb, aber ich will auch mal meine eigenen Wege gehen. Also bin ich ihnen gestern ausgerissen. Es war dann so heiß, dass ich gar nicht weit kam, aber schließlich – und das war der Höhepunkt – habe ich am See im Englischen Garten ein Eis gegessen. Selbst bestellt und selbst bezahlt. Es war ein Erlebnis für mich. Ich kann schon alleine. Jetzt fühle ich mich endlich wieder selbstständig. Es war nichts weiter, als dass ich mal alleine irgendwo hingehen und alleine bestehen wollte. Jetzt habe ich das endlich mal geschafft, nun bin ich schon zufrieden. Abends, kaum ist Otto zu Hause, kommt er schon mich holen zum Canasta Spielen. Aber ich tue dann immer noch eine Weile so, als wäre ich nicht zu Hause, gehe erst runter, wenn er drei oder vier Mal geklingelt hat. Wenn du nicht da bist, möchte ich auch mal ein bisschen allein sein können. So viel bei anderen zu sein, gefällt meiner Seele nicht. Mein Vergnügen be-

steht darin, mir Tricks auszudenken, wie ich Wollschlägers für ein paar Stunden entgehen kann. Ich finde dann immer meine Wohnungstür mit Zetteln reißgezweckt vor, und sie denken sich aufregende Abenteuer aus, die ich gehabt haben könnte, dabei sitze ich still zu Hause und lese. Ja, und auf das Baby warten wir immer noch vergebens, Vroni ist zehn Tage über der Zeit. Heute kam übrigens unsere zweite Matratze. Hier ist jetzt jeden Tag glühende Hitze. Du würdest das Leben jetzt sicher herrlich finden, mir ist es ein bisschen zu viel.

Ich muss sagen, jetzt fällt mir die Trennung von dir noch viel schwerer als damals, als wir nur verlobt waren. Ich habe große Sehnsucht und heftige Denkelei über dich, uns, mich. Ich ärgere mich so über mich, aber es ist nicht zu ändern, ich habe nun mal eine Menge Erinnerungen an die letzten Jahre, die ich nicht vergessen kann. Immer wieder steigt in mir der Gedanke auf, dass du mich hauptsächlich aus Karrieregründen geheiratet hast. Ich bin nicht dein Typ. Ich kann es auch nicht werden. Du hast andere Vorstellungen von deiner Frau gehabt. Und nun bin ich plötzlich doch deine Frau, das tut mir doch weh. Ich kann es nicht verleugnen. Und es gibt viele, deren Typ ich bin, die mich lieben würden, weil ich eben diese Haare, diese Augen, dieses Gesicht habe. Und du nimmst es schließlich bloß in Kauf, weil dir meine Seele gefällt. Ich begreife zwar nicht ganz, warum der Unterschied so groß sein muss zwischen Gefallen der Seele und dem Äußeren, schließlich gehört das doch zusammen. Am wenigsten begreife ich mich selbst, dass mir all diese Gedanken so heftig erst jetzt kommen. Allerdings, wenn ich davon anfing zu sprechen, dann bist du mir doch ausgewichen. Ich habe manchmal Angst, du verheimlichst mir etwas, das mir wehtun könnte. Vielleicht konstruiere ich mir deswegen alles das zusammen. Als Trost versuche ich, mir klarzumachen, dass du genau das Gegenteil von dem bist, was mein Typ wäre. Aussehen und Charakter, ich wollte einen ganz anderen, und trotzdem ist meine Liebe zu dir echt und, ich bin überzeugt, auch dauerhaft.

Es tut mir leid, dass mich ausgerechnet jetzt so heftige Zweifel befallen. Vielleicht tue ich dir damit sehr weh. Aber ich kann dir das alles nicht verheimlichen. Ich bin froh, dass ich jetzt allein bin, da kann ich alles zu Ende denken. Wärest du hier, könntest du mich beruhigen, und beruhigt sein will ich nicht. Ich will mir klarwerden, ob ich eine Dummheit begangen habe. Das klingt alles entsetzlich, wenn man sich überlegt, wir sind gerade vierzehn Tage verheiratet. Aber alles, was war, war für mich grausam. Ich weiß zwar, du hast dich geändert. Damals, als alles so furchtbar war, da warst du – das erkenne ich langsam – eigentlich nicht boshaft und gemein, sondern selbst mit dir uneins. Und ich selbst dicht daran, dich zu vergessen. Ich sehe jetzt alles schon etwas anders, etwas kenne ich mich jetzt schon mit der männlichen Psyche aus. Ich weiß nicht, ob es dich verärgert, wenn ich versuche zu analysieren. Aber das muss ich, um nicht nur zu fühlen, sondern auch zu wissen, dass du nicht so bist, wie du mir damals erschienst. Allerdings muss ich dir eingestehen, ich glaube nicht an deine Unschuld gegenüber Mischi und Elisabeth und auch anderen, die du mir sicher verschwiegen hast. Ich bin sogar davon überzeugt, dass deine Wünsche viel intensiver waren als die der Mädchen. Ich kam darauf, als ich versuchte, mir klarzumachen, woher deine schlimme Grilligkeit kam. Ich weiß eigentlich auch wenig über dich und deine Beziehung zum anderen Geschlecht. Weißt du, ich meine diese gelegentlichen Momente, wo so ein Funke überspringt, so ein Gefühl, das ist jemand, den ich gernhaben könnte. Ja, und eben das haben wir nie miteinander erlebt. Wir haben keine Erinnerung an Jasminduft und zartes Händchenhalten.

Heute bin ich mir meiner Wirkung auf eine ganze Anzahl von männlichen Wesen durchaus bewusst, zum Beispiel Wollschläger. Ich will nicht davon Gebrauch machen, aber ich hätte das – verdammt noch mal! – vor Jahren tun sollen. Dann wäre ich in den Augen meiner Lieben nicht ganz so lieb und gut, aber dafür umso liebenswerter. Schlimm, dass mir das jetzt erst klar wird. Dazu habe ich Psychologie studiert, dass mir jetzt erst auffällt, wie ein Mann reagiert. Mischis Gerede über dich ist gar nicht so unsinnig gewesen. Ich habe es nie geglaubt, denn ich wollte dich nun einmal sauber und edel sehen. Und ich habe halt alle Schuld den Mädchen gegeben. Hättest du Pfingsten nicht so sonderbar reagiert, als ich über das Thema sprach, ob gut und richtig das erste Mal in der Ehe oder soll sich der Mann besser vorher Erfahrungen verschaffen, dann wäre ich sicher nie auf die Idee gekommen, dass du sehr nach diesen Erfahrungen auf der Suche warst. Dass du diese Erfahrungen nicht gemacht hast, besagt nichts. Ich bin davon überzeugt, du hättest es getan, wenn sich die Damen bereitgefunden hätten. Das ist für meine liebe und gute Seele natürlich wieder ein heftiger Schock. Aber schließlich sind wir nun miteinander verheiratet, und ich muss mir über dich klarwerden. Wenn du nichts sagst, so muss ich anfangen zu rekapitulieren und zu deuten, was ich gesehen und gehört habe. Eigentlich ist es doch eine Selbstverständlichkeit, darüber zu sprechen. Ich liebe dich deswegen nicht weniger, obgleich ich mir trotzdem noch nicht ganz klar bin über deine Motive, mich zu heiraten. Als einzige Deutung fällt mir ein: Resignation. Du hast nicht die gefunden, die dir als Ideal vorschwebte. Also dann doch lieber mich als irgendeine, wo du nicht mit Sicherheit eine gute und liebe Seele zu gewärtigen hattest. Ich merke richtig, wie meine gute und liebe Seele zur großen Seele anwächst. So viel Verständnis muss ich aufbringen, wie ich mir nie zugetraut hätte. All diese Gedanken drehen sich mir im Kopf. Ich kann sie nicht abstellen, dafür gibt es keinen Schalter. Ich kann mir nicht vorstellen, wie du auf diese Gedanken reagierst. Ich kann mir nur vorstellen, du bist sehr, sehr böse. Sei so gut und bedenke, dass du auch ehrlich zu mir sein musst. Wenn du so sicher bist – wie du mir tausend Mal versichert hast –, dass ich dich verstehe, dann ist doch Ehrlichkeit kein Problem. Und wir hatten uns doch vorgenommen, der guten Verdauung wegen nicht zu rücksichtsvoll zu sein.

Ich bin etwas konfus und etwas aufgewühlt, Wollschlägers denken, es sei wegen des Trennungsschmerzes, und versuchen mich durch Geselligkeit abzulenken, dabei hat mir Einsamkeit noch nie so wohlgetan wie jetzt. Ich glaube, ich kann mit allem fertigwerden und alles verstehen und ohne jedes Ressentiment deine Frau sein, wenn mir der blöde Gedanke nicht wäre, im Grunde gefalle ich dir nicht. Leg das nicht als Eitelkeit aus. Das wäre Unsinn. Ich muss sagen, eigentlich war ich die ganze Zeit nicht ganz glücklich. Ich hatte irgendwas von dir erwartet, was dann nicht kam. Ich kann nicht sagen, was ich erwartet habe. Ich hatte mir jedenfalls meine Hochzeit und das dazugehörende Glücklichsein etwas anders vorgestellt. Deshalb kam ich eben auf die Idee, du liebst mich nicht so, wie du eine andere hättest lieben können. Das alles klingt jetzt schärfer, als es gemeint ist. Streich Dreiviertel davon ab, dann stimmt es ungefähr. Ich weiß noch nicht genau, was dann geschehen soll, wenn du mir bestätigst, was ich eben geschrieben habe. Aber du musst es mir bestätigen, wenn ich richtig empfunden habe. Das wäre sehr bitter. Verzeih, vielleicht habe ich mich in etwas hineingesteigert. Ich mache jetzt Schluss, vielleicht hast du Zeit, auf meine Denkelei bald einzugehen. Deine sich sehnende Ruth.

Ich hatte eine schlimme Nacht. Was hatte ich nur wieder angerichtet? Ich musste mich hinsetzen und noch einen Brief schreiben:

Mein Lieber Markus! Wie soll ich's nun anfangen? Ich bin so geknickt. Habe ich dich sehr gekränkt? Mir tut es leid, dass ich den letzten Brief abgeschickt habe. Ich hätte ruhig ein bisschen klarer denken sollen. Aber nun ist alles heraus, was mich heftig beschäftigt hat. Ich kann es nicht wieder zurückholen und ich sitze nun hier mit dem Gefühl, dir wehgetan zu haben. Ich bin schon längst wieder ruhig, während du dich scheußlich aufregst. Man sollte nie wichtige Dinge in Briefen besprechen wollen. Ich tue das nicht wieder. Und zu allem Unglück kommt noch hinzu, dass ich nicht mehr genau weiß, was ich geschrieben habe. Deshalb weiß ich gar nicht, wie ich etwas Ausgleichendes schreiben soll, ohne wieder von vorn anzufangen. Ich bin ein Kamel. Mir tut es leid, im Affekt geschrieben zu haben. Allerdings für mich selbst bereue ich meine Denkeleien nicht. Ich fühle mich befreit. Es schwebt nichts mehr in der Luft. Ich habe oft so eine undefinierbare Angst und dann wieder eine völlig falsche Erwartung an die Ehe geknüpft. Das Gefühl des Glücklichseins ist ja nichts, was permanent da ist, sondern es sind Höhepunkte im Leben. Und wenn das nicht gleich da ist, dann ist das sicher auch ganz normal für eine eben geschlossene Ehe. Wenn ich da etwas vermisst habe, dann muss das ja nicht heißen, dich binden keine Gefühle an mich. Denke bitte nicht, ich wäre unglücklich gewesen. Ich hatte nur etwas anderes erwartet (aber das gibt es sicher auch nur in Romanen), und folglich kam bei mir erstmal die Reaktion: Er hat mich eigentlich nicht gewollt. Dann dachte ich darüber nach, was du alles gewollt haben könntest. Na ja, dann kam eben alles andere. Und es erschien plötzlich in einem anderen Licht. War ganz gut so, ich verstehe dich jetzt viel besser. Man beurteilt das andere Geschlecht immer zuerst einmal von sich aus. Häschen, ich habe dir so viel abzubitten. Mein Gott, habe ich dir das Leben schwergemacht. Ich habe jetzt plötzlich das Gefühl, ich verstehe dich jetzt erst, und ich liebe dich jetzt erst richtig. Ich habe eine ganz, ganz schlimme Woche hinter mir. Ich habe an allem gezweifelt, und jetzt sehe ich erst richtig, was wir uns gegenseitig bedeuten können. Ich weiß nicht, ob du diesen Zustand kennst, wenn man an allem verzweifelt und plötzlich Klarheit findet. Es steht dann plötzlich alles neu und wohlgeordnet vor einem. Ich habe noch nie dich so gut gekannt und so heftig liebgehabt, nur weil alles endlich in den richtigen Zusammenhang gebracht ist. Es tut mir eben nur leid, dass ich dir einen konfusen Brief geschrieben habe. Ich kann ja nun nichts mehr zurückholen, auch wenn ich gern möchte. Ich kann dich nur bitten, versteh mich ein bisschen und mach dir klar, dass das, was nach Vorwurf aussehen könnte, gar kein Vorwurf ist, und bitte zweifle nicht daran, dass wir zusammenpassen. Ich warte so darauf, dass du zurückkommst. Dann kann wieder alles

ins rechte Gleis gerückt werden, falls es überhaupt herausgekommen ist. Bitte, bitte komm bald, ich sterbe fast vor Sehnsucht. Ich finde, deine Reise war lang genug. Ich habe solche Angst, du bist nun ernsthaft böse auf mich. Deshalb kann ich nicht so richtig schreiben, was ich auf dem Herzen habe. Ich habe Angst, dass ich für meine Worte eine Ohrfeige bekomme, weil ich dich zu sehr erzürnt habe. Bitte, bitte, sei mir gut. Du musst mich verstehen. Kannst du nicht einen oder zwei Züge früher kommen? Ich warte mich sonst tot. Ist die Tagung nicht schon vormittags zu Ende?
PS: Trundel hat einen lieben Dankesbrief an Wollschlägers geschrieben mit der Ankündigung, ein Buch von sich zu schicken. Wollschlägers sind ganz gerührt.

Nachdem ich den Brief eingeworfen hatte und Einkaufen gegangen war, fand ich einen Zettel an meiner Tür. Bei Vroni hatten die Wehen eingesetzt. Ich ging zu ihr hinunter. Sie war etwas bestürzt und konnte es nicht ganz glauben, dass es nun ernst wurde. Bis zum Nachmittag saß ich bei ihr, dann begleitete ich sie im Taxi in die Klinik. Otto war schon dort, sie wurde sofort in den Kreißsaal gebracht. Wir durften auch hinein. Ich ging dann aber nach Hause. Otto blieb bei ihr, bis sein Sohn den ersten Schrei tat. Vorbildlich! Die ganze Zeit stand er bei ihr und massierte ihr den Rücken, wenn die Wehen zu schmerzhaft wurden, und bediente den Sauerstoffapparat. Das Kind war leider schon so groß, dass es mit der Zange geholt werden musste, außerdem ist geschnitten worden, weil das Köpfchen nicht durchkam. Vroni musste die ganze Zeit Entspannungs- und Atemübungen machen. In den letzten fünf Minuten, als geschnitten werden musste, bekam sie ein Narkosemittel. Drei Minuten nach Mitternacht kam der Kleine dann. Otto klingelte mich mitten in der Nacht heraus und erzählte mir all das haarklein. Wir saßen im Wohnzimmer und redeten lange. Er war still und in sich gekehrt, die Sache hatte ihn doch heftig mitgenommen. Trotzdem schwor er darauf, dass es gut sei fürs Vaterwerden, wenn man die Geburt mitmache. Das Erlebnis wolle er nicht missen, sagte er immer wieder. Schon als er zur Tür hereingekommen war, hatte ich ihn zum ersten Mal ruhig erlebt, nicht so fahrig und laut, er hatte auch ein ganz anderes Gesicht. Er strahlte vor sich hin. Wir saßen bis morgens um vier Uhr zusammen und redeten. Kein Besäufnis, einfach nur reden mit einem ganz anderen Otto, glücklich, aber gar nicht laut. Auch Vroni sah ganz anders aus, als ich sie am nächsten Tag besuchte, viel jünger und lebendiger. Ich hatte nicht gedacht, dass das Kinderkriegen die Menschen so umkrempeln konnte. Es war nicht sicher, ob Vroni stillen konnte, sie hatte nicht gleich Milch, aber von seinen acht Pfund konnte der kleine Schorsch auch eine gute Weile zehren. Ich hatte gedacht, das hänge von der Oberweite ab. Die Ärztin belehrte mich aber, es sei auch Veranlagung und habe nichts mit dem Umfang zu tun. Wahrscheinlich würde ich am besten stillen können, obgleich ich gar nicht üppig war.

Und endlich kam Markus' Antwort:

Mein liebstes Häschen! Ich war mir bisher nicht bewusst darüber, was du dir für Gedanken machst. Jetzt, wo wir gerade verheiratet sind und zusammen ein Leben führen wollen. Natürlich, man muss sich alles klarmachen, und wir wollen keine Geheimnisse haben. Aber ich war eben ein bisschen begossen, dass dir jetzt solche Gedanken kommen. Mein Liebesversprechen, ein für alle Mal: Ich habe dich nicht aus Resignation geheiratet. Du denkst das zwar, weil es sich so konstruieren lässt, aber es war für mich ein Spuk, nichts anderes, als dass falsche Bilder sich einschlichen. Es war wie ein Vorhang, der verschwand, dann kam das zum Vorschein, was eigentlich zu mir gehört und passt. Alles andere waren doch ganz falsche Bilder, die mit der Wirklichkeit überhaupt nicht zusammenpassten, wie die berühmte Ilse. Aber ich musste noch mal aufgerüttelt werden. Es war damals eine komische Situation. Da musste ich mir zum ersten Mal richtig klar-

machen, was ich eigentlich aufs Spiel setze und an dir verliere. Ich konnte dir das in der damaligen Situation natürlich nicht gut sagen, wie ich mich da schrecklich lächerlich gemacht hatte, aber ich war ganz entsetzlich in dich verliebt und hätte dich schon damals sofort geheiratet. Aber da es ja meine Schuld war mit dem Briefwechsel mit ihr, war ich lieber still. Ich musste zum ersten Mal Abstand halten und ich hatte dich als Irrung anzusehen. Ich weiß nicht, was dich auf die liebe, gute Seele gebracht hat, das mag vor diesem Augenblick gestimmt haben. Aber seit jener Zeit hätte ich dich auch geheiratet, wenn du keine liebe gute Seele gehabt hättest. Die hast du nämlich trotzdem. Ich verstehe sehr gut, ihr Frauen wollt nicht, dass man euer Inneres liebt (ich meine den Charakter), sondern euer Äußeres (das ist so fast übertrieben, aber du weißt, was ich meine). Und wir Männer sind genauso konstruiert, wir lieben eine Frau, ohne uns über ihren Charakter zunächst Gedanken zu machen. Wo liegt denn der Kummer, Häslein? Ich bin vielleicht zu ungestüm und zu täppisch, um das zu zeigen und dich spüren zu lassen, aber ich liebe dich doch mit Haut und Haar. Ich möchte von dir Kinder haben und ich kann mir nichts Schöneres vorstellen, als deinen Körper an meinen zu drücken und mit dir zu schlafen (oh, welches Wort, aber wir sind ja verheiratet). Vermisst du nicht auch ein bisschen, dass ich deine ganze Art, deine Seele und deinen Körper liebe? Vielleicht denkst du, dass ich oder die meisten Männer überhaupt nur das Geschlecht wollen, und du vermisst vielleicht die Zärtlichkeit. Aber Männer machen nun einmal so einen Eindruck, auch wenn sie's gar nicht meinen. Man kann es der Frau ja auch nicht leicht recht machen: Ist man nur zärtlich, ist es genauso falsch wie als wäre man leidenschaftlich, den goldenen Mittelweg muss ein Mann erst lernen, genauso wie eine Frau es lernen muss, wie ein Mann empfindet, reagiert und was er dabei meint. Reißt man einer Frau immer gleich die Kleider vom Leib, dann liebt man bloß ihr Äußeres. Tut man es nicht, dann ist es auch nicht richtig. Ich übertreibe, aber du weißt, was ich meine. Die Erinnerungen an die letzten Jahre passen in das jetzige Bild meiner Empfindungen nicht mehr rein, obwohl ich verstehe, dass sie wiederkommen, nachdem wir nun verheiratet sind und wir beide bislang prüfen, ob unser Entschluss richtig war und wir zusammenpassen. Ich habe mir Gedanken gemacht, worin der Wandel liegt. Es sind mehrere Gründe, ich kann sie nicht ganz miteinander verbinden. Das eine ist, meine ich, ein natürlicher Wandel im Weltbild, soweit es solche Ideale betrifft. Aber hätte ich meine früheren Ideale länger in greifbarer Nähe gehabt, wäre das alles gar nicht entstanden und dann hätte ich gewusst, was damit los ist. Das andere, was damit zusammenhängt, obwohl es ein ganz anderes Gebiet ist, ist das Geschlechtliche. Bei der ersten Liebe (Eros) geht es gar nicht um eine bestimmte Person, sondern um das Gefühl überhaupt. Ähnlich ist es dann beim Mann mit der Geschlechtlichkeit. Die liebe Natur hat es nun mal so eingerichtet, dass der Mann mit 18 Jahren seine größte geschlechtliche Kraft hat. Das ist nicht Liebe, sondern einfach eine physische Tätigkeit. Das treibt einen natürlich um, und das ist die Zeit, wo Verlieben ganz plausibel erscheint. Zu der Zeit sind Mädchen neugierig, aber da der Mann nun mal aktiver ist, hat er dann auch aggressivere Ideen und Wünsche. Es geht dabei gar nicht um Liebe im echten Sinn, sondern um Abreaktion. Daher schlägt dann in vielen Fällen, wo ein junger Mann mit Mädchen zusammenkommt, die enttäuschte Erwartung in Grilligkeit um. Das sind gar nicht echte Absichten oder sowas. Das Ganze spielt sich ja mehr in der Fantasie ab. Ich könnte mir vorstellen, dass ich bei jeder anderen außer dir genau wüsste, dass es Abreaktion wäre, und deshalb mit dem physischen Mechanismus der Impotenz reagiere. Das mit der Fantasie ist überhaupt ein vorherrschender Zug bei Männern. Sobald die natürliche Befriedigung fehlt, wird die Sache in die Fantasie verlegt und übersteigert. Daher machen die die meisten Witze, die die wenigste Gelegenheit haben. Deine Idee mit Mischi ist auch so was, was hiervon kommen könnte. Ich hätte weiß Gott nicht mit ihr schlafen mögen, irgendwas – ich kann es nicht beschreiben – widersteht mir an ihr sowieso. Aber dass Mischi einen auf solche Gedanken bringt, kannst du dir denken. Und das ist natürlich aufregend für einen Mann, auch wenn er es nie in Wirklichkeit tun würde. Das alles klingt vielleicht ein bisschen wirr. Man kann solche Sachen so schlecht beschreiben, weil Mädchen anders empfinden von Grund auf. Für dich beginnt alles eigentlich erst nach vollzogener Ehe, für den Mann gibt es nicht so einen Einschnitt, von dem ab er die Liebe lernt. Daher ist die physische Einstellung auch bei beiden Seiten verschieden, weshalb das in der Praxis einen Unterschied machen muss. Immerhin ist es für einen Mann schwer, nicht verheiratet zu ein. Lux bekam einen Gehirntumor deshalb. Daher kamen bei mir sicher ein Großteil der Reibereien. Aber dazu ist ja jetzt kein Anlass mehr. Ein Mann kann eben das liebste Geschöpf in dem Moment beschimpfen, wo seine Erwartungen enttäuscht werden, das ist Natur, die man aber eben durch Beherrschung überwindet. Ich rede immer vom Sexuellen, als ob das die Hauptsache bei allem wäre, aber es ist eben nun mal ein großer Faktor. In ihm finden Weilfragen und Streitereien Ruhe, weil es löst so viel, was erst unlösbar aussieht, einfach weil dadurch erst zwei Menschen zu Menschen werden. Vielleicht denkelt es uns beiden auch jetzt so, weil wir damit am Anfang stehen und es noch nicht die größte Beglückung gegeben hat.

Ich habe solche Sehnsucht nach dir, Häschen, ich bin so froh und stolz, dass du nun mein Eheweib bist, mach dir keine Gedanken! Wir haben eben leider nicht richtig Ruhe gehabt, daher konnten wir nicht so richtig in Ruhe und Frieden unser Glück genießen, im ganz gleich sein. Ich merke das jetzt, dass es noch schöner hätte sein können. Sei mir nicht böse deswegen, ich will doch nur das Schönste und Beste! Eben kam dein Telegramm. So, nun ist Otto also Vater worden und du wirst Patentante. Las nochmal den Brief, und ich finde nicht mehr die Verbindung zu dem, was ich anfangs schrieb, schreiben ist blöd. Wir besprechen's. Zug kommt am Freitag um 21:30 Uhr (oder 33?) Bis dahin bin ich dein getrennter und aufrichtig liebender Hase Gottes.

Unter den Brief hatte er einen traurigen Mann mit Koffer gezeichnet, der nach Hause eilt.

Kapitel 8

Das Wetter in Genf war im Grunde genommen meistens unerträglich. Es war häufig schwül, und es herrschte Fön. Dann krochen alle wie sterbende Fliegen durch die Straßen. Schön war es aber, im Genfer See zu baden. Die Arbeit machte Markus Spaß. Die Atmosphäre fand er unchristlich intrigant, aber er konnte selbstständig werkeln. Sein Vertrag lief zunächst auf zwei Jahre, dann wollten wir sehen, was wir machten. Markus musste erst einmal Französisch lernen, ich hatte schon etwas in der Schule gelernt. Die Schweizer mochten es aber gar nicht so gern, wenn man Französisch konnte, denn das bedeutete, dass man bleiben wollte. Niemals sind wir von Schweizern nach Hause eingeladen worden. Einmal durfte ich am Wochenende zu einem Staff-Meeting mitfahren, wo Ehefrauen zugelassen waren, und wir verbrachten zwei Tage in einem Kloster am Lac d'Annecy in den Savoyer Alpen. Leider regnete es in Strömen, und wir waren ohne Heizung. Aber die Weine und das Essen waren erlesen. Markus wollte auch, dass ich Tennis spielen lernte, und nahm mich einmal auf den Tennisplatz mit. Aber damit wurde ich nicht warm. Schon nach wenigen Minuten trat ich mir beim Umdrehen auf den anderen Fuß und holte mir eine üble Bänderzerrung.

Altvater erboste sich darüber, dass die Stasi die Post öffnete. Das erkannten auch wir daran, dass die Briefumschläge hinten bis zum Rand zugeklebt waren. Altvaters Brief begann so:

Ihr lieben Zwei! Vorbemerkung: Wer diesen Brief durchschnuppert, handelt ungesetzlich, weil in der Verfassung Postfreiheit ga-

rantiert ist! Stalinismus gibt es bei uns nicht, weil wir eine echte Demokratie sind! Aber natürlich wäre der Brief auch umsonst erbrochen, weil wir nichts zu verheimlichen haben, was gegen die Ehre eines DDR-Professors und Dekans wäre.

Im nächsten Brief entschuldigte er sich dafür, dass er es jetzt unterlassen werde, auf den Umschlägen Markus' Beruf in der Adresse anzugeben, weil er meinte, das könnte die Stasi erst auf Ideen bringen. Da er hin und wieder in den Westen fahre, empfinde er den Kontrast zum Osten als besonders hervorstechend:

Im Westen gibt es Obst in Hülle und Fülle, im Osten nichts. In Magdeburg sahen wir von einem Zug aus eine Schlange stehen. Jemand sagte: Da gibt es vielleicht Butter. Und alles lachte das gequälte Lachen enttäuschter Menschen.

Seinen Geburtstag verbrachte Markus als fleißiger Mensch im Office. Wir feierten am frühen Morgen mit Kaffee und Kuchen und einem Geburtstagstisch. Am Sonntag machten wir eine Tagesreise mit dem Schiff um den Lac Léman herum und ich sagte ihm, das wir ein Kind erwarteten. Das war so nicht geplant gewesen, aber man kann eben nicht immer auf Termin alles unterdrücken. Im Oktober bekam ich Unterleibsschmerzen und Fieber. Markus brachte mich in die Klinik, und ich verlor meine erste Tochter. Sie machten eine Ausschabung, und ich musste Penicillin nehmen. Und das ausgerechnet, als die Schwiegermutter die lange Reise unternahm, um das Eheglück ihres Sohnes zu begutachten. Trundel kam am 3. November.

Altvater hatte sich Gedanken gemacht, wie sie in Genf über Geld verfügen könnte, denn Ostgeld konnte man nicht eintauschen. Ein Pfarrer in Genf schuldete ihm noch einen Gefallen und sollte Markus 100 Franken geben, die er Trundel geben sollte. Ich weiß nicht, warum Altvater und die Söhne immer dachten, Trundel sei eine empfindsame Frau von zarter Gesundheit, die man wegen ihres Herzfehlers schonen müsse. Ich habe sie nie schwach erlebt. Mit ihrem kräftigen Kinn, der vollen Unterlippe, der geraden Nase und den großen, dunklen Augen wirkte sie auf mich willensstark und auch ein wenig hinterhältig und genusssüchtig. Alles, was sie unbedingt haben wollte, musste man ihr mit großer Überredungskunst aufnötigen, und wehe, man gab zu früh auf! Natürlich habe ich mir Mühe gegeben, ich konnte aber nun einmal nicht mit ihr in Genf herumspazieren und ihr alles zeigen, und Markus musste arbeiten gehen. Dass die ganze Zeit bis auf einen Tag so schlechtes Wetter war, dass man die Berge nicht sehen konnte, dafür konnten wir nichts. Das ist im November so. Markus wollte ihr auch das Geld geben, aber sie wollte es partout nicht annehmen. Sie werde doch nicht allein durch die fremde Stadt schlenzen und sich in ein Café setzen. Am letzten Tag wollte sie das Geld dann doch haben, und Markus gab ihr 50 Franken. Er dachte sich nichts dabei, denn sein Vater hatte ihm geschrieben, das Geld sei auch für gemeinsame Restaurantbesuche und Ausflüge gedacht, damit das junge Paar nicht für alles alleine aufkommen müsse. Ich ließ Trundel auch nie ohne Geld aus dem Haus gehen, ich gab ihr immer meine Börse mit. In den zwei Wochen, die sie bei uns war, ging sie nur drei Mal für mich einkaufen und kochte nur zwei Mal ein Mittagessen für uns. Meine Krankheit übersah sie völlig. Am zweiten Sonntag bekam ich wieder Schmerzen und es blutete stark. Doch Trundel und Markus hatten eine Verabredung zum Tennis mit Kollegen aus dem Office, und dazu wollte sie sich nicht nötigen lassen. Markus musste Vroni und Otto bitten, mir beizustehen, falls ich ins Krankenhaus musste, und ging mit ihr aus dem Haus, ohne zu wissen, ob er mich später überhaupt noch zu Hause vorfinden würde. Trundel kümmerte das alles überhaupt nicht. Wenn ich in dieser Zeit die Wollschlägers nicht gehabt hätte, wäre ich umgekommen.

Sie hatte auch ungeheuer feste Vorstellungen. Einmal kümmerte ich mich um Vronis Sohn. Als ich ihn beim Windelwechseln ölte, echauffierte sie sich fürchterlich: Nur die Heiden ölen ihre Kinder! Sie konnte sich gar nicht mehr beruhigen. Sie bemängelte, dass Markus schlampig herumlaufe, seine Hosen hätten keine Bügelfalten. Dabei hat sie mich bügeln sehen. Auch die Ärmel eines Jacketts nähte ich um, weil es ausgefranst aus der Reinigung gekommen war. Zum neue Sachen Kaufen hatten wir nämlich das Geld nicht. Nur seine Schuhe habe ich ihm nicht geputzt. Ich fand, er solle sie selber putzen, wenn er mit sauberen Schuhen herumlaufen wollte, das war nicht meine Arbeit. Aber dazu war er viel zu faul.

Am letzten Abend schwieg Trundel, dann weinte sie, dann beklagte sie sich darüber, dass sie ihr Geld nicht erhalten habe, erst am letzten Tag und auch nicht alles. Ob wir es wohl für uns behalten wollten. Mir platzte der Kragen. Alles lasse ich mir auch nicht gefallen. Ich nannte sie einen Ausbund an Egoismus und Lieblosigkeit, ich sagte ihr, dass ich sie für bösartig hielt. Sie sei der egoistischste Mensch, den ich je kennengelernt hätte. Natürlich bat ich sie dafür am anderen Morgen um Entschuldigung. Aber sie fuhr mit der Haltung einer zu Tode gekränkten Frau ab. So kam sie in Halle an, wo Natan sie abholte, weil Altvater auf Reisen war. Und Natan sah ihr sofort, behauptete Altvater, noch hinter dem Wagenfenster, an, dass die alte Mutter nicht heimgekehrt war.

Mir ist klar, schrieb Altvater, *dass ich nur die eine Seite der Geschichte zu hören bekommen habe. Was geschehen ist, klingt wie aus einem Film über andere Leute. Dabei haben doch gerade ich und Trundel uns vorgenommen, die Eigenarten der großen Kinder zu respektieren, und Trundels Zurückhaltung und Bescheidenheit ist genau das, was wir uns vorgenommen haben, nachdem wir viel Schlimmes über andere Eltern gehört haben.*

Weil er auf seinen Sohn nichts kommen ließ, war ich nun die Schuldige.

Denn wer weiß, schrieb er, *mit welchen Leuten Ruth in Berlin zusammengekommen ist, mit selbstsüchtigen Wirtinnen und*

Studenten, die kaum alle Edelnaturen oder geheiligte christliche Persönlichkeiten gewesen sein dürften, und mit Radioleuten, über die ihr euch ja auch schon weidlich beklagt habt. Und alle diese Typen sollen nun ausgerechnet besser sein als deine Mutter, die unter den Einflusskräften der biblischen Welt steht, was man von jenen, die nur sich selber zu leben pflegen, kaum sagen können wird oder nur selten.

Auch Trundels Herzkrankheit führte er ins Feld, man hätte mit ihr nicht in studentischer Direktheit und in solcher Lautstärke reden dürfen. Sie habe gefürchtet, dass ich sie schlüge.

Markus schrieb ihm grimmig und erklärte die Sache mit dem Geld und anderes. Das mussten die Winklers unter sich abmachen, fand ich. Aber leider war es damit nicht genug. Trundel lud meine Mutti zum Kaffee ein. Sie musste sich auf den weiten Weg in die Senefelderstraße machen. Altvater behauptete hinterher, sie hätten einen guten Nachmittag verbracht und Trundel habe ihm vorgeschlagen, dass man einander doch Du sagen sollte. Aber meine Mutti hatte es anders erlebt. Die Frau Professor erklärte ihr nämlich, was für eine missratene Tochter sie hervorgebracht hatte. Meine Mutti schämte sich in Grund und Boden und schrieb mir:

Ich kenne mein liebes Mädchen von früher gar nicht mehr wieder. Warum gabt ihr Trundel die 100 Mark nicht, sondern nur die 50 Mark und auch erst am letzten Tag? Warum lässt du deinen Mann so ungepflegt gehen, ohne Bügelfalten, ohne geputzte Schuhe? Warum rauchst du ebenso viel wie dein Mann? Denke an deine Gesundheit! Warum habt ihr Trundel Genf nicht gezeigt? Ich könnte noch einiges schreiben, aber du selbst hast das beantwortet, denn du warst wohl mit deiner Krankheit sehr beschäftigt, und ich will dich nicht mit Vorwürfen überschütten. Ich weiß, dass du nicht lügst. Ich kenne dich doch, ich weiß, welche Feinheiten in dir stecken. Nach diesen Dingen ist es sicher schwer, Liebe zur Schwiegermutter aufzubringen.

Ich musste mich drei Tage vor Weihnachten hinsetzen und Mutti und Onkel Erich die Dinge erklären und alles richtigstellen. *O doch, Mutti, ich achte auf Bügelfalten, ich nähe die Knöpfe an! Nur die Schuhe putze ich Markus nicht. Und ich rauche weniger als Markus, vielleicht habe ich aus Nervosität nur mehr geraucht als sonst.* Auch Markus schrieb und entschuldigte sich für die Vorstellung, die seine Eltern gegeben hatten. Nun musste Mutti sich entschuldigen, weil sie an mir gezweifelt hatte. An Markus schrieb sie:

> *Baut euch euer Glück, wie es euch passt! Du hast Recht, ihr alle drei habt Schuld, doch Trundel wirft alle Sünden auf Ruth. Sie hat mir auch nicht gesagt, dass Ruth sich bei ihr entschuldigt hat. Ich muss wohl noch einmal zu ihr gehen. Als Mutter kann ich nicht ertragen, was man meinem Kinde antut. Du allein weißt ja, dass dein Frauchen gute Eigenschaften hat.*

Ich antwortete ihr:

> *Auf keinen Fall gehst du da nochmal hin, ich schreibe ihnen einen Brief. Ich habe es es satt, mich mit Dreck bewerfen zu lassen. Ich verstehe nicht, was Trundel damit bezweckt. Will sie Markus und mich auseinanderbringen? Was für ein lächerliches Unterfangen! Markus ist doch kein dummer Junge mehr, der sich nicht selbst ein Urteil bilden kann. So viel Bosheit in einer angeblich so christlichen Frau, das macht mich fassungslos. Man stelle sich vor, Markus würde auf seine Mutter hören. Solche Männer gibt es nämlich auch.*

Altvater bemühte sich um Frieden und zog dafür auch sein Leib- und Magenbuch *Ut mine Stromtid* heran:

> *Ihr lieben Beiden, Onkel Bräsig sagt doch mal: Wir wandeln alle in der Biesternis. Ich auch. Ich ärgere mich doch jetzt – wie oft! – über mich selbst, vor allem über vorschnelle Rederei. Das passiert mir altem Knaben! Und du, trautester Ältester, hast wohl was von mir geerbt. Auch ich war und bin noch ab und zu jähzornig,*

und die Gabe der Geduld ist die geringste, die Gott der Herr mir gegeben hat. Dir geht es offensichtlich auch so, denn davon gibt es auch sonst Pröbchen den lieben Eltern gegenüber: Ich sage: Du tatest ganz Recht, dass du einen langen Brief schriebst. Du hast nur eins vergessen: Wenn man fertig ist in solchem Falle, muss man eben diesen Brief auf jeden Fall verbrennen und notfalls einen anderen schreiben, aber etwas später. Nun kommt her und lasst euch umärmeln! Einen Kuss der ganzen Welt! Meine teure Ruth bitte ich: Lass fahren alle Komplexe, von denen wir Andeutungen von deiner Mutter erhielten. Sei problemlos Markus' liebe Frau und unsere liebe Tochter. Du gehörst zu uns, was interessiert uns das, ob die Eltern geschieden sind. Außerdem weißt du doch, dass wir Eltern auch als Kinder nicht mit silbernen Löffeln gespeist haben. Man ist eben was geworden. Es bleibt noch lange wahr, dass wir uns kennenlernen müssen. Ruth ist ja auch nie in unserem Hause gewesen. Und ihr könnt euch stets vor eure sanften Augen halten, dass wir einer anderen Generation angehören und in einer anderen Welt wohnen. Wir verstehen uns schon mit den satten Westleuten schwer, wie erst mit wohlgesättigten Ausländern!?!

Der Vorwurf, dass Markus abgerissen herumlief, hatte uns allerdings getroffen. Ich ging arbeiten, damit wir uns anständige Kleidung leisten konnten. Ich half, die Bibliothek des LWB zu katalogisieren. In den sechs Wochen nach Trundels Besuch kauften wir uns für 1000 Franken Anziehsachen, hauptsächlich von dem Geld, das ich verdient hatte, und hauptsächlich für Markus, der mehr unter Menschen kam und die Sachen nötiger brauchte. Zu Weihnachten schenkte Markus mir einen Rechaud für Fondue und ich ihm eine Heine-Ausgabe und ein Cocktail-Mix-Buch. Markus schrieb an der zweiten Fassung seiner Doktorarbeit, die er um Ostern herum beenden musste. Im August sollte er nämlich für sieben Wochen mit den Oberkirchenräten zu einer großen Tagung des Lutherischen Weltbunds in die USA reisen. Zu Ostern machten wir eine gemeinsame Reise nach Bern und durchs Emmental. Bei Regen und Nebel fuhren wir mit dem Dampfer auf dem Vierwaldstättersee herum und übernachteten in Brunnen gegenüber der Rütli-Wiese, auf die Schiller den Rütli-Schwur und die Entstehung der Schweiz verlegt hat. Dann machten wir eine Bahnfahrt durch hohe Berge bis hinauf zu den Almen. Vom vielen Gucken aus dem Zugfenster träumte ich nachts von Bergen und Kühen. Luzern war voller Amerikaner und gefiel uns nicht. Mit der Zahnradbahn fuhren wir auf den Berg, machten eine Gratwanderung und holten uns einen Sonnenstich.

Markus bekam eine Gehaltserhöhung von 200 auf 300 Dollar. Das entsprach ungefähr 1300 D-Mark oder Franken. Wir fühlten uns reich, wir konnten uns Sessel und Stühle kaufen und Stehlampen, die wir schon lange hatten haben wollen. Sogar über ein Auto dachten wir nach. Unseren Hochzeitstag feierten wir nett mit unseren Trauzeugen. Danach flog Markus für eine Woche zu einer theologischen Tagung im Wiener Wald. Wien fand er scheußlich und liederlich: *Seit der Kaiserzeit ist da nichts mehr gemacht worden, die Häuser halten nur durch den Putz und die Tapeten zusammen.* Zu Pfingsten Anfang Juni kam mein Vati mit Uschi und den Kindern im VW. Wir brachten sie in der Wohnung von Wollschlägers unter, die gerade verreist waren. Ich hatte sie seit acht Jahren nicht mehr gesehen, Markus kannten sie noch gar nicht. Die Tage verliefen recht harmonisch.

Mitte Juli reisten wir nach Berlin, wo Markus die mündliche Doktorprüfung ablegen sollte. Ich war überzeugt, dass er durchfallen würde. Für das Rigorosum bei Dovifat hatte er gerade mal einen Nachmittag in Büchern geblättert, auf Psychologie war er nicht vorbereitet und von Philosophie verstand er gar nichts. Die Prüfung bei Dovifat verlief ja noch harmlos, das Einzige, was sie taten, war ein gemeinsames, abwechselndes Herbeten seines *ABC*. Aber Philosophie hatte Markus nie ernsthaft studiert. Er war als Einziger durch eine Prüfung über Heidegger gefallen. Das Seminar war von einer blonden Assistentin gehalten worden und die kam nun zusammen mit Professor Weischedel herein. Er amüsierte sich als guter Katholik sehr darüber, dass Markus eigens vom Lutherischen Weltbund angereist war, um sich über katholische Heilige ausfragen zu lassen, bot Zigaretten an, und rauchend unterhielten sie sich über die Ewigkeit. Der stramme Hans-Joachim Lieber sollte ihn danach über dialektischen Materialismus prüfen und fragte, was Lenin in welchem Buch wann und warum geschrieben hatte. Er habe viel dazugelernt, behauptete Markus hinterher, sein Professor aber nicht, und sein Glück war die Assistentin, denn Lieber bemerkte plötzlich, dass sie ihn anlächelte, und von diesem Moment an hielt er ihr und Markus ein Kolleg. Markus nickte nur ab und zu und sagte: Ganz richtig. In Psychologie prüfte ihn Kripal Singh Sodhi. Bei ihm klang das Wort Psychologie wie Sischologie. Sein Gebiet war die Konformitätsforschung, also Vorurteile und der Einfluss anderer Menschen auf die individuelle Urteilsbildung. Für das Nebenfach hatte Markus Ausdruckspsychologie angegeben, weil er genau wusste, dass Sodhi davon nichts verstand. Ja, also, die Sischologie hat auch Ausdruck, fing der an, erzählen Sie mal was. Und dafür, sagte Markus, habe ich nun 200 gute Westmark bezahlt und den dämlichen schwarzen Anzug angezogen. Die Herren Professoren waren nämlich mit offenen Hemden ohne Krawatte gekommen, was den Pastorensohn in seinen feierlichsten Stunden ziemlich verstört hatte. Aber wir konnten Altvater das Telegramm schicken: EBEN DOKTOR CUM LAUDE BESTANDEN STOP HERKOMMT IHR SONNTAG WOHNEN FINKENSTEINALLEE = MARUTH. Wie komisch, sagte Markus den ganzen Tag, nun bin ich Doktor. Aber bevor er bei der Bank mit Dr. unterschreiben durfte, musste er die Arbeit veröffentlichen. Er glaubte, das noch im Winter hinzukriegen, aber das war illusorisch. Altvater und Trundel kamen am Sonntag nach Berlin und schenkten Markus einen goldenen Siegelring mit schwarzem Stein, den Silas vom Finger hatte abziehen müssen, damit man ein Geschenk mitbringen konnte. Den Ring hat Markus nie getragen und erst kurz vor seinem Tod wiedergefunden. Er hängt noch auf einem Bleistift im Stifteköcher auf seinem Schreibtisch. Die Kinder werden ihn dort finden und wissen bestimmt nicht, was es damit auf sich hat.

Auf der Rückreise nach Genf besuchten wir Vati und Uschi in Marl. Dann musste Markus auch schon für sieben Wochen in die USA. Ende Juli landete er in New York und schrieb:

Die Leute auf der Straße sehen nicht nach den Exportamerikanern aus, die wir kennen, ganz bürgerlich, viele mit deutschen Gesichtern und andere Mischungen, nur nicht der fette Typ aus den Karikaturen. Die Straßen ähneln denen in Europa, wenn man nicht nach oben zu den Wolkenkratzern schaut. Nach dem Essen rannte ich die Fifth Avenue entlang zum höchsten Bauwerk der Welt, dem Empire State Building. 75 Fahrstühle schaffen die Menschen nach oben und unten. In 60 Sekunden ist man 86 Stockwerke hoch. Wenn ich an unseren Genfer Lift denke, dann müssten wir hier entsprechend eine halbe Stunde brauchen. Vom 86. Stockwerk umsteigen zum nächsten Stück, und so hoch bis zum 103. Stockwerk, alles eine Sache von Sekunden, und man ist über 300 Meter hoch. Von oben ein herrlicher Blick in die Umgegend auf die Wolkenkratzer, die allerdings winzig erscheinen. Ganz unten die Straßen mit bunten Autos. Oben hört man das Verkehrsgebrause wie einen Wasserfall, es ist unglaublich. Ich rannte eine Weile herum und knipste ein bisschen und genoss das Gefühl, hoch über allem in einer neuen Welt zu stehen. Sah in der Ferne die Freiheitsstatue. Die Amerikaner sind auch hier oben gar nicht wie Amerikaner, denn sie brüllen weder herum noch benehmen sie sich auffällig. Dann wieder runter, ins Hotel, mich abduschen, denn trotz des kühlen Wetters ist es unglaublich feucht, und man trieft und klebt nur so. 16:30 Uhr war ich mit Nagengast zu Dr. Whiting eingeladen. Also los, U-Bahn gefahren. Man entdeckt gar keine Eingänge zur U-Bahn, alles wird hier ganz ohne Schilder heimlich abgewickelt. Die U-Bahn hat Altertumswert, alte Holzschachteln auf Rädern, da sind die alten Berliner Busse vornehm dagegen. In Hoboken umsteigen in einen Vorortzug, eine richtige Eisenbahn, wie aus den Kinos. So fuhren wir in einer halben Stunde nach New Jersey, das nördlich von New York liegt. Hier wieder ganz wie im Film und diesmal endlich typisch amerikanisch: breite Straßen, Häuser aus Holz in Wiesen, keine Zäune. Der ganze Stadtteil mit seinen Einfamilienhäusern besitzt nicht einen einzigen Gartenzaun. Man läuft einfach von der Straße auf das Grundstück, und zwischen den Häusern ist auch kein Zaun, so dass man, wenn man zum Fenster rausguckt, einen riesigen Garten sieht, auf dem Häuser stehen. Ich fragte, ob die Leute denn nun wüssten, wo ihr Grundstück aufhört und das andere anfängt. Man hielt diese Frage für komisch, darauf käme es doch gar nicht an. Was ist das für eine Welt! Wir kasteln jeden Meter ein und fühlen uns zu Hause, und die Amerikaner kriegen eine Neurose, wenn man einen Zaun zwischen die Grundstücke baut. Wir speisten bei Whitings ergötzliche Dinge. Auf einem Teller fand sich warmer Schinken mit Kartoffelzeug, dazu einige Scheiben rohe Tomate und eine Stange grünes Zeug, ebenfalls roh. Als ich mit Todesverachtung in die prasselige Stange reinbiss, merkte ich, dass es Sellerie war. Dazu kleine Kuchen mit Marmelade. Dazu Wasser mit Eis. Hinterher Kuchen mit Eiscreme und Kaffee. Es schmeckte gar nicht unflott, dieses Durcheinander. Am Abend ging ich noch zum Times Square, jenem Platz, wo die irrsinnige Reklame ist, die man von Bildern kennt. Also tatsächlich Pepsi-Cola-Reklame mit Wasserfall, Camel-Reklame mit Männerkopf, aus dessen Mund Qualm rauskommt. Es ist alles so witzig. Anschließend mit Nagengast noch eine Cola in einem Drugstore trinken, damit man das kennenlernt. Es ist weiß Gott so, wie es beschrieben wird, man bekommt alles und jedes in diesen Läden, Essen, Trinken, Zahnpaste, Fotoapparate, und alles bis spät in die Nacht. Todmüde rannte ich dann in mein Heiabettchen im vierten Stock.

Am zweiten Tag schrieb er:

12 Uhr mit Jean essen in einem Drugstore, Milkshake und einen Hamburger. U-Bahn und Bus schafften uns dann in einer Stunde zu Modean, der in einer Siedlung wie Whiting wohnt, alles so amerikanisch. Bei Modean gab es Bier, sogar deutsche Abfüllung aus München, überhaupt gingen mir die Augen über, was der Mann alles so in seinen Schränkchen stehen hatte, Benedictine aus Paris, echten Slivovic etc. Kaum gesehen, wurde ich von Modeans Frau auch schon mit Vornamen angeredet. Dort am Abend Hühnchen, auf dem Rost im Garten geröstet und mit Süßkartoffeln, süßen Gurken, Reis und Bier verspeist. Es sieht alles verrückt aus, schmeckt aber großartig.

Und am Sonntag jubelte er:

Sah heute meinen ersten leibhaftigen Indianer, schön und groß wie Intschu tschuna. Er hatte blauschwarze Haare, eine große Nase und rötliche Haut, genauso wie bei Karl May. Der Indianer war Hilfsbremser in einem Geschäft für Cowboy-Sachen für Kinder, wo es alles das gab, was Old Shatterhand für den Ernstfall kaufte: Colts, Lederwesten, Mokassins etc.

Du kannst dir sicher vorstellen, dass ich ständig jubiliere über der Vorstellung, in New York zu sein, wenn es auch irrrrrsinnig anstrengend ist, wegen der Sauserei und der schwülen Hitze. Es ist ja so ein Jammer, dass du nicht hier bist. Ich denke immer an dich, wenn ich mir alles ansehe. Mach dir schöne Tage, und ruh dich schön aus. Ich komme bestimmt nicht zum Ausruhen. Tausend liebe Schmätze für dich, mein Goldäffchen, ich schreibe bald wieder, dein Häschen.

Was sollte das heißen, mir mutterseelenallein schöne Tage zu machen im ebenso schwülen Genf, wo es kein Theater gab – das letzte war abgebrannt und nicht wieder aufgebaut worden – und abends um zehn niemand mehr auf der Straße war? Ich floh nach Hooksiel bei Jever, wo Vati mit Uschi und Henrike

Urlaub machte. Ein Vergnügen war das nicht. Ich stellte deutlicher denn je fest, wie sehr mein Vati meinem Opa ähnelte, man nahm ihn viel zu ernst und litt unter seiner autoritären Art. Uschi vertraute mir an, dass sie ihr Leben im Rückblick als verpfuscht betrachtete. Sie hatte einen gemachten Mann geheiratet, einen aufstrebenden Büroleiter, der jetzt biegbare Kämme verkaufte. Verbittert wirkte sie aber nicht. Ich kam unerwartet prächtig mit ihr aus. Sie gestand mir, dass sie vor Vati einen Lotteriegewinn von 1000 Mark verheimlicht hatte.

Markus reiste inzwischen nach Springfield, wo er in einem herrlichen College lebte, lauter Wiesen, Parks und Bäume, sehr idyllisch. Aber er hatte es schon satt. Er mochte es nicht, wenn der Lokus sonst wo war und dann auch noch gemeinsame Waschangelegenheiten. Und sauber machte keiner:

> *Die Idee, Amerikaner hätten es so mit der Hygiene, ist wohl auch nur so ein Exportartikel der Stimme Amerikas. Und wie die Amis sich am Leben erhalten, ist mir ein Rätsel, sie essen ja nichts außer Kohlstrünke und Kleckse von Nahrungsmitteln.*

Mir wurde klar, dass Uschi eine Egoistin war und auch ihre Kinder als Egoisten heranwuchsen. Nie dachten sie an andere, ständig trödelten sie herum, immer waren sie unpünktlich. Das war kein Familienleben. Übrigens waren die Friesen mächtig stolz auf die Luftpost aus Amerika, die ich bekam. Ich durfte mit ihnen auf den Fischerbooten rausfahren. Das fand ich aufregend. Verglichen mit meiner, erschienen mir die Winklers eine nette Familie zu sein. Ich schrieb an Trundel, um alles wieder einzurenken. Diese ganze Aufregung verstand ich nicht mehr, wenn Trundel noch einmal nach Genf kommen würde, würde alles wunderbar laufen. Jetzt, wo Markus den Doktor hatte, schwebten wir für Trundel ohnehin in einer Gloriole und ich war kein Bremsklotz mehr für ihren Sohn.

Markus reiste nach Minneapolis weiter, wo eine strapaziöse Vollversammlung des Lutherischen Weltbunds stattfand, zu der auch Altvater anreiste. Dort hatte er hart zu arbeiten: Artikel schreiben, irgendwohin rennen, wieder Artikel schreiben.

Mir ging es nicht gut. Ich war ständig damit beschäftigt, einen Haufen Klippen zu umschiffen, und ich sah immer schon die nächsten. Alles, was ich mit Uschi und Vater ausbügelte, war nur vorläufig. An manchen Tagen waren sie bester Stimmung, an anderen stritten sie nur, und mich kotzte alles von Tag zu Tag mehr an, ich bekam immer mehr Heimweh. Ich beschloss, es sollte für mich der letzte Besuch der Familie meines Vatis sein. Sie waren unerträglich, jede und jeder für sich allein und alle gemeinsam. Und es waren erst drei der sieben Wochen herum, die Markus fort sein sollte. Hooksiel war öde, ein mieses Kaff. Die Sonne schien fast nie. Einmal fuhren wir nach Helgoland, da schien die Sonne. Uschi und Vati begannen, davon zu schwärmen, dass Markus auf der Rückreise nach Marl käme, Vati sagte, wie er behauptete, ganz wichtige Termine ab, um Markus vom Flugplatz abholen zu können. Sie planten, ohne auf mich zu hören. Es war eine blöde Bande, ich wusste nie, woran ich mit ihnen war. Mal waren sie die nettesten Menschen, am anderen Tag waren sie bösartig, es konnte auch von Stunde zu Stunde umschlagen. Da erschien mir Markus' Familie geradezu ideal, im Grunde liebevoll und fürsorgend. Auf jeden Fall wollte ich es anders machen als beide Familien, aber immer noch lieber wie die Familie Winkler. Besonders unerfreulich waren die Abende, wenn Vati betrunken war. Er wurde so unanständig, dass ich mich schämte und am liebsten geheult hätte. Er belästigte die Damen und wir, seine Töchter, mussten das mitansehen. Hinterher sprach ich stundenlang mit Henrike über alles Mögliche, damit ihr kein Schock blieb. Sie blühte richtig auf und war nett zu mir. Ich sagte ihr immer ziemlich deutlich meine Meinung, nur eben nicht wie die anderen schimpfend, sondern erklärend, und deswegen hörte sie einigermaßen auf mich. Ich war für sie diejenige, die sie aufklärte. Mit ihren 17 Jahren wusste sie im Grunde nichts, und wenn, dann in hässlichster Form. Ich entwickelte mich regelrecht zur Erzieherin und wusste nun, wie man es seinem Kinde sagte. So ganz sinnlos war der Besuch also doch nicht. Ich hätte mir nie zugetraut, dass ich einmal eine so ausgleichende Rolle in meiner Familie spielen würde. Das war für mich recht lehrreich. Ich sah deutlich, welch grausames und trostloses Leben entsteht, wenn Leute sich so wenig liebhaben. Sie entwickeln die bösartigsten Eigenschaften und versuchten immerzu, sich gegenseitig eins auszuwischen. Ich meinte, noch nie so viel Schlechtigkeit auf einem Haufen gesehen zu haben. Immerzu musste ich auf der Hut sein, dass mir nicht mal der Kragen platzte, aber ich wollte mich nicht mit ihnen gemein machen. War erst einmal ein Wort zu laut gesprochen, wurde man stundenlang mit Dreck beworfen. Und alle anderen kriegten auch etwas ab. Da wollte ich mich unter allen Umständen raushalten. Ich wollte mich nicht daran beteiligen, wenn Uschi und Vati aneinander Mordversuche unternahmen, was öfter vorkam. Henrike hat später in ihrem eigenen Haushalt niemals lange Messer in den Küchenschubladen gehabt. Ihre größte Angst war, dass die beiden sich einmal etwas Ernstes antaten. Mir wäre das ziemlich gleichgültig gewesen, nur wollte ich eben nicht dabei sein.

Das Unglück an der Eiger Nordwand beschäftigte alle Zeitungen und Radionachrichten. Ein Italiener war abgestürzt und hing in der Wand, andere stürzten auch ab. Siebzig Alpinisten aus fünf Ländern organisierten eine aufwändige Rettungsaktion. Am Ende war der Abgestürzte im Seil doch tot, und man ließ ihn zur Warnung hängen.

Von Vroni Wollschläger kam Nachricht, dass sie ihren zweiten Sohn bekommen hatte. Ihre Schwiegermutter war bei ihr, aber der wurde es zu viel. Ich war ganz froh, dass ich nicht in Genf war, denn mein Patenkind Schorsch schien völlig verzogen zu sein, nach dem zu urteilen, was Vroni über seine Dummheiten schrieb. Ich hätte keine Lust gehabt, ihn unter

Aufsicht der Schwiegermutter zu bändigen. Alleine hätte ich es wohl geschafft, aber nicht gegen die Affenliebe der Großmutter.

In Minneapolis wurden Leute abgesetzt oder traten zurück, der eine fiel in Ungnade, der andere trat ans Licht, Bischof Odass wurde als Vizepräsident wiedergewählt. Markus berichtete, das Exekutivkomitee habe sich einige Tage nach Beginn plötzlich auf ihn gestürzt, um ihn freundlich zu begrüßen. Präsident Lilje sagte: Sie können lichtvoll in die Zukunft blicken, ein anderer meinte, man sehe dem Aufstieg von Markus entgegen.

> *Was das bedeutet*, schrieb er, *kann ich nicht sagen. Heute war ich mit Altvater, der dich stets heftig grüßen lässt, chinesisch essen, die Speisekarte habe ich mitgenommen, dann ins Kino, Panorama, die runde Breitleinwand, Die sieben Weltwunder, ein Flug um die Erde über schöne Gegenden hin, Rio de Janeiro, Athen, Rom. Als ich Rom und St. Peter sah, war ich wieder ganz hin. Stell dir vor, in ein paar Wochen sehen wir das selbst. Das wäre es für heute, mein liebster Schnutz. Ich habe es noch immer satt hier. Heute Abend, als sich allein im Coffee-Shop saß und aß, kam ich mir richtig trostlos vor. So allein in einem Land und in einer Stadt. Was haben wir nur früher gemacht, als wir noch nicht verheiratet waren? Ich sehne mich so danach, mit dir schwätzen zu können und dich um mich zu fühlen. Alleine ist man doch nur der halbe Mensch, und jetzt, wo der Druck von mir ist und ich nichts Bestimmtes mehr vorhabe, da kommen die Gefühle. Ich freue mich so auf unser Zuhause und auf unser Zusammensein. Ich stelle mir vor, dass wir eine ganz neue Sorte von Ehe führen können, jetzt, wo ich ein freier Mensch bin und mich dir wieder richtig widmen kann. Du warst ja so lieb und hast nichts gesagt, aber ich weiß, dass du ein schreckliches Jahr hinter dir hast. Jetzt wollen wir das Leben genießen. Und ich bitte dich inständig, doch auch nach Genf zu fahren, denn du solltest wirklich nicht ewig in Marl bleiben. Bitte, sei so lieb und tu das. Du hast dort ein bisschen mehr Ruhe als in dieser Atmosphäre in Marl. Dein liebster Spatz.*

Dabei rechneten alle ganz fest damit, dass er nach Marl käme. Ich war nun allein mit Uschi in Hooksiel, während die anderen schon nach Marl gefahren waren, und schrieb Markus:

Ich wäre lieber zurückgefahren, aber ich kann nun mal keinem einen Spaß verderben. Sie genießt es ganz offensichtlich, mal nicht die zum Überdruss bekannten Gesichter zu sehen, und ist so ganz umgänglich. Henrike ist es doch nicht schwergefallen, ohne mich abzureisen. Mir tat es leid, sie wurde von Tag zu Tag aufgeschlossener und fröhlicher. Verständnisvolles Anhören wirkt eben doch Wunder. Manchmal bin ich doch recht froh, dass ich mich so weit überwunden habe, allen an der Stelle, wo sie sympathisch sind, gerecht zu werden. Ich habe das Gefühl, dass ich menschlich gar nicht so unzulänglich bin, wie ich es manchmal annehme. Aber im Grunde werde ich meines Lebens, solange ich mit den Marlern zusammen bin, nicht recht froh. Auf die Dauer verausgabt man sich vollkommen, man bekommt nie etwas zurück. Den Freitag vor der Abreise waren alle recht übermütig und albern. Stell dir vor, Vati hat mit uns Rock'n Roll getanzt. Es war ein Riesenspaß. Ansonsten habe ich Sehnsucht nach dir und warte darauf, dass die Zeit vergeht. Mich interessiert außer Briefen von dir nur der Fischfang und das Wetter. Im Augenblick ist Sturm aufgekommen und ich weiß, dass unsere Fischer rausgefahren sind. Ich bin in großer Sorge, weil die Kutter nur Windstärke 6 bis 7 aushalten. Die Großeltern kommen in einer Woche in Marl an. Und erst am Sonntag vorher fahren Uschi und ich von Hooksiel ab. Ich habe aber nicht die Absicht, länger als eine Woche in Marl zu bleiben. Ich will dann auf jeden Fall nach Hause fahren. Am 5. September habe ich Wäsche. Ich muss doch alle Sachen in Ordnung bringen. Ich habe keine Lust, in Marl Katzenwäsche zu machen oder mich in Genf in den letzten drei Tagen abzuhetzen, damit alles klappt. Was haben wir außerdem schon von einer gemeinsamen Eisenbahnfahrt nach Genf? Ich will dir lieber in Genf alles nett vorbereiten, wenn du so abgespannt nach Hause kommst.

Markus schrieb:

Die letzten zwei Wochen sind nichts weiter als ein einziges Durcheinander in meiner Erinnerung. Aber ich habe mich wenigstens jetzt ein bisschen ausgeschlafen und fühle mich wieder völlig normal. Ich habe hier gestern die Bedienerin fast zu einer Ohnmacht gebracht. Ich hatte was gegessen (so eine Art Roulade mit Kartoffel), was normalerweise ein Amerikaner mittags nur mit Mühe isst, weil es so viel ist. Mir hingegen, der ich immer noch mittags den meisten Hunger habe, war das längst nicht genug, und ich sagte der Tante, ich wollte noch was essen. Sie schien an die unvermeidliche Ice Cream zu denken, ich hingegen bestellte das Gleiche noch einmal. Sie hat mich angeguckt wie einen bunten Hund und ist mit verdrehten Augen weggelaufen. Habe heute wieder Wäsche waschen lassen. Früh um 9 wird der Kram aus meinem Zimmer abgeholt, Punkt 5 am gleichen Tag sauber gebügelt wieder in meinem Zimmer abgeliefert. Das ist doch bequem. So ein Hotel hier ist überhaupt eine Stadt für sich. Im Hotel befinden sich ein Tabakladen, ein Drugstore (für Medikamente, Postkarten, Seife, Fotokram und alles, was man sich so denken kann), ein Andenkenladen mit dem schönen Namen Chalet Suisse, ein richtiges Postamt, eine Wechselbank für Geld, ein Friseur, eine Wäscherei, ein Laden, wo man sämtliche Hemden, Hosen, Anzüge etc. kaufen kann, ich glaube, das ist alles. Dafür gibt es im Umkreis von Meilen kein öffentliches Postamt. Und Zigarrenläden scheint es auch nur in Hotels zu geben. Das alles ist in der großen Sitzhalle, nicht etwa außen dran. Seit die Vollversammlung vorbei ist, ist alles wie tot. Die Büros werden auf- und weggeräumt, alles ist in Auflösung, kein Mensch mehr vor dem Auditorium auf der Straße. Überhaupt ist diese Stadt gar keine Stadt. So viele erdgeschossige Häuser wie hier gab es auch nach dem Krieg nicht auf Ruinengrundstücken in Deutschland. Man hat eben Platz. Vom Hotel aus sehe ich eine Straße lang, die auf jeder Seite nach einem Kilometer mitten im dichten Wald aufhört. Dort ist die Großstadt zu Ende, und die Wohngegend fängt an und zieht sich auf Dutzenden von Kilometern hin. Die Großstadt besteht wirklich aus nichts weiter als aus einem einzigen Wolkenkratzer mit kilometerweiten Parkplätzen drum herum, die immer proppenvoll sind. Eine merkwürdige Art, Städte zu bauen, und Minneapolis zählt mit zu den schönen Städten. Mehr denn je schwöre ich auf Karl May, die Schwarten helfen mir so viel zum Verständnis. Die Drugstores sind ja nichts weiter als ein Store, wo Winnetou gegen goldene Nuggets sich mit Notwendigkeiten versorgte und regelmäßig in eine Rauferei mit schnapstrinkenden Rowdies geriet. Es ist blödsinnig, wie sich in einem so traditionslosen Land wie Amerika ausgerechnet diese Wildwest-Tradition hält. Habe heute auch entdeckt, warum die Amerikaner wie die Kinder essen und alles kleinschneiden, ehe sie mit der Gabel weiter essen. Auch das ist Old Shatterhand: Am Lagerfeuer wird es nicht anders gewesen sein, weil man den Teller mit der einen Hand halten musste. Lustig übrigens, hier im Restaurant, wo ich immer billig esse (im Hotel), wird man an der Tür empfangen und an einen Tisch geleitet. Und niemals wird man an einen Tisch mit anderen gesetzt, außer man kennt sich. Selbst wenn das Lokal proppenvoll ist, isst immer nur einer am Zweiertisch. Die anderen stehen inzwischen Schlange und warten. Das ist natürlich angenehm, weil man nicht mit wildfremden Leuten zusammenkommt. Sonst ist Amerika wirklich eben nur ganz anders, als wir es uns fälschlich vorstellen. Die Leute sind genau wie woanders, Backfische sind Backfische (und keine Teenagers), junge Leute mit 16 haben dasselbe dämliche Benehmen wie woanders, nur sind alle Leute um mehrere Grade dümmer als bei uns. Nachrichten oder Bildung gibt es hier nicht. Nachrichten im Radio dauern fünf Minuten und berichten vier Minuten vom Autounfall in der Nachbarschaft, und das ist alles, was der Bürger hier von der Welt erfährt. Die Bergsteiger, die auf dem Eiger verunglückt sind, die kennen wir auch, aber sonst steht nichts in den Zeitungen, kommt nichts im Radio. Ich lebe hier trotz Zeitungslesen und Radiohören wie hinter dem Mond. Und so leben hier die Leute ihr Leben lang und wollen die Welt beherrschen. So, Hase, ich muss aufhören, weil ich noch essen muss und dann verabredet bin, mit dem Taxi zum Exekutivkomitee zu fahren, aber der Brief soll noch weg. Mein Schnutzputz, ich habe es so satt hier, und ich will bald zu dir. Bald ist es soweit, warte nur, balde … Ich habe Lust, von Düsseldorf nach Genf zu fliegen, damit ich noch Sonntag da bin. Was meinst du? So, mit viel Liebe und Sehnsucht, bin ich dein Markus.

Von Trundel kam ein Brief, ich war nun wieder das innig geliebte Töchterchen und alles, was wir taten und wie wir miteinander lebten, war gut und schön und lieblich, eigentlich einmalig. Ich staunte, wie schnell sie ihre Einstellung ändern konnte. Aber natürlich war ich froh, dass sie nicht mehr feindselig über mich dachte. Auch für sie war es ja besser, glücklich und stolz auf ihren Sohn zu sein. Das sollten Eltern doch sein dürfen. Trotzdem fragte ich mich, ob der nächste Besuch gut gehen würde. Ich bekam eitrige Pickel und musste sie mit Zugsalbe behandeln.

Weil die Tagung zu Ende war, verließ Markus Minneapolis Richtung Chicago als Ehrengast mit einer Urkunde, die bei uns jahrzehntelang als Ehrenbürgerurkunde auf dem Klo gehangen hat. Außerdem war er nun bezahlter Korrespondent des EPD, des evangelischen Pressediensts Deutschlands. Er sollte ihn aus Genf mit Nachrichten versorgen. So wollte er sich die Druckkosten für seine Dissertation auf angenehme Weise dazuverdienen.

Chicago wird der Albtraum meines Lebens bleiben, schrieb er. *Nicht nur, dass ich vorher noch nie in meinem Leben einen Menschen mit zertrümmerten Nasenbein gesehen habe, dagegen in Chicago jeden Tag mindestens einen, aber so was von grauenvoller Hässlichkeit von Stadt und Menschen kann einen umbringen. Alle sehen sie wie Gangster aus, die Häuser sind schwarz, über den Straßen fährt die Hochbahn, so dass die Straßen am Tag stockdunkel sind, kein schönes Haus in der Innenstadt, nichts. Nur am Rand des Sees schöne Parks, aber abends soll man da alleine nicht hingehen. War dort auch in den Slums, unwahrscheinliche Bruchbuden, richtige Elendsviertel, aber vor jeder Bruchbude ein toller dicker Wagen, im Haus Fernsehen und ein Eisschrank, das ist hier Elend. Zum Glück bin ich ungemordet aus Chicago entkommen. Die Niagarafälle, von Wolkenkratzern umgeben, sind blödsinnig kitschig. Sie werden nachts mit bunten Scheinwerfern angestrahlt, um nur ja keinen unverdorbenen Natureindruck zu kriegen.*

Ich schrieb aus Marl:

Ein Nachbar kam mit der Tochter aus erster Ehe seiner Frau vorbei, über die sich alle schon sehr das Maul zerfetzt hatten. Er hat einen Haufen Probleme mit ihr. Nun wollte er von mir gute Ratschläge haben, wie man mit einem 16-jährigen Mädchen umgehen muss. Mir macht es Spaß, mit ihr zu schwätzen. Ich komme mir so weise vor, weil ich als Scheidungskind das alles auch erlebt habe und eigentlich nichts daran neu ist. Ich kann ihn deswegen so herrlich verblüffen, weil ich ihm sagen kann, was das Mädchen denkt und vorhat. Sie sind alle ganz erstaunt, woher ich das weiß und wissen kann. Aber ich sage einfach nur das, was ich in diesem Alter gedacht habe. Und das stimmt komischerweise genau. Auf diese Weise bin ich in den Geruch gekommen, furchtbar klug und eine ausgezeichnete Menschenkennerin zu sein. Ich finde gar nicht, dass ich das bin, ich kann mich nur gut erinnern. Das glaubt mir natürlich keiner. Hoffentlich kann ich mich auch noch so gut erinnern, wenn ich mal selbst Kinder habe, die in dieses Alter kommen, damit ich die richtige Hilfestellung einnehmen kann. Ich habe hier richtige Vorübung auf eigene heranwachsende Kinder. In meiner Rolle, die ich hier spiele, komme ich mir recht komisch vor, weil ich mich noch absolut nicht gefestigt fühle. Aber so werde ich eben angesehen. Ist das nicht zum Piepen?

Ich fuhr eine Woche vor Markus nach Genf, sortierte die Post und schrieb noch einen Brief an ihn: *Die letzten Tage sind furchtbar, die Warterei ist unerträglich. Du kommst und kommst nicht nach Hause. Wir dürfen uns wirklich nicht mehr auf so lange Zeit freiwillig trennen. Das ist einfach vertane Zeit.* Weil ich zum Arzt und Zahnarzt gehen und Medikamente kaufen musste, fehlte mir das Geld fürs Porto, darum schrieb ich keine weiteren Briefe. Wollschlägers brachten einen Haufen Taufpaten bei mir unter, ich konnte es nicht abwehren. Ab Mittwoch musste ich bei Vroni schlafen. Pips schrie viel und sah klein und kränklich aus. Vroni war sehr in Sorge, ob sie ihn durchbringen würde. Schorsch war frech und schlimm zu bändigen. Otto und Vroni schienen auch gar nicht gut miteinander auszukommen.

Auf Markus' Rückflug setzte über dem Kanal einer der vier Propeller aus, so dass sie in London notlanden mussten, immerhin zur rechten Zeit für ein englisches Frühstück. Sieht blöd aus, wenn drei Propeller wie wahnsinnig schnurpeln und einer blasiert stillsteht, erzählte er. Danach las er nur noch Karl May, entschlossen, geistig zu verblöden.

Ende September machten wir unseren Urlaub in Italien. Ich sah Rom. Markus jagte mich durch die klassische Bildung seiner acht Schuljahre hindurch, ich musste alles in römischer Hitze begreifen. Meine Beine waren bald ganz kurz gelaufen, und so lang sind sie ja nicht. In die Kirchen durfte ich nur mit langen Ärmeln rein, und das bei der Hitze. Markus schimpfte ständig, weil seiner Meinung nach nicht genug ausgegraben worden war, ich wäre dankbar gewesen, wenn es etwas weniger gewesen wäre. Aber Bildung ist eben anstrengend. Bestimmt habe ich in Pompeji auch die Wandbilder mit zwergenhaften Menschen gesehen, über die ich 45 Jahre später schrieb:

> In einer Flusslandschaft kämpfen Pygmäen gegen Krokodile und Flusspferde. Ein Pygmäe ist schon halb im Rachen eines Flusspferdes verschwunden, ein anderer steht auf des-

sen Rücken und sticht mit einem dünnen Speer auf das dicke Hinterteil ein. Einer treibt tot im Fluss. Im Vordergrund sitzt ein Pygmäe auf einem Krokodil, er hält eine Leine in den Händen, an der drei Pygmäen ziehen, offenbar um es als Beute zusammen mit ihrem Jagdgenossen an Land zu befördern. Was aber kaum gelingen kann, denn zu Dritt werden sie eher ihn vom Krokodil herunterziehen, als das Tier zu bezwingen. Ein anderes Bild zeigt das Urteil Salomos nach der jüdisch-hebräischen Überlieferung. Offensichtlich war die Geschichte im Römischen Reich bekannt. Und offenbar sollen wir darüber lachen. Im alten Rom waren nämlich, wie in der griechischen Vasenmalerei auch, Zwerge in der Kunst ein Mittel, um das Pathos des Heroischen oder Sentimentalen lächerlich zu machen. Die Szene mit dem Urteil Salomons wirkt grotesk, weil König Salomon, seine Wachen und Gerichtsbesitzer und die beiden Frauen, die sich um das Kind zanken, als Zwerge mit kurzen Beinen und großen Köpfen dargestellt sind. Offenbar fanden die überfeinerten Römer das weise Urteil rabiat und barbarisch und deswegen lächerlich.

Von Pompeji fuhren wir nach Neapel. Dass wir unbestohlen aus dieser Stadt herauskamen, konnte ich kaum fassen. Ich wollte nie wieder in diese grässliche Stadt, ich bekam Kopfschmerzen von dem Lärm. Davon erholten wir uns in Positano, einem in den Steilhang geklebten Fischerdorf, wo wir ganz faul waren. Die einzige Anstrengung waren die 477 Stufen, die wir täglich von der Pension zum Strand hinuntergingen und abends wieder zurück. Solange wir die Stufen nicht gezählt hatten, machte es uns nichts aus, aber danach fanden wir es anstrengend.

Kapitel 9

Ein freier Mensch war Markus natürlich nicht, das war er nie, die Schreibmaschine klapperte immer. Er wurde Leiter der Nachrichtenabteilung des LWB, aber die versprochene Gehaltserhöhung ließ auf sich warten. Seine Dissertation bot er dem FU-Verlag in Berlin an. Unsere Studienkollegin Liselotte führte für ihn die Verhandlungen in Berlin. Es bestand Hoffnung, dass sie es für 800 Mark druckten, sonst kostete es 2000 Mark. Das Geld dafür zahlte er auf ein Konto in Deutschland ein.

Natan schickte uns Linolschnitte für unsere Wohnung. Er schrieb:

> *Die Bilder habe ich eigens für euch gefertigt, da ihr viel Rot und Schwarz wolltet und eure Möbel wohl auch so geartet sind. Ich glaube, diese Sachen werden euch behagen, sie sind mit einer Druckwalze und Druckschwarz gemacht und etwas farbig bearbeitet. Wo mein Name steht, ist gewöhnlich unten, wo ich einen Pfeil hingemacht habe, kann eventuell auch oben sein. Wie es euch gefällt. Wahrscheinlich seid ihr entsetzt, dann behaltet die Nerven und kündet es mir.*

Wir ließen sie rahmen und hängten sie auf. Fast sein ganzes Leben lang hat Natan uns zu Neujahr einen Linoldruck geschickt, fast immer mit einer nackten Frau darauf.

Vroni und Otto zogen nach Darmstadt fort. Das war sehr traurig. Wir überlegten, ob wir ihre Wohnung nehmen sollten, entschlossen uns aber zu langsam, sie war schon weg. Ich kaufte mir eine Grillpfanne, mit der man Fleisch viel schneller als im Topf gar braten konnte, wodurch kostbare Nährstoffe erhalten wurden und das Fleisch viel saftiger blieb. Leider fand ich keinen Platz dafür in der Küche, sie stand vorläufig auf dem Gasherd. Ich musste wieder mal den ganzen Haushalt umkrempeln, um Platz dafür zu schaffen.

Mitte April blieben meine Tage aus und mir war morgens speiübel. Meine Frauenärztin stellte fest, dass ich schwanger war. Als Geburtstermin errechnete sie Heiligabend. Um hohen Blutdruck zu vermeiden, sollte ich so wenig Salz wie möglich essen. Es war urkomisch, denn auch Markus war ständig übel, als ob er ebenfalls schwanger wäre. Die Ärztin meinte, das sei gar nicht so selten bei mitfühlenden Männern. Wir mussten nun ernsthaft eine andere Wohnung finden, Markus hatte aber eine Dienstreise nach Stockholm, Uppsala und Sigtuna vor sich. Zwei Tage vor seiner Abreise fragten wir nach, was eine Wohnung in einem Wohnblock im Chemin Kermély 8 kostete, und siehe da, wir waren nicht zu spät, sie war noch frei, wenn auch sündhaft teuer, 350 Mark im Monat. Die Wohnung lag praktisch am Stadtrand im Grünen, in einer ruhigen Gegend mit modernen Wohnungen. Den Vertrag sollte ich unterschreiben, wenn Markus weg war.

Am ersten Abend, an dem ich allein war, ging ich ins Kino. Der Film *In 80 Tagen um die Welt* dauerte drei Stunden und Marlene Dietrich hätte ich in der Nebenrolle als Bardame beinahe nicht erkannt. Das Kino war schrecklich vornehm. Es gab keine Platzanweiserinnen, sondern Platzanweiser, die sich so arrogant und höflich benahmen wie englische Butler und die Jungen und Mädchen im Alter von ungefähr zehn Jahren ernsthaft mit Monsieur und Mademoiselle anredeten. Das Kino hatte eine Breitleinwand und Raumtonanlage. Es machte mich ganz verrückt, dass die Töne von hinten zu kommen schienen, am liebsten hätte ich mich dauernd umgedreht.

Markus berichtete:

Etwas verspätet entschwebten wir nach Stockholm. Es ist lächerlich, wie flach die Gegend ist. Wo auf der Landkarte zwischen Schweden und Dänemark Wasser gemalt ist, ziehen sich endlose Moraste und winzige Inselchen hin. Inzwischen stieg das Flugzeug immer weiter und weiter und schließlich gab der Pilot gut gelaunt bekannt, dass wir in 7000 Metern Höhe flogen. So kam mir das auch vor, denn statt unten Land und Leute zu sehen, sah man nur Blau wie Himmel, so weit weg war alles. Der Grund war ein ungeheurer Gewitterwolkenhaufen, der auch noch in sieben Kilometern Höhe über uns hinaus quoll. Sah herrlich aus. Diese sieben Kilometer sind bislang mein Höhenrekord, selbst nach USA flogen wir kaum drei bis vier Kilometer hoch. Für die kurze Strecke nach Stockholm war das natürlich köstlich. Denn kaum waren wir so hoch, mussten wir auch schon wieder schleunigst runter, um in Stockholm zu landen. Auf der Rollbahn fiel mir das Fenster in den Schoß, aus dem ich eben noch geguckt hatte. Wie die Stewardess völlig ungerührt mitteilte, passierte das öfters, wenn man runterkommt, in der Luft aber nie. Das ist ja immerhin beruhigend. Ich drückte die Scheibe während der Fahrt zum Stellplatz mit der Hand in den Rahmen. Auf dem Flugplatz wurde mein Name ausgerufen. Ich nahm sofort an, dass es mit Bo Isaksson zusammenhing. Ein bärtiger Journalist der Morgontidningen, der wie Rasputin auf blond aussah, brach sofort in ein wildes Interview aus, weshalb wir denn alle kämen und was wir so wollten. Ich erzählte ihm das alles, während ein anderer mit Blitzlicht um uns herumsprang und das übrige Volk in der Empfangshalle staunend zusah. Die haben sicher gedacht, ich bin ein Berufsboxer oder von ähnlicher Machart. Wer wird denn schon auf Flugplätzen interviewt? Ganz Schweden ist schrecklich enttäuschend. Man kann alles lesen und verstehen, was an den Läden angeschrieben steht. Konsum-Geschäfte, Männer mit französischen Bärtchen, ein Citroën mit französischer Nummer, River-Kwai-Gepfeife, alles das sah und hörte ich in den ersten zehn Minuten und wusste gar nicht, warum ich deswegen soweit wegfahren muss.

Ich hatte in Genf viele Laufereien, ich musste auf Ämter und war damit beschäftigt, für unsere Wohnung Nachmieter zu finden. Markus schrieb aus Sigtuna:

Am Sonntagmorgen gab es wieder saure Milch mit Cornflakes. Ich muss wirklich mal eine Arbeit darüber schreiben, wie gleichförmig sich die christliche Ärmlichkeit überall austobt. Während sonst in Schweden der Kaffee natürlich gut ist, ist er in Sigtuna scheußlich. Während überall wenigstens die Betten bezogen sind, mussten wir das hier selbst tun. Während überall in der Welt Heißwasserhähne warm sind, fließt hier eiskaltes Wasser aus beiden Hähnen, so dass ich mich kalt rasiere. Nach dem Frühstück wurden wir in Busse verfrachtet und nach Uppsala gefahren, wo wir in der Bischofskathedrale einen Gottesdienst über uns ergehen ließen. Die Stadt Uppsala ist so unbedeutend wie irgendeine hässliche Kleinstadt im Hannoverschen. Dass man den Codex Argenteus sehen können wollte, war unseren Tagungsleitern natürlich nicht eingefallen. Wir veranstalteten eine Revolution und bekamen ihn zu sehen. Schließlich ist er das einzige, weshalb man den Namen Uppsala kennt. Dass er mit silberfarbener Tinte auf purpurfarbenes Pergament geschrieben wurde, sah man kaum. Außerdem kriegt man natürlich auch gar nicht das Original zu sehen. Das sagt einem aber niemand. So ein kostbares Buch legt man nicht ohne Bewachung unter eine einfache Glasscheibe in einen Guckkasten. Also sahen wir uns eine naturgetreue Fälschung an.

Gestern, am Montag, war ich in Stockholm, wohin mich unser Verbindungsjournalist vom Verein eingeladen hatte. Er ist eine erschreckend zweite Ausgabe von Lux, dass man richtig platt ist, wie ein Mensch so doppelt sein kann. Eine köstliche Figur, lang, dünn, und dieselben Bewegungen und derselbe Mund wie Lux. Sicherlich sehr klug und verklemmt. Er schleppte mich in seinem Renault in die Stadt und führte mich durch die Altstadt von Stockholm und durch das Schloss, das einfach nur ein riesiger quadratischer Kasten und eigentlich ein Meisterwerk der Trostlosigkeit ist. Im Ganzen gesehen, erwies sich die Modernität Schwedens als ein guter Schwindel. Selten habe ich so alte und schreckliche Häuserblocks gesehen, nicht mal sauber. Dann war ich beim Lux-Duplikat zum Abendessen. Seine Behausung war ein Erlebnis. Erst fuhr man mit einem Lift fünf Etagen hoch, dann lief man einen Korridor entlang, dann ging es aufs freie Dach hinaus und drüben wieder in ein Stück Dach hinein. Dort stieg man noch eine Treppe in den zweiten Stock des Dachs und dann war man im Atelier. Die Wohnungsnot muss immens sein, dass die Leute dankbar sind, nach jahrelangem Suchen so etwas zu finden. Es war recht idyllisch, ein richtiges Atelier mit Oberlicht, ein Riesenraum, größer als unsere Wohnung zusammen. Aber die Küche fand hinter einer Schranktür statt, Lokus übers Dach. Er hatte eine nette Frau, die ein irres Essen gekocht hatte: erst den obligaten Bismarck-Stip, das heißt, alle Sorten von Fisch mit Soße und weißen Kartoffeln, dann Fleischklößchen und Kartoffeln, dann Krabben in weißer Soße, dann Würstchen in Spinat mit Kartoffeln, dann Erdbeeren mit Schlagsahne, dann Kaffee, dann Bananen, dann einen Saft. Es ist unglaublich, was die hier zusammenessen. Dazu als Höhepunkt des Abends französischer Rotwein. Wir sind dann auch aufs Dach gestiegen, ganz wie in Kriminalfilmen, wo die Jagden über die Dächer stattfinden. Auch von oben war mir Stockholm keine Erleuchtung. Das einzige Moderne, was diese Stadt zu bieten hat, ist eine fabelhafte Untergrundbahn. Der Verkehr ist auf den Straßen wirklich irre, daher fährt jeder lieber U-Bahn. Es ist aber bloß eine Linie von 30 Kilometern Länge. So war ich jedenfalls mal in Stockholm, von kundiger Hand geleitet. Da hier wirklich jeder fließend Englisch kann, habe ich seit Jahren nicht mehr so viel Englisch hintereinander weggeredet wie mit den Schweden. Was ist die Welt verkehrt! Ich warte so auf einen Brief von dir. Ich kann eigentlich gar nicht so richtig schreiben, weil ich so Monologe schreibe. Wie geht es dir? Fühlst du dich sehr allein? Ich denke ja, dass dich Fichtentalers und Barbara ein bisschen ablenken von deiner Näherei. Was macht unsere neue Wohnung? Wenn ich so daran denke, freue ich mich eigentlich, wenn es etwas würde. Du hast eine ideale Küche, und die anderen Räume sind doch nicht schlecht. Wenn man so sieht, wie die Leute hier in diesen friedlichen Ländern wohnen müssen, sind wir geradezu größenwahnsinnig, wenn wir herumnörgeln.

Die Wohnung war zu teuer. Aber mir fiel keine Ausrede ein, denn als ich mit denen von der Régie verhandelte, war alles anders, als ich es verstanden hatte, in meiner Freude, einen Pferdefuß zu finden, und ich musste den Mietvertrag unterzeichnen. Ich war in heller Aufregung:

Markus, wir können uns diese Wohnung wirklich nicht leisten, wenn deine Gehaltserhöhung nicht bald kommt. Ich bin sehr verzweifelt und sehe keinen Ausweg. Am liebsten möchte ich Monsieur Berliet heimlich den Mietvertrag stehlen. Aber ich musste ja unterschreiben, denn wer weiß, ob wir sonst noch rechtzeitig eine andere Wohnung gefunden hätten. Ich werde nun mit List und Tücke versuchen, unseren Umzugstermin hinauszuschieben. Ich gehe nicht morgen gleich Tapeten aussuchen und werde noch lange mit dem Architekten wegen der offenen Lichtleitungen an der Wand verhandeln. Ich glaube sicher, dass wir erst am ersten September einziehen können. Die glauben selbst nicht an den 15. August. Jedenfalls müssen wir erst von dem Tag an Miete zahlen, wo die Wohnung bezugsfertig dasteht. Tut mir leid, dass ich wieder Schreckensszenarien verbreite. Übrigens musste ich beim Unterschreiben des Vertrags nur deine Vollmacht vorlegen, nicht etwa meinen Pass. Die wissen doch nun wirklich nicht, ob ich Madame Winkler bin. So leichtgläubig sind die hier, ich finde das immer wieder herrlich. Heute kam dein Brief vom 1. August. Heftigen Dank. Ich bin gebührend stolz, dass du interviewt worden bist und dein Bild in der Zeitung war. Ich mache damit Reklame. Wohingegen ich nichts zu berichten weiß, außer über meinen großen Kummer, erstens weil ich so allein bin und zweitens wegen der elenden Wohnung. Mir macht bestimmt nur die Küche Spaß, denn alles andere finde ich falsch.

Markus antwortete:

Eben waren schon wieder Pressefritzen da, die hunderte von Fotos aufgenommen haben und interviewten. Ich bin immer wieder mit rumgerannt, habe Leute zusammengescheucht und so weiter, es ist doch ein Kreuz mit der Presse. Dann musste ich einem Amerikaner bei einer Tonbandaufnahme helfen und am Nachmittag wieder 20 km nach Schloss Skokloster hinausfahren, wo man eine 300 Jahre alte Stadtansicht der dänisch-hallischen Mission von Tranquebar aufbewahrt, die ich knipsen sollte. Am Nachmittag halb vier musste ich in eine Sitzung, dazwischen kam das Lux-Duplikat wieder angefahren und wollte das Neueste erfahren. Vor einem Jahr in Staten Island war es herrlich dagegen, wenn natürlich hier auch der Betrieb gut aufs Ansehen schlägt: so viel Presse! Ich habe zwar alles nicht verschuldet, aber es kommt zum Glück auf mein Konto.

Auch ich rannte viel herum. Den ganzen Tag musste ich entweder Englisch oder Französisch sprechen und verhandeln, und das bei irrsinniger Hitze. Markus schrieb:

Ich habe Sonntag erst ein frisches Hemd angezogen. Muss ich es bald wechseln? Nachdem ich mich so schön an die weißen Hemden gewöhnt habe, mag ich die anderen Lappen gar nicht mehr. Die Kragen sitzen nicht schön. Dabei habe ich noch keine Zeile für den News Release geschrieben. Mit anderen Worten, liebster Hase, Erholung ist das hier leider nicht. Ich denke oft an dich, wie es dir geht, ob du auch genug isst und was du so machst. Warst du bei Liljes Kaffeeklatsch mit dabei? Leb schön wohl, mein liebstes Äffchen, sei schön lieb, iss kein Salz und denk an mich armen Menschen, der arbeiten muss, dein Markus.

Da konnte ich mithalten, was dachte er sich nur?:

Also heute Morgen, nachdem ich Wäsche abgenommen und den Wäschekorb die Treppe hochgetragen hatte (ich weiß wirklich nicht, warum ich dann die Nähmaschine nicht heben soll!), bin ich zum

Architekten gegangen. Ich habe mir mit Hilfe von Wörterbuch und Grammatik wunderschöne Sätze gebaut und konnte deswegen ganz elegant auf Französische sagen, was ich wollte. Nachdem der Herr Architekt das auch alles verstanden und notiert hatte, fragte er, ob ich deutsch spräche. Ich war so wütend, ich hätte mir ne Menge Ängste ersparen können, wenn ich das gewusst hätte. Er fragte mich, wo ich herkäme. Als er Berlin hörte, war er ganz begeistert. Er war nämlich voriges Jahr zur Interbau-Ausstellung dort. Morgen treffe ich mich mit ihm noch mal in der Wohnung, um ihm an Ort und Stelle zu demonstrieren, dass es kein Sonderspleen von uns ist, wenn wir die hässlichen Lichtleitungen nicht haben wollen.

Dann war ich heute Tapeten aussuchen, zwei Mal. Erst habe ich die alte Kollektion angesehen und war entsetzt. Am Nachmittag war ich noch mal mit Barbara im Laden. Inzwischen war die neue Kollektion eingetroffen, die war aber auch nicht besser. Kein raffiniertes, verrücktes oder elegantes Muster, die Farben alle so, dass man nicht genau rauskriegt, ob es rosa, blau, grün oder beigegrau ist oder graurosa oder graublau. Da mit raffinierten Mustern überhaupt nichts zu machen war, haben wir für unser großes Zimmer kein Muster ausgesucht. Sie ist leicht reliefig, die Farbe ist ein mildes beige. Also erwarte bitte nichts Besonderes oder Schickes, es ist nur ein schlichter getönter Hintergrund für Bilder und Möbel. Für das Schlafzimmer habe ich mein geliebtes Maigrün ausgesucht, das aber auch nur durch die weißen Streifen maigrün wirkt. Und für die Diele haben wir das Modernste, was zu finden war, genommen, es ist aber weder schön in der Farbe noch überwältigend in der Form. Barbara sagte, als ihre Eltern jetzt für ihre Wohnung Tapeten ausgesucht haben, da wussten sie gar nicht, was sie nehmen sollten, so viele schöne und verrückte moderne Tapeten gab es. Du wirst sicher sehr enttäuscht sein. Beiläufig erfuhr ich, dass wir erst das Telefon legen lassen müssen, bevor wir tapezieren lassen können. Nun muss ich morgen auch das noch erledigen. Es ist zum Heulen, ich komme gar nicht zum

Nähen. Ich wollte so viel schaffen, bis du zurück bist, aber ich werde doch wieder etwas liegen lassen müssen.

Ich versuchte, den Einzugstermin zu verschieben, aber das klappte nicht. Wir würden einen halben Monat doppelte Miete zahlen müssen, wenn ich nicht schnell einen Nachmieter für unsere Wohnung fand. Denn den Schlüssel hatte ich bei der Concierge schon abholen müssen. Die Wohnung war bezugsfertig.

Mein lieber Hase, die Concierge ist herzig. Sie sieht aus wie Frau Kauschke, nur nicht so hässlich und so töricht. Und stell dir vor, sie wischte das Haus, das gar nicht schmutzig aussah. Ich habe mächtig mit ihr Französisch gesprochen und ich konnte sie gut verstehen. Ich glaube, mit der lässt es sich auskommen. Jedenfalls wirkt sie nicht genferisch. Dann bin ich zu Bornet gegangen und habe mir einen Elektroherd ausgesucht. Es ist ein ganz tolles Ding. Er hat drei Platten in verschiedenen Größen, davon eine Schnellhitzeplatte, dann den üblichen Backherd mit eingebautem Grill, Thermostat für den Backofen und für die Schnellhitzeplatte und unter dem Backofen ist noch ein Warmhalteraum. Ich habe genau gemessen, keine Sorge, er passt rein. Es ist ein Siemens. Der Herd kostet 505 Franken, das Kabel kostet extra 27,50. Ich glaube, das geht, nicht wahr? Dann konnte ich bei Bornet gleich den Service industriel bestellen und das Telefon. Nur was ich fürs Telefon noch auf dem Postamt zu erledigen habe, konnte ich beim besten Willen nicht verstehen. Ich lasse Barbara am Montag anrufen. Das Fräulein hat mir nämlich eine lange Geschichte erzählt, die ich Wort für Wort nicht verstanden habe, weil ich nicht ahnte, worum es sich drehen könnte. Ich vermisse dich von Tag zu Tag heftiger. Ich habe mir nicht vorgestellt, dass ich all das allein erledigen muss, wo ich so schüchtern bin und nur geheiratet habe, damit der Mann mir das feindliche Leben abnimmt. Nun habe ich das feindliche Leben auf dem Hals und mein Mann ist auf Vergnügungsreisen. Ich verstehe ja, dass es euch reizt, alle möglichen Länder kennenzulernen, aber ihr müsst uns nicht einreden wollen, dass ihr dort so wichtig seid, dass ihr unbedingt fahren müsstet. Deine Reiselust kostet uns jetzt 175 Schweizer Franken. Wir hätten sonst nämlich unsere Wohnung zum 15. vermieten können. Ich möchte dir nur vor Augen halten, wie sinn- und zwecklos deine Reiserei ist, wo's dir nun doch nicht einmal Spaß macht. Ansonsten fühle ich mich nicht besonders. Ich leide tausend Ängste. Ich finde, die Kindsbewegungen sind viel schwächer geworden. Ich glaube nicht, dass ich mich irre und dann ist es eigentlich ein schlimmes Zeichen. Die Madame Doktor ist auf Urlaub, ich kann gar nichts unternehmen. Ich finde es trostlos, dass man mit all solchen Problemen alleine dasitzt. Später sind es dann die Kinderkrankheiten und noch später ist es sonstwas. Jedenfalls sehe ich nicht den Sinn der Ehe im Alleinsein der Frau mit allen Schwierigkeiten. Ich hasse den LWB immer mehr und euch Männer, die ihr alles mitmacht und immer nur an euch und den Beruf denkt.

Markus antwortete aus Oslo:

Meine liebe Ruth, heftigen Dank für deinen Brief mit den Wohnungsrennereien. Du glaubst gar nicht, wie mir das leidtut. Aber ich habe nicht im Ernst geglaubt, dass wir die Wohnung kriegen und dass es so schnell gehen würde. Ich bin schließlich nicht mit der Absicht verreist, dich ins feindliche Leben zu stoßen. Wirklich, es ist Scheiße, dass ich nicht da bin, ich sehe ja alles ein. Aber du wirst nie verstehen können, was Männer wichtig finden. Nichts, außer Zahnbürsten herstellen und Straßenfegen ist wirklich für die Menschheit wichtig. Aber es ist nun mal so, dass man sich mit Sachen beschäftigen muss, um zu beweisen, dass man sein Gehalt wert ist. Dass das Bambino nicht so recht Schluckauf hat, wird an der Hitze liegen, vielleicht hat es keine Lust, in der Hitze zu strampeln. Da würde ich mir erst Mal keine Sorgen machen. Es kann ja schließlich auch nicht ein Vierteljahr lang ununterbrochen und gleich stark strampeln. Alles Liebe für dich, und trage nicht so schwer, das sollst du doch nicht, iss gut und ruh dich gut aus. Sei vernünftig in solchen Dingen, wirklich. Dein liebes Gemahlchen.

Frau Dr. Bataclens beruhigte mich. Es sei normal, dass die Kindsbewegungen mit der Zeit abnähmen, in meinem Bauch werde es zu eng. Nipperts wollten unsere Wohnung zum 20. August nehmen und auch zahlen. Dafür versprach ich ihnen meinen Gasherd. Ich ging aufs Hauptpostamt, um unser Telefon zu beantragen. Erst behaupteten sie, es sei zu spät, aber dann ging es doch. Dort erfuhr ich, dass unsere Straße nicht Chemin Kermély hieß, wie es im Mietvertrag und auf dem Straßenschild stand, sondern Avenue Kermély, das klang doch gleich nach mehr, jedenfalls als Adressangabe für Deutsche. Das gab es in Schlagern.

Inzwischen gingen mir die von Markus unterschriebenen Vollmachten aus. Der Régie sagte ich frech, sie hätten schon eine Vollmacht. Das nahmen sie so hin. Und die ganze Zeit war es unerträglich heiß. Ich kannte mich nur noch schweißtriefend und mit Halsschmerzen. Ich hatte das Wetter satt. Aber nicht nur ich, alle Leute stöhnten, sogar eingeborene Genfer ließen sich dazu herab, im Fahrstuhl auf die unerträgliche Hitze zu schimpfen. Am Sonntag nähte ich mir eine Bluse vollständig fertig. Dann fing ich mit einer Jacke an, das war das letzte, was ich noch nähen musste. Das Schwierigste, die Knopflöcher, machte ich gleich zu Anfang. Niemand schrieb mir mehr von meiner Familie oder den Freunden. So sind die Menschen, sie wussten alle, dass ich alleine war, aber keinem fiel es ein, mir mal ein Trostwort zu schicken. Wenn doch endlich die Weitervermittlung unserer alten Wohnung geschehen wäre, ich wollte meine Ruhe haben. Markus schrieb:

Du hast ja vollkommen Recht mit deinem Geschimpfe, dass Männer ewig Arbeit machen und zu nichts nütze sind. Aber was hilft's? Du darfst dich nicht reinverbocken. Wo du doch mein bestes Stück bist und ich bald angerannt komme. Wie ich sehe, ist die

Hälfte ja schon fast vorbei. Dass die Mischpoke auf einen Schlag nicht schreibt, beweist mir wieder mal meine Theorie, dass es bestimmte Zeiten gibt, wo alle das Gleiche machen. Ist im Büro genauso. Wochenlang keine Briefe und dann auf einen Schlag Tausende. Muss in der Luft liegen.

Den Umzug musste Markus arrangieren, wenn er zurückkam. Ich hatte nichts vorbereitet. Er kam, er lackierte das Parkett, was mir zwei Jahre lang das Bohnern ersparte, und packte drei Tage lang. Mit Autos von Freunden fuhren wir die Sachen rüber, so dass die Packer nur die Möbel rüberschaffen mussten, was für 90 Minuten Arbeit 70 Mark kostete.

In die Küche war ich wirklich ganz verschossen, weil es eine Einbauküche war. Die Schränke waren fest angemacht. Unter einem Hängeschrank stand der Herd, der Abwasch- und Arbeitstisch stand quer im Raum und davor war eine kleine Sitzecke. Am Anfang wirkte die Wohnung noch geräumig, weil so wenig darin stand. Ein Zimmer war als Schlafzimmer gedacht, es war abgetrennt mit Bad und Ankleideraum. Die beiden anderen Räume waren eigentlich einer, weil die Genfer immer das Ess- und Wohnzimmer zusammenzogen, zwischen beiden befand sich ein Torbogen. Auf dem Gästelokus legte Markus Fichtes *Reden* zur Lektüre aus. Schon bald stellten wir fest, dass in dem Haus hauptsächlich Ausländer wohnten, alles UNO-Angestellte, und dass der Nachbar unter uns ein sehr lautes Radio hatte.

Ich strickte Babystrampler, Babymützen und Babyhöschen. Ich wollte Sachen aus Baumwolle haben. Als ich versuchte, so etwas in Genf zu kaufen, fiel die Verkäuferin schier in Ohnmacht, eine solche Rabenmutter war ihr noch nie vorgekommen, die ihr Baby in Baumwolle stecken wollte, weil man die im Gegensatz zu Wolle kochen kann, was ja viel hygienischer ist. Ich musste Trundel schreiben, ob es in Halle so etwas gab. Sie schickte mir drei Päckchen mit den Sachen und mit Stoffen.

Ich nähte daraus Laken und Bezüge und einen Vorhang fürs Kinderbettchen. Markus reiste nach Oslo und nach Kopenhagen und dann für eine Woche über Prag nach Warschau und Danzig. Ich schrieb:

Mein liebes Häschen, es ist noch keine Post von dir da, aber so schnell kann das wohl nicht gehen. Der zweite Tag ist nun fast schon rum, und ich kann nicht sagen, dass mir die Zeit langsam vergangen wäre. Am Abend war ich bei Fichtentalers. Wir haben Skat gespielt. Ich habe gewonnen, Günther hat wie üblich verloren. Heute will ich meine Sachen mal zuschneiden. Denn wenn ich nicht bald anfange, komme ich zu gar nichts. Freitag muss ich putzen und Kuchen backen. Mir fällt gerade ein, ich habe noch gar nichts über meine Waschmaschine im Waschkeller geschrieben. Also, sie ist wirklich vollautomatisch, nur geht leider nicht so viel rein wie in die alte. Schade! Aber dafür dauert das Spülen nicht so lange. Wenn man die Wäsche aus der Waschmaschine rausnimmt, dann kommt sie in den Kupferkessel. Das ist eine Schleuder. Da nimmt man die Wäsche nach ungefähr zehn Minuten bügeltrocken wieder raus und packt sie in den weißen Apparat, da wird die Wäsche mit heißer Luft trocken gepustet. Das dauert ungefähr 20 Minuten. Das blöde Aufhängen und Abnehmen fällt weg, und außerdem ist die Wäsche nach dieser Prozedur wirklich trocken. Ich habe alles schön auf Französisch begreifen müssen. Die Concierge hat wirklich eine Engelsgeduld im Erklären. Außerdem sagte sie mir, wir sollten uns wegen des lauten Radios und wegen der Kinder, die so viel Lärm machen, bei der Régie beschweren. Wenn sie es täte, wäre das nicht wirksam. Falls du von Kopenhagen aus Postkarten verschickst, dann beachte bitte die neue Adresse von meiner Mutti: Diesterwegstraße 25. Hoffentlich kommt bald Post von dir, damit ich erfahre, wie dein Flug war und wie du in Kopenhagen untergebracht bist und wie es dir überhaupt gefällt. Ich bin neugierig. Gestern hat es geregnet, fast den ganzen Tag, und heute knallt die Sonne schon wieder. Ich möchte so gern, dass es mal ein bisschen kühl und trocken ist, aber das werde ich wohl nicht mehr erleben. Bernet hat vorhin angerufen wegen der Lampenschirme. Das Stück soll 10 bis 12 Franken kosten. Ich finde, das ist zu teuer. Das habe ich auch gesagt. So das ist nun aber auch wahrlich alles, was ich erlebt habe. Es ist traurig, es gibt absolut gar nichts Interessantes von hier zu berichten, während du Länder und Weltstädte kennenlernst.

Zu seinem Geburtstag war Markus zu Hause. Ich schenkte ihm E.T.A Hoffmanns *Erzählungen*. Dann musste er nach Polen. Ich wollte nicht, dass er fuhr: Das ist Ostblock und du bist geflüchtet. Aber er sah kein Problem, die Flucht sei sieben Jahre her. Er erlebte es als Reise in seine eigene Vergangenheit, Straßen und Geschäfte sahen aus wie in seiner Kindheit. Aber im Unterschied zur Ostzone konnte man in Polen jede Zeitung kaufen. Warschau war nach den kolossalen Zerstörungen von fast 90 Prozent praktisch wiederaufgebaut, teils historisch getreu, so dass man gar nicht merkte, dass Krieg gewesen war. Auch das Warschauer Ghetto oder vielmehr den Platz, wo es gewesen war und jetzt ein Denkmal steht, sah er. Der Rückflug nach Prag verzögerte sich wegen Nebels um drei Stunden, in Prag hatten sie dann den Anschluss verpasst und mussten fünf Stunden warten, so dass er erst spät in der Nacht in Genf ankam. Ende Oktober ging es für eine Woche über Basel nach Straßburg. Und es war noch nicht die letzte Reise für dieses Jahr. Ich fühlte mich immer leicht verblödet, wenn ich ein paar Tage lang mit keinem Menschen gesprochen hatte.

Mein lieber Herr Gemahl, wer weiß, wo du heute Abend wieder säufst. Ich hingegen führe Kampf mit Händel in Überlautstärke gegen stundenlanges Schlagergedudel des Nachbarn unter uns. Und ich muss sagen, nicht ohne Erfolg. Nachdem erst wie wahnsinnig geklopft wurde, ist jetzt unten das Radio auf fast zivilisiert eingestellt. Gestern hat sich das halbe Haus bei unseren

Untermietern beschwert, was aber ohne Erfolg blieb. Man hörte nur von Zeit zu Zeit vielstimmiges Zanken im Treppenhaus der dritten Etage und dann Türenkrachen, und dann wurde das Radio noch lauter gestellt. Vielleicht kannst du dir ausmalen, was das für ein friedlicher Sonntag war. Ich habe den Sonnabend, den Sonntag und heute den halben Tag zuschneidend verbracht. Es war qualvoll, aber nun kann ich anfangen zu nähen. Mal sehen, wie lange das noch dauert. Heute rief mich Frau Törner an, um mir zu sagen, dass am Mittwochabend Strohwitwenkaffeeklatsch bei Towe Zeuten ist. Das heißt, alle LWB-Wifes werden sich treffen. Dieses Jahr gibt es ein heftiges geselliges Leben. Das ist noch nie dagewesen. Nun noch eine gewaltige Überraschung für dich. Heute kam erstens die Rechnung vom Buchdrucker (habe das Geld gleich anweisen lassen, hoffe, dass die Bank auf mich reagiert) und außerdem ein Brief von Liselotte, in dem sie mitteilt, dass die Exemplare deiner Diss bereits abgeliefert sind und die Urkunde sich im Druck befindet. Sie hofft, dass sie dir alles schon Anfang dieser Woche schicken kann. Das hätte ich nicht erwartet. Der Buchdrucker hat sich selbst übertroffen. Ich habe Liselotte geschrieben, sie soll deine zehn Exemplare ins Office schicken und die Urkunde per Luftpost und Einschreiben. Das kostbare Stück kann nicht sicher genug hierher befördert werden. Sei immer schön lieb und brav, komm bald wieder! Bin sehr einsam und fleißig. Vergiss nicht, ab und zu auch mal an dein Weib zu denken!

Altvater schrieb, dass sie im Kirschbergweg ein schönes Haus mit Schwimmbecken gefunden hätten. Ich kannte die Straße gut, dort hatte nämlich eine Freundin von mir gewohnt. Sicher war ich oft an dem Haus vorbeigekommen, das Altvater jetzt kaufen wollte. Silas schrieb: *Es sieht aus wie eine Maikäferschachtel.*

Anfang November kamen Markus' Doktorurkunde und die Druckfassung seiner Dissertation an.

Kapitel 10

Am Sonnabend kauften wir eigentlich noch unnötige Dinge wie einen Kinderwagen und eine Klapper und ich schloss meine Näharbeiten ab, alles war fertig und gewaschen. Am Abend, als wir gerade ins Bett gegangen waren, bekam ich Unterleibsschmerzen. Für Wehen war es aber einen Monat zu früh. Ich rief Frau Dr. Bataclens an, die mir Aspirin empfahl, und wenn es dadurch nicht aufhöre, dann sei es das eben. Gegen Mitternacht war ich mir sicher, es sind die Senkungswehen, und schickte Markus in den Keller, damit er einen Koffer holte. Außerdem musste er noch die Windeln bügeln. Er stellte sich wie immer ziemlich ungeschickt an, er meinte, das Bügeleisen sei kaputt, dabei hatte er den Thermostat nur nicht richtig heiß eingestellt. Man muss schon arbeiten, auch wenn das Kind noch gar nicht da ist, nörgelte er. Gegen zwei Uhr rief er das Taxi. Der Taxifahrer kannte nicht einmal die Route Malagnou und in die obskure Seitengasse, den Bois-Gentil, wollte er gar nicht erst einbiegen. Im Krankenhaus erklärte Markus feige, das sei Weibersache, er werde etwas warten und dann gelegentlich gehen. Aber er blieb und hielt meine Hand. Frau Doktor Bataclens kam so gegen sieben Uhr, stellte überrascht fest, dass das Kind gar nicht mit dem Kopf voran kam, sondern mit dem Steiß, und um viertel vor acht hatte ich es vollbracht, unsere Tochter war da, bei Vollmond am Sonntag, dem 23. November 1958, geboren. Wer ist nur auf die Idee gekommen, das Gepiepse den ersten Schrei zu nennen?, fragte Markus. Ihre Augen waren vergissmeinnichtblau, die Haare braun. Schrumpelig war sie gar nicht. Markus meinte, er müsse jetzt sofort Gedichtbände kaufen, weil Mädchen doch immer Gedichte lernten und überall aufsagten, und ich drohte ihm damit, Hanna zu verdummen, damit sie ja kein Gedicht lernte.

Dovifat beglückwünschte uns:

Sehr verehrte Frau Ruth, lieber Herr Dr. Winkler! Welch große, große Freude, dass nun Hanna Luise Charlotte geboren ist. Herzlichen Glückwunsch und besondere Hochachtung für Frau Ruth. Es ist größer als ein psychologisches Examen! Viel größer! Möchte das kleine Mädchen ein glückliches Frauenleben im Frieden führen und mit ganzer Erfüllung ihres irdischen Daseins. Möchte Ihnen das Glück des ersten Kindes voll aufgehen, es gibt kaum ein Größeres.

Ich blieb zehn Tage in der Klinik, die praktischerweise genau dem Lutherischen Weltbund gegenüberlag. Ich hatte ein Einzelzimmer, Markus konnte mich immer besuchen kommen. Hanna war so schwach, dass sie an meiner Brust kaum trank. Ich musste abpumpen, aus dem Fläschchen trank sie. Zu Hause waren Markus und ich ununterbrochen mit ihr beschäftigt, kaum hatte man sich hingelegt, musste man schon wieder hoch, Kind wach, schnell die Brust geben. Sie nuckelte ein bisschen und schlief darüber ein. Hanna war schlicht zu faul zum Trinken. Als ich nach drei Tagen die Watte im Kühlschrank suchte, war uns klar, dass wir nur noch Schlafwandler waren und etwas geschehen musste, und wir brachten die Kleine in eine saubere Kinderklinik in Carouche, wo sie aufgepäppelt wurde. So hatten wir eine Atempause. Der Arzt galt in Genf als fortschrittlich. Wenn er kam, wusch er sich zuerst die Hände, die Schwestern hatten Tücher vor der Nase. Wie wir zufällig entdeckten, lag die Klinik neben dem Battelle-Institut, wo Günther Fichtentaler arbeitete. Er machte etwas mit Patentrecht und internationalen Verträgen. Mitte Dezember kam Hanna wieder nach Hause. Richtig fett war sie geworden und sie war nun immer hungrig. Markus hatte seinen Jahresurlaub aufgespart, um mir beim Windelwechseln und anderen Aufgaben zu helfen. Hanna änderte unser Leben vollständig. Die Paare ohne Kinder kamen uns nun wie Kinder vor, so unbedarft und ungebunden erschien uns ihr Leben, man konnte nicht einmal mehr auf ihr Verständnis rechnen, wir machten uns ganz andere Gedanken als sie.

Zu Weihnachten schrieb mir Silas einen Brief, in dem er seine Freude ausdrückte, dass wir ein Kind bekommen hatten, und sich darüber beschwerte, dass wir nicht ihn, sondern Natan zum Patenonkel bestimmen wollten. Außerdem beklagte er sich darüber, dass Markus den Briefwechsel vor einem Jahr abgebrochen hatte. Markus erklärte ihm, dass Astrid Hannas Patentante werden sollte, sobald Silas sie geheiratet hatte, und antwortete dann, während er eine halbe Flasche Wein trank, auf seinen Brief von vor einem Jahr:

Edler Bruder, Freund und Streiter, ich sehe vollkommen ein, dass ich nicht logisch bin. Das hängt aber nun mal mit meiner Art zusammen. Weder fühle ich mich, noch bin ich das, was man so einen Intellektuellen nennt. Die sollen Holz hacken, aber nicht andere Leute mit ihren Scheinproblemen aufhalten. Wenn ich mir vorstelle, was für Prinzipien ich habe, komme ich auf etwa Folgendes: a) Fatalismus, aber nicht im vollen, negativen Sinne. Goethe: Du glaubst zu schieben, doch du wirst geschoben. Nur wenige werden im allgemeinen Gedränge nach oben hinaus gepresst und werden aller Welt als Genie sichtbar, ob sie es sind oder nicht (Goethe, Karl May). Das will besagen, wenn's kommt, kommt's wie's kommen soll, mal ist der Zufall im Spiel, mal glückliche Umstände, mal das eigene Können. b) Das gehandelte Beispiel, nicht das gelehrte, kann Bäume ausrupfen und Berge versetzen. Mir nützen gute Einsichten gar nichts, wenn ich sie nicht anwende oder nicht anwenden kann. c) Ästhetik, aber nicht im Schulsinne des Goldenen Schnitts allein. Ich verstehe darunter Harmonie der Lebensführung mit Gedanken, schöne Vasen, Natur, Dichtung, ein schönes Bonmot, eine gute Formulierung, Kunst, die richtigen Socken zum Schlips usw. d) Am schwersten zu erklären ist das letzte. Intuition ist falsch, aber so etwas in der Nähe. Ich habe ab und zu lichte Momente des Vorauswissens. Zwei solcher lichten Momente haben mir vermutlich mal das Leben gerettet. Ich sage oft zu Ruth, dass ich bestimmte Glückssternchen habe, die mein Leben bestimmen. Wenn ich etwas Bestimmtes erreichen will, drängen mich die Leute oft und reden mir ein, ich müsste unbedingt sofort zu dem Mann hingehen und das verlangen. Ohne dass ich es im Mindesten begründen kann, lasse ich die Sache hinhängen. Ahne ich dann die rechte Stunde, bin ich bisher noch immer mit dem durchgekommen, was ich wollte. Das ist das, was ich in meinen früheren Briefen als Gefühl gegenüber dem logischen Denken gelobt habe. Man versteht: Meine Einstellung gegenüber dem Leben ist insofern anders als beim Willensmenschen. Ich weiß auch, was ich will, setze es aber nicht unbedingt durch. Alles zusammen ergibt meinen Denk- und Lebenshintergrund, auf dem ich mir erlaubt habe, von der Logik wegzubrechen und zu behaupten, dass ich manches eben nur glaube, ohne es beweisen zu können.

Ich war nicht mit ihm einer Meinung. Vernünftiges Handeln aufgrund von Einsicht und Verstehen von logischen Zusammenhängen ist doch wichtig. Man darf doch nicht etwas glauben, ohne sich zu überlegen, ob der Glaube begründet ist oder auf falschen oder unvollkommenen Kenntnissen der Zusammenhänge beruht. Und diese Intuition, auf die er so stolz war, schien mir nichts zu sein, worauf man bauen sollte.

Im Februar stellte ich überrascht fest, dass ich wieder schwanger war. Und ich hatte doch geglaubt, so lange ich stillte, könne ich nicht empfangen. Mit Hannas Taufe warteten wir bis Anfang März, denn kleine Kinder durfte man nicht hinausbringen, wenn es kalt war. Ich nähte ein Taufkleid und Otto kam aus Darmstadt. Natan und Astrid als Pate und Patin konnten nicht kommen. Zum Glück mussten sie das auch nicht, das erließ man den Leuten in den Auslandsgemeinden, sie mussten nur einen Patenschein schicken.

Hanna war ein fröhliches Kind. Nur allein sein wollte sie nicht, sie plärrte so lange, bis jemand kam. Dann lächelte sie so entzückend, dass wir sofort ganz verliebt in sie waren. Sie war auch sehr neugierig. Es gefiel ihr überhaupt nicht, flach auf dem Rücken im Kinderwagen zu liegen. Sie wollte hinausgucken. Aber sie konnte sich nicht alleine aufrichten, so sehr sie es auch mit zunehmendem Ärger versuchte. Sie packte sich immer wieder am eigenen Leib, um sich hochzuziehen, was natürlich nicht gelang. Ich musste an den Giftzwerg Rumpelstilzchen denken, denn es sah so aus, als versuchte sie, sich selbst in der Mitte durchzureißen. Der Arzt war mit Hanna sehr zufrieden, sie bekam ihre erste Spritze gegen Diphtherie, Keuchhusten und Tetanus. Dabei machte sie keinen Mucks. Sie ärgerte sich nur, dass ihr die Beine festgehalten wurden. Und das Abhören mochte sie gar nicht. Markus war enttäuscht, dass er nicht dabei war, als sie zum ersten Mal vom Löffel aß.

Silas und Astrid wollten im Juni heiraten. Er legte seine Prüfungen ab und fand eine Wohnung in der Talstraße, direkt an der Saale neben der Kneipe Krug zum grünen Kranze, wo Eichendorff sein Gedicht geschrieben hatte: *Da steht eine Burg überm Tale und schaut in den Strom hinein, das ist die fröhliche Saale, das der Giebichenstein.* Die Wohnung hatte ein großes, hohes Zimmer, eine feuchte Küche und ein kleines Zimmer, das bedeutete im Winter viel Kohle-Schleppen, um sie warm zu kriegen. Zur Hochzeit wurden sie von einer weißen Kutsche abgeholt, sie waren die Letzten, denn dieser bürgerliche Brauch wurde eingestellt. Die Kutsche verlor kurz vor der Kirche ein Rad und auf dem Rückweg auch, weshalb sie in eines der Autos umsteigen mussten, die der Kutsche folgten. Unsere Babybilder gefielen Silas: *Tatsächlich muss ich gestehen, dass ich solch interessantes Babyköpfchen noch nie sah, sehr lieb und klug, sehr prächtig.* Markus fand, dass Hanna Silas ähnlich sah, als der noch klein war, sie gucke uns mit den gleichen treuen Augen an. Ihren ersten Zahn bekam Hanna schon im April, viel zu früh.

Ich merkte es nur zufällig beim Füttern, weil der Löffel plötzlich anstieß. Und kaum fünf Tage später kam der zweite. Nun hatte sie unten die beiden Vorderzähne, was ihr Lächeln noch entzückender machte. Und sie lächelte immer so süß glücklich, wenn ich kam. Sie lag im Bett und freute sich. Unser fortschrittlicher Kinderarzt empfahl uns, sie mit Gemüsebrei und Brühe von Knorrs Gemüsewürfeln zu füttern. Und das, wo Hanna sich gerade weigerte, vom Löffel zu essen. Ich musste ihr wieder die Flasche geben. Dann schickte Trundel einen Silberlöffel mit einem Elefanten oben am Stil. Den fand Hanna so interessant, dass sie wieder manierlich aß, obwohl er noch ein bisschen zu groß war.

In der Karwoche fiel uns so richtig auf, dass wir auf unserem Stockwerk als Nachbarn deutsche Juden hatten, die mit fünf Kindern aus Israel gekommen waren. Freitags liefen sie nur Treppen in den vierten Stock und benutzten nicht den Fahrstuhl, am Abend hörte man sie singen. In der Karwoche schienen sie auf den Tischen zu tanzen, sangen und klingelten mit Glöckchen. Zu gern wäre Markus mit ihnen mal in die Synagoge gegangen. Die Familie redete Hebräisch oder Jiddisch miteinander und mit uns Deutsch. Sie grüßten mit Schalom. An der Tür hatten sie ein Abzeichen aus Messing mit hebräischen Buchstaben angebracht. Markus hat so eine Mesusa später auch an den Rahmen unserer Wohnungstür im Fasanenhof geschraubt. Da hängt sie noch.

Mit Verwunderung lasen wir, dass Adenauer sein Amt als Bundeskanzler aufgeben wollte, um Bundespräsident zu werden. Unglücklich waren wir darüber nicht, denn er hatte nicht eben viel für die Wiedervereinigung getan und als Bundespräsident konnte er keinen Schaden anrichten, denn er hatte ja keine Macht. Das erkannte Adenauer dann aber auch selbst, wahrscheinlich, weil man ihn über die Verfassung informiert hatte, und zog zurück, wollte nun doch Kanzler bleiben und schlug Lübke für das Präsidentenamt vor.

Der Sommer kam, Markus musste nach Wien.

Liebster Papi, heute kam deine Karte. Du schreibst zwar, in welchem Hotel du wohnst, aber die Adresse hast du vergessen. Ich will trotzdem versuchen, ob der Brief ankommt. Hier kamen inzwischen Briefe von Trundel und Natan und Altvater und, lies und staune, von Hagen Eff an. Es ist ein ganz langer und echter Hagen-Brief. Ich habe ihn mehrmals gelesen. Typisch für Hagen, seine Hochzeit konnte natürlich nicht zur festgesetzten Stunde stattfinden, die Braut hatte den Pass in Iserlohn (200 Kilometer von Bonn entfernt) gelassen. Der Pass musste geholt werden. Inzwischen hatte sich Hagen einigermaßen volllaufen lassen. Nun Hagen-Zitat: Um 15 Uhr wollte der Beamte gehen. Um 14:30 Uhr, Auto ankommt, Braut ausstiegt, Ausweis in der Hand, Zeugen Schlips geraderücken, Hagen F. Nussbaum Vivil schlucken, hinsetzen, Kerzen halten, Reden, mein Kopf schreibt Namen, Beamter brummt hinter dem Tisch mit Bier, und in den Vasen stehen Leute, die als Blumen hinter und neben mir sitzen, meine Füße sind an der Lehne und dann Frage klar – Moment – Händchen halten und dann: Ja!

In Genf tagten die Außenminister der vier Siegermächte und verhandelten über Deutschlands Wiedervereinigung. Aber sie fuhren sich fest und vertagten sich auf den Nimmerleinstag. Ich nähte viel, aber ich ließ mir mit den Arbeiten Zeit, was doch recht wohltuend war. Morgens schliefen wir ziemlich lang, dafür ließ Hanna mich nachts schlecht schlafen.

Lieber Papi, am Montag war Hanna natürlich ein bisschen krank. Wie konnte es auch anders sein, wenn ich allein mit ihr bin. Sie wollte absolut nicht essen, ich habe aber nicht lockergelassen und schließlich hat sie doch gegessen, mit dem Erfolg, dass das Essen nach ein paar Stunden wiederkam. Ich werde sie nie wieder zum Essen nötigen. Meinen Schrecken kannst du dir kaum vorstellen. Sie lag in ihrem Bettchen und stöhnte und jammerte, wie ich es noch gar nicht an ihr kannte. Da wurde ich schon ganz ängstlich.

Als sie spuckte, war sie eigentlich recht vergnügt. Danach hat sie eine Weile geschlafen, und ich war inzwischen in der Apotheke und habe ein Diätsüppchen in Tablettenform für sie gekauft. Das hat sie dann beruhigt. Großen Spaß hat sie daran, wenn man Mami-ei macht. Da lässt sie ihre Händchen ganz brav über die Backen führen, sie spreizt alle zehn Finger und lacht dazu schallend. Heute Morgen hat sie mir wieder interessiert beim Frühstück zugeguckt und eifrig mitgekaut, und als ich mir mal zwischendurch mit der Zunge Krümel aus dem Mundwinkel leckte, da hat sie das auch gemacht. Macht sie so etwas nun wirklich ganz bewusst nach? Ich glaube, so etwas wie das Schnalzen und Mitkauen dürfte es in diesem Alter noch gar nicht geben. Wir sollten doch mal gelegentlich unsere alten Vorlesungsnachschriften hervorkramen. Mich interessiert doch, wie töricht das ist, was Psychologen über Kinder reden. Mit Bertha Fichtentaler hat sie recht gescherzt. Günther hat sich Hanna angeguckt und dann beim Essen große Reden geführt, dass Kinder bis zu einem Jahr doch nur eine Last sind und in keiner Weise ansprechend. Ist das nicht schmerzlich! Günthers Charme verdeckt nur, dass er eigentlich ungeheuer taktlos ist. Ich werde langsam misstrauisch Österreichern gegenüber. Ich glaube, ihre Höflichkeit kommt gar nicht aus einer Menschenfreundlichkeit, sondern ist anerzogen und aufgeschmiert auf einen ganz üblichen Charakter, wie man ihn überall finden kann, der zufällig liebenswürdig oder unliebenswürdig sein kann, man merkt es nur nicht gleich. Sonst findet hier gar kein Leben statt. Ich fühle mich ziemlich einsam, besonders an den Abenden, da könnte ich immer so vor mich hin heulen, wenn keiner nach Hause kommt. Ob Hanna dich vermisst hat, kann ich nicht sagen. Sie hat nur ständig nach Gesellschaft gegiert. Ich glaube, wir haben sie in der letzten Zeit zu sehr verwöhnt. Selbst wenn ihr Wagen oder ihr Bettchen neben mir steht, quengelt sie. Ich fürchte, da muss man mal ein paar Tage lang Nerven haben und das Gebrüll ertragen, sonst wird sie zum kleinen Haustyrannen. Und so viel Zeit habe ich doch nicht, dass ich ständig mit ihr spielen könnte. Aber sie ist ja eben immer so glücklich, wenn man kommt. Ich werde sicher nicht noch einmal schreiben, dann bis Sonntag. Alles Liebe, deine Ruth und Hanna.

Markus kam zurück und reiste nach Bonn, wo er zusammen mit anderen Journalisten von Adenauer empfangen wurde und die provisorische Hauptstadt gezeigt bekam. Im August ging es wieder los, nach Oxford und London.

Lieber Papi, heute mit der Abendpost kam dein Brief an. Dankeschön. Stell dir vor, seit heute Nachmittag können wir uns wirklich im Wagen aufsetzen, am Vormittag ging es noch nicht. Begriffen haben wir das so: Heute Nachmittag war ich zu Bertha eingeladen. Unterwegs trafen wir die Japanerin aus dem Nachbarhaus mit Sohn. Sie guckte Hanna an, Hanna machte Flunsch. Der Kleine wollte das Baby auch sehen und kroch unter die Lenkstange und guckte von vorn in den Wagen. Als dieses kleine Vollmondgesicht mit den schwarzen Augen auftauchte, war Hanna so fasziniert, dass sie sich einfach aufsetzte, ohne Schwierigkeiten, ohne sich zu stützen. Und schon schlug sie jubelnd mit ihrer Klapper auf ihn ein, und er streichelte sie ganz sanft. Dieses Spiel dauerte eine ganze Weile und sah so süß aus, dass sich um uns die Leute versammelten. Das ist unsere Tochter! Und jetzt kann sie sich aufsetzen. Sie hat es immer wieder gemacht, den ganzen Nachmittag. Ich musste ihr deswegen gleich einen Sonnenhut kaufen, weil ich Angst hatte, sie kriegt einen Sonnenstich, wenn sie im Wagen sitzt und ständig die Knallsonne auf den Kopf kriegt. Im Laden hat sie mit großem Vergnügen auf dem Ladentisch sitzend ungefähr fünfzehn Hüte aufprobiert, comme une dame, sie hat nur ab und zu mal die Verkäuferin in den Bauch getreten. So deutlich wird sie dann später nicht mehr sein. Heute Abend war sie dann so müde, dass sie sofort in Schlaf gefallen ist. Es war ja auch ein aufregender Tag.

Und sonst wollte sie natürlich immer mehr Gesellschaft haben, als ihr zustand, aber ich ließ sie ab und zu mal brüllen. Das musste sein. Sie gewöhnte sich auch an ihr Ställchen, da saß sie und spielte mit den bunten Kugeln und Glöckchen und schielte vor Aufregung. Im Ställchen konnte sie ihre Spielsachen auch nicht so leicht verlieren wie im Bettchen.

Und wie war nun dein zweiter Eindruck von London? Regnet es wirklich in England? Wir haben im Augenblick herrliches Wetter, nicht zu heiß und nicht zu kalt. Übrigens erzählte Bertha, dass Günther ein Angebot für zwei Jahre Amerika hat. Nur das Gehalt, das sie ihm geboten haben, ist ein bisschen schäbig, 500 Dollar. Er hat 850 gefordert. Wenn er das bekommt, dann geht er, das heißt, beide, und zwar ist die Stelle für den 1. Oktober frei. Aber so schnell geht es bestimmt nicht. Nun sind sie natürlich ziemlich aufgeregt, ob es etwas wird, ob die amerikanische Firma auf seine Bedingungen eingeht. Die Fabrik ist in Stamford. Kennst du das? Gestern traf ich auf der Straße Hansen. Wir hatten einen kleinen Schwatz, und er mokierte sich über Zeiten, wo er so viel gereist ist. Er beschränkt seine Reisen jetzt auf das Notwendigste. Er meinte sogar, das Reisen sei weder für Familie noch für Familienväter gut. Ich fand ihn gleich darauf noch sympathischer. Das ist doch wahrlich eine großartige Einsicht für einen LWB-Angestellten. Ich glaube, bisher hast von allen reisenden Ehemännern nur du sowas geäußert. Aber wahrscheinlich ist Hansen eben glücklich mit Weib und Kindern, und deswegen findet er es gar nicht so hinreißend interessant, ständig allein unterwegs zu sein. Gestern traf ich Frau Törner. Sie ist ganz selig mit der kleinen Tochter. Sie sagte, erst das zweite Kind würde man richtig genießen, da hätte man nicht ständig Angst, dass es stürzt. Das wird mir sicher auch so gehen. Das sind nun eigentlich sämtliche Neuigkeiten. Falls noch interessant sein sollte, was ich so mache, ich habe gestern viel zugeschnitten, heute die Wohnung ein bisschen in Ordnung gebracht und morgen werde ich waschen. Ich komme überhaupt nicht zum Nähen. Schlimm, ich werde bestimmt nicht fertig sein mit dem Nähkram, wenn du zurückkommst. Wir den-

ken an dich und warten auf deine Heimkehr. Alles Liebe, deine Ruth und Hanna.

Hanna dachte sich eine neue Tücke aus. Wenn ich sie füttern wollte, schüttelte sie den Kopf, was zu einer heftigen Schmiererei führte. Außerdem hatte sie nicht vergessen, wie man sich im Wagen aufsetzt, legte ich sie hin, war sie sofort wieder oben, wie ein Stehaufmännchen. Das Ausfahren war nun natürlich ungeheuer interessant. Sie sah süß aus, wie sie mit ihrem Sonnenhütchen im Wagen saß.

Vroni rief an, sie wollte mich mit Schorsch und Pit besuchen kommen, mit Otto hatte sie das allerdings noch nicht besprochen, er war mit Markus in England. Ich warnte sie, Hanna konnte man momentan nicht alleine lassen, und außerdem war ich ja auch nicht voll einsatzfähig. Ich wusste gar nicht, was ich mit ihr anfangen sollte, außerdem musste ich doch noch so viel nähen.

Liebster Papi, ich danke für zwei Briefe, einen aus London, einen aus Oxford. Das doch bitte mehr. Ich kann mir kaum vorstellen, wie schrecklich das Essen ist, und auch noch so wenig, du musst vor Hunger umkommen. Ich freu mich, dass du einen Anzug für Hanna hast. Ist ja teuer, aber trotzdem haben wir viel Geld gespart, hier würde er doppelt so viel kosten. Guck dir nur in London noch viel an. Warst du schon in der National Gallery? Hast du die Baker Street gefunden? Ich bin so neugierig auf deine Berichte. Du musst mir ganz viel erzählen, damit ich auch etwas von deinen Reisen habe. Hier wird es wieder sehr heiß. Jeden Tag ein bisschen heißer. Hast du gehört oder gelesen, Eisenhower und Chruschtschow haben sich nun wirklich gegenseitig eingeladen, nachdem hier in Genf bei den Konferenzen keine Resultate erzielt wurden. Man ist schon froh, dass man sich nicht gezankt hat. Der neue Spiegel ist interessant, es ist ein Interview mit einem Journalisten namens Schlamm, einem nach Amerika ausgewanderter Österreicher, drin, der ein Buch über Deutschland geschrie-

ben hat, das viel diskutiert wird. Er meint nämlich, ein Krieg müsse riskiert werden. Er redet von der Schlaffheit und Lauheit der Deutschen und meint, der Westen gehe an seiner Friedensgier zugrunde. Der ist doch nicht ganz bei Trost! Wir wollen uns doch von einem Österreicher nicht noch einmal in einen Krieg drängen lassen. So, ich mache Schluss und sage Adieu. Komm bald wieder und denk an uns. Alles Liebe, dein Weib und Kind.

Vroni wollte wirklich nach Genf kommen. Das hatten die Männer auf der Reise untereinander ausgemacht, so dass Markus es schon wusste, ich aber noch nicht.

Lieber Papi, ich bin heute ganz weinerlich, ich möchte viel lieber alleine sein, wenn du schon nicht da bist. Einen Vorteil hat der Besuch nur, dass mir nämlich die Zeit schneller vergeht. Durch Vroni werde ich ja auch nicht mehr Arbeit haben, denn sie wird mir ja bestimmt helfen, und dann werde ich ja auch wieder richtig gekochte Mittagessen haben, nicht mehr nur Rührei, entweder mit Käse oder mit Tomate, und dazu Bemme. Hanna ist zwar goldig und sonnig, aber anstrengend. Heute hat sie im Sitzen nach Musik gehopst und gesungen. Zwischendurch zum Ausruhen hat sie den Kopf zwischen die Füße gelegt und an der großen Zeh gelutscht. Das sieht alles zu komisch aus, ich lache manchmal Tränen. Ich habe nur Angst, dass sie es vergisst, bist du wieder zu Hause bist. Es wäre zu schade, wenn du ihre Mätzchen nicht sehen kannst. Sie ist eben doch unglaublich süß. Ich hätte ja nie geglaubt, dass ein Kind so viel Freude machen kann. Meistens vergesse ich darüber, dass sie doch unendlich viel Arbeit macht und dass unser Leben viel ruhiger und bequemer wäre, wenn wir kinderlos geblieben wären. Aber es würde so viel Freude fehlen, die durch nichts anderes zu ersetzen wäre. Findest du nicht auch? Im BBC-Wetterbericht hörte ich, dass es in London schön ist. Nur für heute Abend ist thunderstorm angesagt. Die Nachrichten waren lustig. Die erste Meldung war, dass die Queen early in the new year ein Baby erwartet. Finde, das wird auch

Zeit! Erst dann kam, dass Eisenhower nach England kommt, anschließend werde er nach Frankreich fahren, dann, Adenauer-Besuch in England stünde noch nicht fest, und dann kamen nur noch Meldungen übers Wetter. Stell dir mal solche Nachrichten in unseren Sendern vor! Meine Güte, was sind wir doch ernsthaft! Hoffentlich kann ich dir bald wieder schreiben, hoffentlich lässt mich Vroni dazu kommen. Komm nur bald nach Hause, wir haben Sehnsucht nach Papi. Alles Gute, deine Ruth und Hanna.

Und wieder ein Tag herum.

Lieber, guter Papi, du musst bald nach Hause kommen, du musst erziehen. Hoffentlich ist deine Tochter nicht schon rettungslos verwöhnt. Sie bleibt keine Minute mehr allein, wenn ich weggehe, dann stellt sie sich hoch auf alle Viere und stemmt den Kopf in die Matratze und brüllt. Da ich Angst habe, sie bringt sich um, denn sie kriegt da nur noch wenig Luft, gebe ich natürlich nach. Wenn sie dann in meiner Nähe ist, kugelt sie sich vergnügt herum, bis sie vor Erschöpfung einschläft. Überhaupt ist diese Tochter völlig aus dem Häuschen, der Hafer sticht sie, sie ist außer Rand und Band. Sie tobt wie eine Irre, wenn sie Musik hört. Da stellt sie sich auf alle Viere und hüpft mit den Armen und Beinen, schmeißt den Kopf hin und her und haut den Kopf auf die Matratze, bis die Nase ganz rot ist. Sie berauscht sich richtig am eigenen Getobe. Bei ihr ist so richtig Kraft ausgebrochen. Zwischendurch guckt sie dann wieder so ungetrübt, dass man völlig hilflos ist. Wie soll man so ein Kind erziehen? Der Charme von Schorsch ist nichts gegen den, den Hanna entwickelt. Heute Nachmittag war ich mit ihr im Office. Die Sekretärinnen waren ganz verzückt. Sie haben sie sich gegenseitig von den Armen gerissen, sich die Haare zausen, an den Kleidern rupfen lassen. Hanna war keine Minute scheu, sie hat nur eine kleine Weile über die neuen Gesichter gestaunt. Die Sekretärinnen fanden sie über die Maßen süß, goldig, groß, kräftig, entzückend, ich habe vergessen, was noch alles. Sogar Rumes tauchte auf und wurde gleich von ihr bejubelt, denn sie war schon richtig in Fahrt, was ihn zu der Bemerkung hinriss, sie wäre eine ganz Süße und better natured als Elise. Sie fängt nämlich jetzt erst an, ihren Vater mit kleinen Anquietscherchen zu begrüßen, wenn er nach Hause kommt. So was muss ja ein Kind verderben, wenn alle Welt sie hinreißend findet. Und sie bemerkt ganz deutlich, womit sie Erfolg hat, und das versucht sie immer wieder. Und solch ein Kind widerfährt uns, die wir so schüchterne Menschen sind! Aber sie ist so überwältigend süß, ich werde ja auch ständig wieder schwach. Übrigens ist sie schon ganz hübsch braungebrannt, man kann eine helle Einrahmung ums Gesicht sehen, wo der Hut vor der Sonne schützt. Dazu hat sie jetzt rote Bäckchen, sie sieht seit ein paar Tagen gesundheitsstrotzend aus wie eigentlich noch nie. Ich glaube, du wirst sie nach dieser Reise ziemlich verändert finden. Ich merke ja sogar schon, dass sie eine ganz andere geworden ist in den paar Tagen.

Heute kam von Trundel ein Brief. Sie bedankt sich für das süße Foto von Hanna, das wir vorige Woche geschickt haben. Sogar Natan soll ganz begeistert von seinem Patenkind sein. Heute kam ebenfalls wieder ein Brief von dir an. Ich bin ganz überwältigt, wie fleißig du schreibst. Ich habe bisher jeden Tag einen Brief von dir bekommen. Vielen Dank! Ich bin ja nun beruhigt, dass ihr noch ins Restaurant essen geht, wenn ihr im College nicht genug bekommt. Von der Idee, eventuell in England Urlaub zu machen, bin ich ganz angetan. Wenn wir die Kinder ab und zu mal in Pflege geben könnten, dann könnten wir Ausflüge machen und uns vielleicht auch Kultur ansehen, wenn der Ort nicht zu abgelegen ist. Die Neuigkeit hier ist, dass Henrike am 15. August heiratet. Das hat Vati geschrieben, ohne Kommentar. Von meiner Oma kriegte ich auch einen Brief, und sie plauderte aus, dass Vati nach Halle geschrieben habe, sie bleibe wohl zwei Jahre zu Hause, solange, bis der Herr Schwiegersohn sein Examen habe. Dann gibt es ja nur einen Grund, warum sie heiraten. Das ist genau das, was wir uns schon mit Schrecken vorgestellt haben. Komm bald nach Hause, wir warten so auf dich. Deine Ruth.

Dann kam Vroni.

Liebster Papi! Heute kam wieder ein Brief von dir an. Tausend Dank! Ich habe jetzt doch ziemlich Heimweh nach dir. Vroni ist im Übrigen ziemlich unverändert. Mir ist es jetzt erst so richtig aufgefallen, sie ist ja ungeheuer hässlich. Eben ist sie bei Fichtentalers. Ich soll da auch noch hinkommen, aber Hanna schläft noch nicht, und außerdem habe ich keine Lust. Ich bin froh, dass ich mal ein bisschen alleine bin. Ich finde es anstrengend, ständig jemanden um mich zu haben. Aber sie ist trotzdem nicht so zermürbend wie Trundel oder meine Mutti, weil das Geschwätz doch mehr über Dinge geht, die einen interessieren. Vroni möchte bis Samstagabend bei uns bleiben. Hoffentlich ist dir das recht, aber sie möchte dich noch sehen. Das verstehe ich auch wieder. Von Fichtentalers können wir das Feldbett kriegen. Das Schlafen wird also kein Problem. Über Vroni musste ich lachen. Als wir bei Bertha zum Kaffee waren, hat sie bei allem, was sie von den Anschaffungen der Fichtentalers noch nicht kannte, gefragt: Ist das schon bezahlt? Ich glaube, Bertha war richtig ärgerlich. Das war doch herrlich frech. Man müsste das auch machen.

Markus berichtete, dass die Baker Street 221b eine große Enttäuschung gewesen sei:

Es ist ein gewaltiges Bürogebäude, denn als Conan Doyle Sherlock Holmes erfand, gingen die Hausnummern nur bis 100. Um die Ecke befindet sich Madame Tussauds Wachsfigurenkabinett. Es ist das englischste Museum, das es gibt. Jeder kennt es. Dort sieht man jeden lebenden und toten Politiker so naturgetreu nachgebildet in Wachs, mit echten Kleidern, dass man denkt, die Leute leben. Darunter auch Hitler und Goebbels. Es ist das Verblüffendste, was ich je gesehen habe. In diesem Wachsfigurenkabinett ist auch das berühmte Gruselkabinett. Dortselbst sieht man bis zum letzten Blutstropfen sämtliche Mörder Englands herumstehen, die jemals geköpft wurden. Aber das ist noch harmlos. Interessanter sind Maria Antoinette, der abgeschlagene Kopf auf dem Brett mit Blut, auch die Guillotine mit Blut bemalt.

Lieber Markus! Heute Mittag hatten wir einen wüsten Gewittersturm (sieben Tote), dabei hat es nur zweimal gedonnert. Die Bäume hat es schrecklich zerfetzt. Aber jetzt kann man wieder atmen. Es ist wohltuend klar. Was machst du so? Ich freue mich, dass du in England so viel gesehen hast. Ich möchte auch mal nach England. Ich möchte Engländer sehen und erleben. Ich habe den englischen Humor so gern. Ich kann es kaum begreifen, dass man da eingeladen wird, wenn man dort lebt. Quelle difference zu den Genfern! Verzeih bitte, dass ich nicht mehr schreibe, das Leben ist hart. Bin völlig übermüdet. Komm wieder mal nach Hause. Es lohnt gar nicht mehr, ausführlich zu schreiben. Ich werde dir dann meine Erlebnisse der letzten Tage berichten. Adieu und alles Liebe, deine Ruth.

Hanna erkannte Markus nicht wieder und behandelte ihn wie einen wildfremden Menschen. Nur wenn sie bei mir auf dem Schoß saß, machte sie kleine Lächelversuche. Es dauerte einen ganzen Tag, bis sie sich mit ihm wieder richtig angefreundet hatte.

Altvater und Trundel reisten nach Edinburgh, leider zu spät, um dort Markus zu treffen. Natan hatte seine erste Ausstellung. Am Vorabend zu Markus' 30. Geburtstag gingen wir Forelle essen, an seinem Geburtstag kochte ich Paprikahühnchen und am Abend kamen die Kolleginnen und Kollegen vom LWB. Ich schenkte ihm ein prachtvolles Buch über Fotografie. Das bewog ihn, auf Dienstkosten ein Teleobjektiv anzuschaffen. Er musste ja Kinderbilder machen, um sie der Verwandtschaft zu schicken. Hanna lernte stehen und stand nun den ganzen Tag. Ich hatte einen Hexenschuss und konnte mich eigentlich nur noch auf allen Vieren bewegen. Kaum war das halbwegs besser, entdeckten wir, dass sich Hanna ihren Daumen so wund gelutscht hatte, dass wir ihn verbinden mussten. Da sie von ihrem anderen Daumen keine Kenntnis hatte, schlief sie nicht und brüllte. Ich fasste in eine Wespe, die sich in einer Tüte mit Weintrauben befand und mich stach. Markus legte sich mit vereiterten Mandeln und hohem Fieber ins Bett und gurgelte. Nach zwei Wochen konnte er wieder arbeiten gehen, und ich bekam meinen zweiten Hexenschuss, diesmal auf der anderen Seite. Unser elektrisches Heizkissen erzeugte Stromschläge, deswegen behandelte ich ihn mit Wärmflaschen. Wir ließen Hanna gegen Pocken impfen, und sie quengelte drei Tage. Für die Zeit der Geburt wollten wir sie in eine Kinderklinik geben. Das mussten wir dann sowieso tun, weil sie eine schwere Mittelohrentzündung bekam. Wenn Markus sie in der Klinik besuchte, freute sie sich zwar, aber sie weinte nicht, wenn er ging. Im Besuchszimmer waren Türklinken, Schlüssellöcher und alles andre viel interessanter als der eigene Papi.

Am Mittwoch, dem 28. Oktober, um halb elf in der Nacht kamen die Wehen. Wir fuhren sofort mit dem Taxi in die Klinik. Während ich noch meinen Namen buchstabierte – dubleve-i-en-ka-el-ö-er –, ging es auch schon los und ich wurde im Laufschritt in den Kreißsaal gebracht. Um 23 Uhr war Eva auf der Welt. Ihr Köpfchen war völlig zerquetscht. Ich war sehr erschrocken, aber man sagte mir, das sei normal. Hanna war ja eine Steißgeburt und kleiner war sie auch gewesen. Eva trank gleich von Anfang an Unmengen, viel mehr als sie sollte. Welch ein Unterschied zu Hanna! Sie nahm auch gleich zu. Sie hatte schwarze Haare, wenn auch nicht viele. Ihre Augen waren ganz dunkel, zwischen goldgrün und goldbraun. Ich fand den Gedanken hübsch, dass wir eine blonde und blauäugige und eine dunkle Tochter haben würden. Mir ging es nach der Geburt sehr gut. Schon nach einer Woche durfte ich nach Hause. Für Eva bestimmten wir Otto Wollschläger und Bertha Fichtentaler als Paten. Auch Eva gab Dovifat seine besten Wünsche mit:

Welche Freude, wieder gratulieren zu dürfen! Noch eine Tochter. Wie dankbar muss man sein! Ich habe in meinem nun schon langen Leben die Erfahrung gemacht, dass die Frauen wahrhaft der bessere, nützlichere und sicher der Teil der Menschheit sind, der nicht nur am meisten Glück vermittelt, sondern auch entschlossen und tüchtig den weitaus größten Teil aller Sorgen und Nöte, Schmerzen und Ärgerlichkeiten für den Fortbestand der Menschheit auf sich genommen hat. Möge Eva Jeanne Chloe so eine Frau werden!

Markus nahm vier Wochen Urlaub, und wir holten Hanna aus der Klinik. Sie war wieder gesund, hatte allerdings viel von ihrem Babyspeck verloren. Den bekam sie auch nicht wieder, denn sie fing an zu laufen. Wir fanden jetzt oft, man müsse Großeltern greifbar haben. Für sie wäre es auch schöner, sie könnten ihre Enkel aufwachsen sehen. Hanna war schrecklich eifersüchtig auf Eva. Dabei hatte ich gehofft, sie hätte in der Klinik gemerkt, dass es viele kleine Wesen wie sie gibt, die genauso wichtig sind wie sie selbst. Immer wieder versuchte sie, Eva von meinem Arm zu ziehen, und brüllte dabei vor Wut. Hanna hatte ja immer viel Zuwendung gebraucht, und nun brauchte Eva erst einmal noch viel mehr. Es war nicht leicht. Ich hatte am Tag allein für 16 Mahlzeiten für die Kinder, Markus und mich zu sorgen. Und dann die vielen Windeln, die alle gewaschen, getrocknet und gebügelt werden mussten. Ich hatte am Anfang auch um Eva genau solche Angst wie um Hanna, man muss das Kind ja erst kennenlernen, damit man sich nicht bei jedem Weinen ängstigt. Ich fand nicht, dass das zweite Kind leichter war. Nur die Umgebung schien sich bereits daran gewöhnt zu haben, denn ich bekam weniger Besuch in der Klinik und weniger Geschenke. Das zweite Kind war eben nicht mehr so interessant.

Markus flog Anfang Dezember für ein paar Tage nach Hamburg. Da Altvater beleidigt war, weil er aus Hamburg keinen Ruf als Professor für Missionsgeschichte bekam, redete Markus mit diversen Leuten, denen er versprach, dass sein Vater den Ruf nicht annehmen würde, weil er sich in Halle gerade ein Haus gekauft hatte, sich aber freuen würde, dergestalt geschätzt und geehrt zu werden. Die Hamburgreise war aber für uns viel bedeutsamer, denn Markus hatte angefangen, sich nach einer neuen Arbeit umzusehen, und zwar in Deutschland. Ich wollte nicht immer mit zwei Kindern als Strohwitwe in Genf sitzen, während er wochenlang auf Reisen war. Nach drei Jahren hatte ich es gründlich satt, in dieser Stadt ohne Kultur und mit verschlossenen Türen. Markus hatte wenigstens die Kollegen im Büro, aber ich hatte niemanden, und an gesellschaftlichem Leben existierte sonst nichts. Wenn wir unsere internationalen Freunde nicht gehabt hätten, wäre ich eingegangen. Markus sah in Genf auch keine beruflichen Entwicklungsmöglichkeiten mehr für sich. Außerdem ärgerte es ihn, dass er weniger verdiente als die Amerikaner, und das bei den Genfer Preisen. Eine Küchenmaschine war hier ein Drittel teurer als in Deutschland. Wir hatten uns in den drei Jahren keinerlei Ersparnisse zurücklegen können, denn auch die Arztkosten mussten wir selbst bezahlen. Für die Kinder und Evas Geburt waren es allein 2000 Franken in einem Jahr gewesen in all der Zeit sicherlich gut 4000 Franken, aber nur, weil wir selbst kaum beim Arzt gewesen waren. Das wäre fast ein Auto gewesen. Wir konnten uns nicht krankenversichern, weil man in der Schweiz ungeheure Summen einzahlen musste, bevor man etwas bekam. Wir fühlten uns auch sehr abgehängt von der Entwicklung in Deutschland, es interessierte uns nicht mehr, aus den Nachrichten zu erfahren, in welchem Schweizer Tal ein Velozipedist verunglückt war. Unter Wert wollte Markus sich aber auch nicht verkaufen, also nicht bescheiden zu einer Dorfzeitung gehen. Vom Bundespresseamt in Bonn bekam er gleich drei Angebote für englischsprachige Sachgebiete im Bundespresse- und Informationsamt, als er fragte. Das wäre eine friedliche Schreibtisch-Beamtentätigkeit auf journalistischem Gebiet mit

Regierungswohnung, einem netten Gehalt und einer Menge Vergünstigungen beim Einkauf gewesen. Er bewarb sich zwar, bekam aber keine Antwort und war nicht unglücklich darüber.

In meinen Trauerjahren nach Markus' Tod habe ich einen Brief gefunden, in dem er Lux von seiner Reise nach Hamburg berichtet:

In dieser Stadt, unweit des zentralen Wasserbottichs, das Alsterbecken heißt, auf dem Mittelweg steht eine weiße Villa, wo die Brötchen nur so wachsen. Dortselbst hatte ich bei einem Besuch im Dezember gerade eine Diskussion mit dem Pförtner angefangen, um zu erfahren, wo ich hinwollte, als ein Mann vorbeikam und mein Palaver hörte. Geistesgegenwärtig erfasste ich die Situation und sagte dem Lauscher, ich wäre ein Redakteur aus Genf. Er schrie auf, als wäre der verlorene Sohn heimgekehrt und es gäbe Hammelbraten. Unversehens riss er mich in sein Zimmer, wo ich in mächtigen Sesseln verschwand. Ich sagte mein Sprüchlein und bot meine gesamten Fähigkeiten preis, was ihn auch gebührend beeindruckte. Danach ging ich wieder und fuhr nach Hause. In völliger Verkennung des Aufschreis dieses Mannes ließ ich die Sache hingehen und bewarb mich gar nicht. Vierzehn Tage später schrieb mir der Polstersesselmann ganz wild, wo denn meine Bewerbung bleibe. Ich legte meine Fähigkeiten auf Papier dar und hatte nur wenige Tage später, am heiligen 31. Dezember, mit weichen Knien das Angebot in der Hand. Ehrwürdige Hoheit werden nun genauso wenig wie wir verstehen, was uns bewogen haben könnte, an die heimatlichen Sauerkrauttöpfe zurückzukehren und gegen mein idyllisches Leben hier die Hast treudeutschen Managertums einzutauschen. Vor allem, wo ich in Hamburg bald wieder kündigen muss: Ich werde verheizt werden, aufgerieben, zerschlissen. Ich habe Schichtdienst, teils früh um 5, das bringt mir wegen ständigen Einschlafens die Kündigung. Und warum, Hoheit, nur damit du behäbiger Bürger jeden Morgen deine Zeitung bekommst, in der du in objektiver Weise, ohne Schachtel-

sätze und mit Wahrhaftigkeit die neuesten, den Einzelnen in seinem Daseinskampf betreffenden Nachrichten lesen kannst. Ich gehe zur Deutschen Presseagentur, wo man mich als Redakteur fürs Auslandsressort eingekauft hat. Ich und mein großer Harem werden also nach Hamburg umziehen. Von der kulturellen Einöde werden wir in die landschaftliche Einöde übersiedeln. Eine Landschaft, flach wie ein Bügelbrett, umsäumt von Heidschnucken und strickenden Schäfern, dem wilden, ungestümen Gestade des Meeres und umhupt von tausenden Schiffssirenen. Eine Stadt, angefüllt mit Matrosen, überheblichen Mercedesfahrern und Kanälen, Schiffen und Häusern.

Zu Weihnachten schickte Trundel ein auf Seide gemaltes Babyporträt von Hanna und für Eva ein Löffelchen und einen Schieber aus Silber. Natan hatte einen Glatteisunfall mit Altvaters Auto, bei dem sich Altvater Prellungen zuzog. Wir stellten einen Christbaum auf und hatten Angst, dass Hanna ihn umwerfen würde. Gegen halb fünf machten wir Bescherung, auch wenn die Kinder noch nichts begriffen, und brachten sie dann ins Bett. Gegen sieben Uhr kamen wir zur Ruhe, hatten die Christvesper verpasst und konnten meinen Heringssalat essen. Markus schenkte mir einen weinroten Montblanc-Füller, er bekam einen neuen Fotoapparat, eine Kodak Retina mit eingebautem Entfernungs- und Belichtungsmesser. Bisher hatte er mit einer Leica fotografiert, die aber dem Büro gehörte. Auf dem Weg zur Mitternachtsmette gingen wir bei Fichtentalers vorbei. Zu Silvester bekam Markus Zahnschmerzen, der Weisheitszahn machte Probleme, er bekam tagelang den Mund nicht mehr auf. Die Kinder holten sich Schnupfen. Dann beschloss Eva, auf keinen Fall die Flasche zu nehmen, lieber hungerte sie. Der Arzt lachte und meinte, das sei tatsächlich ein Problem, manche Kinder tränken eben nicht aus der Flasche. Ich solle ihr mit dem Löffel gezuckerte Kondensmilch geben, und siehe da, das aß sie mit Geschmatze. Nie hätte ich gedacht, dass Kinder so viel Freude machen. Eva liebte Lampen. Wenn Markus sie herumtrug, konnte sie die Augen nicht von ihnen lassen. Wenn sie abends schlafen sollte, brüllte sie so lange, bis Markus ihr eine Geschichte ins Ohr tuschelte, die sie sich selig anhörte und über der sie einschlief. Hanna drehte sich immer noch beleidigt weg, wenn ich Eva auf dem Arm hatte. In ihrem Ställchen wollte sie partout nicht mehr bleiben, aber außerhalb konnte ich sie keine Sekunde aus den Augen lassen. Ich wusste manchmal nicht, wo mir der Kopf stand. Immer hatte eine die Hosen voll oder Hunger. Die Zellstoffwindeln, die es zu kaufen gab, hätten uns glatte 100 Franken pro Monat gekostet. Meinen 30. Geburtstag feierten wir eigentlich gar nicht richtig vor lauter Übermüdung. Ich wünschte mir, dass es eine Hausfrauengewerkschaft gäbe, die für uns einen Acht-Stunden-Tag einführte. Aber unzufrieden war ich nicht. Die Kinder waren so lieb und goldig und unser ständiges Entzücken. Eva lachte und jauchzte, bis sie sich verschluckte.

Die Briefe aus Halle klangen traurig. Altvater wollte zu einer Vortragsreise in die USA, aber sein Ausreisevisum wurde zwei Tage vor der Abreise abgelehnt. Wir hatten ihn schon mit mehreren Ehrendoktoren zurückkehren sehen. Dass er im westlichen Ausland die DDR nicht richtig vertreten könnte, war Blödsinn, fand Markus, war es doch gerade Altvater, der regelmäßig gegen dummes, lügenhaftes Zeug in westlichen kirchlichen Veröffentlichungen protestierte. Er schrieb, uns dürfe er gar nicht besuchen, weil wir geflüchtet seien. Das wollten wir nicht glauben, denn meine Mutti besuchte ihre geflüchtete Schwester andauernd in Hannover. Auch über Silas, der immer noch keinen Beruf hatte und auf seine Kosten lebte wie ein Rentner, beklagte sich Altvater. Er war der Meinung, dass irgendwer die Assistentenstellen hintertrieb, die er an der Uni bekommen könnte.

Ich fiel die Treppe runter und schlug mir den Ellbogen grün und blau. Eva juchzte und quiekte und aß mit Begeisterung

Bananen und ihre Fingerchen, während Hanna Schweinebraten und saure Gurken vorzog. Sie erkannte sich jetzt im Spiegel. Eva bekam blaue Augen, hatte aber dunklere Haare und war viel hübscher als Hanna. Doch auch die Alteltern interessierten sich nicht so für sie wie für das erste Enkelchen. Die zweiten Enkelkinder haben es eben immer schwer. Auch Markus fiel die Treppe runter und bekam blaue Flecken. Ich schenkte mir vom Geburtstagsgeld der Alteltern eine moosgrüne Strickjacke und Lederhandschuhe.

Wir kauften uns zwei Aquarelle mit Genfer Kneipenmotiven, denn wir mussten nun Abschied nehmen. Die dpa wollte uns eine Neubauwohnung in Poppenbüttel zur Verfügung stellen, für die wir nicht Zehntausende Mark als Baukostenzuschuss zahlen mussten, den man niemals zurückbekam, und das nur, um dort zur Miete wohnen zu dürfen. Aber die sollte erst im Dezember bezugsfertig sein. Altvater ließ seine weltweiten Kontakte in Hamburg spielen und tat eine Wohnung auf, aber die Vermieterin vergab sie an andere. Wir waren ganz verzweifelt. Am Ende würde ich mit den Kindern irgendwo in der Lüneburger Heide wohnen müssen und Markus nur am Wochenende sehen. Es gelang dann aber einer Bekannten von Altvater, doch noch ein Häuschen in Stellingen zu finden, das wir möbliert mieten konnten. Es lag in der Nähe des Tierparks Hagenbeck und des Flugplatzes, so dass wir es uns aussuchen konnten, ob wir Löwengebrüll oder Flugzeuge hören wollten.

Silas meldete uns im März 1960 die Geburt seiner Tochter:

Um in der zeitlichen Reihenfolge zu verfahren, beginne ich damit, dass Astrid am Sonntagnachmittag in die Klinik entschwand und Magdalena erst am Dienstagmittag ankam, sie hat es also nicht so leicht gehabt wie Ruth. Immerhin war bemerkenswert, dass pünktlich um 13 Uhr bei Magdalenas Erscheinen zum ersten Mal seit Wochen die Sonne schien. Die Familie saß seit Sonntag untätig um das Telefon herum und erwartete den Anruf, nach dessen Erfolgen ich in die Klinik fuhr und die Bescherung sogleich, gehüllt in einen weißen Arztkittel, in Augenschein nahm, wobei sich die in solcher Situation vorschriftsmäßigen Gefühle in der Tat einstellten.

Kaum ein Jahr nach meinem Tod wird Magdalena mit 61 in Dresden bei einem Fahrradunfall ums Leben kommen.

Kapitel 11

Am Karfreitag sagten wir Genf Adieu. Hanna genoss den Flug bis Frankfurt und verschlief den zweiten bis Hamburg vor Erschöpfung. Das Häuschen hatte zwei Stockwerke und große Fenster. Das Wohnzimmer unten ging durchs ganze Haus, daneben lag die Küche, oben gab es ein Schlafzimmer und zwei kleinere Zimmer. Die Möbel waren einfach und scheußlich. Hanna war ningelig, weil alles anders war. Die Luft war ungeheuer frisch, verglichen mit Genf. Die Kinder schliefen wie die Steine und aßen wie Scheunentore. Aber das Leben war umständlich. In Genf hatte ich eine Waschmaschine mit Schleuder und Trockner zur Verfügung gehabt, nun musste ich wieder mit der Hand waschen, die Windeln in der Küche kochen und zum Aufhängen auf den Dachboden tragen. Der Imbekstieg lag zwischen Feldern und Schrebergärten, es gab kaum Geschäfte in der Nähe, ausgenommen einen netten, aber teuren Universalladen.

Markus hatte am ersten Montag im Mai seinen ersten Dienst bei der dpa, er ging von 16 bis 23 Uhr. Hanna lernte, auf Stühle zu klettern und leider auch das Treppensteigen und stürzte gleich die Treppe hinunter. Eva zerhaute eine eigentlich unzerbrechliche Klapper in tausend Stücke, fing an zu krabbeln und versuchte zu stehen. Und auch sie stürzte sich die Treppe hinunter und schürfte sich die Nase auf. Sie hing besonders gern am Schlips ihres Vaters. Hanna lernte Llga sagen, das hieß Flieger. Sie hatte gleich einen furchtbaren Schrecken bekommen, als sie im Garten saß und ein Flugzeug ganz tief über uns hinweg donnerte. Nun hatte sie Angst vor dem Geräusch des Staubsaugers. Wenn wir spazieren gingen, interessierte sie sich nur für Wauwaus. Wenn irgendwo Gebell ertönte, wollte sie hin.

Endlich war es soweit, Markus bestellte einen blauen VW Käfer mit Schiebedach, der dank Beziehungen in zwei Wochen statt in sieben Monaten geliefert werden sollte. Schon in Genf hatten wir darüber geredet, es war doch ein schönes Spielzeug für ihn, weil er wegen der Töchter keine Modelleisenbahnen bauen konnte. Der Käfer kostete fast 5000 Mark. Zum Glück hatten wir eine Nachzahlung vom LWB bekommen. Ich musste zur Polizei gehen und meinen Führerschein von Engelberg auf Winkler umtragen lassen. Aber ich konnte mir nicht vorstellen, dass ich den Mut aufbringen würde, in diesem schrecklichen Großstadtverkehr zu fahren. Ich bin nie gern Auto gefahren. Meine erste Fahrstunde in Berlin war eine Katastrophe gewesen. Weil ich so klein bin, musste ich den Sitz nach vorne verstellen. Er war aber nicht eingerastet, so dass ich beim ersten Bremsen aufs Lenkrad geklemmt wurde und mich nicht mehr bewegen konnte, und der Fahrlehrer brüllte.

Als Markus den Käfer abholen sollte, suchte er sich auf dem Stadtplan eine Route aus, bei der er nie links abbiegen musste. Er kam Stunden später schweißgebadet zu Hause an, natürlich hatte er sich verfahren. Seinem Bruder Natan, der immer wieder Altvaters Käfer fuhr, den eine Westgemeinde ihm spendiert hatte, schrieb er:

In einem Glasbau steht man vornehm herum, und plötzlich hebt sich vor einem der Fußboden, und wie in einem Krematorium schwebt der Wagen empor, krachendblau und frisch. Drinnen steckt eine Serviette mit herzlichen Grüßen und guter Fahrt, und in der Fensterheizung stecken zwei rosa Nelken. Mit diesem Gerät fuhr ich also erstmal schwitzend nach Hause. An dem Ding sind ein paar Sachen anders als früher. Erstmal ist die Nabe des Lenkstammes versenkt, so dass man, wenn man aufs Lenkrad fällt, nicht den Lenkstamm in die Rippen kriegt. Die Hupe ist ein halbkreisförmiger Ring um die untere Hälfte des Lenkrads. Das Gaspedal ist ein Plattfuß, nicht die Rolle. Die schlimmste Neuerung aber ist der Winker, der sich automatisch zurückstellt, wenn man um die Ecke rum ist. Der Winker geht nämlich auch weg, wenn man sich auf gerader Straße vor dem Einbiegen einordnen muss, so dass man dann, wenn man den Winker braucht, keinen mehr draußen hat. Das Zurückstellen ist nämlich mit dem Lenkrad gekoppelt. Im Prinzip natürlich lieb gedacht. Da man sich daran gewöhnt, nicht auf das Winkerrückstellen zu achten, bleibt er natürlich Ewigkeiten draußen, wenn man sich dann entschließt, doch nicht abzubiegen. Jedenfalls waren wir schon mächtig aus mit der Karre. Wir sind nach Blankenese gefahren am letzten Sonntag und dort auf den Elbhöhen mit sämtlichen Kindern Kaffee und Milch trinken gewesen. Gestern habe ich wieder die ganze Familie hineingequetscht und bin an die Alster gefahren und habe Ruth die Stätten meiner Wirksamkeit gezeigt. Eva stopften wir mit dem Kinderwagensitz hinein, Hanna saß auf dem Schoß. Hanna hatte schreckliche Angst zuerst, weil es das Geräusch des Staubsaugers machte, aber dann wurde sie sofort pappig und schlief ein. Autofahren ist ja für Kinder ideal, wenn sie schlafen sollen. Auf unserer Straße haben wir, kein Wunder, den neuesten Wagen, obwohl Dutzende VWs herumstehen. Statt 50 Minuten mit der Straßenbahn brauche ich jetzt rund 20 Minuten ins Büro. Und bei dem Wolkenbruch kürzlich genoss ich das Dach über mir.

Hanna konnte inzwischen die Treppen rauf und runter steigen, wobei sie ständig Bassau! sagte, also Pass auf! Auch ganze Sätze konnte sie. Bemme ham Wust, bedeutete: Wurstbemme haben!

Die Nachbarn hatten zwei Wellensittiche. Ständig stocherte sie den Finger durch die Gitterstäbe und ließ die Vögel aufflattern. Als wir in den Tierpark Hagenbeck gingen, hatte sie nur Augen für die Spatzen, die überall herumhüpften. Piep-piep-da! Den Zoobesuch hätten wir uns sparen können. Eva war ganz goldig und sehr fröhlich, sie lachte, sagte schon Baba und spielte eifrig mit allem, was ihr in die Quere kam. Eva war in allem schneller als Hanna, nur die Zähne kamen langsam. Markus war ganz unglücklich, er gab doch so gern mit seinen Kindern an.

Altvater glaubte, dass wir in Hamburg das ganze Jahr über Bananen für 48 Pfennige kaufen konnten, momentan kosteten sie 75 Pfennige. Ich war überhaupt erschüttert von den Preisen, sie waren doch gewaltig in die Höhe gegangen. So groß war der Unterschied zur Schweiz nicht mehr. Wenn ich an meine täglichen Hausfrauenpflichten dachte, wechselte meine Stimmung zwischen Zorn, Verzweiflung und Resignation. Wie lange konnte ich mich an einer vollbrachten Arbeit freuen? Oft kam ich gar nicht dazu. Hanna war schneller. Saubere Teppiche eigneten sich besonders gut, um darauf Kekse zu zerkrümeln, und frisch geputzte Fenster waren ideal zum Betatschen. Und dieses ständige Waschen, was hatte es schon für einen Sinn? Eben frisch angezogen, einen Gang durch den Garten gemacht, schon war sie von oben bis unten beschmiert, die Fingernägel waren schwarz, die Schuhe voller Erde, das Gesicht klebte und aus den Haaren rieselte der Sand. Und ich wollte so gern, dass meine Kinder immer sauber und gepflegt aussahen. Es war nicht möglich, also sollten sie eben vor Dreck starren. Eva war jetzt sieben Monate alt, noch zwei, dann würde sie zu laufen anfangen. Überhaupt stellte sie Hanna, was Temperament und Aufgewecktheit anging, mächtig in den Schatten. Wenn ich sie in den Garten stellte, stopfte ich die Decke so fest, dass sie sich erst nach zwei Stunden herausgearbeitet hatte. Krebsrot vor Anstrengung, aber selig, lag sie dann auf der Decke. Hanna konnte es immer noch nicht ertragen, wenn jemand von uns

Eva auf den Arm nahm. Eva liebte wiederum ihre Schwester sehr. Wenn sie in der Nähe war, hatte sie nur Augen für sie und streckte die Arme nach ihr aus. Hanna ignorierte das und fing an, wie wild zu spielen. Manchmal aber guckte sie inzwischen auch schon einmal freundlich interessiert zu Eva hinüber, wenn die sich abmühte, um sich aufzusetzen. Ich hatte nicht gedacht, dass Kinder sich so schwer an Geschwister gewöhnen.

Hamburg war eine widerliche Stadt. Meistens regnete es, und immer wehte Wind, ich musste Hanna tüchtig festhalten, damit sie nicht einfach weggepustet wurde. Die Hamburger waren sehr reserviert. Freunde hatten wir im ersten Jahr keine, Markus traf immerhin Kollegen. Wir hatten geglaubt, nach Hause zu kommen, und fühlten uns jämmerlich fremd in Deutschland. Mit verbissenen Mienen starrten die Menschen in den Straßenbahnen vor sich hin, kein Lächeln, keine Leichtigkeit, keine Verrücktheiten. Und die Läden hatten sonntags zu. Diese Enge und Kleinbürgerlichkeit kannten wir aus Genf nicht. Technisch war Hamburg auch weit zurück. In unseren Genfer Wohnungen hatten wir Müllschlucker und Waschmaschinen gehabt, jetzt mussten wir schon froh sein, wenn heißes Wasser aus der Wand kam. Wenn wir das Auto nicht gehabt hätten, hätte ich viel Zeit allein damit verbringen müssen, zu anderen Läden zu kommen. Eigentlich hätte ich mir einen neuen Wintermantel kaufen müssen, meiner hing in Fetzen, aber mit den Kindern konnte ich das nicht machen, denn ich durfte den Kinderwagen nicht mit in die Geschäfte hinein nehmen. Es war zum tobsüchtig Werden. Auch Leute mit Kindern hatten doch manchmal Bedürfnisse. Solche Kümmernisse hatte ich dauernd. Manchmal war es zum Heulen.

Die Alteltern schlugen uns vor, sie in Halle zu besuchen. Wir berieten darüber, aber das Ergebnis war das Gleiche wie eh und je. Altvater kannte die Fälle, wo es ging, wir kannten die, wo es nicht ging oder wo Leute verhaftet wurden. Allein schon Markus' Beruf war ein schwerwiegender Hinderungsgrund.

Markus musste zwar nicht mehr so lange vereisen, aber die Nachtschichtwochen entwickelten sich zu toten Wochen. Nur mit Hilfe von zwei Bier zum Frühstück schaffte er es zu schlafen, aber genug war es natürlich nie. Er saß in einem Saal zusammen mit zehn Redakteuren, vier Sekretärinnen, zwei Technikern, zehn Fernschreibern und Hunderten von Telefonen, Kaffeekannen und Tassen. In seiner Schicht schrieben sie rund 150 Meldungen, das waren rund 80 eng beschriebene Seiten. Immer drei Redakteure zusammen deckten eigene Gebiete ab. Über Fernschreiber kamen Texte von Korrespondenten, die durchgesehen oder aus dem Englischen übersetzt werden mussten. Nebenher machte Markus noch Sendungen für den WDR und andere Funkhäuser.

Unsere Müdigkeit nahm überdimensionale Formen an, nur an den Kindern sah ich, dass das Leben auch Spaß machen konnte. Wir ärgerten uns kaputt, weil wir wohl wieder auf einen Urlaub verzichten mussten. Es erschien völlig aussichtslos, überall, wo ich anrief und fragte, ob wir mit Kindern Urlaub machen könnten, reagierten die Leute, als hätte ich etwas Unanständiges gefragt. Sie wollten Kinder erst ab zwei Jahren. Ich musste sogar Eva trösten, sie weinte ganz jämmerlich, aber sie wollte nichts weiter, als mich mal glücklich zu sehen. Für Hanna hatte Markus auf einer Baustelle Sand geklaut. Sie spielte nun wie besessen im Garten und war völlig sandig. Ihre eigenen Wünsche drückte sie jetzt als Fragen aus. Wenn sie trinken wollte, sagte sie: Hast du Durst? Wenn sie auf den Arm wollte, fragte sie: Runter willst du? Auch Scherze konnte sie schon machen, sie fragte: Hast du Aa gemacht? Wenn ich dann nachgucken wollte, teilte sie schnell mit: Nein, nein. Und es war auch nichts.

Im August regnete es ununterbrochen. Ich bekam eine furchtbare Sehnenscheidenentzündung im rechten Arm. Hanna lernte das Wort furchtbar. Eva stand den ganzen Tag im Ställchen und prustete vor Heiterkeit. Sie konnte Zwieback essen, ohne sich zu verschlucken, was Hanna nie gelernt hat. Sie war auch von vornherein viel sozialer eingestellt als Hanna. Eva lebte ganz nach außen und eroberte immer alle Herzen im Sturm, Hanna dagegen guckte erst eine Weile und verpasste dann den Anschluss. Im Oktober hatte Markus ein bisschen Urlaub. Wir holten uns Bücher aus der Bücherei und fuhren auch mal mit dem Auto nach Bad Segeberg. Hanna wollte immer noch nicht auf den Topf, Eva schaffte das schon wunderbar. Markus versuchte, mit dem Rauchen aufzuhören, und mein Arm tat weh von einem Treppensturz. Im Dezember war unsere Neubauwohnung immer noch nicht fertig. Wir wurden aufs nächste Jahr vertröstet. Ich sah den Grundriss und wusste sofort, die Wohnung ist zu klein. Die Leute glaubten immer, Kinder brauchten keinen Platz, und deswegen waren die Kinderzimmer nur winzige Löcher.

Astrid schrieb mir, dass sie mit Trundel ähnliche Erfahrungen machte wie wir damals in Genf. Sie hatte es ihr einmal überlassen, Magdalena die Flasche zu geben, aber die Kleine wollte nicht trinken, da hatte Trundel ihr ein Kissen in den Rücken gestopft, was Astrid unverantwortlich fand. Trundel hatte sich beleidigt und weinend zurückgezogen. Nachdem es Astrid genauso ging wir mir damals, war ich nicht mehr bereit, die Schuld bei mir zu suchen. Wie bei uns auch, hatte sie Astrid nach dem Krach mitgeteilt, ihr Leben habe keinen Sinn mehr, sie werde nie wieder malen und schreiben können. Und so war es auch für ein Dreivierteljahr, und danach war alles wieder in Ordnung, soweit es bei Trundel überhaupt in Ordnung sein konnte. Markus erinnerte sich an das Drama wegen des Russenkittels, das völlig unvermutet über ihn hereingebrochen war und von dem später nie wieder die Rede gewesen war. Deswegen schrieb ich Astrid und riet ihr, sich nicht alles gefallen zu lassen und lieber einmal einen ordentlichen Aufstand zu machen, denn mit Trundel wurde es nur immer schlimmer, wenn man nachgab. Sie hatte auch gleich wieder eine Gesichtsrose bekommen, was Markus als Ausdruck einer Neurose bezeichnete. Ich fragte mich, wovor Trundel sich fürchtete. Statt sich jetzt ums Enkelchen zu kümmern, machte sie mit verkniffenem Gesicht einen großen Bogen um den Kinderwagen mit Magdalena.

Markus erinnerte sich noch an Trundels Mutter, die er als Kind noch erlebt hatte. Die war närr'sch gewesen, wie man so schön sagte, eine vornehme Dame mit einem Samtbändchen um den Hals, die erst nach 21 Uhr einkaufen ging, weil es da dunkel war und niemand sie sah. Er hatte sie als Oma nie gemocht. Sie hatte auch ungeheuer feste Ideen über das Leben gehabt, soweit er das als Kind mitbekommen hatte, so dass die Alteltern manchmal völlig verzweifelt gewesen waren. Auch Trundel sei zeitlebens ein zurückgezogener Mensch gewesen, ihr fehlte die innige Verbindung zu irgendwem außer Altvater. Markus sagte, er habe es aufgegeben, von ihr menschliche Gefühle und Verständnis zu erwarten. Warum macht man sich die Mühe der Erziehung, wenn man dann kein Vertrauen hat? Wie werden wir werden?, fragte er sich. Wer weiß schon, welche Neurosen uns beherrschen, wenn wir in Trundels Alter sind? Es komme darauf an, nicht nur die Windeln sauber zu machen, und das gern, als vielmehr später, wenn man sie schon nicht mehr verstehe, die Kinder verstehen zu wollen. Auch unsere Töchter werden alles anders machen als wir, sagte er. Die Herren Töchter werden vielleicht in Pluderhosen herumgehen und ich hatte den Russenkittel. Ich höre Hanna und Eva schreien: Aber ihr habt uns doch auch nicht verstanden! Und immer dieses Misstrauen, sagt Eva, immer deine Angst, ich würde Drogen nehmen und in der Gosse landen, nicht die Spur Vertrauen habt ihr gehabt!

Nach Weihnachten schrieb mein Opa, dass meine Oma einen Schlaganfall gehabt hatte. Er übertrieb immer maßlos, aber ich war doch in Sorge und bat Trundel, ihn, wenn es irgendwie ging, zu besuchen. Opa war so hilflos in allen schwierigen Lagen. Meine Mutti wollte ich nicht bitten, denn den Briefwechsel mit ihr hatte ich abgebrochen, nachdem sie mich wüst beschimpft hatte, weil ich zu wenig Kaffee schickte. Es war zum Verzweifeln. Wenn man doch nur mal schnell hätte nach Halle fahren können!

Trundel ging hin, brachte aber leider keine beruhigenden Nachrichten. Außerdem wollte sie nun zwischen Mutti und mir vermitteln. Ich wusste nicht recht, wie ich mich verhalten sollte. Ich überlegte schon seit einem halben Jahr, ob ich ihr offenbaren sollte, was mich quälte. Es war nicht so, dass ich kein Vertrauen zu Trundel gehabt hätte, aber ich belästige nicht gern andere Menschen mit meinem Kummer. Es wurde mir jedoch auch klar, dass es mir nicht guttat, alles allein mit mir herumzutragen, und so schrieb ich ihr:

Liebe Trundel, ich kann mir vorstellen, dass du in einer blöden Situation bist. Und ich mache mir auch Gedanken darüber, dass du meinetwegen da hineingekommen bist. Du hast natürlich vollkommen Recht, wenn du meinst, ich sollte entgegenkommender sein. Du musst das ja so sehen. Aber ich kenne meine Mutter länger und besser und weiß deswegen, dass dieses Entgegenkommen einfach sinnlos ist, weil ja doch nach einer gewissen Zeit wieder alles aus ist. Ich habe mir so und so oft Mühe gegeben, dass wieder ein freundschaftliches Verhältnis zustande kommt. Und ich hatte nie ein Gefühl der Schuld, wenn dann nach einer bestimmten Zeit wieder Vorwürfe und Vorwürfe kamen. Soll ich alles hinnehmen, weil sie die Frau ist, die mich geboren hat? Ich weiß doch ganz sicher, dass sie mich nie wie eine Mutter geliebt hat. Das sage ich nicht so dahin. Ich könnte Bände schreiben, um euch das zu beweisen. Meine ganze Kindheit war eine einzige Qual, weil ich fühlte, dass meine Eltern mich nicht liebten. Als ich später noch von meiner Mutter erfuhr, dass meine Existenz wirklich nicht erwünscht war und meine Eltern alles getan haben, dass ich nicht lebendig geboren werde, da hatte ich wahrlich genug erfahren, dass ich bestimmt mein ganzes Leben lang nicht damit fertig werden kann. Ich habe aber trotzdem fast immer versucht, mit meinen Eltern ein freundschaftliches Verhältnis zu haben. Mit meinem Vater komme ich ja auch ganz gut aus. Aber meine Mutter macht es mir immer wieder schwer, mit ihr in Frieden zu leben. Ich will das ja, aber ich will nicht ständig von ihr gepiesackt werden. All die Einzelheiten, was ich dann und dort gesagt, getan, geschrieben habe oder eben nicht, das ist ja nur die Oberfläche. Wenn man sich in den tieferen Bereichen einig ist, wäre das leicht aus der Welt geschafft. Aber so sehe ich keine Möglichkeit, mit all den Vorwürfen, die da kommen, fertigzuwerden. Es ist mir einfach nicht möglich, für einen Menschen, der mich um etwas ganz Wichtiges in meinem Leben gebracht hat, nämlich um die Mutterliebe und die Ehrfurcht vor meinen Eltern, dauernd und immer wieder Verständnis aufzubringen. Es nimmt mir jedes Mal die Kraft, weil ich erinnert werde an all den Kummer, den ich in meiner Kindheit erlebt habe. Es quält mich, und ich will mich nicht mehr von meinen Eltern quälen lassen. Als Kind konnte ich mich nicht dagegen wehren, aber jetzt kann ich es, und deswegen tue ich es. Und das ist eben der Grund, weshalb ich es aufgegeben habe, meiner Mutter zu schreiben. Ihr könnt mir selbstverständlich sagen, wie unrecht ich habe und dass alles falsch ist, was ich tue. Aber versucht bitte auch, mich zu verstehen. Sagt mir bitte nicht, dass ich mit einer Kindheit, wie ich sie gehabt habe, nicht allein auf der Welt stehe. Das weiß ich, und es empört mich und macht mich ganz krank, weil ich das schon wieder in meiner Verwandtschaft kommen sehe. Ich denke, ihr wisst, dass diese Teile des Briefs nur für euch bestimmt sind. Ich wollte euch nur mal erklären, wie ich zu meiner völlig verbitterten Haltung meiner Mutter gegenüber komme. Meine Großeltern wissen von all dem nichts und würden es auch nicht glauben können, dass es so etwas gibt. Ich bin sehr froh, dass du sie besucht hast.

Trundel verdammte mich nicht, sondern schrieb einen gütigen Brief. Das tat wohl. Ich war froh und erleichtert, dass ich es ihr gesagt hatte. Ich fühlte mich befreit, weil sie mich verstand und mein Verhalten nicht falsch fand.

Meine Oma starb am 13. April 1961 mit 84 Jahren. Wir überlegten hin und her, ob ich zur Beerdigung fahren sollte, aber ich wollte nicht mit Onkel Erichs kommunistischen Brüdern zusammentreffen, die mir gegenüber nie Wohlwollen gezeigt hatten. Außerdem war ich geflohen, und wer weiß, was das für Folgen für mich haben würde. Markus musste ja auch arbeiten. Wer hätte sich um die Kinder gekümmert? Trundel und Altvater besorgten einen Kranz und gingen zur Beerdigung. Ich bekam eine Blinddarmreizung. Der Arzt sagte, das sollte man operieren, aber die Krankenkasse zahle das nicht, weil es vorbeugend sei. Mich machte das ganz ängstlich, was, wenn ich mal ganz plötzlich krank wurde? Was sollte dann mit den Kindern geschehen?

Opa reiste schon bald für zwei Wochen nach Marl zu Vati, dann kam er für zwei Wochen zu uns nach Hamburg. Er brachte mir Omas Kochbuch mit. Darin fand ich den Kartoffelsalat, wie sie ihn gemacht hatte – die Kartoffelscheiben werden in einem Sud aus Essig, Zwiebeln, Petersilie, Salz und Pfeffer gegart, so dass alles leicht geliert, wenn es kalt wird –, und die Tote Oma, die es bei meiner Festnahme gegeben hatte.

Hanna stand staunend herum und bewunderte ihren Uropa sehr. Ich bekochte ihn gut, und am Wochenende fuhren wir mit dem Auto an die Außenalster. Ich war froh, dass er sich so schnell entschlossen hatte zu verreisen. Es war alles sehr strapaziös für ihn gewesen, und er war sehr unglücklich, dass er so alleine war. Die meisten Menschen kümmerten sich ja nur für kurze Zeit um einen alten Mann, dann wurde es ihnen lästig. Wir hätten ihn zu uns genommen, aber er wollte unbedingt in Halle in seinem Haus bleiben. Meine Mutti schrieb wieder einmal so schlecht und verächtlich über meine Großeltern, dass ich ihr nicht antwortete. Ich konnte es nicht ertragen, dass sie die Schwächen meiner Großeltern aufbauschte und an allem nur herumnörgelte. Sie hatte meiner Oma nicht einmal den Wunsch erfüllt, sie noch einmal zu sehen.

Eva sagte nun laut und vernehmlich: Nein-nein! Und wenn die Flasche leer war, sagte sie: Alle-alle. Auch Hanna plapperte vor sich hin. Ich war ganz selig über so viel Unterhaltung. Die beiden waren unsere ganze Wonne, sie standen so sehr Mittelpunkt, dass wir uns kaum noch selbst bemerkten in unserer stillen Bescheidenheit. Und im Grunde war ich als Frau auch abgemeldet, denn wenn Markus nach Hause kam, lag er erst einmal mit den Kindern auf dem Boden und ließ sie auf sich herumklettern. Ich war dankbar, überhaupt noch irgendwann bemerkt zu werden.

Beim Hopsen im Ställchen schlug Eva mit dem Kinn auf den Gitterrand und biss sich dabei in die Zunge. Das war ein Blutbad! Und sie verschluckte sich auch noch an ihrem Blut. Aber am anderen Morgen sah man nichts mehr außer einem roten Strich auf der Zunge.

Altvater rief an, vergaß aber, mich noch einmal zu verlangen, weshalb wir uns fragten, was nun wieder los war. Silas schrieb:

Das würde ich nicht tragisch nehmen, noch etwas dahinter vermuten. Für mich ist die Telefoniererei mit euch immer ein prickelndes Vergnügen, wenn Vater mit der Uhr in der Hand dasitzt und der Hörer durch die Hände sämtlicher Familienmitglieder rotiert, von denen vor Aufregung keiner etwas Vernünftiges zu sagen weiß. Die Tatsache des Telefonierens ist wesentlicher als das, was da gehaspelt wird. Irgendwann beginnt dann Altvater, mit der Uhr zu fuchteln, und jeder bläkt noch irgendetwas, auf einmal ist Schluss. Alles geht so schnell, dass man überhaupt nicht mehr weiß, was los ist.

Wir bemühten uns, Trundel und Altvater zu einem Besuch bei uns zu bewegen, aber sie wollten nicht kommen. Auch Silas' Familie besuchten sie nicht. Das war nun nicht zu ändern. Ich schrieb:

Liebe Trundel, danke dir für deinen Brief, du solltest viel mehr schreiben, ich lese das alles so gerne. Dafür solltest du viel weniger im Haushalt arbeiten. Sollen wir für deinen Mann und Natan Oberhemden schicken, die man nicht bügeln muss? Markus hat vier solche, sie sind hinreißend, schön und edel, wie man es sich von gepflegten Oberhemden wünscht. Bitte, wir haben noch 1200 Mark. Warum sich plagen, wenn man nicht unbedingt muss? Und du musst ja für zwei Männer sorgen. Wann besucht ihr uns? Manchmal denke ich mir, Trundel, du hast Angst vor meiner Bosheit, deswegen traust du dich nicht zu kommen. Ich bin wirklich gar nicht so schlimm. Außerdem bin ich schon beinahe ein geduldiger Mensch geworden, mit kleinen Kindern übt man doch täglich. Ich kann mir beim besten Willen nicht vorstellen, dass wir Schwierigkeiten miteinander kriegen könnten. Ich freue mich doch und genieße es, wenn mal eine Oma oder ein Opa mit den Kleinen spielt. Und du wirst doch sicher schon gelernt haben, dass Schwiegertöchter alles verkehrt machen und es auch schon erträglich finden. Deshalb denke ich immer, wir könnten uns gut vertragen. Überleg es mal. Zwei Personen können wir jederzeit gut unterbringen.

Die Marler besuchten uns für ein Wochenende. Die Kinder waren sonst so scheu, aber ihre Großeltern eroberten sofort ihre Herzen. Es war eine Wonne, besonders mit Vati. Ich hätte ihn am liebsten als Kindermädchen dabehalten. Er konnte einfach wunderbar mit den Kindern spielen. Sie sagten, sie wollten uns mal die Kinder abnehmen, damit wir ein paar Tage Urlaub machen könnten. Ich konnte es kaum fassen. Aber natürlich wusste ich, wie unbeständig sie waren. Es ist nie passiert.

Und endlich kamen auch die Alteltern uns für zehn Tage besuchen. Sie erhielten tatsächlich die Pässe. Natürlich hatte ich Angst, dass wieder alles schiefgehen würde, aber es verlief überraschend angenehm. Wir waren für unsere Töchter völlig abgemeldet. Wenn sie nicht essen wollten, brauchten nur Opa oder Oma aufzutauchen, und sie aßen brav vom Löffel. Sie fielen ihren Großeltern um den Hals und schmatzten sie ab, was die beiden mächtig rührte. Schweigsam wie die Winklers nun einmal waren, äußerten sie keine Emotionen, aber wir hatten doch den Eindruck, dass sie es sehr genossen und sehr stolz auf ihre Enkeltöchter waren. Sie hatten sich nach den Fotos Eva nicht so schelmisch vorgestellt und nicht so aktiv. Ich hatte den Eindruck, dass sie von den Kindern ganz hingerissen waren. Wir hatten sie ganz glücklich gemacht. Und ich genoss es sehr, die Kinder auch einmal stundenlang Trundel zu überlassen. Sie wusste so unglaublich viele Sachen, die man mit Kindern spielen konnte, dass wir ganz platt waren. Das war nicht nur eine Erleichterung für mich, im Grunde war es eine Notwendigkeit, die Kinder einmal abgeben zu können, nur dass ich darauf meistens nicht zurückgreifen konnte. Altvater verzog sich ab und zu in sein kleines Zimmer, qualmte es blau und las, Trundel half mir im Haushalt. Es kam nicht zu kritischen Gesprächen, und es gab auch kein hörbares Schweigen. Trundel begriff auch, dass ich mit zwei kleinen Kindern und dem Haushalt ohne das Dienstpersonal, das sie immer gehabt hatte, nicht noch allerlei nebenher machen konnte, wie sie es mir immer vorgeschlagen hatte. Markus revidierte viele seiner harten Urteile über seine Eltern. Er meinte, verheiratete Kinder seien solange nicht auf gleicher Wellenlänge mit den Eltern, solange sie nicht selbst Kinder hätten. Die Alteltern waren im Grunde eher schüchterne Menschen, die ihre Schüchternheit überspielten, Trundel durch ein seltsam unechtes Benehmen und Altvater durch seine frechen Sprüche und sein ruppiges Benehmen, wenn es um Gefühle ging. Ich amüsierte mich sehr über ihn, als wir bei gemeinsamen Freunden zu Besuch waren. Aber Markus war ganz verbittert über Altvaters Art zu reden und sich herauszukehren, während ich ihn großartig und köstlich fand.

Astrid schrieb, dass sich wegen der Schwierigkeiten, die sie mit den Alteltern hatten, ihre Mutter um Magdalena kümmern sollte, wenn sie zur Entbindung in die Klinik kam. Ich riet ihr dringend, dass Silas sich kümmern solle. Wir hatten es an Hanna gesehen, einmal in Genf, als Eva gekommen war, einmal in Hamburg nach dem Umzug, jede Veränderung erschütterte die kleinen Wesen ungeheuer, und dann wäre die Mama weg und die Oma da. Und so lieb die Oma sein mochte, es nützte nichts, Magdalena würde sich völlig verlassen fühlen. Und wenn das Schwesterchen – mit einem Brüderchen rechneten wir nicht ernsthaft – da war, würde Silas ohnehin Ersatzmutter spielen müssen, weil Astrid sich so viel um das Neugeborene kümmern musste. Im März gebar Astrid ihre zweite Tochter Caecilia.

Markus brachte mich und die Kinder für eine Woche nach Marl, wo ich Uschi ersetzte, die nach Halle fahren wollte, während Henrike ihre erste Tochter Frida bekam. Dann kam Vroni Wollschläger mit Schorsch zu einem Überraschungsbesuch für acht Tage. Ihre Karte, mit der sie den Besuch ankündigte, kam erst an, als sie schon da war. Hanna befand sich im Trotzalter und sagte immer Doch! und Nein-Nein!, und sie erfand Worte wie, Papi hat geraust, für Papa ist rausgegangen.

Wir waren jetzt schon mehr als ein Jahr in Hamburg, und unsere Wohnung in Poppenbüttel war immer noch nicht fertig. Wenn wir in die Stadt wollten, war es jedes Mal eine richtige Expedition. Erst mit dem Auto in die Stadt fahren, dort in ein Garagenhochhaus, wo ein Fahrstuhl das Auto hochfuhr, das Auto abstellen, dann mit den Kindern per Fahrstuhl wieder runter, meistens mit Gebrüll, und hinaus auf die Straße. Dort bestanden beide Töchter darauf, an Markus' Hand zu laufen, so dass ich leer hinterherlief. Wenn wir Ampelkreuzungen überqueren mussten, war das eine Strapaze. Markus zog die Töchter über eine Kreuzung, vorbei an lauernden Autos, die einbiegen wollten. Inzwischen wurde die Ampel rot, und hinter uns rief noch jemand, weil Eva einen Schuh verloren hatte. Die Kinder an den Schaufenstern vorbei zu bringen, war mit hoher Überredungskunst verbunden, und es befand sich ja ein Schaufenster neben dem anderen. In den riesigen Kaufhäusern musste Markus aufpassen, dass sie nicht einfach Stoffballen und Porzellan aus den Regalen räumten, während ich einkaufte. Hatte ich meine Stoffe ausgesucht, ging das Ganze retour, wieder auf die Straße, über die Kreuzung, mit dem Fahrstuhl hoch, ins Auto setzen, mit dem Fahrstuhl runter. Und dann schliefen die Kinder, kurz bevor wir zu Hause waren, völlig erschöpft von den Aufregungen ein. Wir mussten sie wecken, sie brüllten und mussten ins Bett verfrachtet werden.

Im Juni machten wir drei Wochen Urlaub in der Lüneburger Heide, was ein Riesenaufwand war wegen der Packerei. Jedes Töpfchen musste einzeln klug im VW untergebracht werden, damit wir alles mitnehmen konnten, was man für kleine Kinder brauchte. Die Fahrt dauerte nur eine Stunde, der Ort bestand aus ein paar Häusern und viel Heide und Sand.

Natan heiratete seine Bella und zog bei Altvater aus. Das Hochzeitsessen fand bei Pottl am Leipziger Turm statt. Die Gäste fand Altvater zu faul, sie kamen, aßen und grinsten selig über die stets mit jugoslawischem Rotwein gefüllten Gläser. In ganz Halle gab es keinen Weißwein zu kaufen. Altvater hielt eine seiner gefürchteten launigen Reden, in denen er Natans Kindheitssünden herausausstellte. Damit waren nun alle Söhne aus dem Haus und sie fühlten ihr Alter. Wenigsten wohnten Silas und Astrid noch in der Nähe.

Natan hatte eine Pfarrstelle bei Jena bekommen. Sein Einkommen betrug 235 Mark, wobei 150 Mark fürs Essen weggingen. Er schrieb:

Man fährt mit der Straßenbahn bis Endstation Mühltal und geht fünfzehn Minuten durch Wald bergauf zum Dorf Cappelroda. Die Kirche ist regelrecht schön, es soll mal ein Kloster gewesen sein, ich schätze, uralt, der Taufstein jedenfalls. Innen zwei Emporen und eine schöne Apsis, wo der Altar steht. Natürlich alles sehr klein, aber sehr klar und keine Verschnörkelungen. Ich werde sie wahrscheinlich selbst streichen und eventuell ausmalen. 200 Meter weiter liegt der Pfarrhof, es ist ein richtiger Hof. Kommt man zur Einfahrt rein, steht rechts das Wohnhaus, hinten quer eine Scheune mit Durchfahrt zum großen Obstgarten, links Stallungen und darüber Heuböden. Im Hof wachsen Fliederbäume, und alles sieht recht nett und romantisch aus. Hinter dem Wohnhaus kommt ein Garten, der mit einer dicken Steinmauer umgeben ist, was von jeher mein Traum war. Durch eine kleine Pforte gelangt man auf eine riesige Obstwiese mit einem regelrechten kleinen Wäldchen darin. Eine Seite des Gartens wird vom Gasthaus begrenzt. Im Haus unten wohnt noch eine Familie mit vier Kindern. Man kommt eine schöne Treppe hoch, und rechts liegt der Gemeinderaum und neben diesem ein langer Gang zum Klosett. Links kommt die richtige Wohnung. Es sind drei Zimmer und eine schöne große Küche, auf dem Boden darüber noch ein kleines Zimmer.

Die Hochzeit und der Auszug schlugen sich bei uns in vielfachen dringenden Bitten nach Milchpulver nieder. Offenbar gab es auf dem Land keine Milch. Ich fand aber in den Geschäften nur steinhartes Milchpulver in Tüten. Als Natan noch einmal mahnte, ging Markus los, fand aber auch nichts anderes. Und dann schrieb Trundel aufgeregt, wo denn das Milchpulver bleibe. Wir mussten uns schon sehr wundern, denn warum sollte Milchpulver so essenziell wichtig sein, gewissermaßen ein Lebenspulver? Schließlich fand Markus ein weiches Pulver und ich eine passende Theorie. Trundel war seit einiger Zeit abrupt und zerfahren und schrieb viel an Natan, weshalb Silas zu kurz kam. Und nachdem Trundel uns beim Umzug hatte helfen wollen und wir sie dann eingeladen hatten, war erst keine Reaktion gekommen und dann Ausreden. Von Natans Hochzeit hatten wir praktisch gar nichts erfahren, und es wurde nicht getanzt, und nun Milchpulver. Wir kombinierten: Als die Alteltern uns besucht hatten, war Bella oft bei Natan gewesen. Uns ging es ja nichts an, und moralisch verwerflich fanden wir es auch nicht, doch nun fand Markus den Gedanken überaus amüsant, dass Trundels Lieblingsschwiegertochter ein richtiges Sündenkind bekam.

Im Juli erkannte Hanna zum ersten Mal Markus' Stimme am Telefon. Sie heulte fürchterlich: Papa soll da rauskommen, komm raus, Papa! Ich erklärte ihr, dass die Löcher im Telefon doch viel zu klein seien, der Papa ist doch so groß. Schließlich begriff sie es, war aber traurig. Papa kommt mit Auto, die Löcher sind viel zu klein. Das erklärte sie Eva ganz genau, die es natürlich überhaupt nicht verstand und immer nur Worte wie rauskommen wiederholte. Darauf wurde Hanna wütend und sagte: Nein, Papa kann nicht rauskommen, die Löcher sind zu klein. So ging das den ganzen Vormittag. Als Markus nach Hause kam, schaute Hanna ihn eine Weile ganz verwundert an. Die Sache hatte sie sehr aufgewühlt.

Nach unserem Urlaub waren Eva und Hanna richtig aufgewacht und entwickelten sich nun zu Rüpeln. Sie verstanden sich immer dann gut, wenn sie Dummheiten aushecken konnten. Sie ernteten den Apfelbaum ab, obgleich das verboten war. Und eines Tages war das Wohnzimmer voller Wolle, weil sie das Keilkissen aufgemacht und ausgeräumt hatten. Eva war immer voller Schrammen, sie fiel vom Stuhl oder rannte gegen eine Tür. Immer hatte sie irgendwo ein Pflaster. Hanna passte aber auch schon auf sie auf. Als sie einmal den Verschluss der Ölflasche erwischt hatte, sagte sie zu Eva: Nein, nein. Nicht in Mund. Sollst du nicht. Gib's Mama!, und nahm Eva das Ding weg. Es war rührend. Mit dem Kinderarzt hatten wir mehr Glück als in Genf. Er ging ganz ruhig mit den Kindern um. Der Genfer war so laut und ungeduldig gewesen, dass die Kinder immer geschrien hatten. Was es doch ausmachte, wenn man Kinder ansprach und gut mit ihnen umging.

Wir erstanden eine Küchenmaschine und zankten uns in der Küche darum, wer etwas mit ihr machen durfte. Sie knetete Teig, rührte und schlug Eier und Sahne, sie schnitzelte, schnitt, raspelte und mahlte, sie machte einfach alles in Sekundenschnelle. Es war herrlich. Das Gemüse für Eva war in Sekunden ganz klein. Wir dachten ernsthaft darüber nach, eine Waschmaschine zu kaufen. Es war nur ein Platzproblem, auch in der neuen Wohnung.

Im August freute sich Silas wie wahnsinnig, weil er Aussicht auf eine Genehmigung hatte und mit Natan und Bella zusammen Natans Käfer in den Westen fahren und uns in Hamburg besuchen wollte. Doch dann gab es Streit. Silas schrieb:

Die neue Familientragödie hat ungeahnte Ausmaße angenommen. Natan ist so empört über meine Dreistigkeit, dass ich im Auto mitwill, dass er gleich eine Reise nach Halle zu den Eltern abgesagt hat. Alle Welt ist so sensibel, Trundel protestiert durch eine neue Gesichtsrose und heult, wenn man ihre Meinung nicht teilt, bloß ich darf nicht so sensibel sein und ein schiefes Maul ziehen, wenn ich aus dem Auto ausgebootet werde! Bei mir ist das Bosheit. Das Verwirrende ist für mich, dass ich für verrückt erklärt werde, sogar von dem sonst so besonnenen Vater. Ich verstehe überhaupt nichts mehr. Dabei gibt es wahrhaftig andere Dinge, über die man sich aufregen kann.

Die Berliner Mauer wurde nämlich gebaut. Jetzt sagten sie alle, das habe man ja kommen sehen, gegen die Flüchtlinge hätte etwas unternommen werden müssen. Aber das bedeutete ja nun auch für die anderen große Härten, die nicht sein mussten. Das Gerücht, der Postverkehr sei gesperrt, erwies sich als typische westliche Falschmeldung, aber der Telefonverkehr war unterbrochen.

Markus war von Silas' Nachricht betroffen. Sollten die Bilder, die Bella und Natan mitnehmen wollten, so viel Platz im Auto brauchen, dass kein Dritter hineinpasste, und war das denn Grund genug, um Silas auszuladen? Er schrieb:

Es macht mich ganz schwach, dass ausgewachsene Leute in dieser Zeit nichts Besseres wissen, als sich das Leben absichtlich schwer zu machen. Das ist nun das, was man von der Familie erfährt: Krach und dummes Zeug. Wir waren heute richtig verbittert. Die Alteltern werden nun Tag für Tag beklagen, dass sie uns nicht mehr sehen können. Aber wir haben anderthalb Jahre hier gewohnt, und es hat zu einem einzigen Besuch gelangt. Natürlich konnten die Alteltern nicht vorausahnen, wie es kommen würde, aber die jetzigen Verhältnisse hätten jeden Tag eintreten können.

Weder Silas noch Natan und Bella konnten ihre Autofahrt in den Westen machen. Die paar Wochen, die wir in der alten Wohnung noch Telefon hatten, konnten wir nicht in Halle anrufen, in Poppenbüttel hatten wir noch keines. Es war grotesk, dass wir von Hamburg aus nicht mit Halle telefonieren konnten und ein Telegramm 24 Stunden dauerte, während man von Holland aus in 30 Minuten nach Halle telefonieren konnte. Die paar Jahre Genf hatten uns so entdeutscht, dass wir völlig fassungslos waren, wie sich zwei Hälften so über Nichtigkeiten zerstreiten konnten. Wer weiß, sagte Markus, ob ich Paps und Trundel jemals lebend wiedersehe.

Ende August konnten wir endlich nach Poppenbüttel umziehen und bekamen unsere eigenen Möbel wieder. Eva schmierte am ersten Abend Scheiße an die frisch tapezierte Wand im Kinderzimmer, bestimmt unter Mithilfe von Hanna, die aber alles bestritt. Wir mussten gleich wieder den Maler holen. Wir wohnten im Parterre. Die Wohnung hatte 75 Quadratmeter, Küche und Kinderzimmer hatten Morgensonne und einen Ausblick auf Birken und Gärten. Eine Grünfläche trennte unsere Fenster von der Straße, der Vörstekoppel, die noch nicht asphaltiert war. Die Küche war gelb gekachelt und das Bad rosa, ganz schrecklich. Das größte Zimmer bekam Markus, es diente uns auch als Wohnzimmer. Das kleinste Zimmer nahmen wir als Schlafzimmer, im anderen kleinen Zimmer stellten wir den Esstisch auf, außerdem einen kleinen Tisch, an dem ich nähen konnte, und das vierte Zimmer war das Kinderzimmer.

Markus fand es komisch, dass wir genau dorthin gezogen waren, wo die Ahnen von Trundels Mutter herkamen. Sie stammte aus einer Adelsfamilie, die sich bis zu einem Höfling Karls den Großen zurückverfolgen ließ. Ein paar Cousinen sollten noch hier wohnen. Und wieder nähte ich Gardinen und Vorhänge, knallrot fürs Schlafzimmer, mildgrün fürs Esszimmer. Markus nagelte Gardinenleisten und Spiegel an die Wand, montierte Lampen, dübelte Haken für die Garderobe. Endlich waren wir einmal wirklich eingerichtet, in der vierten Wohnung innerhalb der fünf Jahre, die wir verheiratet waren. Bei uns im Haus wohnten auch Jutta und Rainer Goldner, beide aus Böhmen geflüchtet. Rainer war Dovifatianer und ebenfalls bei der dpa untergekommen. Sie hatten eine Tochter, die einen Monat älter war als Eva. So konnten wir uns gegenseitig beim Beaufsichtigen der Kinder aushelfen. Die drei alberten viel herum, allerdings spielten sie nicht miteinander, denn Hanna verachtete das Baby Wibke und Wibke verachtete das Baby Eva. Altvater schrieb zu Markus' Geburtstag:

Nun verlebt ihr schon den zweiten Sonntag im neuen Heim und werdet bestens eingelebt sein. Dass ihr kein Telefon habt, finden wir strange enough in our time. Wenn man dich nun mal schnell im Dienst braucht, wenn eine emergency auftaucht? Wir selber können es ja leider verschmerzen, weil die Telefonate unmöglich geworden sind. Nun kann ich euch auch die erfreuliche Mitteilung machen, dass ich der Familie erhalten bleibe, indem dass auch keine Auslandsreisen stattfinden dürfen. So erledigt sich die Indienreise. Ich habe also eine neue Chance zu verblöden, statt mich als Professor besser zu qualifizieren in Tamil. Die Ehre, Speaker der East Asia Conference zu sein, war groß – sic transit gloria mundi. Und wie viele Freunde warteten auf mich. Ihr seht, unsereins ist immer der Verlierende. Trundel malt gewaltig, ganz neue Sachen. Maler Ebert und Frau besuchten uns gestern Abend, er meinte, eine Tänzerin sollte 400 Mark kosten. Ebert ist ein Freund von Natan. Er war Maurer und malt. Hängt in der National-Galerie, das zweite Buch über ihn kommt bald heraus. Außerdem säuft er hervorragend und erzählt entzückend, ein Hallenser Original. Eberts sind oft mal oben bei uns, sie hausen an der Saale, an der Papierfabrik hinten.

Altvater und Trundel kauften ihm die beiden Bildchen ab, die bis zu meinem Umzug ins Heim bei uns hingen und die nun Hanna hat. Ebert malte naiv. Man nannte ihn auch den Henri Rousseau von der Saale, aber ich finde ihn stimmungsvoller. Eines der beiden Bildchen zeigt Adam und Eva, die von einer Schlange den Apfel angeboten kriegen, das andere den Künstler im Atelier mit Engeln, einer barbusigen Frau und Petrus mit Schlüssel auf einem Thron.

Kapitel 12

Am 17. September schritten wir – wie Markus das immer nannte – zur Wahl, einmal alle vier Jahre Demokratie spielen. Aber in der Schweiz hätte ich als Bürgerin überhaupt nicht wählen dürfen, weil in der Verfassung nur von Bürgern die Rede war und damit eben nur von Männern. Es war keine Frage, dass wir Willy Brandt wählten, denn, wenn wir einen Politiker hassten, dann Adenauer. Markus schimpfte: Wir hätten seit Jahren die Wiedervereinigung und einen Friedensvertrag nach österreichischem Muster haben können, wenn dieser Katholik nicht der Meinung gewesen wäre, die Kommunisten seien der Antichrist und die Nato sei wichtiger als das eigene Volk. Sicher wäre die Wiedervereinigung nicht im westlichen Sinne erfolgt, aber wir hätten uns darin zurechtfinden können. Dem Westen hätte etwas mehr soziale Einstellung wahrlich gutgetan. Die künftige Geschichte werde doch auf nichts anderes hinauslaufen als auf Bemühungen um die Wiedervereinigung.

Natan schrieb, dass er in seinem Heidendorf einen Gottesdienst vor genau einer Person gehalten und dabei gesungen und gepredigt hatte, als wären hundert da. Manchmal ging er sonntags auch wieder nach Hause, weil niemand gekommen war. Wir schickten ihnen zu Weihnachten einen Handmixer. Silas ging meinen Opa besuchen und schrieb uns, dass es ihm gut gehe. Aber schlafen könne er schlecht, er befolge jetzt Markus' Rat und trinke vorher eine Flasche Bier, dann gehe es besser. Zu Weihnachten konnten oder wollten sie ihn nicht einladen, denn Astrids Mutter und die Alteltern kamen, und da fand Silas, dass das in dem großen Zimmer, in dem auch die Kinder schliefen, einer zu viel war. Nun ja. Opa schrieb mir, er sei für den ersten Weihnachtsfeiertag bei Silas zum Gänsebraten eingeladen.

Ich buk einen Christstollen mit Mandeln, Orangeat, Zitronat und Rosinen, die über Nacht in Rum eingelegt wurden. Der Teig wird mit Zimt, Kardamom, Koriander, Nelken und Piment gewürzt. Fast die Hälfte besteht aus den Zutaten, und er wird nicht mit Hefe, sondern mit Backpulver gebacken. Altvater schickte uns die himmlischen Heerscharen, die wir seitdem zu Weihnachten aufstellten, 34 Erzgebirgsengelchen mit Musikinstrumenten, dazu die schwarz bekittelte Kurrende aus sechs Sängern mit Stern und Laternen samt Kirche und Bäumchen, einen Nussknacker, einen Leuchter-Engel, zwei Räuchermännel und eine Drehpyramide. Auch den Herrnhuter Stern schickte er, den Markus noch zusammenbauen musste. Die Kinder guckten aufgeregt zu und wunderten sich, wie aus lauter gelben Tüten ein Stern wurde, der auch noch leuchtete, wenn man eine Glühbirne hineinhängte.

Ich genoss das Leben mit Waschmaschine sehr. Mein Arm wurde auch schon wieder besser, weil ich ihn mit der Wäsche verschonen konnte. Und wie schön die Wäsche wurde, es war eine Wonne. Ich riet Trundel, sich auch so etwas anzuschaffen. Sie war ja schon 60, die viele Wäsche war nichts mehr für sie, wenn ich schon mit 30 anfing, meine Kräfte für etwas Besseres aufzusparen.

Zu Weihnachten kam ein Nachbar als Weihnachtsmann verkleidet zu den drei Kindern von Goldners und uns. Wir hatten sie gut darauf vorbereitet, Hanna war ganz tapfer, Eva hatte zuerst Angst und Wibke zog sich in eine Ecke zurück. Sie bekamen Plastikpuppen mit richtigen Haaren, die sie frisieren konnten. Vor allem Eva gefiel das sehr, denn sie besaß selbst nur wenige Haare. Ihre Zeichnungen erkannten wir später immer an der üppigen Haarpracht der Figuren. Mit diesen Puppen spielten sie alles nach, auch du-bist-böse, woraufhin sie sie ins Kinderzimmer brachten. Zu erkennen, wann man gut war und wann nach unseren Begriffen böse, war jetzt ganz wichtig für sie. Wenn Eva am Tisch nicht richtig essen wollte, stand sie plötzlich auf, marschierte hinaus und stand dann irgendwo auf dem Flur. Dann mussten wir rufen: Bist du wieder lieb?, und sie antwortete: Noch nicht. Kurz darauf kam sie strahlend wieder und aß weiter.

Silas freute sich unbändig über ein Benzinfeuerzeug, das wir ihm geschickt hatten. Nun konnte er sich im Dienstauto eine Zigarette anzünden. Nach Weihnachten bekam Hanna eine heftige Mittelohrentzündung, aber die Medikamente hier in Deutschland waren so gut, dass sie gar nicht erst krank wurde. Und endlich brauchten beide keine Windeln mehr. Dafür wollten sie nun zur Schule gehen, weil sie doch nun schon so groß waren.

Im Februar tobte Freitagnacht ein Sturm. Wir fanden ihn gar nicht so besonders, allerdings fiel in ganz Poppenbüttel der Strom aus. Das war die große Stunde unseres Transistorradios und unseres Campingkochers, auf dem wir Suppen und Kaffee für das ganze Haus kochen konnten. Am Sonnabend war klar, dass die Sturmflut einen Deich zerstört und ein Wohngebiet im Süden überschwemmt hatte. 300 Menschen kamen dort ums Leben. Sie hatten nicht gewarnt werden können, behaupteten die Behörden. Das konnten wir kaum glauben. Der Senator der Polizeibehörde, Helmut Schmidt, den auch die Jüngeren noch als Alt-Bundeskanzler in Erinnerung haben dürften, denn er starb erst vor fünf Jahren, rief seine Freunde bei der Bundeswehr an, die mit Hubschraubern und Soldaten zu Hilfe kamen. Den Alteltern schickten wir ein Telegramm: BEI UNS ALLES UNVERSEHRT BRIEF FOLGT. Natan schrieb:

Wir hören seit gestern die Berichte im Radio über das Unwetter und den Schaden bei euch. Wir sind hier schon ganz aufgeregt. Wie erst ihr! Wir hoffen aber, dass eure Gegend nicht betroffen ist. War Markus gerade zum Dienst? Das Wasser soll ja bis in der Stadt gewesen sein. Es war sicher eine schlimme Zeit für alle. Auch wir bekamen es zu spüren. Riesige Tannen liegen entwurzelt auf der Straße. Der Sturm deckte unser Dach an manchen Stellen ab, dazu ein Schneetreiben, dass man kaum einige Meter weit sah. Unser ganzer Dachboden lag voller Schnee. In Halle hat der Sturm das halbe Rathaus abgedeckt.

Hanna lernte das Wort Scheiße. Einmal war sie krank, sie hatte gespuckt und ich steckte sie ins Bett. Das fand sie gut, auch weil Markus ihr Bilderbücher brachte. Da kam Eva ans Bett und wollte Hanna anfassen. Daraufhin sagte Hanna ganz entrüstet: Lass das, Hanna ist doch tot!

Freimütiger als wir es damals bei meinem Unglück gewesen waren, schrieb Natan, dass Bella ihr Kind verloren hatte:

Der Arzt machte eine Ausschabung, denn es wäre gefährlich geworden, wenn es noch länger gedauert hätte. Sie hat es dort aber sehr schön, ein Einzelzimmer, Privatklinik, katholisch. Das ist eben der Vorteil, wenn man in keiner Kasse ist. Dann kommt es nicht drauf an. Ihr geht es schon besser, sie bekommt noch einen Haufen Spritzen. Wie lange sie dort bleiben muss, weiß ich nicht. Ich kann zweimal täglich hin, was mir ohne das Auto unmöglich wäre. Mit eben diesem Auto fuhr ich am nächsten Tag schuldlos fast ein 8-jähriges Mädchen tot. Ich konnte gerade noch scharf bremsen, aber sie knallte vorn gegen die Haube und flog mitten auf die Kreuzung, wo sie liegen blieb. Ich sammelte sie auf, dachte erst, sie wäre tot. Bis auf ein paar Kratzer war nichts, obwohl vorn in der Haube von ihrem Kopf eine Delle war. Ich schaffte sie nach Hause, war heilfroh.

Jutta Goldner gebar ihre zweite Tochter Gabriele. Bei uns im Haus lebten nun fünf Mädchen, denn auch die Familie über uns hatte ein Kind. Ich hätte sehr gern noch ein oder zwei Kinder bekommen, vielleicht auch noch einen Jungen, ich wollte ja immer eine große Familie haben, aber Markus fand, zwei Kinder seien genug, wir würden sonst nie wieder eine Wohnung finden, die wir bezahlen könnten. Als ich die Pille nahm, wurde ich zum ersten Mal dick.

Endlich bekamen wir Telefon, nachdem sich Markus beim Chefredakteur darüber beschwert hatte, dass in den Dienstwohnungen die Alleinstehenden Telefon hatten und wir mit zwei Kindern noch keines. Es wurde eine Leitung ins Haus gelegt, die wir uns mit den Goldners teilten. Wir hatten zwar getrennte Nummern, aber wenn die Goldners telefonierten, war bei uns besetzt und umgekehrt. Zu Ostern versuchten wir gleich, Altvater und Trundel anzurufen. Wir meldeten den Anruf um acht Uhr früh an, am Nachmittag um drei klingelte unser Telefon und man war bereit, uns durchzustellen, aber nun waren die Alteltern nicht zu Hause. Wir wanderten wieder an den Schluss der Anmeldeliste und in der Nacht um halb zehn klappte es endlich. So konnten wir wenigstens einmal wieder kurz mit ihnen reden. Zu Ostern suchten die Kinder schon begeistert Ostereier und bekamen Roller. Eva schaffte es, ihren gleich in zwei Teile zu zerlegen. Den Ostersonntag verbrachten wir auf unserem Balkon, wo wir einen kleinen Sandkasten aufgestellt hatten. Als Markus sich auf einen Stuhl stellte, um etwas zu reparieren, sagte Eva trocken: Gleich fällste kopfüber runter.

Und nach einer kurzen Pause fügte sie hinzu: Und dann haben wir keinen Vater mehr. Nach einer Nachtschicht brachten die Kinder ihren Vater ins Bett und sagten: Du bist ganz ruhig und machst keinen Krach! Bleib schön liegen, sonst kriegst du Haue auf den nackichten Popo. Und nur aufstehen, wenn du Lullul hast, hörst du!

Im Mai beschwerte sich Altvater:

Ich kaufte eine Motor-Mähmaschine für 720 Mark (wie lächerlich wirken da eure Klagen über die höheren Autopreise: Wir möchten auch mal ein Auto für 5000 Mark kaufen), und trotzdem ging sie nicht. Man kennt das ja, etwa bei Silas' Plattenspieler, der Kaffeemühle, der Luftpumpe etc. pp. (auch ein gütiger Zensor wird diesen Kummer kennen). Ich fand jemand, der mit dieser Art Motor an Mopeds und Schiffchen umzugehen weiß, und noch steht die Mähmaschine fest und unerschütterlich. Nun kauften wir eine neue Zündkerze für 5,50 Mark, und wenn Allah Gnade gibt, komme ich mit 50 Mark Unkosten gut weg, damit diese herrliche Gabe der Technik geht. Dergestalt also ist das Leben. Hingegen haben wir für das Auto die Sommerreifen da, die Winterreifen sind zum Import genehmigt und kommen auch bald. Kummer haben wir nur mit unserem Sohn Markus, der seit Monaten, seit langen Monaten, die kleinen Teilchen nicht sendet, zum Beispiel das kleine Dingelchen für das Fensterchen, damit nicht jeder das Auto aufmachen kann, indem ja das Fenster Zugang bietet. Vielleicht aber überwindet ihr euch doch mal und senkt es in eine leere Zigarettenschachtel und lasst es uns haben. Wenn ihr nicht unsere Kinder wäret, würde ich jetzt hässliche Dinge über Westmenschen sagen. Lesen wir dann noch von der Altersgeschwätzigkeit und der himalayahohen Dämlichkeit des Herrn Adenauer in Bonn, der Kennedy seine Bemühungen um die Lösung der Berlinfrage erschwert, dann ist das Glück ganz voll. Man kann wohl sagen, dass die Sattheit und Dummheit, Faulheit und Einfallslosigkeit wirklich das Beste tun, dass es bald zur Befreiung auch jenes

Teils von Deutschland kommen wird. Dazu noch die Affären Strauß und die Nazihunde und Nazischweine, die ja tatsächlich bei euch noch in den Ämtern sind. Man greift sich an den Kopf und fragt sich (als Nicht-Kommunist), was ist dort los?

Als Markus zum Mittagessen die Spiegeleier am Tisch aus der Pfanne auf die Kinderteller servierte, schlug Hanna beim Herumzappeln mit dem Handgelenk gegen den heißen Pfannenboden und verbrannte sich. Wir hielten das Handgelenk gleich unter kaltes Wasser, aber es gab eine richtige Verbrennung und eine groschengroße Narbe blieb auf ihrem Handgelenk zurück. Hanna behauptet: Du hast damals zu Papi gesagt, er müsse mir zum 20. Geburtstag ein Goldarmband schenken. Ich habe darauf gewartet, als ich 20 wurde.

Unseren zweiten Urlaub mit den Kindern verbrachten wir in Dänemark am Vejle Fjord in einem einsamen Gästehaus in Buchenwäldern. Die Kinder hatten Schweine, Ziegen und Schnecken, die sie besuchen mussten. Außerdem verliebte sich eine Katze in Hanna, anders kann man das nicht sagen. Sie kam immer wieder, obgleich Hanna nicht gerade zimperlich mit ihr umging. Hanna erinnert sich, dass sie zuschaute, wie einem Huhn der Kopf abgeschlagen wurde und es kopflos noch ein Stück wegrannte.

Altvater murrte:

Und natürlich, ich habe keine permission to go over to Belfast/Irland. Kostenlos war ich eingeladen, um dort die DDR-Wissenschaft als einziger zu vertreten. Grund: die verfluchte NATO und die Nicht-Anerkennung unseres ersten Arbeiter- und Bauernstaates. Diese Sachen gehen auf die Nerven und auf die wissenschaftliche Seele im Menschen. Das zermürbt. Gottlob habe ich noch Humor und bin ja in Gott vergnügt. Sonst – ein gütiger Zensor wolle das bitte verstehen! – könnte man das Kotzen kriegen. Was nützt mir mein internationales Ansehen, wenn ich nie kommen kann? Die Zündspule, die ihr für mein Auto geschickt habt, war gleich wieder kaputt. Als ich nachschauen ließ, war es eine aus Zwickau. Da hat so ein Schuft einfach einen milden Tausch vollzogen. Ich werde das Auto jetzt baldigst weggeben, das Benzin kostet schwindelerregende 1,40, mit der Taxe fahren ist billiger.

Und schon neigte sich unsere Zeit in Hamburg dem Ende zu. Markus hatte für den WDR eine Sendung über die Verwendung der Kirchensteuer geschrieben: Eine Milliarde Mark bekomme die Evangelische Kirche in Westdeutschland aus Kirchensteuern, praktisch ohne einen Finger krumm machen zu müssen, und dann tue sie arm und kläglich und bringe nur ganze fünf Prozent für die Sozialaufgaben der Kirche zusammen. Es lohne sich also nicht, Kirchensteuer zu zahlen, wenn man nicht in die Kirche gehe. Die Sendung hörte auch ein Herr Grüning, Redakteur des Kirchenfunks des SDR in Stuttgart, der Chef dieser Redaktion werden sollte. Er rief bei uns an, so einen wie Markus wolle man haben. Mit unserem Seelenfrieden in Hamburg war es auf der Stelle vorbei. Wir lagen abendelang auf dem Teppich und studierten die Landkarte. In Windeseile wären wir in Tübingen, in Straßburg, in der Schweiz oder in Österreich. Es gefiel uns immer besser, aus dem windigen, flachen Hamburg wegzukommen in südlichere Gebiete mit viel Kultur und Wäldern. Das Gehalt war auch besser, und Markus war nicht bei der Kirche, sondern beim Sender angestellt. Der zahlte sogar nach einer gewissen Anzahl von Dienstjahren eine Pension. Unsere Töchter konnten sich dann auch an einen regelmäßigen Tageslauf gewöhnen. Nur das mit der Wohnung würde bestimmt schwierig werden.

Mitte September fuhren wir mit dem Auto zu Otto und Vroni Wollschläger nach Darmstadt. Schorsch, sechs Jahre alt, verfiel in heftige Liebe zu Eva, die sie aber nicht erwiderte. Während ich bei Wollschlägers blieb, fuhr Markus am Sonntag nach Stuttgart, mit dem Zug, weil er das Autofahren satthatte, und führte am Montag Gespräche beim SDR. Er stellte fest, dass die Zeitung voller Wohnungsanzeigen war, und fuhr vorsorglich die Vororte ab, um eine Ahnung zu bekommen, wo man wohnen könnte. Der Talkessel kam nicht in Frage. In Anbetracht der teuren Wohnungen, sie kosteten so um die 350 Mark im Monat, handelte er ein Gehalt von 1760 Mark aus. Da würden wir nicht verhungern. Auf der Heimfahrt fuhren wir durch den Harz und stießen alle naselang auf Schilder, *Halle 150 km*, als wenn man einfach so durchfahren könnte. Es war eine traurige Reise, so nahe waren wir Halle schon lange nicht mehr gewesen.

Danach rief jemand vom WDR an. Das Ferngespräch kostete 60 Mark, wie Markus ausrechnete, zum Glück mussten wir es nicht bezahlen. Die Frau von Bundespräsident Lübke hatte dem WDR vorgeworfen, die Sendung über die Kirchensteuer sei eine kommunistische Hetzsendung, Markus habe zum Kirchenaustritt aufgerufen und Bundespräsident Lübke habe das Manuskript angefordert. Wir fanden es doch sehr bedenklich, was das Schreiben einer einzigen Frau auslösen konnte, wo wir doch Pressefreiheit hatten. Altvater amüsierte sich über den Vorwurf der kommunistischen Hetze:

Das ist wohl bei euch das sicherste Schießgewehr. Auch wenn wir in sagenhaften alten Zeiten im Westen waren, erschienen wir manchen als sehr angefüllt, denn jede abweichende Meinung und jeder soziale Ton war eo ipso verdächtig. Und warum blieb Winkler überhaupt dort? Weil er eben auch ein halber Kommunist ist. Prosit! Das Manuskript würde ich gern lesen.

Bekannte von uns heirateten. Die Gäste mussten sich einander singend vorstellen, nach jeder Tischrede wurde ein Choral gesungen. Es kam überhaupt kein Gespräch und keine Freude auf. Und dann hielt Markus seine Rede und ich wäre am liebsten im Erdboden versunken. Die Leute lachten so furchtbar, dass man danach nicht mehr singen konnte. Nur ich hatte nichts zu lachen. Markus hat nie verstanden, was er mir angetan hatte, als er maßlos übertrieben die Ehe als Alltag beschrieben hatte, der ganz und gar von Weib und Windeln bestimmt werde und den Mann völlig unterjoche. Ist das bei Ihnen wirklich so?, fragten mich die Leute. Wir hatten einen bösen Streit.

Am Montagmorgen stand Eva mit gerunzelter Stirn herum, immer ein Zeichen, dass sie ein schlechtes Gewissen hatte. Nach längerem Forschen fand ich heraus, dass sie sich eine kleine Kugel in die Nase gesteckt hatte. Natürlich war Markus nicht zu Hause. Vom Nachbarn ließ ich mich mit beiden Kindern im Auto zum Hals-Nasen-Ohrenarzt fahren, der die Kugel im Handumdrehen aus dem Nasenloch herausholte. Hanna stellte hinterher stolz fest: Ich habe mir aber keine Kugel in die Nase getan. In der Nacht schlitzte jemand an unserem Auto die Plane des Schiebedachs auf. Markus klebte den Ritz mit Leukoplast zu. Ein neues Schiebedach sollte 120 Mark kosten. Eva zerschlug wenige Tage später mit einer Puppe eine Schaufensterscheibe. Zum Glück hatten wir eine Haftpflichtversicherung abgeschlossen, sonst hätte es uns 120 Mark gekostet.

Wegen der *Spiegel*-Affäre hätte eigentlich die Regierung zurücktreten müssen, fanden wir. Verteidigungsminister Strauß hatte doch nur Rache am *Spiegel* nehmen wollen. Auch andere hatten längst geschrieben, dass Deutschland nur bedingt verteidigungsfähig wäre, wenn die Russen angriffen, aber die *Spiegel*-Redakteure mussten dafür ins Gefängnis. Die Auslandspresse kommentierte, dass das also das wahre demokratische Deutschland sei, das seien ja Gestapo-Methoden. Schlussendlich traten alle FDP-Minister aus der Regierung aus und Strauß nahm den Hut. Schlimmer aber war, dass Kennedy die Welt an den Rand eines Atomkriegs brachte. Erst an Evas drittem Geburtstag konnten wir aufatmen, Chruschtschow lenkte ein und erklärte sich bereit, die Raketen von Kuba zu entfernen.

Mitte Dezember fuhr Markus noch einmal nach Stuttgart und kam mit dem Vertrag wieder. Er war erleichtert, dass er keine Morgenandachten machen musste, sondern Features wie die über die Kirchensteuer. Verwunderlicherweise war Lux auch gerade als politischer Redakteur beim SDR.

Zu Weihnachten schenkten wir den Kindern zusammen ein Dreirad und einen soliden Puppenwagen. Weil sie auf alles neidisch waren, was die andere hatte, konnten wir ihnen nichts Unterschiedliches schenken, und von allen Spielsachen zwei, das fanden wir albern. Von Trundel bekamen sie einen Puppenherd, damit spielten sie dann wochenlang Schneewittchen und die sieben Zwerge und deckten für die Zwerge den Tisch. Bei einem Wettrennen mit den Kindern rutschte Markus im Schneematsch aus und verstauchte sich die Hand. Dann kam uns Hanna mit blauer Zunge entgegen und gestand, sie habe am Kopierstift gegessen. Wir brachten sie sofort ins Krankenhaus und zeigten sie ratlosen Ärzten, denn sie hatte sich am Tag davor auf die Zunge gebissen, und die Farbe war in offenen Wunden ja giftig. Aber es hatte keine bösen Folgen. Wir schärften ihr ein, dass sie nichts in den Mund stecken sollte, was man nicht essen kann. Aber schon zwei Tage später leckte sie am Durchschlagpapier von Lotto-Zetteln und hatte schon wieder ein blaues Gesicht. Sie fragte nun schon, wie die Babys in den Bauch der Mamis kämen, und stellte fest: Der Teufel hat Feuer, da wird man gebraten, wenn man tot ist. Sie war jetzt auch recht frech. Einmal bekam sie von Markus einen Klaps. Ihre Reaktion: Da muss ich aber lachen. Wenn sie etwas wollte, war sie durch nichts davon abzubringen. Sie war ungeheuer zielbewusst. Ob sich das wieder ändern würde? Ich fand das als Charaktereigenschaft ja wunderbar, aber für uns ergab das oft recht schwierige Situationen. Sie wurde auch herrschsüchtig Eva gegenüber. Sie bestimmte, womit Eva spielen durfte. Eva dagegen war ein so friedliches und gutartiges Geschöpf, dass sie sich leicht auf diese Weise abfertigen ließ. Ich musste manchmal eingreifen, damit sie nicht immer in die Aschenputtelrolle gedrängt wurde.

Nach Weinachten erfuhren wir, dass Trundel in der Klinik war. Altvater schrieb:

Sie konnte nicht durchatmen, es blieb unten in der Brust stecken. Ich durfte ihr eine heiße Zitrone machen, was bisher ja unmöglich war. Am heiligen Abend raffte sie sich auf, und ich sah auch keine Bedenken. Und als die Kinder mit ihren Kindern da waren, musste sie alle Lieder singen, die alte Kindertante hat ja einen riesigen Vorrat. Wir hatten die Hängematte aufgehängt unter rauschenden Birken. Und dann sagte Magdalena: Und nun Bi-Ba-Butzemann! Dazu gehört ein anmutiger Reigen samt Gesang, das machte die Oma alles mit. Wir bescherten uns noch. Ich überreichte ihr einen hauchzarten, nur ein halbes Gramm wiegenden Morgenrock, indem der ihrichte so schwer ist, das sie darunter keuchen muss. Eine Gästin bei uns hatte auch solch einen gewichtslosen, Trundel war begeistert, und ich erkannte, was das für mich geschlagen hatte. Herrliche Sache. Wir entzündeten auch gegen 22 Uhr die Kerzen am Baum und saßen noch etwas beieinander. Am ersten Feiertag würgte sie schon wieder ein bisschen rum, aß auch etwas Gans und Klöße. Dann schob ich sie ab ins Bett, und da blieb sie auch liegen bis zur Abfahrt ins Diakonissenhaus. Sie spürte selbst, dass mal etwas zu geschehen hätte. Mütter schonen sich eben nie, und schon gar nicht, wenn sie Winkler heißen. Der katholische Arzt ist ein großer Schweiger. Aber ich fragte ihn vorgestern doch. Da steckt alles drin, nach beiden Seiten, malum et bonum. Sowas kann ganz schiefgehen, es kann ein Schlaganfall kommen, und es kann wieder relativ gut werden. Sie hatte erst ein Einzelzimmer, aber nun liegt eine alte Frau Superintendent drin, die schon das Regiment übernommen und den Schrank belegt hat. Trundel sieht schon ein bisschen frisch und erholt aus. Das Essen ist gut, aber die Zeit zwischen Abendbrot und Frühstück ist lang, wohl 14 Stunden.

Er suchte nach einer Haushaltshilfe, aber er fand keine. Eine Aufwartung kam schon vier Mal die Woche, doch er musste ihr genau sagen, was sie tun sollte: Heute mal das Waschbecken mit ATA putzen. Sein Mittagessen holte er sich aus der Gosenschänke, weil dort gut gekocht wurde. Der Haushalt war für ihn so ein Abenteuer, dass er uns beschrieb, wie er einmal Bücklinge ergattert und sie wie die schottischen Kipper heiß gemacht hatte. Wir schickten Bananen, Nüsse und Schweizer Käse in einer Verpackung, die Altvater superkapitalistisch nannte. Er besuchte sie jeden Tag eine Stunde. Trundel ging es mal besser, mal schlechter. Altvater schrieb, sie hätten beide erkannt, dass sie wohl vor ihm gehen werde. Er glaubte, dass sie einen Herzinfarkt gehabt hatte. Er nahm keine Termine an, wo er auswärts übernachten musste, und stellte sich darauf ein, dass er sie versorgen musste. Er schrieb, Trundel klage über scheußliche Träume, und einmal am Morgen konnte sie manche Worte nicht aussprechen und fand die Gedichtanfänge nicht. Daran sei wohl die Schlafpille schuld. Als wie wieder zu Hause war, bekam sie Strophanthin-Spritzen fürs Herz. Manchmal konnte sie sich kaum bewegen und sie legte sich sogar ins Bett, wenn Natan und Bella zu Besuch waren, und wollte schlafen, wo ihr doch sonst das Besprechen das Höchste war. Markus schrieb an Natan:

Sie braucht wohl mal eine Zeit, wo sie sich ausweinelt. Das ist so der Übergang zum gesetzten Alter, es gibt eine Krise. Nun bist du, Natan, als Nesthäkchen aus dem Haus. Seit eurer Heirat haben wir aus Halle kaum einen Brief bekommen, die Briefe waren konfus, die Alteltern gingen auf nichts ein, und man spürte, dass sie unrastig waren. Das Ergebnis war dann Trundels Krankheit. Dass sie einen Herzinfarkt hatte, kann ich mir nicht vorstellen. Sowas sind wahnsinnige Schmerzen in der Herzgegend. Ein ganz leichter Schlaganfall wäre mir wahrscheinlicher, da sie doch mal im Krankenhaus plötzlich Worte nicht mehr finden konnte. Schlimm nur, dass sie sich immer Kummer und Sorgen um Dinge macht, die es nicht wert sind. Nach außen führen die Alteltern doch ein wünschenswertes Leben, die Söhne sind groß, man hat ein eigenes Haus, hat Geld und keine Sorgen wie arme Leut, und dann Sorgen, wo keine sind.

Natan war zwar auch der Meinung, dass Trundels Herzprobleme vor allem seelische Ursachen und Gründe hatten, aber geschont habe sie sich eben auch nie. Er schrieb:

Ihr seid wirklich schief gewickelt, wenn ihr denkt, nur ihre Nörgelei wäre ihre Krankheit. Sie hat tatsächlich einen Herzinfarkt oder Schlaganfall gehabt. Wir haben ja erlebt, wie sie kaum einen Schritt gehen konnte. Also krank ist sie wirklich sehr. Ein Teil davon gehört vielleicht zum Nervenarzt. Paps hat mir selbst gesagt, und er redet ja nie über sowas, wir sehr er darunter leidet und sich nicht zu helfen weiß. Auch er kann Trundel nichts rechtmachen. Er meinte, es läge an ihrer schweren Jugend. Auch wir sind oft deprimiert über das Geschehen in Halle. Der Fernseher übertüncht Gott sei Dank manches.

Bella schrieb mir:

Wenn ihr mich fragt, mal Kampf, aber gründlich! Beim Abwaschen halte ich Natan oft lange Reden diesbezüglicher Art. Ich kenne nämlich eine Menge Leute näher, aber keinem einzigen Wesen bin ich bisher als das komplette Fehlerbündel erschienen wie meiner Schwiegermutter. Keiner hat solche Taktlosigkeiten ausgepackt. Gewöhnlich bin ich nicht auf den Mund gefallen, aber da gab's Dinge, wo mir Tränen vor Zorn und Empörung so dicht saßen, dass ich nicht antworten konnte. Natan saß oft daneben, ohne es zu merken. Er überhört tatsächlich alles. Astrid sagte mir auch, Trundel könne sich an den Kindern nicht recht freuen. Sie findet an allem einen Fehler. In der blitzsauberen Wohnung eine Fliege, bei den süßen Enkelinnen eine Hose, die zu eng ist.

Ich schrieb Trundel recht unverblümt, dass sie sich das Leben selbst schwermache durch die viele Arbeit und ihre Nörgelei an denen, die ihr doch nur helfen wollten:

Du musst dir auch einmal etwas abnehmen lassen und die Menschen freundlicher sehen, sonst wirst du nicht gesund werden. Ich kann mir aber auch denken, dass du lieber krank bleiben möchtest, weil du sonst die Rücksichtnahme nicht bekommst, die du erwarten darfst.

Das Ergebnis war verblüffend. Zum ersten Mal seit Jahren schrieb Trundel einen völlig normalen Brief, in dem sie an unserem Leben Anteil nahm. Schrift und Inhalt wirkten verjüngt und frisch. Daraus zogen wir die Lehre, dass man ruhig einmal etwas in normalem Ton sagen konnte. Markus schrieb an Natan:

Ich meine, man hätte Trundel vielleicht früher und jetzt mehr am Leben beteiligen sollen. Wir Winklers sind ja Schweiger und äußern weder Gedanken noch viele Gefühle. Das fehlt Trundel vielleicht. Ihre Erregung über Nichtigkeiten ist eine Art Ersatzhandlung für andere Erregungen, die sie entweder unterdrückt oder gar nicht erst hat. Das übliche Darüberweghören spürt sie und wird tückisch, wenn sie immer ins Leere stößt. Trundel hat jedes Mal eigentlich echte Kräche wie damals in Genf immer mit bester Gesundheit überstanden, krank wurde sie wegen der Fliegen im Zimmer und solchem dummen Zeug.

Silas schrieb, sie sei seit Anfang März wieder zu Hause, müsse dort aber auch liegen. Es sei ganz ausgeschlossen, dass sie den Haushalt weiterführe. Altvater als Hausfrau sei eine Katastrophe:

Als er versuchte, Kaffee zu machen, schüttete er in seiner Zerstreutheit die Bohnen in die Kaffeekanne, holte mich und erklärte mir, das sei ihm schon mehrmals passiert. Währenddessen schüttete er die Bohnen aus der Kanne in die Kaffeemühle. Dabei stellte sich heraus, dass in der Kanne noch Kaffeesatz und Brühe vom Frühstück gewesen und die elektrische Kaffeemühle nun völlig verklebt war. Alles musste wieder herausgekratzt werden.

Kapitel 13

Wieder hieß es: sortieren, wegschmeißen, packen, organisieren. Mitte März 1963 verließen wir Hamburg Richtung Stuttgart, am 1. April sollte Markus beim SDR anfangen. Er war noch einmal nach Stuttgart gefahren, um eine Wohnung zu finden. Sie befand sich auf der Höhe, in Stuttgart-Vaihingen, in einem Dreifamilienhaus mit Garten. Die Bruckenäcker war eine Sackgasse, es gab also keinen Autoverkehr. Die Garage mussten wir dazumieten, obwohl auf der Straße genug Platz gewesen wäre. Schule, Kindergarten, Mädchen-Gymnasium, alles war in der Nähe, ebenso Läden. In die Stadt fuhr man nur 20 Minuten mit der Straßenbahn.

So sorgfältig wir den Umzug auch organisiert hatten, es klappte nicht. Wir dachten, wir würden mit den Möbelpackern um die Wette fahren, weshalb wir einen Tag früher starteten, damit wir auf dem Weg bei den Wollschlägers in Darmstadt übernachten konnten – mit Kindern machte man die 800 Kilometer nicht an einem Tag –, während die Möbelleute die Nacht durchfahren wollten. Aber dann saßen wir in der leeren Wohnung und keiner kam. Von der Telefonzelle aus telefonierten wir am Abend mit der Spedition und erfuhren, dass sie zwar in Vaihingen angekommen waren, aber nicht in Stuttgart-Vaihingen, sondern in Vaihingen an der Enz. Wir mussten unser Nachtlager mit Mänteln und Decken auf dem Boden aufschlagen.

Die Erdgeschosswohnung hatte vier Zimmer, war aber größer als die in Poppenbüttel. Von Markus' Zimmer, das gleichzeitig unser Wohnzimmer war, ging eine Tür auf die Terrasse. Was die Schwaben als Schlafzimmer gedacht hatten, ein großes Zimmer mit Tür zur Terrasse, machten wir zum Kinderzimmer. Das kleinere wurde unser Schlafzimmer. Das andere kleine Zimmer war das Ess- und Gästezimmer, denn der Flur war groß und lang genug, so dass man den Esstisch auch dorthin stellen konnte. Es gab viele Wände für unsere Bücherregale. Im Keller war noch ein Raum, in dem Markus seine Dunkelkammer zum Vergrößern einrichten konnte. Nur eines störte mich sehr: Die Wohnung hatte eine Gas-Zentralheizung. Ich hatte doch solche Angst vor Gasexplosionen. Lieber hätte ich eine Ölheizung gehabt, die war auch viel billiger. Der Ofen stand in der Küche in einem Schrank und machte ziemlich viel Krach. Außerdem musste ich immer das Fenster aufmachen, weil die Heizung so viel Luft verbrauchte. Sie war aber sehr modern, sie hatte einen Thermostat, so dass man die Temperatur einstellen konnte, und sie heizte so lange, bis man sie erreicht hatte.

Am Sonntag beschauten wir im Dunkeln von den Höhen aus die Stadt Stuttgart im Kessel. Der Anblick war einfach hinreißend: die tausend Lichter im Tal und auf den Bergen. Die ersten Wochen fühlten wir uns wie im Ausland. Man erklärte uns, dass wir die Kehrwoche zu machen und den Fußweg zu fegen hätten. Ich verstand die Leute oft nicht, und manchmal wurde auch ich nicht verstanden. Die Kinder sagten schnell überall Grüß Gott und fingen bald an zu schwäbeln. Der Garten hatte noch keinen Zaun, die Nachbarskinder kamen alle zu uns zum Spielen. Meine Töchter waren selig. Abends musste ich sie in die Badewanne stecken, damit sie überhaupt wieder sauber wurden. Als ich fragte: Gefällt es euch in Stuttgart oder wollt ihr wieder nach Hamburg?, brach wilde Empörung aus. Sie wollten nie, nie wieder nach Hamburg. Und Wibke solle nach Stuttgart kommen.

Einer unsere ersten Ausflüge führte uns in die Schillerstadt Marbach, wo vor jedem Haus Misthaufen dampften. Wir fuhren nach Tübingen, wo Markus im Tropeninstitut als Indienheimkehrer in Quarantäne gewesen war, wir besuchten die Burg Teck, Schloss Lichtenstein, das nach einem Roman von Wilhelm Hauff erbaut wurde, und das Kloster Maulbronn, das noch vollständig erhalten ist. Einmal bekam Hanna in einem Lokal vom Kellner aus Versehen Messer und Gabel hingelegt, wuchs vor Stolz einen Zentimeter und aß die ganze Mahlzeit tapfer und manierlich mit Messer und Gabel. Wie sehr genossen wir es, in jeder Ecke Geschichte und Kunst zu sehen! Die Kinder verlangten bald von sich aus, Schlösser anzuschauen. Wir kauften Kniebundhosen und Wanderstiefel. Wir waren uns sicher, dass wir in der richtigen Gegend wohnten. Aber ich dachte nie, dass wir bleiben würden, deswegen habe ich in Stuttgart die Straßennamen nicht mehr gelernt.

Markus gefiel es gut im Büro. 700 Leute waren beim SDR in der Neckarstraße tätig. Die Kollegen waren nett. Besonders imponierte den Kindern einer, der Herr Rein hieß, was wie Herein klang. Markus machte Sendungen über christliche Erziehung und Berichte aus der Christenheit. Zu Ostern war es so warm, dass die Kinder Söckchen und kurze Hosen tragen konnten. Inzwischen konnten sie sich auch ordentlich streiten. Eva nahm das bestimmende Auftreten Hannas nicht mehr einfach so hin, sie war ihr nun auch körperlich besser gewachsen. Einmal rauften sich beide um einen Holzhammer. Als Hanna ihn in die Hand bekam, haute sie Eva damit auf den Kopf. Eva verdrehte die Augen, schrie, wurde blau im Gesicht und fiel richtiggehend in Ohnmacht. Ich gab ihr ein paar Schläge auf den Popo. Vor Zorn über diese Ungerechtigkeit vergaß sie ihre Ohnmacht und war wieder mopsfidel, nur auf der Schläfe fehlte ihr ein Stück Haut. Den Hammer nahm ich den Kindern weg.

Aus Halle kam die Nachricht, dass Trundel wieder eine Gesichtsrose bekommen hatte und so schwach war, dass sie es nur von Stuhl zu Stuhl schaffte. Die Ärztin bezeichnete die Gesichtsrose als seelische Angelegenheit. Altvater hatte eine patente Pfarrwirtin aufgetan, die den Haushalt dirigierte, und es wurde schnell besser mit Trundel. Natan berichtete, sie könne schon wieder mit Altvater streiten. Silas brauchte für sein Rowenta-Feuerzeug Feuersteine und berichtete, dass die Alteltern aus purem Geiz die Frau, die für sie kochte, schon nach wenigen Wochen wieder entlassen hatten, so dass nun Trundel wieder alles alleine machen musste. Wieder versagte ihr die Sprache, sie stieß nur unverständliche Silben aus. Sie waren eingeladen, es war das erste Mal, dass Trundel wieder das Haus verlassen hatte, sie war sehr aufgeregt. Nach einer Viertelstunde hatte es sich wieder gegeben.

Im August reiste Markus nach Helsinki, wo eine Vollversammlung des Lutherischen Weltbunds stattfand. Er flog mit einer Düsenmaschine, obgleich ich dagegen protestierte, weil die Dinger immer abstürzten. Ich brachte ihn mit den Kindern zusammen zum Flugplatz. Das war eine Aufregung. Wir konnten auf die Terrasse gehen. Markus' Flugzeug stand genau unter der Terrasse. Wir sahen, wie er über den Platz zum Flugzeug ging, die Kinder konnten ihn sogar im Fenster des Flugzeugs erkennen. Das war ein Jubeln und Winken, ich kriegte sie kaum wieder nach Hause. Ich dachte, sie würden weinen oder jammern. Nichts. Sie waren völlig zufrieden mit der Erklärung, dass Papi mal nach Helsinki reisen musste, um dort zu dichten und zu denken. Er schrieb ihnen nun immer einen Brief mit, wenn er mir schrieb, zeichnete Bildchen und schrieb einen Text dazu, den ich ihnen hundertmal vorlesen musste. Sie waren ziemlich stolz auf ihre eigenen Briefe von ihm. Während Markus weg war, riss Eva das Spielzeugregal im Kinderzimmer um. Es war mir ein Rätsel, wie sie das geschafft hatte. Es war fast zwei Meter lang und voll beladen. Meine zarten Töchter kamen mir manchmal wie Max und Moritz vor. Sie hatten nur dummes Zeug im Kopf. Nach menschlichem Ermessen hätten wir auch die Masern kriegen müssen, denn sie spielten mit anderen Kindern Anhusten, wozu meine Töchter die anderen angestiftet hatten, und zwei Tage später hatten alle anderen Kinder in der Straße die Masern. Sie wurden wieder gesund, ohne dass meine die Masern bekamen.

Markus schrieb:

Sagenhafte Hitze hier, Tag und Nacht über 20 Grad, jedes Zimmer eine Sauna. Ich denke oft, was ihr treibt, ob ihr nun Masern habt oder euch draußen im Garten tummelt. Du hast ja wirklich ewig nicht geschrieben. Ich gucke jeden Abend traurig auf das Brieffach. Für mich erstand ich einen zauberhaften roten Schlips mit winzigen weißen Tupfen. Die Finnen sind ja so auf Form aus. Mein heller Anzug ist sozusagen selbst auf der Straße unmöglich, man geht in gedeckten Farben. Ich bin heilfroh, dass ich den ganz dunklen Anzug mithabe, bei der Menge an Empfängen komme ich sozusagen nicht aus ihm heraus.

Ohne Markus fühlte ich mich in Stuttgart einsamer denn je. In Genf hatte ich eine Menge Leute gehabt, mit denen ich mal reden konnte, wenn er auf Reisen gewesen war, aber in Stuttgart kannte ich keinen. Zum Glück redeten die Kinder unentwegt, sonst wäre es sehr ruhig zu Hause gewesen. Manchmal dachte ich, es sei ein fremdes Kind im Garten, das Schwäbisch sprach, und wenn ich nachschaute, war es Eva. Es war kaum zu fassen, wie ein Kind in so kurzer Zeit seine Sprechweise so vollkommen ändern konnte. Bei Hanna hörte man noch, dass sie in Hamburg sprechen gelernt hatte. Dieses Schwäbisch klang ebenso hässlich wie Sächsisch. Markus bekämpfte es gewaltig, aber sie konnten schon gar nicht mehr anders.

HABEMUS FILIAM, telegrafierte Natan. Auch sein erstes Kind war eine Tochter. Markus befürchtete, dass die Winklers aussterben würden. Natan schrieb:

Die Sache an sich war grässlich, Bella hat Furchtbares durchgemacht, und sie war auf der Grenze, ihr war alles egal. 38 Stunden Wehen alle drei Minuten, ohne Erfolg. Sie brach nur und bekam irrsinnige Spritzen und Medikamente. Es war der Hebamme ihr 2400. Kind, und sie sagte, es war eine der schwersten Geburten. Zum Schluss waren mit dem Arzt sechs Menschen beschäftigt, es war eine Zangengeburt unter Narkose. Plötzlich musste alles ganz schnell gehen, denn das Kind gab keine Herztöne mehr von sich, und Bella war schon blau. Der Arzt sagte uns hinterher, welche Angst er gehabt hatte. Bella ist erstmal bedient, sie konnte sich nicht mal richtig freuen, ist weit gerissen und so weiter. Von meinen Ängsten gar nicht zu reden. Was denkt man nicht alles in der Zeit. Bella fand, dass es durchaus schwierig sein kann, Mutter zu werden: Ich wünsche keinem eine solche Entbindung. Trotzdem hat es sich ja tausendfach gelohnt, wir sind ja so glücklich, dankbar und verrückt mit diesem süßen Wonnefloh.

Bella konnte aber nicht stillen, sie mussten gleich füttern. Natan wollte einen Entsafter fürs Kind und fürs Obst im Garten haben. Das ist doch Unsinn, sagte ich, Kinder in diesem Alter darf man noch gar nicht mit Obstsäften füttern. Einen Monat später schickte Natan ein Telegramm: WANN KOMMT ENTSAFTER OBST FAULT KIND WÄCHST. Wir fanden das Telegramm erst nach einer kleinen Reise zu den Goldners, die nach Mainz umgezogen waren, weil Rainer eine Anstellung beim frisch gegründeten Zweiten Deutschen Fernsehen bekommen hatte. Wibke hatte Geburtstag. Gabriele war auch schon ganz munter und frech. Auf dem Rückweg besichtigten wir die romanischen Dome in Speyer, Worms und Mainz. Danach rannte Markus los, einen Entsafter kaufen. Es war sinnlos, die Mengen Obst aus dem Garten würden sie damit nie entsaftet kriegen. Und da ihnen die Apfelsinen fehlten, konnten sie den Entsafter praktisch nie benutzen. Außerdem kostete er fast 100 Mark, auch wenn Natan darauf bestand, dass er im Quelle-Katalog einen Entsafter für 39 Mark gesehen habe.

Unser Telefon kam, sollte aber erst im Juni angeschlossen werden. Ein Schreiner baute für mich einen Nähtisch, den ich ins Schlafzimmer ans Fenster stellte, denn alle vorgefertigten Tische waren zu hoch für mich.

Wir gönnten uns kleine Reisen. Markus fuhr mit dem Auto für eine Woche auf die Schwäbische Alb wandern und besichtigte Burgen und Kirchen. Im September brachte er mich mit den Kindern zusammen zum Bahnhof für eine Reise nach Straßburg und Colmar, wo ich Kunstmuseen, das Münster und den Isenheimer Altar besichtigte. Ich fühlte mich sehr an Genf erinnert, es waren viele Menschen aus vielen Ländern, sogar verschleierte arabische Frauen zu sehen. Für Hanna kaufte ich ein kleine Holzfigur einer verschleierten Frau, für Eva eine Holzkatze. Allein reisen fand ich aber gar nicht schön. Ich konnte mit niemandem die Freude über das Gesehene teilen und abends im Hotel war ich sehr einsam. Ein Kellner dachte, er täte mir etwas Gutes, als er mich zu einem alleinstehenden Herrn an den Tisch setzte. Ich dachte, ich ginge zugrunde, ich war doch nicht mannstoll. Markus schrieb:

> *Uns geht's gut, wir aßen bereits planmäßig das erste Mal Spaghetti, das kleine Volk mit Gabeln, wo sie die Schlangen ganz prächtig und laut keuchend drumrumwickelten und dadurch immer krachend volle Münder hatten. Mein Vergrößerungsabend am Donnerstag wich dahin, weil seine Hochwohlgeboren Lux mich verblüffenderweise besuchte. Er redete wieder endlose Sätze. Er war letzten Sonntag das erste Mal im Ausland, nämlich in Straßburg und Colmar, wo er unterwegs Käse und trocken Brot aß. Er ist nur deswegen hingefahren, weil für ihn das Elsaß noch deutsch, also kein Ausland, ist. Er fand aber keinerlei Worte über etwaige Schönheiten in dieser Gegend. Stuttgart wird er demnächst Richtung Bonn verlassen, wo er für die FAZ die Politik bewertet.*

Zum Vergrößern kam Markus doch noch. Viele Bilder waren seit Weihnachten liegen geblieben. Den Vergrößerungsapparat hatte er sich in Hamburg angeschafft, die Chemikalien für die Entwicklung der Schwarzweiß-Abzüge kaufte er in der Apotheke. Auch seinen Töchtern brachte er das noch bei, als sie größer waren.

Silas berichtete:

Trundel ist von einer aufreizenden, krankhaften Streitsucht, die unerträglich ist. Altvater wird in einer Weise von früh bis abends abgekanzelt wegen der albernsten Kleinigkeiten, dass seine Geduld ein wahres Märtyrertum ist. Was Trundel nicht machen kann, muss er ja machen, Frühstück, Einkaufen, und natürlich macht er alles falsch und vergisst die Hälfte. Am Montag war ich mit Altvater in Leipzig, ich hatte für ihn eine Melone erwischt (es ist ja Messe), und als er zu Hause angekommen war, schnitt er sich sofort ein Stück davon ab. Er war selig wie ein Kind. Trundel attackierte ihn aber unentwegt, weil er Melone aß. Altvater berichtete mir, sie hätte ihn den ganzen Abend ausgeschimpft.

Wochenlang hatten die Kinder leichtes Fieber, sie nahmen sogar ab. Der Arzt riet uns zu einer Mandeloperation, und wir steckten sie im November ins Kinderkrankenhaus. Es war furchtbar, sie dort für fünf Tage abzuliefern. Es war verboten, sie zu besuchen, weil die Kinder sich beim Abschied viel zu sehr aufregten. Wir hatten große Sorge, dass der Krankenhausaufenthalt sie zu sehr belasten würde, aber es ging besser, als wir gedacht hatten. Sie erzählten mit einem gewissen Stolz von ihren Erlebnissen: Es war ein katholisches Krankenhaus und die Nonnen hatten ihnen sehr imponiert, sie nannten sie die bekleiderten Frauen. Sie beteten anders, nicht mit gefalteten Händen, das fanden unsere Töchter bemerkenswert. Sie erzählten auch viel von den anderen Kindern. Ich fand es gewaltig, was sie sich schon so alles merken konnten. Die Schwestern waren so nett gewesen, die Bettchen der beiden eng nebeneinander zu rücken. Hanna erzählte, als ihre Hälse noch sehr weh getan hätten, sei die Schwester nicht gekommen, um sie zu trösten, wie ich das immer tat. Aber sie habe dann Eva getröstet und Eva sie. Ich fragte, was sie denn gesagt hätten. Gesagt hätten sie nichts, denn sie hätten den Mund erst nicht richtig aufmachen können, aber sie hätten sich die Hände gegeben. Ich fand das sehr rührend, mir vorzustellen, wie sie da lagen, Hand in Hand, im Schmerz vereint.

Hanna behauptet, sie habe überhaupt nicht verstanden, was passierte: Ihr habt uns sicher alles mit vielen Onkel Doktor und Aua-Machen erklärt, doch dann saß ich völlig unvorbereitet auf dem Schoß einer Krankenschwester und ein Arzt frage mich, ob ich schon zählen könne. Dann kam ein eigenartiger Geruch, und als ich wieder aufwachte, lag ich in einem Bett. Wir bekamen Eis zu essen, das schon fast ganz geschmolzen war, und Eva spuckte Blut und Eis in eine silberne Schale, die ihr eine Schwester hinhielt. Ich dachte nicht darüber nach, warum ihr nicht kamt, eine Schwester richtete mir und Eva einmal Grüße von euch aus.

In Halle stritten sich Bella und Trundel so heftig über eine Nichtigkeit, dass Bella in Ohnmacht fiel und mit Essigduft wieder aufgeweckt werden musste. Trundel ging es prächtig dabei, sie ging am Abend auf einen Empfang.

Am Abend vor Hannas fünftem Geburtstag wurde Kennedy erschossen. Da es am Freitag nach den 19-Uhr-Nachrichten geschehen war, riefen wir uns gegenseitig an. Jetzt gibt es wieder Krieg, dachte ich. Am Totensonntag fuhr Markus zum Bahnhof, um Zeitungen zu holen. An den Kiosken rissen sich Trauben von Menschen die Blätter aus der Hand. Markus war fassungslos: De Gaulle überlebt ein Attentat, obwohl es nicht wichtig gewesen wäre, und einer wie Kennedy wird trotz aller Sicherheitsvorkehrungen erschossen.

Wir lasen den Kindern abends *Räuber Hotzenplotz*, *Jim Knopf*, *Die kleine Hexe*, *Das kleine Gespenst*, *Der kleine Wassermann* und vieles andere vor. Auch aus *Grimms Märchen* musste ich vorlesen, denn wenn wir zu Weihnachten ein Lebkuchenhaus bauen wollten, mussten sie *Hänsel und Gretel* kennen. Sie fragten nicht, wieso Eltern so herzlos sein konnten, ihre Kinder auszusetzen, damit sie selbst nicht verhungern mussten. *Rumpelstilzchen* mochten sie nicht besonders. Wie ich später herausfand, ist er der einzige Zwerg, der in der Grimm'schen Märchensammlung einen Namen hat.

Ansonsten kommen Zwerge vorwiegend als kleine graue Männchen vor, die sich kaum voneinander unterscheiden. Sie sind meist Einzelgänger oder leben in kleinen Gruppen beieinander, beispielsweise in einer Dreiergruppe, damit Märchenheld oder Märchenheldin, wenn sie ihnen begegnen, ganz dem formalen Aufbau von Märchen entsprechend, drei Begegnungen mit ihnen bestehen oder drei Gaben von ihnen erhalten können, die aus einer Notsituation helfen. In allen Zwergenmärchen sind Zwerge nicht die Helden, sie sind nur die Helfer von Held oder Heldin oder deren Quälgeister, Störenfriede oder ihr Leben bedrohende Bösewichte. In Sagen kommen Zwerge häufiger vor. In volkstümlichen Erzählungen werden Ereignisse geschildert, bei denen die Bedingungen von Raum, Zeit und Kausalität der Wirklichkeit außer Kraft gesetzt sind. Da walten wunderwirkende Kräfte, da wirken Zauberer und Spukgestalten, da können Tiere und Gegenstände sprechen. Das Märchen ist eine Erzählung, die eine rein wunderbare Welt der Fantasie entwirft. Die Ereignisse in der Sage spielen dagegen in der Alltagswelt, als sei sie eine realistische Erzählung. Es wird Alltägliches berichtet, in das das Wunderbare als staunenswertes Ereignis hereinbricht.

Mit den Hallensern entspann sich ein Streit darüber, warum Markus mir keine Putzfrau gönnte und ich die Wintermäntel für die Kinder selbst nähte, statt sie billig bei Quelle zu bestellen. Ich versuchte Altvater zu erklären, dass es ein Unterschied war, ob man etwas in einem Katalog sah oder ob man die Sachen anfassen konnte:

Vieles ist einfach Ramsch. Natürlich können wir Perlonhemden für 16 Mark kaufen, aber die halten nicht so lange wie etwas teurere und sehen nach kurzer Zeit schäbig aus. Wenn meine Töchter nicht wie die Vogelscheuchen aussehen sollen, muss ich in einem Kaufhaus wenigstens 60 Mark für einen Wintermantel ausgeben, und das gleich zweimal. Da kaufe ich doch besser einen guten Wollstoff und nähe die Wintermäntel selbst. Es hat auch gar keinen Sinn, alles gegeneinander aufzurechnen. Bei euch ist manches, zum Beispiel Wohnungen, billiger als bei uns, dafür gibt es hier einige Gebrauchswaren billiger. Von Markus' Gehalt verschwinden jeden Monatsersten für Miete, Lebensversicherung, Krankenkasse, die uns allein 110 Mark kostet – wir haben uns privat versichern müssen, als wir aus der Schweiz kamen –, und sonstige Versicherungen 765 Mark. Dazu kommt das monatliche Heizungs- und Stromgeld in Höhe von 66 Mark, das Telefon noch nicht mitgerechnet. Eine Putzfrau würde uns pro Stunde 4 Mark plus Fahrtkosten, plus Essen also im Monat noch einmal runde 70 Mark kosten. Das können wir uns nicht leisten. Ihr habt Putzfrauen, ihr zahlt aber auch nicht jeden Monat wie wir 450 Mark Miete. Dass ihr nicht alles bekommt, ist eine andere Sache, aber deswegen haben wir nicht mehr Geld als ihr.

Das wollten sie partout nicht einsehen. Sie verstanden auch nicht, was es für mich bedeutete, jede Woche Päckchen zu schicken, angefangen mit Apfelsinen, Kaffee und Schokolade über einen Entsafter und VW-Ersatzteile für Natan bis hin zu Büchern und der Fernsehzeitschrift für Altvater. Wir mussten die Sachen nicht nur kaufen, sondern auch packen, wir brauchten Schachteln, Packpapier und Strick, und dann musste ich sie nach Vaihingen auf die Post bringen und das Porto bezahlen. Größere Pakete konnte Markus nur am Samstag mit dem Auto zur Post bringen. Natürlich schickten auch sie uns Holzfiguren und Weihnachtsengel aus dem Erzgebirge, Blechautos und Bildbände über Michelangelo, Dresden oder russische Kunstgalerien. So glich sich das aus. Aber sie hatten auch mehr Zeit für die Laufereien als ich.

Altvater erhielt vom Presseamt die Aufforderung, nach Berlin zu kommen, weil er für die *Mecklenburger Kirchenzeitung* einen Artikel über Märtyrer geschrieben hatte, der nach Erscheinen verboten worden war. Der stellvertretende Staatssekretär für Hochschulwesen empfing ihn. Altvater schrieb:

> *Ein gütiger Zensor wird verstehen, dass die Kinder Bescheid wissen sollten über den Vater und dass sie teilhaben müssen an seinem Kummer. Es ging um den Aufsatz, den ich als Christ und Wissenschaftler geschrieben hatte, der aber anders gelesen worden ist. Er sei einseitig, nichts von Kolonisation, er gefährde die Freundschaft mit den Völkern und auch die Einheit der Christen, immer sei von Blut die Rede. Das Bedrückendste war, dass ich verstehen musste, ich hätte damit etwas sehr Unüberlegtes gegen meinen Staat getan, und wenn dies mir nicht bewusst gewesen sei, so sei dies um so ärger. Ich hatte Gelegenheit, meine Meinung auszusprechen, und tat dies auch freimütig und offen, wie ich so bin und wie dies hier in Halle stets geschätzt wurde. Der neue Herr Staatssekretär ließ mir sagen, ich dürfe im kommenden Semester das Kolleg Einführung ins Studium der Theologie nicht lesen. Unter den Fragen, wie kann ein Professor so etwas schreiben?, und, wie kann so ein Mann junge Menschen erziehen?, wurde mir klar, dass ich aus gewichtigen Gründen nicht als würdig betrachtet wurde. Ihr ahnt nicht, durch welche Demütigung right into the dust ich gehen muss. Das Verbot, ein Kolleg zu lesen, greift ja tief ein, es belastet auch das Gemüt und die wissenschaftliche Potenz. Es ist kein Stärkungsmittel.*

Es geht los, sagte Markus. Das wird nicht mehr besser.

Im Advent bastelte er unter gefährlicher Mithilfe der Kinder den Herrnhuter Stern zusammen, weshalb er einmal brüllte. So bekam der Stern von den Kindern den Namen Brüllstern. Dann fuhr Markus für eine Woche nach Taizé, um eine Reportage zu machen. Er war begeistert von den Gesängen der weißen Mönche. Ich buk drei Christstollen. Die Zutaten konnten wir mit Markus' SDR-Ausweis im Böhm-Großhandel billiger einkaufen. Kiloweise Mandeln mussten abgezogen werden. Dabei wollten die Kinder natürlich helfen. Die ungeschälten Mandeln wurden mit heißem Wasser übergossen und nach einer Weile konnte man die Schalen lösen, indem man die Mandeln zwischen den Fingern herausdrückte. Schnipsen nannten es die Kinder und häufig flog eine Mandel quer durch die Küche. Die fertigen Stollen lagerte ich in Stanniol eingepackt im Keller, damit sie gut durchzogen. Sie durften erst zu Heiligabend angeschnitten werden, darauf bestand Markus, sonst schlüge wegen Stollenfrevels der Blitz ein.

Wir baten den Herrn von oben, als Nikolaus zu kommen. Als es klingelte, rannten die Kinder zu Tür und wurden blass und rot vor Schreck. Hanna glaubte nämlich nicht, dass es den Nikolaus gab, und nun stand er da. Eva machte vor Angst viel Konversation und erzählte uns danach noch lange, sie habe gleich gesagt, dass sie nicht immer ganz lieb gewesen sei, und da hab ich nicht gelügt. Danach waren die Kinder lange Zeit weniger eifrig darin, beim Klingeln die Tür zu öffnen. Sie rannten zwar jedes Mal los, aber unterwegs fiel ihnen der Nikolaus ein und sie teilten mit: Wir haben lieber wieder Angst.

Heiligabend verlief von nun an immer ähnlich, mit Stollen, Glöckchen, Jubelbrause und Bescherung. Schon am Morgen war das Wohnzimmer verschlossen, Markus schmückte den Baum und die Kinder durften nicht hinein. Ich machte Heringssalat mit Roter Bete. Dafür mussten die Salzheringe am Abend vorher gewässert werden. Mittags gab es Wiener Würstchen oder eine Suppe. Solange sie noch keine Schulkinder waren, konnten wir die Kinder zum Mittagsschlaf ins Bett stecken, so ging die Zeit herum. Am Nachmittag machten wir uns hübsch und setzten uns an den Esstisch zu Kaffee, Kinderkaffee und Stollen. Endlich stand Markus auf und ging ins Wohnzimmer. Ich blieb mit den Kindern sitzen, die atemlos lauschten, bis zum ersten Mal das Bimmeln der indischen Elefantenglocke erklang. Dann das zweite Läuten. Beim dritten war den Kindern so feierlich zumute, dass sie manierlich an meinen Händen ins Wohnzimmer mit dem geschmückten Baum, an dem die Kerzen brannten, traten. Bevor sie die Geschenkeberge darunter auspacken durften, zeigte Markus den Kindern den Eimer mit Löschwasser hinter der Tür und las, ganz Pastor, aus Lukas vor: *Es begab sich aber zu der Zeit, dass ein Gebot von Kaiser Augustus ausging, dass alle Welt geschätzt würde.* Dann sangen wir *Ihr Kinderlein kommet.* Und endlich war Bescherung: auspacken, Danke sagen, bis zum Umfallen spielen, während Weihnachtsplatten liefen, was Markus die Jubelbrause nannte. Später gab es Heringssalat mit Weißbrot. Die drei Weisen aus dem Morgenland standen an Heiligabend natürlich noch nicht an der Krippe, sondern etwas entfernt, und jeden Morgen durften die Kinder sie nun ein Stück näher heranrücken, bis sie am 6. Januar zu guter Letzt ankamen. An meinem Geburtstag, der in Süddeutschland ein Feiertag ist, hatten sich die Kinder immer zuerst um die Ankunft der Heiligen Drei Könige zu kümmern.

Es war sehr schön, das Leuchten in den Kinderaugen zu sehen und ihre Begeisterung zu genießen, aber diese Zeit ging doch sehr schnell vorüber. Es kam die Zeit, da fanden sie die Rituale albern und lästig. Da kamen sie nur noch uns, den alten Eltern zuliebe und machten gequälte Mienen, und wir zogen uns lieber in einen Urlaub zurück. Ich weiß nicht, wann Markus aufgehört hat, das Glöckchen zu läuten. Erst nachdem unsere Enkelin Sophie geboren wurde, bekamen die Weihnachtsrituale wieder Sinn. Sophie soll die Elefantenglocke bekommen, damit sie meinem Urenkel läuten kann.

Zu unseren ersten Weihnachten in Stuttgart bekamen die Kinder eine Puppenstube. Markus schenkte mir eine Tischlampe für meinen Arbeitstisch, deren Arm sich verschieben ließ, so dass ich auf dem Tisch dort Licht hatte, wo ich es brauchte. Ich schenkte ihm die Macmillan-Mütze aus grauem Fell, die er sein Leben lang besessen hat, ein längliches Fell-Käppi mit Längsfalte oben. Sie hieß so, weil der britische Premierminister Macmillan sie bei seiner Reise nach Moskau getragen hatte. Es war seit 15 Jahren die erste Kopfbedeckung, die Markus aufsetzte, aber in Schwaben war es eben kalt. Ich trug ein grünes Kleid und eine kupferne Halskette. Trundel hatte mir wieder silberne Armreifen geschickt. Es waren inzwischen richtig viele geworden. Sie liegen alle in einer Schachtel in meinem Bücherregalschränkchen.

Am ersten Weihnachtsfeiertag ging ich mit den Kindern ins Staatstheater ins Weihnachtsmärchen *Allerleirauh*, wovon Hanna ein bisschen was begriff. Am meisten beeindruckte die Kinder, dass man klatschte und die Schauspieler hinterher noch einmal auf die Bühne kamen. Am zweiten Weihnachtsfeiertag kamen völlig unerwartet Goldners zu Besuch, es gab ein Riesenjubel und die vier Kinder spielten bis zum Umfallen. Zu Silvester riefen wir Bertha und Günther Fichtentaler in Genf an, wir kamen in etwa zehn Sekunden durch, wir mussten einfach nur sechs Vorwahlziffern wählen, so einfach konnten die Dinge sein. Das Ferngespräch nach Halle hatte dagegen eine Wartezeit von 17 Stunden. Altvater erzählte, in der Angelegenheit seines Vorlesungsverbots habe die Fakultät mit Erfolg protestiert. Er durfte wieder lehren. Außerdem hatte er eine Gasheizung bekommen. Und Silas hatte die öffentliche Verteidigung seiner Doktorarbeit gut überstanden.

In der Zeitung lasen wir, dass an Heiligabend im Dachswald in der Straße Im Himmel ein 4-jähriges Mädchen getötet und zerstückelt worden war. Im Januar reiste Markus nach Berlin. Ich hätte ihn gern begleitet, Berlin hätte ich gern einmal wiedergesehen. Die Mauer fand Markus unfassbar: So was hält man doch gar nicht für möglich, wenn man es nicht mit eigenen Augen sieht. Danach fuhr er zu einer Tagung nach Oberstdorf im Allgäu, wo er reden musste. Es gab keinen Schnee, aber die Wasserleitungen im Hotel waren eingefroren, und er konnte sich zwei Tage nicht waschen. Danach ging es für ihn nach München, das ich auch gerne kennengelernt hätte. Ich wünschte mir wieder einmal sehr eine Oma in der Nähe, die die Kinder hätte versorgen können.

Eva behauptet, so eine zuverlässige Oma hätte sie sich auch gewünscht: Aber wenn ich mal mit anderen in die Kneipe gehen wollte, hast du dich geweigert, auf Sophie aufzupassen. Ich sei ja bloß vergnügungssüchtig.

Der SDR forderte Markus auf, sich mit dem Fernsehen zu befassen. Wir verstanden noch gar nichts davon, wir konnten nicht mitreden darüber, was andere in der *Tagesschau* gesehen hatten. Ein Fernsehgerät kostete aber 1000 Mark oder mehr.

Kapitel 14

Die Post nach Halle dauerte jetzt manchmal fast einen Monat, so dass wir zu Trundels Enttäuschung keine Apfelsinen schicken konnten. Aus Altvaters Briefen las ich heraus, dass sie uns für treu- und lieblos hielt und über unsere Geschenke weinte. In ihren Briefen fing sie wieder von meiner Mutti an und beschwerte sich, dass ich ihr nicht gesagt hätte, was ich von ihren Abtreibungen hielt. Gleichzeitig bemängelte sie, dass ich mit meiner Mutter keinen Kontakt hielt. Jetzt bereute ich es, ihr davon geschrieben zu haben. Ich fand es ungeheuerlich, dass sie sich nun mit meiner Mutter besprach und über uns weinte und mir das auch noch schrieb. Was hatte ich dieser Frau nur Böses angetan? Der Krach in Genf lag doch nun schon sieben Jahre zurück. Es tat mir aber auch leid, dass Trundel so von Kummer belastet war. Ich wusste nur nicht, wie ich das hätte ändern sollen. Und das, wo ich gerade erst von einer Grippe aufgestanden war, die Markus eingeschleppt hatte. Mit Fieber hatte ich meine kranke Familie gepflegt. Eigentlich hätte ich zum Hals-Nasen-Ohren-Arzt gehen müssen mit meinem geschwollenen Hals. Er hätte mir sicherlich wieder einmal eine lange und schmerzhafte Behandlung angedeihen lassen. Aber wie sollte das gehen? Die Kinder durften bei diesem Nebelwetter nicht raus, weil sie sich sonst eine Lungenentzündung geholt hätten, ich hatte keinen Babysitter und Markus musste arbeiten gehen. Manchmal war das Leben doch schwierig und schmerzhaft.

Eva biss in ein neues Kleid von Hanna und riss eine Triangel heraus. Im März wurde unser Garten gemacht, der Hausbesitzer ließ Rosenstöcke, Stachelbeeren, Johannisbeersträucher, Erdbeeren, einen Sauerkirschbaum und am Wäscheplatz mit der Teppichstange Himbeersträucher pflanzen. Markus legte ein Beet mit Radieschen, Möhren und Schnittlauch an. Meistens waren alle Kinder der Nachbarschaft bei uns im Garten. Die anderen Eltern waren natürlich froh, wenn die Kinder bei uns waren, aber mir passte es eben auch nicht, dass ich ewig alle Kinder am Hals hatte. Doch in ihre Gärten durften die Kinder nicht hinein.

Im April kauften wir einen Fernsehapparat. Er hätte nach Listenpreis 1150 Mark gekostet, aber der SDR gab etwas dazu, so dass wir nur 450 Mark bezahlen mussten. Wir hätten lieber einen zum Zuklappen gehabt, aber das hätte mehr gekostet und wir gewöhnten uns an die Mattscheibe. Ich stellte immer unseren Gummibaum davor, dann regte sich Markus nicht so darüber auf. Tagsüber schauten wir nicht, wegen der Kinder. Sie kamen nämlich sofort an, sobald sie das Pfeifen der Röhre hörten. Deshalb kam Markus um die Krimis, die am frühen Abend gesendet wurden. Abends ließen wir sie ein bisschen Werbefernsehen gucken, das konnte sie am wenigsten aufregen, und nach dem *Sandmännchen* war Schluss. Es war rührend, wie sie so nebeneinander im Sessel saßen, obwohl sie keinerlei Handlung begriffen. Wir hätten auch gern DDR-Fernsehen geguckt, aber das kam nicht bis hierher. Am Anfang fanden wir es schwierig, uns loszureißen, wenn der Apparat erst einmal lief. Es ließ zwar mit der Zeit etwas nach, aber bei zwei Programmen gab es immer etwas, was man dann doch unbedingt sehen wollte. Wir kamen abends zu nichts mehr, weder zum Lesen noch zum Briefeschreiben. Dafür fühlten wir uns mit der Welt verbunden, wenn Krimis liefen. Das *Stahlnetz* war ein Straßenfeger und am anderen Tag redeten alle darüber. Die *Kinderstunde* schauten die Kinder höchstens einmal im Monat, meistens vergaßen sie es, wenn sie spielten. Die Sendungen waren auch meist für größere Kinder, sie verstanden doch nur die Hälfte. Ich befürchtete nicht, dass das Fernsehen für uns ein Problem werden würde. Selbst wir beiden Alten waren bald soweit abgeklärt, dass wir wieder viel mehr lasen. Und im Sommer hielten wir uns sowieso mehr draußen auf.

Nach Ostern besuchte uns mein Bruder Heiner. Inzwischen war er Doktor der Medizin und wollte Psychiater werden. Zu Pfingsten sollte Markus noch einmal nach Taizé reisen, ein Gottesdienst sollte übertragen werden. Die Reise wollten wir zusammen machen, damit die Kinder ihre Geburtsstadt Genf sahen. Unser erstes Ziel war Münster im Wallis, wo Markus den katholischen Schriftsteller Edzard Schaper interviewen wollte. Zu Mittag aßen wir bei hochsommerlichem Wetter am Vierwaldstätter See, dann ging es zwischen meterhohen Schneewänden den Grimselpass hinauf auf über 2000 Meter. Für die Kinder war das sehr aufregend. Edzard Schaper wohnte in einem 400-Seelen-Dorf mit uralten Holzhäusern. Hanna behauptet, sie erinnere sich an das bullige Gesicht mit der hohen Stirn und dem weißen Bart. Er habe aus vollen Händen Süßigkeiten ausgegeben. Sie las später seine Bücher.

Anschließend fuhren wir das obere Rhonetal entlang bis nach Genf. Die Kinder überstanden die gewaltige Autofahrt recht gut. Einmal war Eva von der Rückbank verschwunden und wir fanden sie schlafend im Stauraum dahinter. Wenn sie sich langweilten, erzählte Markus Geschichten vom Zwerg Rumpelpumpel, die er aus dem Stegreif erfand. Rumpelpumpel lebte in einem Erdloch im Wald. Hanna erinnert sich: Einmal, als Rumpelpumpel eine Suppe kochte, machte es plötzlich Platsch im Topf. Das konnte er sich gar nicht erklären. Und wieder machte es Platsch. Rumpelpumpel guckte in den Topf.

Und wieder Platsch. Da entdeckte er endlich, dass oben aus der Decke Erde herabfiel.

Genf mochten die Kinder, weil es da so viele Rutschbahnen gab. Wir zeigten ihnen die Häuser, wo wir gewohnt hatten, aber sie erinnerten sich an nichts. Beim Tee im neuen Gebäude des World Council of Churches mussten sie Hunderten von Leuten die Händchen geben, das war wirklich viel für sie. An unserem Hochzeitstag gingen wir essen. Die meisten Einladungen lehnten wir ab, wir wollten bei Fichtentalers ja nicht nur Schlafburschen sein. Genf hatte sich sehr verändert, es war fürchterlich gewachsen, die Idylle, die wir so geliebt hatten, war dahin. Das Klima dort war aber wie üblich unerträglich, so dass uns keinen Augenblick lang die Reue überkam, dass wir nicht mehr dort wohnten. Markus ließ uns einen Tag bei Fichtentalers und fuhr nach Taizé, um die Aufnahmen zu machen.

Silas schrieb, er habe in Prag einen Vortrag zu halten gehabt, und die eigentlich so kranke Trundel sei mitgefahren, habe ohne Mittagsschlaf die ganze Fahrt durchgehalten, bis Mitternacht ausgehalten, Alkohol getrunken, geraucht, vier Tassen Kaffee getrunken und sei bis zum nächsten Morgen der umgänglichste Mensch der Welt gewesen. Auf der Rückreise habe sie dann aber einen solchen Streit vom Zaun gebrochen, dass nun wieder einmal alle drüben miteinander verfeindet waren. Man ging ohne Abschied auseinander, Trundel heulte und war wieder krank. Der Anlass war gewesen, dass Silas einen Polizisten nach dem Weg gefragt und Trundel dessen Auskunft für falsch befunden und darauf beharrt hatte, bis Astrid Silas gebeten hatte, ruhig zu sein und es aufzugeben. Und nun war Astrid der Teufel. Das schienen auch Natan und Bella so zu sehen, denn sie hatten es offenbar vermieden, zu Altvaters Geburtstag Silas und Astrid zu begegnen. Silas war fürchterlich gekränkt.

Im Mai verschwand in Stuttgart ein 8-jähriges Mädchen. Die Suchmeldung hörten sogar Altvater und Trundel im Radio. Das Mädchen wurde schließlich ermordet aufgefunden. Ich war froh, dass wir einen Garten hatten, wo die Kinder leicht zu beaufsichtigen waren. Auf der Straße ließ ich sie nicht spielen. Sie hatten im Garten ihren Sandkasten und Rollerfahren konnten sie auf dem Platz vor der Garage. Es kamen auch genug andere Kinder zu uns, so dass sie nicht nach Gesellschaft jammerten. Wenn sie zu anderen gehen wollten, mussten sie mich fragen. Wir ermahnten sie natürlich, niemals mit jemandem mitzugehen, auch nicht, wenn sie ihn kannten.

Hanna behauptet, wir hätten damals einen Test mit ihnen gemacht: Der nette Herr von ganz oben stand an einem Samstag draußen am Gartentor und sagte, er wolle zu dem kleinen Laden zwei Straßen weiter gehen, ob wir mitkommen wollten, wir würden auch einen Kaugummi kriegen. Ich sagte: Wir müssen erst fragen. Er antwortete: Ich habe schon gefragt. Als wir wiederkamen, stand Papi mit ernstem Gesicht am Tor, und ich wusste, ich hatte versagt. Das wurmt mich bis heute.

Unseren Urlaub wollten wir mit den Wollschlägers in Tirol verbringen, weil unser Doktor meinte, Berge seien für die Kinder gesund. Die Vorbereitungen waren eine so gewaltige Arbeit, dass ich es schon leid war, überhaupt zu verreisen. Wir verbrachten schöne vier Wochen in St. Ulrich am Pillersee, fern der Autostraßen, mit Wildbach hinterm Haus. Wir bestiegen keine Berge, dazu waren wir zu faul, nur einmal stiegen wir auf eine Alm hinauf. Außerdem fuhren wir die Großglockner-Hochalpenstraße hoch, 50 Kilometer nur Kurven, am Schluss waren wir so hoch, dass der Motor nicht mehr richtig zog und wir nur noch krochen. Die Kinder fütterten Murmeltiere und erinnerten sich an das Kinderbuch vom Murmeltier, das nicht pfeifen konnte. Die Murmeltiere pfiffen aber gar nicht. Das war eine Enttäuschung. Am anderen Tag hatte Markus Muskelkater in den Armen vom Kurven. Wir wohnten in einem modernen Schweizerhaus mit Bad, Warmwasser und Balkon. Die Wirtsleute waren immer zu Hause und konnten auch mal auf die Kinder aufpassen. Die Übernachtung mit Frühstück kostete

25 Schillinge, umgerechnet 4 Mark, das Abendbrot machte man sich selbst. Eier und Brot gab es billig auf dem Hof zu kaufen. Die kuhwarme Milch schmeckte den Kindern nicht besonders. Mittags mussten wir Essen gehen, und so kamen wir auf 10 bis 12 Mark pro Tag und Person. Die Kinder liebten Almdudler, eine schreckliche Kräuterlimonade, aber der Name war eben so schön. Am Sonntag genossen wir das Platzkonzert, auch so ein Wort, das die Kinder köstlich amüsierte, weil sie an platzen dachten. Beim Abschied weinte die Wirtsfrau. Wir kamen braungebrannt nach Hause, was Markus immer sehr wichtig war. Er legte die Kinder im Winter auch unter die Höhensonne, das ganze Zimmer roch dann nach Ozon.

Bei Hanna wackelten nun die ersten Zähne. Sie beklebte eine Streichholzschachtel mit Buntpapier, um sie darin zu sammeln. Im Sommer ging ich mit den Kindern ins Vaihinger Freibad, denn sie mussten endlich schwimmen lernen. Aber sie wollten auf die Schwimmflügelchen nicht verzichten. Einmal wurde Eva von einer Biene in die Lippe gestochen, der Stachel hing noch drin, aber bis wir beim Arzt waren, hatte sie ihn sich herausgeleckt. Ich meldete sie zu einem Schwimmkurs in der Österfeldschule an. Sie waren stolz darauf, dass sie schon bald den toten Mann machen konnten, und lernten schwimmen.

Im August war Markus zehn Tage in Frankfurt und berichtete über den reformierten Weltbundkongress. Im September kam Martin Luther King nach Berlin. Das Fernsehen wollte seine Predigt direkt übertragen, und Markus sollte im SDR-Studio gleichzeitig die deutsche Übersetzung einsprechen. Das Ereignis konnten wir zu Hause im Fernsehen verfolgen. Die Kinder waren aber enttäuscht, als sie einen schwarzen Mann ans Pult treten sahen. Das ist doch nicht der Papi. Sogar Hanna mit ihren knapp sechs Jahren hatte Mühe, die Stimme ihres Vaters zu erkennen. Sie wunderte sich auch, dass er am Abend nach Hause kam und nicht in Berlin gewesen war. Markus war zufrieden, er habe nur einmal mit dem Papier geraschelt.

Im Oktober erfuhren wir, dass Plätze im Kindergarten frei waren, und meldeten die Kinder an. Am ersten Tag standen sie in Schlafanzügen mit den Vespertaschen um den Hals gehängt neben unserem Bett und wollten los. Um acht brachte ich sie in den Kindergarten, um halb zwölf holte ich sie wieder ab, um halb zwei marschierten wir wieder hin, um vier holte ich sie wieder ab und am Abend fielen sie todmüde ins Bett. Nachmittags mussten sie nicht hin, aber am Anfang wollten sie das unbedingt. Sie erzählten allen, sie gingen jetzt in den Kindergarten, und abends führten sie uns die Spiele vor. Sie beteten dort vor dem Vesper und dazu gehörte am Schluss die Formel ebendankefalls, was wir entschlüsselten als Kurzform von Amen! Guten Appetit! Danke, ebenfalls. Vor dem Begrüßungsknicks sprangen sie nun neuerdings hoch. Und wenn sie miteinander spielten, erzählten sie sich alles im Konjunktiv: Ich hätt, du dät'sch, dann wär … Besonders beliebt waren die Muggeles, kleine runde Plastiksteichnen, mit denen man Muster legen konnte, und wenn die Tischnachbarin einen anstieß und das Muster verrutschte, hieß es: Du hosch g'schuggelt. Eva genoss es, ihre ältere Schwester auch einmal mit anderen Kindern auszubooten und Hanna das Mitspielen zu verbieten.

Vor Tante Lore fürchteten sie sich. Sie saß an einem Pult am Fenster, während die Kinder an Tischen spielten oder eigentlich spielen durften, denn das durften sie nicht immer. Wenn es Tante Lore zu laut war, befahl sie den Kindern, eine Weile mit untergeschlagenen Armen stillzusitzen. Natürlich konnte Eva einmal doch nicht still bleiben, sondern sagte etwas zu ihrer Tischnachbarin. Deshalb sollte sie die Ecke gestellt werden. Hanna verteidigte ihre kleine Schwester wie eine Löwin. Tante Lore berichtete mir mit tadelnd hochgezogenen Augenbrauen vom Aufstand meiner Kinder, als ich sie vom Kindergarten abholte. Ein andermal war Eva im Hof aufs Gesicht gefallen und hatte sich einen Schneidezahn ausgeschlagen, den mir eine Kindergärtnerin überreichte. Zum Glück war es nur ein Milchzahn. Eva hatte damit als Erste vorn eine Zahnlücke und war mächtig stolz darauf. Zum Geburtstag mussten sie im schönsten Kleidchen in den Kindergarten gehen, denn bei der Singstunde trugen alle ein Ständchen für das Geburtstagskind vor und es bekam von Tante Lore einen Papierkranz aufgesetzt und eine Schachtel mit Bonbons überreicht. Zum Glück fielen beide Geburtstage in diesem Herbst auf einen Wochentag. Nicht auszudenken, wenn nur Eva, nicht aber Hanna in den Genuss dieses Rituals gekommen wäre. Für Hanna war es schon schwierig zu begreifen, dass Eva einen Monat vor ihr Geburtstag hatte, obwohl sie doch als kleine Schwester nach ihr gekommen war. Nachdem sie bei Evas zweitem Geburtstag einen Tobsuchtsanfall bekommen hatte, weil sie keine Geschenke bekam, schenkten wir den Kindern jeweils eine Kleinigkeit, wenn die andere Geburtstag hatte.

Ich hatte zum ersten Mal seit fünf Jahren ein paar ruhige Stunden am Tag. Das war komisch. Ich konnte in Ruhe einkaufen gehen, ohne die unlustigen Kinder am Rockzipfel zu haben, oder auch einmal in die Stadt hinunter fahren und Stoff kaufen. Mit den Kindern fest an beiden Händen war das im Verkehrsgetümmel eine Strapaze. Autos und Straßenbahnen fuhren damals noch durch die Königstraße.

Wir kauften den Kindern ihre ersten eigenen Schreibtische. Jeder hatte zwei Schubfächer, in die Markus mit Holzbrettchen kleine Unterabteilungen für Radiergummi und Stifte und Papier hinein leimte, so wie er das bei seinem eigenen Schreibtisch auch gemacht hatte. Wir stellten sie so, dass sie einander gegenübersaßen, darüber eine kleine Lampe, und da saßen die Zwerge dann und malten Bilder um Bilder. In tagelanger Arbeit beklebte ich zwei alte Bastmatten mit Filzfiguren der Bremer Stadtmusikanten und der sieben Zwerge und hängte sie an die Kinderzimmerwände.

Silas bekam endlich eine Pfarrstelle in Karl-Marx-Stadt und zog weg aus Halle, weit weg von den Konflikten mit Trundel und weg von einer schnellen Baby-Sitter-Hilfe. Ihnen ging es jetzt wie uns: Oma und Opa waren nicht in der Nähe. Wir versuchten Trundel zu überreden, uns endlich einmal in Stuttgart zu besuchen. Andere Kinder redeten immer von Omas, nur unsere konnten keine vorzeigen. Aber sie hatte wohl Angst, vier Wochen allein bei uns zu sein. Altvater durfte sie nämlich nicht begleiten, denn jetzt musste man für die Ausreise im Rentenalter sein, Männer 65, Frauen 60.

Am Tag vor Evas Geburtstag kam von Natan ein Telegramm, Bella hatte den ersten Sohn in die Cousinenschar geboren. Diesmal war es eine leichte Geburt, früh um halb acht fuhr sie in die Klinik, um elf war Simon da. Altvater schickte uns Germina-Rollschuhe, einzeln in Pakete verpackt, weshalb erst einer kam, dann zwei und schließlich der vierte. Ein Paar hatte Rollen aus blankem Eisen, das andere mit Gummi. Sie hatten vorn unter der Lederschlaufe Spannbacken, in die man die Schuhsohlen mit einem Schlüssel einklemmte. Es gelang mir nicht, den Kindern klarzumachen, dass Läbkuche dasselbe war wie Lebkuchen. Wieder nähte ich Winterkleider für sie, und Markus rannte in der Stadt herum, um für die DDR-Verwandtschaft einzukaufen. Sie verstanden immer noch nicht, dass wir auch im Westen nicht alles sofort besorgen konnten und dass es in verschiedenen Städten unterschiedliche Dinge gab. In Hamburg hatte es nie Blutorangen gegeben, in Stuttgart gab es sie. Altvater wollte billigen Cylon-Tee haben und meinte, ich müsste ein halbes Pfund für 10 Mark bekommen, aber das war nicht möglich. Und weil die Kinder wieder krank waren, konnte ich auch nicht herumsuchen gehen. Hanna hatte 40 Grad Fieber und eine Grippe, Eva eine Mittelohrentzündung und auch 40 Grad Fieber. Sie weinten und jammerten vor Schmerzen, es war kaum mitanzusehen. Eva bekam Penicillin, das half, das Trommelfell musste nicht durchstochen werden. Ich war völlig übermüdet, denn keine Nacht konnte ich schlafen, ohne dass eine schluchzte. Ich bekam eine Kehlkopfentzündung, fast eine Woche lang konnte ich keinen Ton herausbringen. Aber bändige mal die Kinder flüsternd! Wie schön wäre es gewesen, ich hätte nur pfeifen müssen und die Kinder hätten gespurt.

Wir mussten Hanna zur Schule anmelden. Wie schnell die Zeit verging! Man diskutierte ja darüber, den Schulbeginn von Ostern auf nach den Sommerferien zu verlegen, aber noch war es nicht soweit. Ostern war aber für Eva zu früh, deswegen mussten wir wohl Hanna alleine mit dem Ranzen zur Schule marschieren lassen. Unser Hausarzt meinte aber, sie habe Untergewicht und sei körperlich und seelisch noch nicht robust genug für die Schule. Ich nahm Eva mit zum Schularzt und sie ging tapfer voran, Hanna war den Tränen nahe. Eva machte alle Tests mit und wurde auch für schulreif befunden. Der Arzt meinte, wenn wir wollten, dass Eva auch schon eingeschult würde, wäre das zu machen. Ich redete recht lange, bis der Arzt begriff, dass ich es lieber andersherum hätte. Hannas Schüchternheit wurde gerade wieder einmal sehr deutlich. Als der Arzt sie fragte, was sie denn wollte, erklärte sie, sie wolle lieber noch ein Jahr auf ihre Schwester warten.

Heiligabend stellten wir für unsere Brüder und Schwestern im Osten eine Kerze ins Küchenfester, das nach Osten zeigte. Als die Kinder beim dritten Klingeln des Glöckchens zur Bescherung hineindurften, setzte sich Hanna vor den Weihnachtsbaum, besah sich die Krippe und bemerkte: Letztes Jahr standen die Figuren anders. Sie bekamen von uns zwei große Babypuppen und einen Kaufmannsladen. Die Rollschuhe zogen sie gleich an, um sogleich auf die Nase zu fallen. Sie lernten es aber schnell auf unserem langen Flur. Nach der ersten Runde erzählten sie sich, dass sie sich nun schon wie acht Jahre alt fühlten, bei der nächsten wie neun und bei der nächsten wie zehn, denn in der Straße hatten nur ältere Kinder Rollschuhe. Die Gans am ersten Weihnachtsfeiertag war Markus nicht knusprig genug. Ich hätte ihm am liebsten die Schüssel mit

Klößen über den Kopf gekippt. Es schneite ungeheuerlich und die Kinder gruben Iglus in die Schneeberge. Goldners kamen mit ihren Töchtern und blieben bis Silvester. Wir steckten die Kinder ins Bett und aßen Fleischfondue, da musste ich nicht so lange in der Küche stehen, auch wenn ich die Soßen und die Mayonnaise selber machte. Kurz vor zwölf weckten wir die Kinder. Zum ersten Mal feuerte Markus ein paar Kracher ab. Weil es unaufhörlich schneite, mussten Goldners noch ein paar Tage länger bleiben. Rainer und Markus machten sich einen Spaß daraus, spazieren zu gehen und Autos anzuschieben, die im Schnee steckengeblieben waren.

Erkältungen suchten uns nach Weihnachten heim, ich bekam Thrombosen in den Beinen und musste sie wickeln. Markus sagte eine Fahrt nach München ab, weil er vereiterte Mandeln hatte, ich bekam sie auch und wir schluckten Penicillin, es war wie in den Hamburger Zeiten. Zu Fasching nähte ich den Kindern Schneeweißchen- und Rosenrotkostüme, mit denen sie sich stolz im Kindergarten präsentierten.

Eva widerspricht heftig: Ich war gar nicht stolz darauf, als Prinzessin Rosenrot herumzulaufen. Ich wollte doch lieber ein Junge sein.

Nach Ostern erklärte Hanna, sie wolle nicht mehr in den Kindergarten gehen. Den Grund wollte sie partout nicht sagen. Eva behauptet, eigentlich sei sie nicht gern in den Kindergarten gegangen: Ich habe vieles als peinlich empfunden und mich geschämt. An meiner Geburtstagsfeier ist mir kein Lied eingefallen, das ich für die ganze Runde anstimmen musste, und einmal mussten wir was aufführen, ich musste mich im weißen Röckchen zu dem Lied *Schneeflöckchen, Weißröckchen* drehen, dabei ist mir schwindelig geworden. Deshalb hat Hanna wahrscheinlich bestimmt, dass wir da nicht mehr hingehen. Hanna hat ja immer für mich gekämpft. Hanna sagt: Jetzt wo du es sagst, Eva, erinnere mich wieder. Der Grund war, dass einmal ein Kind von Tante Lore als Naseweis einen weißen Kreidestrich auf die

Nase gemalt bekam, weil es nur mal neugierig geguckt hatte, wo eine Kindergärtnerin hinging. Es heulte schrecklich, und ich wusste: Sowas darf mir nicht passieren.

Mir war das nicht unlieb. Allerdings mussten die Kinder nun wieder mit mir einkaufen gehen. Butter und Zucker und solche Sachen bekam ich in dem kleinen Laden zwei Straßen weiter, wo man bedient wurde. Gegenüber gab es einen Metzger, aber Markus schmeckte seine Wurst nicht. Also musste ich nach Vaihingen hinein gehen. Dort gab es auch frisches Obst und Gemüse, ich musste nur aufpassen, dass der Händler nicht die angedatschten Äpfel in die Tüte tat. In diesem Laden gab es Regale, wo man sich selbst bedienen konnte. Post und Bank befanden sich am Schillerplatz. Vom Schaufenster des Spielzeugladens bekam ich die Kinder kaum weg. Bei Bastel-Heinz bekam man Klebstoff oder Stroh für die Strohsterne. Einen Puppendoktor gab es neben der Brauerei Leicht. Dann ging es zu Fuß einen Kilometer zurück. Das war für mich viel Schlepperei, bis ich mir einen Einkaufsrollwagen anschaffte.

Ich habe gern gekocht, aber eine Last war es mir oft, dass ich mir für jeden lieben Tag etwas einfallen lassen musste. Hanna fand in jedem Fisch die Gräte. Markus hatte immer das zähe Stück. Weil die Kinder nach dem Salat häufig nichts mehr essen wollten, gab es den bei uns erst nach dem Essen. Auch zu trinken gab es nur noch hinterher. Sonntags stand ich stundenlang in der Küche für Schweinebraten mit Klößen oder Hähnchen mit Erbsen und Kartoffeln, und in zehn Minuten war alles aufgegessen. Statt einfach mal danke zu sagen, nörgelten sie herum. Die Kinder stritten sich um die Gurgel des Hähnchens. Markus war das Schweinefleisch zu trocken. Ihm konnte ich sowieso nichts recht machen, was er von zu Hause kannte. Hanna behauptet, als ich einmal Markus zuliebe Himmel und Erde gemacht hätte, habe das beinahe zur Scheidung geführt, weil es Markus zu sauer gewesen sei. Seine Mutter hatte wahrscheinlich immer Zucker daran getan, was ich widerlich finde.

Eva erinnert sich, dass es ein andermal einen fürchterlichen Streit wegen des Kartoffelsalats gab. Ich hatte ihn nach Omas Rezept mit Essig und Öl gemacht, aber von zu Hause kannte Markus ihn in Mayonnaise ertränkt. Eva und Hanna behaupten, wir hätten uns im Flur angeschrien mit je einem weinenden Kind am Ärmelzipfel, ich hätte an der Haustür gestanden und gedroht, mich vor die Straßenbahn zu werfen.

Vati kam uns auf dem Rückweg von Spanien nach Marl für zwei Tage besuchen. Uschi durfte davon nichts erfahren, sie hatte ihm den Umgang mit uns verboten. Warum, habe ich nie erfahren. Bestimmt hatte ich etwas Falsches gesagt oder geschrieben. Bei den Kindern war der Opa aus Marl auch deshalb beliebt, weil er ihnen viele Jahre lang nur Geld zum Geburtstag schicken konnte. Vor Uschis Augen Pakete packen durfte er ja nicht.

Wir sahen im Fernsehen, wie Ulbricht in Kairo empfangen wurde. Markus amüsierte sich köstlich, als er entdeckte, dass die aufgehängten DDR-Fahnen nur auf einer Seite mit Hammer und Sichel bedruckt waren. Bonn hatte die Reise nicht verhindern können, obwohl wir doch den Alleinvertretungsanspruch für Deutschland im Ausland aufrechterhalten wollten.

Trundel schickte abrechnende Briefe an alle Welt.

Du solltest nicht so viele Briefe schreiben, die einen zwar befreien, aber nichts einbringen, antwortete Markus. *Wir verstehen die Impulse, die haben wir hier auch manchmal. Schreib doch lieber deine Memoiren! Und fahr mit dem Taxi, damit du mal aus dem Haus kommst.*

Wir schickten Äpfel, Käse und Gurken. Altvater bedankte sich dafür:

Ihr ahnt wohl kaum, was es seelisch und physisch bedeutet, mal einen Apfel in der Hand zu haben, man fühlt sich zum Menschsein erhoben, wie halb geadelt, dass man auch mal zu jener Oberschicht gehören darf. Und Käse und Gürkchen. Wir hatten jetzt mal zwei grüne Gurken erwischt. Nach neuen mich anzustellen, ermangelte es an Zeit, und ich hasse es auch, wenn ich Zeit hätte, mich da anzustellen auf offener Straße. Natürlich fällt einem da kein Zacken aus der nicht vorhandenen Krone, aber ich fühle das als Entwürdigung meines humanum. Und dann tut man's doch, wie neulich, als grüne Äpfel verkauft wurden. Da tat ich's um Trundels willen eben doch. Was gibt es denn da?, fragt man in die Schlange hinein. Aber erst stellt man sich schon an, um einen Platz zu erwischen.

Natan hatte in einem Katalog ein Blitzlichtgerät für seine Kamera gesehen, aber nur den Ausschnitt mitgeschickt, so dass wir nicht wussten, in welchem Katalog er es gesehen hatte. Also bestellte ich erst einmal Kataloge, fand aber das abgebildete Blitzlichtgerät nicht. Elektrische mit wiederaufladbaren Batterien kosteten 90 Mark, Natan hatte aber etwas im Kopf, das nur 20 Mark kostete. Wir standen wieder als die Leute da, die alles hatten, aber nichts herausrückten. Altvater wollte von uns Curry in größeren Mengen haben, aber nicht in Blechdosen, weil das verboten sei. Ich lief durch die Stadt und fand Curry in einer Glasdose, packte es in Wellpappe und schickte es mit der Frage, ob es ihnen schmecke und ich mehr schicken solle. Trundel beschwerte sich umgehend, wieso ich keine Blechdose geschickt hätte, das Glas hätte kaputtgehen können. Und Altvater beschwerte sich, dass wir keine Apfelsinnen geschickt hatten.

Den Besuch von Queen Elisabeth in Stuttgart im Mai schauten wir uns im Fernsehen an, da sah man alles viel besser, als wenn wir uns unter die Tausenden am Straßenrand gestellt hätten. Die Kinder beschlossen, Königinnen zu werden, Eva, weil sie dann schön wäre, und Hanna, weil sie dann den Philip hätte. Markus fand es zum Piepen, dass die Queen sich Marbach anschaute, aber nicht das Gestüt, sondern die Schillerstadt. Where are the horses?, soll sie gefragt haben. Doch das war frei erfunden, sie hatte wirklich in die Schillerstadt gewollt.

Für den Urlaub nähte ich Kleidchen und Bademäntel. Weil wir nach Holland fahren wollten, musste ich auf der Polizei die Kinderreisepässe erneuern lassen. Der Beamte war über die französischen Urkunden und das Familienbuch entsetzt. Das könne man doch gar nicht lesen. Ich buchstabierte vor, was da stand. Aber das da, was soll das denn heißen? Er zeigte auf Markus' zweiten Vornamen Asirvadam, verlangte ruppig von allem eine beglaubigte Übersetzung und gab mir den guten Rat: Wisset Se, reiset Se net so viel herum. Wenn Se anerkannt werde welle hier bei uns, na derfet Se des net mache. Daraufhin ging Markus zur Passstelle unten in der Stadt, wo das Ganze anstandslos vonstatten ging.

Auch Natan machte seinen Doktor und Trundel fand, nun könne sie beruhigt sterben. Silas beklagte sich, dass die Alteltern nicht in Urlaub fahren wollten, dafür aber seine und Natans Familie zum Urlaub in den Kirschbergweg eingeladen hatten. Er befürchtete Mord und Totschlag und Selbstmord der gesamten Sippe. Nun überlegten sie, wie sie sich rausreden konnten, auch weil das Ganze für Trundel nicht das Ideale war. Obendrein musste Tochter Caecilia an den Augen operiert werden.

Auf dem Weg nach Holland übernachteten wir bei Marie, der Schwester von Schneewittchen, die mit ihrem Pastor, zwei Töchtern und einem Schäferhund in Krefeld lebte. Marie war sportlich und brünett und Ilse wohl nicht sonderlich ähnlich. Ihr Mann war deutlich älter als sie und musizierte viel. Meine Töchter benahmen sich so wild und ungezogen, dass es mir fürchterlich peinlich war. So etwas wollte ich nie wieder erleben. Den Urlaub verbrachten wir mit Goldners zusammen in einem Ferienhaus in Petten, einem kleinen Fischerdorf. Bei aller Vergnüglichkeit mit den Goldners gab es aber auch Schwierigkeiten mit verschiedenen Erziehungsideen und Vorstellungen vom Essen. Wir wollten nie wieder im selben Haus mit Freunden Urlaub machen, doch Markus und ich konnten auch einmal allein in die Museen nach Amsterdam und Harlem gehen. Auf der Fahrt verlor unser VW den Auspuff und knatterte wie ein Traktor.

Am Sonntag, eine Woche vor Ende unseres Urlaubs, kam Altvaters Telegramm: IHR LIEBEN, MUTTER GESTERN SCHWER ERKRANKT, HEUTE 16 UHR OHNE BEWUSSTSEIN HEIMGEGANGEN. BEERDIGUNG VERMUTLICH DONNERSTAG. OFFIZIELLES TELEGRAMM ALS EINREISEGENEHMIGUNG FOLGT. ERBITTE ENTSCHEIDUNG, OB DU KOMMEN KANNST. EMPFEHLE ZUG AB HANNOVER DIREKT HALLE. HERZLICHST, VATER UND SILAS. Das Einreisetelegramm folgte am Montag: BITTE EINREISEN. EINREISE ERFOLGT MIT PKW ÜBER GRENZKONTROLLPUNKT MARIENBORN IN DER ZEIT VOM 23.06. BIS 25.06.65 REIST EIN MIT RUTH WINKLER, GEBOREN 06.01.30. RAT DES STADTBEZIRKS HALLE WESTSTADT INNERE ANGELEGENHEITEN. Und das dritte Telegramm lautete: OFFIZIELLES TELEGRAMM WIRD NUR ERTEILT, WENN KEINE BEDENKEN GEGEN PERSON VORLIEGEN. GARANTIE UNMÖGLICH, VATER.

Das war die Situation, vor der wir uns immer gefürchtet hatten. Auf dem Telegramm hatte Altvater die Kinder nicht aufgeführt. Konnten wir sie mitnehmen? Die Einreise war nur über Marienborn gestattet, auf eine Anreise per Flugzeug umzuschwenken, war nicht möglich, weil die Papiere nur in Marienborn hinterlegt waren. Hinzu kam, dass wir gar nicht genügend Geld dabei hatten für so eine Reise in die DDR. Wir konnten ja nicht in Holland auf die Bank gehen und um einen Kredit bitten. Wäre Markus alleine gefahren, hätte er hin und zurück 1500 Kilometer fahren und uns dann in Petten abholen und am anderen Tag die weite Strecke nach Stuttgart fahren müssen, und das, wo gerade der Auspuff kaputtgegangen war. Deswegen schickten wir ein Telegramm, dass wir nicht kommen konnten. Natürlich fuhr Markus 20 Kilometer in die nächste Kreisstadt, um wenigstens in einem Fleurop-Laden Blumen zu bestellen, doch der hatte wie alle Blumenläden in Holland am Dienstag zu. Er erwartete nicht, dass seine Brüder uns verstanden. Altvater aber musste uns verstehen, denn als seine Mutter starb, hatte er sich weit weg in Indien befunden.

Altvaters ausführlicher Brief verpasste uns bei der Abreise um eine halbe Stunde und kam erst Tage später in Stuttgart an. Er äußerte Verständnis dafür, wenn wir nicht kommen konnten – *wir respektieren die Entscheidung* –, meinte aber eigentlich, dass zumindest Markus kommen müsse. Und natürlich kamen wir nicht ungeschoren davon. Silas schrieb, er respektiere unsere Gründe, aber für Altvater tue es ihm leid. Er berichtete, dass Trundel in den letzten Tagen immer vom Sterben geredet habe, noch am Sonnabend, als man sich verabschiedete, weil man am Abend davor auf dem Theologenball gewesen war. Auch übersinnliche Dinge waren passiert. Natan hatte am Sonnabendvormittag zu Bella gesagt, dass er glaube, dass Trundel sterben werde. Und als sie einen Tag später starb, stand er in Cappelroda im Garten, wusste es plötzlich und schaute auf die Uhr, um nachher in Halle zu fragen, ob sie um 16 Uhr gestorben war. Am Abend rief aus Dresden die Frau von Trundels Bruder an und teilte Silas mit, dass Fritz verstorben war, beide Geschwister am selben Tag. Als man sich das letzte Mal in Dresden gesehen hatte, hatte der Bruder erzählt, dass er die Nacht davor geträumt habe, dass er und Trundel gestorben und auf dem Turm der Kreuzkirche gewesen seien. Ihr Vater habe eine Tür aufgemacht, sie aber wieder verschlossen. *Und macht euch keine Sorgen*, schrieb Silas, *eure Entscheidung verstehen und respektieren alle, eure Situation ist schon unglücklich genug.*

Natan wurde deutlicher:

Lieber Markus, bei aller Trauer freute ich mich riesig, dich zu sehen. Leider bestärkte ich Paps in dem Glauben, dass du kommen würdest, zumal die Tage keine Nachricht kam. Wir sahen abends die Fahrpläne durch. Ein blauer Volkswagen mit Westnummer kam nach Kröllwitz gefahren. Ich hielt meinen Emil an, dachte, du wärest das. Da waren es Fremde. Am Mittwoch stand Paps früh um sechs Uhr auf, machte oben das Tor auf, weil sieben Uhr ein Zug ankam. Und wir warteten. Als dann dein Telegramm kam, brach Paps zusammen, und wir haben geheult. Das war noch mal so schlimm wie das andere. Das hättest du nicht tun dürfen. Entschuldige, wenn ich dir das schreibe, wenn ich auch der Jüngste bin. Aber über den Schaden, den du angerichtet hast, kannst du dir nie im Klaren sein. Du hast sehr viel kaputt gemacht, auch bei mir, und ich könnte gleich wieder heulen und tue es auch gerade. Warum seid ihr so? Als ich vor dem Sarg saß, wurde mir erstmalig klar, was eine Mutter ist, was ein Kind ist. Denn in diesem Sarg war auch von mir ein Stück. Ruths Mutter und Großvater waren auch da. Ich habe selten eine so traurige Frau gesehen. Sie brachte nicht ein Wort über die Lippen, war wie versteinert. Natürlich hatte sie innerlich auch gehofft, euch zu sehen. Und außerdem hat sie ihren Fall gesehen, wenn es soweit ist.

Markus schrieb:

Ich verstehe deinen Brief, Natan, auch wenn ich selbst anders bin als du. Verstehe meinen, wenn du kannst, und dann sollten wir Frieden machen. Sicher, ich kann vieles nicht verstehen, weil ich in der Ferne bin, aber ebenso könnt ihr die Ferne nicht verstehen. Du wirfst uns vor, wir hätten Trundels Krankheit nicht ernstgenommen. Wir kennen Trundel nur aus ihren Briefen, die nie davon sprachen, außer dass Trundel uns vor einiger Zeit feierlich zu ihrer Beerdigung ausgeladen hat, was wir aber nicht als ihren tatsächlichen Wunsch ernstnahmen. Wollen wir uns jetzt Aufrechnungen zuschicken über Schuld und Nichtschuld? Ruth und ich reden seit dem Telegramm von nichts anderem als von diesen Dingen. Du bist länger im Elternhaus gewesen und hast Dinge verstehen gelernt, die ich gar nicht erst kannte. Ich habe seit meinem 18. Lebensjahr kein Elternhaus mehr gehabt außer in Briefen und seltenen Treffen, und da wieder gibt es Dinge, die du nicht verstehen wirst. Und nun stehen wir da und sagen: zu spät. Sicher, ja, alles ist zu spät. Und ich meine noch immer, wenn man es versäumt hat, die Lebenden zu sehen, kann ich dein Argument nicht akzeptieren, ich hätte lieber die Form wahren und zu Beerdigung kommen sollen.

Altvater schrieb, dass er sich in seinem Schmerz zwar bei Gott aufgehoben fühle, aber leide. Menschlich sei es eben unvorstellbar hart und schwer. Es fehle die Hälfte. Ja, das habe ich nach Markus' Tod auch empfunden. Und nun soll man sich sagen, da unten liegt sie, da unten liegt er. Dabei will man ja nicht egoistisch sein und von dem reden, wo sie, wo er nun fehlt auf Schritt und Tritt, beim Heimkommen, beim Essen. Und überall ihre, seine Spuren. Ihr Schlafkabinett, das neben seinem lag, ließ er aufräumen, das Bett abziehen und alles überdecken. Markus und ich haben bis zuletzt nebeneinander geschlafen, sein Bett habe ich niemals abgezogen, nur meine Bücher, das Heizkissen, die Brillen habe ich auf seine Seite gelegt, so dass sein Bett allmählich mit meinen Sachen bedeckt wurde. Sein Bett werden erst die Kinder abziehen, seinen Nachttisch ausräumen, all die Socken und Medikamente. Schlimm war für Altvater wie für mich, dass man keinen mehr hatte, mit dem man sich austauschen konnte. Die Welt, aus der heraus er mit Trundel und ich mit Markus redete, war ja den anderen verschlossen, ob es nun Tante Gudrun war oder eine Hauswirtschafterin, die ihm als Schreckgespenst vor Augen stand, oder meine Putzfrau, eine Polin, die kaum Deutsch konnte. Alles wurde anders, bis hin zu Kleinigkeiten. Alles musste ich nun selbst machen. Altvater gab sich Mühe, ich gab mir Mühe bei der Umstellung. Gottlob waren ihm nachts, wenn er allein in seiner Kabine lag, die Tränen wie verschlossen. Auch das kann eine Gnade sein. Alleine konnte Altvater nicht weinen, aber sobald andere dabei waren oder er an uns einen Brief schrieb, weinte er. Ich weinte nachts. Mir haben meine Kinder am Tag nicht geholfen zu weinen. Hanna fürchtete sich davor, sie wollte nichts hören über ihren Vater, und Eva trauerte selbst so sehr und mochte mich so wenig, dass wir uns in unserer Trauer nicht fanden. *Das starke Vermissen*, schrieb Altvater, *ist das Korrelat zur festen Verbundenheit und Geborgenheit, die ich so lange hatte. Such is life.*

Er bekam Schmerzen in der Schulter, nicht einmal tippen konnte er. Mich lähmten die Schmerzen im Knie. Es begann, als Markus ins Heim kam, eine Straße weiter, aber die 500 Meter konnte ich kaum bewältigen. Es war eben furchtbar, an seinem Bett zu sitzen und zu wissen, dass er nicht wieder gesund wird. Im Herbst nach seinem Tod bekam ich ein künstliches Knie. Auch das waren fürchterliche Schmerzen. Mit der zweiten Operation habe ich zu lange gewartet. Hanna hat mir auch keinen Mut mehr gemacht. Sie dachte wohl, das überlebe ich nicht. Im Grunde genommen habe ich wohl selbst dafür gesorgt, dass ich nicht mehr aus dem Haus kam und nichts alleine unternehmen musste.

Kapitel 15

Mitte August klagte Hanna über Ohrenweh. Der Arzt stellte ein Löchlein im linken Trommelfell fest. Wir vermuteten, dass das von einem Wellenbrecher an der Nordsee gekommen sein könnte.

Das war eine Lüge, sagt Hanna, und der Arzt muss eigentlich genau gewusst haben, woher solche Verletzungen kommen. Ich hätte ihr nämlich drei Tage vorher das Trommelfell zerschlagen. Wir kamen vom Einkaufen zurück, behauptet sie, du hattest mir die Tasche mit den Eiern zu tragen gegeben, und die schlenkerte ich schusselig gegen die Tür, als wir ins Treppenhaus eintraten. Du fuhrst mich an: Pass doch auf, weißt du was Eier kosten! Und ich antwortete schnippisch: Das kommt davon, wenn du mir die Tasche mit den Eiern gibst. Und da hast du mir so eine gesemmelt, dass ich auf die Stufen hagelte.

Danach war mein linkes Ohr taub. Sie sei viel zu verstört gewesen, um etwas zu sagen. Drei Tage später hatte sie dann Ohrenschmerzen, das konnte sie sagen.

Wenn Hanna das so erinnert, wird es wohl so gewesen sein. Das tut mir natürlich leid.

Im Oktober wollten wir unsere erste Reise nach Halle machen. Die Einreise mit dem Auto wurde aber nur bei Beerdigungen erlaubt. Man wollte wohl in der Zone nicht so viele schöne Westwagen herumfahren sehen. Wir überlegten, ob es besser wäre, bei Silas in Karl-Marx-Stadt unterzukommen statt in Halle, wo wir der kommunistischen Verwandtschaft meiner Mutti begegnen würden. Altvater wollte uns aber unbedingt bei sich haben. Er dachte, ich wolle meiner Mutter nicht begegnen, und verlangte, dass ich mich mit ihr versöhnte und meinen Kindern ihre Oma zurückgäbe, versprach aber, kein Wort darüber zu sagen, wenn wir bei ihm wären. Silas schrieb uns, man habe ihm auf der Polizei gesagt, dass er keine Chance habe, Westbesuch genehmigt zu kriegen. Seine Jugendgottesdienste mit Gospel-Musik gefielen denen nicht, sie waren zu gut besucht. Über Mitbringsel bräuchten wir uns nicht den Kopf zu zerbrechen, weil es sogenannte Intershop-Läden gebe, in denen wir für Westgeld alles an internationalen Waren kaufen könnten, was der Mensch so zum Tagesbedarf brauche, Zigaretten, Whisky, Schokolade, bügelfreie Nyltesthemden. Allerdings gab es in Halle kein Interhotel mit so einem Laden, sondern nur in Karl-Marx-Stadt, und da waren wir ja nicht. Unsere Einreisegenehmigung musste Altvater auf der Dienststelle der Volkspolizei beantragen und uns zuschicken. 16 Stunden sollte die Eisenbahnfahrt dauern, und das mit zwei Kindern, die eine sechs, die andere würde in Halle ihren sechsten Geburtstag feiern. In Hof stiegen wir in einen leeren Zug der Reichsbahn um und Markus befahl den Kindern: Ihr sagt kein Wort! In Weißenfels hinter der Grenze standen wir eine Stunde in der Dunkelheit. Draußen liefen Grenzbeamte mit Hunden herum, drinnen überprüften sie Pässe und Gepäck. Wir mussten die Taschen öffnen und den Inhalt zeigen. Auch die Geburtstagsgeschenke für Eva kamen dabei ans Licht. Dann endlich rollten wir durch die Nacht nach Halle. Man sah kaum ein Licht, keine Dörfer. Es war wie nach dem Krieg. Nur rochen die Züge jetzt nach einer kratzigen Chemie.

Und dann stand ich nach 15 Jahren wieder im Bahnhof Halle. Vor die alte Fassade hatten sie eine geschmacklose Blechfassade mit Hammer und Sichel gehängt. Altvater hatte uns gesagt, wir sollten am Bahnhof eine Taxe nehmen. Es ging mir viel zu schnell: Da, die Burg Giebichenstein im nebligen Hallenser Laternenlicht und schon wieder weg. Die Saale sah ich von der Brücke aus gar nicht. Spät in der Nacht kamen wir im Kirschbergweg an. Der Opa hatte für die Kinder rotweiße Pfefferminztafeln auf die Kopfkissen gelegt, das Einzige, was es an Süßigkeiten gerade zu kaufen gab. Die Kinder fanden es toll. Tante Gudrun, Altvaters resolute älteste Schwester, machte ihm für die Zeit unseres Besuchs den Haushalt. In jedem Satz, den sie sagte, kamen die Worte anunfürsich, ichwillemasprechen oder direkt vor. Das ganze Haus roch nach Zigarren. Altvater qualmte Fehlfarben in 20 Minuten runter, dass die Funken stoben. Noch Jahrzehnte später erkannten wir die Bücher aus seinem Haushalt am Geruch. Überall stand der indische Kitsch herum, Elefanten aus Ebenholz mit Stoßzähnen aus Elfenbein, Götzenfiguren aus Messing, Kerzenleuchter in Form einer Kobra, Figürchen von Hunden und Affen aus Messing, Vasen, Elfenbeinschnitzereien und Elefantenglocken. Im Flur hing über dem Telefontisch ein ausgebleichtes rotes Tuch, die Hälfte des Baldachins, der Gandhi bei seinem Besuch in Sirkali am 16. Februar 1934 Schatten gespendet hatte. Der große grüne Kachelofen im Wohnzimmer musste nicht mehr befeuert werden, Altvater hatte Gasheizung und Gasboiler für Bad und Küche. Über der Papierrolle im Klosett klebte ein Zettel mit den Lebensdaten von Goethe und Schiller. Im Wohnzimmer hing an der Wand über dem Fernseher das riesige Großvaterbild des Malers Clemens Grundig, eines Onkels von Trundel: ein Alter mit weißem Haar und Vollbart im dunklen Anzug mit Weste und einer Taschenuhr in der Hand, dessen Augen einen durch das Zimmer zu verfolgen schienen. Das behaupteten Markus und Altvater immer. Ich habe das nicht so empfunden.

Der große Garten entschädigte die Kinder für langweiliges Stillsitzen bei Tisch, auch wenn es schon herbstlich war. Es gab eine große Wiese mit drei Birken, zwischen denen eine Schaukel hing. Ganz hinten, unter einer gelb verfärbten Trauerweide stand eine weiße Bank vor dem Maschendrahtzaun, der den asphaltierten Tennisplatz umgab, und dahinter kam das betonierte Schwimmbecken, dessen Wasser schwarz und wenig einladend war. Altvaters einzige Nutzung bestand darin, die Blätter mit dem Kescher herauszufischen, denn er hatte niemals schwimmen gelernt. Dahinter begann ein Garten mit alten Bäumen und verwildertem Gestrüpp, der noch einmal so groß war. Später kauften ihm Natan und Bella diesen Grundstücksteil für ein Spottgeld ab und bauten eine Datscha darauf. Bei Tag besehen, wirkte die eingeschossige weiße Villa aus Holz, als hätte sie besser irgendwo in Indien gestanden. Das Dach war mit Blech gedeckt. Immerhin gab es einen Kellerraum, man hatte die Holzschachtel einfach darüber gestellt.

Als Erstes am anderen Tag mussten wir uns mit Pässen und Aufenthaltserlaubnis auf der Polizei melden, wo es ebenfalls nach dieser kratzigen Chemie roch. Die Stuben und Gänge waren mit einem welligen Linoleum ausgelegt, weshalb ich dachte, der Geruch komme daher. Auf der Polizei hatten wir auch den Zwangsumtausch zu tätigen, 10 Westmark eins zu eins in 10 Ostmark pro Tag und Person, wovon man sich praktisch nichts kaufen konnte.

Opa und Mutti hatten wir geschrieben, wann wir in Halle sein und sie besuchen würden. Es war völlig unproblematisch mit Onkel Erich. Er war ein herzensguter Mann, damals schon zuckerkrank, der bei der Bahn arbeitete. Seine kommunistischen Brüder spielten keine Rolle. Von seiner Tochter aus erster Ehe wurde nicht gesprochen. Meine Mutter hatte sich für teures Geld ihre vorstehenden Zähne durch künstliche ersetzen lassen. Sie war ja immer sehr eitel gewesen. Während Onkel Erich den Abwasch machte, gingen wir mit Mutti in den Passendorfer Weg. Die Kinder erinnerten sich kaum noch an ihren Uropa. Auf dem Dachboden zeigte ich ihnen die Puppenstube, die er für mich gebaut hatte. Das Haus kam mir klein und düster vor. Ich bin noch ein weiteres Mal alleine dort gewesen und habe mir Zeit genommen für Opa und auch ein wenig im Bücherschrank in der guten Stube gekramt. Da standen die Zwergenbilderbücher noch, die ich mir als Kind mit Unbehagen angeschaut hatte. Purzel war einer dieser unsympathischen Zwerge, die nur Schabernack trieben. Das Bilderbuch mit der Zwergenfamilie, die unter den Zimmerdielen lebte, entdeckte ich nicht mehr. Mein Opa kümmerte sich noch um den Garten und zwei Stallhasen. Am Wochenende ging er zum Essen zu Mutti, die ihm auch vorkochte. Er war stolz darauf, dass er gelernt hatte, sich das Essen warm zu machen und Kartoffeln zu kochen. Eine Nachbarin putzte bei ihm und besorgte die Wäsche, wofür er sie bezahlte. Er gab mir Omas Ehering mit, den ich in Stuttgart mit einer Perle versehen ließ und viel getragen habe.

Altvater wollte natürlich mit uns zu Trundels Grab auf dem Laurentiusfriedhof beim Roten Ochsen fahren. Die Kinder ließen wir solange bei Tante Gudrun im Haus. Am Donnerstag zu Evas Geburtstag, zu dem sie vom Opa ein Spielzeugauto bekam, kam uns Silas mit Astrid und den Kindern im Kirschbergweg besuchen. Astrid war eine eckige Person, die wenig sprach. Natan und Bella konnten nicht kommen. Wir sollten zu ihnen nach Jena fahren. Allerdings durften wir unseren Bezirk eigentlich nicht verlassen, aber Altvater meinte, das gehe schon. Er besorgte einen vertrauenswürdigen Taxifahrer, der uns nach

Cappelroda brachte. Im Innenhof des Pfarrhauses empfing uns ein wütender kleiner Hahn, den Natan mit Fußtritten verscheuchte. Das Fachwerkhaus mit Plumpsklo war wirklich urig. Badewanne und Holzofen standen in der Waschküche. Bella kochte auf einem Herd mit Holzfeuer. Und sie aßen von Meißner Porzellan, von alten, handgedrehten Zwiebelmuster-Tellern, schöpften aus Zwiebelmuster-Schüsseln und Zwiebelmuster-Terrinen und tranken den Kaffee aus Tassen mit den Schwertern unten drunter, sogar eine Butterschale fehlte nicht. Mir wurde angst und bange, wenn nach dem Abwasch die Teller auf dem Tisch gestapelt wurden und die Katze heraufsprang und sich zwischen den Kostbarkeiten putzte. Nach der Wende wurde ihnen alles bei einem Einbruch geklaut. Die Tiere waren das Einzige, was Hanna bei diesem Besuch interessierte. Wir hatten ihr erzählt, dass Natan malte. Als er ihr sein Atelier zeigen wollte, ging sie lustlos mit und statt sich alles anzuschauen, wollte sie nur die Tauben sehen, die ans Küchenfenster kamen. Natan ging mit ihr in die Küche und streute Brotkrümel, aber die Tauben kamen nicht. Hanna war sehr enttäuscht, Natan nicht minder.

Bella kochte gut. Eigentlich haben wir ständig gegessen, wenn wir in der DDR waren, dabei fand ich das Essen meistens grässlich, diese weichen Würste und Gemüse nur aus der Dose, da musste man ja krank werden. Es gab russischen Wein, schnell verderbliches Bier und das Selters in winzigen, dickwandigen Flaschen. Nichts schmeckte so, wie ich es aus meiner Kindheit kannte.

Die Hallenser Innenstadt war schwarz und verfallen. Es roch nach Braunkohlefeuerung. Die Fassaden haben die Krätze, sagte Altvater. Die Leute huschten mit bösen Gesichtern und Einkaufsbeuteln an den Hauswänden entlang, vor einigen Läden standen sie Schlange. Beute-Machen nannte Silas das Einkaufen nur. In die Martin-Luther-Universität wollte man uns nicht hineinlassen. Es ließ den Wächter ungerührt, dass wir sagten, wir hätten hier mal studiert. Unter den Putzmitteln in Altvaters Haus fand ich schließlich eine Flasche Wofasept und als ich sie aufschraubte, stach mir dieser kratzige Chemiegeruch in die Nase, der mir das Heimweh vollends austrieb.

Ich war heilfroh, als wir nach sechs Tagen wieder im Zug saßen. Ich konnte erst aufatmen, als wir über den Todesstreifen mit seinen Zäunen, Wachhunden und Wachtürmen hinaus rollten. Im Grunde genommen war die DDR wie die graue Wand, der ich sterbend mein Gesicht zugedreht habe.

Kapitel 16

Im November kam unser neues Auto, ein blauer Peugeot 403 mit Schiebedach und knallroten Innenpolstern. Er war viel größer als erwartet und passte kaum in unsere Garage. Eigentlich war er auch viel zu teuer. Er kostete 13 000 Mark. Unsere Töchter opferten die Pfennige aus ihren Sparbüchsen, damit wir das Auto bezahlen konnten. Es war ganz rührend. Markus musste sich an die vielen Hebel erst gewöhnen. Der Peugeot hatte die Gangschaltung am Lenkrad, das war billiger gewesen. Die Handbremse musste man mit dem Fuß ziehen. Das war beim Anfahren am Berg, was man ja in Stuttgart gelegentlich tun musste, ziemlich unpraktisch, denn er musste sie im Fußraum mit der Hand lösen, weil er ja mit beiden Füßen die Kupplung kommen lassen und Gas geben musste. Der Sicherheitsgurt hinderte Markus auch daran, die Handbremse zu erreichen, wenn er anfuhr, er musste sich erst abschnallen. Das würde ich nie hinbekommen, das war mir sofort klar.

Nachdem wir angefangen hatten, aus der *Kinderbibel* vorzulesen, besuchten die Kinder nun am Sonntag die Kinderkirche. Ich hatte aber den Eindruck, dass sie im Grunde genommen nichts von dem verstanden, was dort geschah. Hanna fragte uns, wieso die Älteren im Gottesdienst am Vormittag zu einem Abendbrot ins Nebenzimmer gerufen wurden. Eva erzählte von der biblischen Geschichte, die sie gehört hatte: Da war einer krank am Wasser, und da kam einer und sagte, nimm dein Bett und geh weg, und das war am Sonntag.

Mitte Januar weckte uns um viertel vor acht ein fürchterlicher Knall. Erst dachte ich, die Tankstelle am Wallgraben sei in die Luft geflogen, aber dann hätten wir vermutlich nicht mehr gelebt. Bald hörten wir auch schon die Feuerwehren mit Tatütata den Wallgraben entlang ins Industriegebiet rasen. Markus ging los, um herauszufinden, was geschehen war. In einer Fabrik ein Schmelzofen durchs Dach geflogen. Er brachte Brötchen zum Frühstück mit, dafür ging er sonst nicht raus in die Kälte.

Wir fuhren alle im Peugeot nach Karlsruhe, um eine Albert-Ebert-Ausstellung anzuschauen. An die hundert seiner postkartengroßen Bilder hingen an den Wänden. Die Leute waren alle freundlich amüsiert.

Am Mittwoch, dem 20. April 1966, war es dann soweit, die beiden blauen Kostüme waren genäht, die Zuckertüten mit Süßigkeiten, Heften und Stiften gefüllt, die ledernen Schulranzen aufgesetzt, und unsere Töchter kamen in die Schule. Um neun Uhr war Schulgottesdienst, um zehn gab es eine Feier in der Turnhalle der Österfeldschule, dann wurden die Kinder in ihre Klassenzimmer geführt und durften sich hinsetzen. Es stellte sich ihnen eine Frau Barfuß vor. Den Namen fanden die Kinder sehr vergnüglich. Als sie am anderen Tag die erste kleine Hausaufgabe bekamen, rannten sie, ohne die Mäntel auszuziehen, sogleich zu ihren Schreibtischen, um sie zu machen. Vier Wochen später teilte Frau Barfuß der Klasse mit, dass eine Mitschülerin nicht mehr kommen werde, weil sie bei dem Lawinenunglück auf der Zugspitze mit ihren Eltern ums Leben gekommen war. Wir hatten von dem Unglück am Samstag aus Radio und Fernsehen erfahren, aber unsere Kinder damit nicht belasten wollen, nun musste ich ihnen erklären, was passiert war. Zehn Menschen waren auf der Sonnenterrasse gestorben.

Anstrengend war es für den Langschläfer Markus, weil wir jetzt jeden Tag früh aufstehen mussten. Mein Wecker klingelte um halb sieben. Eva und Hanna hatten 19 Wochenstunden bis Dezember. Dann sollten sie ins zweite Schuljahr der drei Kurzschuljahre kommen, mit denen auf den Schulanfang nach den Sommerferien umgestellt wurde. Unsere kamen gut zurecht, aber andere, die vielleicht auch nicht dumm waren, für die die Eltern aber kein Verständnis hatten, hingen zurück. Da war auch so ein unglückliches Wurm in der Klasse, das kein Deutsch konnte, eine Spanierin, und sie lernte nun, ihr völlig unbekannte Worte zu schreiben. Da das Mädchen auch Eva hieß, waren unsere Kinder mit ihr befreundet. Jeden Tag lernten sie nach der Ganzheitsmethode, wie man ein Wort schrieb. Wir hatten ja erst die einzelnen Buchstaben gelernt. Neben das Wort malten sie den Gegenstand, den es bezeichnete. Am Anfang war Hanna so aufgeregt, dass sie das Malen verlernte und völlig blödsinnige Bilder zeichnete, aber dann fing sie sich und malte so entzückend, dass Frau Barfuß staunte. Schon im November kämpfte sich Hanna selber lesend durch ihr erstes Buch *Gockel Gockel*, die Geschichte eines Hahns, der sich über den goldenen Hahn auf der Kirchturmspitze ärgert. Wir hatten den Eindruck, dass nichts verbogen wurde. Die Kinder wunderten sich aber, dass es einen Schulhof für Jungs und einen für Mädchen gab, denn bei uns auf der Straße spielten alle miteinander. Auf dem Schulhof spielten die Mädchen Gummihüpfen, und das Erste, was ich kaufen musste, war ein langes Gummiband. Ich mochte das Spiel nicht, denn sie stritten sich immer ganz fürchterlich, wenn sie bei uns im Garten mit Franziska Gummi hüpften. Franziska Anger aus der Parallelstraße ging in ihre Klasse, genauso wie Margarita Böttcher, die unten an der Ecke wohnte.

Der Schulweg dauerte 25 Minuten und hatte einige gefährliche Stellen. An der Kreuzung Wallgraben und Möhringer Landstraße gab es nur Zebrastreifen und die Autofahrer dachten gar nicht daran anzuhalten. Über diese Kreuzung brachte ich sie immer hinüber, den Rest konnten sie bald alleine gehen. Darauf waren sie mächtig stolz. Manchmal fuhr Frau Böttcher Margarita und meine Kinder auch im Auto zur Schule, was mir gar nicht recht war, denn sie sah schlecht, wollte aber aus Eitelkeit keine Brille tragen. An der Wallgrabenkreuzung ereignete sich bald ein Unfall. Franziska Anger und Monika Elsäßer wurden auf dem Zebrastreifen von einem VW-Käfer erfasst, der auf der linken Spur an einem Auto vorbeigefahren war, das angehalten hatte. Hanna dachte erst, es sei Frau Böttcher gewesen, denn sie fuhr einen roten VW und war ja kurzsichtig. Zum Glück war es alles halb so schlimm. Wir setzten die heulenden Mädchen in den Bäckerladen an der Ecke und holten die Polizei. Markus schrieb an die Stadt und sammelte bei den Eltern Unterschriften für eine Ampel. Sie sollte 100 000 Mark kosten und wurde recht schnell aufgestellt.

In Sorge war ich immer, bis sie wieder zu Hause waren. Markus bekam davon nichts mit, er war ja im Büro, während ich mit dem Essen wartete. Einmal waren sie 20 Minuten überfällig und ich lief los und malte mir die fürchterlichsten Dinge aus. Als ich fast an der Schule war, kamen sie mir freudestrahlend entgegen. Sie hätten eine Klassenkameradin beschützen und sich vor Jungs verstecken müssen, die sie verprügeln wollten. Diese Klassenkameradin hatte sich aber sofort dünnegemacht, als sie mich gesehen hatte. Wenigstens Hanna begriff, warum ich wütend war. Als sie schon in der zweiten Klasse waren, kamen sie einmal heim und erzählten, an der Möhringer Landstraße sei eine Parkbank von einem Auto heruntergefallen und habe Hanna am Bein gestreift. Sie waren aber einfach weitergegangen, wie Kinder nun mal so sind. Am Nachmittag rief mich Frau Böttcher an, weil Margarita gesehen hatte, dass es ein orangefarbener Lastwagen gewesen war, also ein städtisches Fahrzeug. Markus rief bei der Polizei an, Fahrer und Beifahrer wurden ausfindig gemacht und ein Polizist kam zu uns und bat die Kinder, alles aufzuschreiben. Das fanden sie höchst aufregend und waren mit Feuereifer bei der Sache.

Nun hatte ich die Vormittage für mich. So recht ausnutzen konnte ich die paar Stunden nicht, ich musste ja die Betten machen, den Frühstückstisch abräumen, einkaufen, saugen, putzen, Wäsche waschen und das Essen für die Kinder kochen. Ich habe es immer so gehalten, dass sie eine warme Mahlzeit kriegten, wenn sie aus der Schule kamen, und mich mit ihnen hingesetzt, damit sie erzählen konnten. Markus bekam Bemmen mit ins Büro und abends wärmte ich das Essen für ihn auf. Schnitzel musste ich natürlich frisch braten. Die Kinder und ich aßen abends Brote, und wenn sie gar keine Lust darauf hatten, machten wir Häppchen mit Gürkchen, Silberzwiebeln und Ketchupklecksen.

Zu Weihnachten schenkten wir den Kindern die ersten Armbanduhren, einen kleinen elektrischen Puppenherd, auf dem sie wirkliche Grießsuppen kochen konnten, und Skier, Skischuhe und Skihosen. Sie rutschten den Idiotenhügel am Bahndamm runter und wir fuhren zum Kniebis bei Freudenstadt im Schwarzwald, wo sie den kleinen Lift neben der Knibishütte benutzen durften. Das Skifahren ist ihnen zum Glück nie wichtig gewesen, dadurch haben wir viel Geld gespart. Für Fasching nähte ich Hanna ein Clownskostüm und Eva ein Schneewittchenkleid mit Schleier. Hanna ließ sich Zöpfe wachsen, bei Eva wurden zu ihrem großen Kummer die Haare nicht lang. Wenn die Sonne schien, ging am Morgen beim Anziehen der Streit darum los, wann es warm genug für Kniestrümpfe war. Das mit den Jeans fing erst ein paar Jahre später an. Dann wollten sie auch nichts mehr haben, was ich genäht hatte, sondern partout genauso aussehen wie alle anderen Kinder. Das Letzte, was ich für sie genäht habe, waren rote Ponchos, die sie aber nur ein- oder zweimal anzogen, denn sie sahen nicht aus wie die südamerikanischen, die gerade Mode waren.

Altvater begriff nicht so recht, dass unsere Kinder jetzt in die Schule gingen und wir ihn nicht zu seinem 65. Geburtstag besuchen konnten. Wir riefen ihn am Abend vorher an. Er war völlig aufgelöst und ohne Fassung, Markus und ich bestritten das Gespräch alleine. Er tat uns sehr leid, da kam viel auf einmal: Trundels Todestag jährte sich bald und er war pensioniert worden und gehörte nun zum alten Eisen. Im Sommer wurde Hanna im Waldfreibad von einer Pferdebremse gestochen und die Backe schwoll fürchterlich an. Ende Juni reiste Markus dienstlich für zwei Wochen nach Schottland. 15 Jahre nach seinem Stipendium dort wollte er Edinburgh, Glasgow und die Insel Iona besuchen. Den Kindern brachte er rote Schottenröcke aus dem Tartan von Scott mit, die sie viele Jahre gern getragen haben, denn sie waren auf Zuwachs geschnitten. Unseren Urlaub verbrachten wir zusammen mit den Wollschlägers und ihren beiden Söhnen Schorsch und Pips in Österreich. Im Hotel mussten wir immer zwei Stunden aufs Essen warten und spielten Gesellschaftsspiele. Mit Schaudern erinnert sich Hanna daran, dass wir ganz wild darauf waren, Silberdisteln zu finden, die wir mit dem Taschenmesser aus dem Boden stachen und mitnahmen.

Warum wir an einem Sonntag Anfang September auf die Idee kamen, eine Hundezüchterin zu besuchen, die junge Dackel hatte, kann ich mir beim besten Willen nicht mehr erklären. Wie hatten wir glauben können, wir würden ohne Hund nach Hause kommen? Hanna brach in Tränen aus, als sie das kleine dunkelbraune Wurm zurücklassen sollte. Natürlich waren wir überhaupt nicht auf einen Welpen vorbereitet. Im Auto tauften die Kinder ihn Hexe. Sie jaulte die ganze Nacht in der Küche und warf die leeren Flaschen um. Am Montag ging ich los, ein Körbchen kaufen. Aber Hexe lag eigentlich lieber auf den Kinderschuhen hinterm Vorhang im Schuhschrank und zerbiss die Schuhe. Ich hatte mir ausbedungen, dass die Kinder jeden Mittag nach dem Mittagessen mit ihr Gassi gingen, damit das Tier nicht an mir hängen blieb. Hexe war ein gemütvoller Kinderhund, nur gehorchen wollte sie nicht. Bei einer Wanderung auf der Schwäbischen Alb verschwand sie für Stunden, weil sie ein Wild gewittert hatte. Gott sei Dank fand sie zurück. Einmal rettete sie uns aber auch, als wir auf dem Rückweg unser Auto nicht wiederfanden. Da war guter Rat teuer. Aber Hexe lief los und stand bald vor unserem Auto, das hinter einem Wäldchen parkte.

Im Oktober besuchte uns Altvater für zwei Wochen in Stuttgart und genoss es, bekocht zu werden. Die Kindergeburtstage feierten wir mit vielen Kindern mit Topfschlagen, Blinde Kuh, Reise nach Jerusalem, Rätselraten, viel Kuchen und Würstchen. Danach war ich bettreif. Zu Silvester besuchten uns die Goldners mit Wibke und Gabriele. Gemeinsam aßen wir Käsefondue und schauten *Schimpf vor Zwölf.* Es hatte keinen Zweck, die Kinder für ein paar Stunden ins Bett zu stecken, sie gackerten doch nur die ganze Zeit. Dann bekamen beide endlich auch die Masern, sie lagen fest im Bett und Fasching fiel aus. Markus saß viel am Schreibtisch und übersetzte die Evangelien von Matthäus und Markus neu. Es war ein Gemeinschaftsprojekt, bei dem auch Rainer Goldner mitmachte. Die moderne Übersetzung des Neuen Testaments erschien als *Die gute Nachricht.* Im März 1967 wollten wir wieder nach Halle fahren, aber die Einreisegenehmigung kam nicht. Silas brauchte einen neuen Auspuff für sein Auto, den er sich über Gemex schicken lassen wollte, eine DDR-Organisation, über die Westler DDR-Ausfuhrprodukte und Westwaren kaufen und an DDR-Bürger liefern lassen konnten. Das weiß heute bestimmt niemand mehr.

Bei den Winkler-Brüdern entstand eine fürchterliche Aufregung, denn zwei Jahre nach Trundels Tod wollte Altvater eine Gemeindeschwester aus Hamburg heiraten. Sie sei bei Kriegsende in Dresden bei ihm Gemeindehelferin gewesen. Trundel habe sie gekannt, sie hätten sie einmal in Hamburg besucht, Markus werde sich sicher nicht mehr an sie erinnern. Aber Markus erinnerte sich an eine große Blonde, die mit ihm herumgealbert hatte, sogar hübsch. Sie war nur acht Jahre älter als er. Als Halbstarker hatte er durchaus bemerkt, dass sein Vater an ihr Gefallen gefunden hatte. Natan und Silas waren hellauf entsetzt. Natan schrieb empörte Briefe, Markus übernahm es, zu beruhigen: *Wenn Altvater Josine Polte heiraten will, so ist das zunächst erstmal seine Sache.* In seinen Briefen überlegte Altvater ungerührt, ob er für die Hochzeit eine graue oder schwarze Weste anziehen sollte. Wir überraschten ihn mit den Kindern in Bad Liebenzell, in der Nähe von Stuttgart, wo er einige Wochen verbrachte. Er hatte geglaubt, wir seien in Italien, und ich denke mir, es wäre ihm auch lieber so gewesen. Er erklärte uns, er habe lange gebraucht, um zu begreifen, was das Wort aus dem Trauformular, *bis dass der Tod euch scheide*, heiße und auch für ihn in seinem Leben der bedrückenden Einsamkeit und Gesprächslosigkeit bedeute. Er brauche eine Haushälterin. Die, die er gehabt habe, seien doch alle kulturlose Leute gewesen. Dass seine Söhne Josine ablehnen konnten, verwunderte ihn. Ob er unter diesen Umständen Natan überhaupt eine Hochzeitsanzeige schicken solle, fragte er Markus. Ich fragte ihn, ob er denn nicht daran gedacht habe, Josefine zu bitten, einen Brief zu schreiben, in dem sie sich uns vorstelle. Diese Idee war ihm noch nicht gekommen. Was soll sie denn da schreiben? Da fällt ihr bestimmt etwas ein, sagte ich, schließlich ist sie die Ältere und Neue und kann ohne jeden Vorwand ein paar Zeilen über sich schreiben. Die Hochzeit sollte in Hamburg stattfinden. Doch während wir immer von vier Menschen sprachen, die kommen würden, redete Altvater unbeirrbar von zweien. Sind unsere Kinder denn nicht willkommen?, fragte ich ihn. Sie werden sich doch bloß langweilen, meinte er. Das müssen wir doch selber entscheiden, fand ich, wir haben nun einmal keine Großeltern, wo wir die Kinder mal abgeben können. Altvater seufzte: Man müsste die Kinder für ein paar Tage einfrieren können. Als wir schon im Auto saßen und uns verabschiedeten, sagte er durch das Fenster zu unseren Kindern, die auf der Rückbank saßen: Und euch frieren wir ein! Da war ich doch einigermaßen erschrocken.

Wieder einmal redeten Markus und ich tagelang über nichts anderes. Ich schrieb:

> *Lieber Paps, als ich mit den Kindern über die bevorstehende Hochzeit sprach und sie fragte, ob sie für diesen Tag einmal allein bei den Wollschlägers bleiben wollten, rief Hanna empört: Das ist ja eine Unverschämtheit, dass wir nicht dabei sein sollen. Eva guckte nur traurig, denn es ist ihr innigster Wunsch, einmal eine Hochzeit mitzumachen. Wir hatten ja auch an eine schlichte Familienfeier gedacht. Aber da haben wir uns wohl missverstanden. An einer großen Festlichkeit mögen wir eigentlich nicht teilnehmen, denn das finden wir nach unserem Geschmack ganz einfach unpassend. Es steht uns nicht zu, dir in dieser Hinsicht dreinzureden, aber wir möchten auch unsere Meinung nicht vollkommen vertuschen. Wir haben jetzt zwei Nächte darüber geredet und haben alle Argumente beider Seiten hin und her überlegt, und ich glaube, wir verstehen auch die andere Seite, aber über einen Satz, den du zweimal in Bad Liebenzell gesagt hast, kommen wir nicht weg, nicht nur, weil es der letzte Satz war, den du den Kindern zum Abschied im Auto gesagt hast, sondern weil er auch ohne dieses Abschiedsmoment erschreckend war: Euch frieren wir ein! Gemeint war, wie du dich erinnern wirst, dass wir zur Hochzeit nach Hamburg kommen sollten, aber ohne die Kinder.*

Ich schrieb auch an Josine einen Brief, in dem ich sie mit Sie ansprach und ihr erklärte, dass wir leider nicht zur Hochzeit kommen könnten, weil wir ja vier waren und die Kinder nicht woanders unterbringen konnten. Jeder normale Mensch hätte jetzt antworten müssen: Aber selbstverständlich kommt ihr alle vier. Doch Josine antwortete tagelang nicht. Schließlich schrieb sie und bedauerte, dass wir zwei nicht kommen könnten. Das war Markus dann doch zu bunt und er schrieb einen langen, harten Brief. Der hatte den Erfolg, dass Altvater und Josine uns per Eilboten zu viert einluden. Wir waren aber gar nicht zu Hause. Als der Eilbrief kam, waren wir in Burgund und Genf. Wir wären auch nicht gefahren.

Hexe hatten wir in einer Hundepension beim Feldschützen Schonkart, der gern aus dem Krieg erzählte, gelassen. Zum ersten Mal sahen wir den Bodensee und die Blumeninsel Mainau. In Burgund schauten wir alte romanische Kirchen an. Markus wollte uns auch die eindrucksvollen Gesänge der weißen Mönche von Taizé vorführen und wir besuchten einen Gottesdienst. Bemerkenswert fanden die Kinder aber vor allem die gelben französischen Autoscheinwerfer. In weiser Voraussicht hatte Markus einen Schlafsack mitgenommen und schlief auf dem Bettvorleger, denn wenn wir zu zweit in einem französischen Hotelbett hätten schlafen müssen, hätte ich Markus bestimmt ermordet. Den Rückweg machten wir über Genf. Diesmal begriffen die Kinder mehr von dieser Stadt und waren stolz, dass sie hier geboren waren. Wir gingen die Mole hinaus zu der Stelle, wo der Jet d'eau aus der Düse schießt. Im Restaurant aßen sie ihr Menü wie die Alten und Hanna bekam einen gierigen Blick auf den Rotwein. Obgleich es mir nicht recht war, durfte sie immer einen winzigen Schluck kosten. Ihre Augen leuchteten und sie teilte mit, ob der Wein besser war als der am vorigen Tag, und es stimmte. Darauf war Markus so stolz, dass er es allen schrieb.

Hanna lacht und sagt: Ich habe gar nicht geschmeckt, ob der Wein besser war, ich habe es nur an Vaters Gesichtsausdruck gesehen.

Nachdem die Kinder so brav bei unserer Bildungstour mitgemacht hatten, durften sie sich in der letzten Ferienwoche wünschen, was wir machen sollten. Sie wünschten sich Bootfahren und Markus fuhr mit ihnen nach Ludwigsburg zum Schloss Monrepos, wo man auf dem See Boote mieten konnte.

Nach der Hochzeit kamen säuselnde Briefe, wie schade es doch gewesen sei, dass wir nicht hätten kommen können. Da platzte Markus der Kragen:

> *Lieber Paps, der Punkt ist nicht der, dass wir nicht kommen konnten. Wir meinten, es wäre eine Selbstverständlichkeit, die Familie kennenlernen zu wollen. Ich mache Josine keinen Vorwurf, für sie ist alles noch zu neu, und sie mag vieles nicht überschauen, aber wenn es möglich ist, die Hochzeit zu verschieben, weil die Tochter ihrer Schwester einen Klassenausflug hat, kann und will ich nicht einsehen, warum unsere Kinder eingefroren werden müssen, nur damit sie nicht in Hamburg auftauchen. Man kann doch nicht durch Einfrieren in Hamburg die Tatsache aus der Welt schaffen, dass sieben Enkelkinder da sind, die zu der Familie gehören, die Josine heiratet. Vor wem haben wir, habt ihr euch denn zu schämen? Du lädst einen Inder ein, weil dich das an Indien erinnert, aber die Enkelkinder dürfen nicht einmal am Vormittag vorgeführt werden, weil es daran erinnern könnte, was keiner anders erwartet, nämlich dass du verheiratete Kinder hast. Das hat doch Trundel nicht verdient. Ich frage mich, wie das Familienleben in Zukunft weitergehen soll, wenn es so fatal beginnt. Ich frage mich, was sollen wir dann eigentlich noch in Halle?*

Markus studierte nun eifrig Neugriechisch, denn er wollte dienstlich in Griechenland die Mönchsrepublik Athos besuchen. In der Schule freundeten sich die Kinder mit Tanja und Luis Anhut an. Die Anhuts waren erst kürzlich aus Südamerika gekommen, wohnten in Vaihingen am Schillerplatz in einer Etagenwohnung und hatten einen Goldhamster. Frau Anhut war eine lebhafte Frau voller Geschichten und wir besuchten uns häufig. Die Kinder verglichen sich aber ständig miteinander und stritten dauernd, wer etwas besser konnte. Mit dabei war häufig auch Heike, die Tochter der Schillers, die um die Ecke wohnten. Hanna wunderte sich, dass jemand Schiller heißen konnte, so hieß doch der Dichter.

Natan schrieb:

Wollte nur kurz vom Besuch in Halle berichten. Kamen nach Halle, da lief uns Papsens Aufwartung über den Weg, die vor Neuigkeiten platzte. Die neue Frau sei stinkefaul. Paps muss sich das Frühstück selber machen. Sie steht erst halb neun auf und geht dann auf ewig ins Bad. Sie entschwindet Sonnabend zum Friseur und überlässt jeglichen Hausputz der Hausdienerschaft, das heißt, der Aufwartung. (Sind das westliche Allüren? Aber wohl kaum.) Kochtöpfe waren noch nie schmutzig, da man anscheinend immer Essen geht. Einmal versuchte sie Apfelmus zu machen, und die Aufwartung fand nach zwei Tagen das Sieb und den Topf schwarz vor mit allen Resten. Sie räumt nicht mal ein Glas in den Schrank oder dergleichen, sondern läuft einen ganzen Tag lang daran vorbei. Ich sah Paps ganz kurz, er sah recht schlank und verhungert aus. Gesehen habe ich die beiden vom Auto aus vor dem Friedhof, wo ich zu Trundels Grab mit Blumen aus unserem Garten wollte. Als ich halten wollte, sah ich ein Taxi, in das Paps und J. einstiegen.

Silas glaubte, dass Natan deswegen so sauer war, weil er darauf spekuliert hatte, einmal in Altvaters Maikäferschachtel zu wohnen. Und da das nun nicht mehr aussichtsreich war, holte er Bilder ab, damit die fremde Frau sie nicht sah. Er behauptete, Trundel hätte ihm das Großvaterbild versprochen. Silas wollte es gar nicht haben, fand es aber ungeheuerlich, dass Natan so vorging und sich das Bild für später sicherte. Er befürchtete eine endgültige Familientrennung.

Nach Ostern lieferten wir unsere beiden Töchter für eine Woche bei den Goldners und ihren beiden Töchtern in Mainz ab und fuhren nach Prag. Wir waren ganz euphorisch, den Sozialismus mit menschlichem Antlitz gab es ja doch. Das hätten wir uns auch für die DDR gewünscht. Am Freitag fuhr ich allein nach Mainz zu den Kindern zurück, denn Markus musste nach Berlin und sollte uns am Sonntag abholen. Sie hatten nur ein wenig Heimweh gehabt, erzählten Hanna und Eva, nur einmal hätten sie weinen müssen. Markus fuhr über Ostberlin nach Westberlin, wo er mit Studenten redete. Die Gespräche erschütterten ihn. Er hielt sich für fortschrittlich, aber in den Augen der Studenten gehörte er zum Establishment. Diese Knaben, fand er, argumentierten so einseitig und apodiktisch, dass er gar nicht gewusst habe, was er darauf sagen sollte. Sie hätten Recht, sie artikulierten sich nur so bürgerschreckähnlich. Sie kamen ihm wie Leute in der Spätpubertät vor. Spätere Jahre werden mal von unserer Zeit wie von der Märzrevolution berichten, sagte er, mehr war damals auch nicht los. Über seine Sendung über Prag für den Schulfunk regten sich die Vertriebenenverbände auf. Markus hatte erwähnt, dass in Prag 77 000 Juden umgebracht wurden, aber nicht bedauert, dass Deutsche nach dem Krieg vertrieben worden waren.

Bei einem Abendessen stritten wir uns mit unseren Nachbarn heftig über die Notstandsgesetze. Das war ja fast wie das Ermächtigungsgesetz der Nazis, fanden wir, dagegen musste man doch auf die Straße gehen, wenn es im Bundestag wegen der Großen Koalition keine Opposition mehr gab. Unser Nachbar rechtfertigte den Schuss auf Rudi Dutschke. Mit seinem propagierten langen Marsch durch die Institutionen habe er zur Zerstörung der Ordnung aufgerufen. Aber der Schah von Persien war ja nun wahrlich kein Demokrat, und dass ausgerechnet Pastor Albertz als Regierender Bürgermeister von Berlin die Polizei auf die Studenten hetzte und auch noch einer erschossen wurde, fanden wir nicht in Ordnung.

Wir schickten Josine gelbe Rosen zum Geburtstag. Ich erklärte ihr in einem Brief ein bisschen die Wesensart der Hallenser und ihre Redefreude, die ja nun zu Hamburg einen großen Unterschied machte. Ich saß wieder einmal alleine mit den Kindern zu Hause, denn Markus wanderte auf dem Berg Athos. Die Kinder fanden es ungerecht, dass dort nur Männer hindurften und sogar weibliche Haustiere verboten waren. Ich übte mit ihnen viel Diktat und Rechnen für die Klassenarbeiten, die darüber entschieden, ob sie nach den Sommerferien aufs Gymnasium gehen durften. Hanna machte schlimme Rechtschreibfehler. In der dritten Klasse hatte die Lehrerin uns gesagt, sie sei Legasthenikerin. Rechnen konnte sie auch nicht. Sie war völlig kopflos, wenn sie etwas zusammenzählen musste. Ihr Klassenlehrer, das tapfere Schneiderlein, sagte immer Zahlen vor und die Schüler mussten sie im Kopf zusammenrechen. Weil Hanna nie das richtige Ergebnis sagen konnte, stellte er sie einmal an die Tafel vor sich hin, und sie sollte ihm nur mit den Lippen die Zwischenergebnisse sagen. Da brachte sie natürlich nichts mehr zustande. Aber er bewunderte Hannas zeichnerische Fähigkeiten sehr. Leider erzählte er auch viel zu oft vom Krieg.

Im Juni bekam Markus am Abend einen Anruf. Ein kirchlicher Mitarbeiter war in Biafra gewesen und hatte zum ersten Mal in seinem Leben ein verhungerndes Kind mit aufgeblähtem Bauch gesehen. Er verlangte aufgeregt von Markus, dass er das sofort im Rundfunk brächte. Markus versuchte ihm zu erklären, dass er nicht den Nachrichten Meldungen diktieren könne. Der Mann fuhr nach Uppsala zur WCC-Konferenz, wo er viele Bischöfe traf, die sich des Themas annahmen, ohne zu überprüfen, ob seine Berichte stimmten. Man zog Vergleiche zu Auschwitz und sprach vom Völkermord der Nigerianer, die mit Biafra Krieg führten. Viele Leute spendeten.

Unseren Sommerurlaub verbrachten wir wieder mit Goldners zusammen in Petten. Das Wetter war hochsommerlich und das führte leider zu einer Quallenplage. Unsere Füße waren auch immer durch Ölklumpen verschmutzt, und wir kauften Benzin, um es abzukriegen. Silas schrieb:

Unser Urlaub war der mäßigste, den wir je hatten. Zu fünft in einem Zimmer, abends konnte man nirgendwohin, also saß ich mit Astrid ab 20 Uhr flüsternd neben den schnarchenden Kindern. Der Ort und die Gegend nichts Besonderes, die übrigen Gäste im Haus wie erwartet, die Ernährung katastrophal, so dass wir alle der Reihe nach mal kotzen mussten. Das Wetter war vierzehn Tage lang auch schlecht.

Im August war ich froh, dass ich zu Ostern darauf bestanden hatte, mit nach Prag zu fahren, denn die Panzer des Warschauer Pakts hatten alles wieder in den vorigen Zustand zurückversetzt.

Silas und Astrid besuchten Natan und Bella zum ersten Mal in Cappelroda. Danach brach wieder Streit aus. Silas fand, Natan lasse ihn und Astrid nicht in Ruhe leben, obgleich sie ihm doch nichts getan hätten. Natan schrieb an Silas einen Brief, in dem er fragte, wo die Betriebsanleitung für ein Autoteil bleibe, und zugleich ankündigte, den Kontakt jetzt abzubrechen:

Dein letzter Brief an mich war denn noch die Höhe mit deinem dummdreisten Stolz und der hübschen Ironie (komisch, dass du das nur brieflich kannst und nie persönlich ins Gesicht). Weil mich das empört hat und weil Paps euch bewogen hat, dass ihr nach Cappelroda kamt, und nicht etwa eure Sehnsucht nach sechs Jahren, deshalb habe ich Paps unterrichtet, damit er weiß, wie es steht. Es ist ja einfach lächerlich zu behaupten, wie ihr unter uns jahrelang gelitten habt. Ich wüsste nicht, warum. Ich habe leider zu viel Familiensinn, deshalb habe ich euch hier in Cappelroda nicht ausgeladen. Zum Schluss möchte ich noch hinzufügen, dass Mutter zu Lebzeiten schon dafür war, den Verkehr nicht zu erzwingen, wenn wir eben so verschieden sind. Natan.

Und Bella schrieb an Astrid:

Was meinst du, wie wohl mir deine Scheißfreundlichkeit tat von unserem ersten Sehen? Ins Gesicht überbotest du dich an Freund-

lichkeit, jedenfalls so lange, als du glaubtest, den lieben Natan vor mir zu retten. Als du dann merktest, der arme Junge war nicht mehr zu retten, gabst du es auf, mir gegenüber dich auch nur irgendwie zusammenzunehmen. Damit wir uns recht verstehen: Unter Zusammennehmen würde ich ein paar nette Worte zur Hochzeit oder zu Natans Examen rechnen. Aber vielleicht war diese Reaktion deinem Ärger über fehlgeschlagene Prognosen zuzuschreiben. Du erinnerst dich vielleicht nicht mehr daran, ich aber deutlich, dass du vor Natans Examen laut verkündet hast, er würde sicher durchfallen. Wenn wir nun weitergehen, so gehört dazu das Teekannenproblem. Es liegt ja nun schon lächerlich lange zurück. Silas war mit Natan in Leipzig, und Silas kaufte für euch eine versilberte Kaffeekanne mit Zubehör. Im selben Laden stand eine dazu passende Teekanne. Eine Woche darauf holte Natan mich in Leipzig ab, wo wir bummelten, auch durch das Geschäft, mir gefiel die Kanne, und Natan kaufte sie und schenkte sie mir zum Geburtstag. Er sagte kein Wort von euch und eurem Besitz. Ihr wahrhaftigen, aufrichtigen Menschen schlosset daraus eben, Natan hätte die Kanne in eurem Auftrag noch nachgeholt, und ich hätte euch darum betrogen und ihm eingeredet, sie euch nicht zu geben. Ich habe auch mehrfach Sachen überhört, die nicht zu überhören waren. Dazu gehört von Paps letztem Geburtstag deine glückhafte Bemerkung an der Kaffeetafel: O Silas, mach doch den habil, dann muss ihn der Natan auch machen, der macht dir doch alles nach, der hat dir den Doktor doch auch nachgemacht. Wenn Natan den Doktor gemacht hat, dann einzig und allein seiner Mutter wegen. Sie wollte nicht, dass der Jüngste hinter seinen Brüdern zurückstehen musste. Sie hat als erstes gesagt: Nun kann ich beruhigt sterben, was ja zwölf Tage später auch geschah. Nun zu eurem Besuch im Sommer. Ich war dagegen. Natan war für den Besuch, und da er eigentlich immer durchsetzt, was er für gut befindet, wurde es ausgemacht. Mir war der Besuch keine Freude, ich habe nettere erlebt, aber Natan war entsetzt darüber, ich hätte es ihm vorher sagen können. Nur hätte er mir in seiner brüderlichen Nachgiebigkeit nicht geglaubt. Natan will nun Schluss machen, und wir wollen tatsächlich keinerlei Schreiben mehr von euch.

Astrid verteidigte sich, sie habe für Natan, den sie schon lange gekannt habe, die beste Frau finden wollen, sie habe ihm auch normal zur Hochzeit gratuliert. Und sie habe ihm den Auftrag gegeben, die Teekanne zu kaufen, wenn er wieder in Leipzig sei. Sie schrieb:

Und ganz bestimmt habe ich nie im Leben das gesagt, wo mir sämtliche Titel der Welt so egal sind und ich nicht der Ansicht bin, Natan hätte den Doktor nachgemacht mit ätsch, bätsch!, aber wie es aussieht, geschah es wirklich aus diesem Grund.

Altvater schrieb an alle Vier einen Brief mit vielen Bibelzitaten:

Warum soll es unter Erwachsenen, unter Pfarrersfamilien, nicht möglich sein, das englische Rezept des let us agree to disagree auszuleben? Sagt euch selbst das, was ihr, wenn solch ein Fall an euch als Pfarrer herankäme, den Gemeindegliedern sagen würdet! Würdet ihr da nicht sagen, diese lumpigen Kleinigkeiten und warum immer gleich was Arges denken? Und muss man nicht auch mal vergeben?

Markus wollte sich noch einmischen und als Außenseiter einen Brief an alle schreiben, wo er niemanden angreifen, aber die Dinge aussprechen wollte, die noch nicht gesagt worden waren. Ich riet ihm davon ab. Die Winklers würden sich von allein wieder einrenken. Und so war es. Astrid schrieb Bella einen freundlichen Brief, Bella lenkte ein und man wollte einen Strich unter die Sache machen.

Kapitel 17

Im September reiste Markus nach Israel. Er redete mit Ephraim Kishon, den er gar nicht witzig, sondern verbittert fand, es liege am deutschen Übersetzer, dass er sich so vergnüglich lese. Er feierte seinen Geburtstag koscher, sah die Klagemauer, schwamm im Toten Meer, in dem man nicht untergehen kann, und hatte seine Erleuchtung im Museum für die Schriftrollen von Qumran. In Höhlen am Toten Meer waren Tonkrüge mit Schriftrollen aus dem antiken Judentum um Christi Geburt gefunden worden, und überraschenderweise stimmten viele Qumran-Texte mit dem Neuen Testament überein, das erst viel später geschrieben wurde. Markus schloss daraus, Jesus habe keine neue Religion gründen wollen, sondern ein reines Judentum gewollt, und begann, an einer Sendereihe zu schreiben, die *Das Leben des Rabbi J.* hieß und in dreizehn Folgen von Januar bis März im Radio laufen sollte. Danach werde ich mich auf die Flucht begeben müssen, spöttelte er ahnungsvoll. Er schrieb ununterbrochen, ich kannte ihn nur noch mit krummem Rücken in die Maschine hackend.

Im Fernsehen sahen wir, wie Bundeskanzler Kiesinger von Beate Klarsfeld eine Ohrfeige bekam, weil er Nazi gewesen war. Sie wurde noch am selben Tag per Schnellgericht zu einem Jahr Haft verurteilt. So stellte ich mir unseren Rechtsstaat nicht vor. Weil sie Französin war, musste sie letzten Endes aber nicht ins Gefängnis.

Altvater besuchte uns für eine gute Woche in Stuttgart. Es war anstrengend. Es wurde nichts besprochen, keine Geschichte, keine Pointe kam von ihm, die wir nicht schon kannten. Unsere Töchter waren inzwischen älter und nicht mehr so erschrocken über seine Späße, aber sie merkten, dass sie immer nur die Anlässe für seine Einfälle und ihm selbst nicht wichtig waren.

Altvater behauptete, dass Josine gut koche und Natan sich mit ihr völlig ausgesöhnt habe. Er äußerte die Erwartung, dass sie vor allem an seine Söhne dächte, wenn es ans Erben ginge. Das fand ich völlig abwegig. Daraufhin entschloss er sich, alles zu regeln, und es entbrannte Streit um das Erbe von Trundel und über das Testament, das Altvater machen wollte. Natan und Bella wiesen darauf hin, dass Trundel ihnen dies und jenes versprochen habe, darunter auch das Großvaterbild. Altvater schrieb Briefe in alle Richtungen und seufzte: *Ach hätte ich doch nichts zu vererben!* Aus geografischen Gründen sei Markus sowieso außen vor, er solle jedoch darauf vertrauen, dass es Vereinbarungen zwischen ihm und den beiden anderen Brüdern gebe, wonach er auch etwas bekommen würde. Markus beschwerte sich, dass nichts besprochen werde, und schlug ein Treffen der drei Brüder in Halle vor. Natan schrieb:

> *Wir fuhren zwei Tage nach Halle. Ich will dich informieren, was ich mit Paps besprochen habe. Wir wurden wieder nicht von Josine bewirtet, noch bekamen wir was angeboten. Paps zeigte mir deinen Brief, und ich sagte ihm, ich sei ganz und gar deiner Meinung. Nun war er entsetzt. Ich habe ihm da allerlei gesagt über die ganze Sache und über J. und wie ich zu ihr stehe. Jedenfalls sind wir beiden wieder mal die Schlimmen, während Silas heraussteht. Überhaupt habe ich es satt, dass alles so zerstreut verhandelt wird. Mit Silas wird so gesprochen, mit uns so und mit euch auch so. Ich habe auch verlangt, Paps solle mit uns allen zusammen reden. J. ruhig mit dabei. Paps liegt es nämlich gar nicht, solche Dinge bei den Hörnern zu packen. Er will das immer still und leise beseitigen. Aber das ist eine Art Feigheit.*

Altvater freute sich, dass wir kommen wollten, und beantragte die Einreise für Pfingsten, denn da hatte Silas predigtfrei. Immerhin waren wir drei Jahre nicht mehr dort gewesen und Josine kannten wir noch gar nicht. 200 Mark sollten wir mitbringen, weil es in Halle nun auch einen Intershop gab. *Die*

Shops haben riesige Umsätze, schrieb er, *nur wir Armen gucken da zu, wie die Gesegneten dieser Erde da kaufen und uns zum Neid anreizen*. Als er am 13. Mai unsere Einreisegenehmigungen abholen wollte, hieß es, man sei noch nicht fertig, in drei Tagen, am Freitag, könne er wiederkommen. Er rief vorher an, es hieß, noch nicht fertig, also Montag. Das war aber nun fast sicher zu spät, denn er musste uns ja noch alles schicken. Wir wussten bis zum Freitag vor Pfingsten nicht, ob wir würden fahren können, vor allem aber wussten wir nicht, ob Altvater in Halle wirklich eine Zusammenkunft der Brüder und ihrer Ehefrauen organisiert hatte, um die Erbschaftsangelegenheiten zu besprechen. Auf Markus' Nachfragen hatte es darauf keine Antwort gegeben. Und da auch meine Mutti gerade nicht in Halle war, entschieden wir, die strapaziöse Fahrt nicht auf uns zu nehmen, nur um dann festzustellen, dass der Anlass ausfiel. Markus schrieb einen erbitterten Brief:

Lieber Paps, dieser Brief ist wichtig, aber du wirst ihn nicht verstehen, weil ich nun endlich mit all den Unterlassungssünden und Auslassungen Schluss machen will, die jahrzehntelang unser Verhältnis gestört und zerstört haben. Um mit dem Neuesten anzufangen, sollen wir denn für teures Geld nach Halle reisen auf Verdacht? Warum traust du dich nicht zuzugeben, dass du es nicht schaffst, uns drei Brüder auf einen Tag zusammenzubringen, damit ein ausführliches und befriedigendes Gespräch möglich ist? Sicher wäre alles viel einfacher, wenn du nichts zu vererben hättest, aber es wäre auch viel einfacher, wenn nicht einer von uns unentwegt eine Dreiteilung durch persönlich zugesprochene Wünsche von Trundel illusorisch machte und wenn du nicht durch deine zweite Heirat die Ansprüche von drei Kindern faktisch aufheben würdest. Ganz abgesehen von den geographischen Verhältnissen, mit denen du meine Aussparung begründest, warst du so freundlich, von meiner Verschwendungssucht während meiner Studienzeit zu sprechen. Gewiss danke ich dir von Herzen für jeden Pfennig, den du mir gegeben hast, wo ich angesichts der Währungssituation damals von 60 Mark im Monat zu leben hatte, wo allein die Miete der Bude 35 Mark kostete und mir pro Tag weniger als eine Mark zum Leben blieb für drei Mahlzeiten. Aber mir daraus einen Vorausentzug meines Erbes zu konstruieren, während du meinen Brüdern ein ganzes Studium mit Familie für Jahre finanziert hast, ist unfair. Du wirst den Eindruck haben, mir ginge es ums Erbe, darum geht es weiß Gott nicht, da ich in keinem Fall in absehbarer Zeit etwas davon haben werde. Mir geht es um Ehrlichkeit, auf die unsere Familie nie Wert gelegt hat. Dein Christentum ist Opportunismus, aber keine bis heute anhaltende Überzeugung. Mach dir nichts vor, Trundel ist gestorben, weil du sie in deinem pharisäischen Egoismus nie verstanden hast. Ich weiß, wie schwer es ist, einen anderen Menschen zu verstehen, umso weniger habe ich heute Verständnis dafür, wie du die Probleme mit einer alten Jugendliebe überwinden wolltest. Aber sei's drum, jeder hat Anrecht auf die Erfüllung seines Lebens, nur darum haben wir damals nichts gesagt. In unserem Alter wissen Ruth und ich von der Relativierung früherer Ideale, und wir versuchen, uns gegenseitig darauf einzurichten. Dieser Versuch ist bei euch fehlgeschlagen, woraus ich euch keinen Vorwurf mache. Das Leben ist schwer. Aber du solltest nicht so tun, als wenn es bei euch schicksalhaft hätte sein müssen. Das ist der Mangel an Ehrlichkeit in unserer Familie, dass wir nie Sachen bis zu Ende besprochen haben, wenn wir sie überhaupt besprochen haben. Sonst stünden wir jetzt nicht vor der Tatsache, dass wir uns allesamt zu viert plus Ehefrauen zusammenfinden müssten, um die simpelsten Sachen zu klären.

Den Brief schickte er allerdings nicht ab. Natan und Silas fuhren nach Halle und waren böse, dass wir nicht da waren. Wie Altvater schrieb, kamen sie überein, dass bei der Testamentseröffnung nach Altvaters Tod auch Markus geschrieben, er aber verzichten würde. Zum Ausgleich wollte Altvater ihm schon jetzt eine Donation machen, deren Zinsen ihm anheimfallen würden. Altvater bat in seinem Brief außerdem um Zusendung von Zahnpaste, Zahnbürste und Tabak und berichtete, dass er an seinen Lebenserinnerungen schreibe, aber vergeblich versuche, Kohlepapier aufzutreiben, damit er sie in mehrfacher Ausfertigung tippen könne. Außerdem könne Markus das Großvaterbild ja haben, nur wie bringe man es in den Westen hinüber.

Kapitel 18

Wie Markus es vorhergesehen hatte, wurde seine Sendereihe über den Rabbi J. unter den Pietisten im Schwabenland zu einem Skandal. Es gab böse Briefe, die Oberkirchenräte forderten seinen Rausschmiss. Der Programmchef kniff den Schwanz ein und tat, als sei er überrumpelt worden. Aber Markus besaß einen Brief mit seiner Unterschrift, der bestätigte, dass er die Sendereihe genehmigt hatte. Als er kurz davor stand, rausgeschmissen zu werden, ließ er den Brief in einem Fotostudio für teures Geld fotokopieren und legte dem Intendanten die Kopie vor. Das Manuskript schickte Markus an einen Verlag, aber es kam mit dem Vermerk *uninteressant* zurück, doch als eine Kollegin, die bei diesem Verlag veröffentlichte, dort beiläufig erwähnte, dass es wegen der Sendereihe gerade einen Skandal im Ländle gebe, schickten sie ein Telegramm und nahmen ihn sofort unter Vertrag. Das Buch sollte im nächsten Jahr erscheinen.

Wir waren ganz zufrieden mit der Wahl von Gustav Heinemann zum Bundespräsidenten. Wegen der ständigen Witze über Lübke hatte der Bayrische Rundfunk schon verboten, dass die *Münchner Lach- und Schießgesellschaft* live gesendet wurde. Heinemann räumte mit dem Pomp auf und lud Bürger zu seinen Empfängen ein.

In der Nacht der Mondlandung weckte Markus die Kinder gegen halb drei und setzte sie schlaftrunken in den Fernsehsessel, damit sie zuschauten, wie einer den Fuß auf den Mondboden setzte. Eigentlich konnte man gar nichts erkennen. Hanna sagt, sie rechne es uns hoch an, dass wir sie immer wieder geweckt hätten, um ihr etwas Besonderes zu zeigen. Einmal hätten wir sie im Morgengrauen geweckt und sie habe zum ersten Mal den schallenden Gesang der Amseln gehört.

In diesem Sommer machten wir unsere erste Griechenlandreise. Markus nahm seinen gesamten Jahresurlaub, besorgte vier verschiedene Währungen und kaufte eine täuschend echte Spielzeugpistole, denn wenn man den Reiseführern Glauben schenken wollte, musste man mit Wegelagerern rechnen. Die Reisevorbereitungen vergällten mir wieder einmal das Reisen, es blieb ja alles an mir hängen. Als wir losfuhren, bekam Hanna die Röteln, aber Eva steckte sich nicht an. Schon die Fahrt auf dem Autoput durch Jugoslawien war abenteuerlich. Er war eigentlich nur eine Landstraße, auf der auch Traktoren und Pferdefuhrwerke unterwegs waren. Wir waren uns auch nicht sicher, ob sie uns nach Griechenland hineinlassen würden. Journalisten mochte man in autoritären Staaten nicht und in Griechenland herrschte seit vier Jahren die Junta und machte all das, was wir nur zu gut kannten: Verhaftungen, Zensur, Entmachtung der Justiz. In Markus' Pass stand aber zum Glück *Redakteur*, und was das war, wussten die nicht.

Hanna sagt: Ich erinnere mich, dass Vater das Auto abbremste, nachdem wir in Mazedonien die Grenze passiert hatten, sich zu dir beugte und du dich zu ihm, und dann habt ihr euch geküsst. Ich habe mich damals gefragt, woher du wusstest, warum Vater abbremste.

Auf halbem Weg nach Istanbul legten wir für die Kinder zwei Wochen Badeurlaub in Kavala ein. Sie entwickelten sich zu richtigen Wasserratten. Wir übernachteten in einer Privatunterkunft, wo es nur jeden zweiten Tag fließend Wasser gab, den anderen Tag behalfen wir uns mit Wassereimern. Die Kinder tobten abends mit den griechischen Kindern auf der Straße. Die Fahrt nach Istanbul war grässlich, es gab keine Ampeln, wer lauter hupte, hatte Vorfahrt, und wir sahen Kuhherden auf den Ausfallstraßen. Ich stand Todesängste aus. Trinkwasser mussten wir in versiegelten Flaschen kaufen. Das Fotografieren an der Blauen Moschee war verboten. Sehr eindrücklich war der überdachte Große Basar, wo es von Gold bis Gewürzen alles gab. Markus war gut im Feilschen, ich habe das nie gekonnt. Wir kauften meinen ersten alten Kupferteller. Von allen Reisen habe ich Teller oder Kannen aus Kupfer mitgebracht. Das war meine Narretei. Da wussten die Kinder wenigstens, was sie mir zum Geburtstag schenken konnten. Jetzt müssen sie das alles verscherbeln. Viel wert ist es nicht. An der Stadtmauer entdeckten wir alte Friedhöfe mit steinernen Turbanen anstelle von Kreuzen. Einer dieser Turbane lag halb im Sand vergraben in einer Ecke. Es ließ uns keine Ruhe, wir fuhren noch einmal hin, holten ihn und nahmen ihn mit. Er steht noch im Bücherregal im Flur und die Kinder erinnern sich bestimmt nicht mehr daran, wo wir ihn mitgenommen haben. An den Ausgrabungsstätten hoben wir auch antike Tonscherben auf, die niemand wollte. Ach, Tausende Reisegeschichten könnte ich erzählen. Sie interessieren nur niemanden mehr.

Als wir unsere Hexe im Zwinger abholten, hatte Herr Schonkart sie schon in eine mit Stroh ausgelegte Einzelbox gesetzt, denn sie war hochträchtig. Ich rechnete aus, dass sie genau in der Zeit werfen würde, für die sich meine Mutti zu ihrem ersten Besuch in Stuttgart angekündigt hatte, nachdem sie 60 geworden war. Mit wem Hexe es getrieben hatte, wussten wir nicht, wahrscheinlich war es in einem unbeaufsichtigten Moment in unserem Garten geschehen. Markus baute eine Wurfkiste, die wir ins Kinderzimmer stellten. Hexe fing aber in der Ecke unter den Kinderbetten an zu scharren. Meine Mutti kam und zur Abendbrotzeit sagte Eva, im Kinderzimmer sei ein Maulwurf. Wir dachten erst, wir müssten den Maulwurf vor Hexe retten, aber wo war Hexe? Sie war unterm Bett mit einem zweiten Maulwurf. Markus zog sie hervor und setzte sie in die Box, und sie warf noch vier weitere Maulwürfe. Die Kinder schauten mit den Bemmen in der Hand zu.

Mit meiner Mutti verstanden sie sich recht gut, sie spielten nachmittags zusammen Mau-Mau oder Mensch-ärgere-dich-nicht. Aber ich hatte wieder viel Streit mit ihr darüber, dass bei uns der Kaffee billiger war und wir es deswegen besser hatten. Dafür ist bei euch die Marmelade billiger, sagte ich. Immer haben wir uns gegenseitig die Nachteile unserer Systeme aufgezählt und darin gewetteifert, wem es schlechter gehe. Das war doch absurd!

Markus baute auf der Terrasse ein Gehege aus Maschendraht und wir stellten die Kiste mit den Welpen hinaus. Hexe weigerte sich aber, draußen zu schlafen, doch mitten in der Nacht drückte sie das Gesäuge und Markus stellte sich mit einer Petroleumlampe im Bademantel hinaus, beschaute den Sternenhimmel und wartete, bis die sechs Welpen getrunken hatten. Alle sahen bald wie schwarze Pudel auf kurzen Beinen aus. Nach sechs Wochen schalteten wir eine Anzeige und alle Welpen gingen an einem Wochenende weg. Bei den Kindern flossen heiße Tränen, sie freuten sich aber, dass sie ein Teil des Geldes bekamen.

Unsere Töchter gingen nun aufs Fanny-Leicht-Gymnasium, eine Mädchenschule mit Handarbeitsunterricht und Tanzstunde, die im darauffolgenden Jahr diese Fächer abschaffte und gemischte Klassen einführte. Eva und Hanna waren wieder in dieselbe Klasse gekommen, weil sie es so gewollt hatten. Ich hätte es anders besser gefunden. Tanja und Luis Anhut wurden, obwohl sie am Schillerplatz keine fünf Minuten vom Fanny wohnten, aufs Karlsgymnasium geschickt, wo die Kinder von Filbinger und Klett und die Enkel von Bosch Abitur gemacht hatten. Luis kam aber schon bald in ein Internat im Schwarzwald, wo er das Feuerwehrauto des Internats klaute. Die Anhuts zogen in ein eigenes Haus in Vaihingen um, wo wir sie auch besuchten.

Markus kam darüber ins Schwabenalter, denn hier wurde man erst mit 40 g'scheit. Für ihn bedeutete es nach sieben Jahren Kirchenfunk eine Zeit, um alles zu überdenken und zu revidieren. Er brachte Abende und halbe Nächte auf Redakteursversammlungen zu und schimpfte auf die Alten. Die Generation unserer Eltern hatte es gut, fand er, als sie 40 waren, war der Krieg zu Ende und sie konnten neu beginnen, und jeder Ältere war erst einmal verdächtig und diskreditiert. Bei uns ist es umgekehrt, sagte er, wir müssen mit 40 begründen, warum wir keine unreifen Personen sind und etwas Neues wollen. Das machte ihn ganz rabiat.

Er flog aus dem Kirchenfunk raus und saß im Büro für Volontäre. Uns wurde klar, dass wir aus der Kirche austreten mussten. Der Pfarrer versuchte, uns vom Kirchenaustritt und Markus vom Buch abzubringen, um der Mitglieder willen, um des Friedens willen. Doch bei einem Gespräch gestand er, dass er selbst nicht mehr an Gott glaube, aber seiner Gemeinde verpflichtet sei. Damit hatte er für uns jegliche Glaubwürdigkeit als Pfarrer verloren.

Vor Weihnachten kam ein Nörgelbrief von Altvater, der auf drei Pakete wartete:

Könnt ihr euch gar nicht denken, wie man nun wartet, zumal, wie ich euch auch schrieb, mancher Artikel verbraucht ist, so das Kukident, so der Kaffee. Nachts quält es mich oft, dass meine Kinder so wenig um mich besorgt sind und meine Bitten nicht erfüllen, zumal es euch nichts kostet. Habt ihr denn so viele Pakete zu packen, für wen außer Ruths Mutter und uns? Bitte versetzt euch, ehe ihr jetzt zürnt, in meine Lage. So was frisst an Leber und Nerven. Ich kann mir eine Dauer-Nerven-Aufgereiztheit nicht mehr leisten, überall gehe ich ihr aus dem Weg und habe sie nun zu Hause in dieser Art. Es macht mich kaputt, weil wir die Sachen brauchen und vor allem, weil es mich als Vater trifft. Wagt euch doch mal vorzustellen, dass eure Töchter euch später mal so lange warten ließen, wenn ihr Bitten hättet. Bin ich so naiv in der Annahme, dass es nicht zu schwer sein kann, einfach an jedem Monatsersten ein Paket auf den Weg zu bringen? Sonst muss ich andere fragen, und das ist mir peinlich, weil man doch weiß, dass wir Kinder im Westen haben.

Ich hatte allmählich den Eindruck, dass unser Wert als Familienmitglieder an der Zahl der Pakete gemessen wurde, die wir schickten, bei Altvater und bei den Brüdern. Es war ja nicht Markus, der einkaufte und packte und alles zur Post schleppte, sondern ich. Hinzu kam, dass wir nach jedem Paket angstvoll auf den Dankesbrief warteten, der kein Dankesbrief war, sondern hauptsächlich eine Beschwerde darüber, was alles nicht im Paket gewesen war. Irgendetwas war auch immer zu billig oder zu teuer. Im vergangenen Jahr hatten wir ihnen zu Weihnachten ein Paket mit Lachsschinken und einer frischen Ananas geschickt, die sie sich gewünscht und die wir uns selbst noch nie gegönnt hatten. Als einziger Dank war die Beschwerde gekommen, an der Ananas hätten sie sich die Münder verbrannt. Oder Natan wollte Autolack und schickte aus einem Prospekt das Bild eines blauen VW. Markus rannte von Werkstatt zu Werkstatt und kaufte die Farbe, weil der Werkstattmann meinte, das sei die Farbe, die im Prospekt gemeint sei. Natan beschwerte sich daraufhin, das sei ja grünblau, nicht himmelblau, und er musste es ja wissen, weil er rotgrünblind war. Wir hatten es satt. Die Listen, die Altvater zweimal im Jahr für Standardpakete schickte, wurden nur wenige Wochen von einer weiteren Liste ergänzt, auf der ganz andere Dinge draufstanden. Einmal erbat er jeden Monat ein Kilo Reis. Wir kauften zehn Kilo im Böhm-Großhandel, blieben aber darauf sitzen, weil von Altvater die Gegenorder kam.

Vierzehn Verwandte mussten Markus und ich mit Paketen versorgen. 40 Pakete hatten wir vor zwei Jahren nach drüben geschickt, was Markus mit pedantisch aufgehobenen Paketkarten belegen konnte. Wegen der ständigen Nörgelei hatten wir im vergangenen Jahr nur noch 22 und in diesem Jahr immerhin wieder 24 Pakete geschickt, das waren im Durchschnitt zwei jeden Monat und in jedem Fall mehr als das von Altvater vorgeschlagene Paket zu jedem Monatsersten. Altvater glaubte auch, er bezahle uns die Pakete, die wir ihm schickten. 100 Mark hatten wir im Herbst des vergangenen Jahres über einen Pfarrer von ihm für die Pakete bekommen. Natan hatte sich von diesen 100 Mark für 30 Mark den Lack für seinen VW schicken lassen. Wir legten immer ungefähr noch einmal so viel drauf.

Markus schrieb erbittert:

Lieber Paps, du machst dir Gedanken über die Lieblosigkeit, weil keine Pakete kommen. Aber machst du dir auch Gedanken über die Lieblosigkeit uns gegenüber? Was ist das für ein Egoismus, der uns immer dann für lieblos erklärt, wenn keine Pakete kommen, aber auf nichts eingeht, was uns bewegt? Ich schreibe einen fünf Seiten langen Brief über meine Gedanken und Pläne, und die einzige Reaktion, die von dir kommt, ist über Pakete. Das ist doch niederschmetternd. Ich schreibe von Umbruch, Kirche und Qumran, Dinge, deretwegen wir nächstens aus der Kirche austreten werden, weil jener Jesus in dieser Kirche sicherlich auch nicht Mitglied sein würde, und du redest von einem Schlag, dass man denkt, die Welt ist untergegangen, und was meinst du: Geld und Pakete. Meine Resignation ist allerdings nicht neu. Jedes Mal, wenn du uns fragst, was wir so tun und denken, unterbrichst du nach zwei Sätzen, um von dir und deinen Erfolgen zu berichten. Dich interessiert gar nicht, was wir tun und denken, du weißt von uns nichts. Dabei ist es mir vollkommen egal, ob du berühmt bist oder nicht, es geht zwischen Vater und Sohn nicht um den Austausch von Erfolgen, sondern von Gedanken.

Da irrst du dich aber gewaltig, sagte ich zu Markus, Vater und Söhne sind immer im Wettstreit, die Söhne möchten den Vater übertrumpfen, damit er stolz auf sie ist, und der Vater möchte dagegen auch selbst bestehen. Mit deinem Jesus-Buch kämpfst du doch gerade deinen Kampf gegen deinen Vater, den du mit 18 hättest kämpfen müssen. Das sah er ein.

Nun stiegen auch die Karl-Marx-Städter in die Paket-Klagen ein. Astrid schrieb mir einen Brief, bei dem mir die Luft wegblieb:

> *Ich stufe dich ganz einfach als lieblos ein, wenn du genau weißt, dass Silas 600 Mark verdient, mit denen man einfach nicht auskommen kann, und gar nichts tust, gar nichts. Du hasst das Schenken, schreibst du, und auch den anderen zu helfen. Das kann ich nicht mehr akzeptieren, das ist schlimm für mich. Ich kann den Zauber auch nicht ausstehen, der von euch um die arme Ostzone gemacht wird, wir sind nicht arm, aber über unerträglich lange Zeiten kriegen wir manche Notwendigkeiten einfach nicht, und dafür, finde ich, bist auch du zuständig. Ich brauche zweimal Gold für eine Krone, ich schaffe es einfach nicht, den Schotter dafür aufzubringen, ein Gramm kostet hier nämlich 30 Mark. Und langsam, aber sicher zerfallen mir meine Bettlaken, und jeden zweiten Monat gebe ich 60 Mark für Kinderschuhe aus, und für den Winter besitze ich einen Schlafanzug. Ich kann einfach nicht Blabla an euch schreiben, wenn ich vor Kälte zittere und wenn ich genau weiß, dass es für euch gar kein Problem wäre, wenn ihr uns über Genex Briketts schicken würdet. Ich habe dir lange nicht geschrieben, ich weiß schon, aber diese saublöden Ausreden, wo aus jedem Satz die Wahrheit heraushüpfte, warum ihr im Frühjahr nicht kamt, die waren auch nicht gerade angetan, mich froh zu machen.*

Hanna behauptet, sie erinnere sich, wie ich mit ihr und Eva in der Apotheke in Vaihingen Zahngold für 120 Mark kaufte und ernst erklärte: Das ist sehr viel Geld.

Astrid hatte mich missverstanden, ich hatte nur über die sinnlose Schenkerei und den ganzen Trubel zu Weihnachten geschrieben. Bestimmt hatte ich auch einige Male darüber geschimpft, dass die Päckchen, die wir nach Karl-Marx-Stadt schickten, ohne ersichtlichen Grund zurückkamen und man sie noch einmal schicken musste:

Liebe Astrid, hoffnungslos ist es wohl, euch beizubringen, dass wir keine reichen Leute sind. Natürlich verdient Markus mehr als Silas, das bestreitet niemand. Aber der Unterschied zwischen euch und uns ist gar nicht so groß, wie ihr vielleicht vermutet, denn wir leben hier in keinem Sozialstaat, für Altersversorgung und Krankenversicherung müssen wir hohe Beiträge zahlen. Die notwendigsten Anschaffungen sind für uns oft genug ein Problem. Wir müssen rechnen und überlegen, wie weit unsere Finanzen reichen. Das bezieht sich auch auf den Umgang mit Geschenken an euch. Ich hatte immer den Eindruck, dass wir euch helfen, indem wir die Kindersachen schicken, die unseren zu klein geworden sind. Deshalb empfinde ich es, gelinde gesagt, als ungerechtfertigt, wenn du schreibst, wir würden euch nie helfen. Als heikel empfinde ich auch deinen Standpunkt, wir seien zuständig für die allgemeine und die jeweils aktuelle Misere bei euch. Es würde dann bedeuten, dass wir von dem, was Markus verdient, noch mehrere Familien mitversorgen müssten, denn ihr seid nicht die einzigen in der Verwandtschaft. Obgleich ich alle Briefe nochmal durchgelesen habe, in denen es um unseren abgeblasenen Besuch im Frühjahr ging, ich bin nicht dahintergekommen, was du meinst, weshalb wir in Wahrheit nicht gekommen sein sollen. Es geht nun schon seit Jahren so, dass uns dauernd und bei allem, was wir tun, die miesesten Motive untergeschoben werden. Wenn man alte Briefe liest, wird deutlich, der Wert der Geschenke ist auch der Wertmaßstab für einen selbst. Wir empfinden diese Einschätzung als bitter und vermissen Verständnis für uns. Du stufst mich ganz geschwind dann auch noch nach christlichem Maßstab als lieblos ein. Hast du dir eigentlich überlegt, dass diejenige, die so eingestuft worden ist, keine Chance mehr hat? Das ist nicht christlich gedacht, meine Liebe, darin zeigt sich deine Verständnislosigkeit für Mitmenschen und damit auch Lieblosigkeit. Ich hoffe und nehme an, dass du es gar nicht so gemeint hast. Ich kann nämlich durchaus verstehen, dass man in einer Stimmung etwas hinschreibt, was man gar nicht in der Schärfe meint. Ich frage mich dann nur noch, welche Wahrheit steckt hinter unseren saublöden Ausreden, weshalb wir im Frühjahr nicht gekommen sind? Es interessiert mich wahrhaftig, was ihr da alles vermutet. Und noch eins: Ich finde es deprimierend, sich solche Briefe zu schreiben, aber trotzdem liegt mir daran, unsere Angelegenheiten zu klären. Ich hoffe, dass keine Feindschaft entsteht, denn ich meine, wenn einem nur ernsthaft daran liegt, dann kann man sich gegenseitig verstehen, achten und vielleicht sogar lieben lernen. Ich glaube nämlich nicht an die Liebe, die einfach so da ist, nur weil man verwandt ist.

Astrid lenkte nicht ein. Sie seien in ihrer Bekanntschaft die Einzigen mit Westverwandtschaft, die nicht mit Mangelware versorgt würden, und das Zeitargument lasse sie nicht gelten, denn man habe immer Zeit für das, was einem wichtig sei. Meine Frage konnte oder wollte sie nicht beantworten. Sie schrieb:

Ich weiß nicht, warum ihr im Frühjahr nicht gekommen seid. Silas und Natan schrieben euch, wir sind da, wenn ihr kommt. Und ihr schreibt als Begründung, ihr könntet doch nicht kommen, wenn nicht klar wäre, ob wir da sind alle beisammen. Das als Begründung, das nahm uns die Luft weg. Die Wahrheit weißt doch du und nicht ich. Ich kann dir nur unsere Einschätzung schreiben: entweder einfach keine Lust oder kein Interesse an der Sache und an uns. Was anderes bleibt da nicht.

Ich hatte es satt:

Liebe Astrid, du meinst, wir seien verständnislos gegenüber eurem Alltag. Ich gebe zu, das muss so aussehen. Wir haben tatsächlich eine Art Taubheit angenommen. Aber das liegt daran, dass an eure Klagen immer ziemlich forsche Forderungen gebunden waren, die oft unsere Möglichkeiten übersteigen. Und da unsere stattliche Anzahl an Paketen ja immer noch nicht genug war und die Nörgelei uns zur Verzweiflung brachte, setzte bei uns Ermüdung ein. Es gibt aber auch eine finanzielle Seite. Zuerst müssen wir doch unsere Kinder und uns kleiden. Ich soll dir also mehrmals im Jahr Schuhe schicken. Was denkst du dir eigentlich? Wir beiden Alten kaufen uns ungefähr alle zwei Jahre mal ein Paar. Wir haben es eben nicht so dicke. Es ist lächerlich, darüber zu reden, denn das mag klingen, als hielten wir uns für arm. Mich stört, dass ihr unsere Verpflichtung zur Sorge um eure Lage zu hoch ansetzt. Um es ganz deutlich zu sagen, ich halte das für unbescheiden. Und noch eins: Komm runter von deinem hohen Ross! Du sagst einem die Meinung und danach soll man sich ändern. Bist du schon mal auf die Idee gekommen, dass deine Meinung nicht allgemein gültig ist? Das haben nämlich Meinungen so an sich. Woher hast du denn nun eigentlich deine Meinung über mich? Du bestreitest in dem einen Satz, dass dein Maßstab der Wert und die Menge der Geschenke sei, und im nächsten Satz betonst du, dass man gerade am Geschenk einen Menschen herrlich einschätzen könne. Was soll's noch, meine Resignation ist vollständig. Ich hatte mit einer Spur Eingehen auf uns, wenigstens ausnahmsweise mal, gerechnet. Das wäre eine richtige Wohltat gewesen. Die hätte uns so gutgetan. Mir selber tut es leid, dass sich keine Möglichkeit zur Verständigung angebahnt hat. Auf dieses Weitermachen lasse ich mich nicht ein, denn ich brauche für ein menschliches und verständnisvolles Miteinander auch ein Vertrauen ohne Vorbehalte von eurer Seite.

Weil ich mich so fürchterlich über die anspruchsvollen Winkler-Weiber aufregte, schrieb Markus:

Liebe Astrid, deine letzten Beriefe waren keine guten Briefe, und unsere haben euch sicher auch nicht gefallen. Wir sind dabei, bockig zu werden und somit den Zustand zu erreichen, den Witz-

bolde auf der Bühne als Verwandtschaft bezeichnen. Nun hast du Recht, ohne Kohlen in einer kalten Bude fehlt einem die richtige Fröhlichkeit. Aber gleich zu verlangen, wir müssten über Genex Kohlen schicken und hätten schon längst darauf kommen müssen, das setzt ja nun schon bei uns prophetische Gaben voraus. Und drei- bis viermal im Jahr sollen wir an eure kleinen Füße denken. Auch das können wir nicht wissen, und selbst wenn, kannst du doch nicht damit rechnen, dass wir dir im Jahr für 120 Mark Schuhe schicken. Bei insgesamt 14 Verwandten in der DDR müssten wir bei gleicher Bedienung die Kleinigkeit von 1680 Mark spendieren. Umgekehrt kann ich mich nicht erinnern, dass mir jemand ein Auto gekauft hätte oder dass mir jemand streckenweise das Benzin bezahlt. Wenn nun bei uns der Eifer nachgelassen hat, dann liegt das an einer Frustrierung, man hält nur ein paar Jahre nach jedem Paket derartige Nörgeleien aus, wie wir das erlebt haben, und dann ist eben Sense. Nun geht's ja nicht um wollen oder nicht wollen, übers Zeithaben könnt ihr allesamt nicht reden: Altvater, Silas und Natan haben alle Berufe ohne feste Dienststunden und werden nie verstehen, wie es anderen geht. Unser Vorschlag: Pakete sind oft fällig zu Terminen wie Geburtstag und Weihnachten. Wäre das eine Lösung, wenn jede Nase über einen Festbetrag verfügen könnte bzw. die Familie über die Gesamtsumme, dass auch mal Ordentliches zusammenkommt? Also etwa pro Nase 20 Mark im Jahr (10 für Geburtstag, 10 für Weihnachten)? Bedenkt es gnädig, das sind bei 14 Nasen für uns auch schon ein paar Rubel im Ganzen, immer mit dem Risiko, dass etwas nicht ankommt. Und: Genex ist von hier aus nicht unter 100 Mark bestellbar. Aber das Ganze hat nur dann Sinn, wenn ein- für allemal Vergleiche, Vorwürfe und Nörgeleien aufhören. Und ein- für allemal müsste das Misstrauen aufhören, wir würden uns nicht kümmern.

Damit war Ruhe, erst schwiegen alle beleidigt, dann schrieben sie wieder, sie brauchten ja Sachen von uns.

Im Fernsehen sahen wir im März 1970, wie Willy Brandt zum allerersten Mal in Erfurt mit dem DDR-Regierungschef Willi Stoph zusammentraf. Markus lachte, denn man hörte die Menge Willy, Willy rufen, und uns war sonnenklar, dass sie nicht Willi Stoph meinten. Gert Ruge berichtete aufgeregt: Hier am Bahnhofsplatz hat die Menge die Polizeisperre durchbrochen, zuerst hatte ein kleiner Teil von Polizisten sie zurückhalten können, es gab aber mehr Gedränge, Geschiebe, Gerufe, dann wurde eine Straßenbahn vorgefahren, die Leute wurden endgültig unruhig, und nun ist die Polizeisperre durchbrochen, nachdem die Straßenbahn zurückgezogen werden musste.

In einem Fernsehbericht wurde den Kirchen der Vorwurf gemacht, auch Waffen nach Biafra zu liefern. Im besten Fall konnte man annehmen, die amtlichen Kirchen hätten nicht gewusst, was in ihrem Nahmen geliefert wurde. Und diesen Aufwand hatten die Kirchen nur wegen der Bilder betrieben und weil die Leute Christen waren, während an anderen Orten der Welt still und unbemerkt die Kinder ebenso verhungerten. Nun waren wir froh, dass wir nicht gespendet hatten, weil wir die Genesis der Sache kannten.

Die Kinder hatten ein schwer erträgliches neues Spiel: Am Terrassenhang spielten sie mit Nachbarskindern sterben. Eines der Kinder machte Peng und ein anderes sank röchelnd und mit Verrenkungen zu Boden und kugelte die Böschung hinunter. Auch beim Indianerles-und-Cowboy-Spielen erschossen sie sich gegenseitig. Hanna organisierte aber immer auch die Friedensverhandlungen, ganz nach dem Vorbild von Karl May. Eva und Franziska veranstalteten wiederum Schönheitswettbewerbe und Schlagerparaden und verbündeten sich gegen Hanna. Auf der Straße spielte die Kinderschar Völkerball. Autos parkten ja kaum. Unsere Haftpflichtversicherung kam wieder einmal zum Einsatz, denn die Kinder waren auf die dumme Idee gekommen, mit Steinchen auf der Straße herumzuwerfen, und Hanna hatte die Windschutzscheibe unseres neuen Hausbewohners vom dritten Stock getroffen, die in tausend Stücke zersplittert war.

Markus bekam immer noch viele Briefe zu seiner Sendung, mehr Zuspruch und Lob als Kritik. Es gab aber auch einige Pfarrer, die von der Kanzel herab gegen Markus predigten wie gegen einen Ketzer. Später behauptete er, er habe Morddrohungen von erbosten Christen bekommen. Ich habe so einen Brief aber nicht gesehen. Er versuchte mehrmals, das Sendungsmanuskript nach Halle zu schicken, es kam nie an, aber auch nicht zurück.

Natan fragte sich, was sein Patenamt für Hanna noch sollte, wenn wir sie nun gottlos erzögen. Dasselbe galt für Markus' Patenamt für Natans älteste Tochter Isabelle. Er müsse ihn aus dem Kirchenregister von Jena streichen. Er schrieb:

> *Schwer verständlich ist mir, dass ausgerechnet du mit der großen Masse rennst. Denn auch wir wissen sehr genau, was bei euch los ist, ganz dämlich sind wir da nicht. Und wenn du die Überzeugung hast für dich, frage ich mich, warum du das an die große Glocke hängen musst, wo du einen Vater hast, dessen ganzes Leben für sinnlos erklärt wird (Missionar), zwei Brüder, deren Existenz daraus besteht, sich nach deiner Darstellung an der Dummheit zu mästen (und wie!). Fast scheint es, als würdest du aus solchen Schritten noch geschäftlichen Nutzen ziehen. Ich weiß allerdings, dass du mitleidig lächeln wirst über meine Ergüsse, das heißt dann: engstirnig. Ich trage das mit Fassung, mein Lieber, weil ich seit fast zehn Jahren in einer miserablen Pfründe täglich meine christliche Existenz beweisen muss. Es ist eben merkwürdig, dass ihr dasselbe fertigbringt, was hier die Kommunisten und Atheisten versuchen.*

Natan hat nie verstanden, dass Markus mit Leib und Seele Journalist war, der, was er an Neuigkeiten aufsammelte, veröffentlichen und zu Geld machen wollte. Es war ihm ja genau darum gegangen, seinen Aufstand gegen den Missionar und die

Pastoren zu einem öffentlichen Standpunkt zu machen, über den nun auch seine Brüder und sein Vater mit ihm diskutieren mussten.

Nach einer Live-Sendung im SDR mit Schalom Ben-Chorin und Vertretern der evangelischen und katholischen Kirche Anfang April schrieb ich Altvater:

Lieber Paps, ich fand, dass die Diskussion nichts ergab, was Markus nicht hätte widerlegen oder entkräften können. Aber mich als Nichttheologin verwirrte das eher. Es kam mir schlicht so vor, als sei aus der Bibel jede Meinung abzuleiten, aber die Wahrheit, die unbestreitbare Wahrheit fand man nicht. An welche Quellen sollte man sich als Laie nun eigentlich halten? Ich kann nun einmal nichts undurchdacht hinnehmen. Das Bibellesen als Quellenstudium ist mir auch nicht mehr möglich, weil ich, durch Theologen verdorben, nicht mehr so naiv bin, um nicht zu wissen, dass es echte und unechte Jesusworte gibt, dass es Einschübe und redaktionelle Überarbeitungen späterer Zeiten gab. Ich als Laiin finde diese Stellen nicht heraus. Wie soll ich Jesus verstehen können, wenn ich gar nicht weiß, was an der Überlieferung echt und was dogmatisierend gefärbt oder verfälscht ist? Für Leute von heute ist meines Erachtens wohl das größte Glaubenshindernis, dass das Christentum aufbaut auf einem historischen Ereignis wie der leiblichen Auferstehung, das nicht bewiesen werden kann. Wie macht ihr das, bibelgläubig zu sein? Ihr seid doch Menschen, die ihren Verstand benutzen zum Denken. Das ist wirklich eine ernste Frage. Wie kommt ihr damit zurecht? Ich möchte ausdrücklich sagen, dass sich meine Zweifel auf die kirchlich-dogmatische Gestalt Jesu beziehen. Ich würde mich jedenfalls nicht für gottlos halten, wenn ich in einer Lebensphase bin, in der ich frage und für mich Klarheit gewinnen will. Das ist für mich einfach lebensnotwendig. Ich kann nicht Übernommenes und Angelerntes nachplappern. Vielleicht hätte das beispielhafte Leben der Christen mich überzeugen können, aber da gibt es keinen Unterschied zwischen den

Menschen, die ohne Glauben auskommen, und denen, die sich für Christen halten. Es kann sein, dass ich nun ganz gottlos werde oder katholisch, aber der evangelischen Kirche möchte ich nicht mehr angehören, so wie ich sie im Moment erlebe. Ich würde mich freuen, wenn du mir antworten könntest. Bitte nimm aber, was ich dir geschrieben habe, sine ira et studio, denn es ist nicht als Polemik gemeint. Dir und Josine herzliche Grüße, deine Ruth.

Altvater antworte:

Du hast dich ums Bibelstudium ja nicht bemüht, und ich habe mich in all den Jahren von Genf über Hamburg bis Stuttgart eigentlich gewundert, dass ihr nie etwas vom kirchlichen Leben und eurer Beteiligung daran geschrieben habt. Und kleine Stippvisiten in einer fremden Welt, weder der Mode oder des Theaters, führen nirgends zu einem festen Wissen und einer vertretbaren Position. Ich hoffe für dich und Markus und die Kinder, dass ihr eines Tages der Stimme Gottes in dem viel umstrittenen Bibelbuch mehr vertrauen werdet als dem Geschrei der Menschen, deren Motive für ihr Reden mir erst deutlich sein müssen, ehe ich ihnen Vertrauen schenke.

Das wiederum regte Markus so auf, dass er drei Versionen eines Briefes schrieb und eine vierte abschickte, um sich gegen den Vorwurf zu wehren, die babylonische Berliner Studienzeit fern von Eltern und Gemeinde habe ihn zu einem Rationalisten werden lassen. Als ob er nicht schon in Halle gemerkt hätte, dass die Theologie nichts für ihn sei. Auch Altvater lebte ja gar nicht in der Gemeinde, er gehe nur sonntags in die Kirche. Im Übrigen trete er nicht aus der Kirche aus, weil er sich geärgert habe, sondern weil er sie für eine Verfälschung des von Jesus Gemeinten halte.

Das Manuskript kam endlich in Halle an, als Markus es per Einschreiben schickte. Altvater las es und fand es zu hypothetisch. Die Forschung fand er nicht so eindeutig, er meinte:

Bei dir hat man den Eindruck der Sicherheit zu sehr. Freilich hast du und sollst sie haben als Verfasser, eine Meinung. Doch was du sagst, klingt wie ein Glaubensbekenntnis, dem selber eigen ist, was du dem apostolischen Bekenntnis vorwirfst. Alles wird ziemlich apodiktisch vorgetragen.

So waren sie immer, die Winklers, und auch meine Tochter Hanna neigt zum Apodiktischen.

Und du erst!, sagt Hanna.

Es überraschte mich nicht, dass Altvater durch Markus' generelle Kritik an den Kirchenleuten, die um ihrer Position und ihres Brotes willen an mehr oder weniger wissentlich anerkannten Irrtümern festhielten, gekränkt war. Er fand es nicht schön, vom eigenen Sohn solch charakterlosen Menschen zugerechnet zu werden. Da aber hatten wir ja nun unseren Pfarrer, der nicht mehr an Gott glaubte und weiter Pfarrer blieb, um seine junge Familie zu ernähren. Darum erklärte Markus auch Natan:

Es geht nicht darum, dass der Mann der Putzfrau von Paps mehr verdient als du, sondern es geht um die Tatsache, dass ein Geistlicher wie wohl kaum in einem anderen Beruf seine Überzeugung und seinen Glauben an einen Gehaltsstreifen gekoppelt sieht, und da besteht ja nun wahrhaftig die Gefahr, dass sich der Glauben nach dem Gehalt richtet. Ich könnte dir Namen nennen, bei denen das so ist und die darunter leiden oder schlimmer, es verdrängen. Das hat nichts mit Ost und West zu tun.

Ich schrieb an Bella:

Auf deinen Brief bin ich dir noch eine Antwort schuldig. Ich kam einfach nicht dazu. Dieses merkwürdige Frühjahr haben meine Kinder nicht gut überstanden. Sie waren dauernd krank. Eva hatte eine Grippe und zweimal Mittelohrentzündung, Hanna hatte dreimal eine Kehlkopfentzündung. Ich musste ständig wieder Grammatik und Mathe lernen, um ihnen das Versäumte beizubringen. Nun haben wir es aber geschafft. Die englischen

Vokabeln sitzen auch. Jetzt geht es auf den Endspurt zu den Zeugnissen Ende Juli. Inzwischen haben wir zwei Vögel, einen Wellensittich und einen Zeisig. Wenn sie fliegen gelassen werden, flüchte ich, denn mir graust seit jeher davor, dass ein Vogel auf meinem Kopf landen könnte. Unser Dackel war sehr eifersüchtig, er stand tagelang nur auf den Hinterbeinen, um sie zu erwischen und zu vespern. Jetzt werden sie ignoriert. Die Bilder der Töchter sind eigentlich schon wieder überholt, denn die Frisuren stimmen nicht mehr. Hanna hat ihre Zöpfe abgeschnitten und läuft mit langem Strähnenhaar und Pony herum, was schade ist, denn sie hat eine schöne Stirn. Eva hat eine ganz kurze, fast bubenhafte Frisur, sie sieht damit noch besser aus. Die beiden entwickeln schon Teenagerallüren. Hanna läuft am liebsten mit hautengen Blue Jeans herum. Ich staune immer, dass sie sich damit setzen kann. Eva ist mehr auf Minifähnchen aus, denn sie hat ein bisschen Speck angesetzt. Sie interessieren sich für Beat und Udo Jürgens. Im Kinderzimmer werden die Schlagerstars in Großaufnahme aufgehängt. Eva sammelt Autogramme von ihren Lieblingen. Hanna beschäftigt sich hauptsächlich mit wilden Abenteuerbüchern und mit Tierbüchern. Ich muss schon scharf aufpassen, das sie auch noch an ihre Hausaufgaben denken. Es ist schon ein merkwürdiges Alter: Sie sind zwar noch richtige Kindsköpfe, aber doch auch wieder nicht mehr ganz. Auf der Gasse benehmen sie sich wie die schlimmsten Rabauken und sind ewig dreckig, dann wieder stehen sie versonnen vor dem Spiegel und bürsten sich das Haar oder pflegen den Teint. Nun, es ist nicht zu übersehen, sie blühen zu jungen Erwachsenen heran. Mir geht das fast zu schnell. Aber ich habe viel Freude an ihnen. In der Schule geht es ganz gut. Eva scheint sogar ausgesprochen sprachbegabt zu sein. Hanna ist eine Leuchte in Deutsch. In einem Jahr müssen wir dann entscheiden, ob sie in den sprachlichen oder in den mathematisch-naturwissenschaftlichen Zug des Gymnasiums kommen. Im Moment scheint es mir nur bei Eva sicher, dass sie sich mehr mit Sprache beschäftigen sollte.

So, und nun zum Rabbi J. Ich weiß nicht recht, was ich dir da antworten soll. Das, was du aufgreifst, sind eigentlich Dinge, die am Rande stehen. Weder Goethe, Friedrich der Große noch Voltaire sind für das Ganze von Bedeutung und zur Erklärung der These kaum von Belang. Auf wesentliche Fragen gehst du nicht ein. Für dich hat das alles keine Überzeugungskraft. Das müsstest du eigentlich begründen, und dann könnte man darüber reden. Ich kann nicht verstehen, warum man nicht die von der Kirche vertretene Lehre neu überdenken soll. Du meinst, es sei nicht nötig, von der jüdischen Religion her das gewordene Christentum zu überprüfen. Du deutest an, du wüsstest auch so Bescheid. Da trennen sich die Standpunkte. Ich halte es für ungeheuer wichtig herauszufinden, ob nicht zwischen dem ehemals Gemeinten und dem Gewordenen ein Unterschied besteht. Und da braucht man gar nicht lange zu suchen, der Unterschied drängt sich einem schnell auf. Damit beschäftigen wir uns. Und das hat uns schließlich aus der Kirche hinausgeführt. Ich schrieb schon an Paps, dass ich eigentlich nie so viel Sündenbewusstsein aufgebracht habe, um mich durch die Kreuzigung und Auferstehung von Jesus für erlöst zu erachten. Erleichtert fühle ich mich, dass man ja all das auch gar nicht glauben muss. Ich bin mir völlig darüber im Klaren, dass euch so etwas stört. Mir ist es aber zu wenig, wenn ihr wie bisher nur den heiligen Jesus zitiert. Übrigens, wir sind inzwischen aus der Kirche ausgetreten. In der Erziehung unserer Kinder hat sich aber dadurch nichts geändert. Es wird sich auch nichts ändern. Die Kinder können, wenn sie wollen, am Religionsunterricht, an der Kinderkirche und später am Konfirmandenunterricht teilnehmen. Wir haben sie auch nicht mit aus der Kirche austreten lassen. Sie mögen das selbst entscheiden, wenn sie reif dazu sind und sich genügend orientiert haben. Im Augenblick machen sie den Religionsunterricht mit, aber in die Kirche gehen sie nicht mehr, weil sie sich da sehr gelangweilt haben. Die Frage des Konfirmandenunterrichts ist nicht akut. Eines möchte ich noch sagen: Du schreibst, Markus habe wohl das Manuskript mit be-

stürzend leichter Hand gezimmert. Auch wenn ihr den Eindruck habt, das tut Markus nie. Er beschäftigt sich monatelang mit Vorarbeiten für große Sendungen, mit Lesen und Recherchieren. Und das Schreiben selber geht gar nicht so leicht über die Tasten der Schreibmaschine. Wenn seine Sendungen hinterher gut anhörbar oder seine Manuskripte leicht lesbar sind, dann liegt es daran, dass er klar gedacht und seinen Stil gut ausgefeilt hat. Ein Tagespensum sind bei ihm zwei bis drei Schreibmaschinenseiten. Obendrein steht er auf dem Standpunkt, jeder müsse es verstehen können. Aber das nur am Rande, denn für mich ist es gar keine Frage, dass er etwas von seinem Beruf versteht und nicht nur von mir anerkannt zur Spitzenklasse gehört. Übrigens erscheint der Rabbi J. Anfang Juli als Buch, im Herbst soll die Übersetzung in England und Amerika herauskommen. Uns freut es. Euch allen herzliche Grüße von uns allen, deine Ruth.

Kapitel 19

Das Telegramm zu Altvaters 69. Geburtstag brauchte fünf Tage. Den Sommerurlaub verbrachten wir auf Kreta. Es war der erste Flug, den die Kinder bewusst erlebten. Kreta war touristisch noch gar nicht überlaufen, es gab nicht einmal einen Flughafen, auf dem Düsenmaschinen landen konnten. Wir mussten in Athen in eine Propellermaschine umsteigen und kamen, als es schon dunkel war, auf einer Landebahn an, wo die Leuchtfeuer aus Ölkannen mit offener Flamme bestanden. Auch Kreta kommt in meiner Geschichte der Zwerge vor:

> Als Rhea aus dem Göttergeschlecht der Titanen, die Mutter der olympischen Götter, ihre Niederkunft mit Zeus erwartete, floh sie vor Kronos, ihrem Gatten, der alle seine Kinder verschlang, nach Kreta ins Gebirge. Als die Wehen

einsetzten, krallte sie sich mit allen zehn Fingern in die Erde, die dabei ebenso viele Geister hervorbrachte. Sie umstanden sie beschützend und leisteten Geburtshilfe. Weil die Höhle, in der Rhea den zukünftigen Göttervater Zeus zur Welt brachte, auf dem Berg Ida liegt und diese hilfreichen Geister von ihren Fingern hervorgebracht worden waren, hießen sie im Griechischen *daktyloi idaioi*, also die idäischen Finger. In der kleinasiatischen Region Griechenlands wurde auch Demeter als Muttergöttin und Göttin der Fruchtbarkeit der Erde verehrt. In alten griechischen Sagen erscheint sie hier und da mit einem Schwarm kleiner phallischer Geschöpfe, den Daktylen oder Fingerlingen. Es hat den Anschein, als seien Demeter wie auch Kybele Göttinnen einer mediterranen Urreligion, wo das männliche Prinzip dem weiblichen untergeordnet war, wie es sich in der geringen Größe der Begleiter der personifizierten Muttergottheit andeutet.

Als wir Hexe nach dem Urlaub bei Schonkart abholten, rannte Hanna, schusselig wie sie war, gegen ein Vogelhäuschen und verletzte sich unterm Auge. Sie musste im Krankenhaus genäht werden. So hatten wir wieder einmal unsere Aufregungen.

Im neuen Stundenplan fehlte der Turnunterricht. Hanna hatte die Idee, an die Direktorin einen Brief zu schreiben und vorzuschlagen, dass man ihnen im vierzehntägigen Wechsel mit einer anderen Klasse Turnen gönnte. Hanna schrieb gern Briefe. Wenn wir mal mit den Kindern geschimpft hatten, verfasste sie mit Eva einen Brief, damit wir wieder gut waren. Da konnte man einfach nicht widerstehen. Sie sammelte in der Klasse Unterschriften und gab den Brief im Rektorat ab. Das fand die Klassenlehrerin überhaupt nicht gut. Zwei Wochen später musste sie aber zähneknirschend verkünden, sie würden nun im vierzehntägigen Wechsel mit einer anderen Klasse Turnunterricht bekommen. Das war ein schöner Erfolg.

Mir ging es nicht gar gut, ich hatte häufig Schmerzen im Unterleib. Mein Frauenarzt sagte, man müsse etwas gegen meine Myome tun, und empfahl mir die vollständige Entfernung der Gebärmutter. Kinder wollen Sie ja keine mehr haben. Den Blinddarm wollte man mir bei dieser Gelegenheit auch herausnehmen. Wir wollten die Operation so legen, dass ich zu den Weihnachtsferien nach Hause kam und die Kinder mir im Haushalt helfen konnten.

Anfang Dezember – den 50. Jahrestag erlebe ich nun nicht mehr – sahen wir in der *Tagesschau*, wie Willy Brandt bei Nieselwetter vor dem Denkmal für die Toten des Warschauer Ghettos auf die Knie fiel. Markus war gerührt. Ich dachte an den guten Anzug, der nun durch die nassen Knie verdorben war. Anschließend unterzeichnete er den Warschauer Vertrag, mit dem die Oder-Neiße-Linie als Westgrenze Polens festgelegt wurde, was natürlich für eine Riesenaufregung sorgte, die meine Töchter aus der Schule mitbrachten, aber ich sagte ihnen: Dafür haben wir eben den Krieg verloren, da können wir keine Ansprüche stellen.

Wir dachten an eine Putzfrau, die mir Arbeit abnehmen könnte, solange ich krank war. Es kam eine Schwäbin, die ihren Hut auf die Garderobe legte und ihn vergaß, als sie ging. Sie war stießelig und unsympathisch, aber gründlich. Als sie wiederkommen sollte, war ich aber schon im Krankenhaus, und Markus kam zu spät nach Hause, um sie reinzulassen. Sie kam nie wieder, nicht einmal ihren Hut wollte sie abholen. Ich hatte nämlich plötzlich einen Anruf bekommen, dass jetzt ein Krankenhausbett frei war, und alles wurde um viele Wochen nach vorn verschoben. Hanna erinnert sich, dass sie mich, als sie beide aus der Schule kamen, im Keller beim Abtauen der Gefriertruhe vorfanden und ich ihnen unter Tränen mitteilte, morgen müsse ich ins Krankenhaus.

Ich wusste nicht, dass Aquilin Ullrich, der Gynäkologe am Klinikum, der mich operierte, in der Nazi-Zeit der Vertreter des Leiters der Tötungsanstalt Brandenburg gewesen war. Er hatte die nackten Menschen besichtigt, bevor sie in die Gaskammern gingen, und nach Kennzeichen gesucht, die dazu dienen konnten, in den sogenannten Trostbriefen an die Angehörigen eine plausible Todesursache anzugeben. Er hatte auch zu der Ärztekommission gehört, die in den Betheler Anstalten die Geisteskranken erfasste. Er war, als wir noch in Hamburg waren, schon wegen Beihilfe zur Ermordung von 1815 Geisteskranken angeklagt worden, aber man hatte ihn freigesprochen, wegen des fehlenden Bewusstseins der Rechtswidrigkeit seines Tuns. Sie hätten damals gedacht, die Geisteskranken hätten keinen Lebenswillen gehabt und ihre Tötung sei deswegen erlaubt gewesen. Dass Richter so etwas wirklich glauben, ist erschütternd. Bis Anfang der 80er Jahre praktizierte er noch, erst dann ordnete das Regierungspräsidium an, seine Approbation ruhen zu lassen, und 1987 wurde er schließlich wegen Beihilfe zum Mord in 4000 Fällen zu vier Jahren Gefängnis verurteilt, die Haftstrafe wurde aber im Revisionsverfahren auf drei Jahre reduziert, weil man ihm nur die Hälfte der Morde nachweisen könne. Hanna regte sich darüber auf, dass zur selben Zeit die *Emma*-Redakteurin Ingrid Strobl zu fünf Jahren Haft verurteilt wurde, weil sie einen Wecker gekauft hatte, der bei einem Sprengstoffanschlag der Revolutionären Zellen in Köln benutzt wurde, bei dem kein Mensch ums Leben gekommen war.

Und dieser entsetzliche Mensch hatte mir nun die Gebärmutter herausgenommen. Er sagte, mein Blinddarm sei vernarbt gewesen, es hätte jederzeit passieren können, dass man mich mit Blaulicht ins Krankenhaus hätte bringen müssen. Markus ging nur vormittags arbeiten und kümmerte sich nachmittags um die Kinder. Weil ich ein Einzelzimmer hatte, konnten sie mich jederzeit besuchen kommen. Die Kinder hatten zwar die falschen Sachen an, aber offenbar kamen sie mit Markus ganz gut zurecht. Wahrscheinlich gab es ständig Spiegeleier mit Speck, erzählt haben sie es mir nicht. Eva wurde von einer

Schwester für einen Jungen gehalten und freute sich darüber. Später wurde auch Hanna immer mal wieder für einen Jungen gehalten, was Markus sehr peinlich war. Als ich nach zwei Wochen endlich nach Hause durfte, konnte ich nicht viel im Haushalt machen und Markus ging weiter nur halbtags arbeiten und streckte seinen Urlaub bis nach Weihnachten. Sein Jesusbuch verkaufte sich immer besser, in dem Maß, wie es verrissen wurde. Der Verlag druckte jeden Monat 10 000 Stück nach.

Altvater freute sich, dass man in diesem Winter Äpfel, Apfelsinen und Pampelmusen kaufen konnte, die Apfelsine kostete 80 Pfennige, die Pampelmuse 1,10, und er spottete, dass man es nach 25 Jahren nun weit gebracht habe. Er schippte Schnee auf seinem Grundstück mit einer Schippe, die auseinander zu brechen drohte, und schrieb dem Hallenser Oberbürgermeister, weil es keine Schneeschippen mit Stiel zu kaufen gab. Auf Anweisung von oben bekam er eine Spezialschippe angefertigt. *Privileg statt Bürgerrecht ist mir widerlich*, schrieb er. Aber er konnte Schnee schippen und durfte sich auch noch eine Zahnbürste in der Apotheke am Reileck abholen. Dafür ließ man ihn nicht mehr zu Theologentagungen ins Ausland reisen, worüber er sich sehr grämte.

Markus bekam nach einer Umstrukturierung der Programme und vielen Kämpfen die Aufgabe zugesprochen, am Sonntagabend eine neue Sendung über Bücher zu machen, die sie *Buchmagazin* nannten. Seitdem haben wir bis zu seiner Pensionierung kaum noch Bücher selber kaufen müssen, weil wir die Neuerscheinungen von den Verlagen als Besprechungsexemplare zugeschickt bekamen. Das war ein Luxus. Hanna erinnert sich, dass er einmal, als sie schon älter war, die Gesamtausgabe von Max Frisch in ungebundenen Bögen geschickt bekam. Markus, der zu Heinzelmann-Zeiten in Berlin auch bei einem Buchbinder ausgeholfen hatte, zeigte ihr, wie man Bücher bindet, und sie nähte die Bögen zusammen, klebte und presste sie und versah sie mit Deckeln und einem orangefarbenen Einband.

Bella bekam noch eine Tochter und Natan bestimmte Josine als Patin für sie, was Markus befremdete, denn er erinnerte sich, mit welcher Verachtung Natan seine Stiefmutter überschüttet hatte. Natan allerdings erklärte, dass Paps darum gebeten habe und er nicht das Herz hatte, nein zu sagen. Markus antwortete:

Lieber Natan, wenn das nun so ist, verstehe ich es auch gut. Das ist ja eben auch umgekehrt der Nachteil der Mauer, dass man einfach nicht gut genug informiert ist.

Ich erholte mich nur langsam von der Operation, die Weihnachtsbäckerei fiel aus, auch die Weihnachtsgans gab es nicht. Heben konnte ich nichts und ständig bekam ich Schweißausbrüche. Markus musste die Geschenke für die Kinder einkaufen. Er besorgte bei Bastel-Heinz Werkzeug und Material für Linolschnitte und kaufte ein Tonbandgerät von Telefunken, mit dem sie Radioschlager aufnahmen. Nach Weihnachten unternahmen wir den ersten Spaziergang bis zur Straßenecke, dann gingen wir jeden Tag ein Stück weiter. Markus war da sehr konsequent. Er plante das nächste Buch über die Kirche. Das Jesusbuch verkaufte sich zwar gut, aber reich wurden wir damit nicht. Wir nahmen uns einen Steuerberater, der uns völlig unerwartet hohe Rückzahlungen vom Finanzamt bescherte. Bis Mitte März war es eiskalt und es lag viel Schnee.

Mit dem Relilehrer kamen die Kinder nicht zurecht, er bete immer nur, und sie wollten nicht mehr hingehen. Ob sie nur uns zuliebe so entschieden, kann ich nicht beurteilen. Bestimmt gefiel ihnen auch der Gedanke, eine Freistunde zu haben. Also meldeten wir unsere Kinder vom Religionsunterricht ab. Sie bekamen einen Brief von Direktorin Fromm und tappten am anderen Tag etwas ängstlich hinauf ins Rektorat. Frau Dr. Fromm war aber ganz freundlich, sie musste nur von Hanna persönlich hören, dass sie nicht mehr in den Religionsunterricht wollte, weil sie schon zwölf war. *Wie gut, dass das*

Trundel nicht mehr erleben musste, schrieb Altvater. Und Silas teilte mir mit, dass nun auch mein Patenamt für Magdalena erlosch.

Zu Ostern bekam Hanna ein Fahrrad und Eva einen Puppenwagen, den sie sich gewünscht hatte. Weil die Sachen zu groß zum Verstecken in der Wohnung waren, veranstaltete Markus mit Zetteln eine Schnitzeljagd durchs Haus, und Hanna fand das Fahrrad schließlich in der Garage und Eva den Kinderwagen im Keller. Für den Deutschunterricht schrieb Hanna die Geschichte *Ein Bär wächst bis zum Dach* in ein Hörspiel um. Die Klassenlehrerin war so begeistert, dass unser Tonbandgerät zum Einsatz kam und sie es in einer Schulstunde mit verteilten Rollen aufnahmen. Markus fragte die Leute beim Jugendfunk, ob das nicht etwas für sie wäre. Der Regisseur fand die Tonbandaufnahme gut, aber die Geräusche mussten noch gemacht werden. Also machte die ganze Klasse einen Schulausflug ins Hörspielstudio, wo es ein Kiesbett, Linoleum und Türen für die Geräusche gab. Das war für alle ein Abenteuer, ich denke mir, auch für den Regisseur.

Vor Altvaters 70. ging das Besuchstheater wieder los. Natan beschwerte sich und Markus musste wieder einmal erklären:

Der ganz simple Tatbestand ist der, dass von meinem Kommen allein von vornherein keine Rede sein kann und bei uns auch niemals war. Ruths Familie, zahlreich genug in Halle vertreten, hat das gleiche Recht auf einen Besuch. Entweder wir kommen alle oder keiner, und wenn wir kommen, müssten wir wohl in Halle wohnen, denn wie transportiert man uns sonst? Es gibt gewisse Regeln und Kreise, die den Aufenthaltsort einschränken. Und nun haben die Kinder um den 23. Mai ohnehin keine Ferien. Wir kämen also in den Pfingstferien nach Halle. Dazu sind wir bereit, wenn wir geschlagene vierzehn Tage vorher und keinen Tag später die Einreisegenehmigung in der Hand haben, sonst kann ich keinen Urlaub einreichen. Im Übrigen sieht das für uns so aus: Nachdem ich Teile meines Urlaubs so genommen habe, dass ich sechs Wochen lang halbtags im Büro und halbtags zu Hause war, ist nun vom Urlaub nur das Minimum dessen übrig, auf das weder Eltern noch Kinder verzichten wollen und können. Ein Pfingstbesuch in Halle würde daran nochmal wieder was abknabbern, aber gut, das soll sein. Aber da kann ich nicht schon wieder Tage spendieren, um am 23. alleine zu kommen, und das nur, um an einem hektischen Tag als noch ein Dr. Winkler herumgereicht zu werden. Ich bin bei seinem letzten Besuch hier vor Scham bald in den Erdboden versunken, als er mich Josines Verwandtschaft als wildfremden Dr. Winkler vorstellte, nur um den Doktortitel unterzukriegen. So etwas halte ich einfach nicht noch einmal aus, oder es gibt einen Skandal, von dem man noch jahrzehntelang reden wird. Sicher, es ist der 70. Geburtstag und ein Ehrentag, so wie beispielsweise der 90. Geburtstag von Ruths Opa, zu dem Altvater wohl das berühmte Kärtchen schrieb, obwohl es keine Schande gewesen wäre, mal quer durch Halle zu marschieren und den Mann zu beglückwünschen, bei dem Ruth aufgewachsen ist. Zur Hochzeit wurden wir ja sogar ausgeladen. Noch grippegeschwächt, aber wieder auf den Beinen, schönste Grüße, euer Markus.

Zufällig las er von Segal die *Love Story*, die vom Generationenkonflikt zwischen Sohn und dem Steingesicht, dem Vater, handelte. Er fand zwar, das sei fürchterlicher Kitsch, aber die Gefühle hielt er für wahr. Grimmig erinnerte er sich, dass Altvater damals in Berlin, als es um unsere Ehe ging, mir ins Gesicht gesagt hatte, ich würde jemanden heiraten, der auf der schiefen Bahn war. Eigentlich war es ja Trundel gewesen.

Lieber Natan, dieses Misstrauen von Eltern gegen den Sohn will ich nicht dadurch honorieren, dass ich meinen Vater zum 70. Geburtstag feiere. Das finde ich unehrlich. Unehrlich ist auch Altvater, der nichts von Tiefenpsychologie weiß und offensichtlich vergessen hat, was er damals über Josine als Gemeindeschwester und ihre Attraktivität sagte. Wir sind alle nicht frei von Wünschen, das ist menschlich, aber so eine Verdrängung aus Gründen der Alterseinsamkeit mache ich nicht mit. Kaum noch unsere Zukunft, aber die der Kinder zählt, die von Altvater überhaupt nicht. Eine solche Vorstellung mag euch hart vorkommen, aber wartet, bis euch die 12-jährigen Kinder mit Fragen kommen. Das ist die neue Welt, die keine Vergangenheit kennt, sondern die reale Gegenwart, vor der schon wir Eltern bestehen müssen. Ein solcher, nur an sich denkender Großvater wie Altvater hat da nicht mehr die geringste Chance bei den Kindern. Ich habe heute – Ruth ist zum Patensohn von Pfarrer Wollschläger zur Konfirmation nach Darmstadt gefahren – mit den Töchtern bis dreiviertel elf des nachts über Hitler und die Nazis diskutiert. Dass es so etwas gibt, kenne ich von Zuhause nicht. Hier muss ich bestehen, nicht bei 70. Geburtstagen. Ich möchte nur hoffen, dass wir mit 70 noch so munter sind und die Stafette weitergeben, statt uns selbst zu feiern.

Die Kinder lasen jetzt *Die fünf Freunde* und *Hanni und Nanni* und schwärmten davon, auf ein Internat zu gehen. Wir spielten Mensch-ärgere-dich-nicht, Halma, Dame, Monopoly und das Taucherspiel, und ich brachte ihnen Skat bei, denn beim Reizen musste man spielerisch rechnen. Damit wir auch einmal als Familie Karten spielen konnten, zeigte ich ihnen Canasta. Aber Markus war ein schlechter Verlierer.

Eva behauptet: Du hast dermaßen triumphiert, weil du gewonnen hattest, dass Papi vor Wut die Karten zerrissen hat. Hanna erinnert sich, dass Eva ein Teeglas durchs Wohnzimmer schmiss.

Eines Abends kam Hanna mit blutiger Lippe ins Wohnzimmer gerannt. Sie war vom Stuhl aufs Gesicht gefallen. Wie sie das angestellt hatte, verriet sie mir nicht. Zum Glück waren alle Zähne noch drin. Der Zahnarzt stellte aber fest, dass ein Schneidezahn angebrochen war. Meistens wachse das nicht mehr zusammen, aber bei Hanna wuchs es zusammen. Sie war gerade ihre Zahnspange losgeworden, der Zahn blieb also schief.

Im Sommer flogen wir mit dem Flugzeug nach Griechenland, erst für drei gemütliche Wochen auf Zypern. Im Konvoi fuhren wir hinter einem Militärfahrzeug her durch den türkischen Teil. Das Meer war so warm, dass die Kinder drei Stunden im Wasser waren, ohne blaue Lippen zu kriegen. Wir kauften Taucherbrillen und Schnorchel. Damit konnte sogar ich, trotz meiner Kurzsichtigkeit und Hornhautverkrümmung, unter Wasser gut die Fische sehen. Unser Hotel stand auf einer alten römischen Stadt namens Lampedusa und die Bauern pflügten römische Scherben empor. Wir sammelten sie händeweise. Eva freundete sich mit dem Sohn einer schottischen Diplomatenfamilie an, mit dem sie jahrelang Briefe wechselte. Im Hotel wurden Zwei-Tages-Ausflüge nach Beirut angeboten, und ich wollte doch unbedingt einmal den Jupiter-Tempel von Baalbek und die Zedern sehen. Wir flogen jeweils alleine, während der andere bei den Kindern blieb. Der Flug dauerte nur 20 Minuten. Ich hatte das Glück, dass gerade das Bolschoi-Ballett in den Ruinen auftrat. Markus war ja weder ins Ballett noch in die Oper zu kriegen, und alleine machte es mir kein Vergnügen. Als wir zurück nach Athen fliegen wollten, wurden wir von griechischen Geheimpolizisten gefilzt und mussten selbst den Inhalt der Waschbeutel zeigen. Nur für unsere in die Badekappen gefüllten römischen Scherben interessierten sie sich überhaupt nicht. Der Grund für die Kontrollen war, dass mit uns der Erzbischof Makarios zu Verhandlungen nach Athen flog. Unter den Klängen einer Militärkapelle schritt er in schwarzen, wallenden Gewändern über das Rollfeld. Danach fuhren wir mit einem Leihwagen eine Woche über den Peloponnes. Wir sahen Olympia, das Amphitheater von Epidauros und die Akropolis von Athen. Für die Kinder, die schon ihren ersten Geschichtsunterricht hatten, war das alles sehr eindrücklich. Am spannendsten aber war für sie, wo wir Markus' Geburtstag feiern würden. Es war in Sparta. Wieder zurück, fühlten wir uns fehl am Platz. Eben noch hatten wir kurzärmelig am Abend das

Weinfest von Athen erlebt und nun saßen wir fröstelnd in Pullovern herum, es war 25 Grad kälter als am Tag davor.

Nach den Ferien begannen die Kinder mit dem Lateinunterricht. Am Anfang fanden sie es interessant, später quälten sie sich mit dem *Gallischen Krieg* und den Vokabeln und Markus lag jeden Abend vor der *Tagesschau* jeweils zehn Minuten mit ihnen auf dem Bauch auf dem Boden und übte Übersetzen. Meine Mutti kam uns wieder besuchen. Sie war ganz unglücklich, weil meine Töchter nicht mehr mit ihr Mau-Mau spielten und auch sonst nichts mehr mit ihr anzufangen wussten. Hanna und Eva waren auch nicht glücklich darüber. Markus behauptete, das geistige Niveau meiner Mutti befinde sich auf dem von 12-Jährigen, und sie seien nun eben älter geworden.

Im Oktober machte Markus sein erstes Live-*Buchmagazin* von der Frankfurter Buchmesse mit Thilo Koch, den wir aus Berlin kannten. Willy Brandt bekam den Friedensnobelpreis für seine Ostpolitik, was aber seine Kritiker nur noch mehr erzürnte.

Kapitel 20

Weil es mich im Grunde immer gewurmt hatte, dass ich in Berlin mein Studium nicht abgeschlossen hatte, schrieb ich mich zum Wintersemester in Germanistik, Philosophie und Pädagogik für ein Magisterstudium ein, nachdem ich ja nun keine Gebärmutter mehr hatte und die Kinder langsam alt genug waren, um auch einmal ein paar Stunden alleine in der Wohnung bleiben zu können. In ein paar Jahren würden sie mich gar nicht mehr brauchen. Es war Markus nicht recht, dass ich mit 41 noch einmal anfing zu studieren. Aber es war mir egal, ob er murrte. Ich wäre am Ende noch verrückt geworden, immer nur mit den Kindern und dem Staubsauger. Wer weiß, ob ich mir nicht sonst doch etwas angetan hätte. Markus erzählte nun immer anderen Leuten spöttisch, ich ginge unter die Langhaarigen. Altvater hatte von der Uni Stuttgart noch nie gehört, was mich nicht verwunderte, denn sie war erst vor vier Jahren von einer Technischen Hochschule in eine Universität umbenannt worden. Natürlich war der Unibetrieb völlig anders, als ich das von früher kannte. Ich alte Frau wurde gleich in den Allgemeinen Studentenausschuss gewählt, weil es sonst niemand machen wollte, und lernte die Professorinnen und Professoren bei den Verhandlungen über Prüfungsordnungen gut kennen.

Wir kauften uns einen roten Audi 100 mit Schiebedach. Er war noch keine zwei Wochen alt, als Markus damit nach Evas Kindergeburtstagsfeier die Schulfreundinnen nach Hause fuhr und ihm auf der Rückfahrt einer hinten rein krachte, als er anhielt, weil von rechts die Polizei kam. Das Auto war nur noch Schrott und auch der Wein, den er am Vormittag bei Böhm gekauft hatte, war zerdeppert und lief aus dem zerknautschten Kofferraum wie Blut. Die Versicherung des anderen bezahlte nicht nur das neue Auto, diesmal weiß, sondern auch den Wein. Zu Weihnachten schenkten wir den Kindern einen Ofen zum Emaillieren. Markus und die Kinder brachten viele Stunden damit zu, Untersetzer und Schälchen zu emaillieren, die ich dann zum Geburtstag bekam, was mich nicht gerade erfreute, denn ich habe nie gern Haushaltsgegenstände bekommen. Zum Jahresende kam auch die Kündigung unserer Wohnung. Der Sohn des Hausbesitzers wollte im Juni einziehen. Wir glaubten nicht, dass wir bis dahin eine neue Wohnung finden würden. Die Kinder freuten sich darauf, künftig eigene Zimmer zu haben, aber dann wäre die Miete für uns vermutlich unbezahlbar. Ich fand es gar nicht schön, dass jetzt wieder die Wohnungssucherei losging. Ich hatte anderes zu tun, ich musste Referate schreiben und halten.

Silas bat Markus, ihm zwei Felgen für seinen VW zu schicken. Das erwies sich wieder einmal als unlösbare Aufgabe.

Markus erkundigte sich beim Händler, jede Felge kostete 25 Mark und nicht 19, wie Silas dachte. Ein Paket durfte nicht über sieben Kilo wiegen, eine Felge wog aber schon sechs Kilo und 300 Gramm. Die leichteste Verpackung, die Markus fand, wog 750 Gramm. Kaufte er nun zwei Felgen und bekam sie auf der Post nicht los, dann besaß er zwei Felgen, die er nicht brauchte. Silas schlug vor, es mit Express zu versuchen, andere hätten sich ganze Gasheizungen schicken lassen. Sie telefonierten und stellten fest, dass auch das nicht so einfach möglich war, weil Silas eine Einfuhrgenehmigung brauchte.

Nachdem zwei Versuche nicht geklappt hatten, wollten wir nun zu Ostern einen neuen Anlauf unternehmen, nach Halle zu reisen, wenn die Genehmigung zwei Wochen vorher bei uns wäre.

Hanna las *Sherlock Holmes* und verkündete, sie wolle nie wieder etwas anderes lesen. Nur leider waren die Werke von Conan Doyle endlich. Wir diskutierten über den Radikalenerlass und die Gewissensprüfung, bevor jemand Beamter werden durfte. Die Kinder waren nun schon interessiert an Politik. Als Barzel sein Misstrauensvotum gegen Willy Brandt stellte, guckten sie in der Schule die Debatte an. Die, die Brandt stürzen wollten, empfanden vor allem die Ostverträge, auf die wir so sehr warteten, als eine Gefahr für die Wiederherstellung der deutschen Einheit. Nach der Schule stellten wir den Fernseher an, weil gerade die Abstimmung stattfand, und da saß Barzel bedröppelt herum. Markus rief an und erlaubte seinen Töchtern, zur Feier des Tages einen Schnaps zu trinken, was wir aber nicht taten. Erst nach der Wende enthüllte der DDR-Spionageabwehrchef Wolf, dass man bei der CDU eine Stimme für 50 000 D-Mark gekauft hatte.

Mit der Wohnungssuche kamen wir nicht voran. Mit zwei Kindern und einem Hund galt man bei schwäbischen Vermietern als asozial. Auch der SDR als Arbeitgeber zog nicht, wenn die Leute ihn für Linksfunk hielten.

Zu unserem zweiten DDR-Besuch 1972 fuhren wir mit dem Auto nach Hof und stiegen dort in die Eisenbahn. Altvater war nun bereits seit fünf Jahren mit Josine verheiratet. Unter uns nannte wir sie nur Sinchen. Sie war eine große steife Hamburgerin, die über jeden Winkler'schen Witz pikiert lachte. Von ihrem Geiz hatten wir schon die lebhaftesten Schilderungen gehört. Kochen hatte sie inzwischen gelernt, nur waren die Portionen so klein, dass Markus schlechte Laune bekam und hinterher Kekse aß. Einmal lud uns Altvater in ein Restaurant ein, wo er einen Tisch für Sonntag hatte reservieren können, und wir aßen Wildschwein mit Rotkraut und Klößen. Es war sonst schlicht und ergreifend unmöglich, einfach in ein Lokal hineinzugehen, es gab kaum welche und man musste vor der Tür Schlange stehen oder mit Westgeld winken.

Altvater beschwerte sich bei Markus, dass die im Fernsehen alle nuschelten, er war aber schlichtweg schwerhörig und hörte nur noch, was ihn interessierte, und das war sehr wenig. Dreimal fragte er, wie das Radio funktionierte, wollte die Erklärung aber gar nicht hören. Er erzählte von Besuchen aus Indien, die früher Trundel, jetzt Sinchen mit Rice and Curry beglücken musste, obgleich sie sich vielleicht ein sächsisches Gericht gewünscht hätten. Wir gingen mit ihm in den Intershop im Interhotel Halle am Riebeckplatz, wo er Schokolade, Schnaps, Fehlfarben, Kaffee, Tee und Kakao kaufte, was Markus mit Westmark bezahlte, denn DDR-Bürger durften kein Westgeld besitzen. Für Mutti und Onkel Erich kauften wir Dosenpfirsiche, Klosterfrau Melissengeist, Kölnisch Wasser, Schnaps und Kaffee ein. Mutti kochte Klopse mit Bohnen, zum Nachtisch gab es Kompott aus dem eigenen Garten, in dem sie mit Onkel Erich ihre Tage verbrachte. Nach dem Essen gingen wir zu Opa hinüber, der von Mutti von der Küchenbank gescheucht wurde, wo er seinen Mittagsschlaf gehalten hatte. Mutti behauptete, er sei nicht mehr ganz richtig im Kopf. Er erkannte mich erst, als mich auf der Straße eine alte Schulfreundin ansprach. Als wir mit der Straßenbahn zum Südfriedhof fuhren, um Omas Grab zu besuchen, fragte er drei Mal: Wer bist'n du? Und ich antwortete: Ich bin das Rutchen. Markus machte daraus hinterher einen stehenden Witz und fragte immer wieder: Wer bist'n du? Lustig fand ich das nicht. Am Nachmittag gab es Kaffee und Kuchen und wir führten quälende Vergleichsgespräche über hier und drüben, bei uns, bei euch, über Kaffeepreise, Schokolade und den widerlichen Krimsekt. Sie sahen Westwerbung und zählten uns die Vorzüge der Sachen auf, die wir selbst niemals kauften. Unser Geld aus dem Zwangsumtausch konnten wir nur in den Buchläden für Kunstbildbände und Gesamtausgaben von Thomas Mann, Schiller, Lessing, Fontane oder Goethe ausgeben. Die Anziehsachen waren scheußlich, nur das Kunsthandwerk war ganz ansehnlich. Aber niemand brauchte so viele Holz- und Glasfiguren. Für die Kinder kauften wir für je 52 Mark Gitarren, die wir ausführen durften.

Die Brüder kamen am Ostermontag mit Familie, ausgenommen Astrid, nach Halle. Natan und Markus trugen Jacketts und Krawatten, Silas einen weißen Pullover. Schmal und dünn waren alle drei, aber Markus war der wohlgenährteste und als Einziger glattrasiert. Sie zeigten keine Neigung, Meinungsverschiedenheiten auszutragen. Ich spürte allerdings die Reserve der beiden Ost-Brüder dem West-Bruder gegenüber, aber die konnten wir nicht auflösen. Bella überdeckte alles mit ununterbrochenem Geschnatter, was durchaus wohltuend war. Auch das Gespräch über Altvaters Verfügungen nach seinem Tod verlief ruhig. Die Cousinenschar und den einen Cousin hatten wir zum Spielen in den Garten geschickt. Dass ihre Patentante Astrid keine Lust auf Familie gehabt hatte, kränkte Hanna sehr. Als wir wieder zu Hause waren, schrieb sie Astrid einen Brief, in dem sie ihr charmant erklärte, wie enttäuscht sie gewesen war. Daraus entwickelte sich eine intensive Brieffreundschaft, die über einige Jahre anhielt. Eva schrieb dagegen ausgesprochen gern an ihren Opa nach Halle, was ihn sehr freute, auch wenn seine Antworten sich im Grunde an uns alle richteten.

Am Freitag, dem 2. Juni, saßen wir in Stuttgart eine Stunde ängstlich in den Häusern. Zwischen zwei und drei Uhr sollten drei Bomben explodieren. Das nahmen wir ernst, denn im Mai hatte es Bombenanschläge gegeben, US-Soldaten waren gestorben, im Axel-Springer-Haus waren Bomben explodiert. Sie hatten trotz der Warnungen das Gebäude nicht geräumt, viele Menschen waren verletzt worden. Nun war Stuttgart dran. Tagelang wurde Panik verbreitet und die Drohung der Baader-Meinhof-Bande zugeschrieben. Die Schulen schickten die Kinder um halb zwölf nach Hause. Vor unserem Haus stand seit einigen Tagen ein BMW. Und solche Autos benutzten die doch.

Eva erinnert sich, dass Markus am Mittag nach Hause kam, die Kinder ins Kinderzimmer schickte und die Tür zumachte. Als sie fragte, warum, sagte er: Die Tür fliegt dann wieder auf, wenn der BMW hochgeht.

Nichts passierte. Wir waren durchaus im Zwiespalt. Einerseits fanden wir die Springer-Presse unerträglich, andererseits fand ich es nicht richtig, aus politischen Gründen Menschen zu töten. Markus überlegte, was wir tun würden, wenn einer der Terroristen bei uns klingelte und um Asyl bat. Gott sei Dank ist das nie geschehen, denn das war kein Spaß. Sie hatten ja Waffen und wir sahen für sie doch genau wie die Spießbürger aus, die sie bekämpften. Baader, Raspe und Meins waren einen Tag vor unserer Bombendrohung in Frankfurt nach einer zweistündigen Schießerei verhaftet worden. In der *Tagesschau* sahen wir, wie ein abgemagerter Mann, nur mit einer schwarzen Unterhose bekleidet, von Polizisten abgeführt wurde. Sie traten in Hungerstreik. In Stuttgart-Stammheim begann man für zwölf Millionen Mark einen Hochsicherheitstrakt samt Gerichtssaal für die RAF-Häftlinge zu bauen. Am 9. November war Holger Meins trotz Zwangsernährung tot. Dabei irrten sie sich gewaltig, wenn sie dachten, sie könnten bei uns die Revolution herbeiführen. Es war völlig sinnlos.

Im Sommer fuhren wir im Autoreisezug über Nacht nach Italien, setzten mit der Fähre von Gerona nach Patras über und fuhren über Delphi Richtung Osten. Wieder landeten wir in Kavala, wo wir zwei Wochen zelteten. Der Kellner und der Dorfpolizist erkannten uns sogar wieder. Während die Kinder schnorchelten und Seesterne und Tintenfische sahen, las ich für ein Seminar über Thomas Mann *Joseph und seine Brüder*, wo zwei Zwerge vorkommen, einer, der Josefs Aufstieg hintertreiben will, und ein anderer mit einem kindlich-greisen Gesicht, der Josef liebt. Wieder fuhren wir bis Istanbul weiter. Nun waren die Kinder älter und wir konnten uns die Moscheen und Gebäude ganz anders anschauen. Markus suchte sich im Basar eine Meerschaumpfeife aus, die er ganz schnell vergessen musste, weil er sie zum Geburtstag bekommen sollte. Den Kindern kauften wir bestickte Lammfellmäntel, wie sie gerade Mode waren. Wir besichtigten alte Holzhäuser, die Hagia Sophia und den Sultanspalast. Im Fernsehen hatten wir im März mit viel Vergnügen den Film *Topkapi* mit Peter Ustinov und Maximilian Schell gesehen, die einen wertvollen Dolch aus dem Palast klauen. In einem Zeitungskiosk sahen wir einen *Spiegel* liegen, auf dessen Titelblatt von einem Unwetter in Stuttgart die Rede war. Es hatte nur eine Viertelstunde gedauert, aber sechs Menschen das Leben gekostet. Die Stadtautobahn stand unter Wasser, Hagelkörner hatten Autoscheiben zertrümmert, aus den Schachtdeckeln waren Fontänen geschossen, Menschen waren in Kellern ertrunken, vom Wasser mitgerissen oder vom Blitz erschlagen worden. Gott sei Dank waren wir nicht zu Hause gewesen. Nur die Kinder waren enttäuscht. Noch lange sah man danach in der Stadt Autos mit Dellen herumfahren. Unser Keller war auch überschwemmt worden, wie wir beim Heimkommen feststellten, und die Bäume im Garten hatte es zerfetzt.

Während wir im Urlaub waren, fand meine Mutti am 19. August meinen Opa tot auf der Küchenbank liegend. Sie schickte uns ein Telegramm, aber wir waren nicht zu Hause, und so beerdigte sie ihn, löste seinen Haushalt auf, zerkloppte alle Möbel und richtete für mich ein Sperrkonto mit fast 2000 Ostmark ein. Mein Vati bestimmte, dass das Haus an die Siedlungsgenossenschaft Eigene Scholle gegeben wurde, obwohl ich als Erbin eingetragen war. Als ich überlegen konnte, ob ich nach Halle reisen sollte, war schon alles lange vorbei. Es hätte noch einmal Wochen gedauert, bis ich die Einreisegenehmigung bekommen hätte. Und wozu? Es war ja nichts mehr da, alles weg, meine Puppenstube, die Schränkchen, alle Bücher, verramscht und verkauft. Nur seinen Ehering und die beiden goldenen Taschenuhren von Oma und Opa hatte Mutti für mich aufgehoben. Sie hängen noch an meinem Bücherregal.

Die allgemeine Hochstimmung über die Olympischen Spiele in München wollte nicht auf mich überspringen. Und dann überfiel ein palästinensisches Terrorkommando das olympische Dorf und nahm die israelischen Sportler als Geiseln. Ausgerechnet hier musste so etwas passieren! Ausgerechnet wir hatten sie nicht schützen können! Genscher verhandelte, aber am Schluss ging alles schief. Im Feuergefecht auf dem Flugplatz wurden alle Israelis erschossen, außerdem ein Polizist und fünf der acht Geiselnehmer. Da hatten wir uns gründlich und auf schreckliche Weise blamiert. Schlimm fand ich, dass die Spiele fortgesetzt wurden.

Zum Wintersemester ließ ich Pädagogik und Philosophie sein und nahm zur Germanistik Politikwissenschaft und Kunstgeschichte hinzu. Mit der Wohnung hatten wir endlich Glück. Wir hatten sie uns schon gar nicht mehr anschauen wollen, weil sie nur vier Zimmer hatte. Die Vermieterinnen stammten aus Franken, eine Mutter und ihre beiden ledigen Töchter, und als wir gestanden, dass wir auch noch einen Hund hatten, ging ein Leuchten über ihre Gesichter. Der verstorbene Mann der alten Frau Forstmeister war passenderweise Förster gewesen und man hatte immer Hunde gehabt.

Am 9. November klingelte es bei Silas um zehn Uhr an der Tür, und es trat ein der Stadtrat für Inneres des Bezirks Mitte/Nord Karl-Marx-Stadt, Herr Hahn. Silas schrieb:

Er teilte mir mit, dass mein Antrag auf Übersiedlung in die Bundesrepublik vom Ministerium in Berlin genehmigt wurde. Ich solle nun die nötigen Formulare ausfüllen. Dabei legte er mir eine Mappe auf den Tisch, in der sich vermutlich die Formulare befanden. Ich berührte sie nicht und antwortete, ich habe niemals einen derartigen Antrag gestellt. Darüber war der Herr verwundert und wiederholte, dass die Genehmigung für mich, meine Frau und meine drei Kinder vorliege. Er fragte ferner, ob ich Verwandte in der Bundesrepublik habe und ob es möglich sei, dass diese oder andere Personen den Antrag gestellt haben könnten. Ich antwortete ihm, dass mir davon nichts bekannt sei.

Wir waren mitten im Umzug, aber Markus setzte sich hin und schrieb:

Lieber Paps, ich verstehe überhaupt nicht, warum er nicht zugreift, wenn ihm so etwas vorgelegt wird, ist das doch ein deus providebit, auf was wartet man denn noch? Man soll da keine falschen Ehrgefühle haben und auf den Jugendgottesdienst stolz sein. Den können andere leicht unmöglich machen, und was dann? Silas soll doch an die Ausbildung seiner Töchter denken und an manches mehr. Man soll sich doch nicht einbilden, dass man selbst an diesem Fleck so wichtig wäre. Die eigene Familie geht doch auch mal vor. Wenn er schon persona non grata ist, auf was wartet er noch? Ich finde, er sollte sich das Angebot ernsthaft überlegen und Gottes Güte nicht so überstrapazieren. Es wäre Wahnsinn, es nicht anzunehmen. Will er denn, dass seine Kinder dumm bleiben, nur um sich bei seiner Herde aufzuhalten? Weiß er denn, ob seine Herde bei seinen Anlagen nicht viel eher woanders wäre?

Altvater widersprach. Wenn Silas die Formulare ausgefüllt hätte, hätte er immer noch nicht die behördliche Freigabe, dafür gebe es Abmachungen, damit nicht jeder abrücke, der gern Bananen esse. Dann säße Silas ohne Job auf der Straße und würde die Ausreisegenehmigung am Ende doch nicht kriegen. Ich konnte es nicht beurteilen, aber mir schien es, als ob er sich da gewaltig irrte. Silas blieb, und seine Frau und Töchter hatten keine andere Wahl. Dafür hatte ich kein Verständnis. Seine Töchter hatten keine Aussicht, eine höhere Schule zu besuchen und zu studieren.

Wir tapezierten mit Raufasertapeten, die man bequem nach einigen Jahren wieder streichen konnte, und verlegten Teppichboden. Den halben Umzug machten wir mit Privatautos, für die Möbel bestellten wir einen Möbelwagen, der für die Fahrt von drei Kilometern von Vaihingen nach Sonnenberg 700 Mark kostete. Das Haus stand in der Degerlocher Straße, man sah hinter einem Feld und dem Friedhof den Fernsehturm. Später wurde der Friedhof, auf dem Markus liegt und ich liegen werde, über das Feld bis an unser Haus erweitert. Mit der Straßenbahn war man in zehn Minuten in der Innenstadt. Im Sommer radelten die Kinder über die Felder ins Gymnasium, im Winter fuhren sie mit der Bahn.

Geeignet war die neue Wohnung eigentlich gar nicht. Weil die Kinder je ein Zimmer brauchten, hatten wir nur noch eine Essdiele und zwei Zimmer übrig, die durch eine Schiebetür verbunden waren. Im Wohnzimmer stand Markus' Schreibtisch, im Schlafzimmer mein schöner neuer Mahagonischreibtisch, den ich mir gegönnt hatte. Ein Schreiner musste allerdings die Beine kürzen. Und weil mein Zimmer zu klein war für unser Bett, schliefen wir jahrelang auf einer Schlafcouch, die wir abends aufklappten. Im Keller gab es noch eine Toilette und einen Hobbyraum mit Waschbecken, wo Markus und die Kinder vergrößerten, emaillierten und wo Hanna später malte. Endlich hatte ich nun eine Spülmaschine und zum ersten Mal hatten wir in der Badewanne auch eine Dusche.

In diesem Herbst machten wir mächtig Wahlkampf. Markus und ich waren in die SPD eingetreten und saßen mit Peter Conradi, der immer Fliege trug, im Hinterzimmer an einem Tisch, die Kinder liefen mit *Willy-wählen*-Ansteckern herum, in der Schule wurde über Politik diskutiert. Markus hängte das Staeck-Plakat auf: *Achtung Arbeiter, die SPD will euch eure Villen im Tessin wegnehmen!* Die Ironie mussten wir Hanna noch erklären. Es gab Bierdeckel mit Sprüchen wie: *Wähl CDU, damit das Bier wieder hochkommt.* Auch über Rainer Barzel gab es viele Witze: *Rainer will keiner, Lieber rainer Alkohol als Rainer Barzel.* Es gab eine Barzelseife zu kaufen, schmierhaltig, schleimanregend. Und Günter Grass nannte Barzel einen Ausbund an menschlicher Ekligkeit. Vielleicht half es auch, dass Heinrich Böll den Literaturnobelpreis bekam, obwohl ich Günter Grass literarisch für besser hielt, jedenfalls gewann Brandt die Wahl. Bonn und Ostberlin verhandelten nun endlich über einen Grundlagenvertrag, der uns Westlern Reiseerleichterungen bringen sollte. Die Ostbürger hatten weniger zu erwarten.

Für den Fernseher schafften wir einen Rolltisch an, so dass ich ihn in mein Zimmer oder Markus ihn in sein Zimmer rollen konnte, aber meistens schauten wir doch alle zusammen Kulenkampff, Rudi Carell, *Kennen Sie Kino?*, Robert Lemke, den *Tatort* oder *Ein Platz für Tiere*, immer gespannt, welches Tier Grzimek ins Studio mitbringen würde. Spaß machte uns auch der knarrende Horst Stern, der an Heiligabend zur Rettung des deutschen Waldes den verstärkten Abschuss von Rotwild verlangt hatte: Man rettet den deutschen Wald ja nicht, indem man *O Tannenbaum* singt. Das gab einen herrlichen Skandal. Zwei Tage vor Weihnachten sahen wir im HR-Fernsehen endlich auch Kishons *Blaumilchkanal.* Zu Weihnachten schenkten wir den Kindern Radiorekorder und Schlittschuhe. An Silvester kamen die Wollschlägers mit ihren inzwischen drei Söhnen zu Besuch. Ich machte Fondue, und sie feuerten viele Böller ab.

Die Bruckenäcker und der schmerzliche Abschied von ihren Spielgefährten, im Grunde ihrer gesamten Kindheit, war erstaunlich schnell vergessen. Es war ein Glücksfall, dass es im Januar und Februar so kalt war, dass der Riedsee in Möhringen zufror und man Schlittschuh laufen konnte. Jeden Nachmittag fuhren sie mit der Straßenbahn eine Haltestelle und widmeten sich stundenlangen Fange-Spielen und intensiv neuen Freunden. Als der Teich längst nicht mehr zugefroren war, blieben die Eisheiligen unvermindert an unseren Töchtern hängen. Die Nähe zur Kirche in Sonnenberg erwies sich als vorteilhaft, weil die Jungs nach ihrem Konfirmandenunterricht bei uns klingelten. So hatten wir immer wieder eine Horde lauter junger Herren im Vorgarten, denn herein kommen wollten sie nicht. Für Hanna interessierten sich zwei Herren, die sich an Sportlichkeit gegenseitig überboten. Eva hatte auch einen Verehrer, er hieß Ungeheuer, wofür er natürlich nichts konnte. Wenn das Telefon klingelte, gingen wir Alten schon gar nicht mehr ran, und die Kinder zogen sich in ihre Zimmer zurück, wofür das Telefonkabel gerade lang genug war. Die neuen Freunde luden unsere Töchter nun zu Partys ein. Während Markus alles erlaubte, ohne richtig hinzuhören, musste ich mit ihnen aushandeln, wann sie nach Hause kamen, oder auch einmal eine Party verbieten. Ich wollte die Leute kennen, wo sie hingingen. Das sahen Eva und Hanna natürlich überhaupt nicht ein.

Hanna bekam ihre Periode, und ich zeigte ihr, wie man mit den Binden umging. Sie behauptet: Du hast mir gezeigt, wie sie über der Kloschüssel zerreißt, und gesagt: Du musst sie mehrmals am Tag wechseln, sonst stinkst du zehn Meter gegen den Wind. Für mich war das eine monatliche Demütigung. Die dicken Binden zeichneten sich unter den Hosen ab, und ich trug ja nur Hosen. An den schwächeren Tagen habe sie mit Watte und Taschentüchern experimentiert. Dass man Tampons benutzen konnte, hätte ich ihr nicht verraten, vielleicht, weil man dafür den Finger in die Scheide stecken musste. Das hätten sie sich flüsternd unter den Mitschülerinnen erzählt. Die frühreife Daphne habe damals in den Hohlstunden vor dem Nachmittagsunterricht ein Häuflein Freundinnen versammelt und mit Zeichnungen an der Tafel und Demonstrationen auf dem Mädchenklo die Funktion von Penis und Klitoris erklärt.

Ich hatte viel zu tun mit Klausuren und Seminararbeiten in Mittelhochdeutsch, Linguistik, neuerer deutscher Literatur und Kunstgeschichte. Bei Bark besuchte ich das Seminar über Thomas Mann. Bei Klotz hörte ich über die Operette, Schlaffer hielt seine Vorlesung über Goethe ohne Manuskript, aber in druckreifen Sätzen. Bei Röttgen und Zahlten besuchte ich Seminare über italienische Renaissance und barocke Kirchen.

Eva und Hanna brachten jetzt auch mal Fünfen nach Hause, Hanna war im Grunde genommen faul, Eva war viel fleißiger, nur der Mathematik verweigerte sie sich. Hanna interessierte sich für Mathe, sie konnte zwar immer noch nicht rechnen, aber dafür gut mit dem Rechenschieber umgehen. Die Lateinlehrerin, die auch die Klassenlehrerin war, mochte meine Töchter nicht, ich habe nie verstanden, warum. Sie glaubte, Hanna mache Rechtschreibfehler nur, um sie zu ärgern. Einmal riefen mich die Kinder aufgeregt von einer Telefonzelle aus an und erzählten, diese Lehrerin habe sie beide und Daphne unter dem Vorwand, eine Bastelaufgabe machen zu müssen, rausgeschickt, um mit der Klasse über sie zu reden. Das habe eine Freundin von Daphne ihnen hinterher erzählt. Die Lehrerin habe gesagt, die drei hätten einen schlechten Einfluss auf die Klasse. Ich konnte mir gar nicht erklären, worin der bestehen sollte. Markus lief in die Schule und beschwerte sich. Natürlich wirkte sich das negativ auf die Lateinnoten aus.

Daphne lebte mit ihrem Vater und einer älteren Schwester in Birkach, in einer Villa auf einem riesigen Grundstück mit Schwimmbecken und Wäldchen. Hanna und Eva waren mit ihr befreundet und immer wieder auch dort. Eva erinnert sich, dass Daphne einmal bei einem Spiel verkündete: Ich bin eurer Führer. Das fand sie befremdlich. Als sie vor zwei Jahren 40-jähriges Abitreffen hatten, sagte Hanna Daphne auf den Kopf zu, dass sie das Vokabular der Rechtsextremen benutze. Sie bestritt es, aber siehe da, nun kandidiert sie bei der Landtagswahl für die Rechten.

Anfang 1973 herrschte so viel Entspannung, dass Markus die Idee hatte, das *Buchmagazin* im März live von der Leipziger Buchmesse zu machen. Das war ein Risiko für die DDR, denn man konnte nicht kontrollieren, was gesagt wurde. Wir beschlossen, alle zusammen zu fahren. Weil keine Schulferien waren, brauchten wir eine Genehmigung, um die Kinder für zwei Tage aus der Schule zu nehmen. Wir setzten sie mit ihren Schlagjeans, auf deren Säume sie Smileys und das Peace-Zeichen gestickt hatten, auf die Rückbank unseres Autos und fuhren nach Leipzig. Am Bahnhof gab es eine Zimmervermittlung. Wir waren aber nicht die Einzigen. Zur Messezeit war alles ausgebucht. Bei der ersten Adresse, zu der wir mit dem Stadtplan hinfanden, empfing uns die Vermieterin missmutig, sie wollte keine Westler. Also mussten wir zurück zum Bahnhof und wieder anstehen. Die nächste Adresse war so düster und das Haus so heruntergekommen, dass ich mich weigerte, auszusteigen. Ich wäre am liebsten wieder nach Hause gefahren. Die dritte Adresse führte uns zu dem herzensguten Gebisshersteller Karlheinz Illgen und seiner Frau. Sie hatten zwei Schlafzimmer mit Federbetten. Im Garten saß in einer Voliere ein Kolkrabe, den sie aufgezogen hatten und den Biebmatz nannten.

Im Messehaus am Markt gab es vier Stockwerke für Ostverlage und einige Westverlage mit ausgewählten Büchern, die an Angelschnüren hingen, damit sie nicht geklaut wurden. Weil die Ostverlage ihre Papierzuteilung erst im April bekamen, hatten viele Exemplare in den Regalen leere Seiten. Natan und Bella kamen mit einer großen Tasche aus Cappelroda, um Bücher zu klauen und mit uns Essen zu gehen. Erst hatte Bella gar keinen Hunger, aber als Markus sagte, sie seien eingeladen, bestellte sie Borschtsch und Nachtisch. An einer Straßenbahnhaltestelle hörten wir drei Jungs reden, die unseren Töchtern die Jeans mit den Peace- und Smiley-Stickereien am liebsten gleich ausgezogen hätten. Am Sonntagabend ließen wir die Kinder bei den Illgens schlafen, während Markus und ich ins Messehaus fuhren, wo die Sendung stattfand. Alles ging gut. Am Montag fuhren wir noch bei Altvater in Halle vorbei, und zu unserer großen Überraschung konnten wir ohne größere Kontrolle in die BRD ausreisen, sie wollten nur unsere Pässe sehen, mehr nicht.

Dann mussten wir uns für 1500 Mark eine neue Waschmaschine kaufen, obwohl wir nach dem Umzug keinen Pfennig Geld übrighatten. Hanna wurde auf der Jugendfarm am Schienbein von einer Bremse gestochen. Keine Salbe half. Nach ein paar Tagen wurde die Stelle blauschwarz und der Arzt stelle eine Blutvergiftung fest, mit roten Striemen bis zu den Lymphdrüsen am Bein. Sie bekam Antibiotika. Die Kinder wären am liebsten jeden Nachmittag auf der Jugendfarm gewesen und hätten die Schule ganz und gar vernachlässigt. Wir wollten ihnen aber nur zwei Nachmittage in der Woche genehmigen, das war ein harter Kampf. Sie taten immer so, als würden wir ihnen ihr Lebensglück versauen, wenn sie mal etwas nicht so durften, wie sie es wollten. Sie waren der Meinung, dass sie keine Chance hätten, genügend zu reiten und in die Stammgruppe aufgenommen zu werden, wenn sie nicht fortwährend dort waren. Dieser soziale Zwang gefiel mir ganz und gar nicht.

Wir mussten, behauptet Hanna, uns dann sogar zwischen Tanzstunde und Jugendfarm entscheiden. Das war doch wirklich unnötig.

Markus übersetzte für den Ravensburger Verlag einen Jugendkrimi aus dem Englischen, und im Sommer machten wir unsere ständigen Überlegungen wahr, England zu besuchen. Wir fuhren bis Ostende und gingen dort auf die Fähre. Vier Stunden später legten wir in Dover an, und Markus musste auf der linken Seite weiterfahren. Wir hatten in London Bed & Breakfast gebucht, die Wirtin servierte uns Würstchen, Spiegeleier, Tomaten und Toast. Markus zeigte uns London: den Tower, die Kronjuwelen, Madame Tussauds Wachsfigurenkabinett und die National Gallery. Auf der Standarte von Ur im Britischen Museum, die in den Königsgräbern gefunden wurde, ist unter den Kriegern auch ein Zwerg dargestellt. Er geht vor den Pferden des Kriegswagens und trägt eine Keule. Die englischen Teesitten, wie Markus sie in Erinnerung hatte, gab es nicht mehr, stundenlang marschierten wir im Regen durch die Straßen, weil er unbedingt eine Teestube finden wollte, wo man zum Tee Gebäck auf einer Etagere servierte. Abends gingen wir in Soho chinesisch essen. Weil dort die Chinesen selbst tafelten, gab es nur Stäbchen und Schalen, kein Besteck. Die Kinder fanden das herrlich. Wir besuchten Oxford und Stonehenge. In Somerset wohnten wir bei einem Landwirt, der hunderte Kühe und Kälber in engen Ställen hielt. Er war sehr stolz darauf, aber uns bedrückte der Anblick der eingepferchten Tiere. Die Tochter besaß zwei Ponys und eine Wand voller Rosetten für gewonnene Kinderreitturniere. Die Familie nahm die Kinder einmal auf so eine Gymkhana mit, so dass wir uns Kathedralen anschauen konnten. In Cornwall wohnten wir in einer 400 Jahre alten Mühle. Nachmittags gab es Cream Tea mit Scones, Clotted Cream und Erdbeermarmelade. Auf den schmalen Straßen zwischen hohen Mauern stand ich Todesängste aus, denn man sah nie, wer entgegenkam. Wir besuchten die alten Zinnminen, wo die Buccas einst Bergleute vor Einstürzen gewarnt hatten. Die Zwerge waren Gestaltwechsler und konnten auch als schwarze Ziegen oder Ponys erscheinen.

Nach der Reise versuchte Markus, sich das Rauchen abzugewöhnen, war aber so unausstehlich, dass ich nicht undankbar war, als er zur Pfeife zurückkehrte. Ich hatte nach meiner Operation das Rauchen nicht wieder angefangen. Mir hatte es im Grunde genommen nie geschmeckt. Nach dem Jom-Kippur-

Krieg, bei dem Israel den Sinai eroberte, obwohl es angegriffen worden war, stiegen die Ölpreise so an, dass Ende November das erste von vier Sonntagsfahrverboten ausgerufen wurde. Die Kinder fuhren mit den Fahrrädern herum und genossen die leere, stille Stadt. Auf den Autobahnen durften wir nur noch 100 und auf Landstraßen nur noch 80 fahren. Weil alles vom Öl abhing, machte uns die allgemeine Teuerung Sorgen. In der Heißmangel, wo ich die Bettwäsche bügeln ließ, musste ich plötzlich das Doppelte bezahlen. Die Kinder brauchten Winterstiefel, für die ich einfach mal so 200 Mark hinlegen musste. Wo sollte das nur hinführen?

Ich buk unter Mithilfe der Kinder vier Christstollen und Bärentatzen, Zimtsterne, Makronen und Ausstecherle. Während wir den Stollen nicht vor Heilig Abend anschneiden durften, konnten wir die Plätzchen vorher essen. Bei den Schwaben war es genau umgekehrt. Zu Weihnachten hatten wir wieder Grippe und Angina. Ich hatte für die Zwischenprüfungen in Linguistik und Kunstgeschichte viel zu lesen. Markus schrieb in aller Eile ein Büchlein über Israel und wir besuchten jeden Montag einen Kurs für Neuhebräisch in der Volkshochschule. In der Gruppe war auch ein Mann, der Hebräisch nicht lernte, weil er nach Israel wollte, sondern für den Himmel, weil Gott ja bekanntlich nur Hebräisch spricht. Er konnte aber bisher nur sagen: Der Bleistift liegt auf dem Tisch. Ich machte im Frühling meine erste Abmagerungskur nach Atkins: morgens zwei Eier und eine Grapefruit, mittags Fleisch und abends Fleisch, kein Brot. Die Kinder sagten: Da müssen wir ja bald Mutti zu dir sagen. Aber ich konnte mein Gewicht nie lange halten, ich musste mich letzten Endes damit abfinden, dass ich klein und dick bin. Markus zog fürs Büro anstelle der weißen Hemden helle Rollkragenpullover an, so dass ich weniger bügeln musste, aber er ist leider nicht lange dabei geblieben.

Bellas Eltern starben kurz nacheinander und wurden auf dem Laurentiusfriedhof beim Roten Ochsen beerdigt. Markus fuhr zur Leipziger Buchmesse und machte Interviews für das *Buchmagazin*. Er übernachtete wieder bei den Illgens mit dem Biepmatz. Altvater bat darum, ihm 200 Mark mitzubringen, denn jetzt durften sie selbst Westgeld besitzen und im Intershop einkaufen. Weil Markus von Leipzig aus nur in eine Stadt fahren durfte und er die Genehmigung für Dresden beantragt hatte, musste Altvater den Kaffee mit ihm in Leipzig trinken. Und so sah Markus nach seiner Flucht zum ersten Mal Dresden-Leubnitz wieder. An Silas schrieb er:

Obwohl ich wusste, dass einem alles später viel kleiner vorkommt, war ich verblüfft, wie klein der Eigenheimweg und die Welt dort ist. Ich klingelte in der Nummer 3, es war noch die Klingel mit dem Sprung, und wurde von den Leuten freundlich durchs ganze Haus geführt. Ich wunderte mich, was wir damals alles in dieses kleine Haus hineinbekommen haben. Als der Mensch von der Mission, der heute da wohnt, mich zum Mittagessen einlud, saß ich nach 24 Jahren wieder an gewohnter Stelle am Esstisch im Wohnzimmer. Danach lief ich zu Fuß durch sämtliche Gässchen und Straßen und fand, dass die Zeit stehengeblieben ist. Im Westen hat jedes Dorf einen Kranz neuer Häuser um sich herum, aber hier ist alles wie bei Dornröschen festgefroren. Man kann nach einem Vierteljahrhundert vom Himmel fallen und einfach so weiterlaufen wie früher. Selbst das Namensschild meines ersten Lehrers Meinel ist noch an der Tür, obwohl der Mann längst tot sein muss. Die Krönung meines Tages war die Flecksuppe für 1,10 in einer Kneipe. Ein Genuss sondergleichen. Da merkt man erst, was Heimat ist. Eigentlich ist es ja blöd, so alte Sachen wiedersehen zu wollen, aber irgendwie beruhigt es einen, zurückkehren zu können.

Silas antwortete ihm:

In Dresden bin ich relativ oft. Als ich das erste Mal wieder dorthin kam, war ich genauso sprachlos über die Winzigkeit der Straßen und Häuser, der Elbtalweg ist ja ein lächerlicher Fußweg, die

Häuser Gartenlauben, Puppenstuben, wohin das Auge reicht. Ich war damals froh, dass ich nicht in dieser Enge habe aufwachsen müssen. Da du vermerktest, es sei schade, dass wir uns zur Messe nicht gesehen haben und du gewartet hast, dass wir uns rühren, kann ich nicht umhin zu bemerken, dass ich mich über diese Sache enorm erbost habe, und zwar darüber, dass du uns kein Wort gesagt hast, dass du da bist. Am letzten Abend der Messe rief uns Paps an und erzählte, er habe dich dort getroffen. Das hat mir erst einmal die Sprache verschlagen. Wie sollen wir uns rühren, wenn wir gar nicht wissen, dass du dort bist, geschweige denn, wo man dich erwischen kann?

Darauf antwortete Markus:

Lieber Silas, mit Recht kannst du dich ergrimmen über Leipzig, auch ich war grimmig. Die Erklärung dafür ist sehr einfach und traurig: Ich hatte dir, Paps und Natan mehrere Wochen vorher geschrieben, wann ich in Leipzig sein würde. Offenbar ist da wieder mal ein Brief an dich nicht angekommen. Ich hatte gedacht, dass ihr euch rührt, so wie Natan es tat, oder dann in Leipzig: Ich hatte Paps sofort angerufen und war doch der Meinung, dass er das rumtelefoniert wie früher.

In den Osterferien fuhren wir nach Berlin, wo wir bei Liselotte, die einst den Druck von Markus' Doktorarbeit betreut hatte, übernachteten. Zum ersten Mal sahen die Kinder und ich die Mauer. Vom Aussichtsturm aus sahen wir das Brandenburger Tor. Sie hatten die Pferde der Quadriga umgedreht, sie schauten jetzt nach Osten und zeigten uns ihre Hinterteile. Abends gingen wir ins Theater, die Kinder suchten sich *Mein Freund Harvey* aus. Im Mai trat Brandt zurück. Die Kinder waren entrüstet, er habe doch keine Schuld, wenn die DDR ihm einen Spion ins Büro gesetzt habe. Später hieß es, die SPD-Spitze habe Brandt nicht unterstützt, weil er Depressionen und Alkoholprobleme hatte. Helmut Schmidt wurde Bundeskanzler. Wir befürchteten Rückschläge im Annäherungsprozess, gerade war die ständige Vertretung der BRD in Ostberlin eröffnet worden, aber offenbar waren beide Seiten entschlossen weiterzumachen.

Eva wurde auf der Jugendfarm zur Bürgermeisterin der Bretterbuden namens Rossdorf gewählt und von einer Illustrierten fotografiert. Darauf war sie sehr stolz. Eine Mutter rief mich an und weil meine Töchter mich am Telefon ständig 17. Mai hatten sagen hören, musste ich ihnen erklären, dass manche Leute damit Homosexualität umschrieben. Erst seit einem Jahr verbot der Paragraph 175 nicht mehr alle sexuellen Handlungen unter Männern, sondern nur noch die mit Minderjährigen. Die Mutter verdächtigte einen Sozialarbeiter auf der Jugendfarm der Homosexualität, es war aber nichts vorgefallen. Hanna und Eva wollten jetzt Reitunterricht nehmen. Mit dem Tennisspielen waren sie nie recht warm geworden. Aber Reitstunden fanden wir doch sehr teuer. Wir entdeckten dann in Vaihingen eine Reitschule, wo sie samstagnachmittags von einem Hufschmied eine Gruppenreitstunde bekamen. Wir brachten sie mit dem Auto hin und gingen solange im Pfaffenwald eine Stunde spazieren. Dort entstand gerade der Universitätscampus für die technischen Fakultäten.

Den Sommerurlaub verbrachten wir wieder in Griechenland, sehr zur Sorge von Altvater, der uns im Kriegsgetümmel zerrieben wähnte. Die griechischen Zyprer hatten mit dem Anschluss an Griechenland gezündelt und den türkischen Angriff mit einem Seemanöver verwechselt. Auf einmal war Nordzypern türkisch besetzt. Wir befanden uns weit weg vom Geschehen in einem Hotel in Methoni an der Spitze des kleinen Fingers des Peloponnes, dennoch fuhren am Mittag die Griechen mit ihren Traktoren an den Strand und stellten sie in einer Reihe auf, um eine türkische Invasion aufzuhalten. Eva lernte Irene aus Athen kennen, mit der sie eine lebenslange Freundschaft verbindet. Und wir freundeten uns mit den Bekendorps an, die eine Tochter und einen Sohn hatten. Sie stammte aus Weimar, er aus Hamburg, wo sie auch lebten. Herr Bekendorp war ein steifer Hamburger, der mit seinen Zimmerpflanzen sprach, sie eine beredte Frau, die ihm immer dankbar war, dass er sie nach ihrer Flucht gerettet hatte. Sie sind beide auch schon tot.

Silas schrieb von seinem Urlaub:

Erst waren wir an einem See in Berlin, wo ein Pope in seinem Garten ein Bungalochen hingestellt hat für kinderreiche Popenfamilien. Der Mann verfügt selbst über neun Kinder. Ein Berliner Original, der vor dem Frühstück seinen Jüngsten durchdrosch, dann fraß und anschließend mit lauter Stimme eine Andacht hielt. Krieg und Tragödien gab es bei uns nur in sofern, als wir auf dem Weg zum Lokus an einer Horde Gänsen nebst Gänserichen vorbeimussten. Dann waren wir noch vierzehn Tage in Halle, wo man auch an den schönsten Tagen keine klare Sonne mehr sieht, alles ist hinter einem Dunstschleier. Erst als wir wieder hier ankamen, merkten wir, was für schönes Wetter ist.

Im Herbst mussten die Kinder ins Schullandheim nach Südtirol. Während Markus in seiner Schulzeit nicht weiter weg als 30 Kilometer gereist war und ich gar nicht, musste es heutzutage Bozen mit einem Ausflug nach Venedig sein. Die Klasse hatte darüber abgestimmt und wir mussten es bezahlen. Es war seltsam für uns, zehn Tage ohne unsere Töchter zu Hause zu sein, zum ersten Mal seit knapp 16 Jahren. Ich konnte Markus zur Frankfurter Buchmesse begleiten. Er interviewte Luis Trenker, der so wild gestikulierte, dass der ganze Campingbus wackelte, in dem die Aufnahme stattfand. Professor Grzimek, Stefan Heim und Eugen Kogon hatte er als Gäste in seiner Live-Sendung. Danach fuhr Markus drei Wochen lang jeden Tag nach Tübingen zu einem Intensivkurs Hebräisch an der Theologischen Fakultät. Die Lehrerin kam direkt aus Israel, es wurde kein Deutsch gesprochen. Gleichzeitig schrieb er an einem Buch über Babylonien. Das hatte ich ihm vorgeschlagen.

Anders als im Alten Griechenland, wo man glaubte, dass ein böser Dämon eingegriffen habe, wenn ein Kind missgebildet zur Welt kam oder nicht mehr weiterwuchs, erzählt ein altbabylonischer Mythos, dass Menschen mit körperlichen Mängeln genau wie Gesunde von Göttern geschaffen wurden und in der Gemeinschaft Schutz und eine Aufgabe haben. Nachdem die Götter Menschen nach ihrem Ebenbild geschaffen hatten, feierten sie ausgiebig, der Wein floss reichlich, das machte sie übermütig und mutwillig. Einer der Götter, nämlich Enki, der Herr der Erde, und die Muttergöttin Ninmah bastelten im Rausch noch einige Frauen und Männer mit verkrüppelten Gliedern, buckligen Rücken und so schwachem Verstand, dass sie kaum überlebensfähig waren. Nüchtern geworden, sah Enki, dass diesen Menschen geholfen werden müsse. Deshalb musste ihre Aufnahme in die soziale Gemeinschaft gesichert werden, damit sie als Gebrechliche und Leidende stets Hilfe und Beistand beanspruchen konnten.

Markus und Hanna fanden einen Weihnachtsbaum, dessen Aufgabe doch nur im Nadeln bestand, überflüssig. Ich sagte: Wenn ich backen muss, dann will ich auch einen Baum haben. Zum Jahreswechsel warteten die Kinder sehnsüchtig auf Kälte und Winter, damit der Riedsee zufror. Dort hätten sie zwanglos ihre Eisheiligen wiedertreffen können. Aus dem Frost wurde nichts, und nun wollten sie auf Partys gehen. Ich wollte aber wissen, wo sie hingingen, denn man hörte immer wieder davon, dass Drogen in die Cola getan wurden. Und um Mitternacht mussten sie zu Hause sein, denn Markus konnte nicht den Chauffeur spielen, wenn keine Straßenbahn mehr fuhr. Ich wollte auch nicht, dass sie zu anderen ins Auto stiegen, die gerade den Führerschein gemacht hatten, immer wieder hörte man von schrecklichen Unfällen nach Partys. Das sahen sie natürlich nicht ein. Ich solle ihr doch gefälligst vertrauen, schrie Eva, sie wisse doch alles und würde aufpassen. Ihrer älteren Schwester warf sie vor, nicht schon alles erstritten zu haben, damit sie es leichter hätte. Markus half mir leider gar nicht. Ich war allein die Böse, die alles verbot. Dabei hatte ich mir doch vorgenommen, meine Kinder zu verstehen. Aber als Mutter hat man eben Ängste und Sorgen, die ich mir als junge Frau nicht vorstellen konnte.

Die RAF quälte uns und vergällte mir jegliche Sympathie mit ihren Zielen, die vielleicht einmal vorhanden gewesen war. Jetzt entführten sie schon Politiker. Drei Tage vor den Berliner Senatswahlen zerrten sie den Spitzenkandidaten der CDU, Peter Lorenz, in Zehlendorf an der Krummen Lanke aus seinem Auto und verlangten die Freilassung von sechs Kumpanen. Alle wollten, dass man ihn rettete und auf die Forderung einging, obwohl Bundeskanzler Schmidt dagegen war. Im Fernsehen sahen wir, wie Pastor Albertz mit den Gefangenen auf dem Flugplatz zu einem Flugzeug ging, um mit ihnen in den Jemen zu fliegen. Lorenz wurde freigelassen. Die freigepressten Terroristen mordeten danach munter weiter.

Markus musste die 350 Seiten seines Buchs über die Babylonier noch einmal sauber abschreiben und saß am Schreibtisch. Da ich eine kunsthistorische Exkursion ins Elsass machen musste, wollte er die Leipziger Buchmesse ausfallen lassen und einen Kollegen schicken. Wir planten, zu Ostern nach Halle zu fahren, das sollte jetzt mit dem Auto und ohne Gebietsbeschränkungen möglich sein. Doch es kam wieder zu Verwicklungen und allseitigem Beleidigtsein, denn Sinchen wollte Westbesuch von einer alten Tante haben, genau zu Ostern, man hatte schon zugesagt. Altvater wollte, dass wir bei meiner Mutti übernachteten, was in Anbetracht der kleinen Wohnung und unserer halbwüchsigen Kinder nicht machbar war. Obendrein war Mutti gerade an der Galle operiert worden, und ich wusste, wie langsam man sich von solchen Operationen erholt, Gäste will man da nicht versorgen. Markus war sauer:

Lieber Paps, damit ist der Fall klar, wir kommen dieses Jahr überhaupt nicht. Zu Pfingsten haben die Kinder keine Ferien, also geht es nicht, und in den Sommerferien ist jeder woanders und hat selbst Ferien, da sieht man niemanden. Das ist sehr traurig, denn innerhalb eines Spielraums von fast drei Wochen müsste es doch möglich sein, dass ihr uns für ein paar Tage ein Standquartier gebt. Da wir mit dem Auto da wären, würden wir ohnehin bei Silas und Natan mal übernachten und bleiben können. Mit anderen Worten: Das ist doch eine faule Ausrede und gibt uns den Eindruck, dass wir nicht erwünscht sind. Und wenn Josine die Mühe scheut, dann können wir gern im Gasthaus essen. Das hatten wir uns nach unserem letzten Besuch bei euch sowieso vorgenommen. Schöne Ostern!

Vorsichtshalber schrieb er auch an seine Brüder, erklärte ihnen den Sachverhalt und wies darauf hin, dass wir auch keine Herbstferien hatten. Silas meinte, er müsse sich nicht gleich unwillkommen fühlen, die Alteltern hätten es wohl in ihrer Aufregung nicht überschaut.

Der Verlag wollte *Babylonien* überraschend nicht erst im Herbst, sondern schon im Juli herausbringen und täglich klingelte bei uns die Post und brachte Teile des Manuskripts mit Korrekturen vom Lektor, die Markus bearbeiten musste. Zu Ostern fuhren wir nach Scheeßel in der Lüneburger Heide und besuchten meine Halbschwester Henrike, ihre Töchter Frida und Nicole und ihren Mann. Er war Meteorologe und machte Wettervorhersagen für den Flugverkehr. Die Ehe schien mir nicht glücklich zu sein. Danach fuhren wir nach Hamburg und besuchten die Bekendorps. Ihr Sohn verliebte sich unsterblich in Eva, aber sie erhörte ihn nicht. Kaum waren wir wieder zu Hause, unterbrach der SDR sein Programm und verbreitete die Forderung der Terroristen, die in der Deutschen Botschaft in Stockholm viele Geiseln genommen hatten. Diesmal beschloss Schmidt, Härte zu zeigen. Sie erschossen zwei

Attachés und am Ende explodierte alles und vier Geiseln wurden verletzt.

Wir hatten viele Diskussionen, denn Eva stand in Mathe auf einer Fünf. Sie musste vielleicht die zehnte Klasse wiederholen. Sie redete davon, dass sie die Schule unnütz fand, studieren wolle sie sowieso nicht. Ich sagte: Gut, dann wirst du eben Verkäuferin. Daran erinnert sie sich bis heute: Es hat gewirkt. In Englisch war sie ja auch sehr gut. Da sie eifrig korrespondierte, bekam sie eine Einladung nach Schottland, um dort mit der feinen Familie Urlaub zu machen, die wir vor fünf Jahren auf Zypern kennengelernt hatten. Sie waren alle im diplomatischen Dienst, weshalb auch Eva Diplomatin werden wollte. Wir überlegten, ebenfalls nach Schottland zu fahren, sie dort abzugeben und selbst herumzufahren. Nur wussten wir noch nicht, ob wir das Geld dafür haben würden. Es wurde nichts daraus. Wir ließen Hexe bei den Forstmeisters und reisten nach Kos und Patmos. Es war ein reiner Badeurlaub, denn viel anzusehen gab es auf Kos nicht. Überall saßen gelangweilte griechische Soldaten herum, denn die türkische Küste war in Sichtweite. Hanna war fast immer bockig und schlecht gelaunt. Ich hatte den Eindruck, dass sie mich regelrecht hasste.

Zu Markus' 46. Geburtstag, der auf den Samstag fiel, machten wir Fleischfondue, die ihm nicht schmeckte. Unsere Töchter gingen nun in die Oberstufe. Hanna befreundete sich mit Andrea Berthel, die neu in die 11. Klasse gekommen war. Mit ihren Eltern Alida und Victor hat uns bis zu unser aller Tod eine Freundschaft verbunden. Sie hatten sich in Chile kennengelernt, er arbeitete in der Presseabteilung von Zeiss Oberkochen, während Alida mit den beiden Töchtern in Stuttgart wohnte und ihre Mutter zu Tode pflegte. Victor ist schon zehn Jahre tot, Alida starb im Januar, an einer Grippe, nur wenige Monate vor mir. Vor Weihnachten habe ich noch mit ihr telefoniert, nun ist auch sie nicht mehr da. Niemand ist mehr da.

Während Markus mit einem Buch über die Schlachten um Jerusalem begann, stand *Babylonien* auf der *Spiegel*-Bestsellerliste. Jeden Montag schlug er mit banger Miene den *Spiegel* auf, schauen ob er gestiegen oder gefallen war. Es kam ein Scheck in Höhe von 175 000 D-Mark. Ich machte den Brief vom Verlag auf, weil ich immer die Post aufgemacht habe, und rief Markus im Büro an. Als er heimkam, stand er bedröppelt im Zimmer herum und fragte: Wo ist denn nun der Scheck? Ich fand ihn in dem Briefumschlag, den er von seinem Schreibtisch weg sogleich in den Papierkorb geworfen hatte. Das war ein Gelächter. Wir schlossen mit dem Geld eine Lebensversicherung auf Hanna ab, die uns ausbezahlt wurde, als wir im Rentenalter waren. Altvater kam uns besuchen, paffte, dass die Funken stoben, und fühlte sich ganz wohl. Zu Silvester besuchten wir Wollschlägers in Darmstadt. Da musste ich wenigstens einmal nicht kochen. Schorsch war als Kriegsdienstverweigerer anerkannt worden und machte Zivildienst bei Essen auf Rädern. Was er machen würde, wenn er im Garten einen Engerling fände, hatten sie ihn bei der Gewissensprüfung gefragt. Er hatte geantwortet, er würde ihn ausgraben und woanders wieder eingraben.

Hanna arbeitete bei der Schulzeitung *Yggdrasil* mit, die sogar einen Preis bekam, und ließ sich zur Schulsprecherin wählen. Das Fanny bekam einen neuen Rektor, mit dem Markus sich als Elternsprecher gut verstand. Es gab auch gleich wieder ein Drama in der Schule. Eva meldete sich im Geschichtsunterricht freiwillig, um sich über das Subsidiaritätsprinzip abfragen zu lassen, aber der Lehrer trieb sie wohl so in die Enge, dass sie die Antwort nicht wusste. Sie können die Abfragerei jetzt lassen, wollte sie sagen, aber es fuhr ihr heraus: Sie können mich mal! Hanna notierte in ihrem Tagebuch:

Herr Peters meinte, sie solle dann wenigstens die Hosen herunterziehen. Eva antwortete, den Witz kenne sie. Daraufhin wurde Peters böse und nannte sie frech, worauf sie weinend aus dem

Zimmer rannte und die Tür hinter sich zuknallte. Peters war betroffen, aber ich ließ ihm keine Zeit, sich zu fassen, sondern rief laut nach vorne, er mache die Schüler ja systematisch fertig. Worauf er sagte, wenn ein Schüler sage, Sie können mich mal, sei das doch zu viel. Und wir schrien uns an. Ich behauptete, das sei eine Reaktion auf seine Aggressionen. Er brüllte, stand sogar auf, kam ein paar Schritte nach hinten, stach mit dem Finger durch die Luft und bemühte sich, mir alles, was ich sagte, im Mund herumzudrehen. Daraufhin und ohne ihm richtig zuzuhören packte ich meine Sachen zusammen. Susanne fragte leise: Gehst du?, und ich sagte, ja, nahm meinen Mantel und sagte, ich bäte ihn, mich zu beurlauben. Er bat mich noch, Dagmar, die vor der Tür auf ihren Abfragetest wartete, hereinzubitten. Ich tat es ganz gedankenlos. Eva stand draußen und heulte, Dagmar war etwas erschüttert. Ich brachte Eva in die alte Halle, gab ihr ein Taschentuch und ging hinauf zum Rektor.

Auch Markus musste wieder aktiv werden. Das ärgerte den Lehrer dermaßen, dass er in der nächsten Stunde der Klasse die Aufgabe stellte, einen Text zu dem Thema *Der Zweck heiligt die Mittel* zu schreiben. Dagegen setzte sich Hanna wieder zur Wehr, warf ihm vor, mit einem durchsichtigen Manöver Stimmung gegen Eva und sie machen zu wollen, und ging wieder hinauf ins Rektorat. Man entfernte ja solche Lehrer nie und so mussten meine Kinder bei ihm bis zum Schuljahresende den Geschichtsunterricht durchstehen, was sich nicht gerade günstig auf ihre Noten auswirkte. Eva erinnert sich überhaupt nicht mehr an den Vorfall. Der sei wohl für Hanna dramatischer gewesen.

Diesmal teilte Markus allen Brüdern rechtzeitig mit, dass er zur Buchmesse in Leipzig sein würde. Weil er die Reiseerweiterung für Dresden beantragt hatte, wollte er, dass Altvater nach Leipzig kam. Aber Altvater erwartete ihn bockig in Halle, er wollte ihm ein Porträt von Trundel mitgeben. Für die Ausfuhr besorgte er eine schriftliche Genehmigung. Der Wert des

Bildes durfte 100 Mark nicht überschreiten. Es zeigt Trundel im Profil und ist scheußlich und nichtssagend. Wir haben es nie aufgehängt. In der Stasiakte, die wir uns 15 Jahre später zeigen ließen, ist notiert, dass Markus Altvater, Natan in Cappelroda, meine Mutti und Onkel Erich und eine ehemalige Studienkollegin in Halle-Neustadt besuchte. Sie müssen ihm regelrecht gefolgt sein. Markus berichtete, Natan und Bella seien mit ihm zu einem Spaziergang auf die Felder hinausgegangen, wo sie nicht abgehört werden konnten, und hätten frei von der Leber weg von gruseligen Besuchen ihres Stasimanns erzählt. Natan hatte auf Einladung der Kirche nach Westberlin reisen und Schmidt-Rottluff besuchen dürfen. Danach sei der Stasimann vorgefahren und habe der Familie Fotos gezeigt, auf denen Natan in einem Kaufhaus bei den Kindermänteln zu sehen war. Bei einem zweiten Besuch hatte Bella unerschrocken seine Aktentasche durchwühlt, als er mal das Zimmer verlassen hatte, und eine Pistole gefunden.

Kapitel 21

Die Osterferien verbrachten wir in Israel. Rainer Goldner war inzwischen als Nahostkorrespondent tätig und lebte mit Jutta, seinen beiden Töchtern und einem Nachzüglersohn in Jerusalem. Wir spielten Pool-Billard in seinem Keller und fuhren mit einem Leihwagen mit Automatikgetriebe nach Betlehem, Jericho, Hebron und ans Tote Meer. Danach machten wir unsere Tour durch den Sinai, der ja nun zu Israel gehörte. Markus schrieb:

> *Lieber Paps! Am Karfreitag Morgen halb fünf ging's in Jerusalem los, auf einem offenen Lastwagen mit Sitzbänken. Dreißig Schwaben und ein paar Israelis. Auf dem Dach Schlafsäcke, unser Gepäck und Lebensmittel für neun Tage, im Tank Wasser, das*

wir sparen mussten. Unterwegs, hinter Eilat, luden wir noch den Beduinen Abdallah auf. So wie er da am Straßenrand stand, in seinem wehenden Gewand und mit dem Tuch auf dem Kopf, war er für eine beliebig lange Reise gerüstet. Und wir mit unseren Beuteln und Umziehsachen! Die erste Nacht war die aufregendste: hinein in ein Wadi, links und rechts hohe Felsen, dazwischen Sand, Geröll, Gebüsch. Unser Lastwagen hält an, und jeder hat seine Aufgabe. Die einen werfen die Schlafsäcke vom Dach, die anderen das Gepäck, andere machen das Essen zurecht. Ich war der Gasmann, ich baute die Küche mit dem Propangas auf. Solange es noch hell war, suchte sich jeder einen Schlafplatz irgendwo im Wadi. Dann war das Abendmahl gedeckt: Tischdecken auf dem Wüstensand, und dann wurde geprasst. Jeden Abend gab es Salat, eine heiße Suppe, einen Hauptgang und Nachtisch, einmal sogar Erdbeeren in der Wüste. Dazu Wein. Dann der Abwasch mehr mit Sand und Papier als mit Wasser. Mit der Taschenlampe dann den Schlafsack suchen. Ora, unsere Reiterleiterin, sagte: Zählt mal, wie viele Sterne euer Hotel hat. So viele Sterne habe ich nie wieder über mir gesehen. Einmal kamen Beduinen und spielten traurige Flöten, Karl May ist nichts dagegen.

Das Klogehen, vor dem ich mich so gefürchtet hatte, war ganz unkompliziert, die Wüste ist weit. Das Klopapier verbrannten wir, denn wir durften nichts in der Wüste hinterlassen, was nicht verweste. Um den Mosesberg zu besteigen, mussten wir morgens um drei aufstehen und im Dunkeln mit Taschenlampen die 3000 Stufen hochsteigen. Wir kamen zu spät. Die törichten Theologen saßen in der Moschee und sangen *Die güldene Sonne voll Freud und Wonne.* Die Stufen mussten wir dann leider auch wieder hinunter. Davon haben sich meine Knie im Grunde genommen nie wieder erholt. Leider ließen die griechisch-orthodoxen Mönche uns nicht ins Katharinenkloster hinein. Dabei war ich doch nur mitgefahren, weil ich die byzantinische Basilika und die Bibliothek sehen wollte. Sonntags nach dem

Mittagessen kochten wir nun oftmals arabischen Kaffee mit Kardamom in einer Kupferkanne.

Hanna und Eva mussten nun darüber nachdenken, welche Leistungskurse sie besuchen wollten. Nach den Sommerferien würde die reformierte Oberstufe, an der das Fanny als Versuchsschule teilnahm, beginnen. Eva wollte Englisch und Kunst machen, Hanna entschied sich natürlich auch für Kunst. Gerne hätte sie dazu Deutsch belegt, aber zwei musische Fächer waren nicht erlaubt, also wählte sie Physik, was uns doch sehr verwunderte.

Hanna sagt: Ich mochte halt Frau Schneider. Einmal, nach einer wilden Diskussion, in der ich leidenschaftlich für antiautoritäre Erziehung eintrat, rief sie mich zu sich ins Nebenzimmer und fragte mich, ob ich zu Hause geschlagen würde, was ich bestritt, auch wenn ich fast losgeheult hätte.

Im Sommer ließen wir Hexe bei den Forstmeisters und fuhren nach Schottland. Unsere Vermieterin in Edinburgh erzählte, dass jedes Haus seinen Urisk habe und manche in der Küche beim Fenster einen Stuhl für ihn stehen hätten.

> In Schottland halfen einst die Brownies oder auch Urisks den Menschen im Haushalt. Sie waren eine Art kleiner Feen oder ehemalige Wassergeister, unseren Heinzelmännchen ähnlich, und lebten mit den Menschen in Harmonie. Sie wohnten in den unbewohnten Teilen eines Hauses auf Dachböden oder in Löchern in den Hauswänden. Man konnte sie bitten, einen Dienst zu tun, durfte sie aber dafür nicht bezahlen und auch nicht über Gebühr ausnutzen, sonst verschwanden sie.

Am Loch Ness hielten wir Ausschau nach dem Monster Nessie und zum Schluss verbrachten wir zwei Wochen auf der Insel Iona, wo Markus als Student gewesen war. Das Stück grüner Marmor aus dem Steinbruch liegt noch auf dem Fensterbrett in seinem Zimmer. Hanna hatte ihre Staffelei mitgenommen, zog über die Insel und malte Bilder. Eines verkaufte sie sogar für drei Pfund an ein Zimmermädchen aus Irland. Erst wollten die Töchter nicht zu den Abendgottesdiensten in die Abtei gehen, weil Markus es tat, dann aber gingen sie doch, weil sie dort junge Leute trafen. Eva sahen wir praktisch nur noch zum Essen im Hotel. Sie verliebte sich in einen Presbyterianer aus Pennsylvania. Abends um halb elf nach dem Gottesdienst gab es im Hotel Tee und Kuchen, während es draußen noch fast hell war. Eine englische Dame sprach mich an, nachdem sie eine Weile meine oft recht missmutigen Töchter angeschaut hatte, und machte mir Komplimente, ich hätte so schöne Töchter. Sie meinte aber nicht Eva, wie ich erwartet hatte, sondern Hanna. Das sagte ich ihr auch, damit sie einmal wusste, dass nicht immer Eva als die Hübschere von beiden angesehen wurde. Hanna hatte gerade heftigen Liebeskummer, denn ihr Eisheiliger hatte sie sitzen lassen. Auf einer Wanderung wurde sie am Handgelenk von einer Bremse gestochen und es bildete sich ein roter Strich. Markus und sie setzten auf die Insel Mull über und fuhren zu einem Arzt, der ihr eine Salbe gab, die anders als die bei uns in Deutschland sofort half.

Altvater schrieb uns, dass Albert Ebert im Alter von 70 Jahren verstorben war. Im September lieferte Silas seine älteste Tochter Magdalena in Leipzig ab, wo sie bei der inneren Mission ihre Ausbildung als Kinderdiakonin anfing. Er schrieb:

> *Wie es nur bei Winklers passieren kann, war sie die einzige sämtlicher Schülerinnen, die statt eines Bettes ein Sofa bekam. Wir waren darüber so empört, dass wir sofort ein Bett kauften, das nun heute in dem frommen Heim angeliefert worden ist, weder Maggy noch das Heim wussten was davon, wir waren selber ganz überrascht, als wir den Kaufvertrag hatten. Nun sind wir gespannt auf ihre Berichte. Diese Bettgeschichte dürfte in kirchlichen Kreisen wieder etwas Staub aufwirbeln. Übrigens eine merkwürdige Sache, wenn man seine Tochter so in der Fremde abliefert.*

Für unsere Töchter begannen die beiden Abiturjahre. Zu den 120 Mädchen des letzten reinen Mädchenjahrgangs waren sieben Jungs hinzugestoßen. Hanna freundete sich mit Stefan Heucke an, der später ein angesehener Komponist wurde, Eva mit dessen Freund Stefan Willich, der auch musikalisch war, aber in der Medizin Karriere machte. Man brachte Eva und Hanna in zwei unterschiedlichen Kunst-Leistungskursen unter. So konnte Hanna Eva nicht die Schau stehlen. Mit Physik wurde sie ziemlich unglücklich. Sie las Thomas Mann und Arno Schmidt. Eva las Hermann Hesse.

Für Altvater mussten wir zwei Türschlösser kaufen, in der ganzen DDR gab es keine. Ein Schloss mit fünf Schlüsseln kostete 24,70 Mark. Wir schickten sie per Einschreiben. Da seine Angaben falsch gewesen waren, passten sie nicht, und er schickte sie mit dem Vorschlag zurück, wir sollten sie verkaufen, wenn der Laden sie nicht zurücknähme. Da hätte er sie doch besser in der DDR irgendwo verkauft oder verschenkt, wo Schlösser gebraucht wurden. Markus tauschte sie um. Ich eignete mir mit den alten Übungsheften aus Berlin das Tippen mit zehn Fingern wieder an. Hanna nahm sie mir bald weg und lernte es ebenfalls, auf der alten Erika, die noch von Altvater stammte und auf der Markus jahrelang gehackt hatte, immer im zwei-Finger-Suchsystem. Schreibmaschinen hielten ja ein Leben lang und darüber hinaus, Computer haben wir uns später alle paar Jahre neu gekauft. Im Nachhinein bin ich Hanna aber dankbar, dass sie uns gezwungen hat, uns mit Mitte fünfzig noch Computer anzuschaffen. So konnte ich bis zuletzt meine Inkontinenz-Einlagen im Internet bestellen und musste nicht die Kinder schicken.

Für fast 13 000 Mark kauften wir uns einen Volvo 244 mit Automatikgetriebe. Markus' *Schlachten um Jerusalem* erschien, eine zweite Auflage musste sofort nachgedruckt werden. Das ganze Funkhaus zog in einen Neubau an der Villa Berg um. Das neue Gebäude hatte keine Achsen, sinnlose Treppen und das sogenannte RAF-Fenster zur Straße hin, das völlig ungeschützt war, während man an der Pforte nur mit Ausweis durch eine Schleuse hineinkam. Ständig kam die Feuerwehr, weil wieder jemand unter einem Rauchmelder geraucht hatte.

Ich machte mit Röttgen eine vierzehntägige kunsthistorische Exkursion nach London und Cambridge. Silas hatte einen Herzinfarkt, hörte auf zu rauchen und begann mit Dauerläufen. Im Fernsehen schauten wir uns das Konzert an, das Wolf Biermann in Köln gab. Er sang: Dann geht das sein' sozialistischen Gang! Dass die dem das durchgehen ließen, wunderte ich mich. Drei Tage später hörten wir in den Nachrichten, dass die DDR ihn ausgebürgert hatte.

Hanna durfte sich bei Haufler am Markt eine eigene Schreibmaschine aussuchen und feierte am 23. November 1976 ihren 18. Geburtstag. Sie war nun mündig, nachdem ein Jahr vorher die Volljährigkeit von 21 auf 18 Jahre herabgesetzt worden war. Da war ein Kind nun groß gebracht und durfte selber Verträge unterschreiben. Aber ich fühlte mich noch gar nicht so, dass ich sie hätte alleine in die feindliche Welt hinauslassen wollen. Sie wohl auch nicht. Sie ging allerdings sofort aufs Standesamt und trat aus der Kirche aus.

Wir beschlossen, zu Weinachten nach Halle fahren, und boten an, auf Luftmatratzen zu schlafen und dass ich beim Kochen helfe, damit Sinchen keine Ausreden erfand, warum wir nicht kommen konnten. Drei Tage vor Weihnachten hörten wir den DDR-Korrespondenten Lothar Löwe in der *Tagesschau* in einem Bericht über das vereiste deutsch-deutsche Verhältnis wütend sagen: Jedes Kind weiß, dass die Grenztruppen strikten Befehl haben, auf Menschen wie auf Hasen zu schießen. Ui-ui-ui, sagte Markus. Löwe wurde sofort ausgewiesen, und wir fuhren nach Halle los. Damit Hanna nach bestandener Führerscheinprüfung Fahrpraxis bekam, fuhr sie unseren Volvo und Markus setzte sich auf die Rückbank. Auf den Autobahnen, die aus Betonplatten bestanden, durfte man nur 100 fahren, und wenn man sah, dass einer auf einer Autobahnauffahrt ankam, durfte man ihm nicht auf die linke Spur ausweichen. An den Autobahnbrücken hingen Werbebanner mit der Aufschrift: *Plaste und Elaste aus Schkopau.*

Wir feierten unerwartet schöne Weihnachten mit Paps und Sinchen. Einen halben Tag brachten wir bei meiner Mutti und Onkel Erich zu, länger konnte man die Gespräche über Dosenpfirsiche, Krimsekt und Kaffeepreise nicht ertragen. Erstmals fuhren wir auch nach Karl-Marx-Stadt, um Silas und Astrid zu besuchen. Hanna hatte Astrid von ihrem Taschengeld einen Pullover gekauft, der ihr sehr gut stand. Dabei hatte ich den Eindruck, dass Astrid am liebsten davongelaufen wäre. Sie lebte in ihrer eigenen Welt. Ich denke mir, es war eine einsame Welt, denn Silas war viel unterwegs als Evangelisator der DDR-Jugend. Er erzählte uns von einem Jugendfreund, der aus zehnjähriger Haft entlassen worden war. Er sei ein gebrochener Mann. Als wir am anderen Tag die steile Straße nach Cappelroda hinauffahren wollten, blieben wir auf eisglatter Fahrbahn hängen. Die Räder drehten durch, es war nichts zu machen, keine zwei Kilometer vor dem Ziel, und anrufen konnte man ja nicht. Als Markus und Hanna schließlich hinauflaufen wollten, kamen von oben zwei Männer mit Streusalz, und wir konnten doch noch hinauffahren.

Markus begann mit einem Buch über Barbarossa. Zur Leipziger Buchmesse nahm er einen Diaprojektor mit, damit er seinem Vater die Israel-Dias zeigen konnte. Altvater gab ihm die beiden kleinen Gemälde von Albert Ebert mit, die Markus hinausschmuggelte. Das dritte, etwas größere, das eine Kirmes zeigte, solle ich später bekommen, ließ Altvater mir ausrichten. Es verschwand aber nach seinem Tod.

Wir schafften für mich einen Zweitwagen an, den kleinen Volvo 343 mit Automatik, den ich mir zutraute zu fahren. Er kostete fast 20 000 Mark, aber ich hatte das weiß Gott auch einmal verdient. Gern fuhr ich allerdings immer noch nicht. Aber wenn Hanna nun dachte, sie könne über den Wagen verfügen, irrte sie sich gewaltig.

Wegen Knieschmerzen musste ich zum Orthopäden, der mir empfahl abzunehmen. Markus bekam die Übersetzung eines zweiten englischen Jugendkrimis angeboten, hatte aber eigentlich keine Zeit dafür. Ich schlug ihm vor, es seine Töchter machen zu lassen, Eva konnte gut Englisch und Hanna gut Deutsch. Sie meisterten es, für die Übersetzung gab es sogar eine lobende Erwähnung in einer Rezension.

Nein, klammheimliche Freude empfand ich nicht, als die Terroristen in Karlsruhe auf einer Kreuzung den Generalbundesanwalt erschossen, auch wenn ich Bubacks Rolle als Ermittler in der *Spiegel*-Affäre nicht guthieß. Die Leute auf der Straße redeten wieder ungeniert von vergasen und die gehörten auf der Flucht erschossen oder an die Wand gestellt, so als ob es nicht erst einer Gerichtsverhandlung bedürfe, weil wir doch in einem Rechtsstaat lebten. Auf allen Ämtern hingen Fahndungsplakate mit schwärzlichen Gesichtern und ich hoffte immer, dass ich niemals einen oder eine von denen auf der Straße erkannte. Als ich einmal mit meinem Auto die Waldfriedhofstrecke nach Sonnenberg hochfuhr, geriet ich in eine Straßensperre der Polizei. Ich hatte meine Handtasche hinter meinem Sitz liegen, und als ich die Tür öffnete und nach hinten griff, damit ich meinen Ausweis vorzeigen konnte, richteten sie ihre Maschinengewehre auf mich. So leicht konnte man erschossen werden.

Zu Ostern brach Eva zu ihrer ersten großen Reise alleine auf. Sie flog nach Athen zu ihrer Freundin Irene, mit der sie sich seit der Zypernkrise schrieb. Hanna wollte mit drei Freundinnen auf der Schwäbischen Alb wandern gehen, sie kamen aber nach nur einem Tag wieder zurück, weil es ununterbrochen geregnet hatte und das Wetter nicht besser werden sollte. Unsere Hoffnungen, dass wir zwei beiden einmal für eine Woche allein sein würden, wurden zunichte gemacht. Altvater musste sich einer Darmoperation unterziehen. Ich besuchte bei Röttgen ein Seminar über den oberschwäbischen Barock mit Exkursionen nach Ottobeuren, Ochsenhausen und Weingarten, wo die Basilika eigentlich eine Emporenhalle ist.

Die Kunstleistungskurse der Kinder fuhren zur Documenta nach Kassel und der Deutschgrundkurs gründete eine Theater-AG. Sie wollten im Herbst Brechts *Herr Puntila und sein Knecht Matti* aufführen. Komischerweise weigerte sich Eva, eine Rolle zu übernehmen, obwohl sie schauspielerisches Talent besaß. Sie wollte unbedingt Regie führen, während Hanna, die für die Regie besser geeignet war, eine Nebenrolle übernahm, in der sie einen Monolog zu sprechen hatte.

Eva sagt: Ich wollte nicht schauspielern, weil ich eigentlich ganz schüchtern war zu der Zeit und weil ich früher schon nie Gedichte auswendig lernen konnte und mir nicht zutraute, meine Rolle zu lernen. Am Schluss kannte ich das ganze Stück auswendig. Ich fand es aber vor allem stressig, auf die Bühne zu müssen und was zu sagen, ich habe nie gerne vor einer Menge Leuten was gesagt – das war das erste Mal, dass ich es wusste. Außerdem habe sie Spaß daran gefunden, ihren Lehrer herumkommandieren zu dürfen als Regisseurin. Und es sei eine erste kleine Machtposition auch Hanna gegenüber gewesen.

Der Kunst-Referendar Wolfgang Thiel half der Theater-AG beim Bühnenbild – später wurde er als Bildhauer berühmt – und Hanna malte für das Wohnzimmer von Puntila eine barbusige Dame. Eva las jetzt Erich Fromm, Hanna Sigmund Freud.

Markus und Lux entfremdeten sich, weil Lux sich an der allgemeinen Intellektuellen-Hetze beteiligt und die RAF-Sympathisanten als Terroristen bezeichnet hatte. Er schrieb:

Die Bundesrepublik wird seit Jahren von denen terrorisiert, die nie einem Terroristen Nachtlager und Reisegeld gegeben haben, aber darüber nachdenken, ob in Deutschland etwas verändert werden muss.

Das ist doch völlig verquast!, sagte Markus.

Im Juli flogen wir nach Israel und verbrachten zwei Wochen in Aschkelon zum Akklimatisieren, weil wir dann neun Tage mit Ora und einer internationalen Gruppe wieder durch den Sinai reisen wollten. Endlich kam ich ins Sinai-Kloster hinein, auch wenn wir die Bibliothek wieder nicht sehen durften. In der Zeit wurde der Bankier Jürgen Ponto erschossen. Hanna begann, sich fürs Theater zu interessieren. Intendant Peymann sorgte gerade für Empörung, weil er für eine Zahnbehandlung von Gudrun Ensslin, die in Stammheim einsaß, einen Spendenaufruf aufgehängt hatte. In der *Stuttgarter Zeitung* stand in einem Leserbrief: *Pisst Sie Schwein in Stuttgart überhaupt noch ein Hund an? Überhaupt gehören alle Terroristen an Fleischerhaken aufgehängt.* Ministerpräsident Filbinger wollte ihn rauswerfen, aber Oberbürgermeister Rommel verwies auf die Kunstfreiheit. Wir sahen Horvaths *Geschichten aus dem Wienerwald*, Goethes *Faust I* und *II*, den unvermeidlichen *Woyzeck* und *Nathan der Weise.*

Arbeitgeberpräsident Schleyer gehörte wegen seiner SS-Vergangenheit gewiss nicht zu den Menschen, die noch eine tragende Rolle in Deutschland spielen sollten, aber natürlich fand ich seine Entführung entsetzlich. Dabei wurden – zwei Tage vor Markus' Geburtstag – ja auch der Fahrer und drei Polizisten erschossen. Schmidt wollte nicht auf die Erpressung eingehen, sonst ginge das doch immer so weiter, und man konnte solche Leute wie Baader, Ensslin und Raspe nicht einfach wieder freilassen. Hinterher erfuhren wir, man hätte Schleyer befreien können, denn man kannte die Hochhauswohnung, wo er gefangengehalten wurde, aber die computerbasierte Rasterfahndung versagte, weil ein Telefax nicht weitergegeben wurde. Deswegen mussten wir auf den Fotos der Entführer mitansehen, wie Schleyer über 40 Tage hinweg abmagerte. Im Oktober wurde auch noch die Lufthansa-Maschine *Landshut* entführt. In so einem Flugzeug hätten wir auch sitzen können. Wir sahen sie im Fernsehen in flirrender Hitze auf dem Flugfeld von

Dubai stehen. Im Südjemen wurde der Pilot erschossen, das Flugzeug flog nach Mogadischu. Das Bundesverfassungsgericht entschied, dass die Regierung nicht verpflichtet sei, den Forderungen der Entführer nachzukommen, um Schleyers Leben zu retten, es zähle auch der Schutz der Bevölkerung vor den Terroristen. Wir sahen Ben Wisch, den Araberfreund Wischnewski, ein Flugzeug besteigen, und beim Frühstück am Dienstag hörten wir in den Nachrichten, die *Landshut* sei von der GSG 9 gestürmt worden, von der wir nicht gewusst hatten, dass es sie gab, alle hätten überlebt. Die zweite Nachricht lautete, dass am Morgen Raspe, Ensslin und Baader tot in den Zellen von Stammheim gefunden worden waren. Ich hatte mir nicht vorstellen können, dass Anwälte Pistolen in Hohlräumen von Büchern oder Aktenordnern ins Gefängnis schmuggeln konnten. Als Hanna 40 Jahre später als Stadträtin dem Gefängnisbeirat von Stammheim angehörte, erzählte sie, dass sie sich immer in eben diesem siebten Stock mit den Gefangenenvertretern trafen, in einer der großen Zellen, die man den RAF-Gefangenen zugestanden hatte. Unter den Beamtinnen und Beamten soll es noch einige geben, die sich am 18. Oktober an den Fund der drei Toten bei der Lebendkontrolle am frühen Morgen erinnern. Der Jahrestag sei immer ein bedrückter Tag. Eva erinnert sich, dass die jüngere Schwester des als Terrorist gesuchten Willy Peter Stoll am andern Tag in ihrer Klasse saß und niemand sich traute, sie anzusprechen. Ein Jahr später wurde er in Düsseldorf von der Polizei erschossen.

Die Premiere der Theater-AG im Mörike-Gymnasium stand auf der Kippe, weil am Abend bekannt wurde, dass Schleyer tot im Kofferraum eines grünen Audi in Mühlhausen liegen sollte. Sie wollten sie aber nicht absagen, deswegen musste Eva nun doch auf die Bühne gehen und ein paar Worte sagen. Am Tag vor Evas Geburtstag kreisten die Hubschrauber über Sonnenberg und die Waldfriedhofstrecke war gesperrt, denn Ensslin, Raspe und Baader wurden auf dem Dornhaldenfriedhof beigesetzt. Filbinger hatte es verbieten wollen, aber Rommel sagte, mit dem Tod müsse jede Feindschaft enden. Im Fernsehen sahen wir Menschenmassen, viel Polizei und viele Leute mit PLO-Tüchern, manche schrien: Mörder! Pfarrer Ensslin tat mir leid. Man soll seine eigene Tochter nicht unter solchen Umständen beerdigen müssen.

Am 28. Oktober 1977 wurde endlich auch Eva volljährig. Nun stritten sich die Kinder um mein Auto. Es wurde aber unattraktiver, als ich festlegte, dass sie um Mitternacht zu Hause sein mussten, wenn sie mein Auto nahmen.

Bei Klotz besuchte ich ein Seminar über Wilhelm Busch, das wir zu einer Protestaktion umfunktionierten, denn Kultusminister Hahn wollte die Studentenvertretungen abschaffen. Zu der großen Demonstration am 12. Dezember wollten wir auf dem Schlossplatz mit einer Bildergeschichte im Stil von Wilhelm Busch auftreten, und er suchte jemanden, der zeichnen konnte. Dafür war Hanna wie geschaffen. Während wir Texte reimten, zeichnete sie die Plakate. Sie zeichnete auch eines, auf dem sie den Kultusminister mit einem Hahnenkamm darstellte, das Markus und ich 25 Jahre später, als in der Neuen Staatsgalerie das Haus der Geschichte eröffnet wurde, dort hängen sahen.

Vor Weihnachten diskutierten wir wieder darüber, ob wir einen Baum und alle himmlischen Heerscharen brauchten. Markus war dafür, aber die Kinder fanden, es sei Krampf. Er hängte und stellte dann doch wieder alles auf, was in den Schachteln war, und Hanna bastelte den Brüllstern zusammen. Am liebsten wäre Markus über Weihnachten in ein Blockhaus im Bayrischen Wald gezogen, Holz sägen, durch den Schnee stapfen. Aber das ging nicht, weil unsere Töchter fürs Abitur, das gleich nach den Weihnachtsferien begann, lernen mussten. Es schneite wie nicht gescheit.

Meinen Geburtstag am Freitag hatten die Kinder im Grunde genommen völlig vergessen. Auf dem Gabentisch lagen vier lieblos gekaufte Vesperbrettchen. Ich konnte nicht anders, ich musste einfach losheulen. Sie fuhren zu einer Vernissage von Evas Kunstlehrer und kamen mit Blumen von der Gärtnerei am Waldfriedhof wieder, mit weißen Lilien. Noch bin ich nicht tot, sagte ich. Daraufhin waren sie beleidigt. Ich würde ja auch nie sagen, was ich geschenkt haben wolle. Es war ein furchtbarer Tag, und ich war wieder einmal schuld daran.

Dein Geburtstag war immer schwierig, behauptet Hanna.

Eva erinnert sich: Einmal sind wir am Tag nach deinem Geburtstag mit Papi in einen Juwelierladen gegangen und haben ein Schmuckstück gekauft. Mütterchen hat sich nicht recht über die Geschenke gefreut, erklärte er uns.

Mich hätte es schon gefreut, wenn sie mir einmal etwas abgenommen und an meinem Geburtstag gekocht hätten.

Das haben wir uns nicht getraut, behaupten Eva und Hanna, wir hätten es dir ja doch nicht rechtmachen können. Überhaupt haben wir uns unser Leben lang vor deinem Geburtstag gefürchtet, weil da immer dein ganzes Lebensunglück aufbrach.

Na, jetzt sind sie davon ja erlöst.

Das neue Jahr begann mit Silas' zweitem Herzinfarkt. Wir versuchten anzurufen, kamen aber nicht durch oder Astrid war nicht da oder ging nicht ran. Altvater schrieb:

> *Solch eine Krankheit eines so alten Sohnes ist doch sehr strapaziös. Ich alter Knabe sah plötzlich ein, wenn man schon alt wird, muss man alles miterleben und durchmachen, was Kinder und Kindeskinder, womöglich auch noch Urenkel betrifft. So gar sonnig also kann es kaum sein, wenn einer 90 oder noch älter wird. Indessen: Ich bin bereit dazu.*

Von Silas kam eine Karte:

> *Ihr Guten, ich hab's überlebt, bin froh! Alles entwickelt sich gut. März zu Hause, dann sechs Wochen Kur in Bad Elster. Astrid hat's am schwersten, kann mich aber jeden Tag besuchen.*

Die Kinder absolvierten ihre schriftlichen Abiturprüfungen. Am Morgen der Geschichtsprüfung wollte Markus sie in die

Schule fahren und mich in die Stadt mitnehmen. Vorher stellte ich noch die leeren Eierkartons für den Eiermann auf die Außentreppe. Als ich mich bückte, verlor ich das Gleichgewicht und stürzte kopfüber die Treppe hinunter. Meine Nase war aufgeschrammt und blutete, die Brille war auch kaputt. Bevor sie alle wegfuhren, sagte Eva zu mir, ich solle damit rechnen, dass noch ein Schock nachkomme, und mich hinlegen. Gut, dass sie mir das gesagt hatte.

Hanna behauptet: Ich war auch echt geschockt, denn zwei Nächte vorher hatte ich geträumt, du lägst im Sarg mit einem roten Schlips um den Hals. Und dann kommst du mir mit Blut auf Kragen und Bluse entgegen. Auf die Klausur konnte ich mich da nicht konzentrieren. Aber im Mündlichen habe sie es wettgemacht, auch weil sie den auswärtigen Prüfer gleich erst einmal zum Lachen bringen konnte, als sie sagte, die Amerikaner hätten ja nach dem Krieg immer geglaubt, sie müssten die Deutschen erziehen. Sie habe an meine Vernehmung in Halle denken müssen, bei der ich die Polizisten zum Lachen brachte.

Ministerpräsident Filbinger wehrte sich gegen Rolf Hochhuth, weil der ihn als furchtbaren Juristen bezeichnet hatte. Es stellte sich heraus, dass Filbinger als Militärrichter für vier Todesurteile während der Nazizeit verantwortlich gewesen war. Er behauptete: Was damals Recht war, kann heute nicht Unrecht sein.

Nachdem Uschi ihre Feindschaft zu mir plötzlich aufgegeben hatte, fuhren wir alle zusammen zu Ostern nach Marl. Es war herrliches Wetter. Vati war ziemlich kurzatmig geworden. Uschi rauchte wie ein Schlot. Schule war danach nicht mehr so richtig. Im Mai beerdigten sie ihre Schulzeit mit Sarg vom Theater der Altstadt, Kapelle und Trauerzug vom Schillerplatz zur Schule. Es war Hannas Idee gewesen. Wir überstanden den Abiball im SI, dem Hotel Stuttgart International, für den ich Eva ein langes Kleid, Hanna jedoch elegante Hosen und eine Bluse hatte kaufen müssen, weil sie kein Kleid anziehen wollte.

Das war nun auch geschafft. Nie wieder musste ich um halb sieben aufstehen und den Kindern Tee und Toast machen.

Silas berichtete aus der Kur, dass er noch nie im Leben so viel Zeit für sich gehabt habe. Er schrieb:

> *Also, ich habe das genossen, bin täglich unentwegt alleine durch die Wälder marschiert, jeden Abend noch einen einstündigen Gang mit einem Lehrer, mit dem dann über alles geredet werden konnte. In den fünf Wochen haben wir nur zweimal einen anderen Menschen getroffen, der abends spazieren ging, die Menge hockte in der Kneipe oder in Veranstaltungen, immer auf der Flucht vor sich selber. Abends hatte man allerdings Mühe, sich durch das Gewühl der Rehrudel, die über die Waldwege promenierten, durchzuschlagen. Seit ich wieder hier bin, geht es nun mit Morgengymnastik los, dann renne ich noch vor dem Frühstück durch den gleich bei uns gelegenen Park, abends fahre ich etliche Runden mit dem Fahrrad.*

Urlaub wollte er nun zum ersten Mal mit Astrid alleine in Polen machen, bekam aber die Auslandsreise nicht genehmigt, also fuhren sie wieder ins dunstige Halle.

Als Abi-Geschenk wollten wir den Kindern je eine große Reise spendieren. Eva wollte in die USA, Hanna nach Israel. Vorher mussten wir Hexe einschläfern lassen. Markus brachte sie mit den Kindern zum Tierarzt. Eva trug sie auf dem Arm und ließ sie auch auf dem Tisch nicht mehr los, bis sie tot war. Markus sagte, man habe sehen können, wie ihre Augen brachen.

Kapitel 22

Sophie und Hanna stehen immer noch in meinem Zimmer herum. Aber sie werden nicht mehr lange bleiben, denke ich. Es gibt ja nichts mehr zu tun und zu sagen. An Markus' Bett haben wir eine Stunde gesessen, dann schickte uns eine Pflegerin hinaus, um die Leiche herzurichten und eine Kerze hinzustellen. Mich richtet niemand her. Ich liege da, mit zur Wand gedrehtem Gesicht, und werde noch so daliegen, wenn sie gehen und der Arzt irgendwann kommt.

Markus hatte man zugedeckt und seine Hände ineinander verflochten. Das war endgültig. Von dieser Reise kommt er nicht zurück. Wie habe ich es nur die neun Jahre ausgehalten? Ich habe nichts vollbracht, meine *Zwerge* habe ich nicht fertigbekommen. Was hatte ich denn erwartet? Erst dachte ich, es käme noch ein Leben. Das Knie habe ich mir operieren lassen und kam in die Reha nach Bad Urach, wo wir so oft hingefahren waren, um Kaffee zu trinken. Mit wildfremden Leuten, die nur über Krankheiten redeten, saß ich am Tisch, acht Kilo habe ich abgenommen. Danach ging es nur noch bergab mit mir. Wenn ich im Marienhospital lag, konnte Hanna mich jeden Tag besuchen, sie wohnt nicht weit weg und kam mit dem Fahrrad. Da sah ich sie wenigstens öfter. Beim letzten Krankenhausaufenthalt lag ich zu lange, ich baute völlig ab. Hanna besorgte einen Rollstuhl und eine Kurzzeitpflege, wo ich aber gar nicht gepflegt wurde, wo kein Arzt kam und niemand mit mir Übungen machte. Ich saß nur den ganzen Tag im Rollstuhl herum. Es war völlig sinnlos.

Doch so habe ich wenigstens meinen Urenkel noch gesehen. Zu meinem 90. am Dreikönigstag kamen Sophie und Torsten mit Bennet aus Leipzig. Eva brachte Stollen mit, den sie nach meinem Rezept gebacken hatte, alle waren da. Sie überließen uns einen Raum im Altenheim, wo wir in Ruhe beieinandersitzen und Kaffee trinken konnten. Sophie setzte sich mit Bennet neben mich, der Kleine fasste nach meiner Kette mit dem Perlenanhänger, die meiner Leiche noch umhängt, und ich sagte: Nein-Nein. Er war erst erschrocken, dann lachte er. Und nun ist es genug, ich habe es satt, ich komme bald, Markus. Lang wird wohl nicht mehr dauern, dann sehen wir uns wieder.

Als wir Markus' Sterbezimmer verließen, habe mich in der Tür noch einmal umgedreht, aber da lag kein Mensch mehr. Nur sein Arbeitszimmer mit dem alten Schreibtisch aus Genf, dem Laptop, den Judaika, Bibeln und theologischen Schriften, den Familienfotos, den Andenken, den Ordnern mit den Briefen und dem Kunstblumenstrauß am Fenster hält seinen Geist noch gefangen. In den Schreibtischschubladen liegen Büroklammern, Tesafilm, Füllfederhalter, der ganze Krimskrams, wie er ihn in den hineingeleimten Fächern geordnet hatte. Am Regal hängt das schlichte Holzkreuz, das ihm auf dem Athos ein griechischer Pope geschenkt hat, neben dem silbernen Jad, dem Torazeigestab der Juden, und dem Kalimaphion, dem schwarzen Popenhut der Griechen, den ihm Hanna und ihre Freundin Andrea zum 50. Geburtstag schenkten.

Den begingen wir in Griechenland während eines Urlaubs an der Nordwestküste. Nicht weit davon fließt der Acheron, über den die Toten zum Hades geschippert werden. Wir besuchten die Ruine des Totenorakels, zu dem der Tyrann Periander, Herodot zufolge, einst Gesandte schickte, die mit seiner toten Ehefrau in Kontakt treten sollten, die er ermordet hatte. Nicht die Reue plagte ihn, sondern die Gier. Er hoffte, die Seele Melissas werde ihm den Ort eines verborgenen Schatzes nennen. Sie weigerte sich aber, denn ihr war kalt in der Unterwelt, weil er nach ihrem Tod keine Kleider für sie verbrannt hatte. Damit Periander wusste, dass seine Gesandten wirklich mit ihr Kontakt gehabt hatten, gab sie ihnen eine Botschaft mit, die nur er verstehen konnte. Sie sollten ihm sagen, dass er seine Brote in einen kalten Ofen geschoben habe. Damit war gemeint, dass er nach ihrem Tod Geschlechtsverkehr mit ihrer Leiche gehabt hatte. Als er das hörte, zog er den einheimischen Frauen die Kleider aus und verbrannte sie. Daraufhin verriet sie ihm das Geldversteck. Nach dem Tod endet eben der Groll.

Mein Leben mit Markus war ja auch nicht immer nur Sonntag. Wenn er Hunger hatte, war er unausstehlich und bekam Tobsuchtsanfälle. Und seine Unpünktlichkeit! Ständig warteten wir auf ihn, wenn wir aufbrechen wollten, er hatte die Schuhe noch nicht an und ging ins Bad, sich kämmen. Er war nämlich eitel. Wenn wir eingeladen waren, klaute er silberne Löffel und überreichte sie beim Abschied mit großer Geste den Gastgebern. In Restaurants nahm er die Aschenbecher mit. Manchmal habe ich mich richtig geschämt. Namen konnte er sich überhaupt nicht merken, an die Geburtstage musste ich ihn immer erinnern. Ich habe ja zeitlebens alle Geburtstage gewusst. Und dann die Unrast, die er verbreitete. Nun setz dich endlich mal hin!, habe ich oft gesagt. Aber bis die Pfeife endlich brannte! Pfeifenstopfer, Pfeifenputzer, Feuerzeug, irgendwas fehlte immer. Nach unserer abendlichen Flasche Wein wurde er rührselig. Und dann schnarchte er. Wenn ich ihn weckte, stand er auf, aß Zwiebelbrote und legte sich mit der Zwiebelfahne wieder neben mich. Manchmal hätte ich ihn wirklich gern auf den Mond geschossen. Und wenn er beim Essen anfing zu schnaufen, wusste ich, es schmeckte ihm nicht. Im Restaurant bestellte er eigentlich immer das Falsche und war unleidig. Auf meine Tomatensoße streute er Zucker, was seine Enkelinnen hellauf entsetzte. Als er wegen seiner Krankheiten auf sein Schnäpschen verzichten musste, aß er Schokolade, immer Toblerone, und wunderte sich, dass er Sodbrennen bekam. Das könne nicht daher kommen, behauptete er steif und fest, das sei doch Zucker, keine Säure. Bei den Äpfeln aß er sein Lebtag den Griebs mit, übrig blieb nur der Stiel, und den warf er gerne in der Küche in die Spüle, das fand er lustig, und ich durfte ihn wieder aus dem Ausguss herauspopeln und in den Müll werfen. Die Schubladen machte er nie richtig zu, alles ließ er stehen und liegen. Und nichts konnte man mit ihm besprechen. Er fand immer, ich dramatisiere nur. Aber das habe ich zum Glück alles schon beinahe vergessen. Ich bin ja auch nie nachtragend gewesen.

Kapitel 23

In den Jahren nach dem Abitur bekamen wir graue Haare. Tagelang hörte ich hinter den geschlossenen Kinderzimmertüren nur die Platten, die sie auflegen, Hanna irische Volksmusik oder Bach, Eva Les Humphrey Singers und Pop. Anfang Juni brachten wir Eva zum Flughafen Zürich. Sie wollte in Pennsylvania ihren Schwarm besuchen, in den sie sich auf Iona verliebt hatte. Er war ihr aber wohl doch zu fromm. Bei ihm zu Hause gab es beim Abendmahl keinen Wein, sondern Saft. In New York kam sie bei dem jüdischen Ehepaar unter, das wir im Sinai kennengelernt hatten, und durfte bei einem Empfang im Rahmen der UNO-Abrüstungskonferenz dem Schauspieler Paul Newman die Hand schütteln. Seine blauen Augen beeindruckten sie sehr. Ihre Briefe erinnerten mich an Markus' Berichte aus den USA vor 21 Jahren. Sie schrieb:

> *Ich verstehe jetzt, warum die Amerikaner sich Ausland nicht vorstellen können, denn überall, wo sie hinfliegen, bekommen sie ihre Einkäufe in die gleichen Tüten verpackt und das gleiche Essen. Pizza halten sie für ein typisch amerikanisches Gericht.*

Mit Hanna verbrachten wir zwei Wochen in der Schweiz, wanderten und schauten uns in Davos die *Zauberberg*-Balkone an. Am Sonntag, dem 6. August, mussten wir auf den *Tatort* verzichten, denn der Papst war gestorben, was Markus ergrimmte, sein Papst sei es doch nicht. Am Tag darauf trat Filbinger endlich als Ministerpräsident zurück. Mitte August flog Hanna mit einem Heftchen Reiseschecks und drei Bänden Kafka nach Israel, wo sie erst eine Rundreise machte und dann in Jerusalem die Wohnung einer Israelin bezog, die im Sommer im Schwarzwald Urlaub machte. Sie schrieb uns lange Luftpostbriefe. In der Crew von Ora Lipschitz begleitete sie mehrere Sinai-Touren. Unversehens avancierte sie zur Reiseleiterin, weil die Erklärungen in einer Reisegruppe nur auf Englisch und Französisch gegeben wurden. Wir fuhren in die Provence, gut französisch essen gehen und dies und das besichtigen. Als Markus am Abend zu mir sagte, der Papst ist tot, dachte ich, er macht Witze. Aber nein, der neue Papst hatte nur 33 Tage gelebt. Kurz bevor Markus zur Buchmesse nach Frankfurt fuhr, hatten wir dann einen Polen als Papst.

Hanna kam schwer verliebt aus Jerusalem zurück, sie sagte es Eva, die fuhr, und mir auf der Heimfahrt vom Flughafen München. Ich wäre am liebsten sofort aus dem Auto gesprungen. Er war ein Medizinstudent aus Berlin mit kanadisch-israelischen Wurzeln. Markus war noch in Frankfurt, als er sich zum Besuch ankündigte. Ich bestand darauf, dass er drei Häuser nebenan im Sonnenberghotel übernachtete. Was sie dort trieben, konnte ich natürlich nicht verhindern. Zu Hannas Geburtstag rief er an und wollte sie besuchen. Ich fand, er hätte auch uns fragen müssen, ob uns das recht sei, und Hanna traf sich am Nachmittag mit ihm in der Stadt. Die Sache hielt nicht, die Reise von Berlin nach Stuttgart war dem Herrn wohl auf Dauer zu weit und Briefe genügten ihm nicht.

Ständig brachen Eva oder Hanna nun Streit vom Zaun. Sie machten mich völlig fertig, und es war mir wieder einmal ein Rätsel, warum ich mich nicht schon längst umgebracht hatte. Hanna notierte in ihrem Tagebuch:

> *Im Verlauf des Abends warf Mami Papi vor, was er ihr angetan habe, sei unermesslich, und erstickte dabei vor Tränen. Und Papi fing an, selbstgerecht über unsere Herzlosigkeit zu schimpfen. Er sei enttäuscht, weil er sich immer gewünscht habe, dass man Diskussionen führe. Nur sind die Diskussionen, die er meint, nicht führbar, denn sie sind völlig blutleer und abstrakt. Er lebt für das Ideal der Feinsinnigkeit, doch darum geht es jetzt nicht.*

Hanna behauptet, ich hätte oft mit Selbstmord gedroht. Einmal hätte ich nach Rasierklingen gerufen und sei ins Bad gelaufen.

Ein andermal sei ich nachts bei einem Streit raus auf die Straße, und sie sei mir voller Angst hinterhergelaufen, aber ich hätte sie angefahren: Mach dich doch nicht lächerlich! Da, sagt Hanna, habe ich beschlossen, dass es mir jetzt egal ist und ich dir das nächste Mal die Rasierklingen hole. Und das wirkte, sagt sie, danach hast du nie wieder mit Selbstmord gedroht. Nein Hanna, widerspricht ihr Eva, das stimmt nicht. Ich hätte gesagt: Ich stürze mich vom Balkon, wenn ihr mich ins Heim steckt. Das war, als es darum ging, dass ich den Johanniter-Notruf bekomme. Daraufhin habe sie mich angeschrien: Mit deinen vielen Selbstmorddrohungen hast du dir mehr geschadet als genützt. So was tut man den eigenen Kindern nicht an.

Das tut mir wirklich leid. Aber dass sie auch immer alles, was ich gesagt habe, so bitterernst nehmen mussten! Das haben sie nie kapiert, auch Markus nicht.

Eva wollte erst Theologie, dann doch lieber Jura studieren. Beiden Fächern war gemeinsam, dass man sie nicht in Stuttgart studieren konnte, und so bezog sie in Tübingen eine trostlose Bude in einem Studentenwohnheim. Hanna, deren Neigungen Literatur und Kunst waren, war natürlich auch nicht beglückt darüber, dass ich dieselben Fächer studierte. Aber ich war schon im Hauptstudium, so dass wir nicht in denselben Seminaren saßen. Dennoch kam es zu Verwechslungen. In Germanistik war so gut, dass Rothschild sie fragte, ob sie sich bei der Grundkursabschlussarbeit von mir habe helfen lassen, und in Kunstgeschichte las Röttgen ihre Bildanalyse aus der Grundkurs-Klausur vor und behauptete, sie stamme von einem schon viel älteren Semester, nämlich von mir. Hanna musste den Irrtum aufklären. Eigentlich hatten wir ja gedacht, sie würde sich an der Kunstakademie bewerben.

Die hätten mich gar nicht genommen, sagt Hanna. Was ich malte, hat euch und meinen Lehrerinnen viel zu gut gefallen. Was wirklich Kunst ist, muss die Alten schocken und ärgern.

Tatsächlich haben mir ihre ordinären Krimis nie gefallen.

Wir kauften uns unseren ersten Farbfernseher. Hanna stellte den Schwarzweißfernseher in ihr Zimmer und erschien abends häufig gar nicht mehr im Wohnzimmer. Markus schrieb Trundels trübselige Kindheitsgeschichte ab und meinte, er verstehe nun besser, warum sie ihr Leben lang nicht darüber hinweggekommen sei, dass die Eier mehr als drei Pfennige kosteten. Silas schrieb uns, er habe kein Verständnis für die Art, wie seine Töchter mit dem Geld umgingen, die junge Generation habe kein Verständnis für unsere Einstellung. Astrid hatte – wie ich auch – die Wäsche für zwei Kinder noch mit der Hand gewaschen, aber unsere Kinder waren damit aufgewachsen, dass eine Waschmaschine da war, neben weiteren ungeheuren Werten wie Fernseher, Auto und Recorder.

Zu Weihachten fuhren wir nach Halle. Vorsorglich hatte sich Markus beim ADAC Schneeketten ausgeliehen. Bei Altvater funktionierte die Gasheizung nicht richtig, die Rohre wurden gerade einmal handwarm. Nach den Weihnachtsfeiertagen fing es an zu schneien. Altvaters Schwester Gudrun war gestorben, Hanna und Markus begleiteten ihn zur Beerdigung. Wir stritten uns unentwegt, denn ich wollte nicht nach Cappelroda fahren, aber nicht mitfahren, wenn Markus und die Kinder fuhren, wäre unhöflich gewesen, und ich bin nicht gern unhöflich. Ich hätte lieber meine Schulfreundinnen besucht, aber immer musste Markus' Familie zufriedengestellt werden. Ich wollte auch meine Mutti nicht immer nur einmal besuchen. Im Radio hörten wir die Katastrophenmeldungen: drei Meter hohe Schneeverwehungen, 500 Leute aus Autos geborgen, Flensburg von der Außenwelt abgeschnitten, eine Sturmflut bedrohe die Ostseeküste. Ich bestand darauf, dass wir Silvester bei Mutti und Onkel Erich verbrachten. Hanna und Markus schippten die steile Auffahrt vom Schnee frei, der Volvo kam zwar hinauf, aber auf dem Kopfsteinpflaster draußen rutschte er seitlich weg. Wir beschlossen, die Straßenbahn zu nehmen. Eva kehrte gleich um, weil sie wegen falschen Schuhwerks kalte Füße hatte. Es herrschten minus 18 Grad. Markus fror an den Händen, meine Stiefel waren rutschig, nur Hanna schien vergnügt. Halle lag im Dunkeln, man sparte Strom. Nach anderthalb Stunden waren wir in der Diesterwegstraße und bekamen Heringssalat. Eigentlich wollten Mutti und Onkel Erich dann viel lieber das Silvesterprogramm im Fernsehen anschauen, darum gingen wir um halb neun wieder. Inzwischen hatten die Straßenbahnen ihren Betrieb eingestellt, deswegen mussten wir zu Fuß den langen Rückweg antreten: an der Moritzburg, dem Laurentiusfriedhof, dem Roten Ochsen und der Burg Giebichenstein vorbei über die Brücke nach Kröllwitz hinauf. Nach zwei Stunden waren wir wieder im Kirschbergweg. Eva hatte eine Flasche Sekt kaltgestellt, Sinchen ging ins Bett und Altvater lebte auf. Er fantasierte aufgeräumt, dass er das Jahr 2000 im Kreise seiner Enkel mit Krachern und einer so fulminanten Feier begehen werde, dass Reporter kommen und ihn fragen würden: Aber Herr Professor, wie konnten sie sich so jung erhalten? Wir lachten so schallend, dass Sinchen wiederkam, wenn auch nur mit Teilen ihres Gebisses im Mund. Ich musste letzten Endes zustimmen, nach Cappelroda zu fahren. Die Straße den Berg hinauf war kein Problem und Bella empfing uns mit einem fürstlichen Mahl. Sie hatten aber leider neuerdings einen Graupapagei in der Küche, der frei herumfliegen durfte, und das, wo ich mich doch so davor fürchtete, dass Vögel auf meinem Kopf landeten. Er möge Fremde nicht, beteuerten sie, und was tat er? Er flog los und landete genau auf meinem Kopf.

Im ganzen Dorf war der Strom ausgefallen, aber weil im Pfarrhaus mit Kachelöfen geheizt wurde und in der Küche noch der Holzherd stand, merkte man es nicht. Markus und Natan erzählten am Abend Geschichten aus ihrer Jugend. Die Nacht war kalt, und lang war der Weg zum Plumpsklo, wo es einem von unten alles abfror. Unsere Heimfahrt dauerte zehn Stunden statt fünf, weil wir wegen des Schnees nur 50 fahren konnten. Am Grenzübergang Hirschberg war der Strom ausgefallen, die Förderbänder für die Pässe liefen nicht. Es war gut, dass wir nicht noch länger geblieben waren, denn der DDR ging die Kohle aus, sie fror in den Waggons ein, die Gasversorgung klappte nicht mehr. Altvater schrieb uns, dass er im Geräteschuppen noch alte Briketts gefunden habe und den grünen Kachelofen im Wohnzimmer anfeuern könne. *Warum kaufen wir keine westdeutsche Steinkohle*, fragte er, *wirklich nur eine Devisenfrage?* Mitte Februar schneite Norddeutschland dann noch einmal völlig ein.

Neonazis sprengten Sendemasten, weil in den dritten Programmen die kitschige US-Serie *Holocaust* ausgestrahlt wurde. Aber endlich diskutierte man in den Familien aufgewühlt über die Nazizeit. Hanna las Eugen Kogons SS-*Staat*.

Eva verliebte sich in den Amerikaner Nash, einen Weltenbummler, der gerade in Stuttgart war, und kam eines Nachts nicht nach Hause. Ihrer Schwester erzählte sie, sie habe mit einem Vaginalzäpfchen verhütet. Ich ging mit ihr zum Frauenarzt, damit er ihr die Pille verschrieb. Da durfte ich dann doch wieder mitgehen, das machte sie nicht alleine. Sie wurde schnell richtig pummelig. In den Semesterferien nahm sie einen Job am Fließband bei Roto Fenster- und Türentechnologie in Leinfelden-Echterdingen an, wo sie auch Früh- und Spätschichten machen musste. Wir fragten uns, wofür sie so viel Geld brauchte. Eines Abends, kurz bevor die Uni wieder losging, standen Nash und sie in unserer Wohnung und teilten uns mit, dass sie heiraten und in Salt Lake City leben wollten. Uns verschlug es die Sprache. Der junge Mann litt unter Angstanfällen, ständig war er scared. Bei dieser Gelegenheit stellten wir fest, dass Eva in Tübingen praktisch nicht mehr studierte. Natürlich waren wir gegen so eine unüberlegte Heirat. Eva brannte mit Nash durch und tauchte zwei Tage später bei Henrike in Scheeßel wieder auf. Sie waren getrampt. Nash verschwand am nächsten Tag mit Evas bei Roto sauer verdientem Geld von 1500 Mark. Da hörte der Spaß für sie auf. Ich fuhr mit Hanna nach Scheeßel, um Eva zurückzuholen, aber sie wollte erst einmal dort bleiben. Henrike besorgte ihr einen Job in einem Kinderhaus, doch das war nichts für sie und sie wollte nun doch wieder zurückkommen.

Eva sagt: Ich rechne es euch hoch an, dass ihr nicht Sieh'ste! sagtet, als ich heimkam. Die ganze Bahnfahrt über habe ich mich gefürchtet, aber ihr standet am Bahnhof, und alles war wieder gut.

Natürlich war sie nicht besonders guter Laune, als sie wieder bei uns leben musste. Sie bezog das Kellerzimmer, das Markus und Hanna für sie hergerichtet hatten. So war sie vom Familienleben entfernt, hatte eine eigene Tür und konnte kommen und gehen, ohne mit uns reden zu müssen. Zum Duschen und Essen musste sie allerdings hochkommen. Wir konnten in ihrem freigewordenen Zimmer endlich unser eigenes Schlafzimmer einrichten. Lampen und Gardinen und Vorhänge mussten besorgt, Regale gebaut werden. Markus, der eigentlich an seinem Buch über den Dalai Lama schreiben musste, bekam graue Haare. Das halbe Jahr fehlte auch mir in meinem Leben, ich war zu nichts gekommen. Eigentlich hätte ich mit meiner Magisterarbeit anfangen müssen.

Nash tauchte zu unserem Entsetzen noch einmal in Stuttgart auf, aber ohne das Geld. Hanna lotste ihn in ein Café und machte ihm klar, dass er Eva nicht wiedersehen werde. Eva arbeitete inzwischen in einem dubiosen arabischen Klamottenladen in der Marienstraße, in den die Mädchen hereinkamen, stundenlang anprobierten, aber nichts kauften. Auf einmal war dann von einem Jake die Rede, einem Engländer, der in Stuttgart an einer Privatschule Englischunterricht gab. Sie hatte ihn auf einer Party kennengelernt. Beiläufig erzählte sie uns, er werde in Nordgriechenland Urlaub machen. Sie selbst wollte im Sommer ihre Freundin Irene in Athen besuchen und mit ihr auf eine griechische Insel fahren und brach mit Rucksack und Schlafsack zu anderthalb Tagen Zugfahrt nach Athen auf. Wir wunderten uns dann nur, dass ihre Briefe aus Nordgriechenland kamen, wobei sie Jake nicht erwähnte.

Gleichzeitig unternahmen Hanna und ihre Freundin Andrea zusammen mit Stefan Heucke in dessen VW-Käfer eine Griechenlandrundreise mit Rucksäcken und Schlafsäcken. Stefan sollte Eva dann auf der Rückfahrt Anfang September in Athen auflesen und nach Deutschland mitnehmen, während wir uns zwei Wochen später mit Hanna und Andrea in Delphi treffen wollten, am Sonntag, dem 16. September, um 15 Uhr am Omphalos, dem Nabel der Welt, um sie in unserem Auto heimwärts zu kutschieren. Sie tauchten aber schon anderthalb Wochen früher bei uns in Parga an der Nordwestküste auf. So hatten wir uns das nicht vorgestellt. Unsere Ruhe war dahin. Markus' 50. Geburtstag feierten wir in der Ruine des Totenorakels von Epirus. Ich musste Markus ablenken, Hanna und Andrea zogen sich alte griechische Kittel an, stellten einen Kassettenrekorder an und führten einen Hasapiko auf, den sie sich von einem Griechen hatten beibringen lassen. Die Touristen fotografierten wie wild, sie dachten, der Tanz gehöre zum Programm.

Markus war grimmig über Eva und meinte, er hätte nichts dabei gefunden, wenn sie uns erzählt hätte, dass sie mit Jake ihren Urlaub verbringen wollte. Wir beide verstanden nicht, warum sie so ein Feindbild von uns aufbaute. Wir redeten abends über nichts anderes mehr. Eva behauptet bis heute, ich hätte ja immer abgelehnt, was sie gut gefunden habe, sie habe nun mal nicht so wie wir wie eine Einsiedlerin leben wollen, wir hätten ja auch gar keine Freunde gehabt, alle anderen hätten wir als dumm abqualifiziert, wenn sie nicht Tausende Bücher gehabt hätten. Sie habe nicht einmal in die Kneipe gehen dürfen, ohne dass ich sie schief angeschaut hätte. Hanna sei eben immer das Genie in der Familie gewesen und sie das schwarze Schaf. Markus wunderte sich, wie sie darauf kam, sie hatte doch so viele eigene Begabungen, dass sie es gar nicht nötig hatte, sich klein zu fühlen. Und so genial war Hanna ja nun wirklich auch wieder nicht.

Er kramte einen alten Tagebucheintrag vom 20. März 1950 heraus. Er lautete:

Wenn Winkler 50 ist, soll er hier lesen, dass er seinen Kindern zugestehen soll, was er selbst früher gedacht und getan hat. Er soll tolerant sein, auch wenn es ihm zunächst wehtut, dass seine Kinder anders denken als er. Er soll mit seinen Kindern alles besprechen, als wenn sie Brüder wären. Er soll nicht mit falscher Keuschheit die sexuellen Fragen übergehen. Wenn ich mal 50 bin, soll ich wissen, dass ich, als ich 20 war, anders gedacht habe. Man soll nicht die Mentalität von 50 in einen 20-Jährigen verlegen. Ich sehe es doch zu Hause. Man hat Angst um mich, ich könnte verludern. Wenn ich später Kinder habe, so soll ich wissen, dass Kinder durchaus nicht immer das Bedürfnis haben, alles zu erzählen. Dass Kinder durchaus selbstständig entscheiden können, dass Kinder sich auch gern den Tag so einrichten, wie sie wollen. Dass Kinder bummeln gehen wollen, wenn es ihnen passt und nicht mit der Familie. Dass Kinder einen Zeitpunkt haben, von dem ab sie eigene Wege gehen, ohne davon zu Hause zu erzählen. Dass Kinder aber weiter so tun, als ob sie kleine Kinder wären. Dass Kinder Pakete von zu Hause meist nicht brauchen, aber es doch rührend finden. Sie schmeißen den Kuchen eher in die Asche, als dass sie die Eltern betrüben und sagen, sie wollten keinen mehr geschickt haben. Ich will mich dann daran erinnern, dass Kinder anders denken als ihre Eltern, es aber aus taktischen Gründen heraus lieber verschweigen. Man soll sich als Eltern mit dem Gedanken abfinden, dass man 21 Jahre lang Geld und Liebe darauf verwandt hat, seine Kinder großzuziehen, nur zu dem Zweck, dass die Kinder flügge werden. Wenn ich mal 50 bin, wünsche ich mir, dass ich noch wüsste, dass junge Menschen lieber in der Fremde als zu Hause sind. Eltern sollen sich mit dem Gedanken abfinden, dass sie zwar ein Kind besaßen, aber dass es ihnen mit der Zeit entgleitet. Kinder können auch ohne Eltern leben. Eltern können Kindern das Elternhaus entsetzlich verekeln, indem sie ihren Kindern bewusst vorhalten, dass sie, die Kinder, erst die Weisheit von 50 Jahren brauchten, um mit ihren 20 Jahren vernünftig leben zu können.

Eigentlich hat er sich daran gehalten, sagt Hanna, auch wenn es dazu führte, dass er gar nichts mit uns besprach und meinen Freund Georg anfangs total ignorierte. Ich dagegen hätte ständig Angst gehabt, dass sie das Studium hinschmeißen, Drogen nehmen, in der Gosse landen, schwanger werden oder heiraten und Hausfrau werden wie ich selbst. Hanna behauptet: Ich habe scharf argumentieren lernen müssen, um vor dir nicht ständig als dumm und töricht dazustehen.

Jetzt machst du es dir aber sehr einfach, Hanna! Man kann doch nicht zu allem Ja und Amen sagen, wenn man eine andere Meinung dazu hat. Ich habe es doch ausbaden müssen, wenn Markus nicht gefiel, was seine Töchter trieben, du hast ewig studiert, und er musste es bezahlen. Ich musste die Kämpfe ausfechten, weil er zu feige war, ein ernstes Wort mit dir zu sprechen. Und als Mutter hat man eben nun einmal Angst, dass die Kinder in etwas hineinrutschen, was sie nicht überschauen und später bitter bereuen.

Was hast du denn bereut?, fragt Hanna, ab 20 hattest du ja niemanden mehr, der dir noch dreinreden konnte.

Ich hätte mir gewünscht, ich hätte jemanden gehabt, glaub mir, mein Kind!

Im Herbst meldete sich meine ehemalige Schulfreundin Lotte aus Halle bei mir. Sie lebte inzwischen in Wiesbaden und suchte nach den Mitgliedern ihrer Abschlussklasse in der Torschule, was sich schwierig gestaltete, weil Frauen ja bei der Heirat ihren Nachnamen änderten. Von ihr erfuhr ich, dass unsere Schulkameradin Bille mit ihrem Mann ganz in der Nähe von uns, in Esslingen, lebte. Wir besuchten sie natürlich. Es machte mir aber keine Freude, sie war eine ziemlich dumme Frau, die nur von sich erzählte. Ihr Mann hatte ihr für 30000 Mark

Brillis fürs Ohr gekauft, und sie musste sich nun die Ohren durchstechen lassen, aber keiner machte es ihr recht, sie fand die Löcher immer schief. Das waren nun ihre Probleme.

Silas brachte seine zweite Tochter in die Mission nach Leipzig. Er tourte jetzt als hauptamtlicher Jugendevangelist durch die Gegend, und die Presse schrieb über ihn: *Der Pfarrer im Jeansanzug mit Nickelbrille, eine Skiffle-Band begleitet seine Gottesdienste, sie strömen zu Tausenden wie zu Jesus.*

Zu ihrem 20. Geburtstag veranstaltete Eva eine Käsefondue nach meinem Genfer Rezept. Zu Hannas 21. Geburtstag gingen wir mit ihr vornehm schweizerisch essen. Was waren sie nun erwachsen, und eben noch solche Purzeln! In ihrem Alter hatte ich mutterseelenallein in Berlin gesessen und nicht gewusst, ob ich mein Zuhause jemals wiedersehe. Ich hatte mich nie gegen meine Großeltern aufgelehnt, und jetzt machten das meine Töchter gegen mich. So hart hatte ich mir das nicht vorgestellt.

Über Weihnachten fuhr Eva mit Jake nach England. Wir blieben zu Hause, weil das Finanzamt eine horrende Nachzahlung verlangte. Markus beendete sein Dalai-Lama-Buch, es hatte über 400 Seiten. Ich wurde 50 und wir machten ein schönes Fest bei uns zu Hause mit vielen Freunden, auch Otto und Vroni Wollschläger kamen. Nur dass ich eben die Kocherei hatte.

Zum ersten Mal seit dem Krieg stellten wir Ende März 1980 die Uhren wieder eine Stunde vor und genossen die langen, hellen Abende. Die DDR hatte die Sommerzeit eingeführt, deshalb mussten wir es auch tun, damit wir keine unterschiedlichen Zeiten hatten. Eva bekam bei KNO eine Stelle und packte erst Bücher für den Versand und arbeitete dann im Büro. Sie brauchte Geld für eine Südamerikareise, die sie mit Jake plante. Wir brachen zu Ostern mit Biblischen Reisen nach Beirut, Syrien und Jordanien auf. Hanna war gerne mit dabei, solange sie noch auf unsere Kosten reisen konnte. Wir mussten neue Pässe machen lassen, damit die Araber nicht unsere Israel-Stempel darin sahen, und mit Trauschein und Geburtsurkunden nachweisen, dass wir keine Juden waren. In diesen Ländern war man Rundreisetouristen überhaupt nicht gewöhnt. In Beirut hörten wir nachts Schüsse, in Latakia brannte im Hafen ein Schiff, in Aleppo rannten die Ratten durch den Speisesaal die Vorhänge hinauf, auf der syrischen Landstraße kamen uns Kolonnen mit Panzern auf Lastwagen entgegen. Aber die Landschaft war sehr schön. Auf den Feldern blühte der Raps, und die Orangen schmeckten viel aromatischer als die, die wir in Stuttgart kaufen konnten. Die Gastfreundschaft und Offenheit in Damaskus war überwältigend, in der Umayyaden-Moschee wurden wir freundlich angesprochen, ein Araber nahm uns mit nach Hause und zeigte uns im Innenhof den Orangenbaum und seine knallbunte Wohnung bis ins Schlafzimmer. Wir sahen die uralten Wasserräder von Homs und die zauberhafte antike Wüstenoase Palmyra mit ihren schlanken Säulen und dem Baal-Tempel, die gerade zum Weltkulturerbe ernannt worden war. Das hat der Krieg in Syrien nun alles kaputtgemacht.

Eva kam von der Arbeit mit einer Blinddarmentzündung nach Hause und sofort ins Krankenhaus unters Messer. Wegen einer Seitenstrangangina, die nicht besser wurde, schlug ich Hanna die Nordsee vor. Sie suchte sich die Insel Baltrum heraus, weil es dort keine Autos, aber viele Pferde gab, und setzte sich Mitte Juli in den Nachtzug nach Norden. Wie wir ihren Briefen entnahmen, lernte sie eine Familie kennen, die einen Reitbetrieb hatte und mit den Kindern der Kurgäste Ausritte über die Insel machte. Dort half sie mit. Als sie nach vierzehn Tagen zurückkommen sollte und ich schon das Essen zu ihrem Empfang gekocht hatte, kam am späten Nachmittag ihr Anruf, sie bleibe noch länger. Da saßen wir nun – auch Eva war zum Empfang gekommen – und waren wieder einmal überrascht von unseren Kindern. Hanna kam erst nach sechs Wochen wieder. Eva brach mit Jake zu ihrer Reise nach Südamerika auf und Hanna fuhr mit Andrea und deren Eltern Victor und Alida nach Südspanien.

Der Wahlkampf beschäftigte uns wieder einmal, denn ausgerechnet Strauß kandidierte gegen Schmidt und verstieg sich zu der Behauptung, auch die Nazis seien letztlich Sozialisten gewesen. Günter Grass las in Stuttgart aus seinen *Kopfgeburten* vor und verspottete Strauß als einen Radikalen, der genauso gut Kommunist hätte werden können. Stoiber nannte die Schriftsteller Ratten und Schmeißfliegen. Auf dem Oktoberfest explodierte eine Bombe und tötete dreizehn Menschen. Strauß behauptete, das sei die RAF gewesen, aber es war ein Neonazi, und diese Lüge kostete ihn wohl auch die Wahl.

Altvater schrieb:

Ich muss nun erwähnen, dass ich in ärztlicher Behandlung bin, beim Chefarzt der Urologie. Das ist ist nichts Schlimmes, aber ich beachte es doch. Der Arzt sagte, wie sich Frauen untersuchen lassen nur auf Verdacht hin und zur Beruhigung, so sollten sich Männer ab 50 auch begucken lassen, weil sich in dem Alter ein paar Drüsen da unten ausbreiten und auf das Röhrchen drücken, was man ja merkt.

Bella schrieb, dass ihr Lungenkrebs in München behandelt werden sollte. Sie bekam die Ausreise genehmigt, obwohl sie noch keine 50 war.

Es waren sehr stille Weihnachten, nur mit einer Tochter. Ich arbeitete an meiner Magisterarbeit über die Illustrationen von *Peter Schlemihls wundersamer Geschichte* von Adalbert von Chamisso, ein Kunstmärchen über einen Mann, der für ein Säckel Gold, das nie versiegt, seinen Schatten an den Teufel verkauft. Sein Schatten erscheint ihm als unnütze Kleinigkeit, die man fürs Glück hergibt, aber er muss erfahren, ohne Schatten ist der Mensch nichts. Entweder die Leute fürchten oder sie verspotten ihn. Der Vater der schönen Braut macht zur Bedingung für die Ehe, dass Schlemihl seinen Schatten wiedererlangt. Doch er bekommt ihn nur, wenn er dem Teufel seine Seele gibt. Schlemihl widersteht dem Teufel und wirft das Goldsäckel weg. Von seinem letzten Geld kauft er sich Stiefel, die sich als Siebenmeilenstiefel erweisen, damit springt er nun als Naturforscher einsam rund um den Globus. Ich hatte mir diese Geschichte ausgesucht, weil sie eine der am häufigsten illustrierten Bücher des 19. Jahrhunderts ist, um Textanalyse und Bildanalyse zu verbinden. Chamisso war im Jahr 1813 während der Befreiungskriege gegen Napoleon ein Staatenloser, kein Franzose mehr, noch kein Preuße, und wäre gern für Preußen in die Völkerschlacht bei Leipzig gezogen. Ohne Pass war er nicht viel wert in der Gesellschaft. Und habe nicht auch ich meinen Schatten verkauft für Ehe und Kinder, für die vielen Reisen und ein abgesichertes Leben an der Seite meines vor Kreativität sprühenden Mannes?

Nach Weihnachten redete Hanna davon, sich wieder einen Hund anzuschaffen, einen Shetland Sheepdog. Wir schauten uns einen Wurf an und suchten uns eine Hündin aus, die wir aber erst nach unserer Ägyptenreise abholen wollten. Silas' älteste Tochter Magdalena heiratete einen Kirchenmann. Ich schlug Markus vor, ein Buch über Moses zu schreiben, auch wenn er keinen Verlag dafür hatte. Für Wochen lag ich mit einer schlimmen Grippe im Bett, und wir dachten schon, wir müssten unsere Ägyptenreise absagen. Im März schoss ein Verrückter auf Ronald Reagan, der uns politisch Sorgen machte. Da hatten wir Strauß als Kanzler abgewehrt und dann kam dieser US-Präsident. Er schien uns um 30 Jahre zurück zu sein mit seinem Kalten Krieg. Noch mehr Sorgen machte uns der Dollarkurs. Wir bekamen eine Heizölrechnung in Höhe von 2200 Mark. Im Jahr davor hatte das Öl noch 900 Mark gekostet. Markus sagte: Nun ja, wir haben alle gut gelebt, der Staat hat zu viel ausgegeben, jetzt kommen eben wieder magere Jahre.

Eva schrieb uns von abenteuerlichen Busfahrten auf schmalen Straßen in den Anden. Zum Glück wusste ich nie vorher, was sie unternahm, sonst wäre ich vor Sorgen eingegangen.

Hanna erinnert sich, dass Eva ihr einmal erzählte, in Mexiko habe ihr auf der Straße ein Mann zwischen die Beine gefasst, sie habe nach ihm geschlagen, da zog er eine Pistole. Jake und sie konnten gerade noch in eine Kneipe flüchten.

Gott sei Dank habe ich das nie erfahren.

Ägypten gefiel uns gar nicht. Wir hatten zu viele schlanke griechische Tempel gesehen und fanden die Architektur plump. Wir übernachteten aber in Assuan im Old Katarakt Hotel, das wir nun immer wiedererkannten, wenn im Fernsehen *Tod auf dem Nil* mit Peter Ustinov lief. In Kairo sahen wir in einem Autokonvoi Anwar as-Sadat, der als erster arabischer Staatschef mit Israel ein Friedensabkommen ausgehandelt hatte, infolgedessen der Sinai an Ägypten zurückgegeben wurde. Schon im Oktober wurde er auf einer Tribüne zusammen mit sieben weiteren Menschen von einem Muslimbruder erschossen. Eva kam Ende April aus Südamerika wieder. Wir schauten uns viele Dias an. Nun hatten wir auch wieder eine Hündin, ein folgsames Tier, doch an die lange Windhundschnauze habe ich mich nie gewöhnt. Ihr Name führte zu vielen Missverständnissen. Die Leute sagten immer: Oh, ein kleiner Lassie!, und fragten, wie er hieß. Wenn Hanna dann antwortete, Nessie, verstanden sie es nicht, und mussten aufgeklärt werden: wie das Monster von Loch Ness. Den Fernsehserien-Collie Lassie kennt heute bestimmt auch kein junger Mensch mehr.

Kapitel 24

Im Mai stand unsere silberne Hochzeit bevor. Das war eine Gelegenheit, bei der Verwandte in der DDR hoffen durften, eine Ausreisegenehmigung zu erhalten. Aber sie verpfuschten es und beschimpften uns dafür. Bella schrieb:

Lieber Markus! Ich leide an keiner Gedächtnisschwäche, ergo, ich kann mich noch sehr gut an unser Telefonat erinnern, geführt im Januar von Berlin (West). Wir sprachen ziemlich lange. Du notiertest meine Nummer, wolltest noch einmal zurückrufen. Nicht, dass ich solches annahm, wie es mir auch noch nie geschah, wenn ich mich von einer Reise bei euch meldete, dass ihr, wie es sämtliche andere Freunde von mir tun, mal gesagt hättet: Hast du überhaupt Geld, leg bitte auf, wir rufen zurück, dann belastet es dich nicht. Jedenfalls sollte ich dich bitten, die Einladungen zu schicken. Daraufhin erklärtest du, sicherlich würdet ihr eine Reise nach Genf unternehmen, also gar nicht da sein. Ich: Das ist euch unbenommen, schließlich seid ihr beiden ja mündige Menschen. Du: Dann werd ich das also mal machen, obwohl das unwahrscheinliche Laufereien bedeutet. Ich: Möglich, aber ich kenne Menschen, die das gemacht haben und überlebten. Dann hast du gelacht, und ich fragte nach einem Buch, was ich mir vor fünf Monaten von euch gewünscht hatte.

Markus verschickte nach Ostern eilig an beide Brüder eine vom Bezirksamt Möhringen beglaubigte Einladung zur Silberhochzeit, in der er versicherte, dass wir für Unterhalt und Unterkunft aufkamen. Daraufhin schrieb Silas:

Dein Brief, der eben hier ankam, kommt vier Wochen zu spät, da so kurzfristig Anträge gar nicht erst angenommen werden. Damit ist die EINZIGE Gelegenheit für mich, mal in die BRD zu kommen, im Eimer. Aber ich habe ja nur noch 18 Jährchen zu warten, bis ich mal reisen darf, falls du dir überhaupt vorstellen kannst, was diese Zeiträume und alles für mich bedeuten.

Deswegen setzte sich Markus drei Tage vor unserer silbernen Hochzeit hin und schrieb:

Ihr Lieben, das ist wieder mal ein Rundbrief, denn mir liegt daran, dass alle den gleichen Erkenntnisstand haben, bevor sich etwas festfrisst. Ich hatte Altvater noch im letzten Jahr geschrie-

ben wegen der Silberhochzeit und ihn gebeten, das mit euch zu besprechen. Im Januar hat dann Bella hier angerufen, und ihr habe ich genau erklärt, warum ihr das besprechen sollt und ob unter diesen Umständen eine Einladung erwünscht und möglich ist. Bella sollte das Natan und Silas sagen, und ihr solltet euch dann rühren. Keine Reaktion. In der Woche vor Ostern riefen uns dann irgendwelche Leute im Auftrag von Natan aus der Gegend vom Bodensee an und teilten uns mit, Natan könne uns nicht erreichen, wir sollten die Einladung schicken. Nun ist das ja Unsinn, dass wir nicht erreichbar sind und eine Woche vor Ostern war das ja auch reichlich spät. Trotzdem rannte ich los, konnte aber vor Ostern nichts mehr erreichen, da unsere Papiere auf dem Standesamt in Genf liegen und das Bestehen der Ehe für ein Beamtenhirn durch keinerlei Logik zu beweisen ist. Immerhin hatten wir nach Ostern nach einigen Stunden die Papiere, die ich Natan und Silas geschickt habe. Nun finde ich es nicht gut, wenn sich jetzt Silas beschwert, die Einladung sei vier Wochen zu spät gekommen. Von Januar bis Mitte März hattet ihr genügend Zeit zu reagieren, und wenn es bei euch Kommunikationsschwierigkeiten gegeben haben sollte, ist das nicht mein Bier. Umgekehrt haben auch wir keinen Grund zur Seligkeit. Wir haben bei Paps rechtzeitig angemeldet, dass wir zum Geburtstag kommen wollen, Paps besorgte die Einreisepapiere rechtzeitig, wenn auch gerade so, dass die Frist ausreichte. Und nun entdecken wir, dass auf diesen Dokumenten alles falsch steht. Da sind Geburtstage falsch, da sind Passnummern falsch, da ist aus geborene Engelberg eine geborene Engelsburg geworden. Und man weiß ja, wie genau die Grenzbeamten die Dokumente prüfen und vergleichen. Nun ist es zu spät, diese Papiere zu ändern. Wir riefen Paps an und erzählten ihm das, und er sollte sich auf dem Amt erkundigen, was nun geschieht. Keine genaue Antwort. Man wüsste von Leuten, dass das gelegentlich durchginge. Wir können jedenfalls nicht losfahren mit der Aussicht, dass einige von uns nicht reindürfen und dann zurückbleiben, denn das heißt, dass wir vorher Geld tau-

schen müssen und diese Schusselei mit Hunderten von Mark bezahlen, wenn man uns zurückweist. Warum kann man denn all diese Dinge nicht rechtzeitig hinkriegen? Wenn ihr sauer seid, wir sind es auch. Zupft euch mal an euren eigenen Nasen! Das Ende vom Lied wird sein, dass wir uns jetzt gar nicht sehen, weil keiner reisen kann. Paps ist zwar hier im Westen, aber wir wissen nicht, wo er steckt, sonst hätten wir ja hier ein Treffen machen können. Wir ärgern uns da schon wahnsinnig, weil das kein himmlischer Schicksalsschlag war, sondern reine Schlamperei. Also was nun? Schöne Grüße, Markus.

Es war ja auch so, dass meine Mutti und Onkel Erich sich auf unseren Besuch gefreut hatten. Ihnen musste ich nun absagen. Erich war zwar inzwischen mit 65 auch pensioniert worden, durfte aber als ehemaliger Bahnmitarbeiter und Geheimnisträger erst mit 68 in den Westen reisen. Und allein wollte Mutti nicht mehr kommen.

Die Forstmeisters fanden auf einmal, dass wir zu wenig Miete zahlten, sie wurden unfreundlich und stänkerten im Treppenhaus herum, weil irgendetwas nicht sauber war. Mir platzte der Kragen und ich sagte: Dann kündigen wir eben. Das war natürlich töricht, und wir konnten es uns auch gar nicht leisten, in eine viel teurere Wohnung umzuziehen. Aber die Forstmeisters schickten uns eine Kündigung. 130 Mark wollten sie mehr haben, wenn wir die Wohnung weiter mieten wollten, wo wir doch jetzt schon ohne Heizung 700 Mark zahlten. Markus ging zum Mieterverein, dort sagte man ihm, dass das nicht gehe, weil sie ja keinen Eigenbedarf vorweisen könnten und nur kündigten, um eine höhere Miete zu verlangen. Am heiligen Pfingstsonntag fand ein feierliches Gespräch unter Hirschgeweihen bei ihnen oben statt, zu dem der Bruder und seine Frau aus Freiburg anreisten. Wir einigten uns auf die Hälfte an Mieterhöhung. Markus bekam eine Gesichtsrose, sein Ohr war knallrot und geschwollen.

Auch Eva ging es nicht gut. Sie klagte sechs Wochen nach ihrer Südamerikareise über geschwollene Drüsen am Hinterkopf und Kopfschmerzen. Dann schwollen ihr die Lymphknoten an den Kiefern an. Wir riefen unseren Hausarzt an, der aber nicht kam, weil er gerade in Urlaub fahren wollte, und meinte, das sei sicher Mumps. Das hatte Hanna als Kind gehabt, aber Eva nicht. Doch dann kamen Lähmungen im Gesicht dazu, sie konnte ihren Mund nicht mehr schließen und ihr Lidschlag war ungleichzeitig. Ich rief die Urlaubsvertretung an. Die Ärztin fragte mich am Telefon, ob Eva den Kopf beugen könne. Hanna rannte in den Keller und testete es, der Hals war steif, es war eine Hirnhautentzündung. Der Krankenwagen kam und sie wurde die Kellertreppe empor getragen und ins Krankenhaus gebracht. Dort machte man eine Rückenmarkspunktion. Ich wollte nicht, dass Jake sie besuchen kam, weil er sie nur aufregte. Doch als Hanna und ich ins Zimmer traten, saß er an ihrem Bett, und sie weinte. Ich war erbost. Nach zwei Wochen klang die Entzündung ab und die Lähmungen gingen zurück, aber das linke Auge hinkte dem rechten Lidschlag noch hinterher. Sie durfte nach Hause, musste aber Antibiotika nehmen und jeden Tag in die Klinik fahren, wo mit Elektroschocks die Nerven wieder aktiviert wurden. Eine taube Stelle im Gesicht hat sie behalten. Ich bin heilfroh, dass nicht mehr zurückgeblieben ist.

Hanna verbrachte den Sommer wieder auf Baltrum bei ihrer Pferdefamilie. Dort herrschten, wenn man ihren Briefen glauben durfte, chaotische Zustände. Alle Frauen weigerten sich, etwas zu kochen, weshalb sie hauptsächlich Nutella-Brote aßen, es sei denn die Töchter – es gab drei Töchter und zwei Söhne – gingen mit dem Jagdhund und einem Luftgewehr Kaninchen wildern. Ihr gefiel's, sie konnte reiten und war den ganzen Tag an der frischen Luft. Leider ließ sie Nessie bei uns, was ich nicht in Ordnung fand, Markus aber genoss. Hanna irrte sich aber gewaltig, wenn sie meinte, ich würde diesen Hund als Familienhund betrachten, um den sich am Ende wir Alten kümmerten, wenn sie andere Pläne hatte. Weil wir Eva nicht alleine den Haushalt machen lassen wollten, während Hanna auf Baltrum war, fuhren wir in diesem Sommer nicht in die Bretagne, sondern machten drei Wochen Urlaub im Salzburger Land, nachdem Hanna von Baltrum zurückgekehrt war. Der Regen rauschte Tag und Nacht, wir schliefen viel. Das Hotel hatte einen Pool im Keller, wo ich meine Bahnen schwimmen konnte, während Markus draußen herumrannte. In Heidelberg fand dann ein Klassentreffen von Markus' Abiturklasse statt. Wir fanden die acht Leute erzreaktionär. Lux war auch da, lang und kompliziert wie eh und je.

Silas machte wieder Kur in Bad Elster, Astrid wohnte währenddessen dort in einem Pfarrhaus, so dass dies ihr Urlaub war. Er schrieb:

> *Die Männer liefen dort rum mit neugekauften Jeans, die unten umgeklappt waren, und dann wird von früh bis abends nur über das Wetter, das Essen und die Krankheit geredet. Ein paar Tage mag das gehen, aber vier Wochen lang dasselbe Gewäsch, das macht einen fertig, und dazu von Plastegeschirr mit Blechbesteck fressen, inmitten von Menschen, die im Trainingsanzug erscheinen, das ist eine Tortur.*

Eva brach mit Jake für zwei Wochen nach England auf. Sie kam zwar noch einmal wieder, aber sie hatten sich auf der Insel Mersea bei Colchester ein Häuschen gemietet, und dort wollte sie nun mit Jake leben. So ganz verstanden wir das nicht, denn Jake arbeitete weiterhin als Englischlehrer in Stuttgart, immer zwei Wochen im Monat. Aber das ging uns nichts an. Eigentlich hatten die beiden in Stuttgart eine Wohnung gesucht, doch das war eben schwierig bei den hohen Mieten. Hanna saß, wenn sie nicht mit dem Hund draußen war, an der Schreibmaschine und schrieb vermutlich bedeutende Lebenswerke. Da hatte ich nun zweie in der Wohnung, die an klappernden Schreibmaschinen saßen. Eva fror in England. Sie kam zu Weihnachten, um sich bei uns aufzuwärmen. Sie hatten dort nur einen offenen Kamin, durch den Briefschlitz in der Wohnungstür pfiff der Wind ins Wohnzimmer. Als sie erzählte, sie habe Schwellungen an den Füßen bekommen, konnte ich ihr aus meiner Kriegszeit sagen: Das sind Frostbeulen, mein Kind. Zu meinem 52. Geburtstag gingen wir zu viert in einem Lokal in Untertürkheim indisch essen. Aber kein Gericht war dabei, an das sich Markus erinnerte. Dann schneiten wir wieder einmal völlig ein. Die Straßenbahn fuhr nicht, der Schnee lag fast einen halben Meter hoch. Es sah alles ganz herrlich aus. Zum *Buchmagazin* ließ Markus sich am Sonntagabend in einem Taxi mit Schneeketten fahren. Er nahm seinen Resturlaub und schrieb am Mosesbuch, obgleich er immer noch keinen Verlagsvertrag hatte. Alle waren ängstlich, nachdem sie in den letzten Jahren zu viel gedruckt hatten und darauf sitzen geblieben waren. Die Wirtschaftskrise brach in die Verlage ein.

Zu Ostern mieteten wir uns den Bergen in der Provence ein altes Haus ohne Heizung, aber mit einem Stapel Holz zum Hacken für den Kamin. Und auf einmal standen Vroni und Otto Wollschläger vor der Tür und wir hockten zu viert am Kaminfeuer und schwätzten wie in alten Genfer Zeiten, als wir alle noch kinderlos waren. Ein fürchterlicher Mistral machte die Heimfahrt zur Schreckensreise, die Wohnwagen schwankten vor uns auf der Autobahn, dass ich immer dachte, gleich fliegt er um. Eva engagierte sich in England heftig in der Friedensbewegung. Ich fand, das konnten die Engländer mit ihrem Falklandkrieg und der allgemeinen Kriegsbegeisterung gut gebrauchen. Wie schnell kann man doch einem sonst vernünftigen Volk Hysterie einreden! Und jedes Mal marschierten sie wieder los, um schnell zu siegen, und dann dauerte es doch viel länger und es kostete viele Menschenleben. Von den Konservativen kam nie etwas Gutes. Eva schrieb, dass infolge der Thatcher-Regierung viele Arme und Obdachlose auf den Straßen zu sehen seien.

Altvater fiel das Lesen schwer, die Buchstaben seien klein und blass. Ich schickte ihm eine Lupe, die man beleuchten konnte. Er war allgemein ziemlich durcheinander. Beim Aufstehen erlitt er einen Kreislaufkollaps und schrieb:

Ich war alleine, als ich umkippte, werkelte mich aber wieder ins Bett und prüfte alle Glieder und sagte laut: Ich kann noch sprechen, also kein Schlaganfall. Glücklicherweise kam Natan an diesem Tag zu Besuch, holte eine Ärztin und besorgte Medikamente.

Altvater war so ängstlich und eingeschüchtert, dass er seine geliebten Termine außer Haus absagte.

Im Juni strichen wir unter Hannas Mithilfe unsere Wohnung. Wir brauchten einen genauen Schlachtplan, welche Bücher von welcher Wand zuerst in welche Ecke geräumt werden mussten. Aber es musste nach neun Jahren nun einmal sein. Ich klopfte am Fenster Tausende Bücher vom Staub frei. Zum ersten und einzigen Mal kam uns danach Onkel Erich zusammen mit meiner Mutti besuchen. Er wollte unbedingt in den vierzehn Tagen etwas tun und die Türen streichen. Ich fand, es sei zu viel für ihn, aber er ließ sich nicht davon abbringen. Zum ersten Mal in ihrem Leben aßen sie bei mir Spaghetti. Onkel Erich schnitt sie mit dem Messer klein. Dann kam uns Eva besuchen. Sie war inzwischen Vegetarierin geworden, aber ich richtete mich mit dem Kochen nicht danach. Soweit kommt es noch! Sollte sie eben das Fleisch weglassen. Die beiden Schwestern verstanden sich anscheinend wieder besser, sie hatten rege Briefe ausgetauscht, und ich hatte den Eindruck, dass sie ihre Konkurrenzkonflikte beigelegt hatten. Ich leistete mir einen neuen modernen Herd mit einer Glasplatte, unter der man die Heizspiralen rot aufglühen sehen konnte. Wenn etwas überkochte, wischte man es einfach mit einem Lappen weg und alles war sofort blitzsauber. Gebacken wurde mit Heißluft, ein Ventilator wirbelte die Luft so herum, dass es keine Unterschiede mehr gab und alles gleichmäßig erhitzt wurde. Das Fleisch musste ich nicht mehr wenden und ich hätte gleichzeitig einen Kuchen darin backen können. Vor Aufregung verbrannte ich mir gleich die Finger. Hanna machte ich klar, dass sie, wenn sie wieder für Wochen nach Baltrum entschwinden wollte, Nessie mitnehmen musste. Sie durfte für die Fahrt aber mein Auto nehmen, denn wir wollten in dieser Zeit in Griechenland Urlaub machen. Sie übernachtete auf dem Weg nach Norden bei meinem Vati und Uschi in Marl.

Unser Urlaub war ein Reinfall. Freunde hatten uns ein Hotel auf Zakynthos empfohlen, wo wir einen ruhigen Strandurlaub machen wollten, bevor wir herumfuhren. Sie waren im Frühjahr dort gewesen, wir aber kamen im August wie Tausende Griechen auch, nachts herrschte Volksfest und an Schlafen war nicht zu denken. Es gab ein Freilichtkino gegenüber und alle Tavernen hatten einen Lautsprecher. Aber das Wasser war schön warm. Von dort fuhren wir auf den Peloponnes zum mittleren Finger in eine urige Landschaft mit alten Wohntürmen und kleinen byzantinischen Kirchen. Aber sie waren schwer zu finden. Wir irrten stundenlang herum, bis wir sie in den Olivenwäldern entdeckten. Die Reiseführer halfen uns leider überhaupt nicht. Mittags kochten wir uns im Schatten eines Ölbaums mit dem Campingkocher Suppe und Kaffee. Da wären wir gern länger geblieben. Markus' Geburtstag verbrachten wir auf der Fähre von Griechenland nach Italien. Danach musste er den *Moses* Korrektur lesen und Namenschreibungen ändern. Er, der so ein Langschläfer gewesen war, stand neuerdings morgens um fünf auf, um in Ruhe zu schreiben. Er nannte es senile Bettflucht. Nessie freute sich, dass etwas los war, und ich genoss es, dass das Frühstück auf dem Tisch stand, wenn ich aufstand.

Silas' dritte Tochter Elena heiratete, und Astrid kam wegen einer Geschwulst ins Krankenhaus, die Gebärmutter wurde ihr entfernt. Silas schrieb:

Sie ist im Dresdner Diakonissenhaus ausgerechnet in den drei Wochen, in denen Caecilia, die dort arbeitet, in Urlaub ist. Es gelang mir, mich in Dresden einzuquartieren, so dass ich sie jeden Tag besuchen und mit ihr an der Elbe sitzen kann. Sie erholt sich nur langsam. Einen Urlaub machen wir nicht mehr, es hat auch keinen Zweck, alles überfüllt und nichts zu essen.

Eva verdiente Geld in einem Buchladen mit Café in Colchester, kaufte sich einen VW Käfer und schien sich wohlzufühlen. Aber noch hatte der britische Nebel-Winter nicht begonnen. Uns erschütterte die Art und Weise, wie im September in Bonn der Regierungswechsel zustande kam. Wie sollten wir noch Zutrauen zum Parlamentarismus haben, wenn man einen Kanzler stürzte, indem man als Partei die Koalition verließ? Kein Wunder, wenn die Grünen immer mehr Zuspruch erhielten. Wir waren uns sicher, dass Kohl die Arbeitslosigkeit auch nicht bekämpfen konnte, und hofften auf die nächsten Wahlen. Die FDP war sicher raus, nach diesem Verrat, aber dann wurde Deutschland womöglich unregierbar. Markus gönnte es dem Genscher, ich nicht, denn wir Hallenser halten zusammen.

Zu Weihnachten kündigte sich Eva an, weshalb wir nicht nach Halle fahren konnten. Sie landete in Stuttgart an Heiligabend um 18 Uhr, gerade einigermaßen rechtzeitig zum Stollen Essen. Markus genoss es, dass sie da war. Anfang Januar wurde Altvater an der Prostata operiert. Drei Tage hing er am Tropf in der Aufwachstation, dann kam er aufs Zimmer, wo Josine mit Kaffee, Kuchen, Schlagsahne und Apfelmus aufwartete. Er erholte sich gut und schrieb, der Arzt habe ihm geraten, er solle viel ruhen, schlafen, Vitamine schlucken, weniger rauchen und viel an die frische Luft gehen. Das tue er. Und er müsse alle acht Stunden eine Medizin schlucken, die 250 Mark kostete, natürlich habe er alles frei. Er könne wieder mehrere Stunden am Stück schlafen, ohne Störungen leiblicher Art.

Im März gewann Kohl die vorgezogene Bundestagswahl und die FDP war doch wieder drin und konnte weiter mitregieren. Aber die Grünen legten mächtig zu und kamen in den Bundestag. Markus sagte: Das ist der Protest gegen die verkrusteten und einfallslosen großen Parteien, die die Umweltängste einfach nicht aufgreifen. Zum Regieren fanden wir die Grünen nicht geeignet, aber zum Anstacheln von Ideen schon. Markus fuhr zur Leipziger Buchmesse. Diesmal nächtigte er bei Altvater, weil die Illgens in Leipzig ihn wegen Krankheit nicht mehr aufnehmen konnten. Hanna reiste zu Ostern mit Zug und Schiff für zwei Wochen nach England, um Eva auf Mersea Island zu besuchen. Zusammen gingen sie auf eine große Anti-Atomdemonstration. Hanna erzählte, Eva sei spindeldürr geworden.

Silas machte mit Astrid in einem alten Bauernhaus eines Freundes im Muldental Urlaub. Das Dorf hatte nur 30 Häuser, die Zeit stand dort still. Der Spaß hörte allerdings auf, als es drei Tage lang regnete, die Mulde über die Ufer trat und die Brücke weggerissen wurde. Silas schrieb:

> *Ich habe noch nie so eine Naturkatastrophe erlebt, unheimlich, wie aus einem Flüssli, durch das die Kinder laufen, in drei Tagen ein Strom von der Breite der Elbe wird, in dem ganze Baumstämme angeschossen kommen.*

Altvater erregte sich darüber, dass Franz-Josef Strauß sich mit DDR-Größen traf und der DDR einen Milliardenkredit verschaffte. Er hörte viel Radio, die Post musste Sinchen ihm vorlesen. Wir reisten schon im Juni nach Griechenland und waren im August zu Hause, während Hanna mit Nessie auf Baltrum weilte, so dass wir einmal ganz allein in der ruhigen Wohnung waren. Markus schrieb Artikel über Stuttgart und die Schwaben für das *Merian*-Reisemagazin. Ich war fleißig und arbeitete an meiner Magister-Arbeit. Sie war aber noch nicht fertig, als Hanna mit ihrem Magister-Thema zu Klotz ging. Treten Sie

Ihrer Mutter mal in den Hintern, sagte er zu ihr, damit sie ihre Magisterarbeit fertigmacht. Als Markus Hanna bei einem Spaziergang erklärte, dass es für sie allmählich Zeit werde, mit ihrem Studium zu einem Ende zu kommen, antwortete sie ihm: Ich gebe meine Magisterarbeit erst ab, wenn Mami ihre abgegeben hat, sonst wird das nie was. Ich denke aber, ihr gefiel das Studentinnenleben zu gut: sich von der Mutter bekochen und die Wäsche waschen lassen und sich den Kopf nicht über Beruf und Einkommen zerbrechen müssen. Sie bot mir allerdings an, meine Arbeit ins Reine zu tippen, da sie schneller tippte als ich. Ich ließ mich darauf ein, denn irgendwann musste ich ja einmal fertig werden, auch wenn ich nie ganz zufrieden war. Beim Abtippen formulierte sie einige Sätze eigenmächtig um. Sie dachte wohl, ich merke das nicht. Begeistert war ich darüber wahrlich nicht.

Hanna wollte sich an der Volkszählung nicht beteiligen, ein Jahr vor Orwells 1984. Es war die Rede vom gläsernen Bürger, denn die Daten sollten per Computer ausgewertet und mit den Einwohnermeldeämtern abgeglichen werden. Offenbar war das nicht in Ordnung, denn das Bundesverfassungsgericht stoppte alles. Zum Geburtstag schenkte ich Markus eine moderne elektronische Schreibmaschine, die die Buchstaben mit Nadeln auf Thermopapier druckte. Allerdings war das Papier teuer und was er damit ausdruckte, ist inzwischen alles verblasst und nicht mehr lesbar. Danach besuchten wir beiden Alten Eva in England. Man musste sich genau überlegen, wann man zwischen Mersea und Colchester hin und her fahren wollte, denn die Verbindungsstraße stand bei Flut unter Wasser. Wir nächtigten in einem Hotel nebenan. Jake kochte erstaunlich gut. Eva aß aber nur Gemüse und war sehr abgemagert. Uns schien es, als wolle sie gerne wieder nach Deutschland kommen, denn einen echten Job hatte sie keinen, der Buchladen stand vor der Pleite und die wirtschaftliche Situation in England war mies. Sie hatte ein paar Tage frei und wir fuhren ein wenig mit dem

Auto herum und schauten kleine Dörfer mit uralten Tudorhäusern, Schlösser und Herrenhäuser an, die wie in den Krimis in großen Wiesen standen. Danach fuhren wir noch eine Woche alleine durch England, fast bis zur schottischen Grenze, und schauten uns Kathedralen an.

Nur weil ein Oberstleutnant in Russland es für abwegig hielt, dass seine Instrumente ihm den Start von amerikanischen Atomraketen meldeten, verhinderte er einen Atomkrieg. Dass eine schlichte Reflexion der Sonne zu den Satelliten hinauf für den Start von US-Raketen gehalten werden konnte, war doch sehr erschreckend. Ich konnte Evas Angst vor einem Atomkrieg auf einmal besser verstehen. Reagan stationierte immer mehr Atomraketen bei uns in Deutschland und Schmidt machte mit. Selbst wir beteiligten uns auf unsere alten Tage an den Friedensketten. Hanna kam sogar im japanischen Fernsehen. Mit ihren blonden Dauerwellen und der Jeansjacke mit den vielen Friedens-Buttons sah sie für das Fernsehteam wohl sehr deutsch aus. Markus schrieb an seine Ostbrüder:

Am Nachmittag gab es in der Stadt eine Riesenkundgebung, der ganze Schlossplatz und die Nachbarstraßen waren voller Menschen, alles lief völlig friedlich ab. Den heißen Herbst wollen die CDU-Leute nur gerne herbeireden, um einschreiten zu können. Auch wenn so eine Friedenswoche nicht unmittelbar wirkt, so ist doch allein die Tatsache, dass Millionen freiwillig auf die Straße gingen und nach Umfragen 75 Prozent der Bevölkerung gegen die Raketen und gegen die Nachrüstung sind, für die Regierenden ein Zeichen. Wenn unsere Regierung eine Ausrede fände, die Stationierung aufzuschieben, so hätte sie das sicher liebend gern getan, denn so regiert sie gegen eine Mehrheit, und das ist im Westen nicht leicht.

Auch in Thüringen organisierte sich die Ostfriedensbewegung, aber die Thüringer Kirche hatte wieder einmal Angst und distanzierte sich.

Wegen Hanna schaute ich mit ihr viele Talkshows und Filme über die Aids-Seuche an. Ich hätte wirklich nicht so genau über die sexuellen Praktiken von Homosexuellen Bescheid wissen müssen, aber die Kinder mussten sich ja schützen.

Altvater überstand eine Staroperation und konnte wieder lesen, hatte aber neue Schrecken durchzustehen:

Liebe Ruth, lieber Markus, welch ein Glück, dass ich die barmherzige Schwester Josine habe, die so viel an mir zu tun hat. Es ereignete sich etwas Arges: Als ich ein, zwei Tage nach der Operation wieder zu Hause war, hatte ich eine furchtbare Nacht, und die von gestern auf heute war auch so: entsetzliche Leibschmerzen, als ob alles da unten brennte oder jemand schnitte. Der Arzt kam, und ich gehörte sofort ins Bett. Das ist offenbar eine Generalverstopfung, die nun bekämpft wurde und noch wird. Well, auch Luther litt an Verstopfung.

Deshalb sagte er den geplanten Besuch mit Josine bei uns in Stuttgart zu Weihnachten wieder ab. Wir waren traurig, wir hatten uns das so schön gedacht, weil auch Eva uns zu Weihnachten wieder besuchen wollte. Ihr Bücherladen in Colchester war pleite und sie suchte etwas Neues. Wir schickten Altvater, Zitronen, Orangen, Bananen und Ananas, Brandy für ihn und drei Pralinenschachteln für Sinchen legten wir auch bei. *Was habe ich doch für liebe Kinder!*, schrieb er. Er behauptete, er fühle sich fast wie der Alte, aber als ich las, dass er von Abmagerung schrieb und viel müde sei, war mir klar, dass es ernster war, als er wusste oder zugab. Die Winklers hatten kein Verhältnis zu ihren Krankheiten. Ich wusste auch nie, ob Markus nur wehleidig war oder schon todkrank.

Kapitel 25

Hanna überraschte uns im November damit, dass sie sich verliebt hatte, und zwar in den acht Jahre älteren Georg, der von der Statur her zwei Mal in sie hineingepasst hätte. Er wohnte mit zwei Frauen in einer WG in Vaihingen, war Mathematiklehrer am Abendgymnasium und hatte wieder angefangen zu studieren, unter anderem Germanistik. So hatten sie sich wohl kennengelernt. Uns gefiel er nicht, er hatte einen doch sehr gewöhnungsbedürftigen Humor. Hunde mochte er auch nicht, aber ich stellte gleich klar, dass Hanna Nessie mitnehmen musste, wenn sie zu ihm entschwand. Sie kam immer mit der letzten Straßenbahn kurz nach Mitternacht nach Hause. Bei ihm zu übernachten traute sie sich wohl nicht, dabei wusste ich doch, dass die Frauen sich heute nicht für die Ehe aufsparten, was vielleicht auch besser war. Markus bemerkte es lange Zeit nicht oder wollte es nicht bemerken.

Eva war über Weihnachten vier Wochen da. Sie wollte Colchester und Jake verlassen und in Stuttgart einen Job finden. Markus fragte bei Verlagen und Bekannten herum, aber sie hatte ja keine abgeschlossene Ausbildung. Sie fuhr wieder ab, um sich beim German Service der BBC vorzustellen, wozu sie aufgefordert worden war. Anscheinend wollte sie nun doch ihr Leben in Angriff nehmen. Aus der BBC wurde aber nichts. Im Februar rief sie an und teilte uns mit, dass sie sich von Jake getrennt hatte und noch in dieser Woche endgültig nach Hause kommen werde. Es gelang ihr nicht, ihren Käfer in England zu verkaufen, und so brachte sie ihn mit. Das Auto war aber so hochmotorisiert, dass sie bei der Einfuhr in Deutschland hätte Zoll zahlen müssen, doch was sollte sie hier mit einem Auto anfangen, wo das Lenkrad auf der falschen Seite war? Sie durfte ihn aber noch für eine gewisse Frist fahren, während Jake in

England einen Käufer suchte. Wir waren also auf unbestimmte Zeit wieder zu viert. Ob mich das freute, wusste ich nicht so recht. Irgendwann müssen doch die Kinder einmal ihr eigenes Leben beginnen. Hanna machte für den Funk immerhin kleine Buchbesprechungen. Markus verfiel auf eine neue Narretei und sägte, schliff und lackierte Bumerangs. Er hatte bei einem Spaziergang Leute damit gesehen, besorgte sich ein Buch, baute zwei Stück und ging mit Hanna Bumerang werfen. Sie wirbelten herum, beschrieben einen Kreis und kamen tatsächlich zurück. Nessie gab es bald auf, hinterherzulaufen.

Mein Vati wurde dieses Jahr am 12. März 80 und Markus und ich wollten eigentlich zur Feier fahren, aber Josine rief an und sagte, dass Altvater Krebs hatte und kein Vierteljahr mehr leben werde. Silas schrieb:

> *Zur Information möchte ich euch sagen, dass Altvater in der letzten Zeit sich sehr verändert hat, äußerlich, geistig ist er wie immer, aber er ist ein ganz dünnes Männchen geworden, was eben damit zusammenhängt, dass er sich nicht mehr richtig ernähren kann. Heute nun ist seine Leberkrankheit endgültig als Leberkrebs festgestellt worden, operiert kann er nicht werden. Ich kenne mich mit diesen Sachen nicht aus, habe nur gehört, dass Leber nicht schmerzhaft ist.*

Markus nannte seinem Vater den Messetermin als Grund dafür, dass wir alle zusammen nach Halle kamen. Altvater selber meinte, er habe eine Leberentzündung. Meistens saß er in seinem Sessel in der Veranda. Wenn er nachts nicht schlafen könne, erzählte er, stelle er sich seine Spazierwege vor. Einmal setzte sich Hanna zu ihm und sie führten ein trauliches Gespräch, was es vorher nie gegeben hatte. Sie erzählte ihm, dass sie Professorin werden wolle, was ihn sehr zufriedenstellte. Als wir ins Auto stiegen, nachdem wir bis zum nächsten Mal gesagt hatten, und die steile Auffahrt hinauffuhren, stand er in der Tür seiner Maikäferschachtel und winkte, wie seinerzeit Trundel am Tag vor ihrem Tod, und Markus sagte: Den sehen wir nicht mehr lebend wieder. Nur wenige Briefe gingen noch hin und her:

Lieber Paps, wir sind gut zurückgekommen, der Schlangenleuchter prangt auf dem Tisch, und der Hund hat wieder seine Familienherde. Es ist ja immer wieder schrecklich, was für einen Umstand man machen muss, um sich zu besuchen, was sonst mal ein schneller Entschluss am Wochenende wäre, dauert hier Wochen mit dem Aufwand einer Weltreise. Nun ja. Tausend Dank für alles, für essen, trinken und schlafen. Es ist natürlich immer ein bisschen Trubel, wenn da vier Leute einfallen, wir haben uns sehr gefreut, dass wir mal da waren, und besonders schön fand ich, dass Eva mit dabei war. Zuletzt waren wir ja mal Weihnachten zu viert bei euch, aber das ist ja auch schon eine Weile her. Es ist einfach vertraut und gemütlich, im Kirschbergweg zu sein, eine Sache, die auch die Kinder immer wieder bemerken. Ich habe mir ja nie klargemacht, dass ihr da schon seit 25 Jahren wohnt.

Altvater hatte uns viele Fotos mitgegeben. Markus ordnete Erinnerungen, laubsägte und bemalte weitere Bumerangs und veranstaltete einen Volkshochschulkurs. Auch das SDR-Fernsehen berichtete darüber. Eva bekam Gelegenheit, bei verschiedenen Fotografen zu assistieren und etwas zu lernen.

Am Samstag, dem 21. April 1984, starb Altvater. Silas rief uns am Abend an. Hanna guckte ungerührt in ihrem Zimmer einen Fernsehfilm zu Ende, und ich sagte ihr, wie ungehörig ich das fand. Hanna erinnert sich, dass sie danach ins Wohnzimmer ging, wo Eva noch beater saß. Sie umarmten ihn beide, und er heulte.

Weil der idiotische Freund von Hanna den Hund nicht hüten wollte und unsere Vermieterinnen ihn wegen Krankheit nicht nehmen konnten, musste sie Nessie zu ihrer Freundin Andrea bringen, die inzwischen mit dem ersten Kind in Heidelberg lebte und studierte. Eva konnte nicht mitfahren, denn wegen des Zolls musste sie ihren Käfer nach England bringen, das duldete keinen Tag Aufschub mehr. Und dann saßen wir drei Tage auf den Koffern. Bisher hatten wir immer ohne Weiteres die Einreisegenehmigung erhalten, aber nun bekam Markus zur Beerdigung seines eigenen Vaters die Genehmigung nicht. Seine Brüder brachten Tage auf den Ämtern zu, und es kostete eine Flasche Westschnaps und Beziehungen, dann kam am Donnerstag um 19 Uhr das nötige Telegramm für die Beerdigung am Freitagmittag, und wir setzten uns sofort ins Auto. An der Grenze waren wir um 23 Uhr und mussten für die eine Stunde des Tages noch die 25 Mark Zwangsumtausch pro Person zahlen. Da es in Halle keine Blumen gab, hatten wir eine Tonschale mit Pflanzen mitgenommen, aber die trug Natan schon wieder vom Grab fort ins Auto, während die Trauergemeinde noch auf dem Laurentius-Friedhof herumstand, denn solche Blumen und solche Tonschalen fanden schnell ihre Liebhaber. Simon tauchte in NVA-Uniform auf, Natan hatte ihn früh am Morgen in Brandenburg abgeholt, denn er musste gerade seinen Wehrdienst ableisten und hatte 24 Stunden Sonderurlaub erhalten. Westkontakte durfte er eigentlich nicht haben, und er musste im Nachhinein melden, dass er bei der Beerdigung seines Großvaters unerwartet mit seinem Westonkel zusammengetroffen war. Das war doch wirklich irre. Nach der Trauerfeier versammelten wir uns zum letzten Mal alle im Kirschbergweg: Natan und Bella mit Isabelle, Simon und Hermine, Silas und Astrid mit ihren drei Töchtern Magdalena, Caecilia und Elena und Markus und ich mit Hanna, nur Eva fehlte. Astrid war dick geworden und wechselte mit ihrer Patentochter Hanna kein einziges Wort. Sie fuhren am Abend. Mit Bella saßen wir noch lange in der Datscha im hinteren Garten zusammen, während Natan Simon nach Brandenburg zurückfuhr. Die Nachtigallen sangen. Bella behauptete wieder einmal, ihre versponnene Isabelle sei Trundel von allen Enkelinnen am ähnlichsten. Auf der Heimfahrt am Sonntag brach Markus zusammen, er hatte solche Kopfschmerzen, dass er sich hinten auf die Rückbank legte. Hanna musste den ganzen Weg fahren. Es regnete in Strömen.

Zu unserem 28. Hochzeitstag kauften sich Eva und Hanna jeweils einen uralten Käfer, Eva einen orangefarbenen, Hanna einen knallgelben. Hanna teilte mir mit, dass sie nun bei Georg übernachten werde. Warum sie das bisher nicht getan hatte, obwohl sie jeden Abend mit der letzten Straßenbahn zurückfahren musste, war mir unbegreiflich. Und nun mit dem Auto, wo sie jederzeit fahren konnte, blieb sie über Nacht bei ihm und kam erst morgens nach Hause, um an ihrer Magisterarbeit zu schreiben. Eva hospitierte beim Fernsehen und Markus war selig, weil sie in seine Fußstapfen trat. Am Familienleben beteiligte sie sich nicht. Morgens holte sie sich ihren Kaffee und ging damit in ihr Kellerzimmer hinunter. Es herrschte eine fürchterliche Stimmung.

Hanna behauptet, wir hätten immer freitags Großputz gehabt und sie hätte das Saugen und Wischen übernommen. Einmal hätte sie keine Lust gehabt, die Kellertreppe zu wischen, das hätte Eva mal machen müssen. Prompt hätte ich ihre Kaffeeflecken auf der Kellertreppe entdeckt und das ganz große Besteck gezogen: Sie habe mich angelogen und betrogen. Sogar zugeschlagen hätte ich, als sie schnippisch antwortete, regelrecht in die Speisekammer geprügelt hätte ich sie. Sie sei ja beim Gleichnis über den verlorenen Sohn immer auf Seiten des älteren gewesen. Für Eva als Heimkehrerin, sagt sie, wurde der Hammel geschlachtet, für mich nie.

Dafür habe ich mich entschuldigt, Hanna, ich war in dieser Zeit nicht zurechnungsfähig, ich hatte meine Magisterarbeit abzugeben und im Herbst standen Prüfungen an. Das hätte ich lieber noch etwas hinausgezögert.

Lux schrieb:

Aus Anlass des Todes meiner Mutter in Dresden habe ich bei den zuständigen Politikern angeregt, bei der dritten Milliarde für die

DDR vielleicht kulantere Regelungen in Erbschaftssachen hinein zu verhandeln. Mir wurde gestanden, dass der Fall gar nicht so selten sei, was ja naheliegt, denn die damals Jungen gingen in den 50er Jahren weg, und die Eltern sterben nun allmählich. Die Politiker haben mich leider so verstanden, als hätte ich nur für mich eine Ausnahmeregelung gewollt.

Ende Juni starb die alte Frau Forstmeister. Leider ließen ihre Töchter sie noch vom Notarzt abholen und so starb sie im Krankenhaus. Auch wir wurden nach der Beisetzung zum Essen eingeladen, ausgerechnet in das Lokal am Wallgraben, gleich neben der Bruckenäcker, wo wir gewohnt hatten.

Hanna war kurz vor der Beerdigung nach Baltrum aufgebrochen, und als sie dort war und ihren ersten Brief schrieb und Georg einen Gruß drunter setzte, stellte sich heraus, dass er mitgefahren war. Dabei hatte sie vorher davon geredet, dass sie gerne alleine lange Fahrten mit dem Auto mache. Ich hatte gar keine Lust, ihr zu antworten. Hanna schrieb:

Ihr Lieben, euch hat's wohl die Sprache verschlagen, dabei habe ich doch gar nichts geschrieben, was so erschütternd gewesen sein kann, dass ihr keine Antwort findet. Und das Vergehen Georgs, einen Gruß unter meinen Brief geschrieben zu haben, kann euch doch auch nicht noch mehr aus der Fassung gebracht haben, als es seine Existenz ohnehin schon tut. Die Woche mit Georg hier war so schön, dass ich immer weniger Anlass sehe, so zu tun, als sei das mit ihm nur ein vorübergehender Fehltritt meinerseits. Was auch immer er euch angetan hat, es wäre entspannend für alle Seiten, wenn ihr ihm sein Ungeschick verzeihen könntet. Und wenn nicht, dann, so fürchte ich, macht ihr euch unglücklicher als mich. Es ist nämlich besser, einen Menschen mit Fehlern zu akzeptieren, als sich ständig über seine Fehler aufzuregen. Es ist auch völliger Humbug, dass er mich davon anhält, fertig zu studieren oder einen Beruf zu ergreifen. Im Gegenteil. Und auch euch müsste doch sein Vergnügen an Büchern sympathisch sein.

Ich habe aufgehört, mir darüber Gedanken zu machen, welcher fatale Mechanismus des Misstrauens Eltern und Kinder dazu bringt, sich über die Person zu zerstreiten, mit der die Kinder ihre Zukunft einrichten wollen. Es muss wahrscheinlich so sein, und mir bleibt nichts übrig, als mich unbeirrbar an das zu halten, was ich für richtig halte. Obgleich es für mich scheußlich und grässlich ist, wenn die Erwähnung des Namens Georg bei euch Schweigen auslöst oder aber Ausbrüche von Abscheu, Beschimpfungen und Beleidigungen, so habe ich doch die Möglichkeit, damit fertig zu werden. Damit verbleibe ich in der Hoffnung, dass ihr euer Schweigen aufgebt, Hanna.

Ich überließ das Antworten Markus:

Meine liebe Hanna, ist ja schon gut, ich schreib ja schon, und mein nicht Schreiben war wirklich nur Trödelei. Ich sitze wieder wie blöd an meinem Jesus-Buch und schreibe es um, und in diesem Zustand schiebe ich alles weg und nehme mir alles für den nächsten Tag vor, aber da sitzt einem wieder der Schreibzwang im Nacken, du weißt ja, wie das ist. Es ist alles ganz simpel, es war nicht beleidigend gemeint. Dass mit Georg die Sache nicht so läuft, ist ja wahr, aber manches kann man ja auch gelassener nehmen. Dass du mit ihm nach Baltrum fahren wolltest, hattest du ja längst vorher gesagt, also war dann kein Grund, später nicht darauf zurückzukommen. Wir können sicher lange hin- und her reden, wer wen da nicht anerkennt, jeder macht da Fehler. Du kennst ihn ja nun auch und seine forcierte witzige Art, und es irritiert mich dann eben doch, wenn er mir mit lachendem Gesicht zum Tod von Paps kondoliert. Und solche Dinge gibt's bei ihm, und unsere Reaktionen stören ihn wieder. Ich weiß auch nicht, wie man das geradebiegen soll. Ich finde es nur einfacher, wenn alle möglichst unbefangen miteinander umgehen. Du setzt manchmal ein bisschen mehr Negativreaktionen bei uns voraus, als wirklich da sind, und willst nichts riskieren, was es nur noch schlimmer macht. Das ist ja klar, aber so entstehen zwei Welten, was nicht nötig wäre. Ich fänd's viel schöner, wenn man geradeaus ist, aber mach das mal bei dieser Familie, da sind wir alle zu sehr im eigenen Häuschen. Nun ärgere dich nicht länger, wenn's geht, solche Sachen kommen vor, aber keiner meint's ja böse. Dein Väterchen.

Hanna antwortete, an uns beide gerichtet:

Ich habe durchaus verstanden, was es heißt, dass du, liebe Mami, mir nicht schreibst. Ich nehme es nicht übel, aber das ist doch auch der Grund, warum sich bei mir der Magen umdreht, bevor ich mich traue, von Georg zu erzählen, weil alles, was ich mit ihm gemeinsam mache und schön finde, auf dich zu wirken scheint wie eine von mir ausgedachte Kränkung. Auch wenn ich öfter von zu Hause weg bin, habt ihr doch gemerkt, dass ich nicht alles stehen und liegen lasse, und ich will auch in Zukunft nicht alle sozialen und sonstigen Bindungen und Verpflichten gegen euch abbrechen. Ihr sollt ihn ja auch nicht lieben, es wäre nur schön, wenn ihr seine Art mit mehr Heiterkeit tolerieren könntet. Ich gehe doch an ihn nicht verloren, werde nicht verschlungen, ich habe nur einen Freund, der mir Spaß macht, mit dem ich mich gut über das unterhalten kann, was mich interessiert, der übrigens Mathematiker ist, was sich auf seine Denkweise auswirkt und mich schon immer interessiert hat, und der sehr liebevoll ist.

Markus antwortete:

Liebe Hanna, dank für deinen Brief, der gestern ankam. Also ich finde, es ist gar nicht das Problem, Herrn Müller anzuerkennen oder nicht, nur ist es halt schwer, das so zu bewerkstelligen, dass es nicht wieder Krampf wird. Irgendwas ist da von Anfang an nicht richtig gelaufen. Was wir gern hätten, du ja auch, ist ein normaler Umgang zwischen uns allen. Vom normalen Generationenunterschied der Anschauungen abgesehen, sehe ich von mir aus eigentlich gar keine Probleme, was sicher mal wieder typisch ich ist. Und dass wir dich mal gelegentlich mit dem Studium stupsen, das heißt mit einem Abschluss, ist ja eigentlich auch nur der Gedanke, dass es auch der eigenen Seele gut tut, auch auf diesem Gebiet in die Selbstständigkeit hineinzuwachsen. Niemand verlangt, dass du des Geldes wegen jetzt Verkäuferin wirst, darum geht es gar nicht, aber ich fänd's ganz praktisch, wenn die Kinder vor unserer totalen Vergreisung auf ihren eigenen dürren Beinen stehen, und das alles dauert ja, bis es soweit ist und nicht mehr wackelt. Also mutig voran, die Tatbestände sind erkannt, die Urteile verschieden, aber was macht das schon? Freu mich, das du wiederkommst, wenn auch schade, dass Baltrum so kalt war. Wie immer dein Väterchen.

Es half nichts, wir mussten uns an Georg gewöhnen. Er war katholisch. Hanna behauptet, ich hätte gesagt: Katholiken lügen immer. Seine Eltern lebten in Karlsruhe und wurden uns nie vorgestellt, warum, weiß ich nicht.

Wir wollten sie nicht eurem Spott preisgeben, sagt Hanna.

Nun ja.

Der Arzt diagnostizierte bei Markus psychische Erschöpfung, und wir machten in Bayern eine Kur mit Moorbädern. In der Zwischenzeit verkaufte Hanna meinen kleinen Volvo, den die Kinder ja auch nicht mehr fuhren, an Alida und Victor. Zum ersten Mal hatte ich 400 Mark für mich ganz allein und kaufte mir dafür eine eigene Spiegelreflexkamera. Weinachten und Silvester verbrachten wir bei minus 20 Grad in Oy im Allgäu. Hanna konnte es nicht lassen, uns zu besuchen, sie meinte wohl, wir seien traurig, wenn zu Weihnachten keine Kinder kamen.

Wir fanden es so geruhsam, dass wir daran dachten, uns als Ferienhaus eine ausbaufähige Scheune zu kaufen. Bei der Suche in Zeitungen stießen wir auf ein Vogesenhaus, das sehr billig war. Wir trafen uns mit dem Makler und fuhren hin, aber ohne Vierradantrieb wäre das Haus nicht zugänglich gewesen. Der Makler hatte aber noch etwas anderes, und wir fuhren ihm durch Regen und Nebel hinterher bis zu einem 200 Jahre alten Haus in Buchenwäldern mit Wohnräumen und Stallungen unter einem Steindach, offenen Kaminen und einem Badezimmer, in das der Makler für die Dusche eine Art Amphitheater hineingebaut hatte. Der Eingang hatte einen Torbogen und es gab einen plätschernden Brunnen. Wir waren uns zwar nicht ganz sicher, ob wir das Haus in dem Gelände wiederfinden würden, doch kauften wir es für 130000 Mark, die der Makler bar auf die Hand haben wollte. Als Markus das Geld auf der Bank holte, ließ man ihn hinten hinausgehen. Eine Nacht hatten wir die Scheine bei uns auf dem Schrank liegen und kamen uns wie Bankräuber vor. Von Stuttgart aus waren es nach Le Grand Fahys vier Stunden Fahrzeit durchs Höllental über Freiburg und Belfort. Gäste konnte man nur mit sorgfältig gezeichneten Wegbeschreibungen hinlotsen. Weil ich die letzten Magister-Klausuren zu schreiben hatte, musste Markus zu Ostern ohne mich dorthin fahren. Hanna und Georg begleiteten ihn in Georgs Auto. An der französischen Grenze wurden die beiden jungen Leute übrigens immer kontrolliert, bis Hanna entdeckte, dass sie nur Nessie auf den Schoß nehmen musste, damit sie nicht als Terroristen angesehen wurden. Was Markus am Telefon erzählte, klang nicht ermutigend. Es war kalt, es regnete, der Kamin zog nicht, der Elektroboiler ging kaputt, es regnete durchs Dach bis hinunter in den Rittersaal. Beim Räumen verlor Georg seinen Autoschlüssel. Auf dem Bahnhof informierten sie sich über Zugverbindungen für die Rückfahrt. So kamen sie auf die Idee, dass ich nach meiner Klausur mit dem Zug hinkommen könnte. Den Schlüssel fand Georg dann doch wieder. Als ich da war und Hanna und Georg wieder abgefahren waren, wurde Wetter schön, wir saßen draußen am Steintisch und aßen Weißbrot mit Käse. Die Fotos von dem Haus mit Schieferdach, Torbogen, den beiden Steintischen und dem Brünnele hängen noch in Markus' Arbeitszimmer.

Meine Mutti kam mit einem Schlaganfall in die Klinik. Onkel Erich schrieb, sie sei halbseitig gelähmt. Er holte sie wieder nach Hause und kümmerte sich um sie. Den Garten gab er weg, weil er keine Zeit mehr dafür hatte.

Ich bestand meine mündliche Prüfung und machte meinen Magister mit eins. Hanna bestand gleichzeitig ihre erste Klausur in Germanistik auch mit eins. Röttgen bot mir an, im Wintersemester ein Seminar über Buchillustrationen zu leiten. Das wäre bestimmt viel Arbeit gewesen, denn ich fühlte mich ja keineswegs als Fachfrau für Illustrationen. Hanna sagte: Du verteilst doch sowieso die Themen als Referate an deine Studentinnen und Studenten. Aber dann hätte ich die Arbeiten ja auch bewerten müssen. Dem fühlte ich mich wirklich nicht gewachsen.

Hanna kann das bis heute nicht verstehen. Da hattest du deine Chance, sagt sie, und hast sie nicht ergriffen.

Wie soll ich ihr das erklären? Ich habe es mir eben nicht zugetraut nach dreißig Jahren Hausfrauendasein.

Eva bezog eine große Wohnung in der Tübinger Straße, mitten in der Stadt, die sie an viele Leute untervermietete. Noch Jahre danach hatte sie mit Prozessen wegen Mietschulden zu tun. Ihren Lebensunterhalt verdiente sie sich, indem sie im Morgengrauen zu Kindergärten fuhr und Kinder fotografierte. Das ist doch kein Beruf, sagte Markus, du pfuschst doch nur herum. Das kränkt sie bis heute.

Sie war nun mit Hawi zusammen, einem Flüchtling aus Eritrea, der auch in der WG wohnte, und wir gingen mit ihnen Injera essen. Von Hannas Auszugsplänen erfuhren wir in Frankreich aus einem Brief:

Ihr Lieben, ich hoffe ihr genießt, auch wenn es vielleicht regnet, euren Aufenthalt. Es hat natürlich einen Grund, warum ich jetzt schreibe und nicht erst nach meinem Gespräch mit Röttgen morgen (die Kuppel der Hagia Sophia erweist sich übrigens als ideales Klausurthema), denn während eines langen Telefongesprächs mit Annabelle, Georgs Mitbewohnerin (sie wollte mit mir was wegen

Botho Strauß besprechen, wobei ich ihr kaum helfen konnte), teilte sie nebenbei mit, dass sie am Dienstag ihre Möbel abholt, ob ich ihren Schreibtisch haben wolle, nein?, dann müsse sie ja alles anders organisieren, woraus ich schließe, dass sie eine Wohnung hat, und ich muss jäh ernst machen mit meinen Auszugsabsichten. Wobei ihr ja nichts gegen das Ausziehen habt, bestenfalls Bedenken, dass ich zu Georg ziehe und wer das eigentlich bezahlt. Mit anderen Worten, ich bin also entschlossen, meinen Krempel in Kisten zu packen und in den nächsten Wochen in die Obere-Paulus-Straße zu karren. Darf ich den Schrank, der bei mir steht, mitnehmen? Soll ich das Zimmer streichen? In welcher Tönung? So, damit kurz und bündig, eure Hanna.

Da saßen wir nun. Markus schrieb:

Liebe Hanna, vielen Dank für den Brief, den wir durch Zufall im Kasten fanden, eigentlich mehr wegen der neuen Autospuren des Postboten darauf kamen. Ja, also wo anfangen, wenn man schon eine Woche hier ist und du inzwischen zu Georg ziehst? Heute ist der erste schöne Tag mit Sonne und Wärme, sofort am Brunnen vor dem Tore die Algen rausschrubben. Sonst: Gardinen hängen, die Stehlampe ist überwältigend, Regale eingebaut, Holz gesägt, aufgeräumt. Man kommt gar nicht vorwärts mit all den Sachen.

Als wir heimkamen, war ihr Zimmer leer und frisch gestrichen. Nun waren sie alle beide flügge geworden und wir alten Eltern nicht mehr gefragt. Unterstützung für Essen oder Miete zahlten wir Hanna in ihrem Abschlussjahr an der Uni nicht. Nachdem Eva in Tübingen gar nicht richtig studiert hatte, hatten wir beschlossen, nichts mehr zuzuschießen, wenn die Kinder auszogen. Markus meinte: Wenn Georg sich eine Freundin hält, dann soll er auch für sie bezahlen. Richtig fand ich das nicht. Als Hanna und ich Jahre später einmal darüber sprachen, fragte sie mich, warum ich ihr denn nicht heimlich Geld zugesteckt hätte. Aber dann hätte ich Markus hintergehen müssen, und so etwas hat mir immer widerstrebt. Ihr habt uns das Leben ja auch wirklich nicht leicht gemacht.

Sie bekam Wohngeld und bewarb sich für ein Volontariat beim SDR, wurde aber abgelehnt, weil man keine Kinder von Angestellten begünstigen wollte. Deswegen bewarb sie sich für ein Dissertations-Stipendium der Graduiertenförderung Baden-Württemberg und bekam für zwei Jahre 1200 Mark im Monat zugesprochen.

Hanna behauptet, ich hätte mich nicht für sie gefreut, sondern gesagt, wir hätten nie Geld von Fremden genommen. Für sie sei es eine Double-Bind-Situation gewesen: Seid unabhängig, aber seid es nicht! Eva stimmt ihr zu: Papi hat einen Tobsuchtsanfall bekommen, als ich vom BAföG sprach, gleichzeitig weigerte er sich, mir das Studium so zu finanzieren, dass ich nicht zu Hause wohnen musste, deshalb habe ich Jura in Tübingen studiert. Es sei ja auch verpönt gewesen, dass sie und Hanna sich etwas dazuverdienten durch Zeitung Austragen oder Kellnern, so wie Sophie und Leona das selbstverständlich getan hätten.

Was die Kinder sich immer so ausgedacht haben! Bei Vaters Verdienst hätte Eva niemals BAföG bekommen, aber zwei Kindern ein Studium und die Bude finanzieren, das hätte uns arm gemacht. So dicke hatten wir es auch nicht.

Im September erzählte Hanna uns bestürzt, die jüngste Tochter der Baltrumer Familie, Anke Klünder, die gerade 18 geworden war, sei in Bochum von einem Triebtäter ermordet worden. Er war mit ihr auf dieselbe Präparatorenschule gegangen und hatte sie in den Wald gelockt und erstochen. Das war bestimmt entsetzlich für die Mutter, mit der Hanna eine intensive Freundschaft verband, auf die ich sicher hätte eifersüchtig sein müssen.

In den Herbstferien fuhren Hanna und Georg nach Cappelroda und nach Halle, wo Simon die Maikäferschachtel im Kirschbergweg als Studentenbude benutzte und sie übernachten konnten. Natans Kinder durften, anders als die von Silas, aufs Gymnasium gehen und studieren. Simon hatte einen Studienplatz für Ökonomie bekommen. Mit einer Tasche voller Geschenke besuchte Hanna Mutti und Onkel Erich. Sie hätten sich gefreut, berichtete sie, Mutti sei sogar etwas aufgelebt, Onkel Erich trage sie durch die Wohnung.

Ende April waren wir gerade auf dem Weg nach Frankreich, als wir im Radio hörten, dass man in Finnland erhöhte Radioaktivität gemessen habe. In Tschernobyl war ein Atomkraftwerk explodiert. Noch wochenlang trug man den Sand in Sandkästen ab und warnte vor radioaktivem Gemüse. In Frankreich hatten wir keinen Fernseher und viel zu tun. Wir kämpften gegen Unkraut, Holzwürmer und Mäuse. Darüber ging uns ein Tag verloren. Als wir zum Einkaufen fuhren und dachten, es sei Samstag, waren die Läden geschlossen, denn es war schon Sonntag. Unseren 30. Hochzeitstag feierten wir mit Fichtentalers, die nicht mehr in Genf wohnten, sondern im Schweizer Jura. Wir hatten uns seit 25 Jahren nicht mehr gesehen, aber mit alten Freunden ist man doch sofort wieder vertraut.

Von Bundespräsident Weizsäcker bekamen wir eine Einladung zu einem Staatsbankett mit dem König von Nepal auf Schloss Augustusburg, das im November stattfinden sollte. Fahrt und Hotel mussten wir selber bezahlen, festliche Kleidung war vorgeschrieben. Markus konnte sich in der Fernseh-Requisite des SDR einen Smoking mit Fliege, Kummerbund und Lackschuhen ausleihen, aber wie sollte ich, klein und dick, in den Kaufhäusern ein langes Kleid finden, das mir stand und das ich auch bezahlen konnte? Es war aussichtslos. Es selbst zu nähen, traute ich mir nicht mehr zu, ich hatte auch gar keinen Tisch mehr dafür. Aber Hanna hatte eine Kommilitonin, die gerne nähte. Von ihr ließ ich mir einen langen, schwarzen Samtrock machen. Doch so nähen wie meine Großmutter konnte sie nicht, die Nähte waren krumm. Man muss nämlich zwischendurch immer wieder bügeln.

Hanna war den Sommer über zum letzten Mal auf Baltrum und bekam das Geständnis von Ankes Mörder zu lesen, dessen Abschrift die Staatsanwaltschaft der Familie überlassen hatte. Vor Anke hatte er noch zwei andere Frauen umgebracht. Ein Jahr später starb die Mutter Ulla Klünder an Krebs.

Am 27. September feierten wir mit Hanna und Georg Markus' Geburtstag nach. Wir schenkten ihm für 125 Mark eine Tabakschneidemaschine. Georg erzählte, dass seine Familie in den 50er und 60er Jahren viele Pakete vom Onkel aus Amerika bekommen habe, was immer sehr aufregend gewesen sei. Dabei hätten sie oft gerätselt, was das Geschickte überhaupt war und was man damit machte. Die englischen Gebrauchsanweisungen konnten sie nicht lesen. Eva hatte sich auch angekündigt, kam aber nicht. Ich machte mir solche Sorgen, dass Hanna sie am Sonntag anrief. Natürlich war gar nichts. Am Montag kam ein Telegramm, dass meine Mutti am Abend der Geburtstagsfeier gestorben war. Es war aber kein Einreisetelegramm und so mussten Simon und Bella losgehen und eines organisieren, das am 9. Oktober kam. Beerdigung war am 15. und wir durften uns vom 13. bis 15. in Halle aufhalten. Eva konnte nicht mitkommen, als Selbstständige bekam man keinen Urlaub im Todesfall. Wir hatten uns wieder einen Peugeot gekauft, rot, wie die Stasi akribisch in den Unterlagen vermerkte. Wir übernachteten in dem halb ausgeräumten Haus im Kirschbergweg. Das Großvaterbild war von der Wand verschwunden. Ich bekam so schlimme Schmerzen in der Brust, dass man mich mit dem Krankenwagen in die Poliklinik brachte, wo man schon vor Trostlosigkeit stirbt, wenn man gar nicht krank ist. Ein Herzinfarkt konnte ausgeschlossen werden, die Schmerzen ließen auch nach und ich konnte am anderen Tag an der Beerdigung auf dem Südfriedhof teilnehmen. Onkel Erich war sehr gefasst und ruhig und am Ende freute er sich auf den Abwasch nach dem Kuchenessen, weil dann die Zeit bis zum Werbefernsehen verging. Er wollte noch alles ordnen und Mutti dann schnell nachfolgen.

Und dann mussten wir auch schon nach Bonn zum Staatsbankett. Auf dem Weg besuchten wir Vati und Uschi in Marl. Der Abend war wie in einem Film. Wir fuhren durch ein Fackelspalier vor, vier Livrierte standen bereit, um uns aus dem Auto zu helfen. Allerdings musste Markus wieder losfahren, einen Parkplatz suchen. Drinnen viele Fräcke, Orden, Smokings und Damen in eleganter und manchmal auch ziemlich scheußlicher Robe. Ich war sehr zufrieden mit meinem schwarzen Rock und der cremefarbenen Seidenbluse, niemand sah so aus wie ich. Es gab Aperitifs, dann standen wir zum Händeschütteln auf dem Absatz der Balthasar-Neumann-Treppe an. Wir mussten unsere Vorstellkarte einem Herrn geben, der sie an den Protokollchef weiterreichte, der laut unsere Namen sagte, bevor wir Bundespräsident von Weizsäcker, dem König, der Königin und der Freifrau von Weizsäcker die Hand gaben. Uns taten sie leid, sie mussten 300 unbekannten Menschen die Hände schütteln. Ein Protokollchef entschied, ob man im Nebenzimmer essen sollte oder am Tisch mit dem Präsidenten, den Majestäten, Ministern, Fernsehpersönlichkeiten und Adenauersöhnen Platz nehmen durfte. Wir wurden an den Hufeisentisch mit dem König von Nepal gewiesen, wenn auch ganz unten. Markus fand, der König sehe aus wie ein kleiner verängstigter Finanzbeamter. Die Blumenarrangements, die Unmengen Porzellan, Bestecke und Kerzen waren sehr beeindruckend. Die Kellner trugen rote Smokings und weiße Handschuhe und kamen alle gleichzeitig an die Plätze. Es gab Wachtelterrine, Flusskrebspastete, Suppe mit Safran und Eierstich und Rehrücken mit Trüffeln, während auf der Empore Waldhörner spielten. Danach wurden Tischreden gehalten, uns wurde Sekt eingeschenkt, wir standen alle auf und stießen an. Nach einer Fanfare wurden Maronencharlotte mit Mangospalten und Melonenmark mit Birnentörtchen serviert. Das Essen war natürlich in Ordnung, aber eigentlich ein bisschen reizlos. Ich saß neben dem Protokollchef des Auswärtigen

Amts, Graf von der Schulenburg. Markus' Tischnachbarin war die Gattin des nepalesischen Honorarkonsuls. Sie erzählte, dass es der größte Wunsch des Konsuls sei, einmal mit seiner Yacht auf dem Titicacasee in den Anden herumzufahren. Nach dem Essen gab es unten Mozart, Digestifs und Mokka. Gegen elf Uhr gingen die Honoratioren, für sie fuhren die Wagen vor, während wir die Mäntel holten und das Auto suchen gingen. In Bonn verfuhren wir uns so fürchterlich, dass wir einen Taxifahrer fragen mussten, der uns freundlicherweise zum Hotel lotste. Wie hätte Trundel das doch genossen, meinte Markus, sie hätte jahrelang davon geredet und in aller Bescheidenheit damit angegeben.

Über Weihnachten bekam ich wieder Schmerzen in der Brust und zu guter Letzt stellte man Gallensteine fest, und ich musste mich wie meine Mutti einer Gallenoperation unterziehen. Im Grunde genommen wunderte es mich nicht, dass ich das durchstehen musste, denn mein ganzes Leben lang hatte ich die Gefühle zu meiner Mutti blockiert. Liebe war nicht erwünscht gewesen und wurde immer wieder durch Vorwürfe und Beschimpfungen niedergeschlagen. Ich musste mein Heimweh nach einer Mutter verdrängen, und das kostete mich am Ende meine Gallenblase.

Nun saßen Hanna und Georg in den Sommerferien in unserem Haus, und wir mussten unsere Termine drum herum legen. Sie machten auch viel, sie zogen zusammen mit Hannas Studienfreundin Antonia und deren Freund, der Elektrotechniker war, alle elektrischen Leitungen neu, reparierten das Dach und zementierten die Löcher. Aber natürlich wollte auch Eva mit ihren Freundinnen und Freunden dorthin. Wir freuten uns, dass unsere Kinder Gefallen am Haus fanden, aber wir kamen uns auch etwas beiseitegeschoben vor. Während Hanna und Georg dort waren, tauchte Evas griechische Freundin Irene in Le Grand Fahys auf. Eva hatte sich mit ihr verabredet, kam aber nicht. Markus sagte ihr, dass wir gerne wüssten, mit wem sie dort sei, dass dies eine ländliche Gegend sei und wir den benachbarten Bauern nicht befremden wollten.

Vor Weihnachten gab es einen Riesenkrach. Eva rief an und verkündete, sie wolle über die Feiertage nach Amsterdam fahren. Das ist aber ein merkwürdiges Reiseziel, entfuhr es mir. Wieso denn? Immer dieses Misstrauen!, schrie sie. Ich legte irgendwann auf. Daraufhin schrieb Eva erbost:

> *Es wird nicht akzeptiert, wie ich bin. Immer noch schwarzes Schaf. Eurer Meinung nach passe ich nicht zur Familie, verderbe euch euren Ruf mit mir und meinen Freunden. Ein normales Verhältnis ist nicht möglich, ihr misstraut mir von Grund auf, und ich habe es satt, mich rechtfertigen zu müssen. Es finden keine normalen Gespräche statt. Und es liegt nicht nur an mir. Wenn ich Misstrauen spüre, dann werde ich nicht offen sein können. Ich mag nicht von den eigenen Eltern abgelehnt werden. Es hat mir sehr weh getan, dass ihr euer Haus in Frankreich vor mir verschlossen habt. Warum also vertraut ihr mir nicht? Glaubt ihr, ich feiere Orgien, zünde das Haus an oder blamiere euch durch mein Verhalten? Wenn ihr meine Freunde nicht kennt, liegt das auch an euch. Da ihr mich in den zwei Jahren vielleicht vier- bis fünfmal besucht habt, entgeht euch das natürliche Verhältnis meiner Umgebung und meines Lebens. Ich habe sehr früh gelernt, auf mich selbst angewiesen zu sein, weil mir die Unterstützung verweigert wurde. Hilfe erfahre ich nur durch mich selber und durch ein paar wenige Menschen, die mich so annehmen, wie ich bin. Bei euch muss ich mich rechtfertigen. Ich könnte nicht zu euch kommen, wenn ich mich ausheulen möchte. Wieso ist Amsterdam ein merkwürdiges Reiseziel? Ihr solltet inzwischen das Vertrauen in mich haben, dass ich nicht dorthin fahre, um mich mit Drogen zu versorgen. Wenn ihr das nicht habt, ist jedes weitere Wort überflüssig. Und ich werde es nicht rechtfertigen, weil es nichts zu rechtfertigen gibt. Amsterdam ist schön. Punkt. Dass mein Lebensstil 180 Grad anders ist als eurer, brauchen wir nicht zu*

diskutieren. Nur verlange ich, dass ihr ihn genauso annehmt, wie ich euren annehme. Jeder Mensch ist anders. Von euch bekomme ich das Gefühl, dass ihr denkt, ich pfusche herum, mache Chaos, lebe lotterlich und verwerflich. Ich sehe es an euren Augen, wenn ich mich ein bisschen öffne und von mir erzähle. Und zu meinem Leben gehört mehr als nur akademisches Denken und die Anhäufung von Büchern. Ich bitte euch nie um etwas, weder um Geld noch um Hilfe, ihr tragt keine Verantwortung für mein Leben. Ich trage auch nicht die Verantwortung für euer Leben und eure Gefühle. Und wenn ihr Interesse und Liebe für mich empfindet, so könntet ihr das zur Abwechslung auch mal zeigen, ohne damit Konditionen zu verknüpfen. Eigentlich wollte ich mich gar nicht mehr melden, nachdem man einfach den Telefonhörer aufgelegt hat, aber ich wollte euch fairerweise wenigstens einige Gedanken mitteilen. Vieles war schwierig für mich, und nicht nur jetzt. Ich empfand mich als benachteiligt. Gegen eine brillante Schwester anzukämpfen und mein eigenes Gebiet zu finden, war ein harter Kampf. Ich habe ihn alleine ohne finanzielle oder menschliche Unterstützung geführt. Ich habe meine Studien aus finanziellen Gründen abbrechen müssen. Hanna wurde gefördert, auch finanziell, die passt in euer Bild mit der akademischen Laufbahn, ich halt nicht. Aber dadurch, dass ich eigentlich sehr früh schon für mich selber habe aufkommen müssen, habe ich heute ein realistischeres Weltbild. Ich würde mich freuen, wenn wir endlich einmal ein normales Verhältnis zueinander haben könnten, ohne diese unausgesprochenen Zweifel und euer Misstrauen. Gutes neues Jahr! Eva.

Da musste ich mich nun hinsetzen und ihr antworten:

Liebe Eva, was doch so eine unbedachte Äußerung von mir auslösen kann! Ich war so perplex bei deinem Anruf, dass ich leider ziemlich blöd reagiert habe. Das kann ja wohl mal vorkommen. Den Hörer habe ich aufgelegt, weil ich einfach nicht mehr bereit bin, mich von dir aggressiv anrempeln zu lassen. Ich finde, ich habe davon in den letzten Jahren genug eingesteckt. Ich wehre mich dagegen, und zwar nicht nur, wenn du das tust. Sicher war es gut, dass du uns mal gründlich die Meinung gesagt hast, zumindest für dich. Schon eine ganze Weile hatte ich den Eindruckt, du forderst uns geradezu heraus, die Geduld zu verlieren, damit du endlich einmal auspacken kannst. Wie dem auch sei, nun haben wir den Krach. Und ich bin auch noch daran schuld oder habe ihn zumindest ausgelöst. Und dazu bin ich gar nicht einmal böse darüber. Manchmal ist man richtig erleichtert, wenn etwas eintrifft, womit man gerechnet hat, auch wenn es etwas Unangenehmes ist. Ich wünsche nur, dass die Atmosphäre dadurch wirklich gereinigt wird. Es tut mir wahrhaftig sehr leid, und das ist bestimmt nicht nur eine Redensart, dass du offensichtlich unter dem Eindruck sehr leidest, wir betrachteten dich und deine Art zu leben mit Misstrauen. Ich habe mich wirklich sehr genau geprüft, ich bin wirklich nicht misstrauisch, aber ganz gewiss skeptisch. Das bin ich allerdings immer und in beinahe jeder Situation. Das hat absolut nichts mit dir zu tun. Ich wurde halt so im Laufe der manchmal recht schwierigen Zeiten. Es ist meine Art Realismus gegenüber Menschen, Ereignissen und Umständen. Ich weiß wohl, dass man mit dieser Haltung keine großen Taten vollbringt, aber ich wahre mir mit meiner Skepsis einen relativ klaren Blick für Fakten, mit denen ich mich auseinandersetzen muss. Ich kann nur betonen, ich misstraue dir nicht. Du musst schon selber herausfinden, wie glaubwürdig ich bin. In deinem Brief sagst du ja selber, die Menschen sind verschieden. Deshalb muss es dir auch einleuchten, dass ich über sehr vieles anders denke als du.

Du beklagst dich, weil wir mit dir nicht gerade diese Themen besprechen. Meiner Erfahrung nach verträgst du es aber schlecht, wenn man eine andere Meinung vertritt als du. Deshalb habe ich in Gesprächen mit dir vieles nicht angesprochen, was manchmal in der Luft lag, weil ich sicher war, ich denke grundsätzlich anders als du. Ich hatte dann schlicht weder Lust noch Kraft zum Streit. Das ist nicht Interesselosigkeit, sondern Selbstschutz. Ich kann über alles reden, was ich denke und meine. Ich muss nur gewiss sein, dass der Gesprächspartner argumentiert und nicht polemisiert. Sehr oft hatte ich in Gesprächen mit dir und auch mit Hanna – ich glaube allerdings, dass es mit ihr inzwischen anders läuft – den Eindruck, dass die Alten kein Recht auf eine eigene Meinung haben und den Mund zu halten haben. Und den halte ich seit geraumer Zeit, ich habe ihn mir oft genug verbrannt. Toleranz gegenüber Andersdenkenden müssen immer nur die Alten üben. Wo bleibt die Toleranz der Jungen gegenüber den Alten? Wir sind doch schließlich nicht ganz dumm und total rückständig. Seit langem begebe ich mich möglichst nicht aufs Glatteis. Im Gespräch mit dir rutscht man leicht aus. Ich denke noch mit Verblüffung dran, als es mir das letzte Mal passierte. Irgendwann im Sommer, als ich dir zum hundertsten und garantiert zum letzten Mal vorschlug, doch noch eine Ausbildung zu machen, bekam ich nur Vorwürfe zu hören in einer Form, die ich Beschimpfung nenne. Damals habe ich mir vorgenommen, so lasse ich nicht wieder mit mir umgehen, das nächste Mal lege ich den Hörer auf. Ich hoffe, du kannst begreifen, dass ich in Gesprächen mit dir lieber alle heiklen Themen meide. Und wenn du trotz deines Zornes auf mich gerecht bist, dann musst du zugeben, dass von mir durchaus Zuspruch und Bestätigung kam, wenn es um dein berufliches Fortkommen ging. Über dein Privatleben weiß ich wenig, und da ich nie jemanden danach frage, werde ich das auch nicht bei den eigenen Töchtern tun. Ich finde es einfach indiskret. Es tut mir leid, wenn dich das stört. Deine Freunde lehnen wir nicht ab, schon deswegen nicht, weil wir sie gar nicht kennen. Wenn ich jemanden ein paar Mal gesehen habe, dann heißt das noch lange nicht für mich, dass ich ihn kenne. Wir gehören außerdem zu den Typen, die sich mit dem Kennenlernen und Zutrauenfassen ziemlich schwertun. Wenn wir diese Phase dann allerdings hinter uns haben, dann stehen wir auch zu diesen Menschen. Leider kann es dann passieren, dass für dich der Fall dann schon wieder inaktuell ist, siehe Jake. Wir haben einen anderen Rhythmus und auch ein anderes Verständnis von Freundschaft. Ich zitiere dich wieder, die Menschen sind verschieden.

Und was das Haus in Frankreich angeht, das haben wir dir nicht verschlossen. Wir möchten nur die Leute so einigermaßen kennen, die du mitnimmst, und außerdem sollten alle etwas für das Haus tun. Das war von Anfang an die Bedingung und daran hat sich von deinen Leuten bisher nur Jake gehalten. Und was zu tun ist, das müsste schon besprochen werden. Außerdem müssen Termine abgesprochen werden. Aber das lehntest du ja in einem Gespräch mit Papi ab. Du willst spontan hinfahren und wenn gerade gutes Wetter ist. Das verstehe ich, aber dann kann es eben sein, dass schon jemand da ist, der es vorher verabredetet hat. Du wünschst dir mehr Offenheit von uns, da hast du sie. Hoffentlich verbessert sich dadurch wirklich das schlechte Klima. Mir soll es recht sein, wenn wir uns alles so sagen, wie wir es empfinden und denken, ohne Angst haben zu müssen, jemanden zu kränken oder eine Familienkatastrophe heraufzubeschwören. Ich sage gern, was ich denke, genau und deutlich, aber damit habe ich in der Familie die denkbar schlechtesten Erfahrungen gemacht.

Ein Punkt in deinem Brief hat uns schlicht die Sprache verschlagen. Unser größter Kummer ist, dass du die Mittel, die dir für eine Ausbildung zustehen, nicht von uns abgerufen hast. Dein Studium – welches eigentlich? – hast du nicht aus finanziellen Gründen abgebrochen, das ist schlicht und einfach nicht wahr. Hanna ist von uns nie bevorzugt worden. Warum auch? Uns lag immer daran, dass unsere Kinder, und zwar alle beide, eine gute Ausbildung bekommen, schon deswegen, weil wir keine Reichtümer zu vererben haben. Eine gute Ausbildung ist halt die beste Voraussetzung für berufliches Fortkommen und damit auch für persönliches Wohlbefinden. Wenn du nun gar keine hast, dann kannst du uns das nicht vorwerfen. Es ist schlicht die Folge deiner kurzfristigen Planungen, wie du das gelegentlich genannt hast. Unsere Vernunftgründe für eine Ausbildung fandest du nie erwägenswert. Wenn du schon verhältnismäßig früh für dich sel-

ber aufkommen musstest, dann lag das an den Plänen, die du realisieren wolltest, für die wir finanziell wirklich nicht zuständig waren, weil sie absolut nichts mit Ausbildung oder Berufsstart zu tun hatten. Du weißt sehr gut, dass wir dir immer wieder unter die Arme gegriffen haben, wenn deine Unternehmungen dem beruflichen Fortkommen dienten. Und wir würden sehr gern sehr viel mehr tun.

Falls ich auf dir wichtige Punkte nicht eingegangen bin, dann ist das kein Ausweichen. Du kannst mich darauf ansprechen, ich werde dir sicher Rede und Antwort stehen. Heute wollte ich nur, dass du überhaupt erst einmal eine Antwort bekommst. Es ging nicht eher, denn ich musste schließlich erst einmal über das, was in deinem Brief steht, nachdenken. Deine Mami.

Markus schrieb einen Tag später:

Liebe Eva, dieser Briefwechsel muss wohl mal sein, und wenn du nicht angefangen hättest, eines Tages hätte ich geschrieben oder wäre wie üblich an der falschen Stelle in die Luft gegangen. Ich muss nicht wiederholen, was Mami zu den Details geschrieben hat, im finde das genauso. Grade mit Le Grand Fahys, weil du mich da gefragt hast: Du forderst da immer, ohne auf den Rest Rücksicht zu nehmen, und wenn es dann nicht so geht, wie du dir das vorgestellt hast, sind wir schuld. Nu, wieso? Ich habe damals nichts weiter gesagt, als dass wir gern wüssten, wann – keine Antwort. Stattdessen hast du dir gedacht, wir hätten was gegen dich und deine Leute. Nur finde ich's dann nicht so gut, wenn du zum Beispiel Irene dorthin bestellst (warum nicht?), aber uns nichts sagst, so dass wir wie die Dummen rumstehen, als sie uns mühsam aus Athen anruft, und Hanna dann ebenso überrascht den Empfangschef spielen muss. So muss das ja nicht laufen. Warum diese Sachen hintenrum und die Vorwürfe dann vorn auf uns drauf? Das nur als Beispiel für einen Ablauf, und an den Abläufen scheint eine Menge hängen geblieben zu sein. Das liegt sicher daran, dass wir nicht gewohnt sind, uns sofort die Meinung zu sagen, weil man die Empfindlichkeit des anderen fürchtet. Da sind wir uns wohl alle zu ähnlich, wohl dem, der so eine Rossnatur hat wie Josine. Dass du ein anderes Leben führst als wir, ist normal. Deswegen machen wir dir ja gar keine Vorwürfe, die denkst du dir immer bloß aus, weil du nicht sicher bist, wie wir es aufnehmen. Logisch, dass wir manches anders machen würden, aber das ist meist keine Frage von besser oder schlechter, sondern von anders. Warum siehst du es nicht mal andersrum: Du hast was auf die Beine gestellt, bist selbstständig, und Hanna? Ihr seid verschieden. Gott sei Dank. Da kann man natürlich vergleichen, nur musst du dabei nicht schlechter wegkommen. Die Regel ist: Wer seit Karl dem Großen aus unserer Familie kommt, ist selber groß, aber jedesmal anders. Also, daran halten, auch wenn's grad mal nicht so ist. Kurzum, lass uns ruhig streiten und aussprechen, warum sollten wir nicht alle mal reihum verbittert sein? Sind wir ja auch gelegentlich. Das kommt vom Schlucken und Herstellen von Feindbildern und falschem Hineindenken. Klare Luft hinterher ist herrlich. Dein Papi.

Im Juni besuchten Markus und ein Dutzend weitere Kollegen Dresden. Anlass war die Dresdenwoche des SDR, für die sie 50 Sendungen machten. Sie wohnten nobel im Bellevue und gingen, um ihr Ostgeld auszugeben, in der Stadt essen. In Markus' Stasiakte ist über den Besuch in Meißen vermerkt:

Thematik war ausschließlich Porzellan. Es lag kein Fragespiegel vor. Von der Manufaktur bestand keinerlei Sachkenntnis. Provokatorische Fragen wurden nicht gestellt. Die Journalisten wirkten teilweise unsicher.

Zum Besuch der Winzergenossenschaft Meißen notierte Oberstleutnant Böhme:

Nur fachliche Fragen, den Weinbau betreffend. Führung durch den Weinkeller in der Winzergenossenschaft und Besichtigung eines Weinberges. Keine Bestrebungen, mit anderen Personen in

Kontakt zu kommen. Beim Besuch der Moritzburg mussten die Journalisten anderthalb Stunden warten, weil sie nicht angemeldet waren, dann durften sie über die Gebäudestatik mit dem Leiter der Moritzburg sprechen.

Abschließend stellte Böhme fest:

Es gab keine Abweichungen vom Programm. Die Sendung dient nach Aussagen der Journalisten dem besseren Kennenlernen von Dresden und Umgebung. Kontaktbestrebungen waren nicht festzustellen.

In dem langen Bericht wurden auch Markus' Kollegen eingeschätzt, die er, obgleich die Namen geschwärzt waren, natürlich erkannte. Den Stasileuten war es vor allem darum gegangen, den Mann in der Gruppe auszuschalten, der sich als Organisator der Reise hervortat. Über Markus heißt es am Schluss:

Dr. Winkler: Er war als Literaturfachmann des SDR eingesetzt. Er äußerte sich sehr zufrieden über die Arbeitsbedingungen und Ergebnisse. Er brachte das Interesse an weiteren Sendungen zu DDR-Schriftstellern zum Ausdruck. Er ist ein cleverer Journalist. Eigenen Angaben zufolge lebte er bis 1948 in Dresden und studierte dann einige Semester in Halle. Inoffiziell wird eingeschätzt: Bei seiner Arbeitsweise vermied er es grundsätzlich, provozierende Fragen zu stellen, blieb stets sachlich und befragte seine Interviewpartner stets, ob sie mit diesem Interview einverstanden waren oder nicht, oder ob es noch etwas Wichtiges hinzuzufügen gäbe. Er äußerte sich insgesamt sehr zufrieden über die ihm gewährte Unterstützung und die Interviews waren auch so, dass er mit dem Inhalt voll zufrieden war, mit einer Ausnahme, dem Interview des Herrn Friedrich. Seine Fragen waren stets sachlich und er vermied es, irgendwie in eine Konfrontation mit Meinungen, die bei uns gültig sind, zu kommen. In den Gesprächen außerhalb der Interviewzeiten ging es ganz besonders um die Wiederaufbaupläne Dresdens, um den Wiederaufbau von Kulturstätten in

Dresden. Es kam auch die Frage nach der Aussicht auf weitere Erleichterungen im Reiseverkehr sowohl für die Journalisten, aber auch für die DDR-Bürger. Es sei noch vermerkt, dass er in Dresden einen Schulfreund aufgesucht habe, am Nachmittag des 4.6.1987. Es kam aber offensichtlich nur wenig dabei heraus. Er habe ihn nur ganz kurz gesprochen, er ist auch nicht wieder zu ihm gefahren bzw. der Schulfreund zu ihm gekommen. Er habe sich einfach einen jungen Burschen vorgestellt, so wie er ihn damals verlassen hätte und war überrascht, dass jetzt ein gereifter Mann vor ihm saß. Der Name des Schulfreundes wurde nicht genannt. Ansonsten gab es keine negativen Äußerungen über die Entwicklung der DDR bzw. Dresdens. Ich halte diesen Journalisten für loyal, wenn er auch kein ausgesprochener Freund der DDR ist, so denke ich doch, dass seine Interviews beitragen, ein objektives Bild zu machen. Er war, zumindest uns gegenüber, von einer solchen Art, dass man das annehmen kann.

Während Markus unterwegs war, kam mich mein Bruder Heinrich besuchen. Hanna kam auch dazu. Er wollte nichts zu Mittag essen, weshalb Hanna und ich auch nichts essen konnten, und redete nur von seinen Wohnungskäufen und seiner Klinik.

Georg kaufte sich den ersten Computer, einen Schneider Joyce. Er war mit 2490 Mark günstig und hatte ein Schreibprogramm aufgespielt. Hanna meinte, den sollten wir uns auch anschaffen. Er hieß aber natürlich nicht nach James Joyce, wie wir dachten, sondern nach einer Sekretärin. Er bestand aus einer Tastatur, einem Nadeldrucker und einem Bildschirm mit CD-Laufwerk. An die grüne Schrift auf schwarzem Grund mussten wir uns erst gewöhnen, aber er war sehr nützlich, man musste nicht mehr alles abtippen, wenn man eine Zeile ändern wollte, man konnte sie löschen oder ergänzen, und alles schob sich wieder zurecht. So etwas hätte Markus haben müssen, als er so viele dicke Bücher schrieb.

Kapitel 26

Im April redete Eva von Magenproblemen, und es stellte sich heraus, dass sie schwanger war. Der Vater war Hawi, von dem sie sich allerdings gerade getrennt hatte, weil er ausgehen, sie aber nicht mitnehmen wollte, sondern von ihr erwartete, dass sie zu Hause auf ihn wartete. Jedenfalls war es das, was sie uns erzählte. Natürlich war uns klar, dass wir nicht sagen durften, dass die Mentalitäten eben doch verschieden waren, wenn Menschen aus so unterschiedlichen Kulturen kamen. Hawi tingelte als Musiker mit einer Band, Geld war von ihm nicht zu erwarten.

Eva erinnert sich: Ihr kamt in die Tübinger Straße gefahren und wart hauptsächlich darum besorgt, dass, wenn ich Sozialhilfe bekäme, ihr Eltern das bezahlen müsstet.

Erfreut waren wir wahrlich nicht, das muss ich zugeben. Eva fand heraus, dass es von der Mutterkind-Stiftung für zwei Jahre finanzielle Hilfen geben würde, und mietete eine Wohnung in Cannstatt, die noch eine Kohleheizung hatte. Hanna und Markus strichen Wände und Türen, Markus baute einen Wickeltisch, schloss die Lampen an und besorgte Anmachholz. Ich schaffte ein paar Strampelhosen in neutraler Farbe an und kaufte Pampers. Eva träumte, wie das Kind in ihrem Bauch sich ihr als Sophie vorstellte. Markus gewöhnte sich das Rauchen ab, weil das besser fürs Kind war.

Ausgerechnet im Hotel Beau Rivage in Genf gleich gegenüber dem Jet d'eau fand man Barschel tot in einer Badewanne, und ein *Stern*-Reporter fotografierte die Leiche auch noch. Das fand ich pietätlos. Es war uns wie *Dallas* und *Denver* vorgekommen, was man vom Wahlkampf in Schleswig-Holstein zu hören bekam. Erst war Barschel mit einem Privatflugzeug abgestürzt und hatte als Einziger überlebt, dann hatte er behauptet, sein Kontrahent von der SPD habe Aids, und bestritt es mit einem falschen Ehrenwort. Es wirkte alles wie in einer amerikanischen Serie. Kein Wunder, dass viele nicht glauben wollten, dass er sich selbst umgebracht hatte.

Am Montag, dem 30. November 1987, rief Eva an, weil sie Wehen hatte, obwohl es einen Monat zu früh war. Hawi hatte bei ihr übernachtet und brachte sie ins Krankenhaus. Hanna fuhr am Nachmittag in die Klinik, wurde aber nicht in den Kreißsaal hineingelassen. Hawi verpasste die Geburt auch, weil er dachte, es gehe länger, und sich was zu essen besorgte. Das Kind kam sofort in die Kinderklinik in den Brutkasten. Danach kam Hanna zu mir und teilte mir mit, dass ich Oma einer Enkeltochter geworden war. Ich musste erst einmal heulen, wieder ein Mädchen, wieder dieselben Geschichten und Probleme. Aber natürlich freute ich mich. Eva blieb nur einen Tag im Kindbett liegen, sie entließ sich selbst nach Hause und ging jeden Tag in die Kinderklinik und pumpte Milch ab. Kurz vor Weihnachten bekam sie Sophie mit nach Hause. Eva war ganz zittrig vor Aufregung. So ist das beim ersten Kind. Markus fand Sophie bildschön. Sie hatte Augen wie Scheinwerfer und war das, was Altvater in seiner steten Verehrung für König David bräunlich und schön genannt hatte, fand er.

Heiligabend verbrachten wir alle zusammen bei uns. Ich machte mir Sorgen, weil ich schon eine Weile nichts von Onkel Erich gehört hatte. Er hatte auch keine Weihnachtskarte geschickt. Womöglich war er im Krankenhaus. Am ersten Weihnachtsfeiertag kam das Telegramm, Onkel Erich war tot. Er war Heiligabend bei seinem Bruder eingeladen gewesen, aber nicht gekommen, also ging man zu ihm und fand ihn tot in der Wohnung, halb ausgezogen zwischen Bett und Wand. Er lag schon einige Tage. Das war kein schöner Anblick. Trauerfeier und Beerdigung sollten am 25. Januar stattfinden. Wir wollten mit Hanna hinfahren und im Kirschbergweg übernachten. Von Onkel Erichs Bruder Oskar kam ein Brief mit den Einreisegenehmigungen, auf den ich antwortete:

Ich kann mir den Schrecken Ihrer ganzen Familie gut vorstellen, als Sie am 24. Onkel Erich tot auffanden. Mir ist auch vollkommen bewusst, dass Ihre Tochter alle Sorgen auf sich genommen hat, dass Onkel Erich würdig bestattet wird. Ich bin ihr sehr dankbar und auch dafür, dass sie die Mühe übernommen hat, für uns eine Einreisegenehmigung für die Trauerfeier zu beschaffen. Wir zweifeln keinen Moment daran, dass Sie und Ihre Familie alles, was zu tun war, vollkommen korrekt erledigt haben. Den Schmerz über den Verlust von Onkel Erich teilen wir alle mit Ihnen, denn wir haben ihn sehr gern gehabt. Ihre Tochter fand bei Onkel Erich einen Brief an uns vor und hat ihn abgeschickt. Ich habe ihn inzwischen erhalten. Ich schrieb es schon an Ihre Tochter. Der Brief war vom 18.12., und er enthielt drei Weihnachtskarten, je eine an unsere beiden Töchter und an uns. Auf einer besonderen Karte bestätigt er uns den Erhalt unserer beiden Pakete und schreibt, was er davon an den Feiertagen essen würde. Seine Zeilen klangen ganz zufrieden, er erwähnt keine Unpässlichkeit wie in letzter Zeit häufiger. Aber da er den Brief nicht abgeschickt hat, vermute ich, dass es ihm, nachdem er ihn geschrieben hatte, schlecht ging, denn er war immer so genau, dass Grüße und Wünsche rechtzeitig zum Termin ankamen. Der Gedanke an sein Alleinsein, als er sich möglicherweise krank fühlte, beschäftigt mich sehr. Er konnte sich ja keine Hilfe holen, weil er kein Telefon hatte, und zu den Leuten im Haus hatte er wohl kein rechtes Zutrauen. Warum, weiß ich nicht. Ich weiß auch nicht, warum er mit seiner Tochter nichts im Sinn hatte. Mutti und Onkel Erich haben mir gegenüber oft geäußert, dass sie sie nicht beerben solle. Ich habe aber nie herausfinden können, warum alle beide in dieser Hinsicht so unversöhnlich waren. Ich habe sie danach gefragt, aber sie haben nur gesagt, sie kümmere sich nicht um sie. Ich kann mich gut daran erinnern, dass Onkel Erich immer den Wunsch hatte, meine Mutti zu überleben, um alles zu ordnen und ihr dann bald nachzufolgen. Dieser Wunsch hat sich nun wohl erfüllt. Wir hätten es lieber gehabt, wenn es nicht so schnell gegangen wäre. Aber es ist natürlich richtig, wie Sie schreiben, beiden ist nach einem langen, nicht gerade leichten Leben viel erspart worden, weil sie kein langes, schmerzvolles Siechtum erleiden mussten. Nur für die, die zurückbleiben, ist immer der Tod eines nahestehenden Menschen viel zu früh.

Onkel Erichs Verwandtschaft begegnete uns in Halle sehr freundlich. Die Nichte und Oskar spielten auf ein Familienzerwürfnis an. Ich wusste aber nicht so recht, was sie damit meinten. Ich hatte mich ja mit niemandem überworfen. Ich hatte nur nie den Eindruck gehabt, dass ich zur Familie Erichs und meiner Mutti dazugerechnet wurde, im Gegenteil, soweit ich mich erinnern konnte, war ich doch mit ziemlich viel Misstrauen angesehen worden, hauptsächlich wohl, weil mein Vati ein aktiver Nazi gewesen war. Aber dafür konnte ich ja wirklich nichts, und es hatte nicht einmal sonderlich viel Einfluss auf meine Entwicklung gehabt. Meine Mutti und meine Großeltern hatten viel mehr mit mir geredet als mein Vati. Ich lernte Oskar auf der Beerdigung nun als ganz ungewöhnlich warmherzigen und gütigen Menschen kennen. Vielleicht wäre mein Leben ganz anders verlaufen, hätte ich Oskar so nach Kriegsende erlebt und nicht als jemanden, der mir misstraute und meine beruflichen Pläne durchkreuzte. Für mich war die Beerdigung gleichzeitig ein endgültiger Abschied von allen, die mich mit meiner Heimatstadt verbanden, es tat mir sehr weh. Auf den fürchterlichen Hallenser Straßen ging unser Auto kaputt, ein Teil des Unterbodens brach heraus, er hing lose herunter und klapperte. Wir mussten sehr langsam nach Hause fahren.

Mein Halbbruder Heiner schrieb Eva Glückwünsche zur Geburt und beschwerte sich dabei über uns. Ich schrieb ihm zum Geburtstag:

Lieber Heiner! Zuvor viel Glück, Gesundheit, Wohlergehen dir und den deinen im neuen Jahr! Und danach eine Standpauke. Oder wäre es dir umgekehrt lieber, denn ich möchte mit meinen guten Wünschen meine Versöhnlichkeit signalisieren. Ich gehöre nämlich nicht zu den Typen, die auf gut Hallensisch ewig einen alten Ärger reproduzieren und dadurch ihre feindselige Gesinnung anderen gegenüber immer neu stimulieren, um einen Dauerbrenner daraus zu machen. Das ist nicht meine Art, schon deswegen nicht, weil ich oft genug unter dieser Eigenheit der Hallenser Verwandtschaft gelitten habe. Anlass meines Briefes ist, du ahnst ihn und hast ihn vielleicht auch provozieren wollen, dein Brief an Eva. Sie hat ihn mir per Telefon vorgelesen, ich kann also nicht wörtlich zitieren, sondern nur – hoffentlich richtig – sinngemäß wiedergeben, was mich verwundert hat. Dass wir nichts mehr voneinander gehört haben, lag sicher nicht allein an mir. Du kennst dich doch sicher gut genug, um zu wissen, dass du nicht zu den Menschen gehörst, auf deren beständiges Interesse an den gar nicht so fernen Familienangehörigen, den räumlichen und verwandtschaftlichen Verhältnissen nach, man sich verlassen kann. Diese Erfahrung haben wir mit dir gemacht. Viel Arbeit ist wirklich eine faule Ausrede, komm bitte nicht damit! Wir arbeiten auch nicht gerade wenig. Wir haben aber trotzdem immer Zeit für andere (Vati bringt immer dieses Argument. Ich kann es nicht mehr hören). An Eva schriebst du, deines Wissens hättest du mir nie etwas zuleide getan. Gewiss nicht, wenn du meinst, dass Kränkungen nur durch aktives Tun geschehen, denn deine herausragende Eigenheit ist ja gerade, zu unterlassen. Eigentlich solltest du eine Vorstellung davon haben, wie sehr auch Unterlassungen jemanden kränken können. Versteh mich bitte nicht falsch, ich habe nicht vor, gründlich aufzurechnen, was du alles nicht getan hast, wir sind ja auch ohne dich zurechtgekommen. Aber ein schaler Geschmack ist geblieben und die resignierte Feststellung, dass ein Bruder nur eine biologische Erscheinung ist. Mir tut das leid, aber ich habe immer damit gelebt und kann das inzwischen recht gut. Am meisten hat mich verwundert, dass du es bei uns merkwürdig fandest, als du uns ein- oder zweimal besuchtest. Es beschäftigt mich wirklich, woran das gelegen haben mag. Ich hatte mich ehrlich über deinen Besuch gefreut und habe das bestimmt auch gezeigt. Mir fällt niemand ein, mit Ausnahme natürlich der Engelberg'schen Verwandtschaft, der sich nicht bei uns wohlgefühlt hätte, denn alle kommen immer wieder, lassen sich gern einladen, kommen auch uneingeladen, und wir haben gute Gespräche mit fast allen. Komisch, dass wir merkwürdig zu Gästen sind, hat uns bisher noch keiner nachgesagt, und es wurmt mich, weil ich mir nicht vorstellen kann, woran es lag. Vielleicht kannst du mir auf die Sprünge helfen, was wir verbrochen haben, dass du nun nicht mehr zu uns kommen magst. Trotz allem, wir würden uns immer über deinen/euren Besuch freuen. Zu erreichen sind wir fast immer. Du findest im Briefkopf unsere beiden Adressen und Telefonnummern zur fleißigen Benutzung. Eine Warnung allerdings, nach Le Grand Fahys sollte man sich nicht ohne Wegbeschreibung aufmachen, denn der Ort ist nur auf Spezialkarten auffindbar, darum muss zuvor die Karte bei uns angefordert werden. Wir grüßen dich und Margret sehr herzlich, deine Ruth.

Silas bekam seine erste Westreise genehmigt, er sollte nach Stuttgart kommen, um in der Stiftskirche im Rahmen einer Tagung einen Gottesdienst abzuhalten. Unliebsame Pfarrer ließ man reisen, weil man hoffte, dass sie im Westen blieben. Zeit für private Treffen habe er nicht, schrieb er, und so fuhren wir nach Frankreich. Hanna und Georg gingen aber hin, die Kirche war rammelvoll, doch Hanna war sehr gekränkt, dass er kaum zwei Worte mit ihr wechselte.

Eva beschwatzte den Pfarrer der Kirche in Cannstatt, dass Natan Sophie taufen durfte. Er bekam die Reise genehmigt. Markus erzählte die Taufanekdote in einem Brief an Bekendorps so:

Sophie, mit einem roten Kleidchen angetan und unbeeindruckt von dem Satz, lasset die Kindlein zu mir kommen, rutschte vom Schoß, stellte sich auf ihre Wackelbeinchen und segelte trunkenen Schrittes in das rechte Seitenschiff der gotischen Hallenkirche und verschwand im Chorumgang. Der andere Täufling, nordisch bleich und blond und auch schon seit kurzem des Laufens kundig, saß hingegen im weißen Taufkleidchen brav in der Kirchenbank, als Sophie nach einer Weile hinter einem Pfeiler hervor im Altarraum auftauchte, den Kopf schräg legte und uns anschelmte. Nun begann die wilde Jagd. Während mein Herr Bruder am Pult weise Worte an uns Gemeinde richtete, begab sich die Gemahlin/Oma am geistlichen Schwager vorbei in dessen eigentliches Revier, den Altarraum, und begann den Täufling zu haschen, der wie ein kleines rotes Teufelchen an heiliger Stelle sein Unwesen trieb. Als es zum Segen kam, war der Täufling prompt gerade mal wieder hinter dem Altar verschwunden. Pfarrer und Gemeinde mussten mit möglichst ernsten Gesichtern warten, bis alle wieder vollzählig vor ihm standen und wir in Frieden dahingehen konnten.

Natan berichtete am Telefon, dass Günter Grass wegen einer Bilderausstellung in Jena zu Besuch gewesen sei und bei ihm im Pfarrhaus übernachtet habe. Bella erzählte, sie sei, wie es ihre Gewohnheit war, sehr früh am Morgen aufgestanden, eine Freundin habe angerufen und sich erkundigt, wie Grass so sei. Bella antwortete: Als Mensch viel netter als seine grässlichen Bücher. Als sie das Gespräch beendete und sich umdrehte, stand Grass hinter ihr mit der Pfeife im Mund und grinste. Außerdem musste Bellas jüngste Tochter Hermine heiraten, weil sie schwanger war. Das Hochzeitskleid schnitt Bella aus einem alten weißen Vorhang zu, wie Hanna erzählte. Sie und Georg hatten sie besucht. Hanna erzählte auch, dass Natan auf Usedom eine alte Mühle hatte kaufen wollen, aber man hatte ihm gesagt, als Pfarrer könne er sich keine Hoffnungen machen, aber Bella könne sie haben, wenn sie sich vorher von ihm scheiden lasse. Das taten sie natürlich nicht. Wer weiß, sagte Bella, ob ich Natan danach wieder heiraten würde. Hanna brachte mir eine kleine russische Ikone aus Messing mit, die Bella für mich gekauft hatte, denn mein Erbe in Höhe von nicht ganz 2000 Ostmark, was 500 Westmark entsprach, musste einmal ausgegeben werden. Vom Sperrkonto in den Westen überweisen konnte man es nicht, und wir konnten in der DDR auch nichts von Wert kaufen, weil man nichts ausführen durfte, was durch Westexport Devisen brachte. Deshalb hatte Bella über Beziehungen diese Antiquität besorgt. Mir kam die Ikone schon damals nicht so vor, als sei sie so viel wert. Aber was sollte ich machen? Hanna schmuggelte sie an einem in Natans Haus schnell gehäkelten Luftmaschenband – Strick gab es nicht – unter den Kleidern um den Hals gehängt über die Grenze. Leibesvisitationen machte man ja nicht. Die Ikone hängt noch an meinem Bücherregal neben dem gusseisernen Kreuz mit dem Buddha in der Mitte.

Ich hätte mich schlicht niemals getraut, sie zu schmuggeln, aber Hanna sagte, Georg habe in der DDR nicht diese Angst empfunden, die wir immer gehabt hätten, ihm fehlten die schlimmen Erfahrungen, darum habe sie sich mit ihm drüben viel entspannter gefühlt. Sie hatte die Idee, Bilder von Natan in Stuttgart in einer Anwaltskanzlei in der Hasenbergsteige auszustellen. Natan glaubte, das ginge, weil er nie Mitglied des Künstlerbunds gewesen war und nur als Hobbymaler angesehen wurde. Mit einer schriftlichen Erklärung sei es bestimmt möglich, 20 Bilder auszuführen. Hanna und Georg fuhren im Sommer wieder nach Jena, um die Bilder auszusuchen und mitzunehmen. Hanna berichtete, dass sie ihnen erzählt hätten, neuerdings spuke es im Haus, ein Student auf einem Gemälde im Flur knarze, zupfe an Kleidern und mache Türen auf. Sie habe den Geist in der Nacht auch gehört. Aber, sagte sie, die haben sich wahrscheinlich nur einen Spaß mit uns Westlern gemacht. Als sie mit den Bildern am Grenzübergang Hirschberg/Rudolphstein ankamen und Natans Erklärung vorzeigten, schüttelte man die Köpfe und schickte sie zurück. Die Bescheinigung war nichts wert. Hanna hatte aber keine Lust, die Bilder nach Cappelroda zurückzubringen, und so beschlossen die beiden Wahnsinnigen, es an einem anderen Grenzübergang zu versuchen. Sie fuhren übers Hermsdorfer Kreuz zurück und an Jena vorbei zum Grenzübergang Herleshausen. Das war nun wirklich sehr töricht, die Transitstrecken wurden doch alle mit Kameras überwacht.

Die Zöllner ließen sie die Bilder ausladen, nicht ohne über Natans nackte Grazien zu schmunzeln, und beschlagnahmten sie. Dann holten sie beide nacheinander zur Vernehmung in die Amtsstube, während der andere im Auto wartete. Hanna war zuerst dran, danach wurde Georg geholt. Hanna erzählte, Georg habe mit der Freiheit des Westens im Rücken die Polizisten gleich erst einmal zum Lachen gebracht, so wie ich fast 40 Jahre zuvor die Polizisten, die mich in Halle vernahmen. Einer der Offiziere fragte ihn, wieso sie es denn nach dem Verbot an einem weiteren Grenzübergang versucht hätten, und Georg antwortete: Wir dachten, Sie sind vielleicht in einer besseren Tagesform. Da mussten die Offiziere lachen. Hanna wurde ein weiteres Mal zum Verhör herausgeholt, einer brüllte sie an und ging raus, der andere redete freundlich, damit sie vertrauensselig wurde. Sie hatte aber nichts zu erzählen, was nicht offensichtlich war. Als sie zum Auto zurückging, fragte ein Westler, der gerade hinausfuhr, ob sie jemanden benachrichtigen sollten. Hanna antwortete, das sei nicht nötig. Hauptsächlich saßen sie fünf Stunden lang nebeneinander im Auto, ohne ein Wort miteinander zu reden, denn Hanna war überzeugt, dass man sie mit Richtmikrophonen abhörte. Um Mitternacht bekamen sie die Pässe zurück und durften in den Westen fahren, ohne die Bilder. Bella sagte Hanna am anderen Tag am Telefon, zu etwas sei es sicher gut, sie könne daraus ja eine Novelle machen. Ein paar Wochen später wurde Natan in die Stasizentrale Gera einbestellt. Dort standen seine Bilder und der Stasi-Mann sprach ihn freundlich auf den Besuch von Günter Grass im Pfarrhaus an. Er bekam die Erlaubnis, die Bilder über die Grenze nach Hof zu bringen. Hanna und Georg fuhren also noch einmal los. Von der Zollstelle auf der Westseite hatte Natan aber ein Schreiben mitbekommen, in dem stand, dass Hanna die Einfuhr der Bilder auf dem Zollamt in Stuttgart anmelden müsse. Dort sagte man ihr, sie müsse den Verkaufswert der Bilder hinterlegen, den man auf eine Million Mark schätzte, hier gelte noch das Kriegsrecht. Sie konnte aber glaubhaft machen, dass ihr Onkel nur ein Hobbymaler war.

Die Ausstellung fand im September statt, Natan und Bella kamen nach Stuttgart und Natan verkaufte zwei Mondscheinbilder. Hanna schrieb danach in Briefen an die Bundestagsabgeordneten ihres Wahlkreises, es könne doch nicht sein, dass hier noch Kriegsrecht gelte. Nur Peter Conradi von der SPD, mit dem wir früher einmal in Hinterzimmern gesessen hatten, antwortete ihr vernünftig und stellte eine Kleine Anfrage im Bundestag. Die wurde jedoch nie beantwortet, denn darüber hörte die DDR auf zu existieren.

Anfang Juni richteten die Chinesen auf dem Platz des Himmlischen Friedens ein Massaker unter den protestierenden Studenten an, und Honecker-Stellvertreter Krenz fand das richtig. Hoffnung machte aber der lächelnde Mann mit dem Muttermal auf der Stirn, den wir im Fernsehen sahen. Wer zu spät kommt, den bestraft das Leben. Diesen Satz habe ich nie verstanden, einmal abgesehen davon, dass er grammatisch hinkt. Schließlich kann auch zu früh der falsche Moment sein. Die, die schon früher freie und geheime Wahlen gefordert hatten, saßen in Gefängnissen. Und warum sollte man Gorbatschow glauben, dass die Sowjetunion nicht doch wieder Panzer schickte? Aber Tausende feierten ihn wie einen Popstar, als er Mitte Juni in Stuttgart war. Als Ende Juni im Fernsehen zu sehen war, wie Ungarn begann, den Grenzzaun zu Österreich abzubauen, sagte Hanna: Das wird eine Massenflucht auslösen. Markus sah die Panzer vor sich, die am 17. Juni auf dem Potsdamer Platz aufgefahren waren, und dachte an das Ende des Prager Frühlings: Eine Massenflucht kann sich die DDR nicht leisten.

Sophie machte Popa aus den Worten Opa und Papa. Ich hätte nicht gedacht, dass Oma werden so anrührend ist. Eva hielt es schon bald nicht mehr im Mutterkindurlaub aus, sie wollte wieder Geld verdienen und unter Menschen kommen und machte mit Unterstützung des Arbeitsamts eine Umschulung zur Werbekauffrau. Georg half ihr bei den mathematischen Sachen und fand, dass sie das viel besser konnte, als die Winklers immer von sich dachten. Sie suchte eine neue Wohnung, denn von dem Kohlestaub bekam Sophie den Pseudokrupp-Husten und musste sogar einmal ins Krankenhaus. Ein Kollege von Markus hatte in seinem Haus in Degerloch gerade eine Wohnung frei. Als Eva dorthin zog, hatte sie sich endgültig von Hawi getrennt. Ein Engländer namens John tauchte auf, der für Sophie übergangsweise der Vater wurde. Er blieb aber nicht lange, Eva fand ihn schwierig, denn er hielt Monologe. Sie verliebte sich in Robert aus Südbaden, der in Stuttgart arbeitete. Auch Hanna kam endlich in die Gänge. Im Juni 1989 begann sie ein Volontariat im SDR. Das hatte man ihr zwei Jahre vorher noch abgelehnt, weil man keine Kinder von Angestellten nehmen wollte, aber inzwischen hatte der Personalchef gewechselt.

Drüben machten Silas und Astrid bei einer Ratesendung mit, wurden unter 64 000 Einsendungen ausgewählt und in die Aufzeichnung der Fernsehshow eingeladen. Silas schrieb:

Die Veranstaltung selber mit Operette ist nicht gerade unsere Welt, nur der Mann, der das macht, ist ein Genie, dessen Kommentare allerdings in der Sendung selber zum großen Teil gar nicht mehr vorkommen. Man hatte das Fossil Peter Kraus eingeflogen, der nun zum tausendsten Mal seine Rock'n'Roll-Nummer hüpfte, dabei aber der Länge nach hinflog. Auch dieser Ausrutscher wird dem Publikum sicher vorenthalten werden.

Für seine Töchter war es nun eminent wichtig, von Markus zu seinem 60. Geburtstag eine Einladung mit Lebendbescheinigung zu bekommen, damit sie in den Westen reisen konnten.

Sie hatten aber gar nicht vor, bei uns zu erscheinen. Markus wiederum hatte gar nicht vor, in Stuttgart zu sein. Er besorgte die Einladungen auch für Natans Familie. Dann merkte Astrid, dass sie ihrerseits nicht darum gebeten und keine Daten geschickt hatte, weil sie keine Einladung bekommen hatte, und schrieb beleidigt. Markus schickte ihr eine, und sie freute sich in ihrem Dankesbrief, dass Markus nicht zu Hause sein würde, denn sie wolle ja immer nur nach Südfrankreich. Silas schrieb entschuldigend hinterher:

> *Dass es im Vorfeld des Ereignisses manchmal etwas sensibel zuging, bitte ich dich zu verstehen. Für Astrid ist es das erste Mal nach 30 Jahren, dass sie nach dem Westen fahren, überhaupt außer Landes reisen kann. Diese 30 Jahre wirst du dir kaum vorstellen können und was da nun an Emotionen an sowas hängt, es ist ihre erste und letzte Chance bis zur Rente. Ich bin um so froher, dass du alles möglich gemacht hast. Ich selber werde die Schwiegersöhne trösten, die mit den Kindern allein sind.*

Bella und Natan waren gespannt, ob Simon im Westen bleiben würde. So etwas besprach man besser nicht in den Familien. Als Simon sich in Stuttgart ein Autoradio kaufte, wussten sie, dass er in die DDR zu seinem alten Trabi zurückkehren würde. Vielleicht half Simon bei der Entscheidung auch, dass gerade in Leipzig die erste Montagsdemonstration stattgefunden hatte, die vom Westfernsehen größer beachtet wurde, weil Herbstmesse war und Journalisten vor Ort waren. Männer von der Stasi rissen die Transparente herunter und die Leute riefen: Stasi raus!

Bella und Natan schliefen zwei Nächte bei uns, Simon kam bei Hanna und Georg unter, die Nichten erschienen nicht. Das war mir nicht unlieb, denn ich war überhaupt nicht auf der Höhe. Ich hatte fürchterliche Schmerzen in der Schulter. Ich machte einen Topf Gulasch, aber das Kochen war eine Tortur. Ich hoffte, es würde wieder besser werden, wenn ich zur Ruhe käme, und wir fuhren gleich nach dem Geburtstag nach Frankreich. Dort bekam ich Pusteln auf der Schulter, und wir mussten nach einer Woche vorzeitig nach Stuttgart zurückkehren. Unser Hausarzt diagnostizierte eine Gürtelrose, das blieb mir nun auch nicht erspart.

Silas' Töchter schrieben glühende Dankesbriefe, sie waren nach Hamburg und Münster gereist, übrigens mit dem Westgeld, das Markus ihnen zur Verfügung gestellt hatte. Sie wünschten sich, dass es eines Tages möglich sein werde, ohne solche Anlässe in den Westen zu kommen.

Hanna machte als Volontärin im September Station im Studio Bonn. Wie eine Alte berichtete sie im Radio über die Bundestagsdebatte zur Lage an der ungarischen Grenze und die Feiern zu 40 Jahre Bundesrepublik auf Schloss Augustusburg, das wir ja nun auch kannten. Markus war sehr stolz auf sie. Am Samstag, dem 30. September, erzählte Hanna, habe der Bonner Studioleiter in einer Live-Schalte kurz vor den 18-Uhr-Nachrichten im Aktuell-Programm verkündet, dass Genscher und Kanzleramtsminister Seiters nach Prag gereist seien, um den in der deutschen Botschaft versammelten DDR-Flüchtlingen die Ausreise zu verkünden. Die blöden Nachrichten in Stuttgart hätten sich aber nicht getraut, das ebenfalls zu melden, weil die Information nur von der dpa gekommen war. Als Genscher dann seinen berühmten Satz sagte, saß sie im Zug nach Stuttgart und bekam nichts mit.

Da wir wegen meiner Gürtelrose nicht wieder nach Frankreich fahren konnten, verfolgten wir abends im Fernsehen die Ereignisse im Osten. Wir konnten es kaum fassen: So viele Menschen in den dunstigen Häuserschluchten von Leipzig! Bestimmt stellten sie sich die bange Frage: Werden wir gleich den Kampftruppen mit angelegten Gewehren gegenüberstehen, und was tun wir dann? Werden sie uns zusammenschießen wie die Chinesen die Studenten auf dem Platz des Himmlischen Friedens?

Als Sophie bei uns war, fiel sie vom Fahrrad auf den Kopf, guckte bedröppelt und spuckte. Wir befürchteten eine Gehirnerschütterung und fuhren mit ihr ins Krankenhaus. Dort wurde sie immer fröhlicher und munterer. Es war uns ziemlich peinlich, der Arzt konnte nichts feststellen, sie war nur müde geworden.

Am 9. November fing die *Tagesschau* mit der Meldung an, dass ausreisewillige DDR-Bürger nicht mehr den Umweg über die Tschechoslowakei nehmen müssten. Visa zur Ausreise würden erteilt, ohne dass dafür ein Anlass vorliegen müsse. Auch Privatreisen könnten stattfinden, Genehmigungen würden kurzfristig erteilt.

Hast du das eben gehört, Markus?

Dann zeigten sie eine Pressekonferenz, auf der Schabowski sagte, dass man sofort über alle Grenzübergänge in den Westen ausreisen könne. Der Sprecher sagte: Also auch die Mauer soll über Nacht durchlässig werden.

Was bedeutet das denn?

Dann kam Johannes Rau, der nordrhein-westfälische SPD-Ministerpräsident, der gerade in der DDR war und mit Krenz redete, der von einem neuen Wahlgesetz sprach, aber die bisherigen seien auch nicht unfrei gewesen. Es folgten DDR-Meldungen, die alle nicht mehr richtig passten: Übersiedler, die über die Tschechischen Grenzen strömten, die Warnung an alle, dass sie in der Bundesrepublik nicht gleich schöne Wohnungen bekommen würden. Dann Kohl in Polen. Ausnahmsweise stellten wir um viertel vor zehn das *heute-journal* an. Es begann mit der Pressekonferenz von Schabowski und sendete einen Ausschnitt aus der *Aktuellen Kamera*, wo die Erlaubnis für die ständige Ausreise verkündet wurde. Am Brandenburger Tor schrien Leute: Tor auf! Auf der Westseite standen Leute und guckten. Der Moderator erzählte dann wieder allerlei Quatsch, auf den es nicht ankam. Wir sahen Schabowski schusselig vorlesen: Visa für die ständige Ausreise sollen unverzüglich erteilt werden. Was wird mit der Berliner Mauer?, fragte einer in der Pressekonferenz. Es sind dazu schon Auskünfte gegeben worden, antwortete Schabowski, die Frage des Reisens beantworte immer noch nicht die Frage nach dem Sinn dieser Befestigung. Was der nur wieder redete! Dann kam ein Interview mit einem DDR-Oppositionellen, der sagte, es wäre ihm lieber gewesen, wenn verkündet worden wäre, dass jeder DDR-Bürger mit seinem Reisepass über die Grenze gehen und wieder zurückkommen könne.

So kann man es auch herbeireden, sagte Markus. Die fahren doch jetzt alle los, die sehen doch alle Westfernsehen. Ich rief Hanna an. Sie saß an ihrem Computer und hatte noch gar nichts mitbekommen.

Das Brandenburger Tor und die Mauer haben ausgedient, der Reiseweg in den Westen ist frei, die Tore in der Mauer stehen weit offen, so fingen um halb elf die *Tagesthemen* an. Da stand doch einer auf der Berliner Mauer, rief Markus, hast du das gesehen? Sie schalteten zu einem Reporter am Übergang Invalidenstraße. Gespanntes Warten, aber niemand kam. In Wedding an der Bornholmer Straße strömten sie schon, erzählte ein Augenzeuge dem Reporter. Nach dem Fußball kam das Thema wieder. In Niedersachsen hatten es schon welche von drüben nach hierher geschafft und der Reporter sprach mit einem. Am Schluss erzählte Joachim Friedrichs, dass die DDR-Programmzeitschriften jetzt auch das Westfernsehprogramm abdrucken wollten. Das hätte Altvater gefreut.

Jetzt machen sich alle, die neugierig sind, auf den Weg, davon war ich überzeugt. Du würdest auch loslaufen, Markus! Ich musste heulen.

Das war nun auch zu Ende. All die Pakete, die wir geschickt hatten, die Ängste an der Grenze, die Umständlichkeiten, bis wir die Familie besuchen konnten, und Altvater hatte es nicht mehr erlebt, meine Mutti nicht, Trundel schon gar nicht. Was hatten sie gehadert! Und jetzt brach alles zusammen, weil die

DDR schon lange pleite war und der ganze Sozialismus sinnlos und vergeblich. Zum ersten Mal konnten wir uns zum Frühstück überlegen, ob wir zusammen mit Natan und Bella Kaffee trinken wollten. Zum ersten Mal seit 39 Jahren konnten wir, wann und wie wir wollten, durch die alte Heimat fahren. Wir konnten es nicht glauben, wie sich ein System in so kurzer Zeit ohne Blutvergießen verabschieden konnte. Natürlich hatten Markus und ich Angst, dass wir träumten und es wieder rückwärts ging.

Von Frau Bekendorp aus Hamburg kam ein Brief, in dem sie erzählte, dass ihr Mann beim Schwimmen das Bewusstsein verloren hatte und fast gestorben wäre. Er habe es als schönes Erlebnis empfunden und eigentlich nicht wieder zurückgeholt werden wollen. Ich antwortete ihr:

> *Liebe Bekendorps, ich habe auch einfachere Briefköpfe in meinem Computer gespeichert. Für Sie habe ich den ausführlichsten ausgewählt. Ich will eben auf Sie tiefen Eindruck machen. Ihr Brief liegt nun schon wieder über einen Monat unbeantwortet bei uns. Ich habe immer gedacht, Väterchen schreibt, aber er verspricht's nur immer, bis ich mich schließlich an die Arbeit mache. Dabei kann er viel schönere Briefe schreiben. Wir hoffen, dass Herr Bekendorp wieder gesund und zu Hause ist, im möglichst nicht überfüllten Haus. Bei uns sind bisher weder DDR-Besucher noch DDR-Flüchtlinge eingetroffen. Die meisten unserer Verwandten – auch die jungen – waren kürzlich erst zu Väterchens 60. hier, deshalb haben sie nicht das Bedürfnis, sich in die Staus zu begeben, um überhaupt mal rauszukommen. In den letzten Wochen haben wir kaum eine Nachrichtensendung verpasst, weder im Rundfunk noch im Fernsehen. Trotzdem können wir es kaum fassen, dass Mauer und Grenzbefestigungen Löcher bekommen haben, und dass Vopos lächeln können. Leider haben wir noch kaum Post von unseren Verwandten bekommen, aber was wir hörten, klingt noch immer sehr skeptisch. Alle sind irgendwie engagiert, teilweise*

im Neuen Forum. Es sind ja fast alles Kirchenleute. Sie wollen eigentlich gar nicht unser gesellschaftliches System, aber sie wissen auch gar nicht so recht, was sie dann wollen. Ich glaube, manches geht zu rasant voran, weshalb so viel Unsicherheit bleibt. Trotzdem, ich hätte vor einem Monat noch niemals für möglich gehalten, dass freie Wahlen überhaupt je in Erwägung gezogen werden könnten. Ja, was gibt's in der Familie Neues? Eva fängt endlich eine Ausbildung – als Werbekauffrau – an, die sie diesmal nicht wieder abbrechen kann, denn sie wird allein für ihr Kind sorgen müssen. Der Vater zahlt nicht, und wir Alten haben auch nicht das ewige Leben. Hanna verdient jetzt, wenn auch sehr wenig, aber immerhin mit der Aussicht, bald festangestellte Rundfunkredakteurin zu werden. Seit Juni ist sie Volontärin beim Südfunk, seit Juli Frau Doktor, aber noch immer ist sie unverheiratet, obgleich sie seit fünf Jahren mit demselben Mann zusammenlebt, und es hat nicht den Anschein, als hätten die beiden die Absicht, sich wieder zu trennen. Mich hat im Urlaub eine böse Krankheit befallen, Gürtelrose, an der ich noch immer herumlaboriere. Die Ärztin meint, das könnte noch ein Jahr dauern, bis die letzten Spuren und Schmerzen schwinden. Ich soll mich schonen, ha-ha, wenn ich sowas höre.

Ziemlich verspätet begann ich mit der Weihnachtsbäckerei und wir besorgten wegen Sophie einen kitschig-bunten Weihnachtsbaumschmuck, Markus stellte alle himmlischen Heerscharen auf und fummelte den Brüllstern zusammen. Bei meinem Geburtstagsessen – Lammbraten mit grünen Bohnen und Rote Grütze zum Nachtisch – trug Georg viel zur Unterhaltung bei, denn er hatte ein Buch über Chemie in Lebensmitteln gelesen und erklärte uns nun alle Gefahren, die in dem lauerten, was wir auf dem Teller hatten, bis ich sagte: Georg, du nervst!

Anfang Januar kam ein Brief von Magdalena:

Lieber Onkel Markus, noch staunen wir, wie viele unserer westlichen Freunde und Bekannten Anteil nehmen. Auch bei unserer fast obligatorischen Fahrt nach Hof wurden wir von wildfremden Menschen so freundlich behandelt und sogar beschenkt. Ja, die Revolution verlief friedlich. Inzwischen ist das für uns schon wieder Geschichte, und es geht zur Zeit um ganz andere Probleme. Zum Beispiel das Wiedervereinigungs-Gegröle auf den jetzigen Demos und das undemokratische, aggressive Verhalten gegen Menschen, die anderer Meinung sind. Oder die Aktionen der Neonazis bei uns. Oder die Zersplitterung der Opposition in tausend kleine Parteien. Oder das Misstrauen gegen die SED. Auf alle Fälle ist es nicht mehr so langweilig und triste, hier zu leben. Man freut sich über jede Aktivität des einfachen Bürgers bei der Gründung aller möglichen Vereine: Tierschutz, Umweltschutz, Kabarett, Theater, Jugendgruppen, das wurde ja bisher alles unterdrückt. Zeitung, Radio und Fernsehen sind interessant. Viele Leute haben die Deutschlandfahne oder die Sachsenfahne draußen hängen. Seit Jahren hat bei uns so gut wie kein Mensch mehr eine Fahne rausgehangen. Auch die Kirche hat in der Bevölkerung, bei den Atheisten, sehr an Achtung und Sympathie gewonnen. Darüber freue ich mich persönlich sehr, dass die Kirche sich diesmal nicht passiv verhalten hat. Abgesehen von den großen Städten (wie der Heldenstadt), hat es auch in vielen kleinen Städten und Dörfern Friedensgebete und Demonstrationen gegeben. Sehr erleichternd ist es auch, dass unsere Kinder mal in der Schule nicht so erzogen werden wie wir. Wahrscheinlich werden sie mal eine viel bessere Bildung bekommen, und der ganze politische Druck fällt weg.

Silas schrieb im März:

Heute Nachmittag quakt Kohl selbander bei uns auf dem Marktplatz. Das ist alles so irre! Genscher, Waigel und ähnliche Ritter treten hier auch auf, und eh wir's uns versehen, sind wir ein Bundesland geworden.

Natan schrieb, man habe den Kneipenwirt davongejagt, weil sich herausgestellt habe, dass er das halbe Dorf und das Pfarrhaus mit Richtmikrophonen ausspioniert hatte. Bellas Doktormutter gestand ihr unter Tränen, dass sie inoffizielle Mitarbeiterin des MfS gewesen war.

Hanna trat eine Stelle in der Hörfunk-Nachrichtenredaktion an. 25 Jahre lang hat sie dort gearbeitet. Der Metzler-Verlag druckte ihre Dissertation, ohne dass sie etwas bezahlen musste. Georg musste sie nur auf seinem neuen Computer druckfertig machen. Hannas Diss hat den Titel *Das Modell Clarissa* und beschäftigt sich mit der Frage, warum bürgerliche Romanheldinnen am Schluss meistens sterben. Sie hatte herausgefunden, dass die ästhetische Regel bei Frauen für außerehelichen Geschlechtsverkehr das Todesurteil vorsah. Im Juni bekamen wir einen Brief von ihr nach Frankreich:

> *Ihr Lieben! Ich könnte natürlich auch anrufen, aber vielleicht kriegt ihr auch gern mal einen Brief. Mein Urlaub geht jetzt vom 12. bis zum 26. August. Ich hoffe, das wirft eure Pläne nicht allzu sehr übern Haufen. Herr Haug (mein Chef) hatte vor einigen Wochen ein Gespräch mit irgendwelchen Leuten vom Metzler-Verlag. Das stellte sich heraus, als er durchs Zimmer eilte, wo ich saß, meine Hand schüttelte und fragte: Na, wie geht's Clarissa? Nun ist er so stolz auf seine Entdeckung, dass er jedesmal, wenn er mich zu Beginn einer Schicht sieht, nach Clarissa fragt. Als ich ihm versicherte, Clarissa ginge es schlecht, sie stürbe ja, gab er zu, er kenne sich in der Materie nicht aus. Jetzt hat er das Kommunikationsverfahren abgekürzt und begrüßt mich nur noch schlicht mit Clarissa. Übrigens kam am Samstag mit einem mehrmals klingelnden Briefträger per Einschreiben meine Promotionsurkunde mit besten Wünschen vom Rektor Effenberger (ein Kärtchen) und einem Brief von Dekan Späth, der mir Grüße von Herrn Klotz ausrichtet.*

Wir kauften für mich auch einen Computer mit WordPerfect, den Georg mir einrichtete, denn ich arbeitete fleißig an meiner Dissertation, in der ich das Thema Peter Schlemihl um weitere Illustratoren erweitern wollte.

Im Juni starb Bella. Auch sie wurde auf dem Laurentius-Friedhof gegenüber dem Roten Ochsen beerdigt. Hanna konnte nicht zur Beerdigung mitkommen, sie bekam keinen Urlaub für eine Tante. Wir fuhren weiter nach Rügen, wohin Markus nach dem Krieg mit Lux eine Radtour gemacht hatte. Er erkannte das Kopfsteinpflaster wieder.

Hannas Arbeit in der Nachrichtenredaktion schien nicht gerade ein Traumjob zu sein, aber er war ganz einträglich. Neben den Nachrichten schrieb sie Romane, aber keiner wurde gedruckt, ganz wie bei ihrem Vater. Sicher lag es an den Lektoren, die die Genies verkennen. Neuerdings schrieb sie auch für die Frauenzeitschrift *Emma*. Sie hatte ja nun schon eine ganze Menge Essays geschrieben und auch veröffentlicht, die fanden wir auch ganz beachtlich. Ich fand, sie sollte auch lieber bei sachlicher Literatur bleiben, wie ihr Vater. Aber in jungen Jahren hatte man da andere Ansichten, das war ja auch in Ordnung so. Eva schloss ihre Ausbildung zur Werbekauffrau ab und fand eine Anstellung in einer Werbeagentur. Dort bemerkte sie aber schnell, dass sie wohl doch den falschen Beruf gewählt hatte. In den Agenturen arbeitete man nicht tagsüber, denn alle, die sich für kreativ hielten, fingen erst abends an, sich etwas einfallen zu lassen. Mit Kind musste sie aber feste Arbeitszeiten haben. Sie kündigte und fing in einer Kunsthandlung im Königsbau in Stuttgart an, das war ausnahmsweise mal eine wirklich seriöse Arbeitsstelle. Sie sollte dort die Fotoabteilung übernehmen. Doch wegen der Arbeitszeit war es auch wieder nicht ideal. Sie musste bis um 18 Uhr arbeiten und der Tageskindergarten, in dem Sophie betreut wurde, schloss um halb fünf. Sie brauchte also immer jemanden, der das Kind abholte. Obendrein musste sie samstags arbeiten. Es gab für mich also viel zu tun. Nur würden wir, wenn Markus erst einmal Rentner war, durchaus nicht immer greifbar zu Hause sein wollen. Ich hatte Sophie sehr gern um mich, aber als ich sie im Sommer drei Wochen lang betreute, merkte ich, dass ich nicht mehr 30 war. Eva konnte sich also nicht felsenfest auf mich verlassen. Zum Glück hatte sie eine Freundin, die Sophie abholte.

Wir unternahmen kleine Reisen an den Bodensee und in die Holsteinische Schweiz, besuchten in Bad Segeberg die Karl-May-Festspiele, fuhren in die Toskana und fanden, dass der schiefe Turm von Pisa tatsächlich schief war. Astrid schrieb:

Uns geht es wirklich gut. Zumal wir ja in dem fatalen Zustand sind, dass wir die Guten von den Bösen unterscheiden müssen lernen sollen. Ich meine damit: Wir sind das Volk. Das Volk also ist in dieser Klemme. Und feste dabei, sich selber ins Gesicht zu hauen. Über Jahrzehnte hat man uns den Klassenfeind eingehämmert und keiner hat es geglaubt. Jetzt erfährt das Volk den Klassenfeind in Wirklichkeit. Prompt ist es überfordert, das Volk. Ich selber komme in dem ganzen Geschehen nur am Rande vor und bin wie seit eh und je der schäbige Hintergrund. Und schamloserweise fühle ich mich auch noch wohl dabei. Seid allesamt gegrüßt von mir. Astrid.

Sie und Silas machten eine Italienreise. Sie freuten sich darüber, dass die Jagd nach Essen wegfiel, sie mussten nicht vor Kneipen anstehen und sich vom Kellner einen Platz zuweisen lassen, sie hatten sogar die Auswahl zwischen verschiedenen Gaststätten, und überall gab es etwas Gutes zu Essen. Auch brauchten sie nicht kilometerweit zu Läden zu fahren und dort anzustehen, um Brause zu kaufen. Silas schrieb:

Diese Leichtigkeit, mit der sich das Leben abwickeln lässt, hat uns fasziniert. Dass wir zu der Generation gehören, die jetzt noch mal die Chance hat, ein paar normale Erlebnisse zu haben, macht uns unendlich dankbar. Also, wegen unserer kindlichen Freude über die normalsten Alltagsdinge zusätzlich zu den Bergmassiven hatten wir ständig Schwierigkeiten, nicht vor Glück loszujodeln.

Ich fand es bemerkenswert, dass er unser Leben als normal empfand, obgleich er doch in der DDR auch ein normales, nur eben ein anderes normales Leben geführt hatte.

Hier verändert sich das Leben tatsächlich, schrieb Silas, *natürlich gibt es an allen Ecken Probleme, nur begreife ich das Gemecker der Leute nicht. Es ist noch kein Jahr her, da ahnte keiner, was mal sein würde, und jetzt, wo jeder sich seine Banane und sein Auto an jeder Straßenecke kaufen kann, ist alles vergessen. Ich will die bestehenden Probleme nicht verleugnen, aber die Undankbarkeit des Genörgels geht mir auf die Nerven.*

Den Marx-Nischel in Karl-Marx-Stadt, das nun wieder Chemnitz hieß, hätte Silas gern den Amerikanern als Gartenzwerg verkauft, aber er sollte nun stehen bleiben, zur Abschreckung.

Für Natan lief es nicht so gut. Der Schriftsteller Jürgen Fuchs hatte im *Spiegel* geschrieben, und damit konnte er eigentlich nur ihn gemeint haben:

Ferner IMB mit Deckname Karl Heckel, Oberpfarrer, Künstler, er malt. Ob er seinen Berichten auch Zeichnungen beilegte? Vielleicht kunstvolle Porträts seiner Opfer oder Lageskizzen ihrer Wohnungen, ihrer kirchlichen Räume? Bis heute ist er einer von denen, die hartnäckig schweigen. Da ist er also konsequent und diskret.*

Also inoffizieller Mitarbeiter mit Feindberührung, nämlich zu uns und anderen Kirchenvertretern, sollte er gewesen sein. Hanna beschwichtigte uns, natürlich habe Natan mit der Stasi reden müssen, das wüssten wir doch. Er war es, der loslaufen musste, um die Studenten aus der Haft zu holen, die auf dem Platz der Kosmonauten in Jena ein Sektfrühstück gefeiert hatten. Natan und Bella hätten ihren Stasimann empfangen müssen, Bella habe einmal in seiner Tasche die Pistole gefunden, das wüssten wir doch alles. Markus schrieb an Silas:

Auch wenn wir keine Steine werfen wollen, als Wessis schon gar nicht, so wissen wir nicht recht, was wir denken sollen. Das

* *Der Spiegel* 48 (24.11.1991); https://www.spiegel.de/politik/landschaften-der-luege-a-a984c367-0002-0001-0000-000013492284

Thema der IMs wird ständig in der Öffentlichkeit behandelt, und jedesmal, bis hin zu Stolpe, fragen wir uns, war es Zwang, Feigheit, Opportunismus, Lethargie oder wie auch bei Altvater als Dekan die Strategie gewesen. Nicht mit den Leuten reden, bringt ja auch nichts.

An Natan schrieb er: *Wir verteilen keine Zensuren, weiß ich, wie ich jetzt dastünde, wenn ich drüben gelebt hätte.*

Von Natan selbst hörten wir keinen Mucks. Darum schrieb Hanna ihm einen langen Brief, auf den er endlich antwortete:

Liebe Hanna, habe ganz vielen Dank für deinen Brief und die lieben Worte und dass ihr hinter oder vor mir steht. So schreibe ich diesen Brief nur im Original und bitte dich, den anderen eine Ablichtung zu geben. Ich bin es eigentlich satt, überhaupt Worte darüber zu verlieren oder jetzt Briefe mit Durchschlägen zu schreiben. Manchmal weiß ich selbst nicht, woher ich überhaupt noch Marken kriege. Der Einheits-Sonntag war schlimm, wo ich selbst im Gottesdienst die Verstorbenen vorlesen und auch Bellas Namen nennen musste. Dann mein Geburtstag. Und vor Weihnachten hatte ich vor allem Angst. Aber es ging gut. Am ersten Feiertag waren wir alle zusammen zum Gänsebraten. Nun folgt noch Silvester und dann ist endlich dieses Jahr vorbei. Nun zu dem Artikel und der Stasiakte. 1.) Ich habe weder mündlich noch schriftlich eine Erklärung abgegeben, dass ich IM sei. 2.) Ich habe nie einen Bericht geschrieben oder Entgelt erhalten. 3.) Ich habe diese Kontakte immer öffentlich gemacht, den Bischof unterrichtet, dem jeweiligen Superintendenten die Leute mit Namen genannt (bei denen waren sie auch). Ich habe bei meinem ersten Westberlinbesuch bei Schmidt-Rottluff dem damaligen Superintendenten Ralf Zorn (der die Bestattung hielt und Ami ist) alles erzählt, weil ich wusste, dass er Kontakte zu US-Stellen hatte. Als Oberpfarrer von Jena musste ich mit den Leuten reden, wie es meine Chefs auch taten und der Bischof. Als bei Nacht das Zeiss-Grab auf dem kirchlichen Friedhof mitten in Jena entfernt wurde, habe ich bei der Stasi angerufen und mit der Westpresse gedroht. Es gäbe da sehr viele Geschichten, auch sehr menschliche Geschichten, die ich anführen könnte. Übrigens waren die Gespräche nie heimlich. Die Herren fuhren in Cappelroda vor, die Nachbarn sahen das Auto, und Bella immer dabei, schon zu meiner Sicherheit, weil sie das bessere Gedächtnis hatte (von dem ich nun leider nicht profitieren kann, leider, wie bei vielen anderen Problemen auch nicht). Der Chef für die Stasi-Akten in Eisenach sagte mir, ich solle mich in den Sessel setzen und darüber lachen, ich wäre schon wegen der Kunst immer ein bunter Hund gewesen, und jetzt käme eben der Neid hoch. Ich solle mich da nicht wundern. Es ist wahrhaftig nicht leicht, in seinem Sessel zu sitzen, wenn ausgerechnet die christlichen Leute und die Amtsbrüder wie die Bluthunde an der Kette zerren und lauthals kläffen. Die stört auch nicht der Tod meiner Frau. Ich staune selbst über meine Reaktionen. Einesteils ist es mein Glaube und mein gutes Gewissen, der andere Teil ist die Kunst, die mich voll beschäftigt und befreit, zumal da Erfolg ist (Bilder in Museen, Aufträge und dergleichen). Ich male eben jetzt im Bad, weil das Atelier zu kalt ist. Aus dem Berliner Kunstdienst riefen mich neulich die Mitarbeiter an, sie stünden voll vor, hinter oder unter mir. Zu denen gehört auch der Schriftsteller Jürgen Rennert, ein lieber Kerl. Solche Sachen machen dann auch Freude. Und Jürgen Fuchs versucht meiner Meinung nach, sich mit der Sache wieder in die Öffentlichkeit zu bringen. Ein guter Schriftsteller ist er sowieso nicht. Und der Ton oder Takt von W. Biermann ist sowieso inakzeptabel, alles unter dem Strich. Meine Post war zum Beispiel seit 20 Jahren kontrolliert, jeder Brief neu zugeklebt. Bella ist einmal in Hamburg vom Verfassungsschutz verhaftet und stundenlang als angebliche Spionin verhört worden. Dann haben sich die Herren entschuldigt und ihr Rosen angeboten. Bei dieser Gelegenheit wurde ich als Ehemann als sauber deklariert. Wir hatten hier jahrelang Angst, dass die Stasi diese Sache rauskriegt und Bella in die Mangel nimmt. Ja, meine Lieben, was soll ich noch groß schreiben? Das ist eine Hexenjagd und jedermann kann über jeden Gemeinheiten verbreiten. Irgendwer schreibt es bestimmt und erzählt es weiter. Entschuldigt meine Schrift, aber ich schreibe auf den Knien mit einem zu dünnen Stift. Alles Gute für euch im Jahr 92, dein/euer Natan. PS: Oft habe ich auch in den ganzen Jahren mit den Obersten vom Rat des Bezirks Gera, dem Rat des Kreises und dem Rat der Stadt verhandeln müssen und ich vermute, dass die alle in ihrer Position zur Stasi gehörten. Und die haben Berichte geschrieben. Mit Paps habe ich mehrfach darüber gesprochen, und er hat mir immer gesagt, als Dekan habe er es immer so gemacht, nur so erfahre man etwas und könne Dinge klären. Und tatsächlich hörten wir manchmal Dinge, die nie in der Zeitung standen, denn das waren auch nur Menschen.

Kapitel 27

Ich bekam von Detlef Girrmann, der mir damals in Berlin die Anstellung in einer Anwaltskanzlei verschafft hatte, die Adresse von Alfred Zimmermann in Berlin und schrieb ihm, denn ich wollte über die Geschichte seines Verrats an unserer Widerstandsgruppe in Halle endlich einmal Klarheit haben. Es war ihm schlecht ergangen. Nach seiner Festnahme und Haft leistete er Dienst in der KVP, der Kasernierten Volkspolizei, 1954 wollte er in die SED eintreten, wurde aber nicht aufgenommen. Später dann doch. 1956 erregte er als Philosophiestudent in Leipzig mit einer Kritik an der Wirtschaftspolitik des Genossen Ulbricht die Aufmerksamkeit des Zentralkomitees der SED, Abteilung Wissenschaften, und musste eine peinliche Aussprache überstehen. Schließlich bekam er einen Lehrauftrag als Dozent für Philosophie und lehrte Marxismus-Leninismus an der Ostberliner Humboldt-Universität. Die Studenten mochten ihn wegen seiner undogmatischen Art. In den 70er

Jahren geriet er in Verdacht, revisionistisches Gedankengut zu verbreiten, und die Stasi installierte bei einem Vortrag in den Wismar-Werken Abhöranlagen und sammelte Beweise. Alfred forderte beispielsweise eine andere Entwicklungspolitik: *Wie können wir hier bei uns von realem Fortschritt sprechen, derweil so viel in der Welt gehungert wird? Und dieses Elend ist ja nicht nur ein Produkt des Imperialismus.* 1979 wurde er aus der SED ausgeschlossen und bekam ein Lehrverbot, durfte aber als Übersetzer an der Universität bleiben, der Kontakt zu den Studenten wurde ihm verboten. Nach der Wende nahm man ihn in die PDS auf, aber er trat gleich wieder aus, und nun wollte er sich in den Vorruhestand versetzen lassen und noch ein wenig als Übersetzer arbeiten. Seine Frau hatte eine Stelle an der Uni und sie hatten eine Tochter.

Hanna fuhr für eine Woche nach Cappelroda und kam mit der Nachricht zurück, Natan wolle das Haus in Halle so schnell wie möglich verkaufen, er rege sich dabei aber sehr auf, weil Bella immer geheult habe, wenn sie an den Kirschbergweg dachte. Silas schrieb:

> *Natan antwortet auf keine Briefe, und so stehe ich immer noch im Grundbuch. Vorige Woche sagte mir ein Thüringer, dass Natan nach wie vor alles leugne, er aber auch nicht mehr im Gespräch sei. Wie dem auch sei, es muss ja in seinem Falle eine offizielle Aufklärung geben. Vielleicht will er nun deswegen verkaufen, um Geld zu haben, denn wenn er wirklich IM war, würde er ja nur noch Sozialhilfe, keine Rente, bekommen und bräuchte Geld. Wenn nur alles sich zum Guten wenden würde!*

Lux erhielt das Große Bundesverdienstkreuz für seinen erzreaktionären Journalismus und Markus beschloss, sich frühpensionieren lassen. Ich wollte ihn zum letzten Mal zur Frankfurter Buchmesse begleiten. Am Tag davor ging ich in die Stadt, weil ich einen kleinen Rollkoffer brauchte. Das hätte ich lieber nicht tun sollen, denn ich rutschte auf der Königstraße auf einer Salamischeibe aus und fiel hin. Es tat gar nicht so weh, aber als ich einen Wintermantel anprobieren wollte, merkte ich, dass ich den Arm nicht mehr bewegen konnte, und ging sofort ins Katharinenhospital. Sie stellten einen Trümmerbruch im Ellbogen fest, der zweimal operiert werden musste. Wochenlang lief ich mit dem rechten Arm in Gips herum. Markus musste kochen, staubsaugen und einkaufen gehen. Ich entwickelte auch schlimme Ängste, auf die Straße zu gehen. Mit meiner Gleitsichtbrille sah ich nie richtig scharf, was auf dem Boden lag. Der Weg zum Hausarzt erschien mir unmöglich zu bewältigen. Aber ich habe es in den Griff bekommen, nächtelang habe ich mir den Weg genau vorgestellt und mich in der Vorstellung Meter für Meter vorgearbeitet. So habe ich meine Ängste überwunden. Drei Monate lang musste ich zweimal wöchentlich zur Krankengymnastik und natürlich auch täglich zu Hause fleißig üben. Im Dezember übertrugen wir außerdem in einem strapaziösen Endspurt meine Dissertation von meinem Computersystem in das von Markus, denn er hatte den besseren Drucker. Ohne Georg wären wir mit Sicherheit gescheitert. Einen Tag vor meinem Geburtstag waren wir mit dem Druck fertig. Jetzt musste ich nur noch die Prüfungen machen, dann war meine akademische Laufbahn beendet, was ich sehr bedauerte. Das Studium und das Schreiben der Doktorarbeit hatten mir viel Freude gemacht. Noch füllten die Prüfungsvorbereitungen meine Zeit aus. Aber wenn das überstanden war, wusste ich nicht so recht, was ich dann tun sollte.

Zu meinem Geburtstag kam nach langer Zeit wieder einmal ein Brief von Detlef. Das war eine schöne Überraschung.

Lieber Detlef, ich danke dir sehr herzlich für deinen beinahe leserlichen Brief mit den guten Wünschen zum Geburtstag, von denen sich hoffentlich wenigstens einige in der Realität bewähren werden. Erstmal bin ich wegen einer Grippe mit anschließender Mittelohrentzündung ziemlich malade. Ich hoffe, dass sie bald abklingt, denn sie hat verhindert, dass ich am 12. ins Krankenhaus gehen konnte, um mir ein paar Drähte aus meinem zertrümmerten Ellenbogen ziehen zu lassen. Ich möchte das gern hinter mich bringen, denn ich muss mich noch ein bisschen auf das Rigorosum vorbereiten, und dazu habe ich keine Ruhe, wenn so etwas Unangenehmes noch vor mir liegt. Eigentlich wollte mein Doktorvater, dass das Rigorosum noch in diesem Semester sein soll, aber der Zweitgutachter wird nicht rechtzeitig mit dem Lesen und Beurteilen fertig. Mir ist das ganz lieb, damit ich mich vor der Prüfung noch ein bisschen von der mir bevorstehenden Operation erholen kann. Sie soll in der zweiten Aprilhälfte sein. Das passt mir gut, denn wir wollen erst ab Mai hauptsächlich in Le Grand Fahys wohnen. Wenn ich dann nicht mehr auf Abruf bereit sein muss, können wir freier Unternehmungen planen. Zu Alfred ist der Kontakt unterbrochen, aber das ist meine Schuld. Ich habe seinen letzten Brief nicht beantwortet. Er war einesteils so dürftig, dass man einfach nicht antworten konnte, und zum anderen wollte ich erst einmal meine Arbeit fertigmachen, deswegen habe ich mir keine Zeit zum Briefeschreiben gegönnt. Ich habe ihm nur eine Karte geschickt, um ihm den Umstand zu erklären, aber keine Antwort bekommen. Wenn ich den Brief an dich geschrieben habe, werde ich ihm schreiben, um die Beziehung wieder anzuknüpfen. Er ist übrigens vollkommen damit einverstanden, dass du seine Briefe liest, ja, es ist ihm eigentlich sogar wichtig, dass du Bescheid weißt über seine Konflikte und Erlebnisse und Ideen. Ich werde dir also, wenn Markus mal wieder ins Funkhaus kommt, seine Briefe kopieren lassen, denn wer weiß, wann wir uns sehen. (Ich habe das bisher nicht getan, weil ich nicht wusste, ob du Interesse daran hast, denn du hast nie wieder nachgefragt. Aber du hattest sicher wegen deines neuen Berufs Wichtigeres zu bedenken.) Und im September, wenn du Richtung Süden fährst, sind wir möglicherweise auch im Süden. Ich bin nicht sicher, ob Alfred ein Interesse daran hat, uns wiederzusehen. Aber darauf sollte man eigentlich keine Rücksicht nehmen, denn vieles, was in den Briefen anklingt, kann man eigentlich nur im Gespräch klären. Wenn wir mal wieder nach Berlin kommen, werden wir ihn mit Sicherheit aufsuchen. Ich will jetzt gar nichts vorwegnehmen von dem, was er mir geschrieben hat, aber andeuten kann ich wohl, ohne dich beeinflussen zu wollen, dass er psychisch großen Schaden genommen haben muss und das, was man ihm aufgezwungen hat, jetzt zu genießen scheint, wie er es nennt, die splended isolation. Und da zieht er auch seine Familie mit hinein. Ich halte solch ein Verhalten mindestens für egozentrisch, aber wahrscheinlich ist es mehr. Deshalb würde ich ihn schon gern einmal sprechen, aber wenn du es tust und dann auch berichtest, wäre das schon mal ein Anfang. Ich werde ihm schreiben, dass du im Mai nach Berlin kommst und ihn gern sehen möchtest. Mal sehen, wie er reagiert. Ich fürchte, nach Thüringen kommen wir nicht so bald. Wir haben erst einmal Sachsen auf dem Programm. Letzten Sommer waren wir auf Rügen und in Mecklenburg-Vorpommern und schließlich noch ein bisschen im Nordharz. Dort kommt die Familie meines Großvaters her. Ich wollte wiedersehen, was ich zum letzten Mal mit zwölf Jahren gesehen habe: das Geburtshaus meines Großvaters und die Windmühle der Familie Engelberg. Das Haus gibt es noch, es steht unter Denkmalschutz, aber die Mühle ist abgerissen, schade. Nachdem ich auch das Geburtshaus meiner Großmutter im Sommer 91 gesehen habe – erzählte ich davon? – und auch den Ort, wo mein Vater Bürgermeister war und ich meine schlimmsten Kinderleiden durchstehen musste, sind jetzt die Stätten von Markus' Kinder- und Jugendtagen in Dresden und im Erzgebirge an der Reihe. Du schreibst uns rechtzeitig, wann du nach Frankreich fährst, es müsste sich doch einrichten lassen, dass wir uns sehen, denn ich habe so viele Fragen, und du bist kein ausführlicher Briefschreiber, deswegen stelle ich sie gar nicht erst. Das wär's für heute erst einmal. So bald wie möglich bekommst du die Briefe von Alfred, und vielleicht hören wir auch wieder einmal von dir. Uns würde es freuen. Von uns beiden herzliche Grüße, Ruth und Markus.

In Rostock brannten im August Häuser, in denen Vietnamesen und Flüchtlinge wohnten, und auf der Straße applaudierten die Leute dazu. Es war unfassbar. Nun zeigte sich die hässliche Seite der Wiedervereinigung.

Zum Jahresanfang 1993 absolvierte ich meine Klausuren für die Doktorprüfung mit summa cum laude. Das Rigorosum sollte im April stattfinden. Eine richtige Prüfung sollte das aber nicht mehr sein, ich musste nur meine Arbeit verteidigen, und es war reine Glückssache, ob man das Gespräch so lenken konnte, dass die Prüfer sich nicht gerade in eine Schwachstelle verbohrten. Aber ich hatte nicht den Ehrgeiz, besonders gut abzuschneiden. Im Februar ließ ich mir im Ellbogen die Nägel ziehen. Ich war der Meinung, das sei eine Kleinigkeit und nach ein paar Tagen wäre ich wieder fit. Doch es wurde die ganze Narbe, etwa fünfzehn Zentimeter lang, wieder tief bis auf die Knochen aufgeschnitten und die Schmerzen waren schon beträchtlich. Markus musste wieder kochen, staubsaugen, einkaufen und, was im Haushalt so anfiel, erledigen. Ich hoffte aber, dass es schneller heilte als im Herbst. Ich ließ mir nämlich nicht so gern meine Hausarbeiten abnehmen, denn eigentlich machte es mir ja keiner recht.

Von Alfred kam ein Brief als Antwort auf meine Weihnachtsgrüße. Er schrieb:

Im Herbst hatte ich angenommen, dass du mich abgeschrieben hättest, was ich dir nicht übelgenommen hätte, lasse ich doch auch sehr gern Briefwechsel auslaufen. Überhaupt glaube ich nicht, dass mit Marx der Reichtum eines Menschen mit den eingegangenen Verhältnissen wachse. Bezogen auf die letzten Jahrzehnte bin ich froh, wie viele Beziehungen zu bestehen aufgehört haben. Über deinen Weihnachtsgruß habe ich mich jedoch sehr gefreut. An deinen Geburtstag am 6.1. habe ich natürlich gedacht. Ein Besuch zu Weihnachten hat dann verhindert, dass ich dir pünktlich meine besten Wünsche zugesandt habe. Hast du es also (bist du) geschafft. Und das Rigorosum ist nun im April. Na, alles Gute! Die Ausschreitungen gegen Ausländerunterkünfte bei uns sind ein Ausbruch von uns bisher völlig unbekannter krimineller Aggressivität, die durchaus mit der Flut von Gewaltdarstellungen, sexueller Gewalt in den Medien zusammenhängen könnte und mit individueller und sozialer Orientierungslosigkeit der Jugendlichen. Eine aufgebrochene und verdeckte Ausländerfeindlichkeit ist es wohl nicht. Ich erinnere mich gut an die fast übertriebene Wertschätzung von nicht-deutschen Schülern und Studenten. Viele Jugendliche werden von Darstellungen neuer Gewaltmöglichkeiten verführt. Von den politischen Werten der neuen Gesellschaft, die sie in Ideenlosigkeit und ökonomisch-sozialer Untätigkeit entlädt, halten sie nichts. Die vorige Ideologie zu vertreten, ist für einen Teil der Jugendlichen nicht drin. Also greifen sie zur vorgestrigen, unterstützt natürlich von Neonazis. Diejenigen, die applaudiert haben, erleben nicht schlechthin Ausländer, sondern eine bestimmte deklassierte Schicht von Ausländern, die nicht eine Bereicherung darstellen. Es ist oft wirklich die blanke Angst und das Entsetzen darüber, in was sie sich mit dem Haus, in dem sie leben, eingelassen haben. Man muss schon mal bei uns mit der Bahn fahren oder durch unsere Straßen gehen, um dieses Gefühl bei den Arbeitslosen unserer bisher sicher lebenden Bevölkerung verstehen zu können, wenn ihnen Rumänen eines bestimmten Alters mit einer bestimmten Haltung begegnen. Sie sehen sich selbst, ihre eigene Zukunft. Uns geht es gut. Auch den Ostmenschen geht es vergleichsweise so einigermaßen. Wir dürfen eigentlich nicht vergessen, dass uns Westdeutschland einen guten Lebensstandard sichert. Was mangelhaft ist, haben wir uns selbst zuzuschreiben, nicht weil unsere Wirtschaft so marode war, sondern weil wir uns selbst aufgegeben und der westdeutschen Gesellschaft in die Hand gegeben haben.

Ich erklärte ihm, dass ich wegen meines Arms nur mühselig hatte schreiben können und fand, sein Brief klinge zornig. Er beteuerte, sein Zorn richte sich nicht gegen den Westen, sondern gegen die eigenen Leute, und es sei auch kein Zorn:

> *Ein bisschen Verzweiflung, das schon eher. Was mich bewegt, im Blick auf euch in Stuttgart, ist eure kleine Enkelin und ihre Erfahrungen. Von dort muss man wohl alles sehen und bedenken. Hoffentlich entwickeln sich in den nächsten Jahren politische Formen, die ihren Lebensweg nicht zu sehr belasten.*

Wenn wir Sophie betreuen durften, strapazierte sie uns ganz schön, und besonders Markus, jetzt, wo der Opa immer zu Hause war. Sie fand, er habe viel mehr Zeit als ich, denn er saß ja bloß am Schreibtisch herum. Einmal holte er die Puppenkiste unserer Töchter vom Dachboden, in der Hoffnung, sie sei dann allein ein paar Stunden beschäftigt, aber weit gefehlt. Er musste beim Kämmen und Umkleiden der Puppen helfen. Das haben ihm die eigenen Töchter nie zugemutet, da hätte er vermutlich auch protestiert. Aber bei der Enkeltochter wollte er sich eben immer beliebt machen.

Als ich am Abend auf dem Sofa saß und mit dem Arm an meiner rechten Brust entlang strich, spürte ich einen Knoten. Dabei war die letzte Mammographie noch gar nicht so lange her. Im April sollte ich operiert werden, darum konnte mein Rigorosum erst im Wintersemester stattfinden. Man entfernte mir einen Teil der rechten Brust und der Lymphknoten. Der Krebs hatte Gott sei Dank noch nicht gestreut, ich musste nur bestrahlt werden. Das war allerdings sehr mühselig, denn ich durfte mich wochenlang nicht duschen. Beim Blutabnehmen musste ich nun jedes Mal sagen: Bitte links, rechts habe ich keine Lymphknoten mehr.

Wir dachten daran, ein eigenes Haus zu kaufen und noch einmal woanders neu anzufangen. Wir erwogen Freiburg, weil es von dort nicht so weit zum Haus in den Vogesen war. Aber Freiburg gefiel uns nicht, das Klima war nicht besonders gut. Drei Wochen verbrachten wir bei schlechtem Wetter in Le

Grand Fahys. Zum Geburtstag schenkte ich Markus ein Palm, ein verkleinertes Exemplar des Laptops, so groß wie ein Brillenetui, mit dem er rechnen und seine Termine und Adressen organisieren konnte. Der Nachteil war nur, dass er das Gerät erst mit Tausenden Daten füttern musste. Aber es war ein schönes Spielzeug für ihn.

Schließlich bestand ich im Dezember meine Doktorprüfung mit summa cum laude. Klotz war sehr gütig, aber mit Röttgen zankte ich mich. Er behauptete, meine Interpretation des Titelbildes der Illustrationsserie von 1835 sei falsch. Es handle sich nicht um den rechten Weinstock und die Erneuerungskraft Christi, sondern um einen Weinstock ohne Reben. Ich wies ihn darauf hin, dass man deutlich Weinlaub sehe und dass Rebe mitnichten die Früchte bezeichne, sondern den Weinstock selbst. Er wurde störrisch und Klotz musste mir besänftigend beispringen. Dann kam Mediävistik mit Schweikle, der mir wirklich nichts Böses wollte und sich mit mir wie ein netter Großvater über Walter von der Vogelweide unterhielt. Meine Erinnerung an die Prüfung ist wie in Nebel gehüllt, denn eigentlich überstieg sie meine Kräfte. Nun war das auch zu Ende, und ich war nicht einmal recht froh darüber. Letzten Endes habe ich das alles allein für mich selbst getan. Mit 63 konnte ich beruflich mit dem Doktortitel nichts mehr anfangen und lange würde ich bestimmt auch nicht mehr leben. Klotz, der mein Jahrgang ist, und Röttgen, der ein Jahr jünger ist als ich, überleben mich, Schweikle starb 2009.

Alfred schrieb mir zum Jahresende:

Liebe Ruth, hoffentlich geht es dir nach deiner Krankheit besser. Es ist dir wohl lieber, wenn ich nicht frage, woran du erkrankt warst. Alles Gute für dich, du tust mir sehr leid. Und dann natürlich: herzlichen Glückwunsch zum Rigorosum! War es schwer? Wohl eher ein bisschen unangenehm, sich auf seine alten Tage noch prüfen lassen. Was strebst du denn als Nächstes an oder reicht es dir erst einmal? Uns geht es gut, ich arbeite zu Hause, Lilly in der Uni. Zur Erheiterung gibt es ausreichend Anlass: inkompetente Westchefs, professorale Glücksritter aus dem Westen, die Politiker tun das Ihre dazu.

Hanna überreichte uns im Frühjahr ihren ersten gedruckten Roman, einen Hundekrimi. Markus beglückwünschte sie, weil ihr erstes Buch erschien, bevor sie 40 geworden war, was ihm selbst nicht gelungen war. Otto und Vroni luden uns zu ihrem 40. Hochzeitstag nach Darmstadt ein. Es war ein gewaltiges Fest. Schorsch war Zeitungsredakteur geworden, Pips war als Kulissenschreiner tätig. Otto war pensioniert worden, aber Vroni arbeitete noch als Schulleiterin. Lux schrieb Markus, dass seine Frau gestorben sei:

Nun beginnt unwiderruflich die Zeit der Einsamkeit und die Zeit, da man sich nicht mehr, wovon man sicher oft allzu roh und gedankenlos Gebrauch gemacht hat, auf jemanden stützen kann, auf den unbedingt Verlass ist.

Die Maikäferschachtel in Halle wollte Markus jetzt über einen Makler verkaufen. Natan verlangte Geld für den Unterhalt. Silas war vor den Kopf gestoßen. Simon hatte das Haus doch als Studentenbude genutzt. Natan nahm sich einen Anwalt, der ihm aber klarmachte, dass seine Forderungen an Silas überzogen waren. *Natan dachte, Gott lachte*, schrieb Silas. Markus traf sich mit Silas und Natan in Halle, um über all das zu sprechen. Simon, der zur Unterstützung Natans aus Berlin angefahren kam, schickte er wieder weg. Das sei eine Sache unter Brüdern. Darüber war Simon so erbost, dass er den Kontakt zu uns abbrach. Haus und Grundstück wurden zu guter Letzt für 100 000 Mark an einen Architekten verkauft und das Geld durch drei geteilt. Im August besuchten wir Silas und fuhren weiter nach Dresden, wo wir uns auf die Spuren von Markus' Kindheitserinnerungen begaben. Er fand Edis Schwester in dem Haus mit der Garage wieder, wo er mit Edi den Flakfunk abgehört hatte. Und Edi, der 28 Jahre lang für seine Familie verschollen gewesen war, meldete sich aus München.

Der Wissenschaftsverlag Peter Lang wollte meine Doktorarbeit in der Reihe *Europäische Hochschulschriften* drucken, einen Zuschuss musste ich nicht bezahlen. Aber sie erwarteten natürlich, dass ich alles druckfertig ablieferte. Vorher musste ich die Anregungen von Röttgen widerlegen. Er meinte, eine in einer Grafik dargestellte Schlange sei eine Giftschlange, weil sie Zähne habe, und könne darum nicht als Symbol der Erneuerungskraft des Lebens gelten. Aber auch Giftschlangen häuten sich. Und gerade die Kobra oder Klapperschlange wurde verschiedentlich in positiver Bedeutung verstanden, im ägyptischen Mythos galt sie als Symbol höchster göttlicher und königlicher Weisheit. Da Röttgen seine Interpretationsansätze nicht erläutert hatte und ich keine Belege für seine Meinungen gefunden hatte, sah ich keinen Anlass, meine Interpretation zu korrigieren oder neu zu bedenken. Meinen Titelvorschlag *Schattenbilder vom Schattenmann* fand Klotz nicht gut. Er meinte, ich solle meine kreative Familie mal fragen, aber die versagte leider total. Darum lautete der Titel schließlich: *Der Mann ohne Schatten in Wort und Bild – Illustrationen zu Chamissos Peter Schlemihl im 19. und 20. Jahrhundert*. Für den Einband wählte ich ein Bild vom Teufel aus, der Schlemihls Schatten vom Boden aufhebt.

Sinchen rief im März an und forderte Geld. Sie war nach Hamburg gezogen mit einem Sparbuch von 60 000 Mark, von dem sie behauptete, es seien ihre Ersparnisse. Nun wollte sie von Markus einen Teil aus dem Hausverkauf. Wir suchten jetzt in Stuttgart nach einer Wohnung. Eva war inzwischen mit ihrem Freund Robert nach Südbaden umgezogen. Er hatte einen Job in Ettenheim gefunden, wo er herkam. Ihren guten Job im Metzler-Verlag hatte sie dafür aufgegeben. Sie redeten von Heirat, sobald Eva die nur für alleinerziehende Mütter ausgesetzten staatlichen Hilfen abkassiert hätte. Doch dann war sie wieder schwanger, und am 9. April 1994 kam Leona zur Welt.

Dass Hanna uns Enkelkinder schenken würde, danach sah es nicht aus, sie war mehr an ihrem Beruf interessiert und wollte anscheinend keine Familie gründen. Mir tat das leid, aber es ließ sich nicht ändern. Urlaub machten wir in der Holsteinischen Schweiz, besuchten in Hamburg die Bekendorps, dann Henrike in Scheeßel und danach Otto und Vroni Wollschläger in Darmstadt. Als wir wieder zu Hause waren, erfuhren wir, dass Herr Bekendorp gestorben war. Weil Hanna Dienst hatte und Eva nicht kommen wollte, verbrachten wir Markus' 65. Geburtstag in Würzburg und erfreuten uns an Balthasar Neumann und Tilmann Riemenschneider. Zu Sophies erstem Schultag fuhren wir nach Ettenheim. Im Oktober schauten wir im 12. Stock eines Hochhauskomplexes im Fasanenhof eine Wohnung an und kauften sie für 350 000 Mark. Sie hatte einen Müllschlucker und Hausmeister, so dass wir keine Kehrwoche machen mussten. Als wir in Ettenheim sagten, dass wir umziehen würden, bot Evas Freund Robert an, die Wohnung mit seinem Bruder zusammen zu renovieren. Sie war sehr verwahrlost, Kacheln, Böden und Wände mussten neu gemacht werden. Markus fand heraus, dass der Straßenname Solferinoweg von einem italienischen Ort kam, wo 1859 eine Schlacht mit so vielen Verwundeten stattgefunden hatte, dass Henri Dunant das Rote Kreuz gründete. Der Solferinoweg beschreibt einen Halbbogen und kommt auf der Hauptstraße wieder heraus. Am anderen Ende des Bogens befindet sich das AWO-Heim, in dem Markus und ich gestorben sind. Von meinem Heimfenster aus konnte ich auf den Genfer Weg schauen, der vom Solferinoweg abgeht.

Wir kauften ein Fax-Gerät und tauschen nun mit Eva Faxe aus, man konnte Bilder von Gartenzwergen beilegen, über die sich Markus und Eva amüsierten. Eigentlich wollte ich meinen 65. Geburtstag mit meinen Kindern und Enkelkindern verbringen, aber Leona wurde krank, so dass Eva mit ihrer Familie nicht kommen konnte. Das fand ich sehr schade, aber mit kleinen Kindern erlebte man so was immer wieder. Wir räumten in Sonnenberg auf und schmissen weg. Ich verkaufte meine Germanistikbücher für 300 Mark an eine Studentin. In alten Briefen fand ich einen von meiner ehemaligen Schulkameradin Helene, den sie mir vor zehn Jahren geschrieben hatte. Sie und ihr Mann hatten uns einmal in Stuttgart besucht, er war Anwalt für DDR-Rechtsfälle. Ich schrieb:

> *Vielleicht lässt sich die alte Verbindung neu knüpfen, wenn ich ein bisschen von uns erzähle, und wir daraufhin von euch hören. Markus ist inzwischen im Ruhestand. Ich finde es ganz angenehm, dass er den ganzen Tag zu Hause ist. Seit die Kinder ihre eigenen Wohnungen haben, fand ich es doch ein bisschen still so allein zu Haus. Da er ja nicht beschäftigungslos herumlungert, hat er mich auch noch nicht genervt. Er schreibt immer mal wieder etwas Neues. Unsere älteste Tochter Hanna ist promovierte Germanistin, Rundfunkredakteurin und Krimiautorin. Sie ist unverheiratet, aber nicht ohne Partner, mit dem sie schon Halbzeit zur Silberhochzeit hätte, wäre sie verheiratet. Sie hat leider keine Kinder, was ich sehr bedaure und sie wohl auch.*

Das irrst du dich, Mami, sagt Hanna. Ich habe es nie bedauert, keine Kinder zu haben. Ich hätte entweder meinen Beruf und meine finanzielle Unabhängigkeit aufgeben müssen oder das Schreiben. Außerdem scheinen Kinder die Eltern auf Dauer nicht glücklich zu machen, sondern eher Leid und Sorgen zu verursachen.

> *Der Schwiegerfreund, wie wir ihn nennen, ist Informatiker und Mathematiker, deswegen mussten wir auch noch auf unsere alten Tage von der Schreibmaschine auf den Computer umsteigen. Es ist uns mit seiner Hilfe auch ziemlich gut geglückt. Wir können uns jetzt gar nicht mehr vorstellen, wie wir ohne diese Geräte auskommen konnten. Bei unserer jüngeren Tochter Eva lief die Ausbildung nicht so glatt wie bei Hanna. Sie hat vieles angefangen und wieder aufgegeben. Sie hat es auch nicht bei einem Partner*

ausgehalten, deswegen haben ihre beiden Töchter (sieben Jahre und neun Monate) verschiedene Väter. Unverheiratet ist auch sie, aber sie lebt jetzt mit dem Vater der jüngsten Tochter zusammen, und es ist auch immer mal wieder davon die Rede, dass sie heiraten wollen. Im Moment arbeitet sie nicht in ihrem Beruf, sie hat eine Pause wegen des Babys eingelegt. Sie ist Werbekauffrau und Fotografin.

Die Enkeltöchter sind unsere ganze Wonne. Nur leider wohnen sie nicht mehr in Stuttgart, wir können sie nicht mehr so oft sehen, wie zu Zeiten, als sie nur um die Ecke wohnten. Wir brauchen jetzt immerhin fast zwei Stunden, um sie zu besuchen. Ich habe inzwischen auch mein Studium der Germanistik und Kunstgeschichte abgeschlossen, erst mit dem Magister und dann mit der Promotion. Ich habe eine Dissertation zum Verhältnis zwischen Wort und Bild bei Buchillustrationen geschrieben, also fachübergreifend. Und das Thema beschäftigt mich auch weiter, ich plane dazu noch einige Arbeiten. Aber erst einmal müssen wir umziehen. Wir haben uns eine Wohnung gekauft, die gerade renoviert und modernisiert wird. In Berlin waren wir nicht wieder, seit wir damals, Anfang der 70er Jahre, mit den Kindern dort waren. Dieses Jahr wird es mit Sicherheit auch wieder nichts, denn wir haben schon wieder so viele Reisepläne. Sie gehen meist in Richtung Süden und Westen. Dort finden wir das, was sich in diesen Himmelsrichtungen an Kunst und Landschaft bietet, viel aufregender als das in nördlichen Bereichen. Aber es reizt uns schon, Berlin wiederzusehen, schließlich ist dort die Umgebung, in der Markus und ich uns kennengelernt haben. Außer dir kennen wir in Berlin keinen mehr, alle leben im Westen, und Elisabeth Löckenhoff ist vor zehn Jahren gestorben, aber das werdet ihr wissen. Zu unseren Klassentreffen habe ich sie ein paarmal wiedergesehen.

Am 3. März zogen wir um. Eva kam, um beim Auspacken zu helfen, es waren allein 90 Kisten Bücher. Es schneite, aber der

Blick auf den Flughafen und die Schwäbische Alb war beeindruckend. Markus saß immer wieder mit dem Fernglas am Fenster und sah den Flugzeugen beim Starten und Landen zu. Oft habe auch ich in meinen letzten Jahren, wenn ich nicht schlafen konnte, am Fenster gesessen und die glitzernden Lichter angeschaut. Leider war es mir immer zu laut, denn man hört die Autobahn doch sehr deutlich. Zu Leonas Geburtstag fuhren wir nach Ettenheim und nahmen Sophie mit nach Stuttgart, um ihr die neue Wohnung zu erklären. Markus baute mit ihr eine Puppenstube auf und spielte. Am Abend hatte sie plötzlich Heimweh, wie das bei Kindern so üblich ist, und telefonierte mit Eva. Sie schickte ihr früh um sieben ein Fax und Robert rief an und holte sie um halb elf ab. Wir waren ganz bedröppelt. Was hatten wir nur wieder angestellt?

Henrike rief an und sagte, dass Vati im Sterben liege. Ich fuhr nach Marl und besuchte ihn im Krankenhaus, aber beschimpfte mich nur. Zwei Wochen später, am 12. Mai 1995, starb er im Alter von 91 Jahren. Zur Beerdigung erschienen nur wenige Leute. Eine Woche später rief Henrike an und sagte, Uschi drehe durch. Sie musste in die Psychiatrie zwangseingewiesen werden. Danach hatten wir das Schrauben und Aufhängen satt und fuhren nach Le Grand Fahys. Edi kam uns besuchen, und nach 45 Jahren sah Markus seinen Freund wieder, mit dem er in der Garage in Dresden experimentiert hatte.

Barbara, mit der ich vor 37 Jahren in Genf die Tapeten für unsere Wohnung eingekauft hatte, meldete sich bei uns. Sie war geschieden, lebte in Hamburg, hatte aber einen neuen Freund in München gefunden. Ich antwortete ihr:

Liebe Barbara! Nur die vielen Arbeiten vor und nach dem Umzug haben uns gehindert, Ihren Brief, über den wir uns sehr gefreut haben, schon längst zu beantworten. Ich bewundere Sie, dass Sie nach so vielen Ehe- und Familienjahren noch ein Single-Dasein beginnen konnten und den Weg in die Selbstständigkeit gefunden haben. Ich kann mir gut vorstellen, dass das gar nicht so einfach war. Aber es muss doch auch befriedigen, wenn man es schafft. Ich kenne einige Frauen, die nicht mit dem Alleinsein fertiggeworden sind. Geholfen hat Ihnen sicher, dass Sie Berufserfahrung hatten und vor allem ein kreatives Hobby in wirklich künstlerische Arbeit umsetzen konnten. Ihre Bilder gefallen mir sehr, obgleich die Fotografien sicher nur einen schwachen Eindruck vermitteln. Soweit ich es erkennen kann, arbeiten Sie in einer Mischtechnik, Collage und Malerei. Leider kommen wir nicht sehr oft nach Hamburg. Uns zieht es immer mehr südwärts und westwärts. Gerade waren wir ein paar Tage in unserem Haus in den Vogesen, nur war das Wetter so regnerisch, dass wir unseren Garten in demselben urwaldartigen Zustand verlassen haben, wie wir ihn vorgefunden haben. Hoffentlich bleibt der Sommer nicht so nass und kalt. Nach so viel harter Arbeit, haben wir Sehnsucht nach ein bisschen Ruhe und Sonnenschein. Dass Sie wohl jetzt häufiger zwischen Hamburg und München pendeln, umständlicher kann es kaum sein, lässt uns hoffen, dass mal ein Abstecher nach Stuttgart drin ist. Das soll für heute alles sein. Ein andermal werde ich ein bisschen über unsere Kinder und mich erzählen. So weit ich weiß, will Hanna diesen Monat nach Hamburg fahren, sie hat eine Besprechung bei Rowohlt wegen mehrerer Krimis, die sie geschrieben hat. Ich sage ihr, sie soll mal bei Ihnen anrufen. Das Baby Hanna, das Sie kennen, ist inzwischen 36 Jahre alt. Die Zeit vergeht eigentlich viel zu schnell.

Der Juli wurde sehr heiß, wir hatten über 35 Grad. Schon das vorige Jahr war das wärmste seit 100 Jahren gewesen. Wo sollte das nur hinführen? Ich tat meine alte Freundin aus der Bibliothek von Halle wieder auf:

Liebe Bettina! Zuerst muss ich mich entschuldigen, wenn ich mich dir nicht handschriftlich nähere. Ich hatte vor ein paar Jahren einen unglücklichen Unfall, bei dem ich mir den rechten Ellenbogen zertrümmert habe, seit der Zeit ist mein Arm nicht mehr voll beweglich, obendrein schmerzt er bei längerem Schreiben. Deshalb benutze ich zum Schreiben sehr viel meinen Mini-Computer, Laptop, es gibt kein deutsches Wort dafür. Da ist die Tastatur leicht zu bedienen. Bevor wir vor ein paar Monaten umzogen, habe ich alte Briefe sortiert. Da fielen mir wieder Briefe in die Hände, die ich von dir bekam, als ich noch in Berlin wohnte. Wie ich am Telefon schon sagte, sie kamen aus Witten. Als ich vor ein paar Monaten deine Briefe wieder in der Hand hatte, kam mir die Idee, das Berliner Telefonbuch zu konsultieren, weil ich mich daran erinnerte, dass eine deiner Schwestern dort wohnte. Dass ich deinen Namen dann fand, hat mich überrascht und gefreut. Es war so einfach, dich wiederzufinden und hätte mir eher einfallen können. Mir hat immer leidgetan, dass ich den Kontakt zu dir und Helena verloren hatte, sicher durch meine Schuld. Ich denke gern an die Bibliothekszeit in Halle zurück. Obendrein habe ich dort viel gelernt, was mir später beim Bibliographieren für wissenschaftliche Arbeiten sehr geholfen hat. Es ist etwa 40 Jahre her, dass wir das letzte Mal voneinander gehört haben. In dieser Zeit hat sich im persönlichen Leben viel ereignet. 1956 bin von Berlin nach Genf gezogen, dort habe ich geheiratet, und dort sind auch unsere beiden Töchter Hanna und Eva geboren. Sie sind jetzt 37 und 36 Jahre alt. Markus war in Genf Pressechef des Lutherischen Weltbundes. Das internationale Flair der Stadt und die großzügige und weltoffene Organisation, bei der Markus arbeitete, haben uns nach der Enge des Berlins der 50er Jahre sehr beflügelt, auch wenn damals Deutsche gar nicht so recht wohlgelitten waren. Mein Mann wollte nach fünf Jahren in Genf wieder Anschluss in seinem Beruf in Deutschland finden, darum nahm er eine Redakteursstelle bei der dpa in Hamburg an. Dort haben wir nur drei Jahre und nicht einmal besonders gern gelebt. In Norddeutschland sind die Menschen so kühl-distanziert, und das Wetter ist meist scheußlich, wir waren deswegen froh, als mein Mann zum Süddeutschen Rundfunk nach Stuttgart geholt wurde, dort zuerst als Kirchenfunkredakteur und die letzten 25 Jahre als

Redakteur einer sonntäglichen Buchrezensionssendung. Nebenher hat er eine ganze Reihe von Sachbüchern geschrieben. Unsere Kinder haben in Stuttgart ihre ganze Kindheit und Jugendzeit verbracht. Aber sie sprechen trotzdem kein Schwäbisch, obgleich sie hier doch ganz heimisch sind. Unsere große Tochter ist nach Studium und Promotion auch schon wieder Rundfunkredakteurin, und nebenher schreibt sie ebenfalls Bücher, allerdings Krimis. Die jüngere ist Fotografin und Werbekauffrau. Sie hat uns außerdem mit zwei Enkeltöchtern, Sophie und Leona, versorgt, die uns große Freude machen. Beide Töchter sind unverheiratet, aber nicht ohne Partner, wie das heute so üblich ist. Daran habe ich mich nur schwer gewöhnen können. Vielleicht ist es mir deswegen so schwergefallen, weil ich aus einer nicht intakten Familie komme und als Kind darunter gelitten habe. Ich habe, als meine Kinder mich nicht mehr ständig brauchten, nochmal ein Studium angefangen, weil mich schon ein bisschen wurmte, dass ich eins abgebrochen hatte, um zu heiraten. Ich habe ganz schlicht Germanistik und Kunstgeschichte studiert. Es war ein sehr langes Studium, weil ich doch vorwiegend Hausfrau sein musste, aber ich habe es geschafft. Vor gut einem Jahr ist die Dissertation als Buch erschienen.

In deinem letzten Brief aus Witten fragst du nach meinen Großeltern. Sie sind beide schon lange tot. Meine Oma starb 1961 und mein Opa 1972. Er ist 93 Jahre alt geworden und hat bis zum Schluss in seinem Haus gelebt. Er war auch nicht krank, irgendwann hatte er dann einfach keine Kraft mehr und ist still eingeschlafen. Mein Vater ist dieses Jahr 91-jährig gestorben. Die Männer in unserer Familie werden immer ziemlich alt. Meine Schwester Henrike lebt in Scheeßel in der Lüneburger Heide, sie war zweimal verheiratet und hat drei Kinder und schon vier Enkel. Mein Bruder Heiner ist Psychiater und Neurologe, lebt in Tauberbischofsheim und war ebenfalls zweimal verheiratet und hat fünf Kinder. Meine Geschwister stehen mir nicht sonderlich nahe, obgleich wir kein schlechtes Verhältnis zueinander haben.

Das mag daran liegen, dass wir nicht zusammen aufgewachsen sind, außerdem ist der Altersunterschied beträchtlich. Seit Mitte der 60er Jahre sind wir regelmäßig nach Halle gefahren. Auch meine Schwiegereltern waren von Dresden nach Halle gezogen. Wir hatten also unsere Familie ziemlich konzentriert an einem Ort. Jetzt lebt von den Verwandten niemand mehr. Wir fahren zwar immer wieder nach Ostdeutschland, aber nach Halle kaum noch, denn es ist doch jedes Mal schmerzlich, wenn man hinkommt und keiner mehr da ist, der uns einmal nahegestanden hat. Den schrecklichen Verfall der Stadt haben wir mit viel Bedauern von Jahr zu Jahr verfolgen können. Es soll ja jetzt einiges schon wieder ganz ansehnlich sein. Aber vieles ist restlos zerstört. Es ließe sich noch viel über uns/mich erzählen, aber ich will es erst einmal bei dem Bericht über den mehr äußeren Lebensgang belassen. Und ich hoffe, von dir und Helena recht ausführlich zu hören. Vielleicht gibst du mir auch Helenas Adresse, dass ich ihr ebenfalls schreibe.

Bettina antwortete mir sofort und erzählte, dass sie mit einem Maler zusammenlebte. Bürgerlich verheiratet hatte ich sie mir auch nie vorstellen können. Mir wäre es allerdings nicht möglich gewesen, unverheiratet mit einem Mann zusammenzuleben, nicht aus moralischen Gründen. Wegen meiner ziemlich verworrenen Familienverhältnisse habe ich eben immer das Bedürfnis nach einem wohlgeordneten Familienleben gehabt. Sie schickte mir Fotos von Bildern ihres Mannes Willy Fügen. Ich antwortete ihr:

Ich gehöre gar nicht zu den Leuten, die gleich ablehnen, was sie nicht verstehen. Aber meine Probleme habe ich mit abstrakter Kunst. Ich kann nicht einmal richtig unterscheiden zwischen konkreter und abstrakter Kunst. Theoretisch schon, aber nicht praktisch vor den Bildern. Sind seine Bilder jetzt in der Mainzer Kunsthalle? Wir haben Freunde in Mainz und kommen deswegen ab und zu dorthin, bei der Gelegenheit könnte ich sie mir im Original anschauen. Dann hat mich natürlich gefreut, dass du dich so lobend über meine Dissertation geäußert hast. Das hat bisher nur mein Doktorvater, aber keiner aus meiner Familie getan, auch keiner von den Bekannten, die die Dissertation lesen wollten. Vermutlich haben sie sie nicht gelesen. Was mich schon ein bisschen wurmt. Erst wollten sie die Arbeit haben, und dann sagen sie kein Wort dazu. Das finde ich nicht besonders nett.

Vorhin kam überfallsartig unsere Tochter mit den Enkeltöchtern. Das Mittagessen war gerade fertig, und es reichte auch für alle. Jetzt ist die Wohnung voller Kekskrümel, und die Bande ist weitergezogen zur Freundin der Tochter. Bis Sonntag früh wird dort ein Chaos angerichtet, dann sind wir wieder dran. Das ist ein bisschen übertrieben. Die 8-jährige Sophie ist lieb und umgänglich, aber die Kleine ist gerade im Trotzalter. Sie sagt zu allem nein und tut nur, was sie nicht soll. Das erinnert mich so sehr an ihre Mutter im gleichen Alter und amüsiert mich eigentlich auch. Damals, als ich mit Evas Trotz zu kämpfen hatte, habe ich ihr manchmal gewünscht, dass es ihr später einmal mit den eigenen Kindern wie mir mit ihr ergehen möchte. Heute finde ich eher komisch, was mich früher fast zur Verzweiflung gebracht hat.

Alfred ließ den Briefwechsel mit mir allmählich auslaufen. Er hatte das Gefühl, er habe ja nun alles gesagt, und wollte seine Einschätzungen der politischen Lage nicht ständig wiederholen. Seine Frau verlor ihre Arbeit und seine Ostrente war nicht der Rede wert. Er schrieb:

Das ist auch der tiefere Sinn, dass wir uns sonst nicht vom Fleck rühren und Einladungen überhören. Ist vielleicht unverständlich. Wir kommen aber sonst prima zurecht, sparen für das noch spätere Alter und für die Zeit, in der Lilly wirklich ohne mich auskommen muss. Wir leben glücklich miteinander, zurückgezogen (mussten wir ja schon seit 79), lesen, spazieren durch die Gegend und freuen uns auf England und auf Tanja. Was dich betrifft, möchte ich mir dein Erscheinungsbild von 1955 bewahren (deines von mir natürlich auch). Was uns in der Vergangenheit gemeinsam beschäftigte, bleibt als gute Erinnerung. Das ist für mich nicht diskutierenswert. Aber es ist schön, wenn man ab und zu voneinander hört. Politisch bin ich überhaupt nicht aktiv. Mein Lebenslauf bringt es mit sich, dass ich in keinen Laden passe. Wie schon oft gesagt, wäre uns Weiterentwicklung oder – wie kann man das sagen – Gemeinschaft der Staaten das Erstrebenswerteste gewesen. Was jetzt da ist, ist für mich ein Rückschritt um Jahrzehnte. Aber lassen wir das, kennst du alles schon von mir.

Ins Haus in Frankreich fuhren Hanna und Georg nicht mehr. Das war völlig abgemeldet, seit sie nun immer ihre ehemalige Studienkollegin Antonia in Dénia besuchten, die dort mit einem Spanier zusammenlebte, den Hanna sehr bewunderte. Bei Eva änderte sich wieder alles, sie trennte sich von Robert, dem Vater Leonas, und kam nach Stuttgart zurück. Was genau vorgefallen war, weiß ich nicht. Sie sagte, sie habe in der Wohnung Drogenspritzen von Roberts Schwester gefunden. Sie fand eine kleine Wohnung in einem Reihenhaus im Fasanenhof und bekam sogar ihre Stelle im Metzler-Verlag zurück.

Liebe Bettina, es ist wirklich eine lange Zeit verflossen, seit dein Brief ankam. Es war aber auch ziemlich viel los bei uns, neben dem Besuch meiner Schwester kam noch die Wohnungssuche für unsere Tochter hinzu, die nach Stuttgart zurückwill, wie ich dir ja schon am Telefon erzählte. Inzwischen ist eine Wohnung gefunden, die Markus renoviert. Es müssen Fenster, Türen und Wände gestrichen werden. Handwerker sind heute ja kaum noch zu bezahlen, wenn man wie sie nicht viel Geld hat. Die Wohnung liegt in unserer Nähe, etwa eine Viertelstunde zu Fuß entfernt. Das hat Vorteile, wir sehen die Kinder häufiger, aber wiederum bin ich gar nicht so erpicht darauf, zu viel vom Familienleben unserer Tochter mitzubekommen, denn es macht mich oft sehr traurig. Aber wie ich unsere Tochter kenne, ist dieser Anlauf zum Sesshaftwerden in der Nähe der Eltern in Kürze schon wieder zu Ende. Wer weiß, wo und wie sie dann leben wird. Ich habe es nachgezählt, für unsere 8-jährige Enkeltochter wird diese Wohnung die sechste in ihrem Leben sein. Das ist doch eine beachtliche Mobilität. Deinen letzten Brief, für den ich herzlich danke, habe ich sehr aufmerksam gelesen. Ich wäre zum Beispiel nie auf die Idee gekommen, dass Musik für abstrakte Kunstwerke eine Inspirationsquelle sein könnte. Ich habe abstrakte Kunst immer als eine eher intellektuelle Form der Auseinandersetzung mit Realitäten verstanden. Wie du siehst, ich bin ziemlich ungebildet, was die Moderne in der Kunst angeht, in der Literatur bin ich eine ähnliche Banausin. Hier gibt es kaum so avantgardistische Ausstellungen wie bei euch in Berlin. Wir leben eben in der Provinz. In Tübingen hatten wir eine Renoir-Ausstellung, kürzlich gab es in der Stuttgarter Staatsgalerie eine Ausstellung mit Kinderbildern von Picasso, vor ein paar Jahren war eine große Dali-Ausstellung. Moderneres wird uns hier nicht geboten. Früher, als ich noch mein eigenes Auto hatte, fuhr ich mit den Töchtern und deren Freundinnen ab und zu nach München zu Ausstellungen. Wenn ich zurückblicke, eine große Kandinsky-Ausstellung war auch dort das Modernste, was wir gesehen haben. Auf abstrakte Kunst komme ich bestimmt noch einmal zurück, denn ich beschäftige mich gerade mit der Darstellung von Kindern in Literatur und Kunst. Dazu gehört auch, dass ich mich um Kinderzeichnungen kümmere. Und die gehören wiederum in den Bereich der abstrakten Darstellungen. Aber weit bin noch nicht gekommen. Ich lese eben erst ziemlich viele Romane, zum Teil auch grässlich triviale oder einfach misslungene, um eine Epoche, die besonders fündig für mein Interesse ist, einzugrenzen.

Eva brachte uns Leona jeden Morgen um sieben, ging arbeiten und holte sie abends wieder ab, denn für den Hort war sie noch zu klein. Das machten wir den ganzen Sommer so, bis Leona auch in den Hort gebracht werden konnte. Zwischendurch hatten wir mal für zwei Wochen frei, weil Robert mit den Töchtern an die Côte d'Azur fuhr. Wir waren aber kaum in Le Grand Fahys angekommen, als ich eine Kniegelenksentzündung mit ziemlich hohem Fieber bekam. Ich glaube, nur Nierencholiken verursachen noch schlimmere Schmerzen. Weil ich auf die einschlägigen schmerz- und entzündungshemmenden Mittel immer allergisch reagierte, musste ich das durchstehen. Markus hatte zur Gartenarbeit auch noch den Haushalt zu machen. Wir kamen beide nicht gerade erholt zum Kinderhüten zurück. Und jetzt hatten wir beide Kinder, weil Schulferien waren.

Eva sagt: Ich bin sehr froh, dass es Großeltern gab für meine Kinder, das hattet ihr ja nie so richtig.

Danach waren wir urlaubsreif. Markus entdeckte in einem Prospekt ein kleines Hotel an der Algarve, wir schickten am Abend um 18 Uhr ein Fax und standen schon am anderen Morgen um sechs auf dem Flughafen, und zwischendurch musste ich noch schnell Koffer packen und vergaß trotz der Eile nichts Entscheidendes. Es war ein wirklich erholsamer Urlaub, denn in Portugal war man ohne jede kulturelle Besichtigungspflicht, und da wir an dem bizarr zerklüfteten Teil der Algarveküste waren, konnten wir die Schönheiten der Landschaft bei langen Spaziergängen voll genießen. Kurz darauf flogen wir wieder Richtung iberische Halbinsel, um unsere Studienreise durch Andalusien anzutreten. Wir hatten Glück, wir waren nur acht Personen in der Gruppe. In Sevilla, Cordoba und Granada konnten wir entweder kurz vor oder kurz nach der offiziellen Öffnungszeit besichtigen. Alles Wichtige sahen wir, wenn auch nur kurz. Wir waren ja gewöhnt, alleine zu reisen und uns Zeit zu lassen. Aber es hatte eben den Vorteil, dass wir nicht selber fahren mussten und keine Schwierigkeiten mit der Hotelunterkunft hatten. Man brachte uns in den stinkfeinen Paradores unter, die immer voller versnobter Engländer waren.

Als für Sophie die Schule wieder angefangen hatte, rief uns Eva aufgeregt an. Sophie war weg. Sie hatte mit der Klasse einen Schulausflug gemacht und hätte längst zu Hause sein müssen. Eine halbe Stunde später rief sie wieder an, Sophie war von einer fremden Frau gebracht worden. Na, Gott sei Dank! Eva hatte Sophie eingeschärft, niemals fremde Männer anzusprechen, sondern nur Frauen, am besten Frauen mit einem Kinderwagen.

Sophie erinnert es anders: Sie ließen uns irgendwo aus dem Bus aussteigen, und ich kannte den Weg nach Hause nicht. Aber ich sah das Hochhaus, wo Oma und Opa wohnten. Da bin ich hingegangen. Ich war ganz aufgelöst und aufgeregt, denn sonst kündigte man meine Besuche ja immer an. Ich wusste nicht, wie sie reagieren würden, wenn ich überraschend klingelte. Aber sie waren ganz lieb und herzlich, und Opa brachte mich nach Hause.

Eva meint, das sei wohl ein anderes Mal gewesen.

An Sonnenberg erinnere ich mich kaum, sagt Sophie, der Solferinoweg war meine Oma-und-Opa-Heimat. Das schönste war immer morgens das Aufstehen. Es roch so schön nach Toastbrot und ich durfte Marmelade aus tollen Gläsern darauf schmieren. Oma und Opa saßen in Bademänteln am Tisch, und wenn wir fertig waren, durfte ich mir aussuchen, wer zuerst duschen sollte. Ich wählte immer den Opa aus, denn wenn er fertig war, konnte er gleich mit mir spielen. Oma hat immer lauter gute Sachen gekocht, weil sie es Opa rechtmachen musste. Omas geröstete Maultaschen waren immer ganz schwarz. Schlecht gelaunt habe ich Opa nie erlebt. Er erzählte viele Geschichten und erklärte mir die Welt. Ich habe es immer schön bei Oma und Opa gefunden, es war ganz anders, man aß immer ordentlich und sie haben mich bei den Tischmanieren ermahnt. Man redete auf einer anderen Ebene miteinander. Ich habe mich bei ihnen immer viel freier gefühlt, man konnte anders miteinander reden, immer vernünftig und klug. Bei Oma und Opa habe ich zum ersten Mal gefragt, ob ich ein Buch ausleihen durfte.

Mit Leona hatten wir es nicht so leicht. Sie konnte stundenlang unterm Tisch liegen und brüllen, wenn ihr etwas nicht passte. Und ihr passten die ständigen Ortswechsel überhaupt nicht.

Leona behauptet, dass ich mich einmal nicht zu ihr gesetzt hätte, als sie auf dem Boden gesessen und gespielt habe. Ich hätte gesagt, wegen meines Ellbogens könne ich das nicht. Das habe sie nicht verstanden. Leider konnte ich es ihr vor meinem Tod nicht mehr erklären. Aber wenn sie selber alt ist, wird sie es verstehen. Sie ist sehr helle und einfühlsam. Schon als kleines Kind telefonierte sie wie eine Alte, wir konnten nur staunen.

Lieber Detlef, ich möchte dir sehr danken für deine Geburtstagsgrüße und -wünsche. Wir haben uns so lange nicht gesehen und gesprochen, da drängt es mich, dir ein bisschen zu schreiben, in der Hoffnung natürlich, auch eine Antwort zu erhalten. Ich bekomme nämlich gern Post. Wir warten seit bald zwei Jahren darauf, dass wir bei der Gauckbehörde unsere Akten einsehen können. Deshalb haben wir einen Berlin-Besuch immer aufgeschoben, um Besuch und Akteneinsicht zu verbinden. Alfred Zimmermann hat übrigens kein Interesse daran, uns zu sehen. Er schrieb im Sommer einen für meine Begriffe ziemlich unerfreulichen Brief, den ich bis jetzt noch nicht beantwortet habe. Darin sagt er auch, dass er grundsätzlich keine Einladungen annehme. Wir hatten ihm vorgeschlagen, ihn und seine Frau mit dir zusammen als unsere Gäste in Le Grand Fahys zu empfangen. Ich bin ziemlich irritiert, dass er auf nichts eingeht, was man ihm schreibt oder schickt, wie Bücher von Markus, Hanna oder meine Diss. Ich habe ihm Bilder geschickt von den Enkelkindern, ich weiß nicht, was sonst noch. Ich dachte, auf der persönlichen Ebene könne man sich näherkommen. Aber ich komme einfach nicht an ihn heran. Von Philosophie verstehe ich nichts, deswegen kann ich mich auf diesem Gebiet nicht mit ihm auf ein Gespräch einlassen. Mir ist noch kein Mensch begegnet, der sich so konsequent einigelt und seine nähere Umwelt negiert, als könne man im luftleeren Raum leben. Ich dachte, es sei menschenfreundlich zu versuchen, ihn aus seiner selbstgewählten Isolation zumindest partiell zu lösen, aber das gelingt mir leider nicht bloß mit Briefen. Sehen will er uns nicht. Für heute ist mein Mitteilungsbedürfnis erschöpft. Darum verabschiede ich mich wieder. Deine Ruth.

Lux schrieb, dass er seit drei Jahren, seit dem Tod seiner Frau, Psychopharmaka nehme, um halbwegs über die Runden zu kommen und arbeitsfähig zu bleiben, davon sei er aber unmäßig dick geworden, beinahe so wie Kohl, und nun trügen ihn seine Gehwerkzeuge nicht mehr.

Ich habe den Tod meiner Frau, die der bestimmende und leitende Faktor in meinem Leben war, keineswegs verwunden. Zudem bin ich immer, wie ihr wisst, menschenscheu gewesen. Besonders schlimm sind die Wochenenden. Das letzte Wort spreche ich Freitagnachmittag, das erste dann wieder am Montagvormittag, wenn ich ins Büro komme. Glücklicherweise hat man mir erlaubt, noch ein weiteres Jahr im Dienst zu bleiben, wenn ich mich gut führe, könnte noch ein weiteres Jahr angehängt werden, aber dann ist unwiderruflich Schluss, und was ich dann mit mir in meiner vollkommenen Einsamkeit anfangen soll, weiß ich nicht. Allein in der Gegend herumzureisen, ist meine Sache nicht. Ich liege da lieber in meinem Dachstübchen in meinem Reihenhaus, das einzige, das ich noch betrete, die anderen Räume meide ich, da sie mir zu angefüllt sind mit Erinnerungen.

Markus erinnerte sich, dass Lux schon als munterer Jüngling gelegentlich mit hängenden Armen und trübem Blick herumgelaufen war, resignierte Schwermut verbreitet und ihn wegen seines gedankenlosen Drauflosschusselns kritisiert hatte. Wie wenig der Mensch sich ändert! Schon früh hatte Lux sich und ihn fürs Leben eingeteilt, er würde seriös für die erste Seite schreiben, Markus Leichtgewichtiges für die letzte Seite. Und genau so sei es gekommen. Und mit seiner Melancholie sei

Lux genauso weit gekommen wie er mit seinem gedankenlosen Optimismus.

Dann starb Hagen Eff, was uns sehr traf. Wir hatten kurz vorher noch mit ihm telefoniert und geplant, ihn in München zu besuchen. Er hatte uns schon gesagt, dass es ihm gesundheitlich nicht besonders gut ging. Wir hatten aber nicht geahnt, dass er todkrank war, sonst hätten wir den Besuch nicht immer wieder aufgeschoben. Wir hatten ein bisschen Angst vor dem Wiedersehen mit ihm gehabt, weil seine Stimme so zitterig und kratzig wie die eines sehr alten Menschen geklungen hatte. Es tat uns nun sehr leid, den Besuch nicht gemacht zu haben. Seine Frau antwortete auf unseren Kondolenzbrief nicht.

Kapitel 28

Wir hatten einen anstrengenden Jahreswechsel. Ich hatte zu Weihnachten viele Gäste zu versorgen, deswegen war ich mit den Vorbereitungen eine ganze Weile ziemlich beschäftigt. Weihnachten war es ziemlich turbulent, wie das so ist, wenn kleine Kinder da sind. Aber die Tage waren friedlich und vergnüglich. Die Kinder konnten in den Ferientagen Schlitten fahren, das war auch mal etwas Besonderes. Den Jahreswechsel verbrachten wir bei den Wollschlägers in Darmstadt. Bei der Kälte war die Autofahrt ziemlich strapaziös. Wir mussten bei jedem zweiten Rastplatz anhalten, um die Frontscheibe mit Schnee abzuputzen, denn die Scheibenwaschanlage war eingefroren. Bei Temperaturen unter minus 10 Grad half das Frostschutzmittel nicht. Das wussten wir nicht, sonst hätten wir es uns bestimmt überlegt, ob wir die Fahrt machen wollten.

Liebe Bettina! Ich habe ein ziemlich schlechtes Gewissen, weil ich schon eine Ewigkeit nicht mehr geschrieben habe. Ich wusste einfach nichts zu schreiben. Es waren so viele Feiertage, obendrein sind bei uns ab Ende Oktober bis in den April hinein so ziemlich alle Geburtstage, deswegen war ich dauernd nur zum Geschenke-Aussuchen in der Stadt und musste Festessen vorbereiten, kochen, und das immer für eine große Anzahl Gäste. Das hat mich ziemlich geschafft. Die Zeit zwischen November und Ostern steht für mich immer nur im Zeichen der Familie. Ich bin wirklich zufrieden und glücklich, dass ich Kinder und Enkelkinder habe. Aber manchmal veranstalten sie mir doch zu viel Trubel. Jetzt ist nur noch ein Geburtstag zu feiern, aber das ist Leonas Kindergeburtstag, da darf ich passen. Wir brauchen bloß die Geschenke abzuliefern. Dem Trubel dürfen wir uns dann entziehen. Du schriebst mir, dass in die Berliner Stadtbibliothek meine Dissertation ganz gut passen würde. Ich habe davon noch einen ganzen Stoß, aber ich musste beim Vertragsabschluss mit dem Verlag unterschreiben, dass ich keine Exemplare an Bibliotheken verschenke. Ich könnte allerdings dir noch ein Exemplar schicken, wenn du das dann verschenkst, dürfte das eigentlich keine Probleme geben. Ich habe den Winter über zwar viel gelesen, aber nichts, was mich besonders angeregt hat. Wir haben auch nichts Besonders unternommen. Ich habe mich nur in den letzten Wochen mit einem neuen Programm auf meinem Laptop geplagt. Dies ist der erste Brief, den ich damit zustandebringe. Inzwischen habe ich das, was für meine schriftlichen Arbeiten von Belang ist, begriffen. Was mich einigermaßen mit Stolz erfüllt. Ich habe das ganz ohne den Schwiegerfreund geschafft. Das hatte er mir eigentlich nicht zugetraut. Das ist ein gutes Erfolgserlebnis.

Markus fand, wir sollten unser Testament machen. Jetzt, da wir eine Wohnung besaßen, durfte es nicht passieren, dass im Falle seines oder meines Todes der Übriggebliebene die Wohnung verlor, weil die Kinder ausgezahlt werden wollten. Beim Geld hört ja bekanntlich die Freundschaft auf. Ich schrieb das Testament nieder, weil meine Handschrift leserlicher ist:

Wir, Ehepaar Markus Winkler und Ruth Winkler, geborene Engelberg, setzen uns gegenseitig als Alleinerben ein. Nach dem Tode des Überlebenden sollen unsere Kinder, Hanna Winkler und Eva Winkler, dessen Erben sein. Verstirbt nach dem Tode des Erstverstorbenen eine der Töchter, so bestimmen wir, dass deren Erbteil nach dem Tode des Letztverstorbenen an unsere Enkelkinder zu gleichen Teilen fällt. Sollte nach dem Tode des Erstverstorbenen eines der Kinder den Pflichtteil verlangen, so wird es nach dem Tode des Letztverstorbenen nur auf den Pflichtteil gesetzt, im Übrigen wird das andere Kind Erbe. Stuttgart, den 17.5.1997, Ruth Winkler, Markus Winkler.

Als Markus starb, versuchte keines der Kinder, den Pflichtteil zu bekommen, obwohl sie von der Strafklausel im Testament nichts wussten.

Silas kam nach Dresden ins Krankenhaus und wurde wegen Hämorrhoiden operiert, was er seine geheime Verschlusssache nannte. Danach hatte er einen Leistenbruch. Wir waren insgesamt zehn Wochen in Le Grand Fahys. Aber sogar Markus dämmerte es langsam, dass wir es nicht bis ins hohe Alter behalten konnten, auch wenn ihm viele der Arbeiten Spaß machten. Zum Rasenmähen brauchte er sieben Stunden, die große Wiese mähte der Bauer, da machte er Heu für seine Kühe. Hinzu kam, dass wir eigentlich gar nicht so gern in Frankreich lebten, das hatten wir jahrelang nur verdrängt. Die Fahrerei wurde auch immer beschwerlicher, es gab zu viele Staus, wo wir früher vier Stunden gebraucht hatten, brauchten wir jetzt sechs. Aber in Zeiten von wirtschaftlicher Rezession war es schwer, ein Ferienhaus zu verkaufen. Große Reisen machten wir nicht in diesem Jahr, wir bewegten uns hauptsächlich auf Goethes und Schillers Spuren. Markus erschütterte Weimar, das ein einziges Goethe-Denkmal ist, so sehr, dass er meinte, er müsse zum Goethe-Jahr 1999 unbedingt ein Buch über Schiller schreiben. Hanna veröffentlichte ihren ersten Krimi bei Rowohlt, der uns nicht gefiel. Er wurde in der Zeitung verrissen, was mir auch wieder leidtat. Besser ein Verriss als gar keine Besprechung, sagte Markus. Nun saß sie am zweiten und fing an, Judo zu lernen. Sie veröffentlichte noch zwei Krimis bei Rowohlt, dann wurde sie wegen Erfolglosigkeit rausgeschmissen. Ich empfahl meinen alten Freunden diese Krimis nicht. Auch wenn sie gut gebaut und geschrieben sind, waren sie für unsere Generation viel zu obszön. Ich schämte mich immer, wenn ältere Personen sie lasen. Allerdings fragte ich nach, jüngere Leute fanden nichts dabei.

Eines Morgens bekam ich einen fürchterlichen Schecken, als die Polizei bei uns klingelte. Markus war bei zwei Bränden im Fasanenhof als Gaffer gesehen worden, und nun hielten sie ihn für einen Pyromanen. Das war mir entsetzlich peinlich. Ich verbot ihm, noch einmal gaffen zu gehen.

Und wieder gab es Krach. Hanna warf Markus vor, sie um Geld betrogen zu haben. Markus und sie hatten sich in den vergangenen Jahren Buchbesprechungen für Ladenprospekte geteilt, die ganz anständig bezahlt wurden. Dieses Jahr hatte Markus es alleine gemacht. Als sie fragte, wieso, sagte Markus: Du rufst ja auch nie an, schäm dich! Da stand Hanna auf und verließ erbost unsere Wohnung. Ich sagte Markus, so ganz richtig sei das wohl nicht gewesen, und er setzte sich nach einigen Tagen hin und schrieb einen Brief, in dem er sagte, dass es ihm leidtue und er ihr nicht habe wehtun wollen.

Hanna antwortete mit einem Fax:

Lieber Vater, es ist eigentlich ein bisschen riskant, mir einen Brief zu schreiben, denn ich ergreife allzu gern die Gelegenheit, die Dinge schriftlich noch ein bisschen mehr zuzuspitzen. Aber wie sage ich es nun meinem Vater? Wie erkläre ich meine Gefühle, ohne dass der Eindruck einer Aufrechnung entsteht? Du hast mich aus meinem letzten Besuch mit der Ermahnung entlassen, ich solle mich schämen. Ich schließe daraus, dass es eine wun-

dersame Verbindung zwischen der Tatsache seltener Anrufe und dem Umstand gibt, dass du glaubtest, bei dem Bücher-Job keine Rücksprache mit mir nehmen zu müssen. Soll ich es als eine klare Strafaktion bewerten? Väter haben wohl das Recht. Damit kann ich leben. Akzeptiert. Das eigentliche Problem kristallisiert sich wohl um die Anrufe. Sie sind euch unangenehm, wie ich deinen Worten entnehme. Mir ist es ebenfalls unangenehm, bei jedem Anruf zu hören, ich riefe ja nie an, und man sähe sich ja nie. Der Kern dieser Geschichte ist wohl der, dass wir uns nichts mitzuteilen haben. Mir sind inzwischen die Ideen ausgegangen, wie man das ändern könnte. Es gibt zwei Möglichkeiten, diesen Brief fortzusetzen. Die erste wäre, dass ich sage, okay, alles wieder gut. Die zweite wäre, dass ich meinem Erschrecken darüber Ausdruck verleihe, dass es zwischen uns keine vertrauensvolle Beziehung gibt. Sagen wir ruhig, ich sei daran schuld. Vielleicht sagst du jetzt: Nein, es geht ja nicht um Schuld. Aber das ist alles nur rhetorisches Geklingel. Du siehst, wie schwer es mir fällt, das auszudrücken, was ich unbedingt ausdrücken muss, wenn es zwischen uns eine Beziehung geben soll, die den Namen Beziehung verdient. Um das zu tun, müsste ich vergessen, dass du alles, was ich jetzt sage, als Popanz weit von dir weisen wirst. Aber wenn du versuchen würdest, dich an meine Stelle zu versetzen, dann könntest du vielleicht sagen, was ich mit der Tatsache anfangen soll, dass du mir, als ich im Jahr meiner Prüfungen zu Georg zog, die finanzielle Unterstützung mit dem Argument vorenthalten hast, wenn Georg sich eine Freundin halte, solle er auch für sie bezahlen. Ich kann mir keinen geringschätzigeren und liebloseren Kommentar vorstellen, und trotzdem habe ich daraus keine Konsequenzen gezogen. Ich habe ja verstanden, dass du offensichtlich weit über das rationale Maß hinaus Schwierigkeiten mit dem Menschen hast, mit dem ich mein Leben zu teilen entschlossen bin. Das kommt bei Eltern ja zuweilen vor. Auch wenn ich mir damals nicht hatte vorstellen können, dass das bei meinen Eltern vorkommt. Aber gut. Du sagst zwar immer: Alles verstehen, heißt nicht, alles verzeihen. Aber es ist verziehen. Leider kommen die Erinnerungen aber wieder, wenn ich, wie jetzt geschehen, darum kämpfen muss, eine journalistische Arbeit partnerschaftlich mit dir zusammen zu machen. Da fällt mir dann auch ein, dass es eigentlich immer Mami war, die dafür gesorgt hat, dass ich mitmachen durfte, egal, ob es nun die Übersetzungen waren oder eben die Buch-Besprechungen. Das muss doch für mich so aussehen, als sähest du mich weniger als Tochter, die du gerne unterstützen und fördern willst, weil sie in deine Fußstapfen tritt, sondern eher als unerwünschte Konkurrentin. Es mag ja sein, dass du mich als Mensch und Tochter nicht sonderlich sympathisch findest, aber wie soll ich damit umgehen? Ich habe auch den Satz vernommen, dass Georg und ich das Haus in Frankreich immer zur schönsten Jahreszeit besetzen und unsere Putzerei sehr zu wünschen übriggelassen hat. Da kann ich nur die Konsequenz ziehen, euch das nicht mehr zuzumuten. Jetzt vernehme ich den Satz, dass man mit uns nicht munter und ungezwungen schwätzen kann. Ich lese, dass du es nicht gut findest, dass hier beleidigte Sendepause herrscht. Ich dagegen finde es ausgesprochen gut, dass die Sendepause, die schon lange herrscht, nun endlich einmal offenbar geworden ist. Ich bin nicht beleidigt: Ich bin traurig und ratlos. Ich hätte gern, dass mir jemand erklärt, wie ich mit Eltern umgehe, die sich nicht für mich interessieren. Dass beide Seiten glauben, sie seien im Recht, das ist mir klar, seit ich denken kann. Ich glaube sogar, dass de facto beide Seiten im Recht sind. Ich akzeptiere völlig, dass du mit allen Entgegnungen Recht hast. Die Frage ist: Was akzeptierst du? Mit der Bitte um Verständnis, deine Hanna.

Was hatten wir nur wieder angestellt! Erst einmal fuhren wir nach Frankreich, um dort Markus' Geburtstag zu feiern. Immerhin verstanden wir endlich, warum Hanna und Georg auf einmal nicht mehr ins Haus wollten. Ich fürchtete, Eva hatte meine unbedachten Worte, es sei immer dreckig, wenn die beiden dort gewesen waren, Hanna gepetzt. Es war also alles wieder meine Schuld. Markus fand schließlich versöhnliche Worte:

Ich selber finde mich viel gutartiger, als ich wirke. Deine Idee, ich könnte dich als Mensch und Tochter nicht sonderlich sympathisch finden, und was du sonst noch so an negativen Signalen findest, also wirklich! Das ist die Geschichte vom vertauschten Kind und den Rabeneltern, unter der auch gelegentlich Eva leidet. Da rühmen wir uns nun einer Tochter, die eine geniale Doktorarbeit schreibt, die beruflich aus eigenem Können emporklettert und die Romane schreibt und auch loswird (was mir zum Beispiel nie gelungen ist, obwohl ich davon Schubladen voll habe), einen bunten Gürtel im Judo nach dem anderen erwirbt, und all das gönne ich dir also nicht? Aber das fädelt sich natürlich auf: bei den Büchern ausgebootet als neuestes Glied einer langen Kette. Da fühle ich mich wirklich wieder so richtig missverstanden. Es ist wahr, dass ich nicht auf die Idee kam, dass du bei dem Schreibgeschäft mitmachen könntest, und längst weiß ich, dass das saublöd war. Aber mit Konkurrenzneid hat das nichts zu tun, eher mit Gedankenlosigkeit, was ja auch nicht besser ist. Vielleicht als Parallelschaltung dazu, dass ich mir den Verkauf von Buchstaben auch mühsam selber erarbeiten musste.

Darauf antwortete Hanna nicht.

Simon und Markus, die sich über dem Verkauf des Hauses in Halle zerstritten hatten, versöhnten sich wieder, nachdem Simon aus Anlass der Geburt seiner Tochter eine Karte geschickt und Markus freundlich geantwortet hatte. Am 3. Oktober, den Kohl zum Feiertag der Deutschen Einheit gemacht hatte, schrieb Simon:

Viele Steine sind mir vom Herzen gefallen, so kann ich nun freiweg über die Dinge erzählen, die uns sonst so umgetrieben haben. Zum Beispiel wunderbare Urläube hat es gegeben. Im Gegensatz zum Rest der Cappelrodaer Sippe, die ja eher sesshaft entwickelt ist, haben wir es sehr genossen, Frankreich, Italien, die Karibik etc. kennenzulernen. Auch Großbritannien blieb nicht von einem Besuch verschont. Selbstverständlich machen wir nicht nur Urlaub. Ich bin immer noch – oder werde es immer mehr – Banker. Nunmehr jährlich bei der Jahresbilanz in Berlin als einer derjenigen, die andere davon überzeugen, wie wunderbar doch die Zinsknechtschaft des Kapitals ist. Davon lässt sich recht auskömmlich leben. Bisher haben wir die Bodenhaftung aber noch nicht verloren, wohnen wir doch im tiefsten Lichtenberg, einer äußerst heruntergekommenen Gegend. Doch es kündigt sich ein Umzug nach Charlottenburg an. Unsere derzeitige Wohngegend hat so gut wie keine Grünflächen (wenn, dann werden sie von Säufern belagert), und das wollen wir dann unserer kleinen Bettina nicht zumuten. Anbei Fotos. Der Großvater Natan brauchte übrigens drei Monate, um sich sein Enkelkind anzusehen. Du sieht, Berlin ist auch von Cappelroda weit weg, wie es scheint, obwohl man nur drei Stunden bis hierher braucht. Über Hannas Krimis stolperte ich letztlich erst im KaDeWe, schon merkwürdig, wenn man so lang nix voneinander hört. Ich denke gern an meine ersten West-Tage in Stuttgart zurück, und das nicht nur am 3. Oktober. Das ist es unter anderem auch, was ich vorhin mit Bodenhaftung meinte. Noch ist mir sehr bewusst, auch acht Jahre nach dem Mauerfall, welche Möglichkeiten sich mir/uns eröffnet haben. Und ich genieße diese, selbst mit all ihren Makeln, in vollen Zügen. Sicher hatte ich mehr Glück als andere, aber die noch immer sehr weit verbreitete Ossi-Sentimentalität ist mir völlig fremd und meiner Meinung nach ein riesiges Hindernis auf dem Weg, dieses Land doch irgendwie zu vereinen. Selbst in Cappelroda spüre ich in etlichen Gesprächen diese Schwierigkeiten. Ganz einfaches Beispiel: Ein jeder wird erst einmal als Wessi bezeichnet, weil er eben aus Hamburg, Stuttgart oder Altötting kommt. Man sagt nicht: Er kommt aus Hamburg. Man ist merkwürdigerweise stolz darauf, aus dem Osten zu sein, und fühlt sich nur dort verbunden. So läuft fast eine neue Mauer durch das alte und das neue Dorf (ca. 100 neue Häuser, die größtenteils von Zugezogenen bewohnt werden). In Berlin spürt man weniger davon, hier mischt es sich leichter. Auch habe ich nie dieses Problem gehabt, von denen andere meiner Landsleute im Umgang mit Kollegen o.ä. aus dem Alt-Bundesgebiet berichten, selbst in Frankfurt nicht, obwohl ich meine Herkunft ja nun weiß Gott nicht verstecken kann, das hört man schließlich. So, davon wollte ich eigentlich gar nicht schreiben. Es passt aber zufällig zum heutigen Tag.

Der württembergische SDR und der badische SWF fusionierten zum SWR. Markus wollte eine Taube vom Balkon verscheuchen, rannte durch die geschlossene Glastür und schlitzte sich den Nasenrücken auf. Es gab ein fürchterliches Blutbad. Natans Älteste, Isabelle, heiratete in Tansania ihren Mann, einen Pfarrer, mit dem sie aber nichts anders vorhatte, als weiter in Cappelroda zu leben und ein Kind aufzuziehen. Sie lebt immer noch mit Mann, Kind und vielen Pferden in dem alten Pfarrhaus.

Wir hatten Le Grand Fahys immer noch nicht verkauft, ein bisschen voreilig bestand Markus aber darauf, dass wir unbedingt wieder ein Feriendomizil haben müssten, wo wir fern der Großstadt in Ruhe leben könnten, wenn es uns danach war. Er sah Anzeigen in den Zeitungen durch und wir mussten viel im Schwäbischen herumfahren, um zu besichtigen. Zum Glück fanden wir ziemlich bald in Enzklösterle, einem kleinen Ort im Schwarzwald, eine Wohnung mit einem kleinen Garten, die wir im September kauften. In einer guten Stunde waren wir von Stuttgart aus dort. Beglückend fand ich es nicht, dass wir jetzt für drei Immobilien, das heißt 360 Quadratmeter Wohnfläche und 13 Zimmer zu sorgen hatten. Das Einrichten der Wohnung kostete wieder alle Anstrengungen. Eine Menge Mobiliar musste aus Frankreich herangeschafft werden. Bei all dem waren die Freunde von Eva sehr hilfreich. Im Grunde genommen mussten wir nur die Türen in Le Grand Fahys und in Enzklösterle auf-

und zuschließen und große Mengen Proviant herbeischaffen und schließlich noch Trinkgeld verteilen. Wir waren aber ständig auf Achse. Das schaffte uns ganz schön. Wir inserierten auch wegen Le Grand Fahys und Markus zeigte mehreren Interessenten das Haus. Sie sagten alle ab. Ende Oktober verbrachten wir unsere erste Nacht in Enzklösterle, dann fuhren wir nach Le Grand Fahys, es war kalt, aber noch einmal schön. Ende des Jahres brachen Eva und Sophie nach Eritrea auf, wo es einen Frieden gegeben hatte und Sophie nun endlich einmal ihre Verwandtschaft kennenlernen konnte. Hanna besuchte uns zu Weihnachten in Enzklösterle. Die Ruhe tat uns gut. Zwischen den Jahren fuhren wir mal kurz nach Hause, um die Post zu holen und die Pflanzen zu gießen. Dabei fand ich einen Brief von Bettina, sie überlegte, von Berlin nach München zu ihrem Freund umzuziehen. Wir fanden es beruhigend, wie schnell wir hin und her kamen. In Enzklösterle lebten wir in einer Oase von Stille und guter Luft, nur leider war das Wetter sehr nass, für große Wanderungen war es nicht geeignet. Ich beschäftigte mich viel mit Kindern in Literatur und Kunst: Die Prügelstrafe ist ja schon ein Beweis dafür, dass sie auch im Mittelalter für Kinder gehalten wurden, denn in keiner Vita wird jemals erwähnt, dass man versucht hätte, sie mit Streitgesprächen zu überzeugen. Bei solch einem unruhigen Leben, wie wir es im vergangenen Jahr gehabt hatten, schaffte ich beim Schreiben nicht viel. Ich befürchtete, dass es im kommenden Jahr auch nicht viel besser werden würde, denn die drei Immobilien würden wohl viel Zeit und Kraft kosten. Darüber wurde ich 68 Jahre alt. Hanna wurde dieses Jahr 40. An den Kindern erlebte man ziemlich deutlich, dass man nicht mehr zu den Jüngsten gehörte. Dabei konnten wir ganz zufrieden sein, denn gesundheitliche Probleme gab es im Moment nicht allzu schlimme. Sogar Markus merkte, dass wir älter wurden und uns manches nicht mehr so leicht fiel wie vor 30 Jahren oder auch nur vor 13 Jahren, als wir das Haus in Le Grand Fahys gekauft hatten.

Lux heiratete wieder. Er schrieb, dass er sich gesund gefühlt habe, die Ärzte ihm aber bescheinigt hätten, dass er Atemnot und Herzrasen haben müsse, und nun habe er es. Markus antwortete:

Lieber Lux, das mit deiner Gesundheit gefällt mir nicht. Ich finde ja immer, man hat nur die Krankheiten, an die man denkt. Ich lese keinerlei Beipackzettel, gehe zu keinen Vorsorgeuntersuchungen, möglichst überhaupt nicht zum Arzt, denke auch nicht an Krankheiten und habe infolgedessen keine. Zwar kann ich meine Theorie, Krankheit ist nur, wenn es blutet, nicht ganz durchhalten, aber umgekehrt bin ich immer noch der Meinung, dass Krankheiten vor allem durch Einbildung zustandekommen, oder, gebildeter, psychosomatischen Ursprungs sind. Das ergibt sich logisch aus den Beipackzetteln: Wenn ich die lese, habe ich sofort alle dort erwähnten Leiden. Da ich die nicht lese, bin ich folglich gesund.

Mir wäre es lieber gewesen, Markus hätte sich nicht so sicher gefühlt, denn natürlich war es blanker Unsinn. Im Mai hüteten wir Leona und Sophie, weil Eva und ihr neuer Freund in die Toskana fuhren. Ich bekam schlimmes Herzrasen, aber der Arzt konnte nichts feststellen. Ich sagte mein Klassentreffen ab und Markus das Lesekreistreffen. Im Oktober 1998 geschah das Wunder, Kohl wurde abgewählt, Schröder wurde Bundeskanzler und die Grünen regierten mit, Joschka Fischer wurde Außenminister. Mein Geburtstag schaffte mich völlig. Die Kinder waren da, wir aßen Stollen, ständig riefen Leute an, abends gingen wir chinesisch essen. Noch am anderen Tag war ich ganz kaputt. Ich fühlte mich alt. Wir ließen uns erstmals gegen Grippe impfen, denn eine Grippe konnte ich jetzt gar nicht gebrauchen. Nachdem Goldners für drei Tage da gewesen waren, wurde es mit meinem Herzrasen sehr schlimm und ich ging wieder zum Arzt. Einen Tag später bekam ich fürchterliche Knieschmerzen. Markus versuchte, sein Schiller-Buch anzubieten, aber die Verlage lehnten ab. Leona und Sophie waren ein Wochenende bei uns und Markus erzählte die Geschichten vom Zwerg Rumpelpumpel, die er unseren Töchtern auf langen Autofahrten erzählte hatte. Es schneite wie irre. Als wir Otto und Vroni Wollschläger in Darmstadt besuchten, auch Fichtentalers waren da, bekam ich wieder stundenlanges Herzrasen.

Ausgerechnet der grüne Außenminister Fischer musste nun den ersten deutschen Kriegseinsatz nach dem Zweiten Weltkrieg im Kosovo rechtfertigen. Er glaubte, dass die Serben einen Völkermord planten, und verglich das mit Auschwitz. Er hatte auch nicht verstanden, dass der industriell organisierte Massenmord an den Juden und Roma doch etwas ganz anderes war. Andererseits, fanden wir, müsse man auch etwas tun, um das Morden im ehemaligen Jugoslawien zu unterbinden.

Im April bekam ich eine Milz-Entzündung und musste zur Endoskopie nach Böblingen. Es war aber Gott sei Dank kein Tumor. In Le Grand Fahys wollte wieder ein Interessent das Haus ansehen, und Markus fuhr hin und mähte den Rasen. Wir waren viel in Enzklösterle, wo ich kochte und putzte wie immer. Ich bestand aber darauf, dass wir auch öfter mal essen gingen. Markus schlug vor, wieder in den Harz zu fahren, aber ich bekam Herzrasen, und so machten wir die Harzreise erst im August. Wieder zu Hause, fanden wir im Briefkasten die Todesanzeige von Astrid. Sie war im Alter von 64 Jahren gestorben. Es hieß, sie habe Krebs gehabt. Zur Beerdigung wollte uns Hanna begleiten. Wir buchten ein Hotel in Dresden. Hanna wollte wegen ihres Dresden-Kurzkrimis die Frauenkirche sehen, die gerade wiederaufgebaut wurde, und nach der Beerdigung mit dem Zug nach Stuttgart fahren. In Chemnitz sahen wir Natan wieder. Er war ganz aufgedunsen und dick geworden, behauptete aber, der Arzt könne nichts finden. Wir luden bei dieser Gelegenheit Natan und Silas zu Markus' 70. Geburtstag nach Enzklösterle ein. Markus nannte es das Greisenjubelfest. Ich schenkte ihm sein erstes Handy, weil ich immer, wenn er spazieren rannte, befürchtete, er könnte sich einmal im Wald den Fuß verknacksen. Allerdings stellte sich heraus, dass es im Wald gar kein Netz gab. Markus hatte sich lange geweigert, so ein Ding zu besitzen, weil er es peinlich fand, wenn es in der Öffentlichkeit klingelte.

Der 7. September war warm und sonnig. Silas und Natan kamen schon früh, für sie hatten wir Hotelzimmer gebucht. Die Kinder kamen mit den Enkelinnen und Freunden. Viele unserer alten Freunde waren da. Ich hatte den Verdacht, dass Natan heimlich Alkohol trank. Kaffee und Kuchen gab es bei uns auf der Terrasse. Für den Abend hatten wir einen Tisch im Festsaal eines Hotels bestellt. Hanna und Eva hatten einen Silberpokal gravieren lassen. Wir saßen lange und schwatzten. Am Sonntag kamen alle außer Natan und Silas nochmal zum Frühstück. Danach waren wir völlig erschöpft. Ende November schrieb Markus zum 65. Geburtstag an Natan:

> *Das ist ja wohl dein letzter Geburtstag im alten Jahrtausend, das Paps noch mit Krachern abfeiern wollte. Dir also, auch von Ruth, die besten und schönsten Wünsche, Gesundheit und Fröhlichkeit. Es hat mir so wohlgetan, dass wir uns mal wieder in brüderlicher Runde gesehen haben, ein Brauch, den wir tatsächlich einhalten sollten, solange wir noch beisammen auf diesem Erdenrund wallen.*

Leona spielte in einer Weihnachtsaufführung die Hauptrolle und das mussten wir uns anschauen. Leider hatte sich Eva mit Robert zerstritten, darum winkten wir ihm nur aus der Ferne zu. Es war eine scheußliche Situation. Robert rief uns danach an und bestand auf seinen Vaterrechten, die Kinder bräuchten ihn doch. Er wurde immer lauter und Markus brach das Gespräch ab. Weihnachten verlief deswegen ziemlich kompliziert. Markus schmückte den Baum, Hanna kam am Vormittag und aß die Suppe mit. Robert besuchte Leona bei Eva. Danach kamen Eva und die Kinder zu uns und wir gingen in die Schule zur Kinderweihnachtsfeier mit Schattenspiel und Stollen essen.

Danach gab es Jubelbrause und Bescherung bei uns. Am ersten Weihnachtsfeiertag kam Hanna, um mir mit dem Putenbraten zu helfen, um eins kamen Eva und die Kinder und es wurde gespielt. Dann rief Robert an und wollte Leona abholen. Hanna ging mit Eva hinunter, um Leona zu übergeben und zu verhindern, dass der Streit eskalierte. Am zweiten Feiertag tobte ohne Vorwarnung ein Orkan über uns hinweg. Markus kam von seinem Spaziergang ganz schnell wieder zurück, im Radio wurde davor gewarnt rauszugehen. Die Dachumrandungen vom Supermarkt und unserem Parkhaus flogen weg, ein Baum fiel um, der Wind heulte und pfiff durch unsere Wohnung. Die Autobahn war gesperrt, weshalb Robert nicht kommen und Leona bringen konnte. Bei Hanna in der Nachbarschaft fiel ein Kran über ein Haus. Die Bewohner des Dachgeschosses waren zum Glück allen Warnungen zum Trotz gerade essen gegangen. Zum Jahrtausendwechsel befürchteten alle, dass sämtliche Computer versagen würden, weil ihre Datumsrechner nur bis 1999 programmiert waren. Aber die Welt ging nicht unter und unsere Laptops wollten partout nicht spinnen.

Als Jugendliche habe ich mich manchmal gefragt, ob ich wohl das Jahr 2000 erlebe und 70 Jahre alt werde. Als ich 60 wurde, hielt ich das für völlig ausgeschlossen. Meine Familie würde mich schon früh genug ins Grab bringen. Nie hätte ich gedacht, dass ich 90 werde. Mein Herzrasen wurde immer schlimmer und die Untersuchungen der Ärzte waren völlig sinnlos. Ich dachte viel über meine Ängste nach, die ich als Kind und Jugendliche auszustehen hatte. Im Krieg hätten wir jeden Tag tot sein können. Aber die Angst hatte ich wohl verdrängt, ich hatte mir das Angsthaben für das Alter aufgespart. Das ist doch bekloppt.

Mit uns war überhaupt nicht mehr viel los. Einmal schickte ich Markus nach Enzklösterle, ich fand, ich musste auch einmal Zeit für mich haben, er war immer so rastlos, und prompt bekam ich in der Nacht schlimmes Herzrasen. Ich rief Markus am

Morgen an und er setzte sich gleich ins Auto und kam unrasiert zurück. In der Nacht wachte er mit Todesängsten auf, weil er keine Luft mehr bekam. Ich schickte ihn zur Hals-Nasen-Ohren-Ärztin. Danach fuhr er wieder nach Enzklösterle. Dort passierte es noch zwei Mal. Er hatte Luftnot und stand auf und trank einen Kaffee. Die Ärztin diagnostizierte Asthma. Er behauptete, es sei nur eingebildet. Aber er konnte nicht mehr in seinem Renntempo spazieren gehen. Das störte ihn schon gewaltig. Als ich mich gegen Zecken impfen ließ, stellte der Hausarzt bei ihm einen Puls von 160 fest und schickte ihn zum Kardiologen. Markus machte autogenes Training und behauptete, er merke, wie das Herz umschalte. Sein Puls ging runter auf 70. Das kam unserem Hausarzt wie eine Wunderheilung vor, aber es war nicht von Dauer. Sein Puls stieg wieder und ich rief nachts um zehn den Bereitschaftsarzt an, dem aber nichts einfiel. Das war wieder einmal typisch für Markus, ich hatte die Herzprobleme und er bekam sie auch. Jedes Mal, wenn ich schwanger gewesen war, war er auch mit schwanger gewesen. Ende März kam ich ins Katharinenhospital, damit man mich auf neue Medikamente einstellen konnte. Die Ärztin meinte, bei meinen Herzrhythmusstörungen handle es sich um eine Fehlschaltung der Nerven im Herzmuskel, die könne man mit einer Operation beseitigen, die acht Stunden daure. Man führe einen Katheder durch die Leiste in die Hauptschlagader ein und veröde im Herzen die entsprechenden Nerven. Vor der OP hatte ich natürlich Angst, so eine Entscheidung fällt einem ja nicht leicht. Markus meinte, sein hoher Puls und seine Unfähigkeit, unbeschwert zu laufen, kämen ja psychosomatisch nur von solchen ungeklärten Sachen her. Die Operation fand am 12. April statt und dauerte von 8 bis 16 Uhr. Sie war aber völlig sinnlos, schon in der Nacht hatte ich einen Rückfall. Das war eine böse Enttäuschung. Ich wurde neu mit Medikamenten eingestellt und blieb noch eine Woche im Krankenhaus. In dieser Zeit wurde unser neues Auto ausgeliefert, wieder ein Audi.

Zu Hause bekam ich einen Hautausschlag von einem Medikament. Danach tat mir das Bein weh. Der Hausarzt schickte mich zu einem Facharzt, der Thrombosen diagnostizierte und mich sofort mit dem Krankenwagen ins Olgäle bringen ließ, während Markus nach Hause fuhr und Nachthemden bügelte und mir ein Krankenhausköfferchen packte. Ich hatte viele kleine Thrombosen im Bein und auch eine kleine Lungenembolie, das hätte gewaltig schiefgehen können. Ich bekam Marcumar verschrieben. Eigentlich hatten wir bei dem schönen Wetter nach Enzklösterle fahren wollen. Dafür rief ein schwäbischer Verlag an und wollte Markus' Schillerbuch drucken. An unserem Hochzeitstag war ich wieder erkältet. Markus kochte Möhren und briet Schnitzel.

Eva war nun mit Björn zusammen, der auch im Fasanenhof wohnte. Sie fuhr jetzt einen alten Mercedes, denn Björn war Oldtimer-Fan und handelte mit alten Autos. Wohl auch ermutigt durch ihn, kaufte sie sich Degerloch ein kleines Haus, das sie mit Hilfe von Björns Freunden renovierte. Hanna wollte, dass wir ihr so viel gaben, wie ihre eigene Ausbildung gekostet hatte, aber Markus war dagegen.

Eva behauptet: Ich habe niemals einen Zuschuss erwartet, ich war doch so stolz, dass ich das gegen den Willen der Eltern gemanagt habe. Dass wir später doch etwas gaben, habe sie eher beschämt als gefreut, aber geholfen habe es natürlich.

Sie und die Kinder lebten eine ganze Weile auf einer Baustelle, denn die Dachräume mussten für die Kinderzimmer ausgebaut werden. Mit Rainer Goldner fuhr Markus nach Le Grand Fahys, um alles in Schuss zu bringen, zu mähen und zu putzen. Den Juni verbrachten wir in Enzklösterle. Es war der wärmste und tropischste Juni seit Beginn der Wetteraufzeichnungen. Hanna schrieb nun Trivialromane, sie wollte wohl reich werden.

Am 28. Juli rief Simon an und sagte, Natan sei um sechs Uhr früh unerwartet verstorben. Silas erreichten wir über das Handy. Am 2. August fuhren wir nach Cappelroda los. Georg und Hanna fuhren mit dem eigenen Auto. Es gab fürchterliche Staus. Komischerweise trafen wir Georg und Hanna im Stau und konnten sie zur Pension lotsen. Unterwegs verständigten wir uns von Auto zu Auto mit den Handys. Das war doch sehr praktisch. Simon hatte uns in einem Nachbarort in einer Pension Zimmer reserviert. Am Abend gingen wir ins Trauerhaus. Simon erinnerte sich daran, dass im Bad immer kleine Pillen gelegen hatten, die Natan zur Beruhigung einnahm. Es habe auch einen Leber-Befund gegeben. So etwas hatte ich mir ja schon gedacht. Die Trauerfeier fand in Natans schöner alter Kirche mit dem uralten Taufstein statt. Eine Band spielte Dixie-Musik. Simon erzählte in seiner Trauerrede vom unruhigen und von Sorgen geprägten Leben seiner Eltern. Den Nachmittag verbrachten wir bei herrlichem Sonnenschein auf dem Hof des alten Pfarrhauses. Von dort brachen wir am nächsten Tag nach Weimar, Erfurt und Rudolstadt auf. Markus fiel es schwer zu realisieren, dass Natan nicht mehr da war. Es war zu plötzlich gekommen.

Hanna hatte eine Lesung mit zwei anderen Krimiautoren im Großen Sitzungssaal des Rathauses. Das war sehr eindrucksvoll. Nach den Ferien wurde Leona eingeschult. Eva versuchte vergeblich, uns das Internet einzurichten, Georg bekam es dann hin. Mit Sophie spielte Markus jetzt Schach. Zum zehnten Jahrestag der Wiedervereinigung telefonierten wir mit Silas. Ich bekam einen Hexenschuss und Spritzen beim Arzt. Es wurde aber nicht besser, und ich musste in die Röhre wegen meines Rückens, doch man fand nichts und verschrieb mir Massagen. An Hannas Geburtstag bekam Markaus einen Wutanfall wegen einer Kleinigkeit. Ich war wirklich sauer. Es tat ihm dann leid. Er wollte nach Enzklösterle, aber wegen meines Rückens ging das nicht. Das machte ihn rabiat. Abends gingen wir zum Essen zu Hanna. Eine Woche später hatte Sophie Geburtstag und bekam von Eva ein Handy. Am Abend hatte Hanna bei den Buchwochen ihre Lesung aus dem Dresdenkrimi über die

Frauenkirche und die Bombennacht von Dresden, zu der wir hingingen. Zu Weihnachten schenkte Markus mir ein Handy. Die Kinderkirche fand Leona stinkig, das Singspiel war auch viel zu lang gewesen. Am ersten Weihnachtsfeiertag kam Hanna zum Kochen. Silvester verbrachten wir beide müde und vergrippt zu Hause mit *Dinner for one* und *Ekel Alfred*. Die Grippe zerstörte bei uns beiden für viele Wochen den Geruchssinn, wir hätten auch Styropor essen können. Zu meinem Geburtstag kam Hanna ohne Georg, angeblich war er krank. Eva beklagte ihre Situation beim Verlag, sie werde gemobbt. Am anderen Tag erfuhr ich von Alida, die mich anrief, dass Hanna und Georg am Abend zu Andreas' Geburtstag nach Heidelberg gekommen waren. Wir haben nämlich am selben Tag Geburtstag. So krank war Georg also doch nicht gewesen. Ich schlief schlecht, ständig hatte ich Atemnot und Herzrasen. Ich war völlig verzweifelt. Weil es überall gleich schlimm war, fuhren wir nach Enzklösterle und ich las *Die Geschichte des Goldes* von Quiering, bei dem ich an der FU eine Vorlesung gehört hatte. Bei meinen Studien zur Darstellung der Kindheit in Literatur und Kunst war ich immer wieder auf Abbildungen kleiner Menschen gestoßen, die keine Kinder waren, sondern Zwerge. Quiering behauptete, auf Kreta hätten die Zwerge die Bergbaukultur begonnen. Und nachdem dort die Erz- und Goldvorkommen erschöpft gewesen seien, hätten sie sich auf Wanderschaft über den Balkan bis nach Thüringen begeben, um dort Kupfer und Gold zu suchen und abzubauen. Er schrieb auch, dass Path als ägyptischer Gott der Bergwerke häufig zusammen mit Zwergbergleuten abgebildet sei. Aber ich konnte keine Abbildung und keine Belege dafür ausfindig machen. Ich schrieb an den Professor für Nanologie Friedmann und fragte ihn, ob er mir in dieser Frage eine Antwort geben könne. Er wies mich darauf hin, dass bei den Ägyptern die Pataiken, die kurzbeinigen Helfer von Path, als Schutzherren des Handwerks galten. So fand ich mich auf einmal in einem neuen Thema wieder, bei den Zwergen.

Mitte Januar hatte Markus seine Staroperation. Mit meiner Hilfe verschickte er im Februar dann seine erste E-Mail. Heiner lud uns zu seinem 65. Geburtstag nach Tauberbischofsheim ein, er wurde auch pensioniert. Er hatte eine neue Frau, die er per Anzeige gefunden hatte. Es kamen über 100 Gäste. Die Musik war so laut wie im Bierfestzelt, wir schrien nur und gingen zum Schwätzen in den Vorraum hinaus. In der Nacht kamen wir kaum zur Ruhe und gaben den Plan auf, nach Würzburg weiterzufahren. Im März rief die Bekendorp-Tochter aus Hamburg an und sagte, dass ihre Mutter am Nachmittag gestorben sei. Das war nun wieder ein Schlussstein.

Silas besuchte uns für drei Tage, wir fuhren mit ihm nach Bebenhausen und Tübingen und gingen auf den Fernsehturm. Leona wurde am 9. April sieben Jahre alt, und Sophie entwickelte sich schon zu einer richtigen Dame. Zu Ostern in Enzklösterle schneite es ununterbrochen. Markus las alte Trundel-Briefe wieder und wütete tagelang. Am Karfreitag schauten wir uns *Tod auf dem Nil* an und waren ganz stolz, dass wir im Old Katarakt Hotel übernachtet hatten. Hanna veröffentlichte eine Liebesschnulze, den *Bernsteinfischer,* der auf Hiddensee spielte. Aber reich ist sie damit auch nicht geworden.

Nach den Osterferien verkauften wir endlich über den Makler für 190 000 Mark unser Haus in Le Grand Fahys an einen Schweizer. Markus fuhr zum Notartermin. In Enzklösterle fiel er danach beim Ausreißen des Knöterichs mit der Schulter gegen die Wand. Wir fuhren mit dem Taxi nach Bad Wildbad zum Röntgen. Ein Knochen an der Schulter war herausgeschnappt, aber das sollte so bleiben, da operierte man nicht. Auf der Rückfahrt rammte der Taxifahrer zu allem Überfluss auch noch unseren Audi auf dem Parkplatz. Den mussten wir dann auch wegbringen, er wurde repariert und uns einen Tag später wieder gebracht. Zu unserem Hochzeitstag fuhren wir nach Schwetzingen und über Mosbach zurück, wo Hanna gerade eine Lesung auf einem Krimifestival hatte. Am 1. Juli erinnerten wir uns wieder an unseren Empfang beim Bundespräsidenten, denn der König von Nepal wurde von seinem Sohn und Thronfolger erschossen. Wir besuchten Goldners in Mainz. In Enzklösterle verknackste ich mir dann den Fuß so schlimm, dass ich nicht mehr auftreten konnte. Weil es nach einer Woche immer noch nicht besser war, fuhren wir nach Stuttgart zurück. Der Hausarzt stellte eine Bänderzerrung fest. Ein letztes Mal fuhr Markus Anfang August nach Le Grand Fahys, um noch ein paar Kleinigkeiten herauszuholen, abzuschließen und den Schlüssel an den Käufer zu übergeben. Er tue es ohne Reue nach 16 Jahren, sagte er. Vor Markus' Geburtstag gab es Krach mit Hanna und Eva, weil sie nicht kommen wollten, Hanna hatte Dienst und Eva wollte am nächsten Tag früh wegfahren, aber sie besannen sich, und ich briet eine Lammkeule. Wollschlägers riefen einen Tag zu früh an.

Ich las über den aussichtslosen Kampf der Pygmäen gegen die Kraniche und notierte für mein Buch:

> In einigen Sagen werden die Pygmäen als so klein beschrieben, dass sie ihre Wagen von Perlhühnern ziehen lassen und Getreidehalme nur mit Äxten umhauen können. Sie leben vom Ackerbau und wohnen in Höhlen. Vor unsäglichen Regenfällen fliehen sie regelmäßig in angenehmere Gegenden bei den Nilquellen. In allen Sagen wird vom alljährlichen, völlig aussichtslosen Kampf gegen die Kraniche erzählt, die zu ihren Nistplätzen kommen. Während die Kraniche ihre Äcker verwüsten und sie bei den Feldarbeiten in Lebensgefahr bringen, versuchen die Pygmäen, die Nester der Kraniche zu zerstören. Doch immer verlieren die Pygmäen diesen Kampf.

Ich fragte mich, warum sie sich nicht einmal für ein anderes Verhalten oder einen anderen Ort entschieden hatten. Wieso blieben sie dort, wo ihnen jedes Jahr solch eine Tragödie bereitet wurde?

Kapitel 29

Am 11. September 2001 machte ich am Mittag Chili con Carne. In den 15-Uhr-Nachrichten hörten wir von einem Flugzeug, dass in New York in ein Hochhaus geflogen war. Markus stellte gleich den Fernseher an und wir sahen, wie das zweite Flugzeug in den zweiten Tower krachte. Kaum sind die einen Terroristen weg, kommen neue und sind noch viel schlimmer.

Ich begann mit meinem ersten Kapitel der *Kulturgeschichte der Zwerge*:

> In der Kunst, vorwiegend in der Malerei, gibt es eine Anzahl Bilder, auf denen zwergwüchsige oder besser kleinwüchsige Menschen dargestellt sind, als Begleiter von Fürsten, als Spielgefährten von Kindern, als Spaßmacher oder als Betreuer von Hunden. Dabei handelt es sich um verwachsene, kleinwüchsige Menschen, die an Fürstenhöfen gehalten wurden, um Hofzwerge, wie sie im Mittelalter, in Renaissance und Barock in Mode waren. Als Hofzwerge waren sie häufig kuriose Schauobjekte oder auch Hofnarren zum Amüsement bei Geselligkeiten. Besonders begehrt waren sie, wenn ihr Aussehen besonders grotesk wirkte oder ihre Gestalt extrem winzig war. Als Hofnarren dienten sie häufig als kluge Berater der Fürsten. Durch die Bilder älterer Kunstepochen, auf denen kleinwüchsige Menschen dargestellt sind, kann man viel über ihr Verhältnis zu den Menschen in ihrer Umgebung erfahren. Davon wird später ausführlich die Rede sein. Über ihr Lebensschicksal geben mittelalterliche Epen und neuere Romane und Erzählungen, in denen sie handelnde Personen sind, genauere Auskunft.

Markus schrieb an seinen Lebenserinnerungen:

Ich weiß noch, als Kind nahm mich Trundel einmal mit auf den Friedhof, ging zu Omas Grab und lachte. Auch ich lachte, weil Kinder alles nachahmen, bis ich merkte, dass Trundel weinte. Seither weiß ich, wie ähnlich sich beides sieht. Jahre später, ein regnerischer Tag, der Wind kam schräg von See und schlug die Wellen gegen den Deich. Ich lief allein gegen den Wind. Es war die Stunde, als sie Trundel beerdigten. Das Telegramm war gestern gekommen, zu spät für 1000 Kilometer Fahrt mit einer starren Grenze dazwischen. Weder damals noch jemals danach sind mir Tränen gekommen, um von ihr Abschied zu nehmen, mit der ich einmal versehentlich an einem Grab gelacht habe. Es muss einen Grund geben, den ich nicht erinnere, nicht erinnern will oder noch nicht weiß. Tränen, die ich nicht geweint habe. Dabei kann ich bei den trivialsten Dingen die Fassung verlieren, dass mir alles nur so vor den Augen verschwimmt. Auch als Jahre später Paps starb und bald darauf Natan, es waren Abschiede ohne Emotionen, und so ging es auch mit alten Freunden.

Stimmt doch gar nicht, sagt Hanna, er hat um seinen Vater geweint, ich war dabei.

Ein neuer Betablocker machte Markus müde und elend, er setzte das Mittel wieder ab und fühlte sich gut. Aber das war ja auch keine Lösung. In Enzklösterle wurde mein Knie plötzlich schlimm und schwoll an, wir fuhren wieder nach Stuttgart. Ich hatte das Gefühl, allem nur noch hinterherzulaufen. Ich packte immer nur, ich kochte, wir gingen durch Wälder oder einkaufen oder zum Arzt. Zu Evas Geburtstag gingen wir am Nachmittag mit Pflaumenkuchen, die Kinder waren da, auch Björn und Robert, alle qualmten, wir gingen am Abend und fanden, das ist so nichts mehr für uns. Weihnachten machte uns auch keinen Spaß mehr. Markus hatte keinen Brüllstern aufgehängt und keine himmlischen Heerscharen aufgestellt, Heiligabend fand ja bei Eva statt. Die Gespräche der Kinder rauschten an uns vorbei, für diese Art von Small Talk waren wir nicht mehr gebaut. Für 2002 schenkten wir uns Säckchen mit dem Euro-Starter-Kit. Ich fand es praktisch, wenn wir in Frankreich nicht mehr umrechnen und umtauschen mussten. Das hätten wir schon viel früher haben müssen.

Bei der Siedlungsgenossenschaft Eigene Scholle in Halle fragte ich nach, ob ich Aussicht auf eine Entschädigung für Opas Haus im Passendorfer Weg hätte:

> *Sehr geehrter Herr Ulrich! Als Enkelin von Ehepaar Friedrich Engelberg (geb. 19.1.1879, verst. 19.8.1972) und Frau Luise (geb. 28.12.1876, verst. 13.4.1961) war ich per Testament als Erbin eingesetzt und habe die Erbschaft auch angetreten. Dieser Tatbestand war meinem inzwischen verstorbenen Vater, Wilhelm Engelberg, bekannt. Meines Wissens besteht aber Anspruch auf Entschädigung nach dem Ausgleichsgesetz nur, wenn das Vermögen des Erblassers enteignet wurde. Die Ehefrau meines Vaters, Frau Ursula Engelberg, ist nicht mehr geschäftsfähig, und weil weder meine Schwester, Frau Henrike Vollmer, noch mein Bruder, Dr. Heiner Engelberg, eine Vollmacht für eventuelle Entscheidungen und Unterschriften haben, bitte ich Sie, Stellung zu nehmen, ob das Verfahren auf Entschädigung bei oben erwähntem Tatbestand überhaupt weiterbetrieben werden kann und wer eventuell nötige Unterschriften leisten soll. Mit freundlichen Grüßen, Ruth Engelberg.*

Es war aber nichts zu machen, denn sie betrachteten meinen Vati und Uschi als Erben.

Markus fand, eine Trauerrede fürs eigene Begräbnis schreibe man besser selber, und fing an, seine Beerdigung zu organisieren. Wieder regte er sich über Trundels und Altvaters Briefe auf. Er bekam Zahnschmerzen, der Zahnarzt fand aber nichts, darum nannte er sie allergische Zahnschmerzen. Im Juni riefen wir Otto Wollschläger an, ihm ging es nicht gut. Wir fuhren zu den Goldners, weil Rainer Geburtstag hatte. Es war ein strapaziöses großes Fest. Rainer philosophierte darüber, dass er verbrannt werden wolle, zumindest solle der Sarg zubleiben bei der Beerdigung, er wolle nicht, dass seine Leiche besichtigt werde. Er starb 86-jährig erst vor zwei Jahren.

Von Mainz brachen wir zu einer Reise nach Leipzig und Dresden auf. Unterwegs erfuhren wir von Eva, die uns auf dem Handy anrief, dass Otto gestorben war. Sie fuhr mit Björn zur Beerdigung ihres Patenonkels und erinnert sich, dass auf der Autofahrt in allen Radiosendern Fußball lief, weil Weltmeisterschaft war. Deutschland spielte im Halbfinale gegen Südkorea. In Dresden-Pillnitz wurde es auf einer Großleinwand übertragen. Als wir im Juli Vroni anriefen, um ihr zum Geburtstag zu gratulieren, war sie ganz verwirrt und erinnerte sich an nichts, es war gespenstisch. Ich rief Schorsch an, damit er nach ihr schaute, und Eva, die gleich losheulte und ebenfalls Vroni anrief. Aber offenbar war es nur eine momentane Verwirrtheit gewesen. Sie war auf der Treppe gestürzt, hatte sich hingelegt und war eingeschlafen. Kaum waren wir zu Hause, überflutete ein Elbhochwasser Leipzig und Dresden.

Im November teilte Hanna uns mit, dass Georg und sie nach 19 Jahren geheiratet hatten, nachdem das Gesetz es nun erlaubte, dass sie ihren Nachnamen behielt. Sie hatten es allen verheimlicht und auch keine Trauzeugen eingeladen. Nun hatten wir also einen Schwiegersohn. Ihren 44. Geburtstag feierte sie groß mit vielen Gästen in einem spanischen Lokal. Wir gingen gegen 22 Uhr, die Luft war so schlecht und es war zu laut. Das Jahr verging wie nichts. Zu meinem 73. Geburtstag schenkte mir Markus Schmuck aus Wildbad und Laufstöcke. Wir gingen mit den Kindern und Enkelinnen in Möhringen chinesisch essen und saßen an einem runden Tisch, den man drehen konnte. Am Ende bekam Markus wieder Nasenbluten.

Am 17. Juni dachten wir an Berlin und die Panzer auf dem Potsdamer Platz, 50 Jahre war das jetzt her, nie hätten wir damals gedacht, dass wir so alt werden würden. Markus schrieb an einem Buch über den römischen Limes in Baden-Württemberg, und wir mussten überall hinfahren, wo er zu sehen war. Unsere Hotels buchten wir übers Internet, das war sehr bequem. Markus' Geburtstag verbrachten wir in Innsbruck. Ich schenkte ihm eine Wetterstation und bekam am Abend wieder Herzrasen. Wieder zu Hause, tat mir das Knie so weh, dass ich eine Woche lang nicht laufen konnte. Markus musste kochen. Weil mein Herzrasen auch nicht besser wurde, kam ich ins Marienhospital, aber sie konnten nichts tun. Es war nicht zu fassen. Der Orthopäde redete davon, dass mein Knie operiert werden müsse. Ich hatte es satt. Für Sophies 16. Geburtstag kauften wir ein Kettchen und ein Benimmbuch, das sie sofort las. Unsere Enkeltöchter waren doch unsere größte Freude.

Im Dezember wurde ich wegen meines Herzrasens ins Katharinenhospital eingewiesen und es wurde besser. Alfred rief mich in der Klinik an, nachdem er von Detlef, der gerade bei ihm war und deswegen bei Markus angerufen hatte, meine Telefonnummer bekommen hatte. Was für ein Unterschied zur Winkler'schen Herzlosigkeit! Er war so mitfühlend, das tat mir auch einmal gut. Als ich Hanna und Markus bei ihrem Besuch mitteilte, dass ich Weihnachten nach Hause dürfe, ging es sofort wieder mit dem Herzrasen los.

Hanna und Eva behaupten, Weihnachten sei immer so stressig gewesen, wegen der falschen Gefühle und des angestrengten Frohsinns, dass auch sie vorher krank geworden seien. Anscheinend waren wir daran schuld, besonders ich. Dass sie selbst ihre Unlust mitbrachten und uns Weihnachten vergällten, kam ihnen nicht in den Sinn.

Markus kaufte einen Dresdner Christstollen und holte mich am Tag vor Weihnachten aus der Klinik ab. Er schenkte mir eine Lampe für mein Zimmer. Für Leona hatten wir einen Füller und für Sophie eine elektronische Kamera gekauft, bei der man nicht mehr durch den Sucher schaute. Am ersten Feiertag gingen wir mit den Kindern für 130 Euro ins Restaurant. Danach guckten wir beiden Alten Videokassetten mit Chaplin-

Filmen und lachten, das tat uns gut. Zu meinem Geburtstag kam Hanna zum Kochen, dann trudelten Georg und Eva mit Björn ein, der sehr laut redete. Leona und Sophie waren mit Robert beim Rodeln im Schwarzwald. Und schon wieder war ein Jahr herum.

Silas predigte in Stuttgart und übernachtete bei uns, wir schwatzten lange. Ende Januar schickte die Gauck-Behörde fast acht Jahre nach unserer Anfrage ein paar Spitzelberichte. Silas hatte seine Stasiakte noch im alten Jahrhundert angeschaut und gelesen, dass das MfS Aktionen mit Protestgedichten und Briefaktionen gegen ihn gesteuert hatte. Sie hatten eine öffentliche Verunglimpfung mit falschen Verdächtigungen vorgehabt, er hatte aber davon nichts gemerkt.

Sophie färbte ihre schwarzen Haare feuerrot und besuchte uns häufig, um sich Bücher auszuleihen. Markus schrieb Altvaters Lebenserinnerungen ab und ließ dabei die Selbstbeweihräucherung weg. Wir machten einen Besuch in Straßburg, wo wir zum ersten Mal nicht in Franc, sondern in Euro bezahlten. Das war erhebend. Simon kam, um den Schlüssel für Enzklösterle abzuholen, wo er mit einem Freund ein paar Tage bleiben wollte, und brachte alte Dokumente und Briefe von Altvater mit. Ende Mai fuhren wir zu Silas' 70. Geburtstag in den Osten. Auf dem Weg schauten wir uns in Waldsassen die Stiftsbibliothek an. Früh um zehn fuhren wir zu Silas, lieferten den Wein ab, gratulierten ihm und gingen wieder etwas anschauen. Im Schlosspark gab es am Nachmittag Kaffee und Kuchen und in der Schlosskirche fand danach die Feier mit Spirituals für alle zum Mitsingen statt. Dann ging es ins Lokal, wo es ein Büffet mit gutem Essen, aber acht Tischreden gab, so dass wir weder miteinander reden noch Essen holen gehen konnten. Mit Silas wechselten wir kein einziges Wort. Anschließend fuhren wir weiter nach Görlitz, Bautzen und Dresden.

Eine letzte große Reise riskierten wir auch noch. Wir machten mit Hurtigruten eine Kreuzfahrt zum Nordkap, die uns mit

Flug nach Norwegen 8000 Euro kostete. Mit dem ICE fuhren wir nach Frankfurt, von dort flogen wir nach Oslo, dann ging es mit dem Zug nach Bergen, wo wir uns auf der *Midnatsol* einschifften. Unsere Landausflüge waren sehr eindrücklich, nur war ich bitter enttäuscht, dass ich keine der hölzernen Stabkirchen zu sehen bekam, weil das Wetter zu schlecht war. Ihretwegen hatte ich doch die Reise überhaupt nur unternommen. Danach taten Markus die Hüfte und Beine weh. Er musste sich beim Spazierengehen immer wieder auf Bänke setzen wie ein Rentner. Eva flog mit Björn nach Kuba, wurde aber gleich am ersten Tag ausgeraubt. Dann mussten sie auch noch wegen eines Hurrikans evakuiert werden. Goldners sagten ihren Besuch zu Markus' 75. Geburtstag ab. Statt ihrer luden wir Vroni und Alida und Victor ein. Das Essen fand im Riedseehotel statt. Hanna und Eva hielten eine Rede auf ihren Vater, die Hanna geschrieben hatte. Vroni war drei Tage da, was uns lang vorkam. Wir waren doch sehr an unseren eigenen Rhythmus gewöhnt.

Wir mussten uns sehr wundern, dass Leona keine Empfehlung fürs Gymnasium bekommen hatte. Eva sagte, Kindern alleinerziehender Mütter traue man eben nichts zu, sie habe sogar kämpfen müssen, damit man sie nicht auf die Hauptschule schickte. Leona wurde bald aufmüpfig und machte allerlei Dummheiten. Ich denke mir, sie litt unter schlimmer Langeweile. Sie hat sich aber ganz großartig entwickelt. Sie engagierte sich bei der freiwilligen Feuerwehr, machte ihr Abitur auf der Privatschule, wo Georg unterrichtete, und begann in Tübingen ein Studium. Ich werde leider nicht mehr erleben, dass sie ihren Bachelor in empirischer Kulturwissenschaft ablegt. Leider werde ich auch nicht mehr erleben, dass auch sie mich zur Uroma macht. Das ist schade.

Das Jahresende quälte uns mit dem entsetzlichen Tsunami im Indischen Ozean. Eine Viertelmillion Menschen starben, das mochte man sich gar nicht vorstellen.

Hanna und Georg fuhren nun nicht mehr nach Spanien, Hanna hatte sich mit ihrer Freundin verkracht. Meine beiden Töchter haben sich immer wieder mit engsten Freundinnen verkracht, das kannte ich von mir nicht. Sie fuhren jetzt nach Wangen im Allgäu, wo Georg von seiner Großtante ein Häuschen geerbt hatte. Hanna wollte, dass wir zu meinem Geburtstag dorthin kamen, aber ich hatte keine Lust, im Winter in einem Hotel herumzusitzen, wir konnten ja nicht ständig bei Hanna und Georg sein. Wir feierten dann alle schön zusammen wieder im Riedseehotel mit Tischkärtchen und Reden. Hanna hatte auch für mich eine Rede geschrieben, die Eva und sie vortrugen. Ich fand, das hatte ich auch einmal verdient.

Markus und Simon betrieben eifrig Ahnenforschung und benutzten dafür viel das Internet. Das Großvaterbild von Grundig, das inzwischen in Simons Büro hing, zeigte Trundels Großvater Herrman Julius. Seine Schwester hatte den Konditormeister Rehn geheiratet, dessen berühmter Dresdner Christstollen ihm ein vierstöckiges Eckhaus einbrachte. Markus schickte Simon ein Exemplar von Altvaters Lebenserinnerungen, und Simon schrieb:

Lieber Markus, ich habe mich sehr gefreut, nun endlich wieder ein Paul-Exemplar zu haben. Kann aber auch sein, dass ich nie ein eigenes hatte. Ich habe ja noch recht gute Erinnerungen an deinen Vater. Er hat wirklich eine besondere Art gehabt, sein Licht auf alle Fälle nicht unter den Scheffel zu stellen, sondern ganz weit daneben. Obwohl er natürlich auch demütig war. Vielleicht, und das vergesse ich manchmal dabei, ist es natürlich auch ein ganz anderes Umgehen und Darstellen von Erfolgen, die er ja nun wirklich hatte, in der damaligen Zeit und in dieser Generation. Sei's drum, es ist spannend zu lesen, weil es persönlich betrifft. Mir ist Halle und das Haus immer noch sehr nahe. Ich war erst vor kurzem wieder dort auf dem hinteren Grundstück. Dort ist die Zeit stehengeblieben. Ganz schräg, wenn man die kleine Hütte aufschließt: Dort ist noch alles wie den 70ern, von unseren Kinderbetten bis hin zu den alten Zeitschriften, die dort liegen. Nichts, aber auch gar nichts ist dort verändert. Jedesmal eine Zeitreise. Das kann auch nicht jeder machen. Vom Haus des Großvaters träume ich oft, schließlich waren es vier Jahre, die ich da gewohnt habe. Selbst an die letzten Gespräche mit Paul kann ich mich gut erinnern. Und an die Beerdigung. Mein Vater holte mich früh in Brandenburg ab, es gab 24 Stunden Sonderurlaub, ich diente damals ja im Verein, den es glücklicherweise nicht mehr gibt.

Am 13. Februar jährte sich der Luftangriff auf Dresden zum 60. Mal, aber Markus konnte die Sendungen weder ansehen noch anhören. Mitte Mai fuhren wir nach Kühlungsborn an die Ostsee und schauten uns Heiligendamm, Wismar, Graal-Müritz und Doberan an. Zurück fuhren wir über Halle, wo wir den Passendorfer Weg besuchten und in der Umgegend herumspazierten. Vieles hatte sich in der Südstadt gar nicht verändert, es verfiel nur immer mehr. Alles in allem fuhren wir fast 3000 Kilometer, die Pension kostete 2500 Euro, dazu kamen noch die Mahlzeiten und das Benzin. Als wir heimkamen, lachten wir Tränen, als der Verlag anrief und mitteilte, der *Schiller* sei an China verkauft.

In Enzklösterle hörten wir im August die Nachricht, dass Roger Schutz in Taizé im Alter von 90 Jahren von einer Frau im Gottesdienst erstochen worden war. Und bei dem war ich, sagte Markus, mit dem habe ich vor 40 Jahren geredet. Hanna wurde im SWR-Fernsehen in der *Landesschau* interviewt, weil ihr Roman *Der Bernsteinfischer* mit Heiner Lauterbach und Sonsee Neu verfilmt worden war und der Film am anderen Tag laufen sollte. Wir fanden sie sehr gut und souverän. Markus rechnete aus, dass wir von Genf, dem SWR und dem Verlagskonzern eine Rente von insgesamt 3250 Euro bekamen. Das verdienten andere nicht einmal mit ihrer Arbeit. Ich fand, er hatte auch genügend dafür gearbeitet, ich übrigens auch, denn ich hatte mich um unsere Kinder gekümmert, gekocht und den Haushalt in Ordnung gehalten. Einen Tag vor Hannas Geburtstag wurde Angela Merkel zur Kanzlerin gewählt. Ich fand es gut, dass, wenn schon wieder die CDU regieren musste, endlich einmal eine Frau drankam.

Bedauerlicherweise kramte Markus zu viel in seiner Vergangenheit. Es regte ihn nur auf, und mich auch. Ich finde, man muss die Vergangenheit auch einmal ruhen lassen. Am 15. Januar versuchte er, Schneewittchen zum Geburtstag anzurufen, sie war aber nicht da. Er rief ihre Schwester Marie an, um sich zu erkundigen, ob es die richtige Nummer war. Ilse befand sich in Hamburg bei ihrer Tochter, wo Markus sie am nächsten Tag anrief. Es war der erste Anruf überhaupt seit 50 Jahren, und er erkannte ihre Stimme nicht wieder. Sie lebte seit 20 Jahren in der Gegend von Düsseldorf in einem Hochhaus und hatte bei der Kriminalpolizei gearbeitet.

Markus brauchte ein Hörgerät und fühlte sich alt. Ich habe bis zum Schluss keines gebraucht, aber ich habe natürlich auch nicht mehr alles gehört und verstanden. Das ist manchmal auch ganz gut so. Markus fand, dass unser Hausarzt ihn blöd behandelte, weil er zu seinen Schwindelanfällen nur sagte, da kann ich auch nichts machen, und wir wechselten zum Arzt im Fasanenhof. Im Grunde genommen war es schon zu spät. Er schickte Markus zur Prostata-Untersuchung. Der Verdacht bestätigte sich. Wo ich doch immer denke, sagte Markus, ich bin immun, weil psychisch nicht sauer. Ich war natürlich sehr geschockt. Eine weitere Untersuchung ergab, dass noch keine Metastasen gebildet worden waren.

Zu unserer goldenen Hochzeit am Freitag, dem 19. Mai 2006, überreichte Markus mir zwölf rote Rosen. Am Abend holten Eva und Björn uns mit einem alten Mercedes mit Hochzeitsschmuck auf dem Kühler ab. Eva hatte ein nettes Lokal in Plieningen ausgesucht. Hanna und Eva hielten wieder eine Rede mit verteilten Rollen. Markus hatte Fotos ausgedruckt, die genau 50 Jahre alt waren. Danach kamen alle noch mit zu uns, wo Markus ein Band mit meinem Gesang aus Studententagen vorspielte: *Kleiner Student hab acht, lern' doch nicht die ganze Nacht.* Ich hatte ja keine Ahnung gehabt und nichts mehr davon gewusst. Er hatte die Aufnahme im publizistischen Institut in Berlin bekommen.

Im Juni hatte ich meine Staroperation. Bevor Markus operiert werden sollte, durften wir noch ein paar Wochen in Enzklösterle verbringen. Ende Juli kam er ins Katharinenhospital und die Lymphknoten wurden entfernt. Er lag in einem Vierbettzimmer und staunte über das Leben im Krankenhaus. Um fünf gab es Abendessen, um acht das Frühstück. Er hatte es sich schlimmer vorgestellt, er fand, es waren alles ganz normale Leute, nicht solche Komaleichen. Weil ich Herzrasen hatte, konnte ich ihn nicht abholen, und er musste alleine mit dem Taxi nach Hause fahren. Er schlief viel, er konnte mich zwar nach Möhringen zum Einkaufen fahren, stieg aber nicht aus. Der August war scheußlich und kalt. Im September fuhren wir für zehn Tage nach Eisenberg im Ostallgäu, wo wir ein großes Zimmer in einem Landgasthof hatten und die Sonne schien. Markus' 77. Geburtstag feierten wir in Neuschwanstein. Der Urlaub kostete mit Pension und Essen 2500 Euro. Schlafen konnten wir beide nur schlecht, ich wegen meiner Zappelbeine, Markus wegen der Medikamente, und wir gingen nachts durch die Wohnung spazieren und waren tagsüber todmüde. Einen Tag vor Evas Geburtstag begann für Markus die Bestrahlung. Danach fuhren wir nach Bad Urach und aßen Zwiebelkuchen. Nun wurde er jeden Wochentag am Vormittag vier Minuten lang bestrahlt, war dafür aber immer drei Stunden unterwegs.

Über den Jahreswechsel las Markus den Briefwechsel mit Lux wieder. Er hatte ihm immer zum Geburtstag in der Erdbeerzeit geschrieben und zu seinem Geburtstag einen Brief von ihm bekommen. Der letzte von Lux endete: *Die Grüße sind als*

Schlussformel schon verbraucht. Mithin schließe ich formlos als dein alter Wilhelm Fritz, alias Lux. Und dann rief ein ehemaliger Kollege vom Funk an und sagte, Lux sei am 14. Januar verstorben. Er habe gelesen, er sei gestürzt, seine Frau habe sich auch den Fuß gebrochen, er sei aber gestorben. Wir wollten eigentlich zur Trauerfeier in die Gegend von Idar-Oberstein fahren, aber es schneite fürchterlich, und so blieben wir lieber zu Hause.

Sophie bestand ihr Abitur. Und eben noch hatten wir sie mit Schultüte zum ersten Schultag gebracht. Urlaubspläne machten wir keine, denn ich fand, mit nur einem Zimmer würden wir nicht auskommen. Wegen meiner unruhigen Beine musste ich nachts aufstehen und herumlaufen und mir auch einmal einen Tee kochen können, und das ging in einem Hotelzimmer natürlich nicht. Und wozu auch wegfahren, spazieren gehen konnte Markus ohnehin nicht, er musste sich immer wieder hinsetzen und hatte Schwindelanfälle. Am Sonntag Anfang Juli musste ich den Notarzt holen, sie brachten ihn ins Robert-Bosch-Krankenhaus und fünf Tage später wurde ihm ein Herzschrittmacher eingesetzt. Danach konnte er wieder normal herumlaufen und war ganz glücklich. Wir konnten auch zu Sophies Abiball gehen. Den August machten wir Urlaub in Oberreute. Hanna und Georg, die gerade in Wangen waren, besuchten uns, und wir gingen Kaffee trinken. Insgesamt gefiel es uns dort gar nicht, und wir fuhren eine Woche früher ab, besuchten Hanna und Georg noch kurz in Wangen und fuhren dann nach Stuttgart. So haben wir wenigstens einmal gesehen, wie sie in dort lebten. Hanna erzählte, dass sie im Funk gemobbt werde. Sicher weil sie so herrisch und kurz angebunden ist, meinte Markus hinterher.

An Evas Geburtstag flog Sophie nach Peru. Zum Abschied aßen wir alle zusammen Injera in Sonnenberg im Harambe, das einem Freund von Hawi gehörte. Wir waren ganz wehmütig, weil Sophie so lange weg sein würde. Sie schickte E-Mails, wenn sie Gelegenheit hatte, in einen Internetshop zu gehen, und auch wir konnten ihr E-Mails schreiben. Sie arbeitete zeitweise mit Kindern und mutterseelenallein stieg sie auf den Machu Picchu. Gut, dass ich das nicht vorher gewusst habe. Im November flogen wir mutig für zwei Wochen auf die Putzfraueninsel Teneriffa. Wir hatten Sonne und Ruhe und ich hatte überhaupt keine Herzprobleme. Eva erzählte, dass Sophie im Anschluss an Peru mit einem Work & Travel-Ticket nach Australien wollte. Dagegen konnte sie nicht gut etwas sagen, sie hatte es ja auch so gemacht. Zu Silvester sahen wir dreimal *Dinner for One* in verschiedenen Programmen und zu meinem 78. Geburtstag machte ich die Mulligatawny Soup, was Markus und die Kinder sehr erheiterte. Und schon wieder war ein Jahr weg. Altern ist eine Zumutung. Im Februar wurde mir in Konstanz in der Herzklinik ein Herzschrittmacher eingesetzt und endlich ging es mir besser.

Henrikes jüngere Tochter Nicole schrieb mir einen Brief, in dem sie mir Fragen zur Vergangenheit meines Vatis stellte. Ich antwortete ihr:

Liebe Nicole, damit du meinen Brief auch gut lesen kannst, schreibe ich lieber elektronisch. Mit meiner Handschrift haben viele ihre Probleme. Mit deiner Schwester Frida habe ich vor ein paar Jahren schon einmal über die Vergangenheit von Vater/Großvater gesprochen. Ich bin Jahrgang 1930 und habe vieles mitgekriegt, auch wenn ich noch ein Kind war. Vater/Opa war ein sehr frühes Parteimitglied, aber er hatte nicht das goldene Parteiabzeichen, wie alle, die eine Mitgliedsnummer unter 100 000 hatten, also etwa seit 1925 ununterbrochen Mitglied waren. Ich glaube, dass er zwischen 1928 und 1933 in die NSDAP eingetreten ist. Er hat nach der Machtergreifung sehr schnell in der Partei Karriere gemacht. In Halle war seine Berufsbezeichnung Landesstellenleiter, das heißt, er hat die Nazipropaganda im damaligen Gau Halle/Merseburg geleitet und war direkt Goebbels unterstellt. Genau weiß ich leider auch nicht mehr, wann die Familie – zunächst ohne mich – nach Dommitzsch gezogen ist. Es muss eigentlich 1937 gewesen sein, denn sicher weiß ich, dass ich 1938 von meinen Großeltern weg nach Dommitzsch geholt wurde und dort auch eine Weile zur Schule ging. Das war die schlimmste Zeit meines Lebens, aber das ist eine andere Geschichte. 1936, als Heiner geboren wurde und ich in die Schule kam, waren noch alle in Halle. Ich habe damals so etwas munkeln hören, dass die Versetzung Vaters/Opas eine Art Strafversetzung war. Warum? Keine Ahnung. In Dommitzsch an der Elbe war er Bürgermeister. Gleich Anfang der 40er Jahre war Vater/Opa in Hermannsbad Stadtkommandant. Aber Polen war nur ein Intermezzo, denn 1942 war er schon nicht mehr dort. Das weiß ich deswegen ganz sicher, weil ich mit meinem Opa in den Sommerferien nach Hermannsbad gefahren bin. Er war damals schon beim Lüneburg'schen Anzeiger als Hauptschriftleiter, heute wäre das Chefredakteur. Die Familie war in Hermannsbad geblieben. Kurz vor Kriegsende wurde er noch einmal eingezogen und kam schließlich in Kriegsgefangenschaft. Aber er wurde bald entlassen. Und er tat, was er lieber hätte lassen sollen, er kam nach Halle, wo inzwischen die Familie nach der Flucht angekommen war, und wohnte in einer Gegend, wo er in den dreißiger Jahren gelebt hatte und als prominenter Nazi bekannt war. Er hat sich zwar einigermaßen versteckt gehalten, aber jemand in der Nachbarschaft hat ihn doch erkannt und verpfiffen. Ich konnte ihn warnen, und er ist bei seiner Cousine in Heudeber/Nordharz untergetaucht. Aber die wollte ihn auch nicht allzu lange verstecken, schließlich ist er im Westen gelandet. Die Grenze war von dort aus nicht weit entfernt. Im Westen ist Vater/Opa einfach untergetaucht. Er hat sich nie entnazifizieren lassen. Deshalb steht natürlich die Vermutung im Raum, dass er Grund hatte, sich davor zu fürchten. Ich weiß nicht, wo man genaueres über seine Nazi-Karriere erfahren kann. Möglich sind die Behörden in Koblenz, Berlin, Ludwigsburg. Am ehesten wahrscheinlich in Ludwigsburg bei der Zentralen Stelle der Landesjustizverwaltung zur Aufklärung nationalsozia-

listischer Verbrechen. Ich vermute aber, dass seine Zeit in Halle genauer unter die Lupe genommen werden müsste. Ich habe es bisher nicht über mich bringen können, ernsthaft nachzuforschen. Er war mir wirklich kein guter Vater, aber er war eben mein Vater. Wenn da etwas herauskäme, was das Erinnerungsbild noch mehr verdunkelt, würde mich das noch mehr schmerzen. Ich weiß nicht, ob ihr als Enkelinnen Auskünfte bei den diversen Behörden erhalten könnt. Die Sperrfrist beträgt bis 30 Jahre nach dem Tode. Vorher können nur nächste Familienangehörige Auskünfte erhalten. Falls ihr meine Hilfe braucht, könnt ihr sie jederzeit abrufen, ihr müsst auf meine Sentimentalitäten keine Rücksicht nehmen. Und eigentlich wüsste ich doch gern genau Bescheid. Viele liebe Grüße an dich und deine Familie und natürlich auch an Frida.

Nicoles und Fridas prompte Aktivitäten störten mich aus meiner Lethargie auf, und ich fing an, zu Vatis autobiografischen Notizen, die er mal in Tauberbischofsheim auf ein Diktaphon gesprochen hatte, zu ergänzen, was er immer übergangen hatte, wenn er über seine Vergangenheit sprach. Bei einem Besuch bei Heiner in Tauberbischofsheim traf ich Henrikes ältere Tochter Frida, und sie erzählte mir, dass sie beim Bundesarchiv in Berlin angerufen und erfahren hatte, dass dort tatsächlich Akten über meinen Vati lagen. Sehr erschrocken machte mich, dass es ein 200-seitiges Aktenbündel gibt. Heike wollte noch mal nachfragen, ob es sich dabei nur um den Vati handelte. Wenn das zutraf, musste ich wohl nach Berlin reisen, denn so viele Aktenseiten wollten sie nicht kopieren. Ich hatte ja noch eine Menge Erinnerungen an bestimmte Personen, mit denen Vati damals viel zusammen gewesen war. Vielleicht hätte sich damit vieles besser einordnen lassen. Man konnte ja nie wissen, ob nicht sogenannte Tatsachen einfach nur bösartige Denunziationen waren. Aber das war dann doch nicht nötig. Nicole schickte mir den Brief, den mein Vati wegen seines Prozesses um den vertauschten Teppich an Goebbels geschrieben hatte.

Sophie kam aus Peru zurück und flog praktisch sofort weiter nach Australien. Eva machte sich Sorgen, wer das alles bezahlen sollte. Markus wurde immer wehmütiger, was bestimmt auch an den Hormonen lag, die er bekam, er versank in Erinnerungen an Schneewittchen und nahm es seinen Eltern übel, dass sie sie beide auseinandergebracht hatten, wie er behauptete, auch wenn es später vielleicht ohnehin auseinandergegangen wäre. Er fand Briefe von Ilse, die ihn rührten, und überlegte allen Ernstes, ob er wohl mit ihr besser dran gewesen wäre, und sagte es mir auch. Das hätte ich lieber nicht mehr hören müssen. Er erklärte mir aber, es sei keine Reue, nur Sehnsucht und Sentimentalität, es sei schon alles okay, so wie es gekommen sei.

Hanna sagt, in seinem Computertagebuch habe Markus notiert, was er in seinen Jugendtagebüchern gelesen habe:

Am Sonntag, dem 25. März 1946, redeten Altvater und Trundel auf mich ein, ich solle das mit Ilse lassen, sie mache sich bloß falsche Hoffnungen. Da ich damals gegen die Versuchungen der Liebe kämpfte, also gegen das Bedürfnis, sie zu küssen, setzte ich mich am Abend hin, schrieb einen Brief und machte Schluss mit ihr. Heute weiß ich, so wie mich damals Schneewittchen vom ersten Moment an verzaubert hat, ist es geblieben, solange ich bei ihr war. Ihre Gegenwart, ihre Nähe, ihre Art. Ich habe nie im Leben wieder dieses seelische Ziehen in der Brust gespürt wie damals, als ich in ihren Augen versank – dunkel wie Indien, Trundel, Liebreiz. Aber wäre es gut gegangen, wenn wir geheiratet hätten? Ich hatte ja schon damals Zweifel, dass außer dem Zauber des Liebreizes mit diesem Plaudertäschchen vielleicht nicht viel war. Wenn ich lese, wie ich sie gar nicht mochte und doch bezaubert war – mein einziges Liebesgedicht entstand, an sie, im März 49. Ich bin heute wie damals völlig verwirrt. Was war richtig, was war falsch? Dass man das nach 60 Jahren noch nicht raushat! Ich schwebe auf Wolken, und Trundel ist nett genug, mir sieben Tage nach meinem größten Glück auf Erden mitzuteilen, ich sollte mich mal nicht so fest an sie binden. Darüber wüte ich heute Tag und Nacht. Dir war sie bestimmt für Ewigkeit, hat sie sich als Mitteilung an Paps übers Bett geschrieben und in einen Ring gravieren lassen, ständig hat sie von sieben Jahren treu ausharren bis zur Hochzeit trompetet, und mir muss sie nach sieben Tagen Gottes weisen Ratschluss und meine Seligkeit als höchst vergänglich hinstellen. Diese Verlogenheit, ich wüte tagelang über Trundel. Da gibt es ja auch die Stelle, wo mir nach einem Berlin-Besuch mitteilte, ich sei missraten, verdorben und werde in Berlin endgültig untergehen. Und wenn ich heute denke, was sie sich da in Zukunft noch geleistet hat, vom Russenkittel angefangen bis in die Genfer Zeiten hinein, verstehe ich nicht, dass ich da nicht längst gebrochen habe. Aber der brave Sohn und die christlichen Eltern – Verlogenheit noch und noch. Ich könnte da jetzt noch heulen, was die sich rausgenommen haben. Nachdem ich ja nun an die Tochter geschrieben und Bilder von Schneewittchen bekommen habe, ist das plötzlich eine Zeit der Bilanz geworden. Keinerlei Reue, dass alles so kam, wie es kam, manchmal der Gedanke freilich, ob ich und Ilse miteinander hätten alt werden können. Und was, wenn dieser Zauber von damals Schaden genommen hätte? Bilanz nach 70 Jahren.

Ein paar Tage später notierte er:

Silas ruft nochmal an wegen des Zitats, dir war sie bestimmt in Ewigkeit. Soll bei Tobias stehen. Wühle nach, finde in Altvaterbrief, dass dieser Vers bei Prediger 3,11 steht, er habe den Ring gerade vor sich liegen, schreibt er in einem Brief von 1965 nach ihrem Tod. Aber bei Prediger steht: Er hat alles schön gemacht zu seiner Zeit, auch hat er die Ewigkeit in ihr Herz gelegt. Finde ihn nach Mühsal in einer Fassung der Apokryphen Tobias, 3,7: Fürchte dich nicht, denn dir war sie bestimmt von Ewigkeit, und du wirst sie erretten, und sie wird mit dir ziehen. Das hätte der Theologe ja wohl wissen müssen! Setze mich hin und fange an, die schon lange geplante Abrechnung mit Trundels neurotischen

Reaktionen auf mich armen pubertierenden Jungen zu schreiben. Wagte sie doch damals mir mitzuteilen, Schneewittchen hätte einen deutlichen Hintern, ob ich mich da ernsthaft binden wolle. Das ist doch zum Kotzen! Ihrem Paul war sie ewig bestimmt, ob Hintern oder nicht, aber bei mir spielte das eine Rolle, obwohl sie mit Ilse kein einziges Wort gewechselt hat und ihre Art nicht mal kannte, ich aber nur ihre Figur schätzte. Ich wüte weiter, es hilft zwar nix, aber es reinigt die Seele. So hat Trundel damals auch gegen andere gewütet, so what. Kaum habe ich das eine abgeschrieben, stoße ich auf eine Tagebuchstelle vom September 1949, Ilses Auftauchen hat mich hoffentlich endgültig von dem Heiratsgedanken abgebracht. Sie war doch sehr von Problemen gequält, sie hatte so etwas Edles, wenn auch Kaltes an sich, irgendwo würde Eigensinn und Beharrlichkeit herauskommen, sie könnte man nicht formen, wie man will.

Wie gut, dass ich nicht gewusst habe, wie weit er sich in diesen Jahren verstiegen hat! Wer weiß, was ich angestellt hätte. Der Urologe verordnete Markus neue Medikamente gegen den Tumor. Ihn störe das alles überhaupt nicht, behauptete er. Der Krebs wachse langsam, er sterbe eh an etwas anderem. Aber die Östrogene machten ihn weinerlich und dick. Wie muss das Leben als Frau sein?, fragte er sich, ein bisschen nachfühlen, wie Frauen anders sind, ist ja okay, aber der Zustand ist abscheulich. Wenn das Zurückdrängen der männlichen Hormone die Frauenpsyche so verändert, wundert mich nichts mehr. Männlein und Weiblein sollten in jungen Jahren diesen Charakterwechsel mal mit solchen Pillen kennenlernen, man verstünde sich und manche Abläufe vielleicht besser. Er bekam Heulkrämpfe und Angstzustände. Hanna und Eva mussten uns in Enzklösterle abholen kommen, weil Markus nicht den Mut aufbrachte, mit dem Auto zu fahren. Der Hausarzt verschrieb ihm Antidepressiva. Er bekam Panikattacken und Kribbeln in den Beinen. Im August wollte ich den Notarzt holen, aber er wehrte sich dagegen, es sei alles nur psychisch. Der Vertreter unseres Hausarztes befand, dass Markus zu viele Medikamente einnahm. Und auf einmal war seine Weinerlichkeit vorbei. Er sagte, sein Zorn auf Altvater und Trundel sei ihm jetzt egal, es interessiere ihn nicht mehr.

Im Juni kam Sophie endlich aus Australien zurück. Hanna und Georg holten sie in Frankfurt ab, wo sie vor sechs Uhr landete, kurz nach halb neun waren sie bei uns und wir frühstückten alle gemeinsam mit Brötchen und Aufschnitt. Zum Geburtstag schenkte ich Markus einen Borsalino-Hut, er fand ihn unsinnig, aber schön. Weil Sonntag war, kam die ganze Familie nach Enzklösterle. Wir kauften uns noch einmal ein neues Auto, zum ersten Mal einen Mercedes, die A-Klasse, weil die Sitze höher waren und man leichter ein- und aussteigen konnte, und weil er eine Einparkhilfe hatte. Eva besorgte uns einen gebrauchten für 17000 Euro. Für den alten Audi bekamen wir noch 11000 Euro. Ihren 50. Geburtstag, der auf einen Sonntag fiel, feierte Hanna groß in der Kneipe ihres Hockey-Clubs in Ludwigsburg. Ihren Schulfreund Stefan Heucke hatten wir seit 30 Jahren nicht mehr gesehen. Er war ein angesehener Komponist geworden. Vroni Wollschläger kam aus Darmstadt, Andrea und ihr zweiter Mann waren da. Markus trug ein Gedicht mit falschen Reimen vor. Eigentlich wollte Eva mit den Kindern kommen, kam aber alleine mit Björn. Es hatte Krach gegeben. Sophie fragte uns, ob sie an ihrem Geburtstag am kommenden Sonntag bei uns indisch essen könne, denn sie war bei Eva ausgezogen. Markus rief Eva an und sie erzählte, dass sie mit Leona Streit gehabt hatte und Sophie dazugekommen und auch Krach angefangen habe und dann Knall auf Fall zu einem Freund gezogen sei, in dessen Wohngemeinschaft gerade ein Zimmer frei war. Eva war sehr gekränkt und wollte nicht zu Sophies Geburtstag kommen, sondern nur die Geschenke abliefern. Weil Leona aber von ihr bei uns abgeholt werden wollte, kam sie zu guter Letzt doch hoch, und Sophie und sie fielen sich in die Arme und versöhnten sich wieder. Zu Weihnachten kamen die Enkelinnen, Markus läutete noch einmal mit der Elefantenglocke, es gab Jubelbrause und Einmarsch ins Wohnzimmer mit dem Baum, den Sophie geschmückt hatte. Es schien uns aber immer mehr ein überflüssiges Fest zu sein. Was für ein abscheuliches Jahr!

Der Winter war hart und lang. Markus schickte seinem Schneewittchen sein 60 Jahre altes Liebesgedicht. Eva ging es nicht gut, sie hatte starke Schmerzen in den Hüften. Sie arbeitete für eine kleine Werbeagentur in Tübingen, nachdem die Werbeabteilung von Metzler dichtgemacht worden war, und hatte viel Fahrerei. Sie war wohl ziemlich überlastet. In einer E-Mail beklagte sie sich: *Immer bin ich es, die am Abend die Heizung runterdreht, alle Lichter ausmacht, alles aufräumt.* Ich antwortete:

> *Krankheit ist wohl eine Metapher für ein verdrängtes Leiden. Ob bei dir alternative Heilmethoden noch sinnvoll sind, kann ich leider überhaupt nicht beurteilen. Ich habe mich viel mit alternativen Heilmethoden beschäftigt, und ich kann wohl sicher davon ausgehen, dass es Heilmethoden gibt, die im Grunde für unseren Verstand nicht erklärbar sind.*

Der Orthopäde stellte schließlich fest, dass Eva zwei neue Hüften brauchte.

Leonas 15. Geburtstag war das reine Chaos. Eva teilte per E-Mail mit, dass sie mit Björn für drei Tage wegfahre und alles ausfalle, weil es Krach mit Leona gegeben hatte. Das geplante Essen mit ihren Großeltern aus Ettenheim in Stuttgart solle ausfallen. Markus rief Robert an, der behauptete, dass Leona mit jedem Wort lüge und die Nacht über nicht nach Hause gekommen und verschwunden sei. Nach vielen weiteren Telefonaten klärte sich auf, dass Leona überhaupt nicht verschwunden, sondern mit Evas Erlaubnis bei einer Freundin war. Das Essen mit ihren Großeltern aus Ettenheim sollte nun doch stattfinden.

Markus hatte Schmerzen in der linken Leiste und brauchte einen Stock zum Gehen. Beim Röntgen fanden sie nichts, sie hatten aber wohl am Bein geschaut, nicht am Becken. Markus hatte es satt. In Enzklösterle wurde es besser. Im Juni brachten wir Eva zu ihrer Hüftoperation ins Diakonissenkrankenhaus, wo wir sie jeden Tag besuchten. Das war sehr strapaziös, denn man saß bloß herum und wusste nichts zu reden. Einmal sagte Eva zu Markus, er solle nicht nur schweigen, sondern auch mal etwas aus seiner wilden Jugend erzählen. Und er erzählte zum ersten Mal über seine Minne und wie er Schneewittchen kennengelernt hatte. Ich wäre am liebsten ganz weit weg gelaufen. Auch Hanna schien ihre Lage nicht mehr auszuhalten und verlor buchstäblich den festen Stand. Einen Tag bevor sie Eva aus dem Krankenhaus abholen wollte, hatte sie auf dem Feldhockeyplatz in Ludwigsburg einen Sportunfall, bei dem ihr Knie zerstört wurde. Nach zehn Tagen Krankenhaus wurde sie mit einem schrecklichen Stahlgestell am Bein nach Hause entlassen. Ich kochte und wir brachten ihr Essen zum Aufwärmen vorbei, denn Georg musste ja arbeiten gehen. Sie konnte aber selber mit den Krücken gar nichts in der Küche machen, und es war alles noch lange nicht ausgestanden. Sie musste nach den Sommerferien noch einmal operiert werden. Kurz vor Weihnachten wurde dann Eva aus der Werbeagentur in Tübingen rausgeworfen, weil ihre zweite Hüft-OP anstand. Ihr Haus war noch nicht abbezahlt und nun hatte sie wieder Existenzsorgen. Offenbar waren wir alle auf falschen Wegen unterwegs, so kam es mir vor.

Sophie bestand die Prüfung für ihr Studium an der Hochschule für Figurentheater in Stuttgart. Sie wollte Puppenspielerin werden. Wir fragten uns, ob man davon leben konnte. Inzwischen lebt sie mit Torsten in Leipzig und sie machen Figurentheater im Westflügel. Wenn die beiden zu mir zu Besuch kamen, gingen sie an den Bücherregalen entlang und suchten Texte. So entdeckte Sophie E.T.A. Hoffmanns *Klein Zaches* für ihre Abschlussprüfung. Vor fünf Jahren haben sie in Leipzig geheiratet. Als sie schwanger war, nahm Sophie den Nachnamen von Torsten an und am 11. Mai 2019 kam Bennet auf die Welt. Es war eine schwere Geburt, die drei Tage dauerte. Weil das Kind zu groß war, musste es schließlich per Kaiserschnitt geholt werden.

Den 80. von Markus wollten wir nicht feiern. Er fand, 80 sei Siechtum, Kapprigkeit und Bettlägerigkeit und er wolle keine Rollstühle, Windeln und Schnauzentassen geschenkt bekommen. In der *Stuttgarter Zeitung* gab es einen Artikel über ihn, der vor allem seine Rundfunktätigkeit feierte. Das fand er schön, aber peinlich. Im Oktober entdeckten die Ärzte das Karzinom an Markus' Schambein, das bestrahlt werden sollte. Er fand, es sei nicht schlimm, jedenfalls keine Metastasen. Eva feierte ihren 50. Geburtstag groß im Harambe. Vroni kam aus Darmstadt, wir sahen Sophies Vater wieder und sogar Evas Grundschulfreundin Franziska Anger kam. Markus hielt eine gedichtete Rede und überreichte Eva einen Schweizer Franken aus ihrem Geburtsjahr an einer Kette. Hanna beschwerte sich hinterher, dass sie zu ihrem Fünfzigsten nicht auch so einen bekommen hatte. Wie als kleines Kind war sie immer noch eifersüchtig.

Zu Weihnachten schrieb ich an Nicole:

Schon eine ganze Weile liegt auf meinem Schreibtisch eine Kopie von Vaters/Opas Vita für dich bereit. Ich weiß nicht, ob ich sie dir schicken soll, mit meinen sehr unguten Erinnerungen an meinen Vater und seine Frau könnte ich dich vielleicht ärgern oder kränken. Frida meinte aber, dass ihr beide schon bemerkt hättet, dass eure Großeltern nicht in allem die Güte selbst waren. In Vaters/Opas Vita habe ich einige von den alten Fotos kopiert. Ich stelle mir vor, dass so das Leben, das er in seiner Jugend hatte, ein bisschen lebendiger wird. Wir haben ziemlich schwierige Zeiten hinter uns. Hanna hatte einen schlimmen Sportunfall. Sie war fünf Monate lang außer Gefecht gesetzt. Eva hatte eine Hüftgelenks-

operation und hat jetzt die zweite. Sie will auch diesmal wieder nicht in eine Rehaklinik, sondern die Reha ambulant machen. Sie hat ja noch eine Tochter zu Hause, die nicht zu viel allein sein soll. In dieser Situation ist es ein Glücksfall für sie, dass wir in der Nähe sind und für das leibliche Wohl der Familie sorgen können. Ich wünsche dir und deiner Familie eine schöne Weihnachtszeit und für 2010 alles Gute. Der ganzen Familie herzliche Grüße, deine Ruth.

Zu meinem 80. Geburtstag kam Sophie, um mir in der Küche zu helfen. Dann holte sie Eva, die noch an Krücken lief. Um eins kamen Hanna und Georg mit einem Leihwagen, weil Georgs Auto in Wangen kaputtgegangen war, und gleich am Abend fuhren sie nach Wangen zurück. Es gab Lammbraten und am Nachmittag Kaffee und Stollen und wir zündeten die Kerzen am Baum zum letzten Mal an. Am Abend guckten wir beiden 80-Jährigen zwei Folgen von *Um Himmels Willen* an, das war so herrlich dumm.

Markus' Hörgeräte funktionierten nicht, und er musste für neue 1000 Euro zuzahlen. Wenn wir morgens aufstanden, jammerten wir über unsere Leiden und Wehwehchen. Ich fand, wir müssten das Leben etwas positiver sehen, wir könnten uns doch nicht nur noch auf unsere Krankheiten konzentrieren. Markus versuchte, Ilse anzurufen, sie war aber nicht da und rief am anderen Tag an und bedankte sich für das Gedicht, das er ihr vor einem Jahr geschickt hatte. Sie erzählte, Paps habe was gegen sie gehabt, er habe sie einmal nach dem Konfirmandenunterricht dabehalten und sie davor gewarnt herumzuküssen. Und wieder empörte er sich. Nun lass doch mal die alten Geschichten!, sagte ich. Was denkst du denn, wie ich mich dabei fühle? Beim Kramen fand er den Ring wieder, den er von Altvater zur Promotion geschenkt bekommen hatte, und ich konnte ihn daran erinnern, dass er von Silas stammte. Silas erinnerte sich daran auch nicht mehr.

Im Februar führten Torsten und Sophie zum Semesterabschluss eine Adaption des *Freischütz* fürs Puppentheater auf. Eva brachte uns mit dem Auto zur Hochschule. Nach Ostern starb Leonas Großvater in Ettenheim. Er war vom Abendessen aufgestanden und tot umgefallen. Leona machte gerade Urlaub in Kroatien, Eva war am Telefon völlig aufgelöst. Sie fuhr los und holte Leona aus Kroatien ab. Die Beerdigung fand an Leonas Geburtstag statt. Sophie brachte uns mit dem Auto nach Ettenheim, am Nachmittag fuhren wir wieder zurück. Am Sonntag wurde in Stuttgart mit Hanna und Georg Leonas Geburtstag nachgefeiert. Hanna war ruppig und hochfahrend. Eva hatte eine neue Stelle in der Marketingabteilung bei einem Hersteller von Baubeschlägen in Ditzingen bekommen. Das war zwar auch viel Fahrerei, aber es gefiel ihr dort.

Wir lasen in einem Buch über den Widerstand an der Uni Halle Alfreds und Detlefs Namen. 150 Menschen waren damals verhaftet worden. Wir riefen Detlef an. Es war unser großes Glück gewesen, dass wir nach Westberlin hatten übersiedeln müssen, ohne es aktiv gewollt zu haben.

Einmal noch ging Markus allein seine übliche Runde spazieren. Im Juni war das Wetter endlich schön und wir konnten für zwei Wochen nach Enzklösterle fahren. Wir überlegten, ob wir noch einmal eine Reise nach Dresden und Halle machen sollten. Eva bot an, uns eine Woche lang herumzukutschieren. Aber das Internet funktionierte nicht, als wir Hotels buchen wollten. Im Juli ging es mal Markus, mal mir nicht gut und wir unternahmen nichts, um unsere Dresdenreise vorzubereiten. Ende Juli kam die Nachricht, dass Markus' Werte wieder schlechter waren, er musste die Pillen wieder nehmen, die ihn, wie er sagte, feminisierten, und war deprimiert. Zum ersten Mal in seinem Leben kaufte er sich eine *Bild*-Zeitung, weil sie Bilder der Toten der Massenpanik bei der Love-Parade in Duisburg zeigte, aber er fing an zu heulen, weil sie ihn an die

Leichenberge in Dresden erinnerten. Ich hasse das Altsein, sagte er. Wir heulten beide.

An Silas schrieb Markus:

> *Das Thema hatten wir schon mal, aber jetzt beim Aufräumen stieß ich wieder auf meine Zornesepistel über Trundel von vor zwei Jahren, und ob gut oder nicht gut, ich schicke sie dir mal. Dabei denke ich die ganze Zeit, was Trundel gelitten haben muss, als sie in den späteren Hallenser Jahren an alle Welt böse Briefe schrieb, den Leuten die Meinung sagte und mit lange Aufgestautem aufräumte. Konnte sie nicht verzeihen, wie das Christenmenschen sollten? Und was mach ich – jetzt schreib ich auch so etwas. Dabei weiß ich: So, wie sie erzogen und aufgewachsen ist, wird sie nicht anders gekonnt haben, sie tut mir leid, und ich bin ihr deswegen auch nicht böse. Sie ist in einer anderen Moral erzogen worden. Bis zur Pubertät war sie mir eine gute und schützende Mutter. Danach eine moralisierende Heuchlerin. Sicher, sie wusste es nicht besser, okay, aber es gibt eine Grenze des Verstehens, die sie all die Jahre ständig überschritten hat. Sie hat mir in jenen Jahren mehr kaputt gemacht, als eine Mutter sollte, und das gilt bis heute, wo ich 80 bin.*

Das Auto gaben wir weg, unseren Parkplatz vermieteten wir. Eigentlich hätten wir im August mit Eva in Dresden sein sollen, was wegen der Arzttermine aber nicht ging. Eva war verärgert, sie hatte sich schon Urlaub genommen, doch dann regnete es und an der Elbe stand wieder alles unter Wasser. Nach Enzklösterle kamen wir wegen der Arzttermine und Wetterumschläge erst Anfang September. Endlich hatten wir einmal wieder Ruhe. Es regnete zwar, aber wir beide waren doch recht glücklich und zufrieden. Das Wetter an Markus' 81. Geburtstag war schlecht. Ihm war alles völlig gleichgültig. Ich will nicht mehr, sagte er, das bringt doch nichts. Uns geht es zwar noch besser als anderen, aber ist das ein Grund, dem eigenen Verfall zuzugucken? Ich schenkte ihm einen Gartenstuhl und ein Buch über die Welt vor 100 Jahren. Hanna war gerade in Wangen und rief nicht an. Wir machten uns Sorgen und Markus rief sie am folgenden Tag an. Sie hatte es nur vergessen gehabt. Mit den Kindern feierten wir seinen Geburtstag am Sonntag im Harambe nach. Es war ein nettes Beisammensein. Hanna schenkte ihrem Vater Süßigkeiten von Feinkost Böhm, von Eva bekam er einen Briefbeschwerer aus Glas, in den sie ein Foto aus unserer Berliner Zeit hatte hineinschleifen lassen. Es zeigt Markus und mich nebeneinander im Profil. Mitte September ging ich nach einem Jahr zum ersten und letzten Mal wieder zusammen mit Markus im Tal beim Fasanenhof spazieren. Es war ein herrlicher Altweibersommertag.

Die Brutalität unseres Ministerpräsidenten Mappus erschütterte uns. Unter den Leuten, die gegen die Baumfällungen für den neuen unterirdischen Bahnhof protestieren, waren doch auch Schülerinnen und Schüler. Aus Georgs Schule waren sie so sorglos wie zu einer Party in den Schlossgarten gegangen, auf die Wasserwerfer waren sie überhaupt nicht gefasst gewesen. Wir hatten eigentlich geglaubt, dass so ein Polizeiverhalten seit den 68er Jahren ausgestanden sei.

Weihnachten verbrachten wir zu Hause mit den Kindern und Enkelinnen. Danach war Markus mal im Krankenhaus, mal wieder zu Hause, aber es wurde nicht wieder gut. Hanna musste mich viel mit dem Auto chauffieren. Zur Landtagswahl am 27. März konnten wir beide nicht gehen, obwohl wir niemals eine Wahl versäumt hatten. Markus lag im Bürgerhospital und ich hatte unerträgliche Schmerzen im Knie. Ich hätte auch nicht gewusst, wen ich wählen sollte, wir haben doch immer SPD gewählt, aber nach dem Erdbeben in Fukushima, das zur Kernschmelze in drei Atomreaktoren geführt hatte, mussten wohl einmal die Grünen drankommen. Markus fand, jetzt bekam die CDU endlich die Quittung. Ich musste ihm die Zeitung ins Krankenhaus bringen, das war ihm wichtig. Im Bürgerhospital konnte er nicht bleiben, weil er nicht mehr gesund werden konnte, und Hanna organisierte einen Platz in dem AWO-Heim im Fasanenhof am anderen Ende des Solferinoweg-Bogens. Die Wahl von Winfried Kretschmann zum ersten grünen Ministerpräsidenten unseres schwarzen Landes erlebte Markus nicht mehr. Er starb am Sonntag, dem 17. April 2011, gegen 21 Uhr. Dem SWR war Markus' Tod auch keine Meldung wert. Dabei kannten ihn noch viele und er hatte mit seinem Skandal um den Rabbi J. Rundfunkgeschichte geschrieben. Nur diese törichten Menschen in der Nachrichtenredaktion kannten ihn nicht.

Die Beerdigung konnte erst nach Ostern stattfinden. Hanna schlug vor, Markus einäschern zu lassen, denn ich hätte doch mal gesagt, ich wolle verbrannt werden, das sei viel hygienischer. Daran erinnere ich mich nicht. Ich bin später nur zweimal am Grab gewesen, ich fand, da lag er nicht. Über Ostern verschickte ich viele Trauerpostkarten und bekam viele anteilnehmende Briefe zurück. Dem Trauerredner übergab ich die Mappe mit dem Skelett als Deckblatt, in der Markus seine Trauerfeier festgelegt hatte. Seine Trauerrede hatte er allerdings doch nicht selbst verfasst. Er hatte bestimmt:

> *Wenn eine christliche Feier, dann nur Texte aus dem Alten Testament, kein Christus, keine Auferstehung, kein Wort wie Erlösung! Die Schlussworte am Grab sollten sein: Der Herr hat's gegeben, der Herr hat's genommen, der Name des Herrn sei gelobt! Zum Abschied dann drei Schaufeln Erde und die Worte: Von Asche zu Asche, Staub zu Staub, Erde zu Erde. Und am Schluss: So, ihr Lieben, Freunde, Nachbarn, Neugierige, lasset uns Abschied nehmen. Ich bleibe hier, bewahrt unter einem Stein, dankbar für ein Leben, so wie es war. Ihr geht zurück nach Hause, zurück in die Welt. Wenn ihr zurückdenkt, seid fröhlich, seid fröhlich, wenn ihr nach vorn denkt. Als Musik Bach, fröhliches Barock und When the Saints Go Marching In von Louis Armstrong.*

Viele Leute kamen zur Urnenbestattung auf dem Degerlocher Friedhof, der neben dem Haus in Sonnenberg liegt, wo wir einmal gewohnt hatten. Rainer und Jutta Goldner waren da, Vroni kam, Andrea und ihre Mutter Alida hatten sich aus Baden-Baden aufgemacht, Stefan Heucke kam aus Bochum, Silas aus Chemnitz. Er war bestürzt, dass er von den drei Brüdern als Einziger übriggeblieben war. Im Anschluss gab es im kleinen Kreis Kaffee und Kuchen im Riedseehotel.

Kapitel 30

Ich war schon viel alleine in der Wohnung gewesen und manchmal nicht ungern, aber ich konnte mich nie daran gewöhnen, dass Markus nicht anrief und nicht wiederkam. Nach der Knie-OP habe ich mich bemüht, ohne Rollator auszukommen, aber schon bald ging es mit dem anderen Knie los.

Weil der Funk sie quälte, nahm Hanna 2013 ein Sabbatjahr, ging viel rudern und begann mit einem Blog übers Radfahren in Stuttgart. Als sie nach ihrem Sabbatjahr ihren ersten Tag wieder arbeiten gehen musste, wurde ich auf dem Parkplatz vor dem Cap-Markt von einer dummen Frau beim Ausparken angefahren und stürzte. Zum Glück ging es glimpflich aus, aber es war ein furchtbarer Schock für mich. Das Leben war überhaupt sehr strapaziös. Die Welt ist leider gar nicht für alte Leute eingerichtet. Die Arztpraxen sind nicht barrierefrei und mit meinem Rollator konnte ich nun einmal keine Treppen bewältigen. Jedes Jahr einmal musste Hanna mich zum Rathaus Möhringen fahren, denn die Schweizer Pensionskasse verlangte eine Lebendbescheinigung. Einen Fahrstuhl gab es dort nicht, deswegen musste Hanna die Beamtin herunterholen, während ich im Auto wartete. Einen barrierefreien Optiker habe ich auch nicht gefunden, obwohl ich eine neue Brille gebraucht hätte. So musste ich eben halbblind bleiben. Vom Cap-Markt konnte ich mir die Einkäufe zum Glück bringen lassen. Anfangs musste ich die Putzfrau mit meiner Einkaufsliste hinüberschicken, dann konnte ich E-Mails schicken. Aber sie wollten immer in Bar kassieren, darum musste ich immer Bargeld im Haus haben, das mir die Kinder bringen mussten. Zum Glück kam ich mit dem Onlinebanking gut zurecht. Andere Alte im Haus waren völlig aufgeschmissen.

Zu meinem 84. Geburtstag las Hanna einen Kurzkrimi über einen Zwerg und die Zahl 42, die für die Antwort auf alles steht, vor. Das hatte ich mir ausbedungen. Wenn sie für Fritz Kuhns OB-Wahlkampf einen Kurzkrimi schreiben konnte, dann doch wohl auch einmal für mich! Vor fünf Jahren hat Hanna endlich den Funk verlassen, weil sie zur Stadträtin gewählt wurde.

Ich war viel allein. Ich fand es schade, dass Sophie und Torsten in Leipzig lebten, wir telefonierten zwar und sie kamen zu Weihnachten und zu meinem Geburtstag nach Stuttgart, aber sie fehlten mir. Einmal sah ich Professor Röttgen wieder, er war mit seiner Frau zu der Aufführung eines Theaterstücks von Hanna gekommen, und wir konnten miteinander schwätzen. Auch zu einem Vortrag von Klotz brachte Hanna mich nochmal ins Literaturhaus. Aber mit mir war nicht mehr viel los. Eva überredete mich, mein Badezimmer barrierefrei umbauen lassen. Aber in die Dusche habe ich mich nicht hineingetraut, wenn ich alleine in der Wohnung war. Hanna besorgte mir einen Sozialdienst, die kamen einmal die Woche zum Duschen, jedes Mal eine andere. Im letzten Jahr tat mir der Oberschenkel so weh, dass ich nicht mehr allein ins Bett hineinkam, aber sie fanden im Krankenhaus wieder einmal nichts. Ich hatte es so satt! Hanna besorgte mir eine Polin, die mir fünfmal in der Nacht aufs Klo half. Es ist schlimm mitanzusehen, wie man selbst immer mehr verfällt. Aber nun sind die neun Jahre ja endlich herum.

Unsere Sammlung von Leben und Erinnerungen müssen die Kinder jetzt sortieren, ausräumen und entsorgen. 8000 Bücher, den indischen Kitsch, meine Kupfertöpfe, die russische Messingikone, die Aquarelle von den beiden Genfer Restaurants, die Eva haben möchte, die Kupferstiche von Halle und Dresden, Markus' Erzgebirgsaquarell, das überall hing, wo wir wohnten, die Gesamtausgabe von Karl May, die beiden Bilder von Albert Ebert aus Halle, die goldenen Uhren von Opa und Oma, die meine Enkelinnen bekommen sollen, meinen Schmuck und Trundels Silberarmreifen und die vielen Aktenordner mit den Urkunden, den Anmeldeformularen für meine Berliner Buden und den Paketzetteln, Markus hat ja alles aufgehoben, ordnerweise Briefe von Trundel, Altvater, Silas und Natan, Bella und Astrid, von Alfred, Lux, von Schneewittchen und vielen anderen, die meine Töchter gar nicht kennen, und dann die Fotoalben, die Sendemanuskripte von Markus, seine unveröffentlichten Romane, seine Tagebücher und meine Zwerge, die auf dem Fensterbrett und auf meinem Schreibtisch stehen. Was werden sie damit machen? Ich wäre froh gewesen, wenn ich aus dem Haus meiner Großeltern etwas gehabt hätte. Aber meine Mutti hatte ja alles zerkloppt und verscherbelt. Altvater hatte schon vor seinem Tod angefangen, Bücher zu verkaufen, sein halbes Arbeitszimmer war leer. Aber wir haben nichts weggegeben, nichts aussortiert und weggeworfen. Ich bin aus unserer Wohnung und meinem Leben hinausgestorben, als hätte ich nicht damit gerechnet.

Und nun ist Schluss. Hanna, Sophie und Georg sind gegangen. Meine Leiche wartet auf den Arzt, der meinen Tod feststellt und den Totenschein ausstellt. Ich werde abgeholt und am folgenden Tag aufgebahrt, weil Hanna meine Leiche noch einmal sehen will. Sie hat auch Markus noch einmal besucht, den Eva mit seinem Lieblingsjackett einkleiden ließ, obwohl weder sie noch ich den Leichnam noch einmal im Sarg liegen sehen wollten, bevor er nach Rutesheim zum Krematorium gefahren und eingeäschert wurde. Hanna findet, ich sehe mir ähnlicher als sich ihr Vater mit ganz falschem Gesicht gesehen hatte, wie ich da im Sarg mit mächtiger runder Stirn und immer noch energiegeladenem Gesicht im beigefarbenen Totenhemd eiskalt zwischen zwei Kerzen liege.

Professor Klotz schreibt Hanna zu meinem Tod:

Ich habe sie bewundert. Eine Familienmutter mit, wie ich vermute, keineswegs übertrieben milden Mitgliedern. Dabei sensibel im Umgang mit Literatur und Kunst. Eher schüchtern und zurückhaltend, aber auch innerlich Anlauf nehmend, um Unrecht und Dünkel jäh zu entkräften. Sie war wer.

Wegen des Infektionsrisikos wird meine Beerdigung bei Sonnenschein im kleinen Kreis gefeiert, nur die engste Familie und Andrea und eine Freundin von Eva sind dabei. Danach wollen sie Injera-Gerichte aus dem Harambe holen und bei Eva im Häuschen den Leichenschmaus begehen. Ich habe nichts vorbereitet, die eigene Beerdigung erlebt man ja nicht mit, sie ist nur für die Hinterbliebenen wichtig. Sie müssen sie so gestalten, dass sie ihnen gefällt. Es ist derselbe Trauerredner wie bei Markus. Sie spielen die *Forelle* von Schubert, *When the Saints Go Marching In* und *Die Gedanken sind frei.*

Hanna wird, nachdem Eva und sie meine Urne neben Markus in das Loch in der Erde gesenkt haben, eine Trauerrede halten und mit plötzlich zitternder Hand vorlesen:

Eine Trauerfeier ist eine Feier. Wir feiern heute meine Mutter. Sie ist, wie so viele Frauen ihrer Generation, ein wenig verschwunden hinter ihrem Mann, meinem Vater. Ich habe mich entschlossen, eine Trauerrede zu schreiben, um ihre etwas versteckte Persönlichkeit zu würdigen, dieses Brodeln und die Weisheit, die sie aus ihrer Kindheit und Jugend mitgebracht hat, ohne viel Aufhebens davon zu machen …

KRÖNEREDITION**KLÖPFER**

Bereits erschienen:

Joachim Zelter · **Die Verabschiebung** · Roman
160 Seiten, Halbleinen mit Lesebändchen

Joachim Zelter · **Professor Lear** · Roman
148 Seiten, Halbleinen mit Lesebändchen

Eva Christina Zeller · **Unterm Teppich**
Roman in 61 Bildern
168 Seiten, Halbleinen mit Lesebändchen

Michael Basse · **Yank Zone** · Roman
319 Seiten, Halbleinen mit Lesebändchen

Peter Blickle · **Andershimmel** · Roman
318 Seiten, Halbleinen mit Lesebändchen

Daniela Engist · **Lichte Horizonte** · Roman
200 Seiten, Ganzleinen mit Lesebändchen

Sibylle Schleicher · **Die Puppenspielerin** · Roman
268 Seiten, Halbleinen mit Lesebändchen

Otto A. Böhmer · **Auf das, was da noch war** · Roman
288 Seiten, Halbleinen mit Lesebändchen

Gert Ueding · **Herbarium, giftgrün** · Roman
336 Seiten, Halbleinen mit Lesebändchen

Tina Stroheker · **Hana oder Das böhmische Geschenk**
Ein Album
160 Seiten, Ganzleinen mit Lesebändchen